现代篇

黄河三角洲系列长篇小说

陈光军　陈芮伊　著

山东教育出版社

图书在版编目(CIP)数据

天下苍苇/陈光军,陈芮伊著.—济南:山东教育出版社,2013（2019.8重印）
（黄河三角洲系列长篇小说）
ISBN 978—7—5328—8077—5

Ⅰ.①天… Ⅱ.①陈…②陈… Ⅲ.①长篇小说—中国—当代 Ⅳ.①I247.5

中国版本图书馆 CIP 数据核字(2013)第 181029 号

天下苍苇

陈光军　陈芮伊　著

主　　管：山东出版传媒股份有限公司
出 版 者：山东教育出版社
（济南市纬一路 321 号　邮编:250001）
电　　话：(0531)82092664　传真：(0531)82092625
网　　址：http://www.sjs.com.cn
发 行 者：山东教育出版社
印　　刷：天津兴湘印务
版　　次：2019 年 8 月第 1 版第 2 次印刷
规　　格：787mm×1092mm　16 开本
印　　张：22.25 印张
字　　数：395 千字
书　　号：ISBN 978—7—5328—8077—5
定　　价：39.00 元

（如印装质量有问题,请与北京发行中心联系调换）
电话：010-86221836

# 目录

# 第一章

冬日野性的黄河入海口，西北风像一头发疯的黄牛，难得有消停下来的时候。铺天盖地的芦苇连成一体，挤挤拥拥，也在冷风抽打下嗞嗞呼号，一会儿，齐整整倒向一侧，一会儿，又呼啦啦伸展开来。雪花似的苇缨，如一床巨大的羊毛毯子，在空中翻飞着，狂奔着，遮天蔽日。

丁振龙就藏在铺天盖地的苇丛中。小伙子二十出头，个子中等，虽说瘦削了些，但却匀称结实，五官分明，两眼黑而有神，显得剽悍而血气方刚。自从去年母亲被鬼子活活烧死，父亲在黄河口与鬼子运送枪支弹药的大船同归于尽，他便和许许多多中国人一样，与日本人结下了不共戴天的死仇。这死仇，郁积在胸腔，蓄藏在心中，时时如黄河惊涛，奔腾咆哮，不可控制。

今天是陈家庄据点鬼子翻译魏思绪大喜的日子。他迎娶的新娘，是铁门关二十岁的美人坯子田银杏。这事，是丁振龙听自己的叔，父亲的双胞胎兄弟——保长丁迎霜说的。魏思绪，你个王八操的，自己老婆生不出崽子，就纳小妾？哼，给日本鬼子当走狗，就得断子绝孙，就得天打雷劈，就得死无葬身之地，就得永世不得超生！等着，爷我会让你好看的！给鬼子做事，绝没有好下场！

刺骨的寒风像土匪似的，直往丁振龙脖子、袖筒里钻，他脸色发青，嘴唇发紫，却全然不顾。此刻，是1940年的隆冬时节。此地，是连接利津县汀河村与铁门关村唯一一条乡间土路两侧的苇丛。想到即将杀掉魏思绪，丁振龙兴奋不已：哼，狗汉奸，别整天屎壳郎趴在鞭梢上——光知道腾云驾雾，不知道死在眼前。他摸摸鼓鼓囊囊的腰间，脸上露出了不易察觉的冷笑。

铁门关方向，响起了鼓乐、唢呐声，丁振龙探出身子，向远处瞅瞅，却没有看到迎亲队伍。难道，这铁门关还有另外一家迎亲？

丁振龙使劲一跺脚，反正，不管有几家结婚的，这里，肯定是家住汀河的魏家迎亲队伍必经之地。

约摸一袋烟工夫，又传来一拨吹吹打打的鼓乐、唢呐声。苇丛中的丁振龙一个激灵，从腰间摸出两枚寸许长的柳叶飞刀，紧紧攥在手中。

飞刀雪亮，刀尖如冰。

披红挂花的八抬大轿上下颠簸着从铁门关方向走来，前后都有迎亲的人。年轻力壮的轿夫们似乎是在故意折腾这个即将成为汉奸小妾的年轻女人，他们扭着、颠着，或发泄着愤懑，或张扬着欢愉，直把装有新娘子的花轿颠了个七死八活。轿中的女人坚持不住，哇哇吐了起来，更刺激得年轻轿夫们越发张狂。

“哈哈……真恣儿，谁让你个贱人给汉奸当老婆来！”“痛快吧？要不，俺停下轿，哥几个再让你痛快痛快？”

轿夫们和着唢呐声，使出吃奶的劲，油腔滑调地吼了起来：

姑娘十八心思多——嗨呼嗨——
手捧着绣球找哥哥——呀呼嗨——
绣楼高哇——嗨呼嗨——
绣球大呀——呀呼嗨——
快把那绣球砸哥头——嗨呼嗨——
好让哥把那怀中馒头吃个够——呀呼嗨——
……

八个轿夫笑得前仰后合，连路边的芦苇也被花轿甩得刷刷作响。

“大哥们……饶了我吧……”轿中人哀求，却打动不了她的大哥们。大花轿颠簸得越发厉害，轿中人吐得也更厉害了。

丁振龙受到了感染，竟然忘记了自己身藏此处的目的，扯起嗓子喊了起来：“弟兄们，别理她，使劲颠！”

轿夫们齐整整扭头往发出声音的苇丛看，却啥也没看到。有个轿夫边走边大声喊道：“苇丛里的英雄，蛇有蛇道，狐有狐窝，是蛟龙就下海，是神龙就升天，干啥遮遮掩掩的？”

身藏苇丛中的丁振龙没理这个茬，狡黠地看着迎亲队伍，同时欲抛飞刀。猛然，他注意到，自己要杀的对象魏思绪怎么不在队伍里？

丁振龙盯着吹吹打打的迎亲队伍，那自信而深邃的眼神里，不免掠过一丝

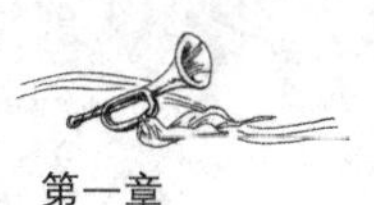



惊讶与茫然。他拨拉拨拉苇子，往路边靠了靠，此时看得真切，这迎亲队伍一点不错，是魏家的。可早晨骑着高头大马挎着盒子手枪去迎亲的魏思绪不见了，还有，那几个保镖似的伪军二鬼子也不见了。

没有新郎官，这是娶的哪门子媳妇？没有了魏思绪，这手中的柳叶飞刀还能派什么用场？

突然，丁振龙看到，对面苇丛中，影影绰绰有人在向迎亲队伍指点着什么。苇丛里是什么人？魏思绪？土匪？还是什么乡民？其实，苇丛里鬼鬼祟祟的人不是魏思绪，也不是乡民，是土匪，是利津咸海边子上出没无常的悍匪梁老七的手下。

丁振龙没看到魏思绪，很是失望。无奈，他将两枚飞刀塞进棉袄里，然后跳到村路上，尾随迎亲队伍，向汀河方向跟去。

与此同时，芦苇包围着的乡间小路上，走来一小队神秘队伍。丁振龙疑惑，这是什么队伍？隐约中，队伍里有人在哼唱："铁流两万五千里，直向着一个坚定的方向！苦斗十年锻炼成一支不可战胜的力量……"

这歌有力，气势足，过去可没听过。

黄河岸边，利津北部，方圆上百里，陈家庄是当然的中心，如果有谁把县城比作北平，那陈家庄人就敢把自己的镇子比作上海。利津历史悠久，早在周秦时代县境西南部为古陆地，属齐国，汉代属千乘郡漯沃县、蓼城县地，隋代建永利镇，南宋绍熙四年（1193 年）升永利镇为利津县，以当时"永利"、"东津"两地名合为县名。此地，在共产党方面来说，属于清河区，在国民党方面来说，属于鲁北行署。

陈家庄镇金家大院，有着当地最为巍峨的大门楼子。今天，大红灯笼高高挂，大红"囍"字迎门贴，一场婚礼即将举行。新郎是夫人刚刚去世三个月的金家当家人、利津北部方圆几十里有名的大地主金墨轩。

风停歇下来。金家二十二三岁的小儿子金雨亭等人站立门口，恭迎来宾。金家自卫队的八个彪形大汉站立两边，背枪肃立。司仪站在金雨亭前面，唱着嘉宾的名号。

"陈家庄前清秀才，风水先生，民间奇人岳世贤先生！"只见来者七十来岁，着淡灰色长袍马褂，头戴瓜皮帽，胸前长髯风中飘动，一身的仙风道骨。

"贤侄啊，令尊老了老了，还能老树发新芽，老牛吃嫩草，可谓枯木又逢春，铁树又开花啊！哈哈哈哈……"岳世贤与金雨亭调侃道。

应邀参加婚礼的都是县里、镇上的头头脑脑、乡间士绅，人们纷纷道喜，热闹非凡。金雨亭一一致谢，将客人安排在喜桌上。

金家是远近闻名的世家大户，虽然现任国民党保安团团长的大儿子金雨堂因公务拖累未能回家，虽然是二婚，但老爷子的婚事依然办得风光体面。

此时，体态臃肿，身穿崭新绸缎长袍马褂，翘着山羊胡子的金墨轩喜逐颜开。别看老头儿家财万贯，可大半辈子了，对自己过世的夫人并不满意。过去，有达官贵人时常摆贺宴喜宴，自己屋里的总是拿不出手。不说人家的夫人个顶个地细润耐看，只说自己家的那张比男人还大了一号的胖脸，像块秦砖汉瓦似的，就让他英雄气短。但那是爹娘指腹为婚的结果，长大了，就得和人家拜堂，就不能做不得数。“秦砖汉瓦”过世后，老头儿发狠，一定再娶房年轻貌美的。

这不，打了几个月的小九九终于实现了。金五爷和年轻的新娘子拜完天地，司仪一声高嗓：“礼成！送入洞房——”

两个喜娘手挽穿着一身大红喜装、头戴盖头的新娘扭扭捏捏地向新房走去，看热闹的年轻人、半大小子乱腾了起来：“快看那三寸金莲!”“人家那腚一扭一扭多好看!”“嗷——看看新娘子俊不俊啊?”混乱中，不知是谁多手，一下子，就把新娘子的盖头揪了下来。

“啊……”“啊……”

顿时，喜气洋洋的金五爷，金五爷的儿子金雨亭，还有那些认识新娘子的亲朋好友，惊呆了。盖头下，哪里是二十岁的美人坯子田银杏，站在人们眼前的，分明是一个麻子脸的丑姑娘。突然被人揪下盖头，那麻子脸毫无思想准备，此刻，也是怯怯地站立着，呆若木鸡。

怎么回事？田银杏呢？看来，今天要出乱子。

作为一方财主，金五爷在陈家庄的地位可谓是呼风唤雨，一言九鼎，今日在大庭广众之下无端遭此羞辱，不啻晴天霹雳。老头儿愤怒至极，双目喷着火，直勾勾地瞪着丑新娘，仿佛要把她一口吞掉。

突然，金五爷身子一软，瘫坐在地上。金雨亭赶忙跑上前，“爹啊爹啊”地叫了起来。人们七手八脚，将金五爷抬进正房卧室的炕上。

金五爷的双眼昏暗无光，像一对荒凉的枯井，混混沌沌。老头儿呆愣了一会儿，最初的愤怒像决堤的黄河水一样涌满胸间，稍稍平静过后，也便只留下了一腔苍白与怅惘，他哀嚎一声：“老天爷啊，我这是作的哪门子孽啊——”双眼便紧紧闭了起来，不再理会任何一个人。

人们轻轻掩上卧室的木门，来到客厅。

新娘被调了包，大家便七嘴八舌地探究起了原因。有人怒骂这姓田的人家欺人太甚，实在没把金家放在眼里，有人指责镇上的风水先生岳世贤算的日子

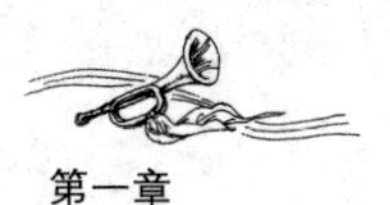



不好，有人说，看来金五爷命里没有消受漂亮女人的福气。听着这些不得要领的言语，金雨亭不耐烦了：“别说了，你们瞎白话这些鸡毛蒜皮有用吗?”

岳世贤一步迈进客厅，对金雨亭说道：“贤侄，还不备马？抓紧派人去铁门关，到田家问明缘由。”

金雨亭终于醒悟过来，遂吩咐管家宋茂田，打马去铁门关，弄清原因，速去速回。

管家宋茂田刚走出大客厅，还未等出门，门外就响起了咔咔的皮靴声，房间内的人们一惊——陈家庄据点的鬼子指挥官山田一郎，带着陈家庄警备中队队长张宫豹和三个鬼子闯了进来。这山田一郎算是半个中国通，中国话说得还算不错，只是个子矮小，身形瘦弱，蓄着那个年代流行的日式仁丹胡，走起路来腰间指挥刀一摇一晃。张宫豹手中，提着一个大红的礼品漆盒。

1937 年 12 月，日军派遣一个五百余人的大队，配有坦克 4 辆，汽车 36 部，侵占了利津县城，驻守十余日之后，撤走。但 1939 年 1 月，日军又从济南派遣一支骑兵中队约百人，在飞机、坦克的掩护下，第二次侵占利津城。自此，日本人不断增派兵力，鬼子、伪军和国民党顽军相互勾结，狼狈为奸，不断采取残酷的“三光”政策，联合进行“清乡”“扫荡”，小小的利津县敌伪据点多时竟达十余处，陈家庄据点就是其中之一。

进得屋内，山田一郎对金雨亭威严地说：“恭喜！恭喜!”瞧那表情、口气，根本不像道喜，反而像让人节哀。他坐下后，环视屋内众人，独独没有看到新郎、新娘，便操着半生不熟的中国话，指着地面说道：“新郎、新娘的，这里的干活。”金雨亭忙进到卧室，叫起躺在炕上唉声叹气的父亲，走了出来。

不知什么原因娶来一个丑八怪，金墨轩本就恶心得不行，看到鬼子趾高气扬的样子，便也没给好脸：“太君，来了？请喝茶!”

山田一郎举起大拇指，说：“金墨轩，新郎倌，你的，好福气，新娘子，我的，瞧瞧!”

那么丑的新娘，金五爷怎么好意思示于外人，他急忙推脱：“太君，新婚女人当天不能离开新房，这是我们中国人的风俗。”

山田一郎一拍八仙桌：“八嘎，那是，支那人的风俗，如今，大日本皇军的天下，你的，违抗命令?”

金墨轩怯怯地说：“草民不敢，中国人的风俗、礼数，是老祖宗留给我们的，悖逆不得，否则，就上有愧于祖宗，下对不起后代了。”

山田一郎脸色大变，猛地站起来抽出指挥刀，恶狠狠地吼道：“不让瞧？你们，统统死啦死啦的!”

一直稳坐钓鱼台的岳世贤站了起来：“太君，老朽才疏学浅，但知道你们日本人也尚儒知礼，想必山田太君不会不知道三纲、五常等等做人的道理、为人的礼数吧？”

山田一郎在国内时就对中国文明感兴趣，来到中国后，更是对中国文化情有独钟。他知道这个岳世贤，但一直没有机会交流。看到岳世贤说话，便将指挥刀插入刀鞘，说：“你的，何话要说？”

“父为子纲、君为臣纲、夫为妻纲是为‘三纲’，仁、义、礼、智、信是为‘五常’。在中国这块土地上，不管任何人，做事为人既要懂礼数，更要讲信用，只有这样，才能做到智者不惑，仁者不忧，勇者不惧。凡不讲礼数的人，舌生疮，肝火旺，凡不讲信用的人，元气损，脾胃伤，最终，必将失德于天，失信于地……”

山田一郎变了脸色：“八嘎，难道，你在说，我的，失德于天，失信于地？”

岳世贤处变不惊：“不，我希望太君你大慈大悲，宽厚仁爱。”

山田一郎走到岳世贤跟前，拍拍他的肩膀：“你的，良民的干活，抽时间，我和你，嗯，切磋切磋。”然后，他从张宫豹手中接过大红的礼品盒，来到金五爷跟前：“我的，贺礼，你的，收下！”

金五爷连连后退：“不，不，我怎么能收太君的礼？”

张宫豹脸色一沉：“太君的礼品，你敢不收？”

金五爷一看这架势，不收显然无法过关，连忙说：“好，谢谢，我收！”说着，接过来，放在八仙桌上。

山田一郎笑了：“新娘子的，以后再看，我的礼品，新娘子好好享用！日中，亲善大大的！”说着，仰起头哈哈大笑起来，然后迈步向门外走去，咔咔的皮靴声，愈来愈远。

待鬼子离开，金雨亭走向鬼子的礼品盒，左瞧瞧，右看看，这是什么呢？众人纷纷向后躲避。

金五爷命金雨亭喊来自己家的自卫队队长姚来福：“来福，去，把它拿到院子里，打开，看看到底是什么东西。”

姚来福身子哆嗦着，指指自己的鼻子：“老爷，由我来打开？小鬼子的东西，不、不会是炸弹吧？我家里有老娘，我还没娶媳妇……”

“混账，养兵千日，用兵一时，我金五爷管你吃，管你住，发着你银两，不让你个奴才来开，让谁来开？退一步讲，即便它就是炸弹，金家需要你这条不值钱的身子，你还能有二话？去！”金五爷生气地指指院子。

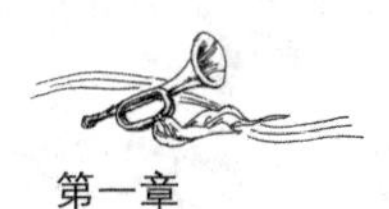



姚来福慢慢走到礼品盒跟前，小心翼翼地提起礼品盒。有人递来一把剪刀，他右手接过，左手提着礼品盒，心怦怦跳着，悲壮地走到院子开阔地带。众人躲得远远的，紧紧盯着他的一举一动。

姚来福弯腰放下盒子，直起身舒了口气，沉默了一会儿，弯腰想剪断盒子的红绳。突然，他又像想起什么，站起来向四周看了一圈，见人们都躲得很远，便用剪刀将红绳剪断，扔下剪刀，心一横，双手猛然提起盒盖，狂呼道："炸了——炸了——"向金五爷等人所处的方向跑去。

在姚来福狂呼"炸了——炸了——"的时候，人们纷纷卧倒，有几个神经比较脆弱的，干脆掉头就跑。

"炸弹"竟然未炸。

足足过了半袋烟工夫，人们才从地上心惊胆战地慢慢爬起。金五爷长舒一口气："咳，不是炸弹！来福，再去看看，是个啥？"

姚来福这回不害怕了，他走到盒子跟前，定睛一看，啊了一声，原来，盒子里竟然放着一条小小、干干、丑丑的肉棒。姚来福喊金五爷："老爷，你快来看，这是啥？"

金五爷等人来到盒子跟前。姚来福问："老爷，您看是不是狗鞭？"

金五爷看出来了，那不是狗鞭，而是一条人鞭。他气血上涌，浑身战栗，继而破口大骂："我操你日本八辈祖宗，你们这些孬种、畜生，你们不得好死……"再看金雨亭，也是气得牛眼怒睁。

正在金五爷破口大骂鬼子的时候，管家宋茂田喘着粗气跑进房间："老爷，麻烦大了，麻烦大了，新娘被调包，不是田家干的，而是鬼子翻译魏思绪干的。这事，我还是听铁门关一个大表哥说的，我不信啊，便快马跑到汀河，果不其然，魏家现在正在大办喜宴呢。"

金五爷不敢相信这匪夷所思的事是真的，可在自己家干了十几年的大管家言之凿凿，由不得他不信。他铁青着脸，对金雨亭说："雨亭，看看，看看，真正的日本鬼子欺负我们，他姓魏的二鬼子也不把我们金家放在眼里。啊，我是说，他不把我放在眼里，他也不把你放在眼里，他还不把你哥那个国民党保安团团长放在眼里。金雨亭，你给我跪下！"

金雨亭扑通一声，跪在了青砖地面上。

"女人被人抢走，这是金家几百年不曾遇到过的奇耻大辱。我问你，你还是金家的子孙吗？"金雨亭跪在地上："爹，我是金家的子孙。"

"好，既然你是金家的子孙，我命你带着我们的自卫队，把金家的女人抢回来。至于那姓魏的，将来由你哥去收拾。"

金雨亭跪着不动。金五爷呵斥："听到没有？"

"爹呀，我哥也不在家。我看这个事，得从长计议。"金雨亭从小就谨小慎微，不像他哥金雨堂，胆大妄为，更为关键的是，他不想得罪魏思绪，因为直到现在，他的心里，仍然装着魏思绪的妹妹魏思颖。

"啪!"金五爷劈头就在金雨亭脸上掴了一记耳光，直打得金雨亭在青砖地面上滚了一个圈。金五爷浑身哆嗦，怒吼道："计议你娘那个腚！我让你顶嘴，熊样！窝囊废！人家把你的娘抢走了，你还在这里从长计议？今天晚上，人如果在魏家过了夜，金家的列祖列宗、子孙后代都饶不了你……"

金雨亭忽地爬起来，大声喊道："姚来福，备马，带上你的自卫队员，跟我去汀河……"

几乎在金家举行婚礼的同时，骑着高头大马的魏思绪在前，八抬大轿在后，一支迎亲队伍来到汀河东村的魏家大院门前。回程的路上，魏思绪及其随从没有走在新娘的轿子前面，而是远远地跟在了后面。

兵荒马乱的年代，他是小心、小心再小心。

汀河是一个离黄河不远的古老村落，位于历史上著名的铁门关西北边，也就三四里地的样子。在利津，有"先有汀河街，后有利津城"之说。至于这"汀河"的来历，据说，早年间汀河叫丰国镇，一个因得罪朝中权贵而为奸党所害的朝廷命官被贬至此，他很喜欢范仲淹《岳阳楼记》中"岸芷汀兰"一词，联想到这地方紧靠大清河（即黄河），且百姓希望天下太平，河清海晏，故为丰国镇取名"汀河"。也就是说，这汀河是"岸芷汀兰，河清海晏"之意。常言道，水大好藏龙，林密好卧虎。作为方圆几十里知名的大村庄，历史上，汀河出过不少官吏、文人、地主、富商、逸士、巧匠。当然，十个指头不一样长，一地既出名人义士，也出泼皮坏蛋，不必大惊小怪。

如同陈家庄的金家大院一样，魏家大院则是汀河的名门大家。陈家庄、汀河一带，是利津县地主的集结地，仅汀河一个庄，市亩两千亩以上的地主就有十来个，如裴家、曹家、林家、任家、崔家、荆家、姚家，等等，其中也包括魏家。这些地主，不仅霸占了当地的良田，就连周边村镇的一些土地，也被他们买了下来，变成了自己的独立小王国。为什么会出现这种现象呢？盖因过去汀河曾经是远近闻名的盐滩，许多人家开着盐场、盐行，再加上附近的铁门关曾是明清时期中国北方最大的水陆码头，商业发达，有钱人多，这些人有了钱便置地、盖房，所以大地主也就多了起来。

然而，作为当地的两大家族，世世代代的土地争夺早已让魏、金两家恩怨不断。

魏思绪结婚多年，老婆没有生养，他一直想纳个小妾，为他生儿育女。千挑万选，终于看中了十里八乡有名的美人坯子田银杏。可上个月，自己好不容易相中的俊闺女，竟然让那个土埋脖子的老杇占了先机，金家抢先给田家下了聘礼。这么好的女人绝不能便宜了那个老不死的，于是，他也来到田家，差人将还没拆箱的金家聘礼扔到路上，撂下自己家的聘礼，扬长而去。

昨天下午，魏思绪听到一个让他如雷轰顶的消息——第二天早上，金五爷将要迎娶田银杏。他慌了手脚，如果让那个老杇将银杏儿娶走，自己将两头落空。于是，他临时决定来个瞒天过海、偷梁换柱，用他一个爱慕虚荣的丑表妹以假乱真。他想，只要拜了天地，入了洞房，生米煮成熟饭，你金五爷就只有干瞪眼的份。咱们两家经常互相得罪，再得罪一次又有何妨？

锣鼓喧天，唢呐齐鸣。银杏儿抓着轿门，死活不肯下轿，哭着喊着要让人把她送回铁门关，要不然，就死给人们看。八个轿夫没了辙，只好把花轿一直抬过大门楼，抬到天地神位前。可一个柔弱女子，又能做得了怎样的反抗，于是乎，银杏儿被连搀带架又加绑地逼着拜了堂。

魏家大院分前后两院，前后院各十二间正房，另有东西厢房。前院正房右面的六间，是魏思绪父母住过的房间，老人故去后，一直闲着，左边六间是魏思绪住的房间。后院除有在济南上学多年未回来的妹妹魏思颖的房间外，其他，主要由家丁、长工住着。但由于魏家人丁稀少，偌大个院子，平时显得人气不足。

二十余张桌子在魏家前院依序排开，上面早已摆好了藕盒、卤肉、虾蝌、豆腐丝等四个六寸冷盘，坐席的人稀稀拉拉，最终，勉强凑够了四桌。魏思绪一身长袍马褂，头戴礼帽，胸佩大红花，在现场走来走去，看到来喝喜酒的人不是一般的少，他难免伤心。唉，不怨亲朋好友，不怨汀河庄的乡亲们，要怨就怨自己，谁让自己总在日本鬼子跟前晃来晃去呢？

正因为来的人少，丁振龙也就有幸混进了喜宴现场，并且堂而皇之地坐在了桌上。他不时瞄一眼来回走着的魏思绪，寻找下手的机会，可到处都是人，且五六个二鬼子正虎视眈眈地盯着喝酒的人。丁振龙觉得不便下手。先喝酒、吃肉，要想结果这汉奸，得讲究个神不知，鬼不觉。哼，我这钢钩还抓不住你这琉璃球？

一个小伙子托着红漆木盘，一嗓子“丸子来了！”将一个盛着猪肉丸子的碗放到桌子上。丁振龙看了一眼碗，不满地说：“‘八耶碗’量这么小啊。来，不管它了。街坊们，我敬大家一杯！”丁振龙端起酒盅，得到满桌的男人响应后，一饮而尽。

在利津，结婚待客最常规的菜是“八个碗”，当地土话叫“八耶碗”，先是四大碗肘子、鸡、清汤丸子、鱼，再是四大碗排骨、片肉、杂烩、四喜丸子。平时吃不到“八耶碗”，此时正是给肚子添点油水的好时机。利津男人爱喝酒、能喝酒，一场喜宴，不出几个醉汉，便觉得不过瘾、不热闹、不喜庆。“八耶碗”正一碗一碗地端到桌面上，丁振龙举起筷子：“来，老少爷们们，吃菜，吃菜！咱们边喝酒，我边讲个笑话，大伙听不听啊？”

“听，听！来荤的，来荤的！”男人们来了兴趣，借着酒劲，咋咋呼呼。

丁振龙绘声绘色地大声说道：“话说，那东北满洲国，鬼子横行，汉奸遍地，男盗女娼，百姓遭殃。有这么一个学问大却良心坏的狗汉奸，他呀，娶了个老婆总是生不出孩子。这小子每到晚上，就熊他老婆：‘你看看人家的女人，生孩子就和下小猪一样，可你那破地咋就那么荒凉呢?’女人委屈啊，就说，别赖我，我告诉你，不是我的地荒凉，而是你那种子不地道，不信你让我出去借个种试试，肯定能长出好高粱……”

男人们都哈哈大笑起来，纷纷嚷道：“用俺的种子，用俺的种子!”

其他桌上的酒客直往这边瞅。站在远处的魏思绪听得真真切切，他显得有些怒不可遏。

“狗汉奸哪会给荒凉的破地机会，他很快就纳了个小妾。还真不是吹的，那小妾，地壮兴，不知不觉肚子就鼓了起来。一天，来了个算命的黑和尚。那狗汉奸看着小妾的肚子，来了兴致，要和尚给算一算，他说：‘我这夫人有喜了，你看，是弄璋呢，还是弄瓦?’这弄璋、弄瓦，是生男孩、生女孩的意思，和尚哪懂，便含含糊糊地答道：‘璋也弄，瓦也弄。’汉奸大怒，痛骂和尚是无能之辈。谁知道，一个月后，那小妾生下了一男一女，既弄了璋，还弄了瓦。从此，在满洲国，这和尚名声大振，被誉为‘神算’。”

一个汉子喊道：“看看人家，左娶一个，右娶一个，可轮着咱娶媳妇了——大闺女没了。不行，咱也得开垦块荒地，弄璋、弄瓦去。”

“这大老婆看黑和尚那么有能耐，便设法找到了他。你说咋的，十个月后，这大老婆也生下了一男一女，不过，这俩孩子长得黑黑的。咱这汉奸老兄便问黑和尚，你是咋让我老婆既弄了璋又弄了瓦的。和尚说，凡是汉奸的老婆，用我的种子，我都能让她弄璋、弄瓦。”大家哄堂大笑。

魏思绪瞪着丁振龙，慢慢向这边走来。

喝了一口酒，有人神神秘秘地对桌上的人们说：“你们注意今天新媳妇那大脚片子了吗？那白生生的十个脚趾头恐怕会乱动弹，像个怪物似的，真是家

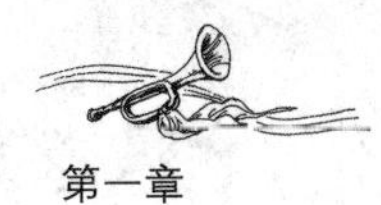



丑啊!”

丁振龙接过话茬:“老哥你这话就不对了,你知道那大脚叫啥,那叫天足,我喜欢。三寸金莲有啥好,不说过日子扫地做饭、种庄稼摸镰扛锨不利索,就是怀上狗崽子,三寸金莲也撑不住啊!”

魏思绪站在了丁振龙身后,满桌的人都缩头缩脑地看着丁振龙。正在兴头上的丁振龙却没发现异常,他继续咋呼道:“咳,要是用上那黑和尚的种子,这魏思绪的大脚小妾也能给他弄个璋、弄个瓦。不过,要能生,也只能是生黑璋、生黑瓦。哈哈哈哈……嘿嘿嘿嘿……呵呵呵呵……”

丁振龙自己大笑起来,然后,由大笑变为怪笑,由怪笑变为傻笑,笑了好一阵子,才慢慢止住。

同桌的汉子们却怯生生的,一个个直吐舌头。“你们怎么不笑啊?”丁振龙这才感觉不对,一回头,发现脸色阴沉的魏思绪正恶狠狠地站在自己身后。

魏思绪一把抓住丁振龙的脖领子:“你是谁?吃了熊心豹子胆了,竟敢在你魏爷爷头上拉屎撒尿!”虽都是汀河人,但两三千人的大村子,一个是东村,一个是西村,且这几年魏思绪一直在日本,丁振龙也在外地学武,就难免互不认识了。

丁振龙假装害怕,连连躲避:“魏长官,我可是老实巴交的孩子。”

“你他娘还老实巴交?刚才是谁又是种子土地,又是弄璋弄瓦,胡说八道的?”

“嗨,不说不笑不热闹嘛,你咋这么不识闹?难道今天大伙都在这里哭你死去的爹、死去的娘,你才高兴?”说完猛然回身,一翻手腕,抓住对方用力一推,魏思绪便忽地跌坐出去,正巧撞在一张酒桌上,桌子便稀里哗啦地翻倒在地上,杯盘酒菜摔得满地都是。

“小杂种,你他娘真疯了?”魏思绪爬起来,命令他的卫兵,“快,把这小子给我抓住!别开枪,捉活的!”

一个伪军叫嚷着蹿上来,与丁振龙打斗在一起,最终,一记重拳,那家伙便钻进了桌底。几个伪军发出怪叫声,冲了过来。丁振龙一声怒吼,腾空跃起,一脚一个,几个人便被踹得东倒西歪。

整个酒席彻底乱了套。酒客们纷纷躲到墙边,酒桌旁,只剩下丁振龙、魏思绪和他的卫兵。

他娘的,看着不咋的,这兔崽子还有些功夫!魏思绪愤愤地想。伪军们不服气,一起扑过来,要生擒丁振龙。丁振龙从怀中掏出一枚手榴弹,然后左右腾挪,在酒桌间转开了圈子,他边躲边掀翻一张张酒桌。好好的喜宴,此刻一片狼藉。

魏思绪见此刁钻古怪的青年人身手不凡，终于痛下决心，管它是不是新婚之日，先结果了这小子再说：“开枪，给我开枪！”

“姓魏的，你等着！”突然，轰的一声，手榴弹炸响了，碎裂的桌椅板凳呀、酒呀、菜呀都一股脑儿地蹿向空中。待一切安静下来，年轻人早已不知去向……

咣、咣、咣……“姓魏的，开门！”金雨亭、姚来福使劲砸着魏家大院两扇大门上的大铜环。本来，今天是魏思绪新婚大喜的日子，大门是敞开的，但那年轻后生一闹事，大门又被关上了。此刻，新娘子被调了包，金家便气势汹汹找上门来。

“缩头乌龟，姓魏的！”“强抢民女，姓魏的！”十个金家自卫队队员扛着枪，在门外一唱一和地狂呼乱叫。

刚刚从围墙上跳出的丁振龙，本来想逃离魏家，可当听到大门口的喊叫声，他来了兴趣，心想这姓魏的看来真是坏到家了，不光我和他对着干，这不，还有别人。不行，不能走，我倒要看看是哪路豪杰这么有种。

狂呼乱叫起了作用。魏家大门缓缓打开，魏思绪和五六个汉奸迈出了大门，他装作没看见金雨亭，大吼道：“是谁狗胆包天，敢和魏家叫板？”

金雨亭双眼直盯着魏思绪，慢慢地说：“魏长官，您不会贵人多忘事不认识我了吧？我来问问，我爹今天给我迎娶的小后娘田银杏，是不是来你府上做客了？”

“呵呵，呵呵，哈哈哈哈……稀客，稀客！金雨亭，咱明人不说暗话，巧了，我的新娘子，也叫田银杏，至于你说的亲娘、后娘，我一概不知。今天是我的大喜之日，你要知趣，我给你杯喜酒喝，你要不知趣，休怪我不客气。”说着，魏思绪一挥手，伪军们向前跨了几步，逼得金雨亭等人直往后退。

看着当地两家横行乡里的大户人家在争一个村姑，许多乡民觉得好奇，便都围在大门口看热闹。

见魏思绪不讲理，金雨亭想求得乡民们的声援，他回过头，大声说道：“乡亲们，你们给评评理。上个月，我们金家与田家订了婚，田银杏的娘收了我们家的彩礼。”

“胡说，你们家曾给田家彩礼不错，但人家早已退给了你们，这我是亲眼看到的，还是我的手下帮着田家，把你们的彩礼扔到路上的。那个家，是田银杏的爷爷、奶奶当家，人家真收的彩礼，是我的。”

“你才胡说呢！我们这婚根本没退。你休想强词夺理。乡亲们，今天，是我们选好的日子。早上，我爹先到了铁门关迎娶新娘，可谁也没想到，这姓魏的仗着鬼子给他撑腰，差人用一个丑女人充作田银杏，将田银杏从后窗劫走，劫到了他家里。现在他新房里的新娘是我们家的女人，是我的小后娘。乡亲们、乡亲们，你们说，我是不是该把我的小后娘接走啊？”

人们发出了一阵哄笑声。藏身人群后面的丁振龙喊道：“你去跟那二十岁的大闺女叫声娘，她答应，你就领走！”

“哈哈哈哈……”魏思绪得意洋洋，说：“这是哪位乡亲说的？说得好！说得有道理！金雨亭，你去跟田银杏叫声娘，她如果答应，你再跟我叫声爹，我就让你领走！否则，就凭你这一群乌合之众，这几支土造毛枪……”

金雨亭脸色铁青：“你、你、你，魏思绪，你别欺人太甚。我的人杂、枪糟，可你要明白，我哥，国民党保安团团长金雨堂的人可不杂，那枪，可好使！”其实，金雨亭正在动心眼子，就凭自己眼下这十来个号称自卫队队员的乡村泼皮，与经过一定训练、身背日式三八大盖的伪军较量，恐怕连魏家大门都进不去。此刻，他真是叫天天不应，叫地地不灵。哥啊，你在哪里？谁能帮帮我啊？

“金雨亭，你他娘别来吓唬我，国军的枪再好，能好过大日本皇军的枪？快滚，别惹老子生气！”魏思绪下了逐客令。

不提鬼子还好，魏思绪这一提鬼子，把人群中的丁振龙惹火了：看来你是狗改不了吃屎，铁了心给鬼子卖命了。

想着，丁振龙从怀中掏出几枚飞刀，“嗖嗖嗖”三声，只见寒光闪过，魏思绪的左臂中了一刀，两个伪军也倒了下去。

魏思绪攥着呼呼淌血的胳膊，大喊一声：“撤退！”魏家人和伪军纷纷向院内撤去。

飞刀虽小，却是指哪打哪，近距离中，甚至比一支枪还好用。

丁振龙从人群中冲出，然后振臂一呼：“走啊，杀汉奸，抢新娘去啊！”面对突如其来的变故，金雨亭也是丈二和尚摸不着头脑，待看到一个年轻小伙手出飞刀，射伤魏思绪、射倒俩伪军，他反应了过来。心想：看来菩萨在保佑我。他便大喊一声：“姚来福，带人冲进去，给我抢小后娘。”

魏思绪和伪军撤退到他父母曾经住过的房间，由于不知道人群中有多少金雨亭的人，所以魏思绪不敢贸然开枪。趁这个工夫，丁振龙和金雨亭等几个人闯入了东厢房。

冲入东厢房后，金雨亭提着枪对丁振龙嚷道：“小兄弟，谢谢你帮我家！”

丁振龙没好气地说：“我凭什么帮你家，我是专打鬼子，专捉汉奸的。有朝一日，你要帮鬼子，我也打你。”他冷不防一把夺过金雨亭的手枪，“我先借用一下，帮帮你，你们去抢新媳妇！”

一个伪军探头探脑地往外看，丁振龙瞅准机会，向他开了一枪。接着，双方对射了起来……

突然，只是穿着一身新嫁衣，而没有披红盖头的新娘子田银杏冲到院子里：“别打了，要打，你们打死我吧！”

看到这一幕，魏思绪大声喊道：“各位好汉，乡里乡亲的，咱们停火吧，不要为了一个不值钱的女人，伤了咱们的和气，造成更大的伤亡。”

说完，魏思绪和他的伪军走出房间，将枪支扔在了地上。丁振龙、金雨亭等人见状，也走出房间，将枪放在了地上。

田银杏站在院子中间，魏、金两家的人分别站在两侧。这时，丁振龙终于看到了新娘子的庐山真面目。

只见新娘子脸蛋白里透红，身穿红棉袄，脚蹬绣花鞋，发髻高挽，头别银簪，一双秀眼梨花带雨，浅浅的酒窝映着阳光，更显得婀娜多姿，楚楚动人，两颗犹如宣纸上丹朱般的大泪珠，一滚，一滚，溢在脸上，人，也就成了画。

真不愧是远近闻名的美人坯子。

丁振龙的眼睛直了，想不到，在这荒草野坡的利津洼里，会有这么出色的女子。

不仅丁振龙，现场的人们也都为田银杏的美貌所震惊，一道道野野的目光如痴如醉。

在丁振龙看来，此刻，这个女子眉宇间充填着愤恨，眼神里掺杂着伤感，令人心里沉甸甸得不知说些什么好。不过，丁振龙才不管那么多呢，他走到她跟前，讥讽地说：“怪不得地主汉奸都在争你呢，原来长得还真是那么回事。为了你，不着调的人们闹了多大笑话？哼，看来你走到哪，臭苍蝇就跟到哪，都是你这个狐狸精给熏的。”

“你——”田银杏杏眼圆睁，怒视丁振龙。

“还你你你，我我我，别在这里装聋卖傻，我问你，是准备留在魏家当汉奸婆子，还是去金家做地主婆子？”

突然，田银杏从红袄襟里摸出了一把剪刀，抵在自己的喉咙上，对魏、金两家的人说：“你们两家谁也别逼我，我既不会给人做妾，更不可能嫁给土埋半截儿的老头子，再逼我，我就喷你们一身血！”

魏思绪的右手直往胸前放，他鼻子一哼：“你这小娘子，性子够烈的……”

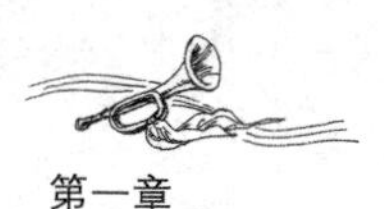



其实，绝望的银杏儿，早已被眼前小伙子的智勇双全所折服。因为，自始至终发生的一幕幕，都被站在新房窗口的她看得真真切切。此时，田银杏把希望的目光聚焦在这个后生身上。他，是帮我，还是害我？

魏思绪突然从怀中掏出一支枪，紧紧抵住了田银杏的头：“你们都滚出魏家大院，否则，我一枪崩了她，咱们谁也别想得到！”

“魏长官，有话好说，不要动粗。”金雨亭在劝解。

趁魏思绪不注意，丁振龙以迅雷不及掩耳之势，单脚一挑，地上的一支手枪就到了手中，然后，将手枪顶在魏思绪脑袋上：“狗汉奸，放下枪，放了这个姑娘，要不然，明年的今天就是你的周年。”然后，他大声对田银杏喊道：“还不快跑！”

反应过来的田银杏拔腿就往大门方向跑，可刚冲出大门，就被金家人一拥而上抓了个正着……

# 第二章

半轮寒月在天上的冻云中间浮动，青烟一样的月辉瀑布般倾泻到地面上，倾泻到金家大院那些光着胳膊的杨树、柳树、榆树上。天地混沌，夜寒人静。

“着火了，着火了……”“快来人，救火啊……”

管家宋茂田那一声声凄厉的喊叫在深夜陈家庄的金家大院响起，只见金家沿街油坊里，烈焰腾空，火光照红了半边天。街面上，狗叫声一阵强过一阵。

在丁振龙的帮助下，金雨亭将田银杏抓回了陈家庄。银杏儿被金家抓走后，丁振龙越想越不对劲，从田银杏手举剪刀以死相胁的举动看，两家她哪一家也不愿嫁。这个闺女刚烈，有气节。我丁振龙不知道这件事便罢，如今我知道了，那就不能不管，既不能让她落到魏思绪这个鬼子翻译官手里，也不能让她落到金大地主手里。鬼子在利津折腾得火紧，这两个汉奸居然还有心情娶媳妇，还闹出这么大笑话，熊玩意儿！

想着，便尾随金家人，来到了金家大院。

趁着白天，丁振龙爬上东厢房，观察了金家大院的布局。大院分前中后三个院子，每个院子都有东西厢房，门楼高耸，气势雄伟，门楼两侧，是商铺，东南、西北角各有一座炮楼。新房在中院，门口站着两个把门的自卫队员。

丁振龙从东厢房上跳下来，找了个饭馆，简单吃了点饭菜，又要了六个新蒸出来的白面卷子。等夜幕降临，他离开饭馆，潜入金家油坊，将一桶油踢倒，然后把火种扔到了漫洒在地上的油中。

金家大院马上乱了，金雨亭、家丁和自卫队队员全都向起火的油坊跑去。混乱中，丁振龙来到新房的后窗，将金家冬天临时砌上的青砖揭掉几块，用一根木棍捅破窗户上的油毡纸，房间中的一切便展现在他的眼前。

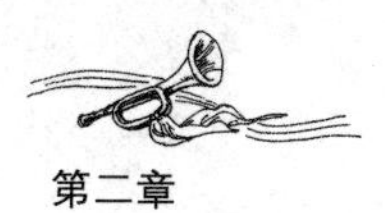



新房中只有金墨轩和田银杏两人。这金五爷坐在床前，银杏儿平躺着，两条胳膊被牢牢地绑在床上，她脸色苍白，额头上似乎有几块发青的印痕。

“心肝儿，我想死你了！”金五爷猛地扑倒在银杏儿身上，将他那臭烘烘的嘴向银杏儿的脸拱去。

田银杏挣扎着：“你、你、你，你要干啥?”

金五爷摸着银杏儿的脸，笑嘻嘻地说：“久别重逢甜如蜜，新婚夫妻比蜜甜。亲疙瘩，你现在是我金五爷的媳妇，干啥，你不明白？我今天要啃了你这个嫩雏！嘿嘿……就是比他娘的‘秦砖汉瓦’好！嫩雏……嫩雏……”金五爷嘴里边念叨，边强行在银杏儿的头上、脸上啃了起来。

“来人啊！救命啊……”银杏儿大声呼救起来。丁振龙忍无可忍，他快速将后窗的青砖一一揭掉。

“哈哈哈哈……小娘子，你觉得大呼小叫有用吗？这是在金家大院，这是在你我的新房里。今天是我们的洞房花烛夜，你就依了我吧，过了今晚，咱们不就夫唱妇随、夫荣妻贵了吗?”说着，再一次扑向银杏儿。

“金墨轩，你个杀千刀的，你不得好死!”看着金五爷那肉嘟嘟的胖脸，银杏儿觉得自己简直一刻也无法在这里待下去了，她抽动胳膊，试图脱离绳索的束缚，但显然是徒劳的。

“你个臭娘们儿，给脸不要脸！我让你喊，我让你叫……”金五爷火了，跪在床上边喊，边撕扯银杏儿的棉袄、棉裤，银杏儿拼命抵抗并大声喊叫。

突然，木质后窗飞进了房间，紧跟着，丁振龙跳了进来。金五爷脸色顿时变得蜡黄，身体也微微颤抖起来。丁振龙手里攥着一把尖刀，对准大惊失色的金五爷：“不要乱动、乱喊，不然就捅死你。”

房间中的油灯随着飞进房间的窗户忽闪忽闪跳动了许多下，借着灯光，银杏儿认出了这个身手不凡的青年，她惊喜地说：“是你?”

金五爷瘫坐在床上，问：“你，你是什么人?”

“我是好人，是专门打抱不平的人，是专门救苦救难的人!”丁振龙举举手中的尖刀，向金五爷示威。

金五爷可谓老于世故，仅仅过了一小会儿，他便镇定了下来：“打抱不平？救苦救难？嘿嘿，油坊的火看来是你放的了？小子，你胆子可真不小。你是魏家的人？田家的人？还是土匪?”金墨轩猜测着，见丁振龙不回话，他脸色一沉，厉声道：“你居然敢硬闯金府，火烧商铺。说，你究竟是什么人？来这里到底有什么目的?”

“你别老母猪撒尿——忽悠拾大粪的。不用害怕，我不伤害你，只是，我得把她带走!”说着，丁振龙靠近银杏儿，用刀子去割银杏儿手臂上的绳子。

金五爷猛地站起身：“你干什么？不行，这女人是我明媒正娶的媳妇。”见丁振龙正忙着割绳子，金五爷突然回身大声喊道：“有刺客，来人哪，抓刺客!”

“老狗，我可不想杀你!”丁振龙咬牙骂道，然后，一记重拳打了过去，正好打在金五爷的后脑勺上，年老体弱的金五爷栽倒在地。门口，两个黑影扑了进来，举枪要射。对他们，丁振龙就不客气了，他先是就地一滚，顺势掏出两柄飞刀，刷刷射了出去，两个黑影便木桩子似的栽倒在地上。

此地不是杀人的场所，而是救人的场所。丁振龙不知外面还有多少人，但他知道，两人不能久留。想着，便拉过已脱离绳索捆绑的银杏儿，“快，跟我走!”先把银杏儿推出后窗，自己跟着跳了出去……

蹿上夜空的火舌渐渐被扑灭，但浓烟依然四处翻滚。“不好!”突然，刚才六神无主只顾救火的金雨亭似乎醒过神来，他对着管家宋茂田说：“快，去看看老爷!”宋茂田、姚来福两人急急跑向院中。

一会儿的工夫，姚来福慌慌张张地跑了回来：“二少爷，不好了！出事了，出大事了!”

几人气喘吁吁跑到金五爷的新房，眼前看到的，除了不知是死是活的金五爷和两个自卫队员外，还有洞开的黑乎乎如一只猫眼的后窗，白天刚抢来的田银杏早已不知去向。

“爹，爹，你醒醒!”金雨亭摇着躺在地上的父亲。

金五爷幽幽醒来，声音低低的：“抓刺客!”金雨亭命姚来福带几个自卫队员跳出后窗，去捉拿刺客和田银杏。留下的人，聚在一起，分析是谁劫走了田银杏。

金雨亭、宋茂田认为，应该是魏思绪所为。这时，一个自卫队员一瘸一拐地跑进新房，说看到劫人者是白天那个帮忙的年轻人。

金雨亭大惊。那个年轻人，他到底是谁？他到底帮谁？要说来抢人的，应该是魏思绪才对啊!

魏思绪岂能咽下这口恶气，他不但来到了陈家庄，而且早就来了。只不过，当魏思绪带人在村外的一片树林中暂时歇息，准备夜里冲入金家大院抢人时，管家刘三骑着马急火火地找到魏思绪，说你们刚出门，一股土匪就冲入了魏家大院，咱家的自卫队根本不是他们的对手，赶快回去看看吧。

“撤，回汀河!”他娘的，金家和我对着干，那个小兔崽子和我对着干，土匪也和我对着干。这到底是怎么了？魏思绪一声令下，十几个人骑着马消失在

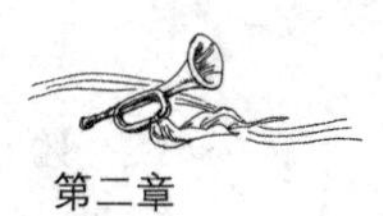



夜幕中。

确切地说，丁振龙和金家、魏家并没有仇，但他和日本鬼子有仇，有不共戴天之仇。父母都死在鬼子之手，别说他一个从小就喜欢习武弄棒的黄河口后生，就是那些整天侍弄庄稼的黑脸汉子也咽不下这口气。

丁振龙趁金家家丁们救火的当口，带着田银杏跑到后院，来到自己早已放好的一架梯子旁，自己先爬上去跳到墙外，再接住后跳下的银杏儿，然后，逃出镇外，钻入一片苇丛之中。歇息了一会儿，两人不敢久留，不敢走大路，趁着夜色，在苇丛、荒地中向远处走去。总之，先离开陈家庄再说，离陈家庄越远越好。

两人跌跌撞撞走了好几里地，来到一片柽柳林，丁振龙建议歇息一会儿，银杏儿欣然同意。两人就地坐下，丁振龙又向外挪了挪自己，然后，憨憨地看了月光下的银杏儿一眼，苦笑一下——一个身穿大红喜装的新娘子，如今却在逃命途中，这算成的哪一门子亲？

虽然是冬夜，两人却不觉得寒冷。只是，白天侠客般的小伙子，此刻却腼腆得没有了话语。

田银杏也有些局促。在渺无人踪的冬野中，她还是第一次和一个男人这样独处。幸好，在她心目中，这个男人是个好人，而且也有正义感，值得信赖。

银杏儿的脸热了一下，轻轻咬着嘴唇，向他望去。

丁振龙感受到了姑娘热辣辣的目光，说："田银杏，你穿这身衣裳真好看。嘿嘿，新婚之日我抢了魏家、金家的媳妇，人家还不知道怎么恨我呢！你不会现在也在心里恨我吧？"

在这个凛凛寒风劈头盖脸的夜晚，小伙子的话语却像阳光一般，弥漫在银杏儿心中。她没有做出回答，却笑了笑："大哥，今天一天都是你在帮我，我却不知道你叫什么名字，能告诉我吗？"

"我叫丁振龙，家住汀河西村。我听人家说你二十岁，巧了，咱俩同岁，我是五月的生日。"

"我是七月的生日。那，以后我能叫你振龙哥吗？"没等丁振龙回答，银杏儿不容置疑地说："我不管你同意不同意，你以后就是我哥了。振龙哥，谢谢你！谢谢你救了我！今年正好是龙年，人家说，十二属相里龙年最是不得安生的年份，龙争虎斗嘛。唉，看来我是不得安生了。"一天来发生的事情实在太多，银杏儿不知道自己今后将面临什么。

丁振龙也无奈，他摇了摇头。

一阵寒风袭来，银杏儿打了个寒战："振龙哥，咱们走吧，在这里越坐就越冷、越渴、越饿，我一天都没吃东西了。”

丁振龙一拍自己的脑袋：“咳，我真浑。”说着，从怀中掏出两个白面卷子，“这是晚上我在饭馆买的，就是预备把你救出来后让你吃的。快吃吧，我这里还有。”

银杏儿接过面卷子，大口大口地吃了起来，她真的是饿坏了。

吃着吃着，银杏儿突然肩膀一抖一抖，哽咽着抽泣起来。

“银杏儿，怎么了?”丁振龙粗枝大叶，根本不知道眼前的姑娘好端端的，为什么突然哭了起来。

“振龙哥，我们以后怎么办？你不能回汀河了，金墨轩、魏思绪有钱有枪有势，绝不会饶过你。我也不能回铁门关了，我要回去，今后不论落到他们哪一家手里，只能是一个死，有家难回呀。只是，可怜了我苦命的娘。”银杏儿抬头向铁门关方向看去，“娘，闺女对不起你!”

经银杏儿提醒，腿肚子贴灶王爷——人走家搬的丁振龙直到现在，才开始考虑起自己以后的去向问题。有家难回，自己有家吗？回到自己叔丁迎霜家？那会不会给他老人家带来麻烦？

想起自己的父母都死在鬼子手中，丁振龙略略思考了一下，说道：“老天爷饿不死瞎家雀！干脆，我们投八路军或者国军，去打鬼子吧!”

“好啊好啊，反正你去哪里，我就去哪里，咱俩是一条绳上的蚂蚱，跑不了你，也蹦不了我。”

“嘿嘿，我听说，现在是国共合作，两军都打鬼子。只是，八路是真打，国军可不一定。不过，咱这大老粗，也不知道到底是八路好，还是国军好。我看，只要能打鬼子，参加谁的队伍都行。”

“可是，哪里有队伍咱也不知道啊!”

“我知道，义和庄就有，离咱这里不远，快点走，一夜就能赶到。这义和庄可有名气了，国民党鲁北行署就在那里，你想，那里有国民党，国共合作，肯定也有共产党，有共产党，就有八路军。谁家要咱，咱就当谁的兵。”

民国27年（1938年）10月，国民党山东省政府由惠民迁到利津，两个月后，又迁往鲁南。临南迁之前，省政府主席沈鸿烈委任何思源为鲁北行署主任，鲁北行署留驻利津。以后，就又迁往了沾化县的义和庄。

银杏儿崇拜地说：“振龙哥，你咋知道这么多?”

“咳，这都是听人家说的。”

银杏儿情绪低落下来：“可是，女人当兵，人家要吗？就是要女的，人家能要我吗？我可是和汉奸拜过堂，和大地主在一张床上……睡……睡过觉的。”在银杏儿看来，被金五爷那臭烘烘的嘴在脸上亲了几口，就算是睡过觉了。

“你真是个傻妮子，在脸上亲几下不算睡觉的。再说，那也都是他们强迫你，又不是你愿意的。我给你说，部队现在可缺女兵了，知道为什么吗？你想啊，现在的女人都是三寸金莲，像你这种大脚片子，缺着呢。”说着，嗤嗤地笑了起来。

银杏儿佯装生气：“丁振龙，你，你笑什么？是不是笑话我这双大脚？”

“没有。不过，我一直纳闷，女人们都裹脚，你怎么没裹呢？”

“我出生在部队，性子野，宁死不裹，所以就没有小脚。”

丁振龙看了一眼银杏儿的大红衣服、插着银簪的发髻和漂亮的脸蛋，说：“现在兵荒马乱的，你就这身打扮？”银杏儿犯愁地皱起了眉头。丁振龙隐约看到不远处有一个村子，说：“你在这里千万别动，我去想办法。”然后，向村子跑去。

不长时间，丁振龙抱着一摞陈旧的男式棉袄、棉裤、狗皮棉帽和一双旧棉鞋回来了，手里还端着一个破碗。

银杏儿一见，既惊奇又担心：“你这是从哪里弄来的？不会是偷的吧？”

“怎么说话呢？我这是跟老乡买的。快，穿上，这碗里还有锅底灰，抹脸上。你换吧，我到那边走走。”说着，丁振龙欲向远处走。

银杏儿急忙拦阻：“振龙哥，别走，我换衣服不避你，你就在这儿吧。”说完，含情脉脉地看着丁振龙，直看得丁振龙转过头去。

银杏儿先换衣服，后将锅底灰抹到脸、脖子、手上，怕不真实，又用随身携带的剪刀铲了一些冻土，再次涂抹了一遍。一会儿工夫，她说换好了，让丁振龙回过身来。丁振龙看着脸上脏兮兮、女扮男装的银杏儿，频频点头：“嗯，你这一捯饬，还挺像那么回事儿。记住，在生人跟前，你是哑巴，明白了吗？另外，你这头发不行，得想法儿弄短了。”说着，从怀中掏出他的尖刀。

“不用，我这里有剪子。”银杏儿从怀中掏出剪刀，递给丁振龙。丁振龙接过剪刀看了看：“哟，这不是你白天拿的那把凶器吗？”说着，模仿银杏儿的动作和声音：“你们两家谁也别逼我，我既不会给人做妾，更不可能嫁给土埋半截儿的老头子，再逼我，我就死给你们看。哈哈哈哈……傻妮子……”

银杏儿扑到丁振龙跟前：“丁振龙，还笑，我现在恨你，你骂过我，骂我是狐狸精，问我是准备留在魏家当汉奸婆子，还是去往金家做地主婆子。难道我命中注定只能是个坏女人吗？我恨你，恨你，恨你……”说着，咯咯咯咯笑着用拳头轻轻打在丁振龙的身上。

虽然是寒冷的冬夜，此刻的田银杏却觉得自己心里像揣了一团火，又像装着一只小兔子，激动而兴奋。她没有想到，一天的变故，竟让自己摆脱了那无望的婚姻，而上天又将振龙哥赐给了她，怎不令她心里充满了温馨、幸福和幻想。

银杏儿感觉脸上有潮潮的东西，伸手一摸，是泪水。

月光下，丁振龙仔细地给银杏儿剪头发，正待剪完，突然，丁振龙听到远处有说话的声音。再仔细看，不远处的乡间土路上有一支二三十人的队伍，正向义和庄方向走去。

"银杏儿，你看，这支队伍是向义和庄走的，说的是中国话，看来要么是八路，要么是国军。咱不是想当兵吗？快，远远地跟上。"两人以为这是正规八路或者国军，银杏儿将自己换下的衣服塞到一丛柽柳中，又看了一眼这个地方，便跟了上去。

坑坑洼洼的乡村公路早已冻结，好在，丁振龙和田银杏都生活于农村，冬天的夜路经常走。即便这样，冬夜寒冷的空气仍像一只只冰虱子，肆意地在他们身上咬来咬去，令他们在干硬干硬的路面上走得不容易。

两人若即若离地听着前面散乱的脚步声，队伍走他们走，队伍歇他们歇，争取不掉队，到了队伍驻地再说。

丁振龙不时提醒银杏儿注意脚下，银杏儿则抓着丁振龙的棉袄，趺趺撞撞，深一脚浅一脚地走着。

银杏儿曾多少次地遐想，自己要有个哥哥或者姐姐，该多好啊！此刻，走在自己前边的这个男人，像一团火，烧她的脸，烧她的心。在他跟前，她有一种安全、踏实的感觉。他，不就是自己怀想了多少年的那个梦中人吗？

真像一场梦，白天自己还寻死觅活，可到了晚上，却渴望无论如何都要好好活下去了。这老天好奇妙。

"哎哟！"银杏儿一分心，一只脚被路边上的"冲口"崴了一下，摔倒了。

丁振龙急忙蹲下："银杏儿，摔着了吗？摔哪了？"

银杏儿坐起来，按着脚踝："没事，没事！"说着，站了起来，试着走两步。

"银杏儿，怎么样，能走吗？"丁振龙关切地问。

能走，肯定能走。但看着憨憨的丁振龙，银杏儿计上心头，她假装脚疼，娇娇地说："振龙哥，我的脚崴了，不能走了，你看怎么办？"

看着越走越远的队伍，丁振龙鼓足勇气，说："要不，我背你？"

"好吧，就背我一小会儿。""傻妮子，上来！"银杏儿计谋得逞，她愉快地趴在了他的背上。

丁振龙的脖子被银杏儿的柔臂蛇似的缠绕住，女性特有的气息在耳畔轻吹，

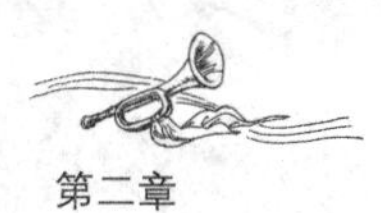



一对乳房紧贴住后背，他心旌顿时有些飘摇，心底泛起一股原始的欲望。

银杏儿呢，当听到振龙哥那句“傻妮子”时，她觉得自己真的傻了。银杏儿二十岁，正是情窦初开、花苞乍现的烂漫季节，自打第一眼看到丁振龙，她的心中竟然漾起一圈圈春情的波澜。路边的芦苇擦着她的脸、她的手，她却漫不经意。大胆的银杏儿抚摸起振龙哥那结实的肩膀，痴迷地呼吸起振龙哥身上散发出的男人气味。她多么希望就这么一直走下去，甚至不要天亮。

人说，千里姻缘一线牵，难道一生的情缘就此决定？这一切，难道就是人们常说的缘分？

“参门儿”早已升上南天，时间已过了子夜时分。走着走着，丁振龙本能地感觉行进方向出现了问题。本来，去义和庄是往西北方向走，可现在的队伍却拐向了东北方。

看着茫茫的芦苇荡，两人别无选择，只有跟着这支队伍走下去。银杏儿心疼振龙哥，虽恋恋不舍，仍然嚷着从丁振龙背上下来了。

东方现出了鱼肚白，天终于亮了。前面的队伍停了下来，丁振龙和银杏儿也在一条铺着杂草的似路非路的路上止住脚步，口中还呼呼喘着粗气。

周围景物依稀可辨：这边是芦苇，那边有柽柳，白亮亮的冰沟、冰汊，更给人感觉四野茫茫。前面队伍乱糟糟的，尤其是那穿戴，有穿国军制服的，也有当地农民打扮的，有着长袍马褂的，还有围得像叫花子的，有人肩挑，有人背扛，几匹马也没闲着，好像驮了不少东西。丁振龙牵着银杏儿的手，想走近一些，看个清楚。

“啊呀!”“啊呀!”随着两声惊叫，丁振龙和田银杏脚下踩空，双双掉进陷阱里。

“哈哈哈哈……”陷阱上的整个队伍都狂呼大笑起来。丁振龙在掉入陷阱的刹那，便知道着了这伙子人的道。他目测，陷阱足有五六米深，阱壁光溜溜的，都是冻土，好在阱底没有机关，只是铺着些杂草，人不至于有生命危险。这么深、这么窄的阱，凭着自己的力量，两人根本上不去。只怨自己参军当兵的心太切，怎么就没一点防备呢？

“银杏儿，你怎么样了？”“振龙哥，我没事。你呢？”“我也没事。好了，别说话，从现在开始你是哑巴了。”

这时，上面传来了说话声。有人问：“快看看，是仔子（官兵）还是勾子（外人）？”有人答：“不是人，准是野物。”

“啥野物？这冰天雪地的。”“我看是夜里勾引人的红狐狸。”

“红狐狸那么狡猾，也掉陷阱？”“掉。它发情的时候，可傻了。看看，下面掉下去的是公狐狸，还是母狐狸？”

“要是红狐狸，我看就是俩，一公的，一母的。就放在里面吧，等开了春，那就是一大窝子红狐狸了！”

阱口探出两个人头，往下观瞧。丁振龙抬起头，急忙喊道：“好汉，麻烦你们，把我们救上去！”

阱口的人凶道：“哟，还会说人话，看来不是红狐狸。那你们是干啥的？说！”

丁振龙喊道：“我们是躲鬼子，跑反的。”

“跑反的？胆子不小啊，竟然跟了我们一夜。跑反跟着我们干啥？”然后，他似乎是对阱上的众人说：“他说他们是躲鬼子跑反的，你们信吗？”一群人狂笑起来。

“弟兄们，还记得咱编的跑反小调吗？”众人回应：“记得，二当家的，你起个头儿，俺们和你一块唱！”

只听阱口的人扯着嗓子唱了起来，其他人阴阳怪气地附和：

“跑反路上遇大哥——”“好啊！”
“大哥伸手在俺身上摸——”“摸啥？”
“先是摸俺的俊脸蛋——”“怕啥？”
“再来摸俺的碎花裙——”“羞啥？”
“他又回手摸起自家的裤——”“做啥？”
“从裤腰里掏出个蒲棒槌——”“干啥？”
“蒲棒槌梆硬竖眼前——”“哎呀俺的娘哎！”
“用洋火点起来熏黑蚊——”“唉，没劲……”

这伙人哈哈大笑起来。蒲棒槌也就是蒲棒，是香蒲的果穗，圆柱形，黄褐色，毛茸茸。晒干的蒲棒，乡下人点燃后用来熏蚊，效果虽不怎么理想，倒也能赶走一部分蚊子。

陷阱中的丁振龙伏在银杏儿的耳旁，轻轻对银杏儿说：“坏了，咱遇到土匪了……”

“大当家的，俺们回来了，抢了、烧了魏家，还抓了两个鬼鬼祟祟的人。”

匪巢梁家屋子，室外天寒地冻，室内火盆汹汹。悍匪梁老七正摸着夫人花石榴的手，一杯一杯地喝酒。钱豁嘴突然闯进来，吓了花石榴一跳。钱豁嘴是二当家，小的时候在家里疯玩傻跑，不小心摔了一跤，被地上的铁锨割裂了上嘴唇。梁老七面露不悦，兴奋中的钱豁嘴却混混沌沌。

梁老七站起来，紧紧地抱住了钱豁嘴，然后，轻轻扑打他身上的尘土：“二当家，这冰天雪地，难为你和弟兄们了。抢得好，烧得好，我和鬼子翻译魏思绪势不两立。弟兄们跑了一个晚上，都累草鸡了，一会儿，大伙儿都到聚义堂喝酒、吃肉，让你嫂子好好陪你和弟兄们喝两盅。”梁老七对自己的手下颇讲义气，恩威并施，有一套自己摸索出来的驾驭术。

钱豁嘴汇报：“大当家的，有两个勾子跟了弟兄们一夜，被我们活捉了。”

“跟弟兄们一夜能有什么好鸟？拉出去，砍球的！再不然，割了他们舌头，用麻布包上，放进油缸里泡，然后，点他的舌头灯。”

“要不，你瞅两眼，咱再灭他们？”钱豁嘴试探性地问道。

丁振龙和银杏儿被五花大绑，蒙着黑眼罩，押到了院子里。

丁振龙和银杏儿从陷阱里被拽上来之后，就被众匪一拥而上，绑了起来。两个土匪走过来，各从怀中掏出一根黑布条，在两人眼前抖抖：“小子，这是规矩！”丁振龙知道，反抗是徒劳的，拳头再厉害也对付不了枪子，何况，此刻的拳头已经失去了威力。他和银杏儿任凭土匪折腾，被蒙住了眼睛。

趁他俩不注意，两个土匪分别把振龙和银杏儿拦腰抱起来，在原地足足转了十几圈，然后折根高高的芦苇，一头自己牵着，一头递给振龙、银杏儿，向庄里走去。

走了不长时间，丁振龙和银杏儿被摘下眼罩。他们揉揉眼睛，略微适应下光线，就被带到了一处许多人在猜拳行令、大呼小叫的大房间，来到了一张桌子跟前。

丁振龙和银杏儿凛然站立。一个土匪骂道：“你两个小子，见了大当家，还不跪下？”说着，在丁振龙腿上踢了两脚，丁振龙纹丝不动。

桌子前坐着梁老七、钱豁嘴和花石榴三人。梁老七端详了仍被捆着的两人儿眼，然后端起半碗酒，咚咚咚喝个一干二净，把碗往桌上一扔，恶狠狠地问：“小子，你们吃了熊心豹子胆，竟敢擅闯梁家屋子？”说话之人相貌威猛，长着两只招风耳，浓眉细眼，阔口厚唇。

“你是谁？”丁振龙问。钱豁嘴忽地站起来，拿枪托就要砸他：“找死啊。”

梁老七豪爽地一挥手：“罢了，大爷我今天痛快，就不和你计较了。小子，在外面就没听说过大名鼎鼎的梁老七？”

丁振龙脸色大变：“你是梁老七？”

钱豁嘴弯腰端起半碗酒，哗的一下就泼到了丁振龙脸上：“梁老七也是你能说的？”

丁振龙怒不可遏，飞起一脚，就把钱豁嘴踹倒在地。土匪们哪干？五六个汉子一起咆哮着向丁振龙扑来。虽然被五花大绑，但面对这些土匪，丁振龙双脚并用，左踢右踹，没费多大劲儿，就把几个匪徒打趴在地上。

好身手！梁老七和众匪徒看傻了眼。

大丢脸面的钱豁嘴掏出手枪，对准丁振龙就要扣动扳机，梁老七猛喊一声："老二，不许开枪！"

梁老七围着丁振龙转起了圈，这动作、这长相，怎么这么眼熟？他想起了自己的结拜弟兄丁迎风，便问："你叫啥名字？哪里人？"

丁振龙答道："我叫丁振龙，汀河人。"

梁老七眉毛一颤："这么说你爹是丁迎风，你是丁迎风的儿子。"

"不错，男子汉大丈夫，行不更名，坐不改姓！我爹是丁迎风，我是丁迎风的儿子丁振龙！"

梁老七喜出望外，紧紧抓住丁振龙的胳膊："我苦命的贤侄啊！"说完，抱着丁振龙号啕大哭起来。钱豁嘴、花石榴等人张着嘴，半天说不出话来……

梁老七赶紧命人为丁振龙和银杏儿解开身上的绳子，拿来两个大碗，让他们坐下喝酒。丁振龙不愿坐，有欲走还留的意思。银杏儿把狗皮棉帽压得低低的，不愿让人看清她的真面目。丁振龙折腾了一个晚上，实在是又累又饿。他知道，银杏儿也好不到哪里去。那好，吃他一顿又有何妨！

梁老七招呼丁振龙："贤侄，既来之则安之。坐下，陪大爷喝碗酒。"丁振龙揪揪银杏儿的棉袄，两人坐了下去。

花石榴分别给两人倒上酒，然后，她问银杏儿："小兄弟，自从进了我们这聚义堂，你怎么一句话也不说？还断不了尿炕吧？不在家吃你娘的奶，跑我们这梁家屋子干啥？"银杏儿也是个聪明人，她假装听不见，不懂事儿，表现得无动于衷。

钱豁嘴也开着玩笑："这位兄弟虽然脸黑，但一看就是细皮嫩肉。怎么，不会和谁家的姐姐妹妹犯下了花花案子，在老家待不下去了吧？"说完，向银杏儿的裆处摸去。丁振龙急忙用手挡过。

梁老七哈哈大笑起来。

丁振龙接过话茬："这位兄弟叫田娃，是个哑巴。"花石榴惋惜地说道："是吗？那可真是可惜了。"

梁老七端起酒，站起身，对众匪说："弟兄们，我梁老七，为匪也好，做侠也罢，如今整整八年。八年里，我崇拜的人不多，我视作大英雄的人更少。而汀河庄的丁迎风，被鬼子征去运枪支弹药，在黄河口与鬼子和鬼子的弹药船同

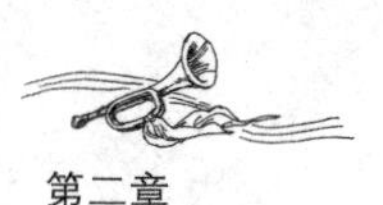



归于尽。他，是我心窝子里永远的大英雄。”说着，拉起丁振龙，高声说道：“我要告诉大家一个好消息，今天，丁大英雄的公子丁振龙，来了！让我们端起酒，共同欢迎青年英雄入伙！干了！”

丁振龙吓得脸都白了，赶紧制止：“不行，这酒不能喝!”什么，入伙？让我也当土匪？打家劫舍，杀人绑票，奸淫妇女……你可饶了我吧，大爷。

“欢迎少英雄!”众匪一片呼声，将碗中酒一饮而尽。

不过，这碗酒却有三个人未喝，一是丁振龙，二是“田娃”，三是钱豁嘴。钱豁嘴现出不屑一顾的神情，趁人不注意，把酒洒在了地上。

梁老七没有注意几个人的表情变化，依然处在自己的高涨情绪中：“可以说，要是没有丁振龙爹娘，我梁老七早就到阎王殿去见绿林将军张宗昌了。想想这两个大恩人，我是枉活在这个世上啊。当年，我和丁迎风都在黄河上走船，两兄弟投缘就拜了把兄弟。我们对天地祷告：天地为证，我两人今日结为兄弟，自此有福同享，有难同当，同甘共苦，生死不弃。可后来，由于一桩命案，再加上身浮心野的我不愿过没酒没肉的日子，便与几个好汉哥一起来到这利津荒洼干起了响马。我多次邀丁迎风大哥入伙，他总不动心。”

梁老七又喝一口酒，接着说：“弟兄们还记得不记得上年我带人抢鬼子弹药库的事？当时，我们抢了鬼子的弹药库，惹恼了鬼子。鬼子围剿我们，逼得没法，我和几个兄弟偷偷藏到了汀河迎风大哥家，却被汉奸密探告密，被鬼子包围了起来。寡不敌众，几个兄弟战死，我和迎风大哥逃出村子，可怜藏在地窖中的迎风大哥的老婆，我的嫂子，却被当作匪妻，让鬼子活活烧死了，活活烧死了啊！嫂子啊——”

# 第三章

茫茫苇丛，熊熊大火，浓烟直冲云霄，春夜刀光血影。丁振龙猛然想起了烈焰中的母亲，想起了那个春天的夜晚，那片血色芦苇……

丁振龙家住汀河村最西边，三间低矮的土坯房，屋前是一个用秫秸扎成的小院子，屋后是空场地，东边是叔丁迎霜的家，西边则是一大片芦苇。

那是去年农历三月的一个晚上，丁迎风正在屋里磨镰，再娶的老婆、丁振龙的娘丁王氏坐在炕上纺线。突然，院外传来了喊话声："院里的土匪听着，你们已经被包围了，赶快出来投降！太君会赏你们一个全尸。"

丁迎风大惊，他从窗户往外一看，院外隐隐约约有十几名鬼子和汉奸。他一把拉起老婆丁王氏，从后窗跳出，弯着腰跑到屋后的地窖前，三把两把掀开地上的柴草，嘱咐道："赶快下去，千万千万藏好！"

丁王氏拉着丈夫的手："他爹，你也快进去！"

"不行，我得去看看那几个兄弟，人家生死相托，咱不能光顾自己。"说完，将老婆续进地窖，盖上柴草。

藏在屋前地窖里的梁老七和他的几个兄弟也听到了喊话声。躺着的梁老七忽地坐起，说："咱们东躲西藏，看来是咋着也躲不过这一劫了。听听，还给我们留个全尸？全尸、半尸不他娘的一个熊样吗？弟兄们，咱们虽然是土匪，但是中国人，在鬼子面前，咱绝不做孬种，更不当汉奸。舍生取义的时候到了！弟兄们，跟着我，向那片苇子冲！冲不过去，咱就和鬼子拼了！"

还没等梁老七他们往外冲，回到屋里的丁迎风为了吸引鬼子注意，举起平时打猎用的毛枪向外面的鬼子开了一枪。这下，引来了鬼子枪弹的密集还击，三间柴屋成了鬼子的靶场。

一阵枪声过后，当时的陈家庄据点鬼子指挥官伊藤见屋里没了动静，便命令鬼子、汉奸往屋里冲。这个工夫，丁迎风从后窗跳了出去，然后，向屋子西边的那片芦苇跑去。丁迎风想，只要将鬼子的注意力引入苇丛，趁着夜色，梁老七他们就有逃走的机会。

鬼子、汉奸进入丁家房间，发现了有人从后窗逃走，向苇丛方向跑去，部分鬼子紧跟着跳窗追去，另外的鬼子退出房间，想从房前追赶。此时，梁老七等人正猫着腰向苇丛跑，鬼子的枪响了，后面的几个土匪应声而倒。

梁老七就地打了个滚，躲开飞来的子弹，然后，手里提着的二十响盒子枪便噼里啪啦地向对方射去，几个鬼子、汉奸被撂倒了。趁着敌人愣神的工夫，梁老七一个俯冲，侥幸蹿入苇丛之中。

追上来的伊藤看见还有土匪钻入苇丛，遂命令部分人搜查苇丛，部分人转回到小院里，展开地毯式搜索。

一个汉奸发现屋子后面的一堆柴草似乎被人动过，便用刺刀挑动柴草，当柴草全部被挑掉，一个地窖露了出来。随即，藏在地窖中的丁王氏也就被抓了上来。

伊藤看到自己一方又死了几个人，眼睛瞪得如同牛眼：“哟西，匪婆子的干活？”他用日语对翻译说，“问问她，哪里还有土匪？然后，烧死她。”

鬼子命人将丁家的柴火搬到西侧的苇丛处，从村里找来些菜籽油，泼了上去，他们要火烧连营。村里一些大胆的人，三三两两凑在一起远远地看着，但看到持枪站立的鬼子、汉奸，谁也不敢上前。

鬼子翻译走上前来，问丁王氏：“丁迎风家的，你认识我吗？”

丁王氏一愣：“你？你不是魏家大院的少爷吗？”

“是，我是魏思绪。太君要我问你，哪里还有土匪？”

“你就告诉鬼子，我们家里没有土匪。有几个孩子他爹的朋友，我听刚才那一阵阵枪声，恐怕也死得差不多了。别的，俺一个妇道人家，就啥也不知道了。”丁王氏此刻担心的，是孩子他爹和他的那些朋友们，是活着还是死了。

魏思绪把话翻译给鬼子，伊藤走过来：“八嘎，死啦死啦的。”然后，啪啪给了丁王氏两个耳光。丁王氏是个刚烈的女人，被打火了，破口大骂：“畜生，你们日本鬼子都是畜生！我就是死了，也要变个烈鬼出来点你们的天灯！”

伊藤阴阴地一笑：“我的，成全你！”随即手一挥，鬼子把丁王氏绑了，扔到柴火上。

陈家庄警备中队队长张宫豹走到丁王氏跟前：“你个臭婆子，死到临头了还嘴硬！俗话说好汉不吃眼前亏，要是你知道啥，就赶紧说，要是不说，你难逃一死。”这张宫豹土匪出身，鬼子来了之后，摇身一变，成了伪警备中队队长，整天带着帮狗汉奸欺男霸女，为害一方，是个铁杆儿汉奸。

“你个有爹生没娘养的东西，好好的中国人不做，给鬼子舔腚，给鬼子当狗。你，你们都不得好死。”刚骂完，鬼子就点燃了泼了菜籽油的柴草。顷刻间，丁王氏变成了一个火人，橘红色的烈焰，把她的面部轮廓勾勒得更加清晰。

火苗像红舌头一样狂舔着天空。此时，到陈家庄赶集的丁振龙回到了家。乡亲们看到丁振龙，几个人跑过去，紧紧地抱住了他。

当弄清楚怎么回事以后，丁振龙就要冲上去拼命，却被人死死拽住。此刻的丁振龙牙齿咬得咯咯响，腮帮子凸起条条棱子。

满眼泪水的丁迎霜告诫振龙，你娘已经不行了，君子报仇十年不晚，眼前决不能轻举妄动。

远远地，在熊熊燃烧的火焰映照下，丁振龙双膝跪倒在地，眼泪横流。他注视着早已成为灰炭的母亲，心，一点点地坠入了黑暗。

1939年这个春天的晚上，十九岁的农村青年丁振龙正蓬勃着，可母亲，却已与他阴阳永隔。娘啊，不孝子回来得晚了一步，否则，我会和日本人拼命啊——

血色春夜中，芦苇在燃烧，腥红火光亮成一片。丁振龙挣扎着，他要去抱母亲出来，乡亲们紧紧拉住他，以防他去送命。

十个手指都抠出了血，丁振龙毫无知觉。

熊熊大火，映红了黄河入海口这个村庄的天际。丁振龙跪在地上，满目都是那血色的芦苇……

“弟兄们，倒满酒，这碗酒咱们不喝，就敬给丁大英雄和我的嫂夫人！愿他们的在天之灵保佑咱们!”

在梁老七的带领下，大家把酒举过头顶，然后洒在地上。

丁振龙十分惊讶，更是大受感动。故去的爹娘肯定知道，这梁老七是土匪，在土匪遇到鬼子追杀时，他们挺身而出，将土匪保护在自己家中。可爹娘都是本本分分的农民啊，他们不是土匪，也不会刻意保护土匪，是爹娘是非不分，善恶颠倒，还是念及旧情，一致对敌？丁振龙又陷入困惑之中。

梁老七拍了拍丁振龙的肩膀，说：“有人说了，姓丁的这不是通匪吗？不对！丁迎风是个有情有义的人，他念的，是我这个结拜兄弟，他救的，是被鬼子追杀的人，并不是通匪。他呀，是个好人，在汀河庄，无论大事小情，人们都信服他，他是那种见山是山、见水是水，不在背后使阴招的人。俗话说虎父无犬子，我看，丁振龙也是一个可堪做未来梁家屋子大当家的青年英雄。”

一听这话，钱豁嘴不愿意了，他对梁老七冷冷地说：“大哥，这就是你的不对了。即便他爹娘对你有恩，那也不能对他太偏心，否则，就对不起我们这些兄弟了。尤其是你说这小子‘堪做未来梁家屋子大当家的’，那他有什么功什么劳，有多大德多大能来干这个大当家的？”

“还什么功什么劳，多大德多大能，难道你不觉得他像他的亲爹老子？难道你看不出来他是个练家子吗？”

“像不像他亲爹我不知道，是不是练家子没看出来。不过，你不能慢待弟兄，要对我们这些跟着你打打杀杀多年的弟兄有所交代。再者说了，我和弟兄们还真想与这个练家子交交手，看看他到底有什么能耐。”这钱豁嘴生性刁顽，不思课读，不遵教化，但有话说，有屁放，是个直肠子。

花石榴端着一碗酒，走了过来。她对丁振龙没什么恶念，但想看看他到底有什么真本事。花石榴在娘家时并不知道自己有酒量，到了梁家屋子，却被土匪给试了出来。此刻，她大口喝了半碗酒，说：“我看二兄弟这回说得对，咱大当家的不是常说吗，光说不练假把式，光练不说傻把式，又练又说真把式。咱眼么前儿站着的人不会是个假把式吧？”

有土匪喊：“他这模样，看来是和尚拾梳子——派不上用场的家伙！”“你平时都是蹲着尿尿吧？”

面对土匪们的激将法，丁振龙不为所动，他对梁老七和众土匪说：“大当家、二当家、各位朋友，我丁振龙和哑巴兄弟田娃，本来是去义和庄投奔八路或国军的。没想到，天黑路不熟，跟着各位朋友来到了贵地，尤其，在这里见到了我爹的把兄弟梁大爷，我很高兴。不过，这梁家屋子，我是不能留的，因为我要去当兵，去杀鬼子，去报仇雪恨。”

说完，他冲大家一抱拳，端起酒碗：“大路朝天，各走一边。咱们是各端各的碗，各吃各的饭，大家好自为之。我们兄弟俩就此别过，希望牛郎约织女——后会有期。敬了！”一仰脖，将一碗酒喝了下去，然后，放下碗，拉着“田娃”就往屋外走。

这回轮到梁老七惊讶了：“站住！吃了我的，喝了我的，怎么，说走就走？有这么便宜的事吗？”

“恕我直言，大当家的，你这里不适合我。因为，我要杀鬼子，我要报杀父杀母之仇，所以，我必须走。”

“混账，本当家的还用得着你来教训？这里是那种说来就来说走就走的地方吗？”

“难道你想让我们落草为寇，在这里当土匪?”

“土匪怎么了？山东张宗昌土匪出身，不还是当了山东督办吗？东北张作霖手下几十万人里面，你知道，有多少人是土匪出身?”

丁振龙猛一抬头：“可实话说吧，我不愿当土匪。”

“不愿当土匪？我还告诉你，你们那个埝儿就是个土匪窝，汀河、陈家庄、韩家垣子、八里庄，哪个庄没有几十个土匪？再说，我是土匪不假，你爹、你娘不也是因为通匪才被杀被撵的吗？通匪，不就是土匪吗?”

“不对，我爹我娘不是土匪!”

“是不是土匪咱不说，我只是劝你不要敬酒不吃吃罚酒，真惹恼了弟兄们，你的小命将不保!”

“青山不老，绿水长流，梁大爷，咱们后会有期!”丁振龙不愿再啰嗦，又一次抱拳，然后，拉一拉银杏儿的棉袄：“田娃，咱们走!”

突然，梁老七掏出身上佩戴的枪：“丁振龙，你给我站住!”

丁振龙拉着银杏儿回头，给梁老七鞠了个躬，扭头向门口走去。当丁振龙拉开聚义堂的木门时，室外的景象让他大吃一惊。只见漫天飞雪，天地难分，不知从啥时候开始，一场纷纷扬扬的大雪已经把地面覆盖得严严实实，积雪足有半尺多厚。

看着呆愣在门口的丁振龙，梁老七依然不依不饶，他用枪紧紧指着丁振龙：“丁振龙，别迈出这个门槛，否则我的枪是不长眼的!”当他看到丁振龙站在门口一动不动，以为他回心转意了，忙走过来，一看院子，他终于明白了：“哈哈哈哈……这叫人不留人天留人……”

鹅毛大雪一整天都没有停下，院子里的积雪已足有三尺多深，西北风呼啸着，天地混沌成一片。到了晚上，雪开始小了，天气却嘎巴嘎巴地寒冷起来。

这里处于黄河入海口百里荒原，草深林密，荒无人烟，别说有三尺多深的积雪，就是大晴天想走出去，也得费个九牛二虎之力。想急于离开梁家屋子的丁振龙有些失望，甚至是绝望。他担心夜长梦多，这倒不是能不能尽快当上正规军的问题，而是担心银杏儿，一个女孩子假扮男人，即便现在是“哑巴”，随着相处时间的增多，也难免露馅儿。可怕的是，如果真露了馅儿，这些男人都是杀人不眨眼的家伙，想收拾一个柔弱的女孩子，还不如同宰一只小鸡?

即便这样，两人也只有一条路可走，那就是住下来。天要下雨，娘要嫁人，面对茫茫积雪，实在是一点辙都没有。

梁家屋子人多房少，梁老七让手下人临时把仓房的里间拾掇出来，靠着墙

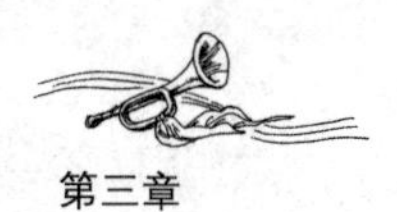



壁铺了两张地铺，丁振龙一铺，“田娃”一铺。

丁振龙一看这种安排，直说不行不行，得给俺俩一人一间。正在和小土匪交涉之际，钱豁嘴来了，问明原由，眼睛就瞪起来了：“小子，还真把自己当大当家的了？摆谱是吧？蹬鼻子上脸是吧？我的弟兄们都睡通铺，你这两人一间，都他娘的快赶上我的待遇了。姓丁的，凑合着吧，切！”说完，扬长而去。

丁振龙没了办法。看匪徒走远，他问银杏儿：“你看这怎么办？”银杏儿终于说出了出陷阱后的第一句话：“娘唉，可憋煞我了。哥，我愿意这样住。”

仓房是三间，外屋两间堆着满满当当的农具。丁振龙看了看仓房结构，挺满意的，因为里间没有窗户，里外屋门一关，屋里说话，外面怎么也不会听到。这下，“哑巴”更是高兴，白天不敢说话，这夜里关了房门再不让说话，那不真的要憋死。

丁振龙关了外间的屋门，回来说：“银杏儿，你在里间睡，我拾掇拾掇外间，搬出去。”

“不，我自己在一间屋里害怕，不许你出去。”银杏儿制止他。

“那，多不方便？”

“振龙哥，我是你妹妹啊，有啥不方便的？就这么定了，这样咱俩说话方便。”

油灯一闪一晃。房间里冷如冰窖，两人和衣躺进了自己的被窝。想起两天一夜的遭遇，丁振龙恍若身在梦境。这算啥世道呀！那边，有鬼子，杀人放火，无恶不作；这边，有土匪，绑票劫道，鱼肉乡里。好好的闺女，被汉奸恶霸抢来夺去，还说啥幸福、美满，能保住命就算烧高香了。唉，世道不济，灾难不一定啥时候就会落到人们头上。

这时，只听到隔床的银杏儿嘤嘤地抽泣起来。

“银杏儿，你咋了？”丁振龙急忙从地铺上坐了起来。

“没啥，我就是想我娘了。我这一跑出来，还不知道金家、魏家咋样祸害我娘哩。我娘是个苦命的女人啊，她这半辈子都泡在苦水里。早先，我那当军官的爹欺负她，如今，我那霸道的恶爷爷、恶奶奶欺负她。她逆来顺受，不敢抗争，好像有啥把柄攥在他们手里。每天晚上，她都是坐在洋油灯下，要么在为人纺线挣几个毛票，要么就是为我缝补那些破旧的衣裳……娘啊，我的亲娘……”

丁振龙安慰道：“银杏儿，家家都有本难念的经。不怨天，不怨地，只怨这世道太瞎。睡吧……”

晚上，丁振龙起来小解，看到雪又下大了。回到房间，银杏儿正在熟睡，她半蜷着身子，一只仍然穿着棉袄的胳膊露在了被子外边，他轻轻抬起银杏儿的胳膊，放进被子。

天渐渐亮了，丁振龙从地铺上早早爬了起来，得出去清扫积雪。他蹑手蹑脚，生怕吵醒银杏儿。其实，一个晚上，他都没有暖和过来。

丁振龙从农具中找出一把铁锨，推开门，看到雪停了，却足有大半人深，要清出一条通向聚义堂的路，也不是易事。他二话不说，拿起锨就铲起了雪。

忙活了约半个时辰，银杏儿也扛着锨走了过来。丁振龙往四周看了看，没有匪徒，便说："银杏儿，回去，这是男人干的活。"

银杏儿也警惕地朝周边看了看，笑着说："哥们儿，我'田娃'不是男人吗？"

梁老七穿着一件花狐皮大氅，站在庄口的瞭望台上。这是他的一个习惯，每天早晨，无论刮风下雨，都要上来站一会儿。他看到，皑皑白雪之中，两个"男人"正你一锨我一锨，铲除着积雪，一条雪中路，向聚义堂延伸着。梁老七对身边的跟班李有年说："你去，多找几个兄弟，去给丁振龙盘一铺大炕。"李有年领命而去。

梁老七四处观望着，这白皑皑的荒原像一只无边无际的白玉盘，好看倒是好看，可自家的存粮，能坚持到春来雪化的那一天吗？

丁振龙和银杏儿刚回到房间，李有年带着几个匪徒来了，他对丁振龙说："兄弟，我叫李有年，大当家的命我们给你和哑巴兄弟盘铺炕。"

丁振龙疑惑："有年兄弟，这冰天雪地的，咋盘？"

李有年在丁振龙腚上踢了一脚，笑着说："你个驴日的，咋盘？我也不知道，可在我们梁家屋子，大当家的话那就是圣旨，我们只有想办法喽！你小子，是哪炷香烧对付了，对手下，大当家的这可是开天辟地头一回！"

土坯是现成的，只是和泥需要用热水。这些，都难不住曾经的庄稼汉们。一个上午，一铺大炕就盘好了。丁振龙一个劲地道谢，土匪们说，以后有好处，想着我们就成了。说完，几个人走了。

刚走了一会儿，李有年又回来了："丁振龙，我们大当家的请你去喝酒。哑巴就不用去了。""那他怎么吃饭？""和大伙一块儿。"丁振龙想想，也好，省得露馅儿。

梁老七在自己屋里请丁振龙喝酒，就他俩，没外人。梁老七从自己的身世，到与丁振龙父亲的交情，从拉杆子为匪，到如今做着"土皇帝"，说情、道义、谈享乐，目的还是拉丁振龙入伙。他有一个私心，自己年龄越来越大了，得培养一个接班的。可经过长期观察，他觉得钱豁嘴和其他土匪都不太称他的心，

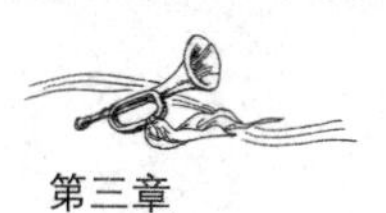



而通过短暂观察，感到丁振龙是个人才，有智、有义、有武功，可堪造就。

至于是不是未来一定将“大当家”这一名头交与丁振龙，两说。

丁振龙端起酒盅，说：“晚辈给您老端三个酒!”梁老七乐呵呵接过，一一喝尽。

丁振龙说：“梁大爷，有几句话我不知当说不当说，如果不妥就当我没说，行吗?”

“都是自家爷们，你还闹这些弯弯绕干啥？说!”

“你知道的，咱利津流传着一句民谣：利津三大害，土匪、蚂蚱、顽固派。这土匪可是三大害之首!”

“贤侄啊，此言差矣。你有所不知，虽然都是土匪，可这土匪和土匪不一样。民国16年（1927年），以‘二大头’孙振友、‘八千岁’刘国贞、‘先生老三’张和源、‘先生老四’徐国栋为首的四股土匪势力兴起，号称‘四大团’。他们有匪徒一千多人，在咱这块埝儿为非作歹，祸害百姓，制造了‘血洗左家庄’、‘火烧十六户’、‘扒毁民坝黄河决口’一些个惨案，更别说民国二十三年（1934年）轰动全国、震惊外国老毛子，让老蒋都犯愁的‘顺天轮’事件了。”

丁振龙接过话茬：“咱利津一带，人们称土匪为‘老缺’，是不是因为这些人整天打家劫舍，杀人绑票，无恶不作，实在缺德?”

梁老七毫不避讳：“可不是咋的？小孩他娘吓唬孩子：‘别哭了，再哭，老缺来了!’这话，比‘老虎来了’都好使。那都是坏土匪。”

“难道还有好土匪?”

“那倒没有，只要是土匪，都少不了打家劫舍，杀人绑票。可我梁老七总是告诫手下，多吃大户，少抢或者不抢穷人。你没看到你住的屋里都是农具吗?等开了春，我们都是自己开荒种粮种菜，实在不够吃的，才去抢，才去绑。”

丁振龙说：“现在国家有难，到处是鬼子，你们不去杀鬼子，却欺负中国人，实在不应当。打鬼子除汉奸，才是男人真正该做的事。难道就没想换种活法，不再当土匪，背恶名?”

“你是说让我也接受‘招安’，去打鬼子？贤侄啊，你大爷我是个粗人，姥姥不疼舅舅不爱，一根肠子通着腚，直来直去。虽也知道当土匪不受人待见，可官府不容我们弟兄，你说我有啥办法?”

丁振龙问：“你怕小鬼子吗?”

梁老七说：“嘿！你说我怕过啥？怕过谁？想起你爹娘，想起我那让鬼子打死的兄弟，我梁老七就和日本人势不两立。”

梁家屋子不缺柴草，晚上，银杏儿把大炕烧得热热的。

几天来的遭遇惊心动魄，银杏儿却欢悦着。在这兵荒马乱的日子里，她相信，自己能和振龙哥在一起，一定是救苦救难的菩萨在保佑她。她想，今后不管振龙哥在哪里、干什么，她都不会和他分开。

自从前天晚上睡上了热炕，丁振龙便在睡觉前，用粗布床单把自己和银杏儿隔开。每次扯床单，银杏儿不说什么，但总是用怪怪的眼光看着他。

银杏儿备受折磨。这几个晚上，她辗转反侧睡不好，觉很轻，轻得像一片片晶莹透亮的雪花，掉在手心里，就成了一滴水珠。鸡已叫头遍了，银杏儿听得床单那边的振龙哥翻过来覆过去，知道他醒了，突然就想，万一振龙哥忽地掀开床单，扑到我这边来，压在我身上，那该怎么办？振龙哥，你是木头吗？天天晚上和我睡在一个炕上，怎么一点也想不起我？真恨不得掀开床单，爬到他的被窝里去。

其实，丁振龙是个男人，是个血气方刚的男人。从在魏家大院看到银杏儿的第一眼起，这个姑娘身上那种一般乡下闺女没有的气质和漂亮长相就深深地吸引住了他，她的一举一动，一颦一笑，都让他心跳。一对情窦初开的青年男女睡在一铺炕上，让这个男人彻夜难眠，他何尝不想钻进银杏儿的被窝，将这个妹妹抱在怀中？

突然，银杏儿“哎哟哎哟”地叫了起来。

“银杏儿，咋回事？”隔着床单，丁振龙问。

“哎哟，哎哟！我转腿肚子了。哎哟哟，哎哟哟……”黑暗中，银杏儿一脸的坏笑。

“那，那，那咋办？”

“你个木头，还不快过来给我揉揉！”

丁振龙掀开床单，爬了过去。银杏儿趴在被窝里，将一只腿伸出被外：“快，给我揉揉！”丁振龙跪在炕上，用一双粗大的手按压、揉搓着银杏儿细腻的腿肚子。这可是平生第一次直接接触女人的皮肤啊，他顿时感到浑身翻腾起一股难以名状的情愫。

“好了！”银杏儿将腿收回去，摸着洋火，坐在炕上将油灯点燃。

依然跪着的丁振龙突然惊呆了。只见银杏儿神情娇羞，眼含秋水，粉红色单衬衣里双峰高耸，鹅蛋形的脸庞白里透红，虽说头发剪成了一个假小子头，但此刻更让人觉得青春诱人。

银杏儿潮红满面，心跳如鹿，呼吸越来越急促，火热的气息只往对面的振龙哥脸上喷去。

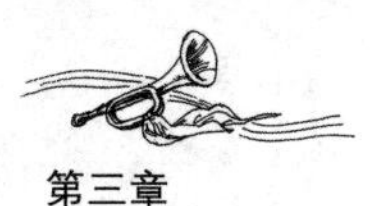


丁振龙只觉得自己胸腔里好像有无数只饥渴的小兔子在蹦、在跳，浑身发胀，嗓子冒烟，突然，便像一头发了疯的雄狮一样将银杏儿抱在了怀中，只一下，就捕捉到了银杏儿温热的唇……

丁振龙控制了。

但没控制住。

灯影里，杏脸桃腮的银杏儿把自己的头紧贴在丁振龙的胸脯上，娇羞地说："振龙哥，我听到你的心跳了，你能听到我心跳吗？"

"听到了，银杏儿，对不起，我……"

银杏儿紧紧搂着丁振龙，生怕他跑了似的："哥，我愿意。我虽然和姓魏的汉奸拜了堂，但没嫁给他。我虽然被姓金的地主亲了，但那是被逼的，我的人，我的身子都是干净的，这会儿……你……你要了我吧……"

说实话，丁振龙活了二十年，从来没有对女人动过心，可自从与银杏儿同室而眠后，他便盼着夜幕早点降临。对他来说，在清冷的夜里轻轻辨听那匀称的呼吸声，就是一种从未有过的享受。而当熟睡中突然听到银杏儿哗哗的撒尿声，更是让这个血性男儿的一股股热血直往脑袋上顶。

可，我丁振龙是要杀鬼子的，说不定哪天脑袋就要搬家，如果真要了她，那不是坑了这个称我为哥哥的妹妹吗？

"银杏儿，你胡说啥，我是你哥。"丁振龙言不由衷。

伏在丁振龙怀中的银杏儿十分震惊，她猛地推开丁振龙："你，你嫌弃我？"

"不，银杏儿，我没爹没娘，我要杀鬼子，为爹娘报仇，但说不定哪天我就会和鬼子同归于尽，所以，我不能……不能……你应该找个好男人，嫁给他。"

银杏儿又扑到丁振龙怀中："我谁也不嫁，我只嫁给你。振龙哥……"

丁振龙的欲望又被诱发了出来，那是一种急于发泄的激情，他喘着粗气，在她的唇上、脸上一番狂吻。银杏儿更是阵阵眩晕。

丁振龙的手伸向银杏儿粉红色的内衣。

"咣咣咣！"突然，还没等丁振龙触摸到那两座耸起的小山，便听到屋外传来土匪急切的叫门声："丁振龙，开门！"

新娶的媳妇田银杏被金家抢去，鬼子翻译魏思绪恼羞成怒，后来，听说田银杏又被那个大闹喜宴的年轻小伙劫走，还烧了金家油坊，他又变成了哭笑不得。

可谁知，屋漏偏逢连夜雨，船迟又遇打头风。可恶的梁老七一伙土匪又连烧带抢，魏家大院损失过半，这还不包括被丁振龙飞刀射死的两个汉奸。

魏家、金家两个乡村大户，一夜之间，竟然被一个无名小卒折腾得鸡犬不宁。随着事情的步步进展，魏思绪的心境，也由最初的恼羞成怒，到后来的哭笑不得，最后变成了满肚子的苦不堪言。

土匪来烧来抢没办法，谁让我带着日本人追杀过他们。但，那连闹带抢的年轻小伙何许人也，我得罪过你吗？为啥和我过不去？

管家刘三告诉他，那小伙叫丁振龙，是丁迎风的儿子。

啊！丁迎风的儿子？

明白了！明白了！明白了！

可是，你爹娘死在鬼子手里，和我魏思绪有什么关系？我只是个传声筒，给鬼子做做翻译，并没有直接杀中国人。况且，你娘被烧死前我还想帮她说情来着，只是她太刚烈，这能怨谁？

冒着鹅毛大雪，魏思绪带着几个汉奸回到了陈家庄鬼子据点。“报告太君，我们回来了！”一进小队长山田一郎的指挥室，魏思绪看到，鬼子正在斜眼瞧他。他献媚地向鬼子点点头，想说什么，却听见山田一郎狡黠地问道：“魏思绪，新娘子的，带来让我瞧瞧？”其实，小鬼子早已知道新娘子被人劫走了。

魏思绪支支吾吾：“这个，这个……”

一个汉奸说：“报告太君，我们的失职，没有保护好新娘子。”

“你们支那人，有一句成语，叫做乐极生悲。你的，乐极生悲！哈哈哈哈……我问你，偷袭者是中国正规军？”

“不，太君，是一个毛头小伙。不过，你根本没法想象，那家伙，简直就是一个魔鬼，一个亡命之徒。你知道他是谁吗？他叫丁振龙，是丁迎风的儿子！”

山田一郎脸色大变，伸手就要去抓身上的军刀：“什么？八嘎，丁迎风！”

“太君，丁迎风死了，但丁迎风的兄弟丁迎霜是汀河西村的保长。要不，咱办他个通匪罪，把他抓起来，然后来个引蛇出洞，把那丁振龙引出来？”站在一旁的张宫豹建议道。

山田一郎眼睛骨碌碌转着看张宫豹，然后摇摇头：“不，不！对皇军来说，丁振龙，小意思。但在汀河建立维持会，为皇军筹钱、筹粮、传递情报，却是大事。丁迎霜，维持会会长的干活！”山田一郎眼下的当务之急，是在周边村庄建立维持会。他知道，在广阔的中国土地上，日本军人兵力不足，怎么办？那就要三分军事，七分政治，以华治华，用中国人来管理中国人。

雪后的一个上午，汀河西村的村民都被集中到村子中间的一个空场院里。场院南侧，挨着土路，有一棵大槐树，槐树上挂着一口大铁钟。保长丁迎霜也站在人群中。

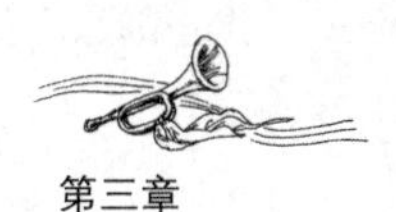



山田一郎先是站在场院北侧的一块土台子上，呜里哇啦地用日语训话，然后再由魏思绪翻译一遍：“太君说了，大日本皇军来到中国，是建立大东亚共荣圈的，是让中国老百姓过上好日子的，他们要和咱们中国世代友好，和睦相处……”

山田一郎训完话，张宫豹走上了土台子，扯着嗓子喊道:“刚才，皇军……”

有人在场下嘀咕：“什么皇军？鬼子!”“张宫豹，狗汉奸!”

山田一郎见人群中有一些小的骚动，喊道：“不要吵，再吵，死啦死啦的!”

张宫豹并没有听清楚台下人们说的话，他接着说：“好，简单说吧，这次皇军来，是指定维持会会长的。那谁来干这个维持会会长呢？丁迎霜。丁迎霜来了没有？站出来!”

无奈，人群中的丁迎霜站了出来。丁迎霜和哥哥丁迎风是一对双胞胎，跟一个人似的，外人难以分辨。只见他四十多岁的样子，中等个儿，五官轮廓分明，目光锐利，眉宇间透着一股豪气。“我是丁迎霜。”

“好，从今往后，你就是皇军的维持会会长了。”张宫豹说。

“我不知道这维持会是干啥的，我不干!”

“你不是保长吗？这维持会会长和保长没多大区别。非要说区别嘛，那就是既要管好村里的事，维持好秩序，又要为皇军服务。你作为保长，干得不错，村里人都信服，那作为维持会会长呢？慢慢学，慢慢来，皇军相信你能干好。”

“你们就是说下大天来，我也不能当这个维持会会长!”

魏思绪走过来，恶狠狠地说：“维持会会长你干不干，那是太君的事，由太君管。我想问的是，你把你那土匪侄子丁振龙藏哪里去了？他抢了我的小妾，我早晚得抓住他，然后，扒了他的皮。”

山田一郎面露凶光，手伸向了军刀。张宫豹见状，对丁迎霜说：“你不想活了？实话告诉你，你哥嫂是土匪，你侄子抢了魏思绪的夫人，杀了我们两个人。按照中国吏律中自古就有的连坐，一人犯法，全家受罚，一人杀人，全家枪毙！就凭这一条，你、你的家人，都已死到临头了。太君慈悲为怀，给你立功赎罪的机会，你还推三阻四，找死是吧？”

丁迎霜的眉头一下就皱了起来。

# 第四章

难熬的冬天终于过去，春天来了。荒原里，已经融得一片斑驳的残雪，在依旧冽冽的寒风中结出一层层冰茬儿。

粗檩条儿有粗檩条儿的烦心事，细草秆儿也有细草秆儿的窝憋情。自从那个冬日的深夜，激情爆发却被查夜的匪徒惊扰，丁振龙和银杏儿虽然依旧住在一起，但却没有再续前情。

那天早晨，两人归于平静，却不知道如何开口。一身男装的银杏儿静静坐在炕沿上，目光呆滞，她总在想着丁振龙那句“你应该找个好男人，嫁给他”，便觉得丁振龙嫌弃她。他是嫌弃自己和魏汉奸拜过堂，还是嫌弃自己被金地主亲过嘴？要么就是嫌弃自己有一双大脚？银杏儿猜不透彻，也想不明白。

坏情绪很快传染给了丁振龙。丁振龙看到银杏儿呆呆地坐在炕沿上，喊她吃饭也不走，便自责起来。他觉得银杏儿在恨他，恨他兽性发作，恨他狂暴粗野。是啊，我一个没爹没娘，脑袋拴在裤腰带上过日子的穷孩子，还想吃天鹅肉，真是三分颜色开染坊，太不知道天多高地多厚了。于是，丁振龙第一次感觉到了自己是那么渺小，那么让人看不起。

人与人之间，误解得不到消除是一件要命的事，尤其在感情方面。

不过，两人依然相安无事。银杏儿在没人的时候，还是一口一个“振龙哥”地叫，只是，他们谁也不想碰触那个让人伤透心的话题。还好，哑巴“田娃”除去吃饭外，几乎整天不出门，匪徒们竟没有发现她的女儿身。

这天，丁振龙和银杏儿一人背着一个包袱，来到梁老七的住处，他们要向他辞行，去义和庄找正规军。正巧，钱豁嘴也在这里。

门口站岗的小匪向梁老七报告：“大当家的，丁振龙和田娃求见。”梁老七一挥手：“叫他们进来。”

两人走进梁老七房间，丁振龙一拱手：“大当家的，我和我的哑巴兄弟田娃在贵地多有叨扰。今天我俩想去义和庄，去投正规军，去杀鬼子。要是以后我有了出头之日，一定忘不了报答您！”

一听这话，梁老七就翻脸了：“丁振龙，我好吃好喝招待你几个月，你怎么这样对我？养条狗还能喂熟呢，你难道是一条喂不熟的狗？”

丁振龙说：“大当家的、二当家的，我是出来报仇雪恨的，谁杀鬼子，我跟谁。至于这段时间的盛情，容当后报。”

钱豁嘴喝道：“丁振龙，我们和官府作对，你却去投奔官军，这不是恩将仇报，和我们对着干吗？”

“那我俩就参加八路去，这下总该行了吧？”丁振龙觉得终于找到了走的正当理由。

“你以为八路就能容得下我们这绿林好汉？不过，你们走嘛，我看行。”钱豁嘴嚷道。

梁老七瞥一眼钱豁嘴，说道：“振龙贤侄，这么着吧，在梁家屋子，我来做大当家，钱爷做二当家，三当家呢，就由你来做，行吗？”

梁老七刚说完，丁振龙就急忙摆手：“不行！死活我得离开！”

“为什么？”“我不当土匪！”

梁老七怒道：“小子，你来梁家屋子，不是我请的你吧？这就叫天堂有路你不走，地狱无门你自来。你把梁家屋子里里外外都看了个遍，还能离开？来人，把这两个狗娘养的给我关起来……”

关押后的第三天上午，丁振龙觉得梁家屋子有些异常，平时院子里人来人往，今天却安静得出奇。银杏儿也看出了蹊跷，她伏在丁振龙耳朵上轻轻地说：“振龙哥，不对劲儿啊，这土匪怎么都不见影儿了呢？”

是啊，土匪们都干啥去了？莫非，都分头出去劫道、抢大户去了？突然，丁振龙心头一热，如果真是那样，这可是难得的逃跑机会。

两个站岗的土匪倚在门外，有一搭无一搭地说着话。不行，得问问他们。丁振龙粗声大嗓地吼了起来：“我正在城楼观山景，耳听得城外乱纷纷。旌旗招展空翻影，却原来是司马发来的兵……”

站岗的土匪用枪托敲门，对着门缝喊：“嗨，嗨，丁振龙，你唱的这叫啥呀，狼嚎似的？”

“我唱的是《空城计》啊，咱梁家屋子今天不也成空城了吗？”

土匪抢白他：“空城不空城和你有什么关系？还不是怨你两个小子，在我们这里白吃白喝几个月，把我们的粮食都他娘的吃光了，当家的不带人出去踅摸些粮食，你喝西北风啊？”原来是这样。

“兄弟，当家的和兄弟们都出去了吗？”

“多嘴！虽然大部分人都出去了，可光凭我哥俩，就能把你们看得死死的。在里面蹲着吧，我看，你倒挺适合蹲牢房。”

“是挺好，吃有人送，喝有人送，专人给我们站岗放哨，我看那蒋委员长也就这待遇了。”突然，他喊叫起来：“哎哟，我肚子疼，疼死我了，我要上茅房。哎哟……”

两个匪徒不明就里，急忙打开门，门后的丁振龙在两人头上一人两掌，两人立马昏了过去。“兄弟，实在对不住了，别怪我，要怪就怪自己吧，谁让你们当土匪来着。”

丁振龙让银杏儿不要动，他只身潜入伙房，见没人，将剩余的高粱饼子用一块笼布包起，背在肩上，然后返回叫上银杏儿，悄悄钻入苇丛，顺着路边，向南逃去。

苇丛中，丁振龙和银杏儿不敢走正路，怕碰上土匪。正是春天，雪刚刚化完，地面一片泥泞，两人艰难地跋涉着。

银杏儿边走边气喘吁吁地说：“振龙哥，你这个人，让人……害怕。”

丁振龙没想到银杏儿会突然冒出这么一句话，疑惑道：“啥，我让人害怕？你害怕我吗？”

“我不害怕你，坏人害怕你。你胆子大，办法多，还有一身好功夫。你还，杀人不眨眼。”

“啊，你是说我心狠、手辣、歹毒？”丁振龙疑惑，难道我在你心中是这番模样？

银杏儿急忙摆手：“不是，不是，我是说你看不得坏人作恶，看不得好人受苦，就是要杀人了，你也脸不变色心不跳。”

“银杏儿，这是对汉奸、土匪，要是鬼子，我更会成为一个吃人不吐骨头的魔头。”

早春的夜风吹过拥拥挤挤的苇梢，哗哗作响。在泥泞的苇丛中走了快一天了，路途没行多少，却累得筋疲力尽，好在，丁振龙偷拿的高粱饼子起了大作用，要不然，光饿也得饿死。

“振龙哥，天黑了，咱到路上走吧？”银杏儿建议道。丁振龙想想也是，老在苇丛中走也不是办法，得走正路，注意点就是了，要是听到远处有走路和说

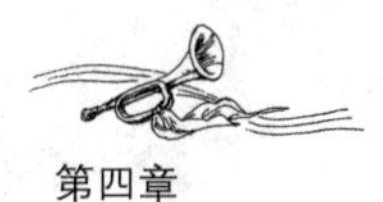



话的声音，再藏进苇丛也不迟。

月光下，两人急急地走着，待拐过一个弯，忽然，他们看到眼前坐着一群人。两人急忙向苇丛中躲闪。

可惜，一切都晚了。

等到他俩看到路边人时，却已经被抢完粮食，正坐在此处休息的钱豁嘴等匪徒发现了。二十多个匪徒知道丁振龙手段了得，他们提着枪，一起向哑巴“田娃”扑去。土匪人多势众，没费吹灰之力，就抓住了银杏儿。他们也不理丁振龙，扛起粮食，捆了银杏儿就上路。丁振龙一看这情景，觉得十分棘手，如果硬抢，银杏儿可能小命不保。没办法，他又乖乖地跟着土匪，向梁家屋子走去。

黑夜中的丁振龙眼睛一直盯着前面的银杏儿，却不曾想到，从空中飞来一根套马索，正好套住他的脖子，对方用力一拉，他便被拽倒在地，几个人一拥而上，将丁振龙五花大绑起来。

土匪又将丁振龙和银杏儿关进了原来的房间。两个多月来，大当家的对丁振龙格外偏爱，钱豁嘴就气不打一处来，还说什么这小子“堪做未来梁家屋子大当家的”，他做大当家的，我怎么办？再说，这小子平时也是狗仗人势，啥鸡巴玩意儿！落在我钱爷手里，只能算你命薄。

“来人！给我狠狠地打！直到供出是谁指使他们来梁家屋子探路的为止。”钱豁嘴命令匪徒。

“我叫你们跑！我叫你们跑！”一匪徒手持鞭子，啪啪地向丁振龙和银杏儿身上打去。“哈哈哈哈……”站在一旁的钱豁嘴狂笑不止。

见抽鞭子的匪徒有所松懈，钱豁嘴翻翻豁嘴，挽挽袄袖：“他娘的，给我鞭子，让我来会会这个彪子。”钱豁嘴挥舞着鞭子，劈头盖脸向丁振龙打去。鞭子抽得结结实实震山响，丁振龙脸上，出现了一道道长长的血痕。

“钱豁嘴，你还有没有人味？别他娘的三天不拉屎——觉得腚里有根棍，我早晚让你还回来！”

“哈哈哈哈……你傻啊，土匪能有什么人味。小的们，从现在开始，咱熬他的鹰，看他能支撑多久。”说着，给了丁振龙一鞭子，“小子，不知道啥叫熬鹰吧？没经历过熬鹰吧？我现在告诉你，白天黑夜有人盯着你，你困了、乏了，只要你他娘的一闭眼，就给你几鞭子，你又嚷又骂。好，不理你，等凶一会儿又困了，又闭眼了，再给你几鞭子。白天不能闭眼，晚上也别想睡觉。就这么熬上你三天五夜，我看你他娘的还英雄！嘿嘿……”

第二天，梁老七回来了，看到丁振龙挨了打，被熬了鹰，他痛骂钱豁嘴。

钱豁嘴震惊不已：怎么，对逃跑的人咱们不都是这样对待吗？梁老七说道，对其他人可以，对丁振龙不可以。钱豁嘴愤愤然，心说和这糊涂虫当家的做搭档算是倒八辈子霉了。他一扔鞭子，这伙没法搭了，便扬长而去。

望着钱豁嘴气咻咻远去的背影，梁老七无奈，回身对丁振龙说："贤侄，这回服软了吧？"

满脸伤痕的丁振龙根本不顾及别人的感受："我丁振龙骨头硬，打死不服软。"

梁老七翻脸了："给脸不要脸是吧？你现在既然进了我梁家屋子，就不能离开！老子立杆子拉队伍的时候，你小子还是个穿开裆裤的兔崽子。别看我跟你一口一个贤侄地叫着，惹恼了老子和我的兄弟们，你不会活过今夜！"

正在劝说丁振龙的当口，几个人押着一个土匪进来了："大当家的，这小子偷了三十块银元，想逃跑，被我们抓回来了。"

梁老七的脸突然没了血色，他面部肌肉在抽搐，然后扭曲成一块丑陋的肉团。

逃匪一下跪倒在地上，磕头如捣蒜，大喊："当家的，饶命啊，小人上有八十老母下有没成人的孩子，您大人有大量……"

梁老七掏出手枪，鄙夷地看着逃匪："念你我兄弟一场，你滚吧。不过，你要快跑，我绝不打第二枪，有本事躲过第一枪，算你狗日的命大。滚!"土匪拔腿就逃。

梁老七眼睛一撇，挥手就是一枪，逃匪顿时扑倒在地。

梁老七回转身，扬扬手中的枪："怎么，丁大贤侄，还逃吗？如若再逃，那你也是梁家屋子的害群之马，他的下场，就是你的下场。要不然，火烧、沉河，自己选。"突然，回转身，甩手向屋外开了一枪，一只正在飞的麻雀应声落地。

晚上，陈家庄金家大院。金墨轩金五爷坐在八仙桌一边的太师椅上，右手端着一把白铜水烟壶，左手将黄黄的烟丝捻成团，轻轻按入铜烟嘴，"噗"一声吹着火纸，吸食起来，烟气从水斗中穿过，鼻孔里便喷出烟雾。

岳世贤坐在八仙桌另一边，儒雅地端着一把黄铜水烟壶，也在咕噜咕噜吸着烟。

金五爷与岳世贤同属陈家庄的知名士绅。两人在金家堂屋拉着呱，论时局，谈战争。

岳世贤是前清秀才，胸有丘壑，学识渊博，在方圆几十里内绝对是个人物。他长于辨阴阳，看风水，是有名的风水先生，关心世事却与世无争，嫉恶如仇却随遇而安，以造福百姓、庇佑桑梓为荣。

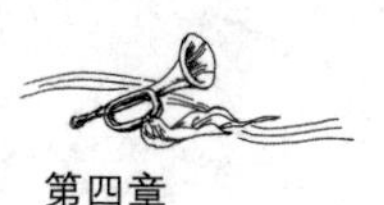



与岳世贤与世无争、随遇而安不同，金五爷却时时有种不祥的预感。特别是日本人侵占利津之后，这种预感几乎使他寝食不安，他既担心自己的家业，更担心自己的子孙。

只听岳世贤说道："老朽生于同治年间，历闻甲午战争、日俄战争、军阀混战，还有如今的抗日战争，亲见百姓疾苦，生灵涂炭，真乃国运多舛啊。"

金五爷咕噜噜吸了几口水烟壶，鼻子嘴巴徐徐吐出几股白烟，神情却有些落寞、怅然，他对岳世贤的分析颇为认可："岳老喜读经史典籍，通晓天文地理，出谋划策微言大义，预知未来料事如神，在陈家庄，乃至利津县，谁人不知，孰人不晓？可鬼子来了，这世事说变就变，变得那么突然。中国是否会亡，亡中能否得救，鬼子是否会败，败中能否翻身，则不易被人看清了。对此，不知岳老有何高见?"

岳世贤捋捋美髯，说："中华民族多次遭遇外族入侵。其他国、其他族遇到外族入侵，赢了好说，若是输了，这个国家或民族就会消亡。而中华民族遭遇，常能击退外族，输时亦有，然很难被征服。"

金五爷听得津津有味。

"如今，日本人已经踏遍了大半个中国，抗日战争进入到残酷的拉锯战阶段，然'宁可抗日死，不当亡国奴'已成为抗日之士的共识。在咱黄河口，老朽听说，共产党在清河区已经建立了八路军山东纵队第三旅，许世友任旅长，杨国夫任副旅长，在这一带开辟垦区抗日根据地。那许世友，可是个了不起的人物，咱不说他在少林寺、红军时候的传奇往事，单说他第一次来到清河区，第一次在麦场上讲话，下面人喊看不见他的脸，于是他一手抓起一个大碌碡，摞起来，一纵身跳到上面，开始向官兵们发表讲话！三百多斤的大碌碡在他手里，就和提着个大西瓜一样，厉害啊，厉害！至于你问的中国是否会亡，鬼子是否会败的问题，不是不易被人看清，而是在一千三百多年前就有先人预言过了。"

一听这话，金五爷把白铜水烟壶往桌上一放："此话怎讲?"

岳世贤咕噜咕噜几声，也把他的黄铜水烟壶往桌上一放，神神秘秘地说道："隋朝有个步虚禅师，他曾有预言诗，其中第五节是这么说的：'瀛洲虎，渡海狼，满天红日更昏黄，茫茫神州伤破碎，苍生处处哭爷娘，春雷炸响见晴阳。'这首句'瀛洲虎，渡海狼'，不用说是指东瀛的日本人，似渡海的恶狼一样；'满天红日更昏黄'，指日本的太阳旗遍布中国，致使国土一片阴暗昏黄；'茫茫神州伤破碎，苍生处处哭爷娘'，说华夏神州支离破碎，百姓处处哭爹喊娘；关键在第五句，'春雷炸响见晴阳'，'春雷炸响'老朽猜不透是咋回事，是天灾降临，高人出现，还是什么东西爆炸了？但‘见晴阳’则必然是开云见日，必然是鬼子败，华夏胜。”

金五爷亦惊亦喜：“哎呀，经岳老这么一分析，在下茅塞顿开。”

“还没完呢，这第七节是这么说的：‘春雷炸，竖白旗，千万活鬼哭啼啼，石头城中飞符到，又见重整汉宫仪，东山又有火光照。’‘春雷炸，竖白旗，千万活鬼哭啼啼’，接上面，这‘春雷’一响，鬼子就举手投降了，竖白旗嘛！战败的日军如活鬼般哀号遍野；三四句‘石头城中飞符到，又见重整汉宫仪’，石头城就是南京，‘飞符到’就是蒋介石下命令了，要庆贺抗日胜利，重整山河；但是，好景不长，‘东山又有火光照’，‘东山’暗喻毛泽东、共产党，恐怕赶走了日本人，国共又得面临一番内战。唉，不知道未来时局是否真的这样发展，若真如此，百姓苦哇！”

金五爷简直佩服得五体投地：“这是禅师一千三百多年前的预言？哎呀，真乃醍醐灌顶。可这日本投降还得等多少年呢？”

岳世贤摇摇头，说道：“中华文化博大精深，老朽还需殚精竭虑。最近，正在释读唐贞观年间李淳风、袁天罡二翁所著奇书《推背图》，正如书末颂曰：‘茫茫天数此中求，世道兴衰不自由。万万千千说不尽，不如推背去归休。’老朽正在沐日归休，以探究世事之‘万万千千’啊。至于日本投降还要待多少年，则需静观。”

金五爷警觉地向外看了看，指指脑袋：“不过，岳老，这些话可不能到处乱说，要让鬼子知道了，你这吃饭的家伙怕是不保。”

“哈哈哈哈……只要你金墨轩不告发，我就无所畏惧。”岳世贤眼睛紧紧盯住金五爷。

金五爷拿起白铜水烟壶，吸了几口：“放心，这些话都烂到在下肚子里了。不过，这里还要怪上你一怪，追想年前，本想与那田银杏文定吉祥，琴瑟合鸣，做个老夫少妻，福禄鸳鸯。却不想你选的吉日不吉，更不想，好不容易娶来的新娘被那汀河丁振龙劫走了，直到现在，这两人杳无音信，犹如人间蒸发。”

“管窥蠡测，不值一提。再者说，强人有恃无恐，为非作歹，终属意料之外，实难窥测。万望海涵，海涵啊！”岳世贤拱手道。

金五爷又将他手里端着的白铜水烟壶往桌上使劲一蹾，咬牙切齿道：“丁振龙这兔崽子太可恶了，目无法度，胆大妄为，我和他没完！现在鬼子横行，他爹娘又都死在鬼子手里，你说，他不去杀鬼子，却总和咱中国人较什么劲哪？小子，哪天要叫我金家发现你这十恶不赦的家伙，将立擒不饶，然后，碎尸

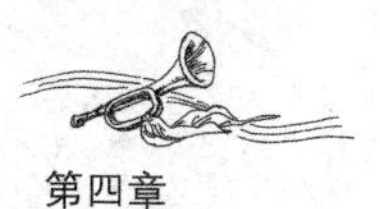


万段。”

话音刚落，只听哗啦一声，房门突然大开，如同从天而降，丁振龙大摇大摆地走进屋内。金五爷觉得此人面熟：“你是?”

“金大老爷，岳大先生，十恶不赦之人丁振龙前来承受碎尸万段!”丁振龙拱手道。金五爷、岳世贤脸色骤变。

丁振龙手持一柄雪亮的尖刀，凛然站在了金五爷和岳世贤跟前。

这丁振龙不是在梁家屋子熬鹰吗，怎么来到了陈家庄？原来，梁老七拗不过丁振龙，便声称如在五天之内给他搞到五支枪，就可以还两人自由。银杏儿犯愁了，说往哪里去弄五支枪？丁振龙不以为然，说这鸡屎大点的事儿能难倒我？这不，丁振龙到陈家庄淘换枪来了。

“你，你你，来人哪……”毫无思想准备的金五爷这下吓得不轻。

丁振龙快步走上前，用匕首抵住了金五爷：“别喊！再喊，要了你的老命!”金五爷不敢大声喊了，却低低地说：“丁振龙，你别欺人太甚。”

“金五爷，我不是来伤害你的，请放心。我要杀鬼子，知道你和鬼子是朋友，和鬼子来往密切，了解鬼子据点的地形情况，麻烦你给我画一张简易地形图，并告知鬼子的基本活动情况。”

“不是我和鬼子来往密切，而是鬼子总缠着我不放，我，我没办法啊！更谈不上是什么朋友。”

“这我不管，我爹死在鬼子船上，我娘被鬼子活活烧死，我和小鬼子势不两立，只要老子不死，只要他们在中国待一天，我就要祸害他们一天。”

岳世贤听了这番话，频频点头：这小子，阎王爷的外甥——鬼孩一个，看来，日本人轻松不了。

金五爷摇头：“丁振龙，你是不是想让鬼子踏平金家大院？你不要活命，我老老少少可是要活命的！这不行，这可不行!”

丁振龙上前几步，又将尖刀顶在金五爷脖子处：“姓金的，你还是不是中国人？日本人在陈庄、在利津、在中国，杀人放火，无恶不作。你不但不杀鬼子，反而帮着鬼子做事，你想当一辈子汉奸吗？今生今世，我丁振龙活着就一件事，打杀鬼子，报仇雪恨，汉奸，也在此列。”

金五爷苦着脸，看了下尖刀，对丁振龙说：“小英雄，能把你的刀子拿开吗?”丁振龙收起尖刀，退后几步。

金五爷坐在太师椅上，似在犹豫，一会儿工夫，他一拳砸在桌子上：“好，为了证明我不是汉奸，也为了你明知山有虎，偏向虎山行的勇气，我将尽我所知告诉你。但有一个条件，你一定得保密。至于你我之间的恩怨，咱以后再论。”说完，找来纸笔，向丁振龙讲、画起来……

丁振龙从怀中掏出绳子，说：“两位前辈，到现在，我还信不过你们，对不起，今天晚上你们得受点委屈。”说完，将两人捆绑起来，吹灭油灯，关上房门，消失在伸手不见五指的黑夜中……

深夜，风呼啸着一阵紧似一阵，卷刮着野草、枯梢。黄河口常见这种风，白天，天黄，地也黄，晚上，身冷，心也冷。

一个黑影，从鬼子据点伙房的窗户里轻轻跳出。这个黑影不是别人，正是丁振龙那个不要命的主。

老话说，榆树杆子上练把式——艺高人胆大。当梁老七提出人走可以，五天之内必须给他搞到五支枪时，丁振龙连眉头都没皱一下，爽快地应承下来。他想，陈家庄据点里有的是枪，不就五支吗？我找鬼子领去。

可当昨天真的来到陈家庄据点，丁振龙傻了眼。在周边转了一天，他却无从下手。只见鬼子据点、炮楼外有一道高高厚厚的围墙，围墙上架着电网，墙外有一道环形封锁沟，进出据点都要通过吊桥，封锁沟外一百米一片开阔，吊桥上面的岗哨架着一挺“鸡脖子”。这“鸡脖子”就是九二式重机枪，它还有个好听的名字，叫“法国女郎之吻”，威力无比。到了晚上，探照灯的光柱子更是惨白地扫来扫去。

硬闯，根本不可能。

徘徊在据点附近的一堵矮墙边，眼瞪着鬼子据点，丁振龙愁眉不展，似乎长这么大，也没犯过这么大愁。他暗自叹气：自己夸下海口，今生今世，我丁振龙活着就一件事，打杀鬼子，报仇雪恨。可第一次要真正杀鬼子，却束手无策了。丁振龙啊丁振龙，你不是有本事吗？那你的狗屁本事都跑哪儿去了？

“兄弟！”突然，身后一个人拍了一下他的肩膀，“想出办法来了吗？”

丁振龙一惊，猛然回身将对方反手扭住，照头就要打下去，对方急忙喊道：“兄弟，别打，别打！”

“你是谁？”丁振龙依然扭住对方。“放手，我是一个和你一样的人，杀鬼子，杀汉奸！”丁振龙看到，这个人二十岁出头，穿着打扮像是一个当地村民。

丁振龙松开手，问：“你刚才是什么意思？”

这人不断揉着被扭疼的手腕，说：“哎哟，你够狠的。问我什么意思？你在据点附近转悠一天了，我猜你不是杀鬼子，就是淘换枪。对不对？”

丁振龙不置可否，问道：“你是谁？干啥的？”

这人眼皮就耷拉了下来，说：“我姓朱，叫冬来，就是这镇上的。操他娘的，我可叫鬼子坑死了。腊月里我结婚第二天，汉奸张宫豹带着三个鬼子来到我家，说让我新娶的媳妇到据点里给他们拆缝被褥。我爹不干，拉着拽着不让把人带走，被那鬼子用大皮靴踹得头破血流。三天后，我和我兄弟到鬼子据点要人，鬼子二话不说，开枪就打，可怜我那兄弟，才十八岁，就被鬼子给打死了，我的胳膊也挨了一枪。过年的时候，我爹含恨死了，媳妇到现在也不知道死活。爹啊……兄弟啊……媳妇啊……”

朱冬来哭了起来。这个汉子不知道，他的媳妇，不堪忍受鬼子凌辱，早已在据点内悬梁自尽。

“这些狗日的，我早晚一个个灭了他们!”丁振龙一脚踹在墙上，咬牙切齿地吼道。然后，他对朱冬来说：“我爹、我娘也都死在鬼子手里，鬼子欠咱俩的血债，一定得让他们还！你知道我在这里干啥吗？我在这里琢磨，咋能进去，杀几个鬼子，夺几支枪。”

朱冬来一惊：“你疯了？这高墙、电网，连只苍蝇都飞不进去，你能进去？就是进去了，还不是一个死。”

丁振龙心烦意乱，看这架势，诸葛亮在世恐怕也没办法：“咋着能溜进那院子呢?”

朱冬来看着丁振龙，见他愁眉苦脸，便问：“你铁了心想进去？那可是玩命啊!”

“铁了心又咋着？这不是进不去吗?”

“我倒是有个办法。”“啥办法?”

朱冬来说：“修这个据点时我是瓦工。里面的伙房有个下水道通着封锁沟，沟有半人高，五十来米长，伙房那里是个铁篦子，使劲推能推开。进了伙房，就好办了。”

“兄弟，好主意!”丁振龙大喜过望，又问，“那里面的具体情况你了解吗?”

“里面有几排青砖平房，伙房在第三排，至于其他情况，我就不了解了。”

“除去里面的人之外，这镇上谁了解情况?”

“要说谁了解情况，那只有大地主金墨轩了。日本鬼子把他当作顾问，有事就把他叫去商量一番。不过，这金墨轩和咱穷人不是一个路数，找他，怕不好办，反而有可能自投罗网。”

“你说的金墨轩不就是那个被人抢走新媳妇的金五爷吗？事到如今，没有更好的办法，我会会他去!”这样，便有了丁振龙夜会金五爷，顺便听到岳世贤讲解步虚禅师预言诗那一幕。

鬼子澡堂内，热气蒸腾。六个不知是鬼子还是伪军的人全裸着身子，在惬意地洗澡，衣服、枪支都放在一边。

窗外，一双眼睛死死地盯着他们的一举一动。精巧的柳叶飞刀在手，左手三把，右手三把。娘的，现在该我丁振龙露一手了。

“畜生们，你们的死期到了!”丁振龙突然就站在了澡堂边，嗖嗖嗖，右手三把刀同时飞出，它们化作三条阴凉的线段，直击目标。当敌人惊觉时，三人已歪倒在水池中。三团血，在水里扑啦啦洇成三朵鲜艳的红花，弥漫开来，弥散开去。转眼之间，他们就去拜见鬼子的天照大御神去了。

剩下的三人目瞪口呆。大日本皇军据点内，居然来了刺客，难道是做梦?这一下，把另外三个裸体给吓蒙了。

“八嘎!”其中一个裸体向池外爬，显然，他是去摸枪。“好汉饶命!”另两个裸体惊恐万状地乱抓乱挠，在水中哆嗦成一团。

嗖嗖嗖，又是三把刀同时飞出，准头、力道无懈可击，三个裸体的颈动脉被割断，顿时，纷纷塌入水中。

“都他娘的一帮子吃货，杀肉吃的货!”丁振龙看了看六个裸体，都成了死鬼，便骂了声，然后去捡拾枪支。他把枪支归拢起来，发现有四把王八盒子，两支步枪，四个手雷。

丁振龙把手枪插入腰间，把四个手雷也挂在腰上，拿起两支步枪就要往外走，可一想，那下水道太窄，拐弯抹角，这长步枪根本不可能拿出去。

可惜了!可惜了!丁振龙扔下步枪，不敢怠慢，按照金五爷画的路线图向伙房疾步跑去。进得伙房，跳入下水道，又将铁篦子放回原处，艰难地向封锁沟爬去。

丁振龙轻手轻脚下得水中，瞅准探照灯扫过去的间隙，游过封锁沟，攀着来时固定好的绳子，三倒两倒，就爬到了地面。然后，一鼓作气，向矮墙飞速跑去，待探照灯即将扫过来时，一个鹞子翻身，跳到了矮墙后面。

丁振龙回头，夜色中的鬼子炮楼犹如一头巨大的怪兽。惊魂甫定的他冷笑一声，在墙脚根撒了一泡长尿。不知是忙活，还是紧张，抑或是天冷的缘故，借着鬼子探照灯打过来的余光，丁振龙看到，这泡尿竟然热气腾腾。

系上裤腰带，丁振龙再摸一摸枪和手雷，好，都在。此处不是久留之地，恐怕鬼子会很快封锁陈家庄。丁振龙拔腿就走，忽地，从矮墙的另一端闪出一个人来，丁振龙一惊，以为被鬼子发现了，正待取飞刀，却听到对方喊了一声：“兄弟!”

丁振龙认出来人是朱冬来。朱冬来急切道：“你可出来了，把我担心坏了。

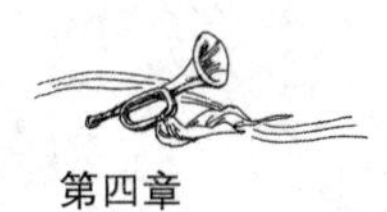



办妥了?”丁振龙做出一个显示“六”的手势:“妥了！六个!”

朱冬来紧紧握住丁振龙的手:“兄弟，大英雄啊，你比我强！趁鬼子还没发现，你赶紧走。来，跟上，我从没有岗哨的地方送你出去。”两人走大街，串小巷，向镇外走去。

不远处，一个打更人敲着梆子慢慢走着，“平安无事啰——平安无事啰——”悠长的打更声向远处传去。

镇外，朱冬来向丁振龙拱手:“壮士，我就不问你名字了，一路平安！以后来陈家庄，只要是打鬼子的事，需要帮忙找我朱冬来。”

丁振龙也向朱冬来拱手:“冬来兄弟，谢你了，后会有期!”说完，快步向北走去，眨眼工夫，就不见了人影。

# 第五章

一群日本军官站在一间指挥室里，墙上挂着作战地图，旁边是沙盘。沙盘做得精致，立体感强，据点以及据点周边的地形都清晰可见，就好像在空中鸟瞰整个利津一样。

“八嘎!”山田一郎的上司走过来，气急败坏地挥手给了山田一郎几个响亮的耳光。

“哈依!”山田一郎腰杆一挺，汗却刷地流了下来。如今，灰头土脸的他简直是一条丧家之犬，只能打落门牙往肚里吞。副队长松井也不敢看长官，也把身体挺得笔直。

“堂堂大日本帝国皇军，自从进军支那以来，许多军人为国捐躯，战死疆场，那是不可避免的。但是，我们的军人死在自己戒备森严的军营里，那就不可饶恕了。”长官怒斥。

“哈依！对不起，我们失职。”两个人立正齐声答道。

“更为可笑的是，自己军营的两位皇军、四位友军神不知鬼不觉地被人杀害，竟然毫无察觉，难道他们是自杀的?”长官一指山田一郎，“你能不能告诉我，到底发生了什么事?”

“阁下，我们事后发现，是敌军所为。敌军是通过厨房下水道，进入营区，实施刺杀的。”山田一郎报告说。

“那么，这敌军是谁，这事是谁干的，你们知道吗?”

山田一郎汇报说：“据我们现场勘察，几人均是飞刀所杀，显然事件是一人所为，而这种独行侠行为，不讲究游戏规则，既不像正规国军所为，也不像正规共军所为，至于是何人作案，我们正在调查。”

山田一郎的上司走到沙盘前，用指挥杆指着陈家庄据点方位，气咻咻地说：“我多次说过，支那人非常难对付，稍有疏忽，都可能死无葬身之地！我还说过，要把我们的军营搞成如水泊梁山那样，针插不进，水泼不进。可你们陈家庄是怎么做的？一群饭桶，丢了大日本帝国军人的脸！”长官怒道。

“哈依，我们有罪！”山田一郎和松井立正道。

山田一郎回到陈家庄据点，在指挥部里，和几个鬼子军官开会研究军人被杀事件，警备队长张宫豹、翻译魏思绪、顾问金墨轩也在座。

因为田银杏的事，金墨轩和魏思绪每次聚在一起，都是面和心不和。娶田银杏后在鬼子据点第一次见面，两人就吵了起来，魏思绪甚至掏出了手枪，是山田一郎软硬兼施，才将这对火水不容的人的仇怨压制了下去。

此刻，两人怒目圆睁，互不服气。

山田一郎看到金墨轩和魏思绪虎视眈眈，装作未看见，环视左右，说：“两位帝国皇军和四位友军被人用飞刀杀害，这是大日本皇军的奇耻大辱。对此，我想听听各位的高见。”

“支那人兵家有句话，叫知己知彼，百战不殆，皇军、友军遭受重大损失，我们却对作案凶手一无所知。这个，需要继续追查。不过，既然是支那人杀死了他们，我们就要支那人偿命，就要杀光所有支那人。”副队长松井是一个狂热的军国主义分子。

魏思绪眨巴着眼睛，想说话。有密报说，丁振龙、田银杏已经加入了梁老七匪帮，一直苦于找不到理由剿灭梁老七匪帮、捉拿丁田两人的魏思绪，觉得这是一个好机会，他说：“我的看法是，既然这件事既不像正规国军所为，也不像正规共军所为，那会不会是丁振龙来为父母报仇？为了避免养痈成患，我建议出兵剿灭梁老七匪帮，捉拿丁振龙。”其实，魏思绪还没忘记自己那已经拜堂成亲的小妾。

听完魏思绪的一番话，金墨轩很是震惊，心想，难道我给丁振龙画地形图的事情已经败露？不像啊，如果那样，我能坐在这里？

其实，这个金墨轩是一个矛盾人物，虽然内心怨恨鬼子，但对鬼子的指令却又不敢有丝毫违拗，所以乡民们都骂他是汉奸。既然魏思绪提出这样一个建议，也不错，如果真能利用鬼子之手，剿灭梁老七，杀掉丁振龙，既能隐瞒为丁振龙提供情报的事实，还有可能抓回自己的小媳妇，何乐而不为呢？不过，金墨轩没有说话。

张宫豹眼睛一亮：“你还别说，那天晚上，我在春香院和相好的刚黏糊完……”

山田一郎显然听懂了张宫豹话中的意思，淫邪地笑笑。张宫豹急忙解释：

"太君，我和我这相好的很快就要拜堂，到时请你喝喜酒。不像有的人，连喜酒都不让你喝……"说着，斜了一眼魏思绪。这张宫豹二十七八岁，不是当地人，一肚子坏水，身体长得像这名字，强壮得如同一头公豹子，整天泡妓院，欺负良家妇女，一直也没有成个家。去年，春香院来了位曾经唱过戏，艺名"灯笼红"的女子，算是勾住了张宫豹的心。

"我那天是和周大眼一起去的，在回来的路上，看到有两个人一前一后走着。回来后，周大眼说后面那个人像丁振龙，因为在魏翻译的婚礼上，他见过丁振龙。"张宫豹说。

"八嘎，你的，怎么不早说？"山田一郎发怒。

"太君，黑夜里，不敢确定啊，再说，我又不认识他。现在想想，我觉得此事应该是梁老七指使，丁振龙所为。"张宫豹辩解说。

松井用日语说："支那和日本的争斗从日清战争（甲午战争）到现在，从来没有真正停过，所以支那人对我们的恨，是一代代传过来的。但是，大日本帝国是不可战胜的！山田君，你下命令吧！"

山田一郎面露凶相："不错，我军也接到密报，丁振龙确实加入了梁老七匪帮。从各位刚才的分析来看，这事是丁振龙所为。我现在命令，第一，派兵智取梁老七匪帮，杀掉丁振龙。第二，到丁振龙老家，要汀河人偿命。好，让我们为帝国的军旗赢得荣誉吧……"

丁振龙满载而归，后院却着了火！

原来，丁振龙走的那天早晨，银杏儿大意，未穿棉袄就到外面倒尿盆，刚走出房门，正好迎面碰上钱豁嘴在遛弯儿，她大吃一惊。

更加大吃一惊的却是钱豁嘴，他简直是惊呆了，只见站在眼前的"田娃"穿着粉红色单衬衣，下着秋裤，脖子白净，身段纤细，双腿瘦长。要命的是，单衬衣里面，一对大毛桃似的奶子高高耸立。

啊？原来是个女人！难道我是在做梦？钱豁嘴以为自己想女人看花了眼，他揉揉眼睛，定定神，再细看，那"田娃"不是女人是啥？

几个月来，田银杏苦心积虑，装聋作哑，女扮男装，再加上那双惹眼的天足，本想在离开此地之前能够蒙混过关，却不料，一时大意出了差错，露出了庐山真面目。

反应过来的银杏儿睁着一双惊恐的大眼睛，"啊"地大叫一声，便将手中的尿盆摔在了地上，只听哗啦一声，尿盆成了无数碎片。

依然独身的钱豁嘴大脑一片空白，浑身燥热，小肚子发胀，下身膨胀得似

乎要爆裂，身体里那股欲火，像黑夜里的油灯一样被点燃。此刻，他顾不得是在屋外，如同野兽般，猛地扑过去，双手像钳子一样卡住了眼前的女人。

“救命啊!”哑巴“田娃”大声呼救起来。啊？骗子，原来你不是哑巴！银杏儿被钱豁嘴掼倒在地上，动弹不得。钱豁嘴急不可耐，毛毛躁躁地去脱银杏儿的裤子。

这一切，被每天早上都要到庄口瞭望台上站一会儿的梁老七看了个正着。因离得远，他不知道在钱豁嘴和“田娃”之间发生了什么事，但不管发生什么事，也不能摔在一起啊，这不让其他兄弟看热闹吗？

梁老七怒不可遏，气冲冲地跑下瞭望台，向两人争执的地方奔来。

待梁老七跑到跟前，看到“田娃”被钱豁嘴扒得只剩下内衣内裤，而钱豁嘴一手抱着“田娃”压在“他”身上，一手在笨拙地褪自己的棉裤。两个大男人，这是干啥？远处，李有年和其他几个土匪也跑了过来。

“二当家的，你干啥？”梁老七猛喝一声。

钱豁嘴抬头，他气喘吁吁，上气不接下气地怒道：“大当家的，你走开，别坏我好事儿!”

“好事儿？啥好事儿？”梁老七仔细看“田娃”，啊？咋一夜之间长出了一对大奶子？梁老七这才明白了，这“田娃”原来是女扮男装。

梁老七喊道：“钱豁豁，你个畜生，给我放开她!”一下就把折腾了半天也没能把自己棉裤褪下来的钱豁嘴拽了起来。

钱豁嘴人怒，朝着梁老七狂吼起来：“你才是个畜生呢，啊，你成天搂着个女人，醉倒在温柔乡中，对兄弟们一点都不关心。咱大老爷们，想女人不丢脸!”

“钱豁豁，你他娘说这些话讲不讲良心？你闷头驴偷麸子，不吭不哈占便宜，在南边村子里和个小寡妇整了多少鸡巴事儿？为抢一个窑姐儿，你和人家大打出手，还闹出了人命，我管你了吗？兄弟们出去的时候，谁不沾来浪乎乎的一身骚？你还让我怎么关心大伙？都是些土匪，啥也别说。好了，这个女人谁也不许动，她是我贤侄的女人，就算不是贤侄的女人，那也得等他回来再说。”

“你他娘的还一口一个贤侄，你贤侄这时候恐怕早成日本人的枪下鬼了!”

“即便成了枪下鬼也轮不到你！滚吧!”

猛地，钱豁嘴从怀中掏出了手枪，在手中晃了晃：“嘿嘿，我算是终于明白了，你原来是想吃独食，再霸占一个。小心撑破你的黑心肚子！梁老七，事到如今，我把话说开吧，把这个女人给我，我还给你卖命。如果不给我，那我只能和你分道扬镳，另立山头。”

梁老七也刷的一下从腰中掏出手枪，指着钱豁嘴：“干什么，想造反？”看到来的兄弟越来越多，梁老七对钱豁嘴说，“二当家的，这么办，咱也不要为了一个女人在这里怄气，是走是留，我给你几天时间，好好琢磨琢磨。散开！”

土匪们各回各屋，银杏儿被赶过来的花石榴领到了她的房间。

“大当家的，我回来了！”一身豪气的丁振龙闯进了梁老七的房间，他撩起棉袄，四支手枪整整齐齐地插在腰间，四个手雷也咣里咣当地挂在腰上。一脸愁容的梁老七看到丁振龙收获不小，从椅子上站起来，接过几支枪，一把把看了看，立时，脸上绽开了笑意。他在丁振龙胸膛上捶了一拳：“好小子，有你的！”

梁老七命李有年通知伙房，炖肉，摆酒，为丁振龙接风，和兄弟们一起乐呵乐呵。丁振龙急于回自己房间去看银杏儿，梁老七说不用了，她就在里间屋。

花石榴陪着一身女装的银杏儿走出里屋，丁振龙傻眼了：“这是怎么回事？”几个人便把钱豁嘴和银杏儿之间发生的事述说了一遍。坐着的丁振龙猛然站起：“这个王八羔子，我去宰了他！”被梁老七制止了。

聚义堂里，热闹非常，土匪们都在桌子上坐好，等着大当家的说话，然后开喝。主桌上，坐着梁老七、钱豁嘴、花石榴、丁振龙和恢复女儿身的银杏儿。梁老七、钱豁嘴互不理睬，场面显得有些尴尬，只是，钱豁嘴不时瞥漂亮的银杏儿几眼。

梁老七站起来，把四支手枪、四个手雷分别向匪徒们展示一下，交给李有年，然后，清清嗓子，举起酒碗，大声说道：“兄弟们，我说过虎父无犬子，我还说过自古英雄出少年。还别说，我他奶奶的虽是个大老粗，说话还挺灵验。为了留住贤侄，三天前，我提出了一个根本不可能完成的条件，那就是要走可以，但五天之内必须给我搞到五支枪。谁知，我这贤侄智闯鬼子据点，杀了六个鬼子汉奸，搞到了六条枪，只不过由于钻下水道，两条长枪无法带出，才只带回了四支手枪和四个手雷。人都说我是悍匪，但贤侄那股明知山有虎，偏向虎山行的猛和狠劲儿，我是比不了。来，我们端起酒，为丁振龙壮士接风！”大家一饮而尽。

接下来，丁振龙把自己如何智闯鬼子据点，向大伙作了番介绍，土匪们啧啧称赞。同时，他又介绍了田银杏，说这是自己早已订了婚的媳妇，如今兵荒

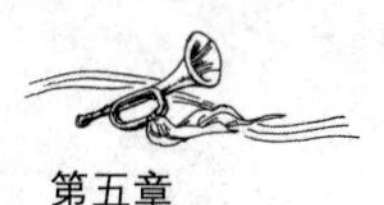


马乱，无奈才女扮男装的，这段时间，给大伙添麻烦了。

梁老七接着说："贤侄，我梁老七平时是不大讲信用的，这次，说话算数。虽然你没有完成我的任务，少了一把枪，但我梁老七佩服你英雄所为，不愧是你爹的种，我放你和这位俊闺女走。"

丁振龙眼睛一亮："谢谢大当家的！"

"不过，走之前，我得提醒你几句。你要去义和庄投奔国军或者八路打鬼子，没得说。但是你不要忘了，义和庄里现在全是国军，而国军是'攘外必先安内'，他们不打鬼子，专打八路，跟汉奸差不多。"梁老七提醒道。

丁振龙依然固执己见："那我们就不当国军，当八路去！"

"说得好！八路倒是打鬼子，但你知道哪里有八路吗？据我了解，咱这一带，除了国军，就是土匪。"

丁振龙挠起了头皮："这个……"

"人们常说：好铁不打钉，好男不当兵！既然找不到八路，你们还不如暂时留下，在我这里干不挺好吗，非要去当那个不要命的兵？"

丁振龙说："不，我们不能留，我们要杀鬼子！"

银杏儿突然站起来，扑通一声给梁老七跪下了："大当家的，你就放振龙哥走吧，俺要跟着他杀鬼子！"

丁振龙喝道："银杏儿，你给老子站起来！人生双膝，上跪天地，下跪父母，凭什么跪下，谁也不能阻挡咱杀鬼子！起来！"

梁老七热血上涌，一拍桌子："不就是杀鬼子吗？好像我梁老七没杀过似的。你和鬼子有仇，你问问在座的兄弟们，有几家和日本鬼子没仇？我每次看到戴着钢盔，钢盔后面有几块屁帘，和给他娘吊丧似的那些鬼子兵，我就来气。放屁听响，吐唾沫砸钉，从今天开始，该杀鬼子时，咱就杀鬼子。从此，兄弟们挺起腰杆来，在天地间堂堂正正地当一回爷们！"

钱豁嘴站了起来，不屑地说："这话我不大赞同，凭什么无缘无故打人家？人家又没抓咱，没杀咱，干吗和人家过不去？再说，日本人是那么好打的吗？钢枪，铁炮，正规军，谁愿意白白去送死？"他提高声音，大声问土匪们，"是不是，兄弟们？"有不少人响应，喊"是"，钱豁嘴斜看梁老七一眼，暗暗笑了。

晚上，院子四周篝火熊熊，在梁老七主持下，几十个土匪齐齐下跪，恳请丁振龙做他们的三当家。丁振龙无奈，决定暂时留下来，待日后有了八路的消息后，再去投奔八路。

李有年抓过一只活蹦乱跳的公鸡，递到梁老七手中。梁老七走到一个大酒桶前，从腰上抽出一把刀，只见他手起刀落，鸡血就汩汩地涌入酒桶中。

小匪将酒一一斟进跪着的土匪眼前的碗，梁老七、丁振龙跪在前排，银杏儿跪在土匪阵中。只听李有年高喊一声："端碗!"众人把酒碗端了起来。

梁老七朗声喊道："皇天在上，后土在下，我们爷们、兄弟们歃血为誓，今后同生死，共患难，杀鬼子，做好汉，仗义疏财，劫富济贫，一心一意，生死与共。"

众人跟着梁老七盟誓："同生死，共患难，杀鬼子，做好汉，仗义疏财，劫富济贫，一心一意，生死与共。"

几十人将几十碗酒一饮而尽。

几十只酒碗被砸碎在眼前的地面上。

梁老七站起来，从李有年手里接过一把丁振龙从陈家庄抢来的王八盒子，交给他："这把手枪是你抢来的，奖励给你!"丁振龙郑重地接过了手枪。

看着这一幕，远处，黑影中，没有参加歃血为誓的钱豁嘴和十几个匪徒冷笑着……

山田一郎带着十几个鬼子、伪军，在张宫豹、魏思绪的陪同下，杀气腾腾地向汀河西村扑来，向丁迎霜家扑来。

一段时间以来，丁迎霜的日子不好过，提心吊胆，牵肠挂肚。哥嫂死了之后，侄子丁振龙发誓外出学武，为爹娘报仇，这不，刚刚回来不长时间，就抢走了魏家、金家的新媳妇，还杀了人家的人。两家娶一个媳妇，那是人家的事，你出的什么头，插的什么杠子？如今，和两家结下冤仇不说，人也是活不见人，死不见尸，我可怎么向哥嫂交代啊？

还有一桩挠头的事。自从日本人让丁迎霜当这个维持会会长，他也算是较上了劲。当初推选保长，要不是乡亲们极力举荐，他才不会干呢。这是为什么呢？因为在当地，有"大爷、二叔、庄户孙"之说。所谓"大爷"，是那些大地主、恶棍，包括一些保长，他们上通官府，下勾土匪，胡作非为；所谓"二叔"，是中等地主、富农、农村上层，这些人能与"大爷"说得上话，或狐假虎威，或借势压人；所谓"庄户孙"，那就是贫苦百姓了，他们身处底层，饱受压迫，好事摊不上，坏事跑不了，吃不饱，穿不暖，卖儿卖女是常有的事。

我丁迎霜本来就是个"庄户孙"，当的什么保长？其实，乡亲们推举他，看中的，是他爽朗、豪气的处事，正派、公道的为人，老老少少打心眼里信服他。

年前鬼子来汀河，明确指定他是维持会会长时，丁迎霜一脸的倒霉相，觉

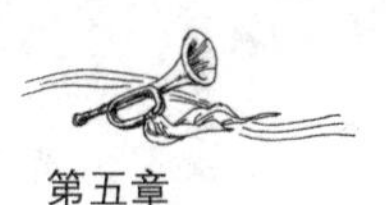



得世界末日到了。当保长，乡里乡亲的事儿居多，多跑跑腿，多动动嘴，啥事儿都好办。可给日本人干维持会会长就难了，鬼子满意了，则肯定坑害了乡亲们，乡亲们高兴了，鬼子势必要他的脑袋。更为严重的是，我家十八辈都是中国人，自打几百年前先人们从山西大槐树移民到这黄河口，风里来，雨里去，一直都是堂堂正正的庄户人，虽说祖上也不懂啥叫爱国，但到了我这里，咋着，要当汉奸？不说别人，光我那与鬼子同归于尽的哥、被鬼子活活烧死的嫂，就首先不答应。

这可如何是好？

张宫豹连续催问了两次，说太君讲了，这活只有你干，要不，就把脑袋交给太君。

村里几个有主见的老人见实在推不开了，就劝他干吧！六十多岁的宋长水说："迎霜啊，遇事不慌，才能担当，俗事可乱，方寸不能乱。给鬼子办差，只要心里有乡亲，遇事大伙多商量，就没有过不去的火焰山。"

"叔啊，那我丁迎霜可真的跌进柴火坑里了。"丁迎霜犹豫。

"迎霜，你也不想想，万一真找个像张宫豹那样的人，铁了心给鬼子干事，那咱不全完了。"

想想也是，既然推不掉，那还不如接下来，但要常常记得身在曹营心在汉的道理，做个皮白心红的维持会会长。就这样，丁迎霜应承了下来，几个月，处理了几件事，鬼子、乡亲都还算是满意。

鬼子、伪军包围了丁迎霜家，隔壁，则是丁迎风早已破败不堪的家。听到外面有动静，丁迎霜赶忙从屋里走出来，看到自己家被包围了，他吓了一跳。张宫豹命他去敲钟，让村里人到村中场院那棵槐树下集中。

村民们集中到了槐树下的场院里，山田一郎站在土台子上，正准备讲话，也巧，一只大白公鸡扑扑棱棱从西墙外飞到了墙上。山田一郎二话不说，掏出手枪，再次飞起的大白公鸡就跌落在地上，扑扑腾腾一阵子，便痉挛着咽了气。人们惊恐地看到，那大白公鸡竟然变成了大红公鸡。

山田一郎叽里呱啦猫叫春似的说了一通后，魏思绪便开讲了："几天前，你们村的丁振龙夜里潜入皇军据点，杀了两个皇军，四个我军。欠账还钱，杀人抵命，是千年的古训！因此，太君要一命抵一命。怎么抵呢？丁振龙的家人，也就是丁迎霜家抵一个，其他五人，由你们村里人抵，要男人，不要女人。听明白了没有？"

丁迎霜顿觉五雷轰顶，继而天旋地转。场院里的乡亲骇得你看看我，我看看你，人们觉得，丁家的天、西村的天，要塌了。

这个惹是生非的东西，咋又惹下这塌天祸事。

村里几个人过来把丁迎霜扶起来，劝他镇静。

魏思绪走过来，对丁迎霜说：“丁会长，日本人杀人不眨眼，这你是知道的，何况，你侄子杀了人家的人。但咱是乡亲，我得为乡亲说话、求情。本来杀了两个皇军、四个我军，我好话说了一箩筐，山田太君同意只给两个皇军抵命，也就是说，你们不用出六个人了，两个就行。但是，如果这两个人选不出来，你们全村人都得死。这样，太君先回去，明天上午在村北苇地旁的空地上行刑！”

鬼子、伪军开始撤离。走出几步，魏思绪和两个伪军又返了回来，他说：“丁会长，我也是没办法，混口饭吃。太君就是想通过当众枪毙几个人，来吓唬你们，让你们知道和太君作对的下场，让你们不敢支持抗日分子丁振龙。你们好自为之吧！”

丁迎霜咬咬牙，说：“好，既然非有人死不可，那只有我和我儿子丁振虎去死，谁让丁振龙是我侄子呢？只是，乡亲们都知道，现在丁振虎在外地贩盐，不知啥时候回来，那就只有我先死了，等他回来，再补。”

魏思绪制止道：“那不行。太君说了，丁迎霜会长不能死，丁会长死了，谁来给皇军办差？你的儿子倒是可以，但他现在不在家，明天也就不能行刑。没办法，那就只能从其他男人当中出这两个人了。我们走！”

说完，魏思绪和两个伪军扬长而去。

这可难坏了汀河西村的维持会会长丁迎霜。

丁迎霜踉踉跄跄走到土台子上，一下就给乡亲们跪了下来。他双膝跪地，泣不成声地说：“乡亲们，丁振龙惹来这么大的祸事，是咱汀河西村的千古罪人哪，我代他爹娘给父老乡亲们赔罪了。丁振龙，你作孽啊……丁迎霜，你该死啊……小日本鬼子，你们杀千刀啊……”

有人喊道：小日本杀了多少中国人，他给咱抵命了吗？太欺负人了！有人说：要不，咱老老少少都跑吧？有人又喊：没咱中国人的活路了，不行就投奔土匪去！更有人喊：干脆，和这些畜生拼了！

村里几个有主见的长者见丁迎霜已哭倒在地，便商量，上千口子人跑、拼、投奔土匪都不是办法，既然这事已经发生了，那就只能按鬼子说的办，如果不办，全村人一块死，损失更大。商量的结果是听天由命——抓阄，用纸做一些

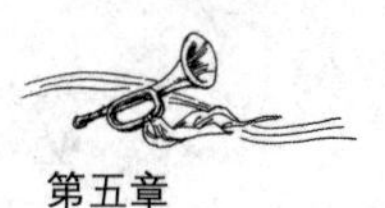



“阄”，其中两个写“死”，谁抓到“死”，就由谁去抵命。一些人听到这个办法，哭了。

七十多岁的罗大爷走上前来，说：“乡亲们，别哭了。哭啥？两个人去送死，那是保咱全村人不死。那些混账想用一命抵一命的办法吓唬咱，叫我说，他们的算盘珠子打错了。抓阄是个好办法，听天由命，但在我看来，也不是最好的办法。如果全村三老四少的爷们儿都来抓，那孩子们咋办？这可是咱的根啊！壮劳力咋办？这可是咱的天哪！所以，我觉着，应该由上年纪的人来抓。再不然，自己报名。”

罗大爷恋恋不舍地看着乡亲们，举起手：“这么着，抓阄也好，不抓阄也罢，第一个‘死’字，我要了。”

丁迎霜拉着罗大爷的手，泪流满面：“老人家，这可不行啊！我，是我丁迎霜该去送死……”

“咳咳……”老痨病秧子马大爷也走上前来，“都说人活七十古来稀，我这孤身之人也已七十了。我想了想，这把老骨头给乡亲们还能做啥事？做不了了。这回，老汉我就最后一次做贡献吧！抓阄不好，在鬼子面前显得咱汀河人自私，不齐心，所以，咱不抓阄了，第二个‘死’字，是我的，我陪着老哥哥去那边下棋。”

罗大爷、马大爷凛然站在土台子上，男男女女崇敬地看着他们。看着看着，全场院的人齐齐跪倒。

丁迎霜号啕大哭：“这不行，不行！是那丁振龙该死啊……是我丁迎霜该死啊……”

六十多岁的宋长水站起来，走上土台子，铿锵有力地说：“迎霜是个有主见的汉子，不过，他今天伤了大心了，说不了了，我就来说几句。在抵命这件事上，乡亲们可不能犯糊涂，千万不能怨振龙那孩子！丁振龙，像他爹丁迎风一样，骨头敲一敲当当响，有种！他，不是千古罪人，而是当世豪杰！几百年来，咱汀河人风里来雨里去，生生死死，患难与共，咱就是见不得外人欺负咱，咱从来不是孬种！如今，鬼子当道，有人做缩头乌龟，如那张宫豹、魏思绪之流，猪狗不如，可我们却缺少丁振龙那样宁为玉碎、不为瓦全的铁汉子。所以，明天两位老人抵命，要怨，就怨日本鬼子。咱要记住这血海深仇，这仇，共产党、八路军会给咱报的。”

场院里群情激昂：“报仇！”“我们要报仇！”

宋长水双手往下压一压，说：“眼下，不是一命换一命嘛，好，咱就用老弱病残去换他的精锐部队，我看，值！咱中国有四万万人，他日本是个巴掌大的弹丸小国，如果真要一命抵一命，咱豁出去一万万，还有三万万哩。到那时，小日本就灭种、灭族、灭国了！咱有啥好怕的？这里，我也报上名，以后再有抵命这事儿，我算第一个。”说完，举起了手。

台下传来不少苍老的声音：“算我一个！”“我也报名！”

宋长水老人看了看台下举着的手，动情地说：“谢谢老兄弟们，咱汀河男人，都是顶天立地的汉子啊。老天爷在上，这里我提个议，两位老人是替咱全村人死的，办丧、抚恤的所有费用由全村人筹措，用上好棺木，举行最高丧仪，树碑，立传，晚辈一律披麻戴孝，全村人跪地守灵。一句话：死者为尊，生者享荣！”

跪着的村民们齐声高呼：“死者为尊，生者享荣！”

晚上，汀河西村为两位老人摆下了宴席，用乡下人最质朴的方式为他们送行。东村的乡亲们听说后，也送来了酒、肉和银元。

次日上午，村北苇地旁的空地周围，鬼子荷枪实弹，两位老人被五花大绑。

山田一郎戴着白手套，恶狠狠地盯着两个待刑之人和为老人送行的乡亲。他频频看手中的怀表，也不知是什么时刻，只见他右手使劲一挥，用日语喊道：“行刑！”行刑的刽子手便射出了他们罪恶的子弹。

两位老人应声倒地，鲜血汩汩地从他们胸腔里流淌出来，冒着缕缕热气。

枪声响过，人群中的丁迎霜瘫软在地。他终于明白了亡国奴的滋味。两个地里刨食、本分一生的老人，说杀就杀了，比杀个鸡、杀条鱼还轻巧，简直不把中国人当人看。丁迎霜的牙齿咬得咯吱咯吱响，暗暗地骂一声：“狗日的小鬼子，血债要用血来偿！”

猝然，马大爷家的大黑狗不知从哪里跑了出来，看到主人倒在血泊中，它疯了，汪汪狂叫着向刽子手扑去。它先是扑倒一个，在脸上撕咬起来，然后又扑向另一个逃跑的刽子手，在他的身上撕扯起来。砰砰砰三声枪响，大黑狗发出一声惨叫，随即栽倒在地。

丁迎霜将准备为儿子丁振虎订亲用的钱全部拿了出来，除两家的子孙外，他首先要了一身孝衣。全村的晚辈也跟着他，披麻戴孝起来。两位老人是为全村人而死，这个丧事，办得格外隆重。

整个汀河西村一片缟素。全村人倾村而出，跪地守灵。

长长的送葬队伍似一条游龙，在春天黄河口的黄土路上行走着，一眼望不到头，远看，蔚为壮观，震撼人心。

两位老人分别被安葬在自己家的祖坟，根据距离的远近，先葬马大爷，后葬罗大爷。

葬完马大爷，又来到了罗家坟地。十六个壮汉扯着半把粗的绳子，将罗大爷油漆光亮的棺木轻轻送入墓穴。宋长水放开嗓子，高声呐喊：

“乡亲们，日本人和咱一日结了仇，一世都是恨，咱汀河人要记住这笔血债啊——”

“下——跪——”

丁迎霜和全村父老乡亲，齐整整跪倒在罗大爷新坟前。

一时之间，新土倾泻，纸钱飞舞，恸哭之声撼天动地，哀伤、悲壮、凄厉、悠长，犹如黄河激流，波浪翻卷，惊涛裂岸……

# 第六章

经过一个寒冬的风吹日晒，荒原中的浩浩芦苇都已通体枯黄，枝头苇缨，舞之蹈之，随风摇曳。丁振龙隐藏在苇丛中，看着天上又圆又大的火球，在如水的苇缨波动中跳跃着往上爬行。如果不是在等待鬼子的运粮车，丁振龙真想跳出苇丛，去追赶那个火球。

等待是最枯燥的事情。潜伏在苇丛已经一个上午了，除了偶尔走过的推着独轮车的下洼人，压根就没见到运粮车的影子。难道粮食运完了？梁老七嘀咕："奶奶的，不会让老子白忙活吧？"土匪们啃几口随身带的高粱饼子，继续静静地等待。

前几日，梁老七接到手下探子报告，最近总有运粮车在梁家屋子不远处的土路上经过。经历一个冬天的大雪封路，梁家屋子已经吃了上顿没下顿，前几天分几路外出抢来的粮食，现在也所剩无几，再加上钱豁嘴撺掇一部分人有分道扬镳之意，所以，这段时间庄子里人心不稳，士气不振。

正在心急如焚之际，这样一个消息令梁老七大喜过望。他问探子，能看出是什么人的运粮车吗？鬼子的？国军的？八路的？民车还是商队？探子报，看不出来，但肯定不是穷人家的。劫！梁老七顾不上那么多了。所谓机不可失，时不再来，干他狗日的一家伙。不过，不知道是谁家的车，怎么和三当家丁振龙说呢？好办，就说是鬼子的。

为了保证劫车成功，三个当家的带着六七十个土匪潜伏在运粮车经过的芦苇丛中。

又圆又大的火球开始下落的时候，远处突然传来三声长短交错的野雁叫声，这是猎物到来的信号。

时间不长，人喊、马叫、车轮声，伴着土路上扬起的尘土，向这边走来。“驾！”打头的车把式把长长的鞭子甩了个清脆的鞭花，大黑马甩开蹄子，向前行进着。

梁老七探出身子，看到运粮车足有十几辆，上面堆的都是麻袋，前后没有军队。大慈大悲、救苦救难的观世音菩萨，你可真是给我送来了一块大肥肉啊！

待十几辆车进入了土匪的伏击圈，啪啪啪，几颗子弹射穿了前面几辆车的马头，马随之倒地，整个车队便乱了起来。

急不可耐的梁老七带着部分土匪，急火火地跳出苇丛，大喊“咱们要发财了”，就要往路上跑。

一阵枪声，未中弹的马像商量好似的，集体瘫软在地上。梁老七等人正在纳闷之际，突然，枪声大作，黄澄澄的子弹从麻袋缝隙中钻出。在猛烈的火力下，跳出苇丛的土匪纷纷倒地，没有倒地的，有的冒死还击，有的往苇丛中撤离，场面一片混乱。

梁老七鼻子都气歪了，平时都是算计别人，没想到这次被别人算计了。当看到子弹从麻袋中钻出，他知道自己上大当了。好在他身手敏捷，还没等子弹朝他飞来，梁老七一扭身就钻回了苇丛。

原来，这是山田一郎使的一计。梁老七等匪徒住在茫茫荒原中，苇深沟密，他们熟悉地形，匪窝周边又布有许多陷阱，硬攻显然不是良策，必须智取。由此，他们便绞尽脑汁，设计了一个借假运粮车攻打梁老七的方案。

鬼子的如意算盘是，麻袋里装满土，固定在马车上，鬼子和伪军藏在麻袋围成的圈子中间，只要对方来抢粮，先射死马匹，马车就成了一个小堡垒，他们可以近距离射击。即便对方开枪，也难以穿透麻袋。这样，既消灭了对方，又保全了自己。双方开打后，后面车上的鬼子、伪军携带汽油，绕到土匪身后，然后，在四面八方同时点燃芦苇。待芦苇烧净，再全歼土匪，烧死或者活捉丁振龙。果然，鬼子的这一计划进展顺利。

众土匪面对早有准备的鬼子，再加上距离太近，别说还手之力，就连招架之势都没有了。

梁老七退到苇丛之后，看到一个鬼子从车上伸出头往苇丛看，他举手就射，那个身影惨叫一声，接着就没了人影。

在没弄清对方是什么人时，丁振龙没有贸然跟着梁老七跑出苇丛，待看清刚才伸出头的人帽上的屁帘儿，才知道梁老七劫的真是鬼子。梁老七没骗他。难道鬼子是冲着自己而来？

丁振龙知道鬼子迟早会找他，却没想到，他们来得这么快。

丁振龙跑过来，拉着梁老七趴下，喊道：“大当家的，咱着了鬼子的道儿了！”梁老七双目圆睁，问：“真的是鬼子？”丁振龙答道：“一点不错！”

梁老七眼冒凶光，恨恨地说：“弟兄们，给我往外冲，不消灭这些狗娘养的，我梁老七就不是人养的！”

“都趴下，出去就是个死！不能出去！”丁振龙大声命令。

鬼子的子弹依然向苇丛中飞来。梁老七怒视着丁振龙：“你那狗屁英雄气概呢？”看土匪们趴着不敢往外冲，他大喊道：“我操你奶奶的小日本，老子和你们拼了！”说着，爬起来，要和鬼子同归于尽。

一颗子弹迎面飞来，瞬间擦着他的腮帮子飞过，顿时，他的脸上、耳上鲜血直流。丁振龙一把拽倒他，再一看，他头上的狐皮帽没有了，半只耳朵也已血肉模糊。梁老七确实是条汉子，耳朵被打掉了半只，却连牙都不带龇一下。

钱豁嘴跑了过来，冲梁老七大喊：“大当家的，咱中了丁振龙带来的人的埋伏了！”然后，愤怒地看了一眼丁振龙，“丁振龙，你个龟孙，把我们卖了！”

梁老七忍着剧痛，骂钱豁嘴：“瞎眼了？你看清楚，对面是鬼子，鬼子能和专杀鬼子的丁振龙一伙？”

一颗子弹尖叫着飞了过来，正好打中苇丛里一棵野生高粱秆，而高粱秆被子弹冲击得砸到钱豁嘴头上，钱豁嘴惨叫一声：“完了，我被打死了！”

梁老七怒喝一声：“浑你奶奶个球，死了还会嚎丧？”

突然，一个伪军的声音从麻袋后面传来：“梁老七、丁振龙，你们已经被包围了，投降吧！皇军说了，投降了，给条生路，不投降，烧成青灰！哈哈哈哈……”此时，鬼子的枪声倒是全停了下来。

丁振龙问：“大当家的，怎么办？赶紧说话啊……”

钱豁嘴眼睛一转，不怀好意地说：“还能怎么办？我们大当家的是绿林好汉，肯定是冲出去，杀他个片甲不留！”

梁老七这时倒冷静了下来：“你他娘没长眼睛啊？虽然咱在苇丛中，鬼子在土路上，但他们在麻袋后面，冲出去？不要命了！命令弟兄们，撤！都往后撤！”

土匪们开始往苇丛深处撤，却猛然发现，前方多处地点燃起了大火。春天的芦苇特别干燥，一点就着，火势立刻蔓延开来。再回头看，身后也着起了熊熊大火。

“大当家的，坏了，大火把咱们包围了！”丁振龙喊道。此时，梁老七才终于弄明白鬼子的阴谋诡计，原来是想烧死他们啊。

很快，大火从四面八方向土匪聚集的方向烧过来。不知什么原因，大火烧

得特别快，浓烟中弥漫着一股汽油的味道，难道，鬼子在往苇丛中泼汽油？

大火飞速烧来，容身的苇丛面积越来越小，梁老七彻底绝望了。他知道，如果放任苇丛着完，早有准备的鬼子用不了几挺机关枪，就能把他们全部“突突”了，可就这样冲出去，四个方向的鬼子更是已做好了充分准备，正在等着瓮中“灭”鳖。

“我操你娘的小日本，你们一帮禽兽不如的畜生，真想置你爷爷于死地啊！”梁老七破口大骂。土匪们一片惊慌，他们感到自己的死期到了。一些年龄小的土匪哇哇大哭：“娘啊，我不想死啊！”

麻袋后面的鬼子、伪军跳下车，藏身车后，站在土路上，狂妄地大笑起来。

啪啪啪……正当鬼子、伪军哈哈大笑，梁老七陷入绝望之时，几声清脆的枪声划过火球下的那条土黄色公路，鬼子、伪军一个个应声倒下。隐隐约约中，丁振龙看到，土路对面的苇丛中，一支队伍在向鬼子、伪军射击。枪声，手榴弹的爆炸声，喊杀声，响成一片。

枪声越来越密集。鬼子、伪军匆忙躲藏到马车的另一侧，无奈躲藏的速度再快，也快不过呼啸而至的子弹。

正在四处躲藏的魏思绪抬头，看到苇丛中一个女人的身影一闪，他的眼睛有些发直，那个女人怎么像自己已经两三年未见过面的妹妹魏思颖？

苇丛内外的战斗仿佛没有任何前奏，一下子就进入到高潮。“射击！射击！”山田一郎毫不示弱，举着他的军刀，如狼一样嚎叫着，鬼子、伪军毫无目的地向苇丛中射击，换来的却是更加密集的子弹。

身处大火包围之中的丁振龙突然听到外面响起雨点般的枪声，一时没明白是怎么回事，心想难道鬼子加大了火力？却没见有子弹飞来。当再次仔细倾听外面的枪声和喊叫声之后，他由沮丧变为兴奋，显然，鬼子和一支部队交上了火。他急忙告知梁老七。此时，梁老七也听出了端倪，他大笑一声：“真是上苍有眼，天不灭曹啊！”

梁老七大喊一声：“兄弟们，给我绕开大火，到苇子边上打鬼子去！”

鬼子、伪军此时正躲藏在马车后，向对面苇丛射击，梁老七一声令下，土匪的子弹便向敌人射去。

突然，山田一郎发现自己腹背受敌，一些手下顿时毙命，未毙命的没头苍蝇似的乱碰乱撞，或钻入车底，或藏身车后。张宫豹趴在车底，大声向山田一郎喊道：“太君，再这么打下去，咱们就全完了。”

藏在车后的山田一郎岂不知问题的严重性，他丈二和尚摸不着头脑，心想，难道遇上了八路的正规部队？看着两边飞来的子弹，山田一郎无奈，他参加过山地战斗，也曾参加过平原战斗，而这种莽莽荒原中的草滩战斗，却没经历过。他大声喊道："边打边撤！"扔下二三十具尸体，落荒而逃。

鬼子逃跑了，土路两侧苇丛中的土匪和那支部队的官兵都聚集到了路上。

双方枪不离手，互相看着，一副警惕的样子。梁老七带着钱豁嘴、丁振龙走到对方跟前："借个光，敢问你们是啥部队？谁是当官的？"

人群中，走出了一男一女两个军官模样的人，男人身材魁梧，女人精明干练，不过，女军官的左胳膊正在往外渗血。梁老七扑通一声跪了下去："谢谢长官救命之恩！"

男军官说："长官？这位老乡，我们不兴叫长官。快起来，只要是有正义感的中国人，都会打鬼子的！"女军官似乎忍着疼痛，问："老乡，你们是干什么的？怎么和鬼子交上火了？"

半边脸被血染红了的梁老七爬起来："明人不说暗话，俺是来自梁家屋子的绿林，我不是别人，是大当家的梁老七。"那些人一震，有人去摸身上的枪。

梁老七拉着丁振龙的胳膊，说："我们这个兄弟前几天进入陈家庄据点，杀了两个鬼子，四个伪军，惹恼了日本人，他们用假运粮车迷惑俺们，想把俺们一锅端掉。这不，俺上了当，差点把兄弟们全交代在这里。好险啊！多亏了你们，谢谢长官！你们的大恩大德，我梁老七变骡子变马也报答不了啊。"

男军官眼睛一亮，心想，主动杀鬼子的土匪还真不多见，尤其这个小伙子，让陈家庄日伪军遭到了沉重打击，更是难能可贵。他目光炯炯地看着丁振龙，问："你就是夜袭陈家庄据点，杀了六个敌人的丁振龙？"

丁振龙纳闷："我是丁振龙。你们怎么知道那鬼子是我杀的？"

女军官说："看看，鬼子都找到你家门上来了，我们能不知道？老乡，你好，我们是共产党的军队——八路军。"说着，伸出右手，要和丁振龙握手。

丁振龙看到，这个女八路也就二十一二岁的样子，齐耳短发，头戴军帽，身穿蓝灰色棉布军装，打着绑腿，穿着布鞋，腰里挎着一支盒子枪。再仔细看，更是明眸皓齿，气质高雅，英气逼人。

面对女军官伸出来的手，丁振龙不知是激动，还是紧张，犹犹豫豫。终于，两人的手握在了一起。

女军官指着她身边的男军官对丁振龙说："这位是我们李队长。我姓汪，你们可以叫我汪队长。你孤身一人勇闯鬼子据点，真是好样的！"

其实，这一男一女，根本不是什么李队长、汪队长，男的是武工队队长姜文山，女的是武工队副政委魏思颖，不说出真实姓名，是为了安全。

这是丁振龙第一次和一个部队当官的握手，尤其还是一个女八路，他有些不自然，脸腾的一下就红了。姜文山笑了：“呵呵，这孤胆英雄还挺守旧呢！”

原来，为了贯彻好清河区党、政、军领导关于在垦区建立根据地的指示精神，姜文山、魏思颖带着二十几个队员来垦区开展群众抗日工作，碰巧遇到鬼子包围了不知什么人，便临时决定投入战斗，也就有了这次和鬼子的交火。

大家互相拱手。梁老七说：“两位英雄，我心里有数，你们可能嫌弃俺是绿林，但绿林和绿林不一样，俺是吃大户、抢大户、绑大户为主，很少抢贫苦百姓。再说，俺们兄弟盟过誓：同生死，共患难，杀鬼子，做好汉，仗义疏财，劫富济贫，一心一意，生死与共。我们这伙兄弟的命是你们八路军给的，今后只要你们需要，命，俺们都可以送上。这里离梁家屋子不远，要不去休整一下？”

姜文山、魏思颖商量，清河区党委、行署恰好准备发布一份《告绿林兄弟书》，决定对土匪进行争取和瓦解工作，何不利用这次机会，了解一些土匪情况，摸一摸土匪底细，然后劝其改恶从善，共同抗日。何况，这群人里面还有一个专杀鬼子的孤胆英雄丁振龙，他可是武工队急需的“材料”啊。

经统计，除魏思颖左臂中了一枪外，二队队长于砚甫被打中大腿，队员刘亮肩部中弹，他们需要包扎、休养，好在都是轻伤。

考虑到梁老七是真心感激他们，估计不会有人身危险，最后决定，大队人马由姜文山带队，继续前去义和庄执行任务，三个伤员前往梁家屋子。

姜文山对梁老七说：“谢谢梁大当家的盛情，我们大队人马就不打扰了。这几位伤员，麻烦你给照顾几天，你看好不好？”梁老七连连称好。

丁振龙好不容易见到了八路军，人家却要走，他急忙挡在了姜文山、魏思颖前面：“我要参加八路军，杀鬼子，为我爹娘报仇！你们收下我吧。”

魏思颖一愣：“是吗，你想参加八路军？英雄我们欢迎，但是，你现在恐怕……”

丁振龙软磨硬泡：“你们就收下我吧，好不好？啊，还有我一个妹妹田银杏。”

“我们汪队长要去你们那里，有什么想法，给她说，好吗？”说完，姜文山和魏思颖、梁老七、丁振龙等人一一握手，然后，带领队伍向远处走去。

丁振龙极度失望，仍不甘心，他跟了一段距离，见队伍走远，大声喊道：“我要当八路，杀鬼子！”走远的姜文山转身，向他挥起了手。

送走八路军大队人马，丁振龙指挥土匪把鬼子扔下的枪支、钢盔归拢到一起，吆喝着把鬼子的衣服扒下来。有人说要这死人衣裳干啥，血糊哩啦的，又不吉利，丁振龙一瞪眼，说要打鬼子、杀鬼子，这衣服早晚能派上用场。然后，又指挥土匪在附近砍来一些树棍，制作了简易担架，将梁老七、八路军于砚甫和其他二十几个伤员、十几具尸体抬起，疲惫地向梁家屋子走去。

魏思颖和刘亮跟在后面，也同时来到了梁家屋子。看到土匪死伤不少，魏思颖带过来一些阿司匹林、红药水、云南白药、药棉和绷带等医药用品。

梁家屋子外一条小河边，银杏儿正在洗衣服。河岸上，柳梢泛青，柳芽翠绿，野菜、青草都抽出了嫩叶，空气里弥漫着初春泥土的气味。

刚刚洗完一件丁振龙的衣服，银杏儿站起来，拧干，一抬头，她惊得半天合不拢嘴：土路上，一副又一副担架抬了过来，后面跟着的人们，也是溃不成军的样子。

银杏儿脑袋嗡的一下大了好几圈，下意识地扔下手中的衣服，疯了似的向队伍迎去："这是咋了？振龙哥，你在哪里？"

银杏儿一个担架一个担架地看过去，没有她的振龙哥，她都要急哭了。当看到最后一个担架上躺着满脸是血的梁老七时，她吓坏了："啊，大当家的，你受伤了，要紧不？"梁老七面无表情，被担架抬了过去。

银杏儿真的吓坏了，她以为丁振龙出了大事，哇的一声哭了出来："振龙哥，你不能撇下我不管啊！"

顺着狼狈不堪的队伍，银杏儿像一只无头苍蝇一样寻找着丁振龙。忽然，她和一个人撞在了一起，定睛一看，顿时惊喜若狂："振龙哥，我以为你死了呢！可吓死我了！"说着，扑在了丁振龙怀里。

十几具尸体暂时放在了村外，二十几个伤员被抬到聚义堂前。院子里，呻吟声、哀号声、叫骂声，响成一片。花石榴闻讯，拿来了为数不多的红药水、药棉、绷带，为八路军和其他伤者包扎。银杏儿也忙个不停，为花石榴打下手。

几个人的身上残存着子弹。梁老七先让花石榴给自己做了简要的消毒、包扎，然后，命人点起一堆篝火，拿出一把匕首，放在火上烧，他要为自己的兄弟们把子弹取出来。

一颗子弹钻进了李有年的屁股里，他大骂不止。梁老七洗了手，拿过烧得发红的匕首，说："是条汉子，你就忍住！"只听噗的一声，刀子扎进了肌肉中，焦煳味立刻弥漫了整个院子。趴在担架上的李有年嗷一声凄厉惨叫，却依然使劲咬着一条毛巾，额头上冷汗直冒。

梁老七的手伸进往外涌血的地方，三搅两搅，就抓出了一个弹头。他拿着弹头，在李有年眼前晃了晃："兄弟，出来了！"正当李有年如释重负之际，梁老七从火堆中挑出一块通红的木炭，用两根木棍儿夹起，狠狠心，使劲压在了刀口处，只见一缕青烟，只听一句“我操你祖宗小日本!”李有年昏死过去。血，却不再涌出。

魏思颖后来才了解到，梁家屋子位于苇深荻密的黄河故道西边。这黄河故道两侧方圆上百里是僻壤偏乡，加上遍地芦苇、柽柳，海沟、河汊纵横，就使得这片土地成了土匪的世界。

梁老七统领的匪徒有一百多人，窝巢就在梁家屋子。他没有“四大团”有名气，但在陈家庄、汀河、罗家一带，还是名头不小。这里有五排洼屋子，铺天盖地的芦苇，成为天然屏障。百多号人，要穿衣，要吃饭，梁老七便连买带抢，给匪徒配备了枪支弹药，以吃大户、抢大户、绑大户为主，劫掠贫苦百姓为辅。这一，是因为贫苦百姓穷得叮当响；这二，则与梁老七出身赤贫，有着一丝对贫苦百姓的同情有关。但劫富济贫他做不到。另外，这里土地肥沃，他们置办了农具，自己开垦荒地，种植麦子、大豆、玉米、高粱等粮食和白菜、萝卜等蔬菜。

当晚，梁老七在聚义堂设宴为魏思颖三人接风。作陪的，有钱豁嘴、丁振龙。本来，在利津，女人是不能上酒桌的，因为魏思颖是女人，在她的提议下，梁老七让花石榴、田银杏也一起作陪。

梁老七在酒桌上坐了下来，招呼客人就坐。扎着绷带的魏思颖、于砚甫坐下，陪着魏思颖的银杏儿也怯生生地挨着魏思颖坐了下来。没有能够发泄兽欲的钱豁嘴对银杏儿一直耿耿于怀，见她坐了下来，他大声吼道：“田银杏，大胆村妇！八路刘长官还没坐下，你怎么就坐下了？还不赶紧滚起来!”

魏思颖拉住银杏儿，对钱豁嘴说：“没那么多讲究，大家随便坐!”

魏思颖不知道这个女孩子是谁，她只是觉得，这个女孩子人长得漂亮。银杏儿挑衅性地剜一眼钱豁嘴，亲热地抱起了魏思颖的右臂。

钱豁嘴点头哈腰：“那是！那是!”

待大家全部坐定，梁老七站起来，亲自为三位救命恩人把盏，田银杏为其他人斟酒。梁老七回到他的座位，双手端起酒盅：“汪队长是巾帼英雄，今天，带两位长官来到俺梁家屋子，正所谓三生有幸，蓬荜生辉啊。俺是个大老粗，不会说话，呵呵，刚才这几句也是现学现卖的。俺梁老七虽是土匪，却佩服八路军，看不上政府军。为啥这么说呢？他娘的政府，还赶不上俺这土匪呢，俺还跟小鬼子交过几次手呢，可那国军，就知道逃避，更可气的是那些二鬼子，竟然给日本人卖命。气死我了！来，你们救了俺几十号兄弟，俺理当敬诸位!”说完，一饮而尽。

魏思颖说："我就免了，不会喝酒!"

"带兵打仗的人哪有不会喝酒的，来，干了!"花石榴劝道，说完，一仰脖，一盅酒同样一饮而尽。

魏思颖说："好吧，今天我就舍命陪君子了，喝一点。"然后象征性地喝了一口。

"哎呀，几盅酒算个卵呀！喝!"梁老七粗鲁地劝道。花石榴瞪眼："闭上你那张臭嘴!"梁老七嘿嘿地乐了。

大家边喝边聊，主要的，还是听魏思颖谈论外面的抗战形势以及共产党对绿林人士的政策。只听她说道："民国二十九年（1940年）8月，八路军发动了闻名中外的百团大战。这场战役进行了一千八百多次战斗，击毙击伤日伪军两万五千多人，俘虏敌人一万八千多人。百团大战的胜利，沉重打击了日寇的嚣张气焰，鼓舞了中国人民的抗战斗志。在我们清河区，年前，八路军山东纵队三旅一部解放了八大组及其周围地区，随后，三旅及中共清河区领导决定创建以八大组为中心的垦区抗日根据地。在垦区，日本鬼子的日子不好过。"

银杏儿坐在魏思颖一侧，她钦佩地看着这个比自己大不了几岁的女子。

丁振龙说："可鬼子在咱这块埝儿，还是杀人放火，横行霸道啊。"

"是啊，鬼子日子不好过，并不说明他们就败了。他国军也好，你绿林也罢，咱们毕竟都是中国爹娘生养的，吃的是中国饭，喝的是中国水。他日本鬼子来强抢咱中国的地盘，滥杀咱中国的百姓，有血性的中国人都不会答应！所以，共产党八路军的政策是，团结一切可以团结的力量来共同抗日，包括绿林人士。希望你们改恶从善，希望你们走上正道。"

钱豁嘴不愿意了，啪地一拍桌子："你凭啥说俺们不走正道？兄弟们啸聚荒原，倒也逍遥快活，俺觉得挺好!"

梁老七瞪一眼钱豁嘴："休得无礼！汪队长，俺也是身不由己，但凡有好的出路，谁当土匪？佛家有语：'九九归一，终成正果。'可想想，咱土匪能修成啥正果?"

魏思颖说："正因为佛家有'九九归一'之说，所以面对外敌入侵，凡是中国人，都应该'九九归一'，这'归一'，就是团结起来，共同抗日。敌人的残暴决定着他们不会轻易放弃这块土地，所以，我们的战术是：今天消灭不了敌人，明天消灭；白天消灭不了敌人，夜里消灭；正面消灭不了敌人，侧面消灭。你们都是穷苦乡民，绿林好汉，希望为抗日出力，就是死，也要死得响当当。"

想起梁老七、丁振龙歃血盟誓，想到在这梁家屋子已遭到排挤，突然，钱豁嘴掏出手枪，将枪对准了魏思颖的头部："你个共匪婆子，原来是让俺们去送死？妈了个巴子，你胆子够肥的，大白天就敢闯梁家屋子？来人，把这几个人都给老子抓起来！"

魏思颖慢慢站起来，钱豁嘴和酒宴上的人也都随之站起来。几个男人见势不妙，都拔出了枪，而于砚甫、刘亮和丁振龙的枪，同时对准了钱豁嘴。聚义堂里剑拔弩张。

梁老七声色俱厉，呵斥道："钱豁豁，什么时候轮到你说话了？坐下！"

魏思颖看看身边骤变的气氛，依然面不改色："你是这里的二当家吧？火气不小啊！改邪归正，为抗日出力是自愿的，用不着这样舞枪弄棒的。"然后，她厉声呵斥道："把你的枪放下！"

钱豁嘴脸一阵红一阵白，有些恼羞成怒："少啰嗦！老子们在这梁家屋子吃香的喝辣的，你他娘的来挑拨离间，搬弄是非。共产党、八路军什么时候善待过绿林兄弟？凭什么要替你们卖命？就是兄弟们愿意卖命，俺绿林祖师爷也不答应啊。"

趁钱豁嘴分心之际，田银杏突然挡在了魏思颖跟前："姓钱的，要杀你就杀俺吧！"

丁振龙怒不可遏地说："钱豁嘴，睁开你的狗眼看看，有几支枪对着你的狗头？要活命就把枪放下！"

钱豁嘴回头看了看，见有三个黑洞洞的枪口对着自己。好汉不吃眼前亏，他突然哈哈大笑起来："哈哈哈哈……给你们开个玩笑，还当真啦？我看，大伙都比较警醒，是好样的。"

魏思颖冷笑一声，不动声色。

丁振龙说："有你这样开玩笑的吗？我觉得你这动作一点儿也不好笑。"

钱豁嘴翻翻豁嘴："丁振龙，你别虫子钻进核桃里，在这里假充好人（仁）。有本事咱俩找个时间单挑！我倒想看看你是真功夫还是花拳绣腿。别是秀才领兵——嘴把式吧？"

丁振龙毫不犹豫，声色俱厉道："钱豁嘴，你今天疯子似的在八路客人面前拔刀弄枪，客人不计较，可大当家的和我不能不计较。你说和我单挑，口气大了点儿，如果不接招，显得我熊包了。好！我应了你，明天上午，就在这聚义堂前，咱们不见不散！"

梁老七心想，这两人看来是较上劲了，也好，是骡子是马拉出来遛一遛，便说道："两位当家的还从没交过手，明天，你们就比比拳脚，玩玩枪法，拼拼刀功，让咱屋子的弟兄们长长见识，也让几位八路英雄给指点指点。就这么定了！"

丁振龙心底却没来由地高兴，心说，正好，让你小子尝尝我的厉害，也让几位八路看看我丁振龙是不是卖狗皮膏药的。

听到院外草门“吱呀”一声，坐在丁迎霜家里正和几个人聊着天的宋长水对一个年轻人说：“去看看，是不是你迎霜叔回来了？”

话刚说完，丁迎霜就进了门。还没等看清屋里坐着的人，他就拿起水缸上的水瓢，舀了半瓢水，咕咚咕咚喝起来，水顺着他的下巴往下流，弄得地面湿淋淋的。

“这么凉的水，你不要命了！”老婆丁周氏颠着个小脚，过来夺水瓢。丁迎霜抹了一把嘴：“饭吃不饱，水还不能喝饱吗？”

宋长水端着根旱烟袋，吧嗒着。见丁迎霜进门，他正襟危坐，面色沉重，问：“迎霜，这次去鬼子据点开会，又有啥为难的事？”

丁迎霜从怀里掏出一摞折叠好的纸张，递给宋长水：“长水叔，你看看。”宋长水接过纸张，铺展开，说：“我大字不识一个，你给我做啥？”

丁迎霜说：“这是日本人捉拿振龙的通缉令，说他夜袭鬼子据点，是鬼子下令通缉的要犯，要各村到处张贴，抓到他的，赏一百块大洋。”

宋长水气不打一处来：“说振龙是要犯，有证据吗？那些饭桶连人毛都没见到一根，就把这盆脏水泼到振龙身上，害得咱村搭上了两条人命，我还在这里候着抵命，这是啥世道啊！”

正在炕梢纺线的丁周氏叹口气：“唉，这不是作孽吗？”

丁迎霜在烟袋锅里装满烟，划着洋火点燃，使劲嘬了一口，说：“长水叔，想起因为丁振龙惹祸，白白冤死的罗大爷、马大爷，我丁迎霜的心就绞着疼。可再想想，他爹、他娘都死在日本人手里，我就觉着你那天说得对，这孩子不是千古罪人，而是当世豪杰。你想，兔子急了还咬人呢，一个血气方刚的大男人，不报杀父、杀母之仇，那他还是个男人吗？我只是觉得，这担惊受怕的日子啥时候是个头儿啊？”

“谁让咱生在这世道呢！这就跟一个人走夜道一样，四周黑乎乎一片，虽然害怕，但还得硬着头皮走下去。我看，咱走一步说一步吧！”宋长水无奈地说。

“我可是不甘心哪！”丁迎霜看了看外面，靠近宋长水，低下声音说：“这次去开会，路上正好碰上铁门关村的王老梗，他爱打听事儿，知道得多些。听他说，小日本现在日子并不好过。去年下半年，共产党八路军搞了个百团大战，大小战斗打了一千八百多次，咱这边的八路军，为配合这百团大战，也开展了不少破袭战，就是说既打了鬼子，还破坏了他们的公路和电话线。”

“看看，我说得对不？打鬼子还得靠八路军啊！”

“陈家庄据点的鬼子倒基本没受这百团大战的影响。前几天，他们去剿梁老七的老巢，可谁也没想到，匪没剿成，自己却损失了几十个人，被不知啥部队和梁老七一起，搞了个前后夹击。”

“这就叫天老爷患感冒，地老爷也跟着打喷嚏。好，解气，解恨！”

“不过，虽然剿匪失败了，但他的上司并没有追究他的责任，反而觉得他的计谋是对的，只是运气不好，属于天灾人祸，让他总结教训，继续剿匪。鬼子还说有一支八路军武工队正在辖境内活动，要求掌握武工队行踪，然后，各方联动，将武工队灭掉。”

宋长水低声问：“咱这块埝儿真来了八路军武工队？”

“我也不知道啊。不过，这次鬼子开会，要求村村设卡，联防联动，一旦发现八路动静，就马上报告，有电话的村用电话，没电话的村放烟火。鬼子和汉奸分成几路，到各个村庄侦察。总之，他们要求不放过一个八路。”

宋长水笑了：“哟，你这维持会会长有事干了。抓住八路是不是还有奖励啊？”

“还抓八路？咱不抓他娘的鬼子就不错了。老话说：好汉护三村，好狗护三邻。虽说我是维持会会长，天天走在刀刃上，一不留神，就会脑袋搬家，但咱永远不能忘本、忘根。鬼子是杀咱中国人的人，八路是救咱中国人的人，要帮，也只能帮救咱的人。你说是不？”

“迎霜啊，说到八路，我可听说，八路在黄河南边组织人力开挖抗日沟，那沟遍布各地，四通八达。咱这里啥时候来八路，也组织乡亲们挖抗日沟啊？”

丁迎霜想了想，说道：“抗日沟是村与村相连的通道，叫我说，咱一个村搞不了抗日沟。但是，挖地窖是个好办法，因为它既可以藏人，也可以藏粮，以后八路军来了，万不得已需要隐藏的时候，他们也有个藏身之地。因此，我想利用春季农闲这段时间，多挖地窖，挖大一些，以备不时之需。”

“好主意，我支持！我找几个人商量商量去。”说完，宋长水迈步走出丁迎霜家。

“丁迎霜，丁迎霜在家吗？皇军来了，赶紧出来迎接！”前脚刚把宋长水送走，后脚就听到几声粗鲁的叫声。

这天午饭前，陈家庄据点鬼子副队长松井和警备队长张宫豹带着十来个鬼子和伪军来到丁迎霜家。刚推开草门，张宫豹就大声嚷嚷着要丁迎霜出门迎接。

一行人显得疲惫不堪，进了院子，一屁股坐在地上，就再也不起来了。

在屋里忙活着的丁迎霜气不打一处来，但又怕鬼子发飙，便假模假式地迎到屋外："松井太君、张队长，来了，快屋里坐！"

松井有气无力地向丁迎霜打一个招呼，然后，向张宫豹努一下嘴。张宫豹急忙说："丁会长，我们出来找武工队，三天了，都没正经吃东西，饿得前胸贴后背。他娘的，春荒，春荒，也不能这么个荒法啊！赶紧，杀鸡，杀猪，备酒，皇军得好好吃一顿！"

"这……张队长啊，不是我不招待太君和各位长官，我这里实在是没吃的了。本来粮食就不多，年前叫皇军一抢，再经过这一冬，不光我家，家家户户都揭不开锅，人们是天天稀粥对付着过。你看，我家烧火的都饿得脖子挑不起脑袋来了。"丁迎霜指指老婆，说道。

"丁迎霜，我就不信这么大个汀河西村，就管不了太君一顿饭，想办法去！我警告你，一个时辰之内要是太君和各位兄弟吃不上饭，喝不上酒，我就把你他娘的房子点了！"张宫豹骂道。

"点房子也没有啊！"丁迎霜为难地说。

"那我就奇了怪了，你们老老少少就不吃饭，天天像神仙一样活着？"

"不不，张队长，我的话你咂摸错了。鸡、猪啥的没有，高粱饼子、黏粥、瓜子咸菜还是能管太君饱的。"

张宫豹一指坐在地上的日伪军，发火道："你瞎了眼了！一个个太君、弟兄饿得这个熊样，到你家，就吃高粱饼子？找肉、找鱼、找酒去！"

丁迎霜十分作难："张队长，这大春天的，青黄不接，你就是烧了我家这几间破屋，我也淘换不来酒啊肉啊的。不过……"

"不过什么？"张宫豹小眼一亮。

"张队长，有一家有粮、有肉、有鱼，还有酒，可我要不来，你也不敢去要。""那是谁家？""汀河东村，你们翻译魏思绪家呀。"丁迎霜说。

"操，我咋忘了他家呢！我还告诉你，这天底下没有我张宫豹不敢做的事！不就是魏思绪家吗？你带路，我去他家弄去！"

很快，张宫豹带着几个伪军从魏思绪家连要带抢，弄来了肉、鱼，还有一坛子酒、两袋子白面。在街口上和几个老人闲聊的宋长水看到这个场面，问扛着白面的丁迎霜："迎霜，这是干啥去了？"

丁迎霜抬起头，说："这不，张队长和几个太君来我家吃饭，这是刚从魏翻译家筹来的。"听了这话，宋长水若有所思。

一会儿的工夫，宋长水端着个瓷碗，里面盛着五个鸡蛋，牵着五岁小孙子的手来到丁迎霜家。看到张宫豹和几个伪军在说话，他走过去："张队长，我是

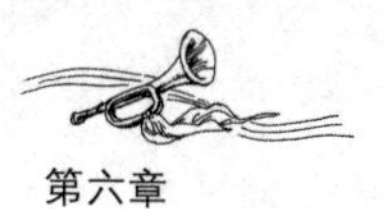



这个村的村民，各位太君和长官来到俺村里，欢迎啊。这是我孝敬各位的几个鸡蛋，表示一下心意。”

张宫豹很高兴：“好，如果汀河西村的百姓都和你一样，那就是模范村了。送到屋里去吧。”

院子里，酒菜很快上来了，鬼子一桌，伪军一桌。张宫豹坐在小杌子上，一边示意伪军端酒，一边示意鬼子端酒：“太君，各位兄弟，丁会长是个模范会长，今天在这里，咱们来个一醉方休。干了！”

一仰脖，鬼子、伪军都把酒干了出来。嗯？张宫豹一吧嗒嘴，这酒怎么了，怎么一股骚味？饥肠辘辘的两桌人却顾不上许多，吆五喝六地喝将起来。

酒过三巡，丁迎霜走到鬼子桌前，恭恭敬敬地问松井：“太君，酒菜咋样？”松井伸出大拇指，叽里呱啦不知说了几句啥。

丁迎霜依然笑着说：“喝吧，吃吧，早晚呛死你们这些狗娘养的！”听不懂中国话的松井笑着对丁迎霜说：“你的，良民大大的。”丁迎霜哈哈大笑起来。

要吃饭了，丁周氏颠着个小脚，提过来一篮子新蒸的面卷子。鬼子、伪军一人拿起一个，大口就咬。张宫豹咬了一口，嚼了两嚼，大声喊道：“这是他娘的啥面，怎么这么牙碜？”

总算送走了瘟神。宋长水和几个乡亲来到丁迎霜家。丁迎霜挖苦宋长水：“长水叔，你可真是良民啊，你们家鸡蛋吃不了，喂狗也比给他们吃强啊！”

“操，给他们吃？这几个鸡蛋我是挨家挨户借的。我主要是带着小孙子，给他们酒坛子尿尿来了！”宋长水得意洋洋，唾沫星子都飞出来了。几个村民脸有些发白，好像这事儿是自己干的，生怕叫鬼子发现似的。

“这么说咱想到一起去了。他们那面卷子里，我放进了半斤沙土。”丁迎霜觉得，咱杀不了鬼子，用这种办法解解恨也行。

一个中年人说：“这回，日本人是娶了个媳妇大肚子——可赚着了！”人们哈哈大笑起来。

宋长水咧着大嘴，说：“他鬼子、汉奸出招，咱就接着。这个破世道，谁怕谁啊！”

丁迎霜恨恨地说：“对，这就是咱老百姓的办法，坑鬼子，坑汉奸，不坑白不坑……”

# 第七章

却说梁家屋子，聚义堂门前，摆上了一张八仙桌，梁老七、魏思颖分坐两边，于砚甫、刘亮、花石榴等人也坐在两侧。土匪们围在院子里唧唧喳喳的，准备看热闹。

魏思颖一行来了两天了。如今，整个利津县大部分成了敌占区，鬼子让这块土地变了质，而打鬼子，必须团结一切可以团结的力量。按照上级指示，对于处在敌占区的土匪，垦区抗日民主政府及八路军要求必须采取先礼后兵、招抚为主的方针，不得硬拼、硬剿。来时，姜文山队长指示可以多待几天，争取利用这股土匪为抗战服务，特别注重了解丁振龙的情况，最好引领他走上革命道路。

真正住下来之后，魏思颖觉得，梁老七、丁振龙等人，对他们还是挺友好的，只是那钱豁嘴看她的眼神有些异样。

八仙桌上放着一盏香炉，上面插着燃烧的红蜡烛。梁老七从一个小匪手中接过三炷香，在蜡烛上点燃，然后对着香炉，大声说道："天地无私本至仁，近来灾祸降何频。只因世上人枭薄，故使红尘变黑尘。人情险恶世于今，险恶盈时祸亦临。切莫漫随流俗去，自求多福在吾心……"

坐在桌边的魏思颖暗觉好笑，大老粗一个，这套说辞，是从哪里学来的？土匪们更是一愣，不就一个比武吗，还整得神神道道的。

"大当家的，我钱豁嘴准备妥当！"

"大当家的，我丁振龙随时应战！"

这时，银杏儿端着一碗酒上来了："振龙哥，敬你一碗酒！"丁振龙接过来，咕咚咕咚喝了个底朝天。钱豁嘴看了，喊道："这不公平，田银杏，给俺也来一

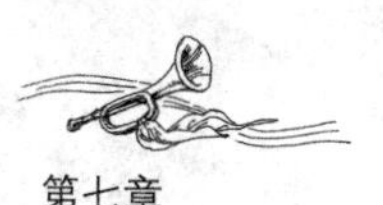



碗!”银杏儿连理都不理，一小匪见状，赶紧端上一碗酒，钱豁嘴也喝了个底朝天。

梁老七见二人准备就绪，便面向众人大声喊道：“八方神仙齐见证，好汉今日论输赢。无论胜负如何，双方不得无事生非，另起争执——”“咚咚咚，咚咚咚，咚咚咚咚咚咚咚……”几个小匪有节奏地敲起呐喊助威的鼓点，其他土匪也一片癫狂。

“比武开始——”随着梁老七一声高喊，比武正式开始。

钱豁嘴、丁振龙从两个方向走到八仙桌前的一片空地上，钱豁嘴一手提着两块平常盖房用的青砖，把青砖放在地下，抬起头，和丁振龙互施了一个抱拳礼，说道：“丁振龙，你选两块，咱先让大伙看看掌功。”

丁振龙还没弄明白钱豁嘴的用意，只见钱豁嘴伸出右掌，运足功夫，猛击一掌，两块青砖便齐整整从中间断裂，变成了四块。钱豁嘴挑衅地看着丁振龙，周围土匪一片叫好声。

这钱豁嘴本是鲁西南人，从小舞刀弄棒，练就了一身好功夫。只因在老家杀了人，便到黄河口来寻找十几年前移民过来的姑家。姑家未找到，却阴差阳错成了土匪，凶狠的本性加上一身好功夫，很快，他便成了梁家屋子的二当家。

丁振龙从旁边拿起两块青砖，看了看，说道：“这青砖我一会儿解决。”

钱豁嘴问：“怎么，认输了?”

丁振龙笑一笑，正低头放砖，突然被钱豁嘴从后面抓住，一下就把他摔倒在地。没想到，丁振龙一个鲤鱼打挺跳起来，右手抓住钱豁嘴手掌，使劲向右翻转，钱豁嘴右臂已呈反关节位。丁振龙使劲压了几秒钟，然后，单脚踹出，钱豁嘴嚎叫着就向八仙桌撞去。正当魏思颖、梁老七惊讶之时，丁振龙一个飞步，追上钱豁嘴，一把抓住，往后猛扯，钱豁嘴被摔了个狗啃屎。未等钱豁嘴爬起来，丁振龙结结实实踏上一只脚，笑着说：“二当家的，承让，承让!”

鼓声中，银杏儿忍不住狂呼乱叫起来。

三十步开外，放着一张桌子，桌子上摆有三个鸡蛋。钱豁嘴站在圆圈里，抽出腰里的手枪，慢慢瞄准鸡蛋，扣动扳机，砰砰砰三声，只见三个鸡蛋全成了碎蛋。

梁老七虽对钱豁嘴的品行有些看法，但对他的功夫枪法还是暗暗佩服的。此时，梁老七便为丁振龙捏把汗了。银杏儿也有些起急，她紧张地看着振龙哥。

钱豁嘴得意洋洋，说：“三当家的，该你了。”丁振龙盯着远处刚刚摆好的鸡蛋，似在犹豫。钱豁嘴步步紧逼：“怎么，不敢打了?”

丁振龙不慌不忙，也站进圆圈里，他拿好枪，对着三个鸡蛋目测一下，喊道："谁给我把眼蒙起来？"一个小匪找来黑布，蒙起丁振龙的眼。

丁振龙喊道："各位，看好了！"然后，举枪，射击，砰砰砰，三发子弹呼啸而出，三个鸡蛋立时也成了碎蛋。

人们震惊异常。院子里的鼓点更加恣意。

丁振龙摘下罩眼的黑布，慢悠悠地说："二当家的，又打平了。不过，我这是瞎猫碰上了死老鼠。可你呢，是一把刀再加一把刀——二把刀啊！哈哈哈哈……"

钱豁嘴先前的威风不知去了哪里，面孔涨得通红："丁振龙，别嚣张。好，咱们上马比刀法！"

两匹马相对着冲了过来，丁振龙一手提刀，一手挽住马的缰绳，往上一提，那马长嘶一声两蹄腾空而起，丁振龙正要说什么，钱豁嘴已冲杀了过来，丁振龙不敢怠慢。两人挥刀互搏，刀刀相撞，尖锐的金属铮鸣声不绝于耳。

电光石火之间，丁振龙一声大吼，接着猛地挥出大刀，只听当的一声，钱豁嘴的虎口一麻，砍刀脱手飞了出去。

附近的土匪急忙躲闪。

丁振龙正想勒住马匹，钱豁嘴大喊一声："放绳！"只见土匪群中飞出一条套绳，呼啸着向坐在马背上的丁振龙飞来。说时迟，那时快，丁振龙仰身躺在了马背上，才算躲过套绳。只听刷刷刷三声，丁振龙袖子一抖，三把精致的飞刀向绳索飞去，立时，绳索断成了四截。

土匪们一片喝彩。

丁振龙冷笑，跳下马，来到那两块砖跟前，拿起来，怒喝："钱豁嘴，你够阴损的！"一掌拍下，两块砖立时碎裂。

土匪们又一片喝彩。

梁老七站起来，喊道："请三位八路给指点指点！"

八仙桌两侧，魏思颖、于砚甫和刘亮一同站起来。魏思颖眼睛直直地看着丁振龙，心想，眼见为实啊，看来这小伙子功夫之高、战斗力之强不可小觑，是一把做武工队的好手。可这汀河庄的年轻人，从哪里学来的这身功夫？

此时，鼓点如雨……

十几只燕子在天空中欢快地变换着队形，轻轻掠过头顶。丁振龙感到从未有过的舒心，却找不出个词形容一下。

春雨三月，万物复苏，百鸟鸣春，神清气爽，真乃春风伴雨浓似酒，柳青莱翠满"梁屋"啊！

这段话，丁振龙可想不出来。谁能想得出来，你猜！

吃过早饭，银杏儿跟着花石榴走了。自从银杏儿的女儿身暴露后，梁老七给她安排了单间，此后，她与花石榴几乎形影不离，成了一对好姐妹。花石榴虽是梁老七的压寨夫人，却比梁老七小了十几岁。她是萧神庙人，爹本在乡间行医，因道行欠佳，前年治死了一家大地主心爱的小妾。这大地主一怒之下，在一个月黑风高的晚上，差人杀死了她的爹娘。待去姥娘家玩的花石榴回到家，见爹娘横尸炕上，她抱尸痛哭。恰巧，土匪梁老七外出“找食儿”，来到家境殷实的花石榴家，看到这一状况，顿发善心与淫心，帮她埋葬了爹娘，然后，将她带到了梁家屋子。就这样，成了孤儿的花石榴心甘情愿地做了梁老七的压寨夫人。梁老七见新娶的媳妇脸圆圆的、红红的，便风雅了一把，为新媳妇取了个“花石榴”的名号，自此，匪徒们反而不记得当家夫人的真名了。

梁老七和花石榴在一起快两年了，她的肚子却一直未见动静。不过，两人都大大咧咧，对这事儿，也没有太放在心上。

这段时间，跟着爹学过不少医术的花石榴除去与银杏儿聊一些女人间的话题外，还有意识地教她一些医学方面的知识。兵荒马乱的年代，掌握点医术总会有用的。

丁振龙着两个站岗的小匪通报大当家的，得到让进的回应后，他推门进屋，只听得哎哟一声轻唤，看到花石榴正在给梁老七换药，银杏儿打下手。花石榴用手轻轻撕扯包扎在他耳朵上的纱布，可能是和肉粘在一起的缘故，梁老七顿时感到伤耳一阵撕裂般的疼痛，汗就冒出来了。花石榴细心地帮梁老七涂药、包扎，一会儿工夫，药换完了。

“贤侄，又有啥好主意，说来听听。”待丁振龙坐下，两个女人退到里间屋，梁老七问。

丁振龙用洋火给梁老七点上烟，说道：“大当家的，这几天，听了八路军汪队长介绍的抗战形势，以及共产党对绿林人士的政策，我提个建议，咱跟她走吧。”

梁老七挺直身：“什么意思？你让我受招安，跟她去当八路？”

“是啊，不好吗？中国的绿林人士断不了被招安，水泊梁山宋江宋公明就是最好的例子。原来占据东北三省，号称‘东北王’的张作霖不也曾是绿林头领？不光他们，在中国，历朝历代，每个地方都有绿林被招安成为正规部队的事情。人家可以，咱为什么不可以？”

“你这孩子，脑子里少根筋啊？被招安的人是不少，可像张作霖那样成功的人又有几个？就拿水泊梁山来说，安倒是被招了，你可知道他们的下场？招安让梁山好汉们死的死，伤的伤，走的走。宋江被赐御酒毒死，卢俊义被高俅陷害落水而死，武松出家，林冲病死，阮小七被贬为平民，没几个有好下场的。别看你大爷我是个大老粗，心里明白着呢。”

丁振龙有些着急：“我觉得你不明白。宋江他们是被昏庸无道的皇帝招的，所以下场不好。可不管咋说，这些人死后都被人们说成了英雄、好汉、豪杰，而不是土匪、贼人、草寇。”

“你以为你是谁？土匪咋了？贼人咋了？草寇咋了？到时两腿一蹬，吹灯拔蜡，有谁还记得你？我告诉你，不光八路军想收编咱，政府军也想招安咱。你来之前，政府军就托人捎信，要收编梁家屋子，让我干团长。绿林中有句话，叫‘要当官，杀人放火受招安’。你想想，国军条件多好，那是正规军，当了团长是要光宗耀祖的。八路是啥？往好里说，是土八路，往差里说，和咱差不多，不是有个词儿叫共匪吗？”

“大当家的，说共匪那是国民党贬人家，那共产党不是还说蒋匪吗？我的看法，共产党为国为民，八路军是老百姓的队伍……”

梁老七砰地扔掉烟袋锅，怒斥道：“你他奶奶的少教训我！老子玩枪的时候你还不知道在谁腿肚子里转筋呢！教训我？你还嫩点！共产党、八路军是干啥的？反对政府！你也不想想，政府是那么好反的？蒋委员长是那么好反的？我左思右想，不能去当八路。退一步说，我宁愿参加政府军，也不去当八路军。政府军，吃香喝辣，可八路军，吃糠咽菜，我可不愿意去受那个洋罪。”

丁振龙也忽地站了起来：“你，不讲信用！”

“我不讲什么信用？”梁老七厉声问。

“八路军救了咱几十口子人的命，人家大老远地来了，就是想招安咱，你却这样一个态度。”

里间屋里的花石榴、田银杏跑了出来，劝说双方，两人却互不服气。

“好小子，反了你了！你小嘴叭叭一说倒简单，我他娘的还得考虑这上百口子人的肚子。”

丁振龙说：“大当家的待我不薄，我丁振龙也绝不是忘恩负义的人，但是，人生在世得知恩图报。”

“这么说，我成了忘恩负义，不知恩图报的人了？她救了咱不假，她的一些说辞也不孬，她让咱打鬼子，咱也打，但就是不能去当八路！”

丁振龙一把拉住银杏儿：“那好，你走你的阳关道，俺走俺的独木桥，从此咱井水不犯河水。银杏儿，走！”

丁振龙的这句话，把梁老七气得手直哆嗦，他捂着自己的伤耳，指着门口吼道：“你……你个有奶就是娘的东西，给我滚出去！从此，别到这个屋里来！”

“正好，我巴不得呢！银杏儿，咱们走！”银杏儿左右为难，硬生生被丁振龙拖了出去。

梁老七望着丁振龙的背影，破口大骂：“丁振龙，我刨你们家祖坟……”

丁振龙气汹汹地回到自己的宿舍，银杏儿给他倒了碗水，说你吃了枪药咋的，就不能好好说话？丁振龙也不回话，背着手在屋里转圈，转了一圈又一圈。

正在丁振龙转圈的时候，魏思颖、刘亮来了。待两人在炕上坐下，丁振龙把劝说梁老七的经过说了一遍。魏思颖既为丁振龙参加八路军的急切心情所感动，也为他莽莽撞撞的做法而担心。

魏思颖说道：“振龙，你想参加八路军，想劝说大当家的和他的人一起参加八路军，这种心情可以理解，但要注意方式、方法。否则，不但达不到目的，反而有可能出现意想不到的后果。”

丁振龙气咻咻地说：“我觉得他忘恩负义。八路军冒死救了他几十号人，他不但不顺应你们，反而说宁愿参加政府军，也不参加八路军，嫌八路军吃糠咽菜，不愿受那个洋罪。”

“他说宁愿参加政府军，也不参加八路军，我估计只是说说而已。从民国26年（1937年）开始，日本人大举进攻中国，国民党统治集团内的投降、分裂、倒退活动日益严重，以汪精卫为首的亲日派公开投敌，以蒋介石为代表的亲英美派则实行消极抗日、积极反共的政策。在山东，以国民党山东省政府主席沈鸿烈为首的国民党顽固派，秉承蒋介石的旨意，极力打击共产党领导的八路军等抗日力量，‘博山惨案’、‘雪野事件’、‘淄河事件’等一连串反革命行为接连发生。你说，他要是了解了这支不打日本人、专打中国人的政府军，他还想参加吗?”魏思颖慢慢向丁振龙、田银杏灌输思想。

“这些不要脸的，气死我了！叫我说，凡是帮助日本人欺压百姓的汉奸，凡是不打日本人专打中国人的军人，一律枪毙！”丁振龙气鼓鼓地说。

刘亮笑了：“丁振龙啊，我看你也是个愣头青。”

丁振龙不好意思地挠挠头发，腼腆地笑了。然后，他拉过银杏儿：“汪队长，你让我和银杏儿加入武工队吧！”田银杏也频频说是。

魏思颖和蔼地说道：“八路军的政策是团结一切可以团结的力量，一致抗日，只要打鬼子，八路军都支持。但想真正加入八路军，不是谁想参加都行的，比如，反对八路军的人，对八路军三心二意的人，我们就不要。而武工队是八路军里深入日军占领区，宣传和组织群众，开展军事、政治、经济、文化斗争的武装分队，有的直属军区领导，有的属于营、连，而特点都是组织精干，装备简便，行动灵活。里边的人员，个个都要文武双全，所以有句话叫小小武工队，能抵千万兵。因此，武工队吸收队员，更是严格。”

银杏儿眨着大眼睛：“汪队长，有人说，共产党杀人放火共产共妻，还有人说共产党是共匪、红胡子、妖魔转世。我不信，可我也讲不出什么道理来。”

“银杏儿，那些国民党反动派、地主老财害怕共产党，便拿共产共妻、妖魔转世这些鬼话来吓唬人，目的是欺骗不明真相的老百姓，怕他们都跟着共产党走，这是对共产党的恶意诽谤，不要相信它。”魏思颖对田银杏说。她又转身，问丁振龙：“振龙，银杏儿不了解，那你知道共产党是一个什么样的组织吗?”

丁振龙摇摇头：“我也不知道。”

“刘亮，你告诉他。”魏思颖说。

刘亮说道：“中国共产党是一个真正代表全中国人民愿望的，能把人民指引到一个正确道路上的革命组织。共产党专为老百姓办事，为穷人说话，是穷人的党……”

丁振龙一把抓过银杏儿，急切地说：“汪队长，我和银杏儿都是穷人，我们要加入共产党!”他轻轻扛了站在他跟前的刘亮一膀子，“刘兄弟，帮帮忙，劝劝队长，收下我们吧!”魏思颖和刘亮笑了。

“丁振龙，加入共产党可不是说说就行的事，那是有条件的。在你身上，有一些无产阶级革命者的优良品质，这很难能可贵。不过，加入武工队还得慢慢来。我问你两个问题：一个是，你们是咋来到这梁家屋子的?第二个，你这身好功夫怎么来的?”魏思颖问道。

丁振龙和银杏儿你一言我一语，从银杏儿被金家、魏家一同抢亲，到劫走银杏儿参加队伍，从误入匪窝誓死离开，到歃血盟誓暂时留下，一五一十地说了一遍。

“啊，原来是这样。”魏思颖看看两人，“那就是说，你们两个不是土匪，是暂时寄身匪窝，有朝一日参军打鬼子的两个年轻人。那丁振龙的功夫呢，是咋学的?”

原来，这丁振龙早就有武术底子。父亲丁迎风在渡口做船夫时，喜水的丁振龙跟着父亲，十二三岁就在船上跑，后来偶遇河北沧州一家镖局的镖头李师傅。这李师傅看孩子聪明伶俐，身手敏捷，觉得是习武的好材料，遂在每次路过时都教他习武。不过，他最感兴趣的还是那小小的飞刀。

认识了李镖师，成了日后的一笔财富。

那是前年农历六月的一个晚上，丁振龙早就认识的船工“泥鳅林”林叔跌跌撞撞地来到家里，说爹和鬼子一起撞船而死。丁振龙的天算是彻底塌了。

丁迎风尸首无寻，丁振龙怀着悲愤的心情，在叔和乡亲们的帮助下，将爹的衣冠和娘葬在了一起。

爹娘死后，丁振龙觉得凭眼下的功夫，杀鬼子，报家仇，难度不小，遂下决心外出继续学武。叔丁迎霜坚决不同意，他觉得，振龙要是有个闪失，咋对得起故去的哥嫂？

这天，丁迎霜、丁周氏和背着包袱的丁振龙来到哥嫂的新坟前。身后，跟着许多乡亲。“你给我跪下！”丁迎霜命令道，丁振龙乖乖跪下。

丁迎霜向哥嫂的坟头磕了三个头，然后说：“哥、嫂子，我赔罪来了。你们只有振龙这一个孩子，他本应在家本分劳动，娶妻生子，为你们、为丁家延续香火，可我管束不了他。他，他今天要出去学武……”

丁振龙向爹娘磕了三个结结实实的响头，然后说：“爹、娘，不孝子丁振龙给你们磕头了。爹在世时说过，男长十二夺父志，我都十九了，无论如何也要到沧州找李镖师，学一番真功夫，回来为你们报仇。爹、娘，你们的在天之灵，保佑儿子吧！不为你们报仇，我丁振龙誓不为人！”

临别，丁振龙慢慢跪向地面，向他的叔婶，向乡亲们和故土叩下头去。

丁振龙站起身，擦掉脸上的泪水，向生他养他的汀河村看了一眼，毅然向西北方向快速走去……

后来，丁振龙在沧州李镖师的镖局落了脚。仇恨能让人目乱神迷，但也能让人焕发出无穷力量。一年多里，在李镖师的悉心调教下，丁振龙边干着镖局这个刀口舔血的营生，边练习功夫。拳法、枪法、刀法、剑法，丁振龙一一研习，特别是他早就最感兴趣的飞刀，几乎做到了五丈之内百发百中。丁振龙扎实的功夫，习武的速度，令李镖师吃惊异常……

对魏思颖来说，丁振龙是个迷，她觉得，在相貌、个性等方面，这丁振龙和自己有许多相似的地方。

听完丁振龙的叙说，魏思颖越来越觉得这是一把做武工队队员的好手，可她想了解丁振龙更多的事情。在梁家屋子的这几天，魏思颖和银杏儿住在一个房间，关于丁振龙母亲的死，她听银杏儿说过，但丁振龙父亲的死，银杏儿也不甚清楚。

魏思颖想了解。

“振龙，听说你父亲是与鬼子撞船而死，死得很悲壮，能说说吗？”魏思颖问。

立时，丁振龙的眼神变成了一把匕首，那匕首红红的，似乎有鲜血在往下滴……

丁振龙的父亲丁迎风原来是黄河船夫。1938 年 6 月 9 日，为阻止日军西进，蒋介石采取“以水代兵”的办法，下令扒开位于河南郑州市区北郊 17 公里处黄河南岸渡口——花园口，造成黄河决堤改道，由利津入海的黄河自此便被人为破堤，滔滔黄水夺淮入海。据说，那次决口淹死百姓几十万人，上千万人流离失所。黄河改道后，丁迎风便慢慢丢了饭碗，回到家，以务农为生。

虽说黄河已改道，但 1939 年农历六月的黄河下游还是水面浩荡，行船没有问题。

这不，鬼子遇到了麻烦。接旅团训令，要从利津运军粮一船到烟台，再从烟台运枪支弹药回利津。山东日军军需物资大多都是经大连海运到烟台、威海、青岛，再运往各地。这个任务，最终落到了当时的陈家庄据点指挥官伊藤头上。

当年的黄河船夫早已解散，分散到各村，可任务紧急，不得延误。伊藤命伪军队长张宫豹和翻译杨荫仁四处找寻，才找到五人。但这几个人开不了船，能开船的，只有汀河西村的丁迎风，而丁迎风此时却是鬼子通缉的逃匪。这可给伊藤出了难题。

无奈，伊藤招来张宫豹和杨荫仁，说你们无论如何也要找到丁迎风，对他讲，只要完成这一次任务，皇军就既往不咎。张宫豹费了九牛二虎之力，终于找到了丁迎风，丁迎风坚辞不去，张宫豹便劝道：“这次任务重大，伊藤太君将亲自压船。我知道你姓丁的骨头硬，但我劝你能去还是去。如果你答应了，太君说了，算你戴罪立功，今后不再抓你；如果你不答应，不光你活不了，汀河西村将被杀掉、烧掉半个村。”丁迎风知道，如果不答应，杀人如麻的鬼子可是说到做到，没办法，应了下来。

汽笛刺破宁静。一只大船装满了粮食，从利津的一个码头向渤海驶去。

压船的，除伊藤队长和翻译杨荫仁外，另有十来个鬼子。而船员除丁迎风外，还有其他五人，这些船员都是过去的老伙计，他们一个个忍气吞声，虽不愿干这趟差事，却也无可奈何。战争使他们失去了饭碗，他们讨厌国军，痛恨鬼子。

驾驶舱里，丁迎风和外号“泥鳅林”的林姓船员紧盯前方，大船行驶顺利。这天下午，一船麦子很快运抵烟台鬼子军港。鬼子不让船员下船。几辆卡车驶来，没日没夜装卸物资的苦力们七手八脚，将粮食装到车上拉走。丁迎风看了，想，难道空船回利津?

丁迎风正在驾驶室边察看仪表盘边观察外面的动静，泥鳅林咧着嘴闯了进来：“丁大哥，不好了!”他关上驾驶室门，不再说啥，却哭了起来。

“别哭！咋回事?”丁迎风着急地问。

“丁大哥，鬼子要杀咱们!”然后，泥鳅林向丁迎风说了事情的来龙去脉。原来，鬼子翻译杨荫仁是他表哥，这家伙虽坏，但对自己的表弟还是上心的。来的路上，伊藤决定在船到利津后，将他们六个全部杀掉。刚才，他到表哥那里去，这表哥让他快到码头时，趁鬼子不注意设法跳河逃命。

“操他娘的小鬼子，够阴损的，天底下就没有咱的一条活路吗?”丁迎风十分震惊，脱口大骂。此时，他也没啥好主意，便让泥鳅林给兄弟们分别通报一下，见机行事。

夜幕降临了。远处，驶来两辆日军军用卡车，从车上跳下十来个鬼子和十几个苦力，鬼子围在卡车周围，端着枪，一个头目样的鬼子一挥手，十几个苦力四人一组，开始搬车上的一个个木箱子。

“这是什么啊?”丁迎风疑惑。

正在疑惑之际，只听哗啦一声，一个长木箱被几个苦力不小心摔在地上，丁迎风定睛一看，可了不得了，地上横七竖八地躺着几十支“三八大盖”。

好家伙，原来是鬼子杀人用的枪支弹药啊！隐藏在驾驶室里的丁迎风、泥鳅林慢慢数着，最后竟然装了大大小小一百三十五箱。他们猜测，这里面，恐怕“三八大盖”步枪、“王八盒子”手枪、子弹、手榴弹、歪把子啥的都有。

丁迎风吓晕了，其他几个船员也看得一清二楚。

夜幕下，大船缓缓驶离码头，拨开大海涌浪，直朝黄河口驶去。

丁迎风知道，伊藤既然动了杀机，如果没有对策，到了利津必然逃不过这一劫。退一步说，就算六个兄弟死不足惜，可这一百多箱枪支弹药，得给八路军、游击队带来多大的灾难，得杀掉多少中国老百姓啊？想想，丁迎风就不寒而栗。

思考了许久，丁迎风对坐在一旁愁眉不展的泥鳅林说：“林师傅，我现在在想，咱船上运的这武器真是好东西，如果送给八路军，得杀多少鬼子和汉奸?可现在，这些武器是鬼子的，是鬼子用来杀八路军、游击队和咱中国老百姓的。既然没办法送给八路军，那咱也绝不能让它们落到鬼子手里。”

泥鳅林问：“丁大哥，你有啥好办法?”

“好办法？没有。”丁迎风摇摇头。

泥鳅林着急地说：“丁大哥，你就别绕弯子了，我从你这比冰块还冷的眼睛里已经看出有想法了，就直接说吧!”

丁迎风长舒一口气：“好办法真的没有，不过最大限度减少损失的办法，倒是有一个。你知道，鬼子个个都是杀人不眨眼的恶魔，那伊藤更不是什么好东西。这个事咱这么办，船进入黄河口后，你们几个偷偷地跳河，咱老黄河人，水性好，水下游他个一二里地没问题，然后，我看准水面上其他日本船只，高速撞了他娘的，和鬼子同归于尽。”

泥鳅林说：“那不行，俺几个不能让你自己玩命。”

“上个月我老婆刚刚被鬼子活活烧死，我要报仇雪恨！你要是愿意陪我一块死，我不拦着，你要是不愿意死，那就快点去告诉他们几个。”丁迎风厉声喝道，“你快去啊！”泥鳅林闪身出了驾驶室。

黄河口就在眼前。几个日本鬼子的末日即将到来。

河风越来越大。丁迎风加快了船速。排浪汹涌，水花飞溅。

大船已驶入黄河主河道。突然，丁迎风看到前面有一艘船驶来。在日本鬼子占领区，河面上看到的，一般都是日本人的船只或是为日本人服务的船只。

“林师傅，快告诉大伙，跳河!”“丁大哥，这……”“快呀，再不跳就来不及了!”泥鳅林在狭窄的驾驶室里跪下，磕一个头，跑了出去。

看到泥鳅林拿着扳子走到甲板上，另四个船员也装模作样地来到甲板上，趁鬼子不注意，几个人几乎同时从不同方向跳入黄河，沉入水中。“哒哒哒……”鬼子举枪就射，立时，河中现起两处红水。

果不其然，前方的船离得越来越近，船上，呼呼啦啦飘着一面日本膏药旗。

听到连续不断的枪声，丁迎风知道几个兄弟已跳入黄河。虽不知道他们生死，但他们已有了一线生的希望。

“那就看我丁迎风的了。我丁迎风虽不能像甲午名将邓世昌那样流芳百世，却也能够做一个为打败日本鬼子而顶天立地的黄河口人。”

丁迎风开足马力，向飘着膏药旗的日本大船加速撞去。

伊藤、杨荫仁等鬼子汉奸突然觉得船速不对，几个人往驾驶室跑，却为时已晚，只听轰隆一声，两艘大船迎头相撞，然后就是不间断的爆炸声，顷刻间，大船快速倾斜下沉，朝黄河河底坠落而去。

“八嘎……”伊藤双手伸在河面上，像是在求救。一个浪头接着一个浪头，伊藤、杨荫仁和其他鬼子都不见了踪影。

撞船之前，丁迎风冲出驾驶室，两船撞击形成的冲力，呼啸着将丁迎风推入滚滚波涛之中……

# 第八章

柳树是荒原春天里最早发芽的树。这天上午，一阵细雨刚过，空气中便溢满了春柳抽芽的清香。土屋前面，长长的柳枝举着嫩绿的柳叶，迎风婆娑，婀娜多姿。院子外，魏思颖扬起胳膊，用手轻拂柳枝，一低头，看到树下黄河口最多见的曲曲菜、老鸹瓢、吐瀌酸、芙子苗也长了出来。她采了一棵曲曲菜，放在鼻下轻闻。

魏思颖三人的伤基本痊愈，他们决定明天回部队。临行，初步打算带上丁振龙和田银杏。至于梁老七和钱豁嘴，一个对八路军有成见，另一个则直接反对八路军。她的原则是，即便收编，也要做到万无一失。目前，三个当家的三条心，且钱豁嘴正在紧锣密鼓地准备另立山头，因此，收编的时机不成熟。

下午，魏思颖和刘亮向梁老七辞行，于砚甫在房间对几天来的情况做书面整理。谈了约一个时辰，魏思颖两人从梁老七房间出来，正巧碰到钱豁嘴和两个土匪走过，“两位长官好!”魏思颖神情威严：“老乡好!”

看到魏思颖的表情，钱豁嘴心下先怯了几分：“汪……队长……”魏思颖问钱豁嘴：“二当家的，有事啊?”

钱豁嘴翻着豁嘴，堆起一脸讨好的笑，问汪队长能不能到他房间去谈谈参加八路军的事儿，魏思颖说有什么话在这里说就行，钱豁嘴讲有十几个兄弟正在等着，也想听听汪队长的高见。

魏思颖觉得，这大白天的，不会有什么安全问题，便带着刘亮来到了钱豁嘴的房间。

房间里桌子上摆着酒菜，钱豁嘴问要不要喝点？魏思颖、刘亮说不喝，你不是有十几个兄弟正在等着吗？钱豁嘴辩称可以先和他谈谈。魏思颖为了了解土匪中各色人等的思想状况，示意刘亮坐下来。

两个土匪送上茶水。在上茶的过程中，钱豁嘴多看了魏思颖几眼，他觉得，自己在乡下，从来没见过这么出众的女人。他痴痴地遐想，要是自己有这么一个压寨夫人，那该多好……

钱豁嘴一个劲儿地劝两人喝茶，之后不再说什么。场面冷清，魏思颖觉得挺可笑，心想，既然请我们来，为什么不说话。刘亮实在忍不住了，问："二当家的，你叫我们来，就是这么闷着喝茶？"

"啊？这……人家不是说喝茶讲究'品'吗？我这大老粗过去都是大碗吃肉，大碗喝茶。今日，见了两位长官，也想风雅一把。"钱豁嘴说道。

魏思颖不再冷眼观察，说："二当家的，现在国难当头，国共合作，八路军、新四军都属国民革命军序列，你看，帽徽都是一样的青天白日。面对残暴的日本鬼子，摆在每个中国人面前的路，有三条：一，奋起抗日；二，做亡国奴；三，投敌叛国当汉奸。"

钱豁嘴说："这和我有啥关系？我，继续做土匪呗。"

"那就是甘愿做亡国奴了？难道就没想过打鬼子？"魏思颖问。钱豁嘴支支吾吾："我……我……没想过。"

魏思颖话锋一转："二当家的，你读过《水浒传》吗？"

钱豁嘴急忙摆手："这你可高抬我了，我大字不识，见不得白纸黑字，也不懂里子表子。可还别说，我就愿意听人家讲《水浒传》，那里面，可都是俺土匪的老祖宗啊！"

魏思颖微微一笑，说："那你认为《水浒传》是一部什么样的书？你对宋江宋公明最后的出路有什么看法？"钱豁嘴两眼直勾勾的，表情茫然。他摇摇头。

"我看你说得对，里面的人确实都是你们土匪的老祖宗。这么看来，《水浒传》是一部写土匪的书。比如，《水浒传》中的一百单八将都具有无法无天的土匪意识，处理矛盾和争端的方式倾向于暴力，处理人际关系以讲义气为主，等等。这一百单八将，尽管其中确实有像林冲、鲁智深那样被逼上梁山的，但多数人的本性是土匪。古今中外的名作之中，也恐怕只有《水浒传》，是以绿林土匪及各种坏人做主角的。而宋江是《水浒传》中的灵魂人物，他生来不愿做草寇，但又没有办法，当时机成熟时，便接受招安，想以正常的方式匡扶正义、替天行道。所以说，作为绿林好汉，你们也应该学学宋公明，弃匪从戎，打杀鬼子，一展自己的大丈夫威风。"

"这么说，你是让我去打皇军……不，不，去打鬼子？"钱豁嘴的话暴露了他的思想。"你说呢？"魏思颖反问。

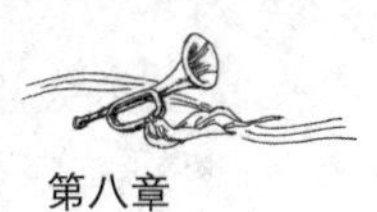



钱豁嘴低下声音："两位八路长官，我今天让你们来，是想报告一个重大秘密。"他向四周看了看，让两个土匪到屋外去，"我知道八路军是打日本鬼子，反日本鬼子的。据说，丁振龙是鬼子派来的密探，想把梁家屋子收入囊中。可梁老七又不知道这个事儿的严重性，基本同意了丁振龙的主意，要帮日本人干事。你说，现在中国人都在拼了命地打鬼子，他们却在帮鬼子，这还了得？所以我建议，你们派八路军来，杀了吃里爬外的梁老七、丁振龙和那些与他们走得近的人，然后，我和你们一起打鬼子，多好！"

魏思颖冷眼相对，直看得钱豁嘴心里发毛。"二当家的，我现在想问你，是你想帮日本人干事，还是他们想帮日本人干事？你有什么证据证明丁振龙是鬼子派来的密探？"魏思颖质问。

"这……这……上次鬼子跟着来到了梁家屋子，咱们和他们打起来，还不说明问题？"钱豁嘴狡辩。

"他们会不会帮日本人干事，咱以后再说，我想问的是，你打不打鬼子？"

钱豁嘴低头沉思，突然，他觍着脸问魏思颖："汪队长，如果我打鬼子，你，能跟我吗？"

魏思颖对钱豁嘴这句话毫无思想准备："这……你什么意思？"

钱豁嘴从怀里掏出一堆玉镯、金戒指、脂粉盒和东洋香水："这些，都给你！"

"哈哈哈哈……钱豁嘴，你想到哪里去了？刘亮，咱们走！"魏思颖不怒反笑，命刘亮和自己一起离开钱豁嘴房间。刘亮将枪提在手中，跟着魏思颖走出房间。

钱豁嘴一把掀翻桌子，跑到室外："来人！把这两个八路给我绑了。"七八个土匪从隔壁房间蹿出，站在钱豁嘴一侧，举着枪指向魏思颖。

"钱豁嘴，你玩阴招？我看你们谁敢！"魏思颖大喝一声，快速掏出手枪。这时，梁老七等七八个人冲了过来，和刘亮一字排开，枪口都对准了钱豁嘴。

钱豁嘴哈哈大笑："怎么，都向着这个女人？好，出来！"他一挥手，在魏思颖等人身后，又站出了十来个土匪，举着长枪，包围了魏思颖等人。

剑拔弩张，眼看一场流血冲突就要爆发。

钱豁嘴趾高气扬："姓汪的，你要是识相，我劝你留下给我当压寨夫人！总比你脑袋被打成马蜂窝好吧？再说共产党共产共妻，你个女流之辈到了共产党八路军那里，能成什么气候？"

魏思颖面不改色，谈笑自若："哈哈哈哈……钱豁嘴，你真是井底的癞蛤蟆，孤陋寡闻。我警告你，共产党如今在黄河口组建了八路军清河军区，我们武工队也正在这个区域开展活动，共产党八路军不但能成气候，而且能成大气候。”她手一指钱豁嘴和举枪的土匪，“你，还有你们，如果胆敢轻举妄动，八路军绝饶不了你们。都给我把枪放下！”钱豁嘴一伙的土匪你看看我，我看看你，把枪放了下来。

梁老七怒斥：“你个混账，汪队长是我请来的贵客，岂能由你撒野，胆子也忒大了吧！这是我梁老七的地盘，轮不到你指手画脚。”

魏思颖质问道：“钱豁嘴，我问你，你偷偷往外运送物资，另建‘钱家屋子’，自立为王的事，给大当家的报告了吗？”几天前的一个晚上，刘亮无意中发现有土匪往外搬运东西，魏思颖三人追上去，擒住两个土匪，二人便老老实实地交代了他们的所作所为。

什么，真的自立门户？梁老七怒不可遏，大骂钱豁嘴忘恩负义。

钱豁嘴举着枪，耍出一副无赖相：“哼，生有何欢，死又何惧？既然你都知道了，咱明人不说暗话。这么多年，我受够了，早就想离开你。人为财死，鸟为食亡，从今天起，我和你各安天命！我不管她是八路还是九路，我也不管她是贵客还是贱客，这个女人，我要定了。弟兄们，举起枪来！”

还未等土匪们举枪，丁振龙快步带着三四十个土匪，端着枪，包围了现场。

丁振龙怒喝一声：“钱豁嘴，你这条疯狗，放下枪……”

“胡闹！简直是无组织无纪律！”在于砚甫、刘亮房间里，于砚甫正和魏思颖、刘亮争吵着。

于砚甫弄明白了事情的来龙去脉，便重重地责怪魏思颖，埋怨她太不小心。要是钱豁嘴真将她抓走，那可如何是好？

但魏思颖却不这么认为。

“于砚甫同志，你先别发火。你知道，八路军在山东的作战方针是：团结一切可以团结的抗日力量，消灭一切反动队伍，给日本鬼子以毁灭性打击，把所有的鬼子赶出中国的土地……那么，我们这次来，事关整合抗日力量一致抗日之大事，既非同小可，又任务艰巨，何来无组织无纪律之说？”魏思颖问道。

“整合力量没错，一致抗日也没错，我要说的是，处在凶恶残暴的日本鬼子包围之中，处在狡诈多疑的土匪强盗窥探之中，我们这支队伍如果没有严明的纪律，没有正确的行动，那是要吃大亏的！比如说今天，明明知道那钱豁嘴心存二心，甚至对你怀有歹意，你们却冒冒失失地前往做客，如果真出现什么差错，谁负得了这个责任？”于砚甫用手分别指着魏思颖、刘亮，“你？还是你？”

“危险肯定是有的，但现在，各方政治势力都在打这些土匪武装的主意，国

民党想招安，八路军想收编，日本鬼子也想把他们拉过去。在这种情况下，不冒点险，他们就可能滑入敌人的阵营。”

“你不能做弹花匠的闺女，整天想着谈（弹），时刻望着编。我们堂堂共产党、八路军，收编一群打家劫舍、杀人绑票、奸淫妇女的土匪，算是哪一门子事？上级也就是说说而已，你还当真了？”

“好吧，目前收编大部土匪的时机确实不成熟，有什么不同意见咱们回去再说。不过，这次，我准备带丁振龙、田银杏走！”

刘亮说道：“我支持带走丁振龙、田银杏。”

于砚甫拍案而起：“我反对，我坚决反对带走丁振龙。我们来了解情况可以，但真正收编却是不合适的，因为，土匪就是土匪，他们和鬼子差不多，杀人不眨眼。那丁振龙更是个无恶不作的主。魏政委，你是我的领导，我说太多了不合适，但我建议，回去后，对你这种擅做决定的行为，要做出严肃处理。”

魏思颖感到好笑，却又笑不出来。她脑子里大致回忆了下这几天的经历，觉得没有出格，是完全按照上级对绿林土匪的政策来做的，因而有些欣慰。不过，她又心中暗想，这个于砚甫，怎么脑袋里装了这么多教条主义的条条框框。

“不过，我倒是支持带走田银杏。因为她是一个苦孩子，没有丁振龙那样的匪性，是受丁振龙蒙蔽来到梁家屋子的。她有一定的医术，咱正好缺这样的女兵。”于砚甫看上了田银杏，觉得这个女孩子好漂亮，可他又知道田银杏与丁振龙关系不一般。于砚甫的目的，是放弃丁振龙，带走田银杏。

“既然同志们有反对意见，说明时机还不是太成熟，那就以后再说吧。”魏思颖最后决定。

“咱光把田银杏带走吧？”于砚甫请求。魏思颖不置可否。

一盏洋油灯照着陈旧的土屋，墙角，有老鼠吱吱打架的声音。明天就要回部队了，晚上，魏思颖和银杏儿坐在炕上聊天。

魏思颖很喜欢这个心灵手巧的女孩子，觉得她年纪不大，却懂事、灵性、得体。这段时间，银杏儿给她换了几次药，一招一式，有板有眼，如果穿上一身白大褂，那简直就是一个技艺熟练的好护士。

“汪队长，我觉得，队伍里都是男兵，没想到，还有你这样的女兵。并且，你年龄不大，都当八路军的队长了。”前段时间，银杏儿和振龙哥不能离开梁家屋子，她就觉得日子有些灰暗，可自从汪队长来到这里，通过她讲乡村之外的事情，这个心地单纯的乡村姑娘的心开始明净起来。

“银杏儿，人们说女人是弱者，缠小脚，守闺房，神权、族权、夫权层层枷锁套在咱们身上。然而，面对战争，一些勇敢的姑娘冲破世俗偏见，和男人们一样，走上对敌前线，宣传抗日，救护伤员，经受着炮火与硝烟的考验，她们不是不知道前面等着她们的，可能是牺牲，但她们不怕。”

“汪队长，这些，说的就是你自己吧？”银杏儿眼睛忽闪着，熠熠发光，魏思颖身上，似乎有一种磁力在吸引着她。

魏思颖说：“包括我。我和丁振龙是一个庄，家是汀河的魏家大院……”

“啊，你家是魏家大院？”柔弱的灯影下，银杏儿战栗了一下。

“是啊，怎么了？”魏思颖问。

“没啥……你说吧。不，你家是魏家大院，你怎么姓汪？”银杏儿急忙掩饰。

魏思颖笑了笑，没有回答，她陷入了深深的回忆之中：“虽说我是个女孩子，但家境殷实的爹娘对我很好。我在利津上中学时，就知道了孙中山的三民主义。后来到济南乡村师范读书。你可能不知道，济南乡师被称为‘白区里的红色党校’。在那里，抗日的烽火把同学们的一颗颗爱国之心烧得火热，大家高唱《松花江上》，高唱《打回老家去》，唱得热血沸腾。我们勇敢地走上街头，演剧、讲演，到医院慰问伤员，参加青年救国会。后来，我怀着抗日救国的满腔热忱，成为了八路军的一个女兵。”

银杏儿急切地说：“我也要当一个女兵！”

“银杏儿，八路军大部分是男人，要和鬼子打仗，一般不要女人，但也并不是完全不招女兵，宣传、护理等许多工作都离不开女兵。尤其是你现在略懂一些医疗知识，我看挺适合的。不过，能不能当兵，以后再说。”

“还以后干啥？明天我和振龙哥就跟你们走呗。你也知道，我振龙哥爹娘都死在鬼子手里。他说，今生今世，活着就一件事，杀鬼子，报仇雪恨。早先，觉得参加八路、国军都行，现在明白了，他只能参加八路，因为，他要杀鬼子。”

“银杏儿，你们两个愿意参加八路军，我支持。但是，这还得经组织上研究决定，只有等以后再说了，好吗？”魏思颖说。

时令进入了六月。太阳渐高，暑气蒸腾上来，空气变得闷热而黏稠。

在山田一郎带领下，一队鬼子兵排着队来到汀河西村，山田要找维持会会长丁迎霜。村民们看到鬼子来了，吓得四处躲藏，却看到大部分鬼子并未扛枪，不免有些疑惑。

前一阶段，正是春夏之交，天气忽冷忽热，暖热潮湿。山田一郎接到上峰命令，说海边荒洼一带有一队八路军武工队在活动，命令他尽快消灭之。山田一郎不敢怠慢，遂命令鬼子、伪军各十余人前去搜寻。在路上，下了一场急雨，

他们也就穿着皱巴巴的衣服搜寻了三天。这三天，太阳高悬，遍地枯木新草中蒸腾着一股黄浊的戾气，散发出令人窒息的味道。到了晚上，夜间露营的鬼子兵脱下闷骚的皮靴，却又遭到黄河口硕大蚊子的攻击，那些蚊子个个脚上像长着吸盘，粘在人腿上纹丝不动。这边拍，那边咬，边拍边挠，弄得腿、脚跟烂茄子似的。

回来后，武工队没找到，鬼子兵却都患上了一种不知名的足部皮肤病，无一例外。

令人奇怪的是，这种病只发生在鬼子身上，伪军没事，它使得鬼子腿脚红肿、发亮，奇痒无比。十几天了，不见好转，鬼子苦不堪言。从县城派来军医，也难以查明病因。病因不明，也就难以施药。于是，每天聊胜于无地涂抹些消炎药，但却不解决根本问题。

这种怪病引起了日本人的一片惊慌，鬼子们陷入了一种莫名的慌乱之中。未患足病的鬼子建议立即送军医院，担心被传染。又有伪军说这是瘟神下凡，建议皇军烧香拜佛，请天师“捉鬼”。

山田一郎自然不听这一套，但却束手无策。

魏思绪从日本留过学，又是当地人，他对山田一郎说：“不同的地域总有不同的水土，不同的水土滋生不同的万物。水土这玩意儿就是怪，在日本，我经常排不出便，可一喝上黄河水，上下就通了气。一起去的荒洼，中国人没事，皇军有事，看来，和水土大有干系。而治这方水土上的病，恐怕只有请当地郎中才是上策。”

山田一郎频频点头。魏思绪报告山田一郎，说汀河西村有一位老中医王大夫，世代行医，擅治各种疑难杂症。现在七十多了，深居简出，以整理老辈和自己的医方为主，何不请他瞧瞧。

丁迎霜听明来意，说这可不好办，王老大夫从年前已经不再出诊，出诊的是他的儿子，不过儿子医术差点。山田一郎不干，说一定请老中医出来。丁迎霜带鬼子来到王家开的“济世堂”药铺，王老大夫闭门不见。丁迎霜好说歹说，总算将老大夫请了出来。

药铺门前，患病的十个鬼子坐在地上，脱掉鞋袜，将脚放在凳子上，以便于老大夫观瞧。

王老大夫表情严肃，极不情愿。在魏思绪的催促下，他开始撅着腚，察看一只只红肿发亮的脚。

王老大夫直起身子，在桌前坐下，喝茶，似在沉思，不再理会任何人。

山田一郎有些着急，问老大夫有没有办法治，老大夫不说话，依然在沉思。

过了一会儿，山田一郎急了，问道：“王老中医，我的，士兵，可有办法治?”

“有办法治。”老中医不急不躁。

“那，你的，快开药方!”山田一郎催促。

“这个药方不用开。很简单，既不需吃药，也不需用药。不过，这个药方一开，你会杀我头的……”

山田一郎不理解，问：“我的，为什么杀你?”

“这俗话说，偏方治大病，我的偏方就是，尿疗！用中国男人的新鲜热尿，冲刷患处，一连七天，尿到病除。”

“八嘎！你的良民的不是，侮辱大日本皇军，死啦死啦的。”山田一郎一抽指挥刀，怒目而视。

丁迎霜走过来，说：“太君，据我了解，中药分通方和偏方两种，通方是中医正方，治常见病，偏方，才能治一些疑难杂症。用人尿治病是一种古老方法，不妨试一试?”

“我的方子爱用不用。最好不用，那样我就不用担风险了。你们看着办，不送!”说完，王老中医就要向后面居所走。

“你的，等等!”山田一郎没有更好的办法，他在犹豫。

其实，山田一郎知道，日本文化中对使用人体排泄物并不排斥。他听说，在国内，有一种“金粒餐”，是专门挑选一些还是处女的美少女，天天好吃好喝，精心调理，然后取其新鲜大便，佐以各种名贵调料锅蒸油炸，蘸上特制酱料，再裹上金粉，供食客品尝。不过，山田一郎没有吃过。尿疗，在日本是一种颇受重视的医疗方法。从有关资料来看，即便在这次战争中，不少士兵染上淋病等性病，在缺医少药的情况下，日本著名军医中尾良一让士兵自尿自喝，一些人竟然痊愈了。

只不过，这话如果出自中尾良一军医之口，山田一郎便奉若神明，而这话出自中国老中医之口，他就认为是对大日本皇军的亵渎了。

“好，那就尿疗！不过，王老中医，你的，讲讲为什么尿疗?”山田一郎终于败下阵来。

“春夏之交，地坚而水湿，风动而火焰。人体内外，地、水、风、火疏通调和，身体则和顺无病灶，反之，地、水、风、火淤滞不调，身体则有恙生病灶。同去荒洼，一则染疾，一则无疾，究其原因，盖乃皇军来自北方岛国，不适应黄河口气候，而国军土生土长，则毫无不适之虞；再乃皇军脚穿皮靴，细菌、病毒靴中滋生，蚊虫叮咬，感染尤甚，而国军脚穿布鞋，松软透气，所以无染病之忧。《本草思辨录》曰：人尿咸寒入血，不兼走气，能益阴清热消瘀；《本草拾遗》曰：尿主明目益声，润肌肤。一言以蔽之，新鲜尿液不仅无毒，而且能够消毒，对皇军足病尤其有用。”

山田一郎点头：“王老中医，讲得好!”然后，侧过身子对丁迎霜说道：“丁会长，你的，找十个壮汉，到村中场院撒尿!”

虽然丁迎霜一个劲地解释，到场院是给汀河人挣光彩的，十个壮汉一个个仍然胆战心惊，心里嘀咕，不会又是抵命吧?

鬼子早已挽起裤腿，赤着双脚在场院中间躺了下来，等待着偏方的到来。

十个壮汉来到场院里，看到地上躺着十来个鬼子，脸都吓白了。心里想，这狗日的丁迎霜，不是个皮白心红的维持会会长吗，怎么也坑蒙拐骗，这不是又让汀河人来抵一回命吧？爹啊，娘啊，活不了了……

真是一朝被蛇咬，十年怕井绳。

“别害怕，不让你们抵命，是让你们尿尿来了。”丁迎霜边把他们一一对应地领到鬼子跟前，边安慰他们。

魏思绪向十个壮汉喊道：“乡亲们，今天请你们来，是给太君帮忙的，一会儿听我的口令，一起向太君脚上撒尿!”

一个汉子吓得脸色惨白，哭咧咧地说：“我不敢，鬼子不得把我杀了啊?”

“八嘎!”山田一郎骂了他一声。

见村里汉子们到现在还没明白怎么回事，王老大夫走了过来，说：“各位爷们，这些日本人的脚上长了皮肤病，我刚开的偏方就是用尿喷他们的脚，听明白了吗？这回，尿他们，他们不但不会杀你们，还会感谢你们。”

还没等向鬼子脚上撒尿，刚才那个说“不敢”的汉子已经尿了满满一裤裆。

“软蛋!”丁迎霜骂了一声，把他换下去，十个不再害怕的男人威风凛凛地站在了鬼子前面。

魏思绪一看人员都就位了，便大声喊道：“都听我的口令，大伙一起行动!”

“解裤带——”

在丁迎霜的口令下，十个男人行动一致地解裤带。

“褪裤子——”

在丁迎霜的口令下，十个男人行动一致地褪裤子。

“掏家伙——”

在丁迎霜的口令下，十个男人行动一致地掏家伙。

“尿——”

一声尖利的喊声之后，男人们酣畅淋漓地尿了起来。

顷刻间，十个中国男人的尿宛若天际的精灵，在空中划出了十道美丽的弧线，如十声雷，如十面鼓，如十条瀑，气势磅礴地洒向无恶不作的日本鬼子，释放着压抑了许久的仇和恨。

山田一郎哈哈大笑，双手伸着大拇指，一遍遍说着：“良民……大大的良民……”

广袤空旷的荒原上，十几个人抖动缰绳，大呼小叫，此呼彼应着策马奔来。

马背上，一袭红色，一袭蓝色，在驰骋中流动。

这些人不是别人，正是梁家屋子的大当家梁老七、二当家丁振龙和他们的匪徒。那袭红色，那袭蓝色，则是田银杏和花石榴。

“吁——”梁老七大呼一声，马队慢慢停了下来。丁振龙攥着猎枪，从马上颤声嚎了一嗓子：“我来了——”口腔里便弥漫着泥土和母乳的味道。

黄河以精卫般的执著，日复一日地填海造陆，年年月月，也就成就了这片神奇的土地。这片土地，一望无际，肥沃无比，草木荣盛，兔雁成群，是个狩猎的好地方。

春天的时候，魏思颖走了，钱豁嘴也另立门户，丁振龙自然晋升为二当家。不知为什么，说得好好的，人家八路军走时却没要丁振龙和田银杏，两人极度失望。想起汪队长临走时对他们说的那句话：“丁振龙、田银杏同志，现在时机不成熟，等成熟了，我会来接你们的，希望你们继续为抗战做出贡献”，两人就气不打一处来，认为这都是托词。难道八路军中也有骗子？不良情绪在丁振龙身上表现得尤其明显，他自以为身手了得，如今是梁家屋子的二当家，便不受约束，喝酒，赌钱，打骂手下，匪气越来越重，野性也越来越浓。

见丁振龙整日没个好脸色，梁老七提议，咱外出打猎去。

一行人提着长管猎枪，跳下马匹。也许是刚学会骑马的缘故，唯有银杏儿似乎还未骑够，提着猎枪，围着这片还未长成的草地，打马飞驰。

红衣飞扬，长发飘动。银杏儿就像一只早春的燕子，形象清新而明悦，姿势优雅而轻盈。她，灵心慧性，是天生的黄河口的精灵，与这里的草木土地浑然天成。

荒洼中，那缕清新的天然让丁振龙看呆了。

田野上，那抹舞动的红色更是勾直了土匪们的眼。

不管银杏儿能不能听到，丁振龙仍然一遍遍大声喊道：“银杏儿，慢点——”

飞奔的马匹惊着了一只浅水边的灰鹤，它惊慌飞起，银杏儿不慌不忙，举起猎枪，轻扣扳机，灰鹤便扑棱棱坠落到草丛中。几个月来，银杏儿除了跟花

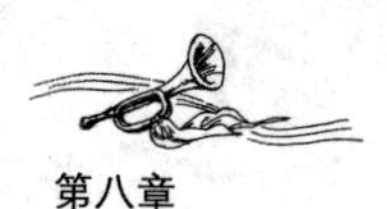



石榴学习医术之外，就是跟丁振龙学枪法。师傅教得真，徒弟学得细，如今，无论长枪短枪，银杏儿都基本做到了眼到枪到，弹无虚发。

梁老七神清气爽，瞄瞄自己手中的猎枪，对丁振龙和其他土匪说道："往年打猎，就一个心思，就是为打猎而打猎。今年，有两个美人陪伴，我看，有点过去皇帝围猎的意思了。古人说'英雄配美人'，我看，一点都不错，一点都不错啊，哈哈哈哈……"

李有年献媚道："大当家的，我看，你就是皇帝了。"

梁老七笑说："胡说八道，哈哈哈哈……"他回头对丁振龙说，"振龙啊，我们住在荒洼里，这小动物们和咱是街坊邻居。老话说远亲不如近邻，比起洼外头的鬼子、地主，咱这街坊邻居更通人性。尽管咱是土匪，也经常打个家劫个舍，但这不能怪咱，要怪只能怪这世道差。你说，现在的人心连野兽都不如，这世道还能好？"

前方出现一只野兔，梁老七举起猎枪，只听嗵的一声响，猎枪枪口里喷出一条火舌，铁砂子呈扇面状飞向前方，那野兔，也就扑通一声栽倒在草地里。花石榴一蹦老高，跳跃着向野兔跑去。

突然，草丛中跳起一个影子，那个影子像一束跳跃的火焰，从荒原中飞速滚过。那火焰红红的，在草地间一伸一缩，就像一块红绸在急速抖动。

李有年眼尖，大声喊道："大当家的，快看，红狐狸！"梁老七看到了，他的神情，陡然肃穆起来。

丁振龙喊道："快看，那狐狸毛多像红红的火把，真好看！"正好花石榴站在他跟前，他对她说："大娘，等着，我去抓住它，把皮扒下来，给你硝条红狐皮围脖，做顶红狐皮帽子也行，正好让我孝敬孝敬您。"

梁老七摸摸手背上的一块伤疤，制止道："那可万万使不得，使不得！"人称悍匪的梁老七怎会害怕一只狐狸？这是有渊源的。

那年，梁老七外出打猎，猛然发现了这只往常总也抓不住的红狐狸。它躺倒在草丛中，似乎受了伤，嘴里还叼着一只公鸡。梁老七欣喜若狂，心想，真是老天有眼，让我不费吹灰之力就能得到两只猎物。

他快步走过去，青草被踩得刷刷作响，却也没惊动红狐狸，它依然一动不动。难道红狐狸死了？正当他弯下腰，准备去提两只猎物时，红狐狸忽地站起，吐掉口中的公鸡，一个跃身，死命咬住了梁老七的手背，疼得他哇哇乱叫。原来，这几年梁老七一直在猎它，这次，它是在装死。虽然倒在地上，眼睛却眯缝着，紧紧盯着梁老七的一举一动。

梁老七试图使劲甩掉它，却总也难以成功。正待梁老七准备用枪托砸它时，红狐狸松开口，似乎冲他笑了笑，然后又叼起那只大公鸡，向远处跑去。

红狐狸解了恨，它惩罚了人类，获得了猎物，成了这场战争的胜者。

从此，梁老七不再说红狐狸是普通狐狸，而说它是狐仙。

“你不知道，这红狐狸是狐仙，是普通狐狸修炼了千百年才成的。相传明朝初年，每当明月高悬之夜，咱这块埝儿就总有一个美丽女子独自行走，那女子身材娇小，貌若天仙，充满灵气。朱棣‘燕王扫北’的时候，同谋士姚广孝来到此地。一个月夜，朱棣突见树下一个面相俊美的女子在做着一个不可思议的动作，用香舌舔她自己的双手。”

花石榴问：“深更半夜，这是人是妖？”

“朱棣手提宝剑，来到女子跟前，问你是人是妖？若是不慎迷路的伤心人，本王帮你找家；若是祸害人间的坏妖怪，本王斩你一剑！话刚说完，只见女子站起来，轻盈一拜，说：皇上休怪……皇上？谁是皇上？朱棣忙问。女子说，你呀！几年后你就会成为皇上的。皇上休怪，我是此地的一只小狐，正吸日月精华，拜月苦修，希望你不要伤害我，我会保佑这里的人们的。说完，一扭身不见了。呵呵……所以，咱们不要伤害它。”

丁振龙挠挠头皮，摇摇头，不相信这个传说。他来到马前，跳上马背，“驾——”马蹿了出去。丁振龙要去寻找那只红狐，他要实现承诺，给花石榴做条红狐皮围脖或帽子。

丁振龙打马跑出二里地，眼见前面地势稍高，地面上，竟突兀兀出现了一个早年间的简陋丘子坟。丘子旁边的草丛里有一窝鹌鹑，小鹌鹑正吱吱唧唧地叫唤个不停。丁振龙分析，这恐怕是过去下洼的人死后，不能及时运回老家安葬，便在这里临时丘了起来。

广袤荒原上，陡然见荒丘一座，一般人心里至少会发毛，可丁振龙历来胆大，他策马走近坟墓，便看见那只红狐狸，站在丘子旁边，没有恶意地向他挥挥前爪，似乎在打招呼。后来丁振龙对银杏儿说：那红狐狸身上的毛通红通红的，除了尾尖是白色的，身上一根杂毛也没有，远看像正燃烧的一团火。它下巴尖尖，嘴唇小巧，两只大耳朵忽闪忽闪的，长得真好看。

本来丁振龙是可以用枪的，但那样做，皮毛就毁了。他要生擒它。

丁振龙轻夹马肚，马向红狐狸轻轻走去。红狐狸不怕也不躲，依然友好地看着丁振龙。待马来到红狐跟前，说时迟那时快，丁振龙一个侧身下探，在即将抓住红狐的瞬间，红狐受到了强烈刺激，吱地大叫一声，飞也似的向远处奔去。

丁振龙岂能容这尤物逃脱，他用枪托打马屁股一下，马跟着红狐狸在荒原

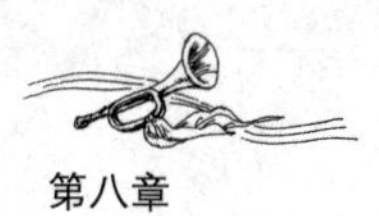



上兜起了圈子。

红狐狸似乎是在故意要弄丁振龙，既不向深草里跑，也不向狐窝里钻。他和它，就这样在相对空旷的草地间追着，跑着。

毕竟红狐狸的气力远小于马匹，丁振龙眼见红狐跑起来开始吃力，他突然调转马头，对方却来不及调头。他冲着红狐跑去，当两者相交的刹那，丁振龙再一次侧身下探，右手快速向红狐抓去。

待丁振龙在马背上挺直身子，却看见红狐吱吱吱吱叫着，成了他的俘虏。

“抓住了！抓住了……”银杏儿在马上兴奋地喊叫着。而马上的梁老七等人，神情却十分惊骇。

梁老七策马来到丁振龙跟前，厉声说：“丁振龙，你亵渎狐仙，就不怕遭报应？把它放了！这只红毛狐狸灵着呢，日本人和汉奸打不下咱这里，就是狐仙保佑的。”

“什么狐仙？这就是一只普通的狐狸，我得带回去，给大娘做红狐皮围脖或红狐皮帽子呢！”花石榴连连摆手：“俺不要，俺不要，快把它放了！”

红狐狸露出幽怨而乞求的目光，向丁振龙吱吱叫着。眼见众人都喊着要放掉红狐狸，丁振龙便不再固执：“红狐狸，我抓你是因为喜欢你，你走吧，走得远远的。”说完，丁振龙抓着红狐脖子的手一撒，红狐跳到了地上。它没有急于逃走，似乎感激地回头看了一眼人们，一纵身，才消失在茫茫草地之中。

放走了红狐，人们的心情平静下来。大家三五成群，开始分头狩猎。这里有草地、苇丛和水塘，野兔、野鸡、野鸭、天鹅、苍鹭、灰鹤……猎物不少。梁老七、丁振龙都是练家子，不出手便罢，只要出手可谓枪枪中的。银杏儿也不含糊，集合时，马背上已驮了十几只猎物。

一轮红日藏在镀金边的云带里面，朝着正西方向慢慢落下去。大家收拾猎物准备返程。

丁振龙闪身进入一片高高的干燥芦苇中，准备小解。突然，他被西瓜似的一样东西绊了一脚，差点摔倒。

“他娘的……”丁振龙俯身在暗暗的苇丛中观察，到底是个什么东西。这不看不要紧，一看惊煞人，差点绊倒他的，竟然是一个圆圆的人头！他再仔细看，人头不是一个，而是四个，四个人头瞪着惊恐的眼睛，仿佛在向他求救。

丁振龙啊的一声跳出苇丛，狂奔着冲向了梁老七……

# 第九章

夏日的黄昏总是来得很慢，太阳拖着橘红色的光，慢慢落向荒原淳朴苍茫的远方。落日余晖里，被日光蒸发起的水汽依然不愿消散，本不该炎热的荒原却闷热得令人窒息。

梁老七、丁振龙一行人骑在马上，向梁家屋子飞驰而去。马背上驮着一天的打猎成果，人们却没有收获的喜悦，有的，只是一种怪异的恐怖。

猛然，丁振龙看到前面路上跪着四个人，都是当地农民打扮。梁老七忽地一下掏出手枪，指着四个人，大声喊道："跪着的人，靠哪条线的？仔子（官兵）还是勾子（外人）？赶快把身上的焦壳（快枪）、喝血虎（匕首）拿出来！"

跪着的四个人也不回话，只是跪在地上嘭嘭嘭地磕响头。等磕得额头渗血之后，其中一人才说道："好汉啊，俺们不在道上，你这话俺听不懂。"

"听不懂？我知道你们他娘的是柴嘴子（狼）还是爬山子（羊）？我知道你们是不是带线的（领路人）让官兵来风（官兵来攻）？快说，要不说，我就用条子扫，片子咬（用枪扎，用刀砍），整就土（死）你们！"

这人说："英雄，俺是真听不懂啊。俺们家是黄河南边的，这不，整个村子都让日本鬼子给抢光、烧光、杀光了，只剩下俺哥四个。实在是没有活路了，想来投奔梁家屋子。大英雄，收留俺们吧。"

见几个人不懂黑话，看来不像是道上的人，梁老七觉得这几人并没多大危险，就要往马下跳，李有年喊住他："当家的，等等，看看棵子里有没有点儿（草里有没有敌人）？"几个人骑在马上，在草丛里转了一圈，没发现什么异常。

梁老七喊道："李有年，下去，搜身！"

李有年跳下马，让跪着的人站起来，几个人怯生生的，任凭李有年搜身，

除在每人身上搜出几块高粱饼子外，还在一个家伙身上搜出了一个布袋，布袋里竟然装有三十块大洋和十来盒老刀和骆驼牌香烟。

梁老七跳下了马，提着布袋，嘿嘿冷笑，但不再说黑话：“你们家是黄河南边的？是农民？村里人都死光了？那这钱和烟是哪儿来的？”

其中一个说：“好汉，俺们想，来咱这里不得孝敬点见面礼吗？这是在来的路上，从一个大户人家偷的。”

这四个人是何许人也？他们是山田一郎派出的两个鬼子和两个汉奸，其中一个汉奸是曾在魏家大院见过丁振龙的周大眼。

前段时间，精心设计的剿灭梁老七和丁振龙的计划，被突然出现的一股部队搅乱。上峰虽然没追究责任，但山田一郎却不甘失败。他又心生一计，派出四个鬼子和汉奸，带上三十块大洋和十来盒香烟作为见面礼，准备打入梁家屋子内部，里应外合，杀死丁振龙并将梁家屋子匪徒剿灭。

周大眼等几个恶徒于昨天来到梁家屋子附近，杀了四个在当地种地的农民，穿上了他们的衣裳，准备去找梁家屋子，却不想在这里碰上了丁振龙。丁振龙打猎时看到的四个人头，就是他们的恶行。

几个人令人生疑。不过，梁老七见天已黑了下来，便让几个土匪抱着他们转了十几圈，蒙上黑眼罩，用绳子捆上，牵着他们就进了梁家屋子。

晚上，梁老七给几个人安排了饭，安排了住的地方，但在房间外面，布设了四个人的岗哨，以防不测。

第二天，梁老七命人将四个人带到了聚义堂。梁老七、丁振龙坐在正位，四个人站立。梁老七说：“你们几个都说说，叫啥名字？”

“我叫周大眼。”一个说。

“我叫刘二狗。”另一个说。

“你两个叫啥名字？”梁老七问另两人。

周大眼赶忙替他们说话：“大当家的，这俩兄弟是哑巴，又聋又哑。”

呵呵，俩哑巴？这可是我丁振龙玩剩下的把戏。他们是不是黄河南边的农民？看这肤色，与整天在地里忙碌的农民相比，略显白净，且穿的衣服好像不是很合身。这是些什么人？丁振龙在怀疑。

梁老七同样用异样的目光打量着眼前的几个人，他用怀疑的口吻说道：“说吧！你们到底是啥人？到梁家屋子来有啥鬼怪？”

周大眼说：“大当家的，这话俺兄弟几个就不明白了。你说俺能是啥人，俺们就是家里人被狗日的日本鬼子杀了个一干二净，遭了难，实在没活路了，才求到门上，请你老赏口饭吃的。”

丁振龙围着几个人转圈，转得几个人有些心慌。他猛然看到，几人的粗布褂子上好像都有血迹。血迹？四个人，昨天看到了四个人头，啊，那四个人会不会就是他们害的？

俩哑巴，带大洋，带香烟，哪有这样的农民？鬼子、汉奸还差不多。丁振龙的心开始蹦了起来，老奸巨猾的梁大爷，你老可要心里有数啊！

作为匪首，梁老七更是历来多疑，看着突然冒出的几个大男人，他是绝不会轻易信任他们的，何况这些人身上破绽不少。但是，不知这些人到底是什么来头，他也就不想轻易把自己的怀疑挑明。

梁老七假装认可了他们，大声说道："几位兄弟，都是穷苦人，啥也别说了，我梁老七就怕别人遭难。你们遭了这么大的难，还带来三十块大洋，不容易啊。如今江湖乱道，我也就是随口问问，啊，别误会。以后，咱就是兄弟了。"

四个人在梁家屋子安顿了下来。但周大眼和刘二狗没闲着，他们带着烟，四处和土匪们套近乎。几天里，了解了不少情况。

这天上午，周大眼带着一个"哑巴"向庄外走去。他们来到一个岗哨处，被站岗的土匪拦住了："站住，你们这是干啥去？"

周大眼急忙掏出烟，取出一根："兄弟，来根烟，上好的老刀牌。"

土匪接过烟："谢了，这是干啥去？"

"当家的让我们弟兄两个到庄外办点事，一会儿回来。"

"好，去吧，早点回来。"站岗的土匪让两人出了庄。

后面，苇丛中，丁振龙带着两个土匪悄悄地跟了上去。

丁振龙看到，周大眼两人来到一片柽柳林里，停下了。三人悄悄跟在后面，藏在一棵大柽柳后面，只听周大眼说："太君，你赶快写。我的，看看鸽子去。"

早就看这几个狗日的不是好东西，这不，终于露出了狐狸尾巴。

悄悄地，丁振龙换了个位置，猛然看到，周大眼正站在一个鸽笼旁边。笼子里，有两只信鸽。他终于明白了，这四个小子是鬼子派来的密探，是专为挖取梁家屋子情报来的。丁振龙判断，现在那个鬼子肯定正在写情报、画梁家屋子地形情况，如果这些东西被送到鬼子手里，梁家屋子将不保。

绝不能让鸽子带走情报。想到这里，丁振龙轻轻喊着两个土匪，慢慢退到土路上，把情况向两人做了分析后说："咱们从路上大大方方地说话，然后向他们两人待的地方走。他们看到咱过去，必然会迎出来，因为他们不敢让咱看到鸽子笼。这样，鬼子和汉奸的阴谋就无法实现了。至于怎么收拾他们，再说。"

外面传来说话声，并且有人走了过来，周大眼和那个鬼子大吃一惊。远远地，周大眼看来人是丁振龙，真想掏出枪结果了他。很快，理智占了上风，因为他知道，小不忍则乱大谋。

周大眼拉一下鬼子，两人离开了鸽笼。他假装突然看到丁振龙等人，说：“哟，二当家的，这是干啥去啊？”

丁振龙也装作突然看到他们，非常严肃地说：“我们在巡逻。周大眼，你两人出来干什么？”

周大眼掩饰地说：“二当家的，俺俩，出来看看，这么好的景……”

“你们真操蛋，不知道梁家屋子不能随便乱走吗？你狗日的掉到陷阱里谁负责？滚回去！”说完，三个人押着两人向梁家屋子走去。

丁振龙命人从室外盯着四个人，他十万火急地向梁老七作了汇报。梁老七毫不意外：“我早就知道他们不是什么好东西。不过，我不急于办他们，因为，第一，他们手中没有武器。第二，他们来到这里是为鬼子搜集情报的，在情报没有发出去之前，他们不会轻举妄动。只不过，他们没想到，狐狸尾巴这么早就被咱给发现了。”

丁振龙问：“大当家的，你看怎么处理他们？”

梁老七说：“贤侄，你不是恨鬼子吗？这事儿，你来决定。”

丁振龙恨恨地说：“那好，我看，咱连子弹都不用。今天下午，我和李有年，带几个咱的人，再带上他们，去老黄河口沼泽地里走一遭。哼，每天都是蚊子过年，这次，咱得让沼泽地里的蚂蟥也过个年吧。”

梁老七哈哈大笑起来。

下午，李有年通知周大眼等四人，明天是一个兄弟的生日，大当家的要组织大家乐呵乐呵。下午，他们四个，还有几个兄弟，去黄河口捉螃蟹。

当地人都知道，海水退潮之后，螃蟹会钻进海滩的洞中。但到了晚上，洞里待久了的螃蟹会爬到海滩上呼吸新鲜空气，到那时，用罩子灯一照，你就尽情捡螃蟹吧。

月上河口，一片静谧。周大眼、刘二狗两人很是兴奋，一路上谈论着小时候抓鱼捉蟹的趣闻轶事，两个“哑巴”见状，也高兴异常。可他们怎么也想不到，死神，已经在向他们招手。

皓月下，周大眼等四人走在前面，其他人走在后面，丁振龙走在一侧，他知道，前面那片沼泽地，不仔细看，与一般海滩无异，可真正踏上去，将成为灭顶之地。

“咳，咳，咳……”丁振龙咳嗽了三声，后面的人开始放慢脚步，前面四个

“捉蟹人”却傻乎乎地继续前行。

突然，几声“哎哟”之后，四个人一下就陷进了沼泽之中，并很快陷到了膝部。周大眼、刘二狗急忙大喊：“几个兄弟，快点，把俺们拉出去。”两个“哑巴”在沼泽中挣扎，仍然不敢说话。

丁振龙回应：“别着急，俺们去找竹竿或绳子。掉进沼泽最好不要乱动，不然，啥都完了。”说完，几个人假装找东西，向远处走去。

等到丁振龙、李有年拿着绳子来到沼泽地，几个人已经陷到了胸际，他们全身发抖，脸色煞白，周、刘二人直喊：“二当家的，救命啊！”

丁振龙几个人不急不躁，坐在了地上。丁振龙厉声质问：“谁是你二当家的？老实交代，为什么要冒充村民，打入我梁家屋子？要是说实话，我就把你们救上来。”直到此时，周大眼等人才终于明白，人家早已识破了他们的鬼把戏。

可他们醉死不认这壶酒钱。

“二当家的，俺们没有冒充，真的是村民，真的想加入梁家屋子呀！”

“你个狗汉奸，还装！我问你，庄外的鸽子笼是咋回事？那里的四把枪是咋回事？四个人头是咋回事？我再问你，这两个‘哑巴’又是咋回事？还‘哑巴’，是鬼子吧？”

丁振龙一串连问，如同滚过一阵惊雷，直炸在周大眼、刘二狗头上。周大眼哀求道：“我坦白，我交代，俺们是山田一郎派出来的，他们两个是鬼子，俺两个是汉奸。有啥话上去再说，行吗？好汉爷，赶快救俺们，再不救就来不及了。”两个鬼子也抻不住了，“八嘎、八嘎”地骂了起来。

“狗日的小日本，鳖日的狗汉奸，我看你们再怎么欺负中国人？哈哈哈哈……”月夜中，丁振龙的笑声传得很远。

“丁振龙爷爷，你不能不讲信用啊……救救俺们啊……俺上有八十岁老母……”周大眼、刘二狗的声音越来越小。

“对你们这样的败类，还有什么信用可讲！死去吧！”丁振龙恨恨地说。

银盘一样的圆月高悬在万里无云的碧空。渤海与黄河交汇处，一片沼泽地正在缓慢地吮吸着两个鬼子、两个汉奸的身体。当四野彻底静下来之后，那片沼泽，便又恢复到了往昔的平整……

不费一枪一弹，把两个鬼子、两个汉奸沉入河口沼泽地，梁老七对此大加赞赏：“贤侄，干得利落呀，不知不觉，就把几个鬼子汉奸灭了，并且连个人毛都没给他留下，漂亮！”

可丁振龙是个闲不住的主。即便“汪队长”来时给了一批药品，也架不住

人多药少，这不，梁家屋子的药品马上就要用完了。丁振龙自告奋勇，请示梁老七出去搞批药回来。

“你说出去买药？可咱是锅腰子上树——钱上紧，你说咋办？”梁老七为难地说。

丁振龙一笑：“大当家的，我是说‘搞’药，没说‘买’药。我早想好了，就找陈家庄那些和鬼子关系好的奸商，抢他一把也好，偷他一把也罢，反正不用花咱的钱，你就等好吧！”

见丁振龙要去陈家庄，银杏儿也嚷着要去，丁振龙哪能同意，说这是去偷、去抢，又不是走亲戚。

说到走亲戚，花石榴眼皮耷拉了下来。沉默了一会儿，她对梁老七说：“当家的，这两年多了，我也没见着叔和婶子，我想他们。要不，让银杏儿陪着咱俩，我们和二当家的一块走，他去陈家庄弄药，咱去萧神庙看看我叔和婶子，你说行不行？”

梁老七沉默了半晌，说：“这梁家屋子上百号人，两个当家的都离开可不行。我看这样，你们先走，待二当家的回来后，我再去萧神庙。”大家同意这样办，最后梁老七决定，让有些功夫的赵联生陪花石榴、银杏儿去萧神庙，李有年陪丁振龙去陈家庄，并一再叮嘱，要互相照应，注意安全。

艺高人胆大，丁振龙并不惧怕再次来到陈家庄。两人快到镇外路卡时，见路卡处一副戒备森严的样子。两个鬼子和两个伪军长枪斜挎，咋咋呼呼，浑身上下检查着过往的行人。

见势不妙，丁振龙轻轻拽拽李有年，进入路边一人深的玉米地，拍拍装枪的布袋，说：“这样进去，武器就会露馅。虽然咱不怕他们，但是那样就耽误了办正事。我看，咱不带枪了。”

李有年说行。丁振龙转身看了看周围，见附近有一棵大榆树，榆树不远处有一个草垛，两人走过去，把枪藏在了草垛里。

丁振龙说道：“平时查得没这么严啊，是不是有啥事？”李有年问：“假如要问咱到镇上干啥，咱咋说？”

丁振龙看地里的玉米成熟得正好，说：“这片棒子地估计是金墨轩家的，咱掰一些，到镇里卖棒子去。”李有年说好主意，两人便脱下褂子，吭哧吭哧地掰了一些玉米，背在身上，向路卡走去。

“干什么的？”一个伪军上下打量着丁振龙和李有年。

丁振龙假装怯生生地说：“老总，俺们是到镇上卖棒子的。”

这个伪军说：“嘿嘿，卖棒子？不会是八路军武工队吧？”说着，在两人身上摸了起来，见他们身上没有武器，说："褂子穿上，棒子放下，进去吧。"伪军说，正好想吃棒子呢，另一个说，这俩小子还真有眼力劲儿。

丁振龙和李有年穿上褂子，站着不动。那个伪军过来："小子，咋还不进去?"

"老总，你们还没给钱呢!"李有年磨磨叽叽地说。

"他娘的，还要钱?你找死啊！滚!"一个伪军在李有年屁股上踹了一脚。"你怎么打人啊?"丁振龙不满地喊道。另外几个汉子也帮腔，说不该打人。

丁振龙给李有年使一个眼色，两人就要往镇上走。突然，突突突突驶来两辆屁股冒烟的摩托车和一辆汽车，快速停下，二十几个鬼子、伪军跳下车，把几个汉子围了起来。只见一个日本军官举着指挥刀，叽里呱啦地说着些什么，一个伪军喊道："你们不要害怕，谁也不许反抗，陈家庄据点正在扩建，需要壮丁，皇军只是借用你们几天!"这个日本军官和伪军分别是陈家庄据点鬼子副队长松井和警备队长张宫豹，但他们不认识丁振龙，丁振龙也不认识他们。

本来，丁振龙是想发飙的，可转念一想，这不正好是一次掌握鬼子据点情况的好机会吗?我得看看据点什么样，炮楼什么样，等以后打据点、攻炮楼时心里好有数。可万一让鬼子翻译魏思绪认出来怎么办?

不过，丁振龙又想，魏思绪就那天见过自己一面，当时人多眼杂的，他有可能不认识自己了。不能想那么多了，进去后看情况再说吧。

刚修好的据点为什么要扩建呢?与其他据点情况差不多，这陈家庄据点也是一直不顺，自建立以来，战绩不佳，鬼子汉奸倒死了不少。有人就对山田一郎讲，是不是找个风水先生来看看，别是风水有问题。

这山田一郎不懂装懂，便附庸风雅，说："要得，要得，我的爷爷就有《八宅明镜图解》等风水典籍，要看看风水。"

很快，风水先生岳世贤被请了过来。山田一郎对他说："你良心大大的好，就请你为皇军看一看风水。"

岳世贤拿着罗盘，山田一郎和魏思绪陪伴左右，在陈家庄和鬼子据点看了足足半天。

下午，岳世贤开始摇晃着脑袋，对两人解说堪舆的成果："老朽知道，中国人讲究风水，日本人也讲究风水。中国的风水术分阳宅风水和阴宅风水，传入日本后，也同样有阳宅、阴宅之分。只不过，日本叫'家相'和'墓相'。但与中国不同的是，日本更重视阳宅，中国则注重阴宅。"

魏思绪有些不耐烦："我说岳老先生，咱讲讲眼前行吗?"

岳世贤捋捋下巴上的美须，斜他一眼："陈家庄境内虽一马平川，但明堂宽

阔，玉河带水，算是大吉之地，然这大吉之地只能吉祥当地人，而外人嘛……”

魏思绪问：“怎么讲?”

岳世贤说：“天机不可泄露，不过，可忽略不计。咱回到这据点。《黄帝内经》说：‘阴阳者，天地之道也，万物之纲纪，变化之父母，生杀之本始，神明之府也……’万物万事都有阴阳矛盾，也都有统一之道：天为阳，地为阴；日为阳，月为阴；火为阳，水为阴；男为阳，女为阴。总之，无事无处没有阴阳。营房建在据点的西北方向，本无可厚非，但不瞒你说，外面有两个硕大水湾，则颇为不吉。为什么这么说呢？风水家认为：风水之法，得水为上。一个水湾，是为‘明堂之水’，有聚气、清涤之用，而两个水湾，则为‘哭’字湾，阴风习习，阴气太重，就不吉，不吉了。”

山田一郎问：“把水湾填平，如何?”

岳世贤摇头：“不妥，不妥，且不说两个偌大的水湾难以填平，就算填平，可‘哭’字湾之阴气却终归难以祛除。”

魏思绪脸色慢慢起了变化，他问：“那，有何对策?”

“风水学上，正北、正东、正南、正西被称为‘四正’，即坎、震、离、兑；而东北、东南、西南、西北则被称为‘四隅’，即艮、巽、坤、乾。从脉象看，这据点东北方向远离‘哭’字湾，阴阳相调，动静得宜，土金兼体，龙气住结，是风水大吉之地。老朽建议，在这大吉之地重建官兵营房，以解当前阴气太重之虞。”

山田一郎闻听此言茅塞顿开，很快，借“强化治安”运动之名，决定异地重建官兵营房。

回到家，岳世贤把这经过一五一十地告诉了金墨轩。金五爷木呆呆地看着岳世贤，说：“你真是老糊涂，连脑袋都不要了？你瞒得了鬼子，瞒不过老朽我。你选的，这是鬼门，是大凶之地。”

谁能想到，这岳世贤确实是冒着被杀头的危险，给鬼子胡咧咧了一套说辞，并说动了鬼子。其实，他给鬼子勘定的方位，在真正懂风水的日本人看来，不但不是大吉，而且是大凶。在日本，东北方是鬼门，他想置鬼子于死地。

岳世贤哈哈大笑，说：“世间万物皆为大道。大道三千，善即为顺天，恶即为逆天。日本人侵略中国那是逆天而行，所以，我给他勘定鬼门，那就成了顺天而行……”

这话，岳世贤也和自己的邻居朱冬来说起过。并且，他还把步虚禅师的预言诗告诉了朱冬来……

丁振龙、李有年和另外十几个人被拉进了据点，与早已在这里干活的十几个人会合。刚下车，丁振龙见朱冬来也在人群中，便来到他的身边，轻轻喊了一声："冬来兄弟!"朱冬来一愣："是你呀，兄弟!"这人，是丁振龙夜袭鬼子据点时碰到的那个朱冬来。

如今，朱冬来知道了自己的媳妇已死在鬼子据点里，他痛恨鬼子，总想找机会杀鬼子。

两人想继续说几句话，却被监工的鬼子各抽了一鞭子："八嘎！八嘎!"丁振龙欲抬腿踹鬼子，想了想，忍下了。

民夫们被分配了不同的活计，有脱土坯的，有挖地基的，有推砖搬砖的。一天下来，身强力壮的汉子们似乎都没有精神头，懒洋洋的，干起活来松松垮垮。

可不知什么原因，经过了一个晚上，民夫们脱胎换骨似的，干劲冲天。监工的松井和翻译魏思绪见了，纷纷夸说良民大大的。不过，每个人见了朱冬来，都挤眉弄眼一番，神神秘秘的。

利津县属于黄河冲积平原，土质松软，人们盖房必须采用夯实的方法硬化地基。这里所用的夯是类似碌碡的圆柱形石头，上面安上木杆，焊上铁箍、铁环，拴上绳子。当地打夯一般需要五个人，一人手持中间的木杆扶夯，另外四人从四个方向扯动拴在石夯上的粗绳，将夯抬起来，砸下去，反复进行，直至将地基夯实、夯平。

在陈家庄，朱冬来是有名的扶夯人，夯号唱得最好。想起岳世贤讲的步虚禅师的预言诗，想起老先生为鬼子选"鬼门"一事，知道鬼子听不懂中国话，他便将岳世贤教给他的预言诗加入到了夯号中。而这些，朱冬来早教了大家好几遍：

（领）瀛洲虎呀么——（合）渡海狼啊——
（领）满天红日呀么——（合）更昏黄——
（领）茫茫那个神州——（合）伤破碎啊——
（领）苍生处处呀么——（合）哭爷娘——
（领）春雷炸响呀么——（合）见晴阳啊——
（领）鬼子糊涂呀么——（合）盖营房——
（领）营房那个盖在——（合）鬼门上啊——
（领）克得鬼子呀么——（合）见阎王……

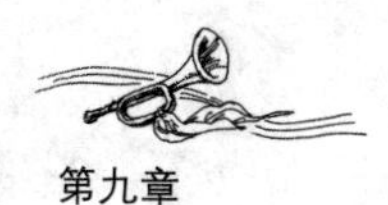


民夫们热火朝天地喊着夯歌，精神抖擞。

夯歌好听极了。监工的鬼子忘情地听着夯号，眨巴着眼睛。魏思绪虽不明白这些民夫前半段喊的是什么意思，可后半段，他听得清清楚楚。魏思绪想发作，但工期又压在他身上，如果杀了这些人，他上哪儿找这么能干的民夫？

松井问他这些人唱的是什么，魏思绪不敢讲实情，便说，《拉网小调》是流传日本的一首北海道民歌吧？他们唱的则是中国的《打夯小调》，是紧干快干，建好房子，早日让皇军住进去享福的意思。鬼子“哟西，哟西”起来。魏思绪一看这阵势，不知是真有事，还是耳不听心不烦，急匆匆向炮楼走去。

朱冬来见魏思绪没说啥，并且走了，鬼子还挺高兴，便又喊了起来：

（领）春雷炸呀么——（合）竖白旗啊——
（领）千万活鬼呀么——（合）哭啼啼——
（领）石头那个城中——（合）飞符到啊——
（领）又见重整呀么——（合）汉宫仪——
（领）东山又有呀么——（合）火光照啊——
（领）傻瓜鬼子呀么——（合）真好笑——
（领）老少那个爷们——（合）加把力啊——
（领）鬼子末日呀么——（合）来到了……

几个鬼子随着民夫们的夯号，扭起了屁股。他们想起《拉网小调》，似乎闻到了故乡泥土的芳香，看到了父母兄妹恋人劳作的身影，几个人用日语忘情地唱了起来：

呀连，索兰，索兰，索兰，索兰，
咳，咳，咳，
你去问五谷神，
鲱鱼鱼群可曾到来，
处处的五谷神，
都说没有音讯，
巧依呀沙耶，哩呀，沙喏，使劲拉呀……

想起故乡，想起亲人，唱起熟悉的乡谣，日本人不再扭捏，却都一屁股坐在地下，神情凄然。一个年轻些的鬼子，竟然呜呜哭了起来。

朱冬来、丁振龙们不知咋回事，怎么，咱们竟把鬼子唱哭了？这预言诗真有这么厉害？朱冬来便更加肆无忌惮起来：

（领）东山又有呀么——（合）火光照啊——
（领）监工鬼子呀么——（合）是傻帽——
（领）使劲那个卷他——（合）十八辈啊——
（领）鬼子蛋子呀么——（合）被骗了……

这边，民夫们躺在地上哈哈大笑，那边，小鬼子坐在地上触景伤情……

有魏思绪的地方，丁振龙总是闭着一只眼睛，嘴角还微微上翘，他还真没认出丁振龙。

魏思绪从炮楼方向走来，来到干活的人们跟前，指指丁振龙、李有年和另外两个民夫："你，你，你，还有你，跟我到炮楼，给太君换床去。"原来，山田一郎比较迷信，他决定将已战死的日本军人的军床换成新的，旧的，给伪军用。

丁振龙的心猛地一跳，太好了，终于有机会进炮楼看看了。

魏思绪带着四人进入炮楼。按照他的指点，四人先把需要撤走的军床搬到楼下。这时，开来一辆军车，上面装着十来张新床，他们又从车上卸下新床，再搬进炮楼将新床放到相应的位置。

利用这个机会，丁振龙把炮楼的情况里里外外看了个遍。这鬼子炮楼呈圆柱形，砖木结构，上下三层，三层房间都有鬼子居住。四周有枪眼，可以瞭望并射击。二楼有一挺机关枪，直冲吊桥。

丁振龙在脑子里为炮楼画了张图，他准备回到梁家屋子后，将这张图画下来，以备不时之需。

四个人干了足足一个下午，魏思绪很是满意，他对四人说："明天早晨，还是你们四个，去据点外头的林场拉檩条!"

夜深了，清冷的月光在罩着几块篷布的帐篷里投下了一层白影。丁振龙还没睡着。被抓来做民夫已经十几天，也不知道银杏儿和大当家的担心成什么样了。据点情况已基本了解，炮楼也看了，那在这里还有什么意思，难道还真给鬼子当民夫？明天出去拉檩条，不是很好的逃跑机会吗？想着想着，便昏昏沉沉睡着了。他做了个梦，梦中看到银杏儿身穿八路军军装，正和"汪队长"雄赳赳气昂昂地走在路上，突然，梁老七从路边的苇丛中跳将出来，举着一把大

砍刀，向两人砍来，而没等梁老七砍下去，日本鬼子又冒了出来，向梁老七刀砍、斧剁……

一惊之下，丁振龙醒了过来，一摸身上，竟出了一身冷汗。

自从认识银杏儿，自从来到梁家屋子，这是他离开的最长一段时间。难道，银杏儿会出啥事？大当家的会出啥事？丁振龙心里七上八下，心神不宁。其实，他不知道，这个时候，梁家屋子已经出事了，而且，是出了大事。

第二天，丁振龙四人爬上一辆军车，来到了陈家庄附近的一家林场。军车上，还站着两个鬼子、四个伪军。

车在林场堆积如山的檩条垛前停了下来，一个汉奸催促四人和林场工人抓紧装车。人们连个招呼也不打，便吭哧吭哧地搬起檩条来。

一个林场把头模样的人走了过来，未说话先赔笑："各位太君、长官，辛苦辛苦！你们当值呀？要不，让他们干着，咱到前面树底下，吃几个大西瓜？"

一个鬼子指着一个肩背步枪的伪军说："你的，监工，我们的，米西米西！"说完，几个人跟着林场把头走向一棵大树下的凉摊，只剩下一个伪军，不情愿地盯着干活的民夫。

丁振龙与李有年一组，从檩条垛上搬起檩条，一前一后，各扛一头，往车上搬运。他们频频向外观瞧，好像是在找脱身的突破口。

正在丁振龙东张西望之际，监工伪军一根手指头粗的木棍打向他的屁股。他毫无防备，腾地跳起来，差点把檩条扔到地下："你干啥，凭啥打俺？"

这个伪军吃不到西瓜，心中正堵着一堆火气。他怒喝道："看什么看，是不是想逃跑？"

丁振龙忍气吞声，恶狠狠瞪了汉奸一眼，继续干活。等再扛着檩条走过时，他的屁股上又遭了一棍。他大吼："这回又是为啥？"

伪军洋洋得意："为啥？不打勤的，不打懒的，单打瞪我眼的。怎么，不服气？要他娘的不服气，等会儿过来，再试试这棍子结实不结实！"

趁这边监工的伪军不注意，看那边鬼子、汉奸正吃得高兴，丁振龙一使眼色，与李有年快速耳语几句。两人扛起一根檩条，向伪军走去，恰巧这时伪军正回头向吃西瓜的人群张望，两人一用力，檩条的粗头就向伪军的后脑勺撞去，只听啊的一声，狗汉奸重重地扑倒在地上，一命呜呼。

丁振龙迅速捡起伪军刺刀雪亮的步枪，大声喊道："林场的兄弟，赶紧躲起来，你们三人快往树林里跑，我来掩护。"

正在吃西瓜的鬼子汉奸听到凄厉的叫声，知道出事了，他们扔下西瓜，抄起枪，向装车的人群跑来。这时，林场的几个工人躲到了一堆檩条后，吓得不敢动弹，李有年三人也早已钻入树林，不见了踪影。

檩条一根粗头一根细头花花搭搭地摞在一起。丁振龙隐藏在一头，看到鬼子和汉奸向这边跑来，他二话不说，瞄准跑在前面的一个汉奸就是一枪，汉奸应声倒地。

鬼子和汉奸赶紧隐身于檩条的另一头，向这边开枪，却根本无法打到丁振龙。

丁振龙看到一个鬼子站在对面狂呼乱叫，他灵机一动，看准一根檩条的粗头，使足了吃奶的力气，用力一推，檩条就像一颗出膛的炮弹，细头如尖刀，带着仇恨与灵性，呼啸着向鬼子飞去，只听鬼子一声嚎叫，檩条不偏不倚地穿透了鬼子的胸膛。

这下，把敌人气坏了，看到对面只有一个民夫，他们哪会把他放到眼里。这边，几个人一起端着枪，从檩条垛侧面包抄过来，那边，鬼子司机发动起汽车，要撞向丁振龙。

丁振龙有心向地面上的敌人射击，却不料汽车来得更快，他举枪瞄了一眼开车的鬼子，连扣扳机，砰砰砰，子弹穿透车玻璃，其中一枪正中鬼子脑门。汽车顿时失去控制，呼啸着向檩垛撞去，只听轰隆一声巨响，檩垛坍塌，对面的几个鬼子汉奸毫无防备，一个不剩地被砸在了下面。

丁振龙一个闪身，然后弯下腰，往坍塌的檩条垛看了一眼，快速向树林跑去……

# 第十章

1941年夏季之后，清河区八路军与国民党何思源部以黄河为界，一南一北，形成了对峙局面。不过，话虽这么说，其实，真正的占领者，是日本人。共产党清河区党政军领导机关，基本处于游击状态，而日伪盘踞重要城镇，实力占据优势。

覆巢之下，焉有完卵。在这样一种态势下，这个区域任何与鬼子作对的民众都难以幸免。就在丁振龙又一次消灭敌人的前两天，梁家屋子却遭到了日本人的一场毁灭性打击。

四个鬼子、汉奸不是被丁振龙沉入沼泽地而没有发出情报吗？但老话说，日防夜防，家贼难防。将鬼子领进梁家屋子的，不是别人，而是曾经的二当家钱豁嘴。被梁老七赶走，被丁振龙羞辱，没能霸占到他窥伺的女人，他怀恨在心，发誓要做就做个心辣手狠，要干就干个惊天动地，一定找机会杀死恼恨的人，夺回想要的人。

几天前，他一不做，二不休，来到陈家庄，找到山田一郎和魏思绪，阴险地说："山田太君不是一直想捉拿丁振龙、梁老七吗？魏长官不是也在寻找田银杏吗？我知道《三国演义》里有个故事叫一计害三贤，如果两位太君和长官信得过我，咱们就来个一趟抓三人。"

梁家屋子。梁老七左手端着一盅酒，喝了一口，然后将剩余的酒焦躁地泼到地上，不安地在房间里走来走去。丁振龙出去七八天了，如果不出意外，早该回来了，可现在，一点音信都没有。这外头兵荒马乱，鬼子、汉奸就像苍蝇蚊子，说冒出来就冒出来，而丁振龙又是那么毛毛愣愣，天不怕地不怕的，咋不让人担心呢？

突然，房门哐啷一声，十几个日本人闯进屋里。接着，梁老七看到，十几支黑洞洞的枪口对准了自己。他右手本能地摸向腰间，腰间却空空如也。梁老七被一枪托砸倒在地，几个鬼子一拥而上，像绑猪一样将他五花大绑起来。

因为有了钱豁嘴，偷袭梁家屋子便出乎意料的顺利。钱豁嘴等十几名土匪在前负责清除哨匪，鬼子汉奸在后跟进。大夏天的，土匪们大部分在庄稼地里干活。一些在房间里的，被鬼子堵了个正着。直到鬼子进入梁老七房间，来敌都几乎没遇到什么阻挡。

梁老七被绑在院子的一棵大树下，没到地里干活的二三十个土匪也被赶到院子里。几十个鬼子、汉奸举枪包围着他们。

梁老七定睛一看站在面前的人，除了两个日本军官、翻译外，还有一个钱豁嘴。他恍然大悟，原来自己是被钱豁嘴祸害了。顿时，他血贯脑门，怒从心头起，恶向胆边生，破口大骂道："我操你奶奶的钱豁嘴，你这个禽兽不如的畜生，竟帮着日本人来暗算你爷爷!"

钱豁嘴得意洋洋，狞笑着说："大当家的，别来无恙?"

梁老七一副不屑一顾的样子，说："谢钱大当家的挂念，还没死呢!"

"大当家的，说话不能好听点?"

"好听不了。钱豁嘴，我看你了不得了，你这钱大当家的可比我这梁大当家的威风多了!"

"何出此言?"

梁老七怒视钱豁嘴，语带揶揄："几年来，我梁家屋子大当家的，带着兄弟们辛辛苦苦刨食儿。你，当了大当家的，就有日本鬼子给你狗食儿，多好啊。不过，我觉得人就得做人，不应该做狗!"

钱豁嘴毫不生气，说："嘿嘿，你学问不高，口气倒不小。做人也好，做狗也罢，谁的腿粗，咱就抱谁，这叫有奶就是娘，无奶吃糟糠。"

"这么说，你投降了鬼子?"

"梁老七，这我还真得给你说句实话，现在还没有，不过，太君如果要我，我可以考虑。你也不看看，现在全中国哪块地方不插着皇军的太阳旗?"

梁老七冷冷地说道："好，你愿当狗你就当狗，我管不着。不过我问你这个忘恩负义的畜生，这次带鬼子闯到梁家屋子干啥来了?"

"一不为钱财，二不为地盘。山田太君这次来，是为抓那恶匪丁振龙，魏翻译官呢，则为抓他的小妾田银杏。怎么样，交出来吧?"

一听这话，梁老七放下心来："哈哈哈哈……看来，这丁振龙、田银杏有老天保佑，真是福大命大造化大啊！钱豁嘴，你告诉鬼子，丁振龙、田银杏都不

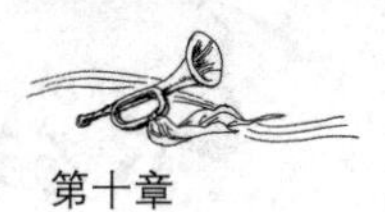



在梁家屋子，不信，兄弟们可以作证。”

钱豁嘴不相信，他看了看人群，指着站在前面的一个矮瘦土匪喊道：“王狗嫌，你说，丁振龙、田银杏在不在梁家屋子？如果不在，干啥去了？”

叫王狗嫌的土匪一直在怒视着鬼子。他家的人都死在日本人手里，如果不是被这么多鬼子、汉奸包围着，他早就撸胳膊挽袖子和鬼子干上了。他没好气地说：“我只知道丁振龙、田银杏不在家，其他的，不知道。”

钱豁嘴给魏思绪耳语，魏思绪又给山田一郎、松井讲。

“八嘎！”山田一郎绝不相信事情会这么巧，好不容易攻进梁家屋子，丁振龙、田银杏却不在家。再说，前几天他派来的两位皇军、两位友军也活不见人死不见尸，他要搞个明白。

山田一郎走上前来，恶狠狠地盯着梁老七：“梁老七，你的，实话实说，丁振龙、田银杏在哪里？见没见过四个投奔你的人，其中，有两个哑巴？”

梁老七暗暗得意，脸上流露出满不在乎的表情：“丁振龙、田银杏去了哪里，不知道，你说的几个哑巴，更没见过。”

山田一郎早已不耐烦，听梁老七这样说话更是怒火中烧。他忽地拔出指挥刀，在空中用力一砍，大声骂道：“八嘎！你说不说？不说，我让你求生不能，求死不得！”

“小鬼子，别费心了，我不知道。”

“梁老七，我的，给你最后一次机会，只要说出他们的下落，保你活命，否则，嘿嘿嘿嘿……”

“狗娘养的，你有什么恶毒招数就尽管使出来吧，你梁祖宗要是皱一下眉头，就不配称绿林好汉。”梁老七绝不是贪生怕死的主。

“八嘎！”山田一郎发出一声气急败坏的吼叫，一挥手，魏思绪赶紧走了过来，山田一郎与他耳语几句，把指挥刀给他。

魏思绪走到钱豁嘴跟前，说：“太君说了，让你找人，把他的四肢砍了！”话音一落，人们一阵惊呼。

钱豁嘴也大为震惊：“啊？这个……”“嗯？”山田一郎怒视钱豁嘴。

钱豁嘴虽然对梁老七恨之入骨，也知道他今天逃不过这一劫，却也没想到鬼子会用这么残暴的手段。他知道，自己已没有办法，只有按鬼子的命令去办。想到这里，他拖出一个中年土匪，说：“来，你过去是杀猪的，你来砍！”一个鬼子牵着狼狗走了过来，狼狗凶恶地蹿跳、狂吠着。

魏思绪将指挥刀递给中年土匪，中年土匪死活不敢接：“我不敢！我不敢！

饶了我吧!”鬼子副官松井怒目狞笑，掏出手枪，对准中年土匪就是一枪，子弹击中左胸，中年土匪仰身向后倒去。

山田一郎命令钱豁嘴：“再找一个人!”到了这一地步，钱豁嘴凶狠毒辣的本性显露了出来，他恶狠狠地在人群中踅摸：“王狗嫌，你来砍。”王狗嫌使劲往后躲，被几个鬼子拖了出来。

钱豁嘴从魏思绪手里接过刀，对王狗嫌说道：“太君的命令你来执行，把他的胳膊和腿全砍下来，砍不好，让这狼狗活生生啃了你，听到没有?”

王狗嫌哆哆嗦嗦地接过了刀：“我也不敢!”松井举起了枪，山田一郎示意松井，不要开枪。

梁老七压根就不怕：“狗嫌兄弟，人啊，早晚都得死，早死早托生，来吧，给我来个痛快的!”

王狗嫌不忍下手，他看看鬼子，看看狼狗，狠下心说：“大当家的，你千万别怨我，我也是没有办法。二十年以后，你还做俺们当家的。”

王狗嫌举起了刀。这时，眼前的地上，似乎出现了让日本鬼子杀害的爹娘、老婆孩子，他们躺在血泊中。爹好像还在说：孩子，你要报仇啊！突然，王狗嫌发出一声嚎叫，扭转身子，向山田一郎扑去。

狼狗猛地将王狗嫌扑倒，撕咬起来。山田一郎掏出手枪，在王狗嫌身上连射三枪，王狗嫌想往山田一郎身上扑，却有心无力，一命呜呼。

“兄弟啊!”梁老七伤心极了。

山田一郎不耐烦了，他手指站在旁边的张宫豹：“你的，行刑!”

张宫豹接过指挥刀，看了看梁老七，说道：“梁老七，对不住了，谁让你不配合皇军呢!”说完，对着一只胳膊狠狠地劈了下去，鲜血瞬间喷射出来，溅了张宫豹一身。

“啊!”梁老七发出一声凄厉的惨叫，这叫声令人胆裂魂飞，他破口大骂：“操你奶奶啊，老子玩了半辈子鹰，这回倒让鹰给啄了眼了。”

张宫豹似乎什么也没听到，再一次手起刀落，另一只胳膊也与身子分了家。那胳膊咚的一声掉在地下，滚了几滚，停住了。狼狗跑过来，闻了闻血腥的胳膊，又退了回去。

而这一幕，被躲藏在远处的花石榴、银杏儿和赵联生看了个一清二楚。三人本来是在花石榴叔家等丁振龙两人的，可左等不来，右等不来，三人就犯嘀咕了，难道没说清楚，他们直接回了梁家屋子?于是决定回来，可人还没有进入梁家屋子，就被藏在庄稼地里的土匪截了下来，说鬼子正在村里，千万不能进去。

花石榴眼睛一阵阵冒金花，几乎就要晕过去。

梁老七看一眼远处的兄弟，有气无力地哀求："念咱们多年的兄弟情分，哪个兄弟给我一枪，黄泉之下我记着你的大恩大德。"

话刚说完，张宫豹挥起指挥刀，向梁老七的左大腿根砍了下去，接着，不再磨蹭，双手一翻，将右腿也砍了下来。

四肢汩汩往外直冒鲜血，梁老七白骨外露，像一个树墩子一样，挂在树上。"树墩子"剧烈战栗，抖动，嘶哑的喉咙用尽最后的气力骂道："小鬼子，我操你八辈祖宗，老子在黄泉路上等着你们!"

山田一郎夺过指挥刀，向"树墩子"的心脏部位捅去。带着无比的愤恨和绝望，梁老七头一歪，就再也一动不动了。

一个身材矮胖、皮肤黝黑的鬼子提来一桶水，泼在"树墩子"上，"树墩子"的脑袋耷拉在胸口，依然一动不动。

在场的土匪都跪下了，嚎哭声响彻梁家屋子。

日本鬼子包围了跪地嚎哭的二三十个土匪。山田一郎退后两步，指挥刀一挥："射击!"

顿时，一条条火舌向土匪射去。

惊恐万状中，跪地的土匪陷身枪林弹雨中。一时之间，血流成河，惨叫哀号之声不绝于耳，有几个土匪爬起来，要与日本人拼命，却身中数弹，土匪们翻滚、挣扎着，最终一个个倒在血泊中……

钱豁嘴大喊："太君，别……"

山田一郎、松井却哈哈大笑起来，笑得丧心病狂，灭绝人性。

望着一片片倒下的人群，远处隐藏着的田银杏眼睛似乎要喷出火来，但她知道，自己无能为力。

花石榴痛不欲生，但又不敢哭出声。趁鬼子还在院子里杀人，赵联牛带着两个女人退进了苇丛中。他们双腿打颤，趔趔趄趄，相互搀扶着向着苇丛深处走去。芦苇毫不留情地打着他们的脸，绊着他们的脚，一人摔倒，总会拖拽着带倒另一个人。待到了相对安全的位置，三个人便像醉汉似的东倒西歪，然后，颓然瘫倒在地上。

花石榴仰天大哭："狗日的小日本啊，你们这些杀千刀的。大当家的，你好狠心啊，你不知道，我怀了你的孩子了。你就这样走了，我跟孩子可咋活啊？老天爷啊……"

梁老七死了，死得惨烈，死得血腥。在死之前，他还惦记着丁振龙、田银杏，惦记着花石榴和他的弟兄们。世道不济，灾难不定啥时候落到人们头上，何况一介草匪。

而丁振龙，这两天心里一直觉得不踏实，总感到会有什么不测找上门来。

丁振龙钻进树林，撒腿就跑。树林里杂草丛生，也顾不得了。好在，几个押车的鬼子、汉奸都已灭掉，山田一郎一时半会儿不会知道详情。

眼前是一片高粱地，丁振龙连想都没想，就钻了进去，他顺着垄沟，尽量躲避着高粱，向前疾走。骄阳下，高粱叶子呲呲乱叫，嫩绿蝈蝈鸣声一片。

高粱地里的热气不停地烘烤着丁振龙，他浑身上下被汗水浸湿了，衣服紧紧地粘在前心后背上。远处，传来了几声青蛙的叫声，丁振龙才感到嗓子眼儿干得像着了火，自己现在是又饿又渴。可这一路哪里有食物，哪里有水？

丁振龙快速走着，眼睛就盯向了一棵棵闪身而过的高粱秆。糊涂，这高粱不就是水，不就是食物吗？他停下来，用力折断了一棵高粱，快速剥掉一条条篾子，大口大口地咀嚼起来，甜甜的汁水立即让他的口腔、喉咙湿润了。嚼了几棵高粱秆，他又坐下来，疯狂地撕咬起高粱穗子，红红的高粱穗子已经成熟，软硬可口，一会儿工夫，丁振龙身上又长满了力气。

天近晌午，地里劳作的人们早已回家歇晌。丁振龙顶着烈日，顾不得休息，顺着庄稼地向陈家庄方向走去。他原来和李有年约好，如果逃出去，走散了，就到藏枪的大榆树下集合。

丁振龙走走停停，注意观察四周的动静。死了六七个鬼子汉奸，日本人绝不会善罢甘休，丁振龙必须处处小心。

丁振龙来到镇西边的路卡处。藏在玉米地里的他看到，路卡三步一岗、五步一哨地站满了全副武装的日本兵，枪尖上的刺刀在夕阳的照耀下闪出一道道诡谲的光。看这戒备森严的样子，一定是发生了什么大事情。

丁振龙暗自笑笑，爷爷我在这里呢。

丁振龙绕到了镇北路卡处，看到的情形和刚才一样。他临时决定，白天不出去了，等晚上再说。因为那棵榆树离镇东路卡太近，两个人目标必然大。

按说，晚上是干点什么事的好时机。这次来的任务本来是搞药品，却没想到杀了几个鬼子、汉奸，且摸清了鬼子据点和炮楼的情况。目前日本人正如临大敌，显然不是搞药的好时机。如果蛮干，将得不偿失，只有等过了这个风头再说。

庄稼地里没有一丝风，闷热无比，而更为烦人的，是不断从草丛中飞出来的蚊子，毫不客气地在他裸露的胳膊、腿、脸上叮咬。看到不远处有一棵蒿草，他站起来，在地垄上拔了一大抱蒿草，盖在身上。蚊子怕蒿草那个味道，特别是晒干了点燃后产生的烟雾，驱蚊效果更好。

紧张了一天的丁振龙很快进入梦乡。奇怪，他又梦到了银杏儿，梦到了梁老七，他们躺在血泊中，这次，开枪的，不是鬼子，而是钱豁嘴……

鸡叫二遍的时候，丁振龙醒了过来，他推开身上的蒿草，揉了揉惺忪的眼睛，爬起来，穿过影影绰绰的庄稼地，向镇东走去。

天还没有亮，乡野黑黢黢的。前面就是那棵大榆树，丁振龙走过去，站在树下，前前后后看着，却没发现李有年的身影。突然，从不远处草垛里爬起一个人影，向这边走来。丁振龙闪到树后，警惕地注视着来人。

远远地，来人低声问："二当家的！是二当家的吗?"

"有年！有年！"丁振龙认出来了，是自己的兄弟，他向李有年奔去。

李有年和丁振龙紧紧相拥："二当家的！我以为你活不了了呢。"说完，这个大男人呜呜哭了起来。

丁振龙把李有年三人跑了之后的情况向他讲了一遍，说："真是恶人有恶报，老天爷有数着呢。不用我开枪，天老爷打个招呼，地老爷就让那檩条垛把他们都'剁'了。"

李有年说："你灭了鬼子还能出来，真应了那句老话：行好得好。我和那兄弟两人分手时，他们担心坏了，我说，没事，你们放心，我那伙计会飞檐走壁，而且刀枪不入。其实，我能不担心吗?"

"有年，鬼子现在是戒备森严，如临大敌。这样，咱弄药的任务放着以后完成，反正咱也杀了几个敌人，还摸清了鬼子据点、炮楼的情况。先回梁家屋子，我这两天老做梦，梦见梁家屋子出事了。过了这个风头，咱再出来弄药不迟。"

李有年称有道理，两人从草垛里找出自己装枪的布袋，沿着庄稼地和苇丛向梁家屋子方向走去。

晌午的时候，丁振龙两人已来到一座青墙青瓦、飞檐四拱、五脊六兽的庙宇附近。

丁振龙知道，萧神庙村到了。据称，这萧神庙乃明朝万历年间修建。丁振龙来看过这庙宇，面朝大海，气势恢宏，铺着十八级白条石台阶，大门外矗立十三个石狮，"萧神庙"三个镏金大字镌刻在大门上方，门框上刻有对联，上联是"朝朝朝朝朝朝朝"，下联为"长长长长长长长"，横批是"海不扬波"。庙院分正殿、偏殿、藏经殿、耳房、东西厢房，院中竖一根数丈高的风斗旗杆，每当遭遇狂风骤雨之时，便高挂红灯，为茫茫大海中的航船指引方向。神庙里的红灯挽救了许多过往船只，任何航行的船只都可以得到那灯光的指引。对此，清代利津"四大贤"之一的张铨写了一首《竹枝词》："萧王庙上走群灵，天外孤灯照北溟。鼍作鲸吞风雨夜，迷航遥识定盘星。”这里的“定盘星”，指的就是那指引迷津的红灯。

花石榴叔家就在这里，不去麻烦人家了，就在附近找个饭馆吃点饭，然后，去接银杏儿和花石榴。

丁振龙、李有年光着膀子，粗布褂子搭在肩上，布包提在手中，满头大汗地走进了路边的一家饭店。丁振龙进了门先环视饭厅，见有一左一右两拨客人正在吃饭。

跑堂的伙计笑脸迎过来：“两位大哥来了，吃点儿啥？”

丁振龙不理跑堂伙计，眼睛却紧紧盯住了右边墙角一女二男三位客商模样的人，客商显然也看到了他们两人。这三人不是别人，正是八路军武工队的魏思颖、于砚甫和刘亮。

丁振龙两人高兴地疾步走到魏思颖三人跟前，三人笑着看他们。

“啊，汪……”丁振龙想喊“汪队长”，却被魏思颖一个眼色压住了。魏思颖热情地对丁振龙说：“表弟，你咋来这里了？快，快坐下！伙计，再来两双筷子。”几个人给丁振龙两人让座。

表弟？丁振龙一愣，随后立刻明白过来。在敌占区，他们得处处小心谨慎。

丁振龙坐下，问道：“表姐，好长时间没见面了，我姨和姨父身体都好吧？”然后，对于砚甫和刘亮点点头。

魏思颖笑了，这小子，脑筋转得挺快，是块做武工队的料。

说话间，两位客人用毛巾擦着满头大汗，进到了饭店，边喊着“热死了热死了”边在中间一张桌子上坐了下来。左边桌上两人正在吃饭，其中一人一扭头，嗨，老朋友！站起身走过来：“这不是张大哥吗？你这是忙啥去了？要不嫌弃，到我这桌来吧。”

“哎哟，王兄弟，这么巧，在这里碰上你了。”几人寒暄，坐在了一个桌上。

魏思颖、丁振龙几人边吃边交流，丁振龙低声简要说了他们在陈家庄杀鬼子、汉奸的情况，魏思颖三人正暗暗佩服，这时，只听对面桌上被称作张大哥的人说道：“陈家庄的鬼子、汉奸算是乱了套了。我们俩在陈家庄，差点回不来了。你知道为啥？陈家庄据点的十来个鬼子、汉奸被人杀了。”

魏思颖等人假装吃饭，却支起了耳朵。

王兄弟问：“被啥人杀的，国军？”

张大哥说：“国军？国民党的军队顶个屁用，指望不上，他们也就欺个百姓，守个义和庄还行，杀鬼子，借他们几个胆也白搭。”

一个客人说："我听说，这几天，共产党八路军正在攻打罗家镇、宋家庄、王家集，把这些外围拿下后，少不了下一步就得拾掇义和庄了。"

张大哥笑笑，然后摇摇头："罗家镇、宋家庄、王家集好打，义和庄哪是那么好打的？你不知道，那义和庄周围墙高四五米，围墙外有深两三米、宽四五米的护庄河，护庄河外是开阔地。距护庄河五十米的地方，还有一条宽六七米、深四五米的封锁沟，沟底有木桩、地雷。那防御设施，人家叫'固若金汤'，更何况还有国民党鲁北行署主任何思源亲自坐镇，好几千国军在那里据险死守。我看，不好打！不说这个了，还是接着说这次打鬼子的事儿。我听说，这次杀鬼子的是八路军武工队，其中有一个，能够飞檐走壁、飞石击敌，还能够双手使枪、百步穿杨。"

一个客人问："过去咱这块埝儿除了国军，就是土匪，这八路军武工队还真少见。啥叫八路军武工队？"

王兄弟说话了："八路军武工队都不知道？那是咱穷人的队伍，是爷们，是好汉。他们个个来无影，去无踪，穿墙过院，刀枪不入，专杀鬼子、汉奸，和古代的武林高手差不了多少。"

魏思颖、丁振龙等人偷笑。他们吃完饭，于砚甫结账，走出饭馆，来到外面的一棵树下。见四周无人，魏思颖说："丁振龙，可真有你的，不但杀了鬼子和汉奸，还提升了八路军武工队在民间的威望，好样的！我们准备和你一起，二赴梁家屋子，去谈谈你们加入八路军的事，你看行吗？"

丁振龙喜出望外，紧紧攥住魏思颖的手："汪队长，真的？"魏思颖笑笑："真的。不过，以后不要叫我'汪队长'，要叫我'魏政委'，我姓魏。"

"魏……政委，太好了！"丁振龙大喜过望。

正说话间，突然，三个人扑通跪在了丁振龙脚下，其中一个哭诉道："二当家的，俺们可找到你了，呜呜……"

待几个人抬起头，丁振龙看到，说话的是赵联生，他们一个个满脸泪水。赵联生继续哭诉："二当家的，大当家的死了，几十个兄弟也死了，梁家屋子全完了，一点儿指望也没有了，呜呜……"

丁振龙大吃一惊，泪水涌出了眼眶："联生兄弟，咋回事？"魏思颖示意大家进入路边的苇丛。

进入了苇丛，赵联生泣声说道："三天前，我和大当家夫人、银杏儿小姐在萧神庙等你，左等不来，右等不来，没办法，我们就直接返回了梁家屋子。也多亏了等你，要不然，俺们也完了。"

"大娘和银杏儿没事？"丁振龙急切地问。

“她们没事。俺们还没进入梁家屋子，就被藏在高粱棵里的兄弟拽到地里，他们说，几十个鬼子和汉奸已经包围了在家的兄弟们，大当家的被抓了起来。俺三个着急，没听劝阻，来到庄里那片苇子里，听到鬼子让大当家的说出你和银杏儿小姐的下落，如果不说，就把他的胳膊和腿全砍了。大当家的是条汉子啊，宁死不说。那伤天害理的鬼子就让一个汉奸把他的胳膊和腿全砍了，到最后一块肉墩子上面顶着个脑袋，大当家的还大骂鬼子啊，呜呜……”

魏思颖等人恨得直咬牙，她问：“我问你，你们其他兄弟呢?”

赵联生看看魏思颖，他认识：“八路长官，你们可给俺报仇啊。当时，大多数兄弟都在地里干活，二三十个兄弟在家里。大当家的一死，在家的兄弟都跪下哭，可做梦也想不到，这个时候鬼子开枪了，几十条枪对着跪着哭的人可着劲儿地打，他们一个也没能活下来啊……藏在地里的兄弟一看这阵势，知道梁家屋子完了，走的走，逃的逃，大部分没了下落，只有十几个早就有心要跟二当家去当八路的兄弟，跟上了我，现在他们都藏在这村里一个兄弟家的地窖里。”

丁振龙眼睛冒火：“梁家屋子那么隐蔽，鬼子是怎么找了去的？是哪个汉奸砍的大当家的?”

一个姓孙长得像猴子样精瘦的汉子说：“他娘的，是钱豁嘴那个吃里扒外的东西带鬼子去的。砍人的，是陈家庄警备队队长张宫豹。”

丁振龙脸色铁青，拳头紧攥，牙齿咬得嘎巴嘎巴直响：“小鬼子，血债要用血来偿！钱豁嘴、张宫豹，要不亲手宰了你两个狗日的，我丁振龙誓不为人!”

魏思颖与于砚甫、刘亮走到一边，商量了一下，回来对丁振龙和赵联生说：“这样，梁家屋子我们不能去了，你们抓紧去见这十几位兄弟，他们不是愿意参加八路吗？再一次郑重地征求大家意见，凡是愿意参加八路的，跟我们走。今天晚上就走，我们三人在这里等你们。”

丁振龙斩钉截铁地对几个兄弟说：“好，兄弟们，咱们虽然是肉身子，可是肉身子里包着骨头，这骨头，敲起来当当响。愿意参加八路军的，咱一起跟着魏政委走……”

丁振龙带着银杏儿和其他十几位兄弟，不，现在应该叫同志了，加入了八路军。穿上八路军的服装，一个个神气十足。花石榴不愿参加，留在叔家，待产去了。

这年一月，杨国夫司令员指挥的八路军山东纵队第三支队首度进军垦区，解放了以利津县八大组（今垦利县永安镇）为中心的大片土地。八月底，清河

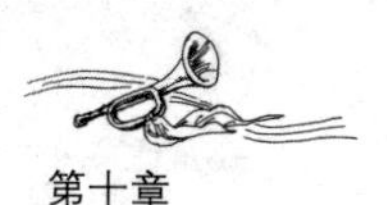



区党政军机关、垦区工作团进驻八大组。九月，建立中共垦区工作委员会和垦区建设委员会，垦区抗日民主政权诞生。整个抗战时期，这里一直是共产党山东六大战略区之一——清河区的中心区域，党政军机关、医院、兵工厂、战时银行等一应俱全。许世友、景晓村、杨国夫、李人凤等老一辈革命家曾经在这里战斗过。

垦区是一个特定的历史名称，其由来始于 1936 年 4 月国民党山东省政府在八大组设立的“垦区筹备处”。从地理范畴上讲，是指南邻广饶、寿光，北接沾化、无棣，西到蒲台（今滨州市的一部分），东临渤海湾的滨海淤荒地区（以如今的东营市利津县、垦利县、东营区、河口区为主体）。当年，这片广阔的土地大部分还未盐碱化，土地肥沃，生产的粮食源源不断运往胶东、鲁南等抗日根据地，成为支援山东革命的大粮仓。

在八大组一片槐树的掩映下，八路军山东纵队第三支队某团所属武工队暂时借用几排民房，作为营房。民房外围，是用秫秸临时搭起的篱笆。

太阳像个大红气球，挂在西边的一棵槐树上。武工队大队长姜文山、三队指导员于砚甫骑着马进入篱笆院子。

此时的这支武工队，姜文山依然任大队长，魏思颖成了政委。中队方面，刘亮、侯春生被分别任命为第一、二中队队长，丁振龙被任命为三中队队长。第三中队，除于砚甫任指导员外，其他都是丁振龙带来的人。

姜文山、于砚甫跳下马，两个通讯员从屋里跑出来，接过缰绳，将马牵走。两人风尘仆仆，于砚甫请姜文山回房休息，姜文山却听到隔壁会议室传来讲课的声音。他知道，其他老队员都在外面开展工作，会议室里传来的声音，肯定是魏思颖在给丁振龙他们进行入伍教育，讲述纪律。他对于砚甫说：“走，咱们去看看这些新队员学的效果怎么样。”

夏天的窗户是开着的。姜文山、于砚甫站在窗外，看到会议室的墙上挂着一块小黑板，黑板上写着几行字：“一、什么是武工队？二、如何做一名合格的武工队队员？”同时，他看到丁振龙他们每人手里拿着一本油印的《三大纪律八项注意》小册子。

魏思颖像一个教官，正在给丁振龙等人讲解着：“从一个绿林人士，成长为一名合格的八路军武工队队员，必然有一个过程。而如何缩短这个过程，就要求大家既要通过对敌斗争的艰苦实践不断锤炼自己，又要通过学习文化了解军规不断提高自己……”

姜文山点点头，拉一下于砚甫的衣襟，两人走进房间。

“起立！敬礼！”魏思颖喊道，她自己首先昂首挺胸，目不斜视，行了一个标准的军礼。

再看丁振龙一伙人，稀里哗啦一阵凳子响之后，弯腰的、斜视的、伸懒腰的，各种姿势都有，尤其是那军礼，更是花样百出。要说相对正规，还是银杏儿像那么回事。

姜文山脸色阴沉，说道："大家坐下吧。"又是一阵稀里哗啦的凳子响，十几个人都坐下了。他接着说："同志们哪，正如刚才魏政委说的，从一个绿林人士，成长为一名合格的八路军武工队队员，必然有一个过程。我要说的是，你们现在已经不是过去的土匪了，而是八路军武工队队员，土匪习气，流氓习气，万万要不得。啊，你们自己说说，刚才那松松垮垮的站相，那五花八门的姿势，有一点点八路军武工队的样子吗？太不像话了！"

# 第十一章

人，一旦自由惯了，便很难再被任何事物约束。丁振龙就是如此。

见姜大队长数落自己，丁振龙站起来，说："我说几句。刚才姜大队长叫'同志们'，我们听了挺高兴。这十几个兄弟，啊不，同志，这十几个同志，都是非常迫切地自愿加入八路军武工队的，论打仗，大家都绝不含糊。但是，像这种花里胡哨、虚头八脑的东西，我们大伙不习惯。比如我，过去不懂这些，不是照样杀鬼子、除汉奸？"

魏思颖说道："丁振龙，我要明确告诉你，我们八路军是一支有着高度组织纪律性的人民军队，不是国军，不是伪军，更不是土匪、流寇，要有自己的军人素养，要有自己的军人形象。纪律是八路军的生命，自由也不是为所欲为，没有纪律约束的自由，更是无组织行为。"

姜文山摆摆手："好吧，念你们是新兵，这次不再处理。我想问一下魏政委，这两天都给大家讲了些什么？"

魏思颖一指黑板，"这是今天讲的内容。昨天主要给大家讲了两个问题：一是为什么说八路军和新四军是革命的队伍？二是什么是八路军的游击战争原则？同时，学习了一首歌，《三大纪律八项注意》，要求大家记住歌词。"

"是吗，那咱抽查一下？"姜文山环视一下大家，"来，谁能自觉地站起来，背背《三大纪律八项注意》的歌词？"

没有人站起来。姜文山说："那好，我来点名。李有年，你来背一下。"

李有年不情愿地站了起来，他看看姜文山："背啥？"

"三大纪律八项注意。"姜文山说。

李有年吭哧着："三……大……注意八项……纪律。第一……"下面坐着的人哄堂大笑。

李有年闹了个大红脸："笑啥，我还没背呢！"

姜文山哭笑不得："行行，你坐下吧，今天晚上别睡觉，好好背。下一个，丁振龙。"丁振龙忽地站起来："到！"姜文山说："你来背一下。"

丁振龙磕磕巴巴："三大纪律。第一，一切行动……听指挥。第二……第二，买卖公平。第三，缴获武器要归公。姜大队长，我们大伙还没武器呢，下一步要是缴获了武器，是不是就不用归公了？"姜文山瞪眼，丁振龙继续背道："第四……第四，不打人骂人。这条不好，鬼子不是人吗？不打人，怎么打鬼子？不骂人，打鬼子的时候哪有劲头……"

姜文山实在忍无可忍了："丁振龙，你是不是成心捣乱？三大纪律，怎么冒出了'第四'？买卖公平、不打人骂人是三大纪律吗？下一步缴获了武器不归公？啥时候都得归公。'不打人骂人'有你这么个解释法吗？"

丁振龙挠挠头皮，说："大队长，政委，说句实话吧，俺这帮子人，除去赵联生能认些字外，其他的，都是大老粗，这花里胡哨的字认得俺们，可俺们不认识它们呀。我可听说，这两天大部队正准备打国民党，去义和庄，要不，明天让俺们去前线吧。"

于砚甫吼道："丁振龙，你怎么回事？刚来就和大队长较上劲了？我看，你天生就是当土匪的材料。"

"于指导员，俺们过去是土匪不假，可兄弟们，不，同志们是真心想参加八路军，俺们这些人，是些舞枪弄棒的汉子，坐在这凳子上听课，却是月亮地里晒被子——白搭工了，腚坐那里不过半个时辰，脑袋成了糨糊，骨头也散了架，烦也把俺们烦死了。我丁振龙大字不识，这个革命那个原则啥都不懂，三大纪律八项注意也记不住，但我知道，这是毛主席定的规矩，俺们一定会照着做。坐在这里听课，就免了吧。"

"大队长，政委，你们可全都看见了！咱们武工队绝不能惯他们这臭毛病，对这种歪语邪言必须坚决整治，否则会影响全队战斗力的。"于砚甫愤愤地说。

魏思颖没理会于砚甫，说："参加入伍教育是八路军新成员必须经历的一个过程。要知道，笔杆子，枪杆子，革命就靠这两杆子。毛主席把笔杆子放在枪杆子前头，就是告诉我们的官兵，能文，才能武。既然这样，我想在你们今后改造思想、参加军事训练的基础上，增加一项新内容——学习文化。这项工作，主要由我和赵联生负责。"

姜文山点点头，说道："我同意魏政委的安排。你们这些同志毕竟是刚刚从旧阵营走进革命队伍的，既要改造思想，又要练枪法、练爆破、练武术、练体

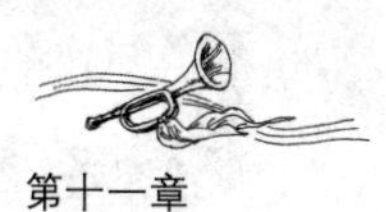



能，还要学习文化。《说岳全传》里就讲嘛：‘能文能武，方是男子汉’。回头，我叫通讯员给你们买点纸和笔，有可能，买点课本。但是，要想成为一支钢铁之军，就要有铁的纪律，两天之内，都给我背熟三大纪律八项注意，到时候，我来检查!”

丁振龙和几个人的头快低到裤裆里了。银杏儿却兴奋着……

九月的苇丛铺陈着海一般的绿色。天上的云一朵接着一朵，有的浓，有的淡，任谁都可以把它们随意想象成什么。丁振龙带着他的队伍还有银杏儿，穿着便衣，从树林钻进了一片茂密的芦苇丛。

送情郎送出了大门以外，
俺双手拉着郎的武装带，
问一声情郎哥可记得彩鸳鸯，
那彩绣的鸳鸯你要挂心怀。

苇丛中，传出了丁振龙按着《孟姜女哭长城》的调子唱的，却走腔跑调的民间歌谣。接着，那歌谣又变成了大合唱，可合唱也好不到哪里去，跑调的，吐字不清的，要多乱腾有多乱腾。

送情郎送出了大门以东，
不睁眼的老天爷刮起了东北风，
千叮咛万嘱咐舍不得哥哥走，
望情郎杀鬼子早日立战功。
……

当了中队长，大家嚷嚷着要丁振龙请客。丁振龙想，弟兄们出来好些天了，除去训练，就是学习，一直未能单独聚聚。这天下午，是个难得的休息时间，他命李有年、赵联生穿上便衣，去市场上买些酒菜，到庄北苇丛中集合。

一行人在苇丛中走了几百步，丁振龙大喊一声：“停下，踩苇子!”十几个人便停止前进，站成一排，“嗨嗨嘿！嗨嗨嘿……”像一班乡村舞台上的演员，踩着锣鼓点儿，欢欢腾腾地亮着自己的绝活儿，疯牛般地踩倒了一大片青纱帐。

地上，也就铺起了一层宽宽、厚厚的绿毯。

可能是这段时间在凳子上坐得太久的缘故，这伙人一走进苇丛，心里便都有了一种说不出的亢奋，他们喊着、跳着，如同一条条鲤鱼，进了苇丛，便是游进了大河。

在绿毯上闹了一会儿，丁振龙示意大家围圈坐下。这时，李有年、赵联生提着酒坛、菜、碗也来了，把不多的猪头肉、熟鱼干、虾酱、咸萝卜放在绿毯中间。

丁振龙站起身，退到圈外。赵联生从自己的包内取出香和纸，点燃，再摆放苹果、桃、点心，作为贡品，又把一坛酒放在跟前。待一切停当，丁振龙整罢衣冠，神色凝重，双腿一曲，跪倒在香前。这时，赵联生朗声诵道：

人杰惟追古解良，
士民争拜汉云长。
桃园一日兄和弟，
俎豆千秋帝与王。
气挟风雷无匹敌，
志垂日月有光芒。
至今庙貌盈天下，
古木寒鸦几夕阳！

丁振龙跪在香前，双手合十。苇中的秋风从他的手掌划过，发出苇叶吹拂似的响声。他打开坛盖，抓了一把袅袅升腾的青烟，洒入酒坛。待赵联生朗诵完毕，他才恭恭敬敬地磕了三个头，站起身来，坐了回去。

孙猴子提起酒坛，在每个人的酒碗中倒了半碗。

丁振龙环视一圈，缓缓地说道："春天的时候，大当家的曾带兄弟们歃血盟誓，当时的誓词是：'同生死，共患难，杀鬼子，做好汉，仗义疏财，劫富济贫，一心一意，生死与共。'可现在，大当家的和几十个兄弟都去吃阎王奶奶包的饺子了，唉……来，我提个议，都把酒端起来，咱们敬大当家的和那些兄弟们一个酒。"

大家端起酒，把酒轻轻泼到了地上。孙猴子又把酒碗倒满。

丁振龙继续说道："大伙知道，关二爷武勇忠义，他武艺超群，虎牢关前见武勇，他义薄云天，白门楼上见忠义。这忠肝义胆，万世共仰。过去，咱们是土匪，盟过誓，今天咱们成了八路，再重新盟一次誓。来，大伙端起酒碗，跟我一起说。"

"同生死，""同生死，"

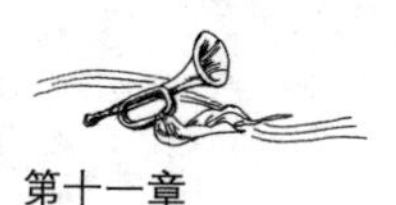



“共患难，”“共患难，”

“杀鬼子，”“杀鬼子，”

“做好汉，”“做好汉，”

“上报国家，”“上报国家，”

“下安黎庶，”“下安黎庶，”

“戮力一心，”“戮力一心，”

“匡复河山。”“匡复河山。”

众人再一次齐声高喊：“同生死，共患难，杀鬼子，做好汉，上报国家，下安黎庶，戮力一心，匡复河山。”

丁振龙高高举着酒碗，说：“刚才，我专门拜了武圣人关二爷，请了灵气，已洒在酒坛里。兄弟们、姊妹们喝下这碗酒，今后将成铜头铁身，刀剑不进，枪弹不入。干!”

“刀剑不进，枪弹不入。干!”群起响应，大家将酒一饮而尽。

丁振龙说：“俗话说打虎亲兄弟，上阵父子兵！咱们再一次盟誓，在座的，大家就是亲兄弟、亲姊妹了。过去刘关张结义，是为了争夺天下，咱们兄弟盟誓，则是为了打跑日本鬼子。咱黄河口人虽是杂草、细苇的命，可也不能由着他日本人薅，由着他日本人拔。何况，咱们现在已经是八路军武工队了。”

孙猴子喊道：“丁队长，放心，俺们一定听你的话。”

丁振龙挺挺身子，笑道：“好，是好兄弟。不过，咱既然是八路军武工队队员，大事一定要听姜大队长、魏政委的话，小事嘛，再听我丁振龙的话。人家说，‘土八路，瞎胡闹，一身虱子两脚泡；吃的是菜饼子，就的是瓜子条；白天打仗晚上走，一夜睡不了半宿觉。’说明啥呢，说明八路军条件差，但咱不是奔条件来的，咱是奔杀鬼子来的。等到赶走了鬼子，咱一人回家买上十亩八亩的地，置上一挂马车，娶上一个媳妇，养上一窝孩子，咱就享福了!”

大家你争我抢地咋呼道：“对，咱置上一挂马车，娶上一个媳妇，养上一窝孩子，享福喽!”

李有年也说：“丁队长，俺们跟着你，这辈子亏不了!”

大家热情高涨，都端起酒，喝了一口，享福喽！享福喽！亏不了！亏不了！喧嚷了起来。

丁振龙深受感染，高兴地说道：“好哇，只要咱兄弟们抱成团儿，搭好帮，只要让咱杀鬼子，那就没有办不成的事儿！不过，最近咱要好好军训，好好学习，不能丢咱第三中队的脸。来，我起个头，咱们再练练三大纪律八项注意。革命军人个个要牢记，唱——”

“革命军人个个要牢记，三大纪律八项注意……”十几个人拿腔拿调地唱了起来，一会儿，这个在绿毯上打着滚儿，高出了不止八度，一会儿，那个又在绿毯上翻了个跟头，却拖了个长音儿。

银杏儿站起来，不高兴地说：“有你们这么唱的吗？”

恰在这时，姜文山、于砚甫从苇丛里钻了进来。

看到满苇地的酒菜，看到不成形的歌者，姜文山怒喝：“丁振龙，你们这是在干什么？”

都说白露秋分夜，一夜冷一夜，可今夜真是奇怪，秋分都过了，却依然闷热无比。

房间里，丁振龙胸口像堵上了一大团棉花，直感觉快要窒息。一只花蚊子不知趣地在脑袋边嗡嗡飞舞，时来时走。他瞅准机会，闪电般地伸出右手，拇指和中指重重一捏，这只蚊子便在他手中成了冤魂。他向窗外看了看，漆黑一片，便又在屋子里不停地来回走动起来。

今天上午，利用休息时间，丁振龙带着自己的人又是民间小调，又是喝酒盟誓，搞得鸡飞狗跳。恰巧，三队指导员于砚甫路过，听到苇丛里闹声一片，他便好奇地钻进苇丛，发现竟然是丁振龙带着三队的人在偷偷地喝酒。他立时报告姜文山，而此时姜文山正为找不到三队的人而上火。

丁振龙倒比那蚊子知趣，他知道三队的人犯了错误，但这错误应算在自己头上，不该牵扯他人，于是他对姜文山说：“姜大队长，喝酒是我的主意，要处分只能处分我。”

姜文山觉得这个油盐不进的愣头青实在令人气恼。他说道：“丁振龙啊丁振龙，你要拿出一半杀鬼子的聪明劲来遵守纪律，你们三队将不次于其他队，甚至好于其他队。今天，你带头违反纪律，本应关禁闭，但念你刚刚加入队伍，需要一个适应过程，这次，就不关禁闭了。不过，一天之内，你必须给我写出一份深刻的检讨。”

丁振龙一听，傻眼了：“大队长，你还是让我蹲禁闭吧，别说一天，就是一年我也写不出来，你不知道我不认字吗？”

姜文山又好气又好笑，厉声说道：“那好，不写检讨也行，但三天之内，除去训练、学文化、吃饭、上厕所之外，其他时间一律不得离开这个房间，你要给我做出深刻反省。”

那丁振龙到底为啥犯愁呢？原来，今天下午，李有年碰到一个刚从陈家庄回来的同村八路军战士，他说明天陈家庄警备队队长张宫豹要结婚。李有年回

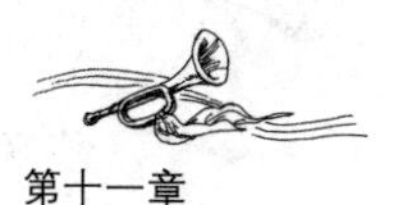



来便告诉了丁振龙。

丁振龙突然觉得，这是一个杀铁杆汉奸的好机会。就是这个张宫豹，跟着鬼子杀人放火，无恶不作；就是这个张宫豹，亲手砍掉了大当家的腿和胳膊。他结婚，就得迎娶，迎娶，就要离开据点，离开据点，就有下手的可能。

消息是真是假？如果是假的，也就算了，可如果是真的，这个机会太难得了。想起魏政委讲铲除汉奸是武工队重要任务之一，他便命李有年立即赶赴陈家庄，查清消息是否属实。

此刻，他正在等李有年。怎么还不回来，不就十几里地吗？

正在着急上火之际，房间门猛然被推开，李有年上气不接下气地冲了进来：“报告……丁队长，明天，张宫豹……结婚！迎娶的路线是……从据点，沿公路，经金家大院东侧……右转，到鸨母马大翠家……”

此时，丁振龙反而不犯愁了。他走到窗前，凝视着漆黑的院子，沉默不语。李有年知道，他在想辙，想怎么灭掉这狗汉奸的辙。

这张宫豹迎娶的新娘是陈家庄春香院曾经唱过戏的窑姐灯笼红。他用手枪敲着鸨母马大翠的头，硬硬地为灯笼红赎了身。因为灯笼红娘家不是当地人，至于哪里，她也不说，可在春香院出嫁又不合适，这样，她的娘家便放在了鸨母马大翠家。

天色朦胧，寒意一阵阵在陈家庄的早晨逛荡。丁振龙、李有年早早潜伏在金家大院的东厢房上，等待迎亲队伍的到来。

一阵唢呐声传来，丁振龙仔细观察，张宫豹骑着高头大马，身穿青衫长袍，头戴呢子礼帽，斜披红绸丝带。那马通身枣红色，像一团燃烧的火焰。不过，张宫豹的身前身后，都是荷枪实弹的伪军，看来，他的人马全部出动了。

狗汉奸，警惕性够高的。

张宫豹的婚礼与混乱的时局相比，显得有些不合时宜。张宫豹在这个小镇一向是威风惯了的，平时除了山田一郎，他没有一个看进眼的。虽娶的是个窑姐，但人长得俊，且自己头次结婚，此时不隆重一些，怎对得起列祖列宗？此时不张扬一些，陈家庄人怎么知道马王爷到底长着几只眼？

张宫豹将精致的撸子里压满子弹，用裹腿绑在脚腕上，外面穿上裤子，带上自己的兵士，前去迎亲。

如同逢集赶会一般，马大翠家的大门前，挤满了看热闹的人群。

李有年站在最前面，丁振龙目露凶光，站在他的身后，右手，紧紧地攥着一把精致的柳叶飞刀。

这一刀，一定会要了张宫豹的命。

突然，一个人在丁振龙背部轻轻拍了一巴掌，他疾回头，看到这人是朱冬来。两个男人微微一笑，什么也没说，但都从对方眼中看到了内容。

陈家庄人从来没见过这么威武的迎亲队伍，只见十几个端着“三八大盖”的伪军走了过来。接着，在一阵吹吹打打的响器引导下，张宫豹在前，八抬大轿在后，停在了马家门前。后面，同样端着枪的二十几个伪军，将迎亲队伍保护了起来。

“哈哈哈哈……”张宫豹满面春风，眉飞色舞，威风凛凛地骑在马上环顾看热闹的人群。

“下马——”一个伪军高声喊道。

张宫豹左脚踩着马镫，右腿斜跨，正准备跳下马，可待跳未跳之际，却扑通一声，不知为了什么，闷哼一声摔下马来，仰面躺在了地上，再也不能动弹。

丁振龙看得清楚，飞刀已飞入张宫豹的右侧太阳穴，由于劲道、角度和速度恰到好处，飞刀从右侧飞入却没有从左侧飞出。丁振龙一拉李有年的衣襟，两人退出，向远处疾走而去。

李有年边走边琢磨，只看到张宫豹闷声不响地摔下马，却不知道在三步一哨的伪军包围中，丁振龙手里的飞刀是如何飞出去的。他对丁振龙更加敬佩了。

几个伪军急忙围过来，要看个究竟，手忙脚乱之际，却发现张宫豹脑袋流出了血。一个伪军喊道：“张队长，你怎么这么不小心？”

一个头目模样的伪军蹲在地上，仔细查看，见流血处有一个血洞，他大吃一惊，这哪是不小心？分明是张队长遇刺了！

这个人是警备队副队长王六斤，他不动声色，对两个站在跟前的伪军低声说：“张队长死了，命令弟兄们，把这群人包围了！”

“怎么回事？没有听见枪声啊。”

“别啰嗦！在没有查明真相之前，没有我的命令，谁也不许离开！”

由于事情来得太突然，看热闹人群根本没弄清怎么回事，就被几十个伪军包围了起来。而伪军们却没想到，真正的下手者，早已离开了这是非之地。

张宫豹这个铁杆汉奸，临死也不知道自己到底栽在了谁的手上。

太阳斜挂在东边的天空，丁振龙、李有年回到了营地。此时，姜文山正在丁振龙房间里对着赵联生等几个人发火。丁振龙却十分兴奋，边撩起衣襟擦脸上的汗，边大步迈入房间。看到姜文山和通讯员在场，他大大咧咧地敬了个礼：“姜大队长好！”

姜文山脸色严峻，对着两人怒道：“丁振龙、李有年，昨晚半夜我来查房，

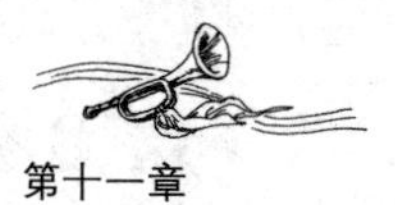



没见到你们，这一个上午也没见到你们，干什么去了？”

一听这话，丁振龙来了精神：“姜大队长，你得好好给我俩记一功，今个早晨，我们把陈家庄警备队队长张宫豹给杀了！今天，张宫豹结婚，你不知道，这狗汉奸，那威风，那场面，那牛气劲……”

“丁振龙！”姜文山喝道。“到！”丁振龙响应。

姜文山问：“三大纪律八项注意都记住了吗？”

“报告大队长，都记住了。”

“我问你，三大纪律第一条是什么？”

丁振龙双脚并拢：“一切行动听指挥！”

姜文山脸色铁青：“军人以服从命令为天职。你身为队长，且在反省期间，擅自行动，不经上级许可就私自离开部队，你没想想，要承担什么责任吗？”

丁振龙不以为然：“我杀鬼子，杀汉奸，能有什么责任？如果不让杀鬼子，不让杀汉奸，那我还当什么八路？”

“你讲的什么歪理？八路军杀鬼子、杀汉奸，就可以目无组织纪律，未经请示擅自离岗？这与逃兵有多大区别？”

“不是说武工队可以不跟随大部队行动吗？我是队长，这种杀汉奸的小事我可以说了算。”

“丁振龙，你还知道你是一个武工队队长，可你知道武工队的任务不同于普通正规部队吗？魏政委给你们讲的武工队主要任务难道忘了？如果你忘了，我在这里再帮你想一想。武工队的主要任务是：开展对敌伪的宣传战，与地方党政联系开展敌占区群众工作，进行下层敌伪军的组织工作，铲除汉奸，掩护交通及进行经济斗争等。脑袋里光想着杀鬼子，光想着杀汉奸，胡搅蛮缠，自命不凡，是不可能当好一个武工队队员的。”

“就算未经请示错了，那我杀了汉奸，总可以功过相抵了吧？”

“丁振龙，你以为你立了多大功？我告诉你，你这祸闯大了。杀汉奸倒痛快，可你一走了之，那些围观的群众会不会有人受牵连？如果有人为此送命，你负得起这个责任吗？”

李有年在一旁低着头，直觉得浑身直冒虚汗。丁振龙却拧着头，满脸的不服气。

姜文山见丁振龙梗着脖子，显然是不服气，便道：“你把个脸子吊着给谁看？不服气是吧？那好，李有年在外反省。丁振龙蹲禁闭，一天不服气，一天别出来；一月不服气，一月别出来；一年不服气，一年别出来。直到服了气为止。”

丁振龙一张脸拉成了驴脸："谁给本战犯带个路?"说完，大步向外走去。

有战士打开禁闭室的门，丁振龙横着身子就走了进去。

姜文山脸色铁青，咔嚓一声锁上禁闭室的门，扬长而去。走在路上，他摇摇头，心想，对丁振龙这匹野马，就得给点下马威，让他长长记性。

此时的陈家庄，依然在混乱之中。

这边，窑姐灯笼红还穿着红嫁衣，瘫坐在地上，捶打着地面抚尸嚎哭："我这是前世作了啥孽呀……我的命咋这么苦啊……"这女人也确实命够苦的，好不容易逃离了那风月场所，本来想从此与一个男人过正常的日子，却做梦也没想到，结婚当天，这个男人就弃她而去。灯笼红哭得鼻涕一把泪一把。

那边，几十个伪军将看热闹的人团团围住，一个也不许离开。虽然，这些人绝大部分是老者、女人、孩子。

警备队副队长王六斤带领几个人首先认定张宫豹的死不是子弹所为，因为任何人都没有听到枪声，然后认真观察了死者伤口情况，最后确认是飞刀所致。

王六斤知道：丢飞刀可不是一般人能做的，没有十年八年的功夫恐怕不行。

这张宫豹也是让倒霉鬼给催的，昨天，王六斤就给张宫豹说过，人哪，咋着都行，就是不能当犟种！别看咱叫警备队队长，听起来名挺好听，可实际上，不过像木偶戏里的小人一样，是由日本人在幕后操纵的。参加日军的作战会议，根本没有发言权，可打仗的时候，攻在前头的是咱，退在后头的也是咱。一个窑姐，偷偷接来就行，至于八抬大轿大操大办吗?

陈家庄的两个维持会会长都被喊了过来。经查，这些人分别来自当地两个村，也就是说，没有一个外边的人。他们先分别把老者、女人、孩子剔出去，放他们走，剩下的一部分男人，是本村地地道道的庄稼人，手上，满把里都是握锄头的老茧，最后，也都被一一排除了。

几个男人很不高兴，咋咋呼呼。只听朱冬来说："刚才说了好几遍了，张队长摔下马时，我就看到马大翠家的房顶上，有身影晃动，那身影飞檐走壁，肯定是凶手。你们不去追他，偏偏折腾俺们这些庄稼人，真是耽误事儿!"

灯笼红见被围住的人都走了，又放声嚎哭起来："王队长，你可要为俺做主啊……"

"闪开，我们要把张队长抬回去。"王六斤厌烦地呵斥灯笼红。

王六斤再也不敢多停留，不会有传说中的八路军武工队在吧？他不住地往附近房顶上看，生怕突然冒出几个三头六臂的人。

几十个伪军抬着死去的张宫豹向据点走去，与来时的威风八面相比，此时的他们，提心吊胆，慌乱无比。

丁振龙独自坐在寂静禁闭室的床上，蚊虫在身边嗡鸣着。被关了快两天了，头憋得生疼，额头嘣嘣直跳。他觉得，如来佛紧箍咒下的孙悟空，头疼也不过如此吧。

仿佛一头关进铁笼的困兽，丁振龙终于耐不住了，他狠狠地用脚踢墙，然后敲打上锁的房门，怒喊道："开门，快开门！我要出去透透气！"

两个站岗的士兵走过来，对里面的人喊道："丁振龙，干什么，难道你想闹事不成？"

一会儿工夫，一个身影在门外闪了一下，禁闭室的窗户被打开了，月光下，银杏儿站在了门外。

"银杏儿，你来了？"丁振龙十分高兴，他此时多么希望有人来看看他，和他聊聊天。何况，是银杏儿。

银杏儿泪眼看着丁振龙，开门见山地问："丁振龙，好不容易当上了八路军，你为什么还像个土匪，净办些糊涂事？"

面对银杏儿的质问，丁振龙揉揉额头，喊道："咋了，不就是想杀鬼子、杀汉奸吗？我就是想不明白，我哪里错了？"

银杏儿低声说："振龙哥，你真是糊涂庙糊涂神，糊涂事糊涂人啊，这蹲了两天了，咋还转不过弯来？"

丁振龙看看门口两个站岗的哨兵，也低声说："我就是转不过不让杀鬼子、杀汉奸的弯。这么着，你过去把两个站岗的喊过来，就说我要尿尿，只要开开门，咱俩就逃走，去找让杀鬼子、汉奸的队伍去！"

"你个糊涂蛋不要命了，想当逃兵？"银杏儿怔住了，鼻子一酸，眼泪就滚满了脸颊。

银杏儿觉得，自己这辈子是离不开丁振龙了。和花石榴在萧神庙看望她叔期间，银杏儿左右等不来振龙哥，她心慌，慌得缭乱，她害怕，怕得难受。每当花石榴叔家的大门有动静，她就心急火燎地跑到门口，看看是不是振龙哥回来了，但一次次，她都大失所望。难道，会出什么岔子？每当胡思乱想之际，她都呸呸呸地骂自己，振龙哥是不会有事的。

"银杏儿，别哭，杀人不过头点地，怕啥？"

"你个犟驴，真是不撞南墙不回头。我看，关你一百年都不冤。"说完，银杏儿气哼哼地扭头走了。

丁振龙一个晚上都没睡好，天快亮时，才昏昏沉沉地睡了过去。

禁闭室的铁锁被打开了，魏思颖和通讯员走了进来，她看到，房间里很简

单，只有一床一桌一椅，丁振龙正躺在床上，腮帮子蛤蟆似的一鼓一吸，呼噜山炮似的，震耳欲聋。

魏思颖笑笑，喊道：“紧急集合，打鬼子去了!”

丁振龙忽地跳下床，站成立正的姿势：“丁振龙到!”把个魏思颖吓了一跳，然后，她和通讯员以及站岗的战士都哈哈大笑起来。

一看是魏思颖，丁振龙像遇到了救星：“魏政委，你可来了，我被姜大队长冤枉了，快救我出去。”

魏思颖在椅子上坐下，示意丁振龙在床上坐下：“冤枉不冤枉等会儿再说，你先把这鲫鱼汤喝了，这可是炊事班的战士上午在小河里捞的。”

丁振龙看到通讯员一手提着个小篮，一手端着个小盆。他抬起头看看外边，太阳已有些西斜，才觉得肚子咕噜咕噜叫了起来。

通讯员将篮子和鱼盆放在床上，说：“吃吧，这是魏政委专程到食堂给你弄的，量可比别人的多一些。”

想起姜大队长关他的禁闭，看到魏政委亲自给他送来饭菜，丁振龙绷着的脸忽紧忽松。他看了一眼魏思颖，魏思颖说：“先吃饭。”

丁振龙端起小盆，喝了一口鱼汤，却噗地喷了出来：“咋这么咸，这么酸?”丁振龙把鱼盆往床上一放，倔强劲又上来了，“魏政委，这几天我的心里是一会儿咸一会儿酸，鼓胀胀的，这鱼汤我不喝，要喝，给我弄瓶酒，我要喝酒。再一个，我想问问，这八路军到底还打不打鬼子，杀不杀汉奸?”

通讯员的脸一下子涨得通红，一拍桌子：“放肆！好你个丁振龙，简直是太不知天高地厚了，魏政委专程来看你，什么时候轮到你挑三拣四了？还喝酒？这是享福的地方吗？我告诉你，这是反省的地方。”

魏思颖示意双方消消气：“丁振龙，你问八路军到底打不打鬼子，杀不杀汉奸，我明确地告诉你，打！杀！我们武工队一切任务的最终目的之一，就是赶走日本鬼子并消灭那些专门和中国人作对的铁杆汉奸。”

“那就对了，说明我做得没错啊，那为啥还关我的禁闭?”

魏思颖说：“如果单就事论事，杀了铁杆汉奸张宫豹，你是有功的。”

丁振龙的眼睛亮了起来。

“但是，无论遇到什么样的情况，都要以抗日大局为重，一切行动听指挥。你的问题就在于，第一，没有做到以抗日大局为重。你知不知道，鉴于最近一段时间陈家庄据点的鬼子疏于防范，我部队正有端掉这个据点的打算，你这样贸然出击，虽杀死了汉奸张宫豹，但鬼子势必会加强警备，这个计划只能暂时搁置下来。”

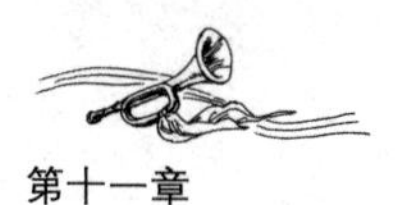


丁振龙额头上沁出豆大的汗珠。

“第二，你没有做到一切行动听指挥。自由是每个人的权利，但自由不是为所欲为、无法无天。八路军的纪律是第一位的。如果都和你一样，像脱缰的野马，自作主张，那八路军和普通百姓、土匪有何区别？作为一个武工队队长，这样做的后果，必然是扰乱首长决策，影响抗日大局。”

其实，魏思颖十分欣赏丁振龙这种宁折不弯的个性，但总是要强，一股道儿走到黑，也不是人生最佳选择。有所包蕴，懂得容纳，则更显刚强与血性。但，丁振龙能明白这些道理吗？

丁振龙揉揉自己的额头：“魏政委，这……”

# 第十二章

斗转参横。黄河口的秋夜，雾水像微雨一样悄悄濡湿着夜行人的头发。丁迎霜带着十几个壮汉，急急向陈家庄赶去。

这天是张宫豹秘密出殡的日子。昨天，魏思绪找到丁迎霜，让他找十几个壮汉今早到陈家庄据点，至于干什么，他不说。

丁迎霜说那可不行，鬼子据点是外人能随便去的吗？坚决不从。魏思绪没办法，说出了事情真相。

丁迎霜一听，很是高兴："好，苍天有眼啊！善有善报，恶有恶报，不是不报，时辰未到。这个狗汉奸，终于轮到他了。魏思绪啊，你也要多积点德了，要不然，小心老天爷有一天也想起你来。"

魏思绪大窘，尴尬地笑笑。

几天下来，灯笼红哭哑了喉咙，连说话都异常困难。

本来，参加出殡的应该是孝子贤孙，白衣白幡，哭声震天，可张宫豹、灯笼红都是外地人，没有打纸幡、摔孝盆的孝子，这可恶的鬼子、汉奸便从要饭的人堆里找来一个小男孩代行孝子之职，另抓了几个要饭的充作哭丧的人，也不知鬼子管不管人家吃顿饭。

送葬队伍人不多，鬼子、汉奸却不少。只见棺材后是一身白衣的小男孩和几个哭丧的人，接下来是坐在马车上的灯笼红，山田一郎、松井骑着马，其他鬼子紧随其后，最后是荷枪实弹的伪军。

待一切祭奠仪式结束，抬棺人将棺材放入墓穴。几个手持铁锨的人正待埋土，只听灯笼红大喊一声："等等！"

灯笼红头上戴了两朵花，一白一红，她从地上爬起来，径直走到山田一郎

跟前，说："山田太君，俺要和他举行婚礼。"

山田一郎一愣，问道："什么？你的，举行婚礼？"

"是啊，那天，婚没结成他就走了，我想今天补上。我活了二十多年，只有他张宫豹是真心疼我。虽然他干了不少坏事，但在我眼里，他只是个男人，我要和这个男人结婚。"

山田一郎的脸色随着灯笼红的话语阴晴不定，他眼珠骨碌碌转着："好，你的，良民的干活。我的，同意你们结婚。"

站在一旁的丁迎霜牙根咬得咯咯直响，这个破鞋，是没见过男人还是见的男人太多了？

灯笼红面向棺木跪了下来，凄凄切切地说："你个死人，我和你是有缘无分，但生不能同床共枕，死了也要和你结为夫妻。咱们拜堂吧。"

灯笼红自己口中念念有词，边说边磕头："一拜天地……二拜高堂……夫妻对拜……"

山田一郎用歹毒的眼神看着灯笼红。

拜完，灯笼红站了起来，深深地看了一眼棺木，然后，对拿着铁锨的壮汉们说："各位大哥，上土吧！"

壮汉们就要铲土。

"慢着！"山田一郎大喊一声，然后对灯笼红说："我知道，中国结婚程序，是一拜天地，二拜高堂，夫妻对拜，还没完呢，接下来一句是什么？"

灯笼红疑惑地说："接下来，接下来是送入洞房。"

猛然，山田一郎右手往下一劈，丧心病狂地大喊一声："入洞房！"

现场的人们都泥塑似的，直眉瞪眼的不知道山田一郎是啥意思。山田一郎怒喝："怎么，婚礼结束，哪有不入洞房的？来人，把这个女人，推下墓穴，入洞房！"

众人你看看我，我看看你，脸上现出惊异之状。放入墓穴？难道这个杀人不眨眼的恶鬼子要活埋灯笼红？

山田一郎见人们没有动静，便恶狠狠地喊道："把这个女人，一起埋了！"如同晴天霹雳，灯笼红瘫坐在地上。

现场所有的人都彻底惊呆了，目光齐齐地集中在脸色惨白的灯笼红身上。

几个鬼子逼了上来，灯笼红绝望地喊道："老天爷，俺才二十多岁啊……"鬼子二话不说，几个人使劲推灯笼红，她拼命挣扎，声声嘶喊，但依然无济于事，可怜的女人被恶毒的鬼子推进了墓穴。她拍打着棺木，号啕大哭。

山田一郎一挥指挥刀："埋！"几个壮汉不忍动锨。

松井对着鬼子们叽里呱啦不知说了几句什么，几个鬼子举起枪，子弹便射向空中。

然后，鬼子的枪口对准了壮汉。山田一郎眼里闪烁着可怕的凶光，又一次歇斯底里地喊道："埋!"无奈的壮汉们没了办法，一锨锨新土向墓穴撒去，向瘫坐在墓穴中的灯笼红撒去。

"杀千刀的鬼子，丧天良的鬼子，你们天打雷劈，不得好死啊……"

柽柳萋萋的黄土地里，一座还没成形的新坟中似乎还传来一个命运多舛的女人不甘心的哭骂声……

金墨轩大儿子、国民党保安团团长金雨堂奉命换防，驻扎在了垦区。离家一年多，金雨堂带着八个卫兵，回到了金家大院。

保安团属于国民党的地方武装，在组建、训练、供给、作战等方面都有别于国民党正规军，其主要任务是维护地方治安。

金墨轩端着白铜水烟壶，咕噜咕噜吸着烟，他和金雨堂端坐在八仙桌两侧，金雨亭另坐在一把椅子上。爷仨自坐下后，就都低着头，气氛显得很是凝重。本就不苟言笑的金雨堂，穿着家常便服，看到爹和兄弟都心情压抑似的，神情也更加严肃起来。

还是金五爷首先打破了尴尬的沉默，他说："雨堂，这次换防后，是不是可以在家多住段时间了?"

"爹，我们这次驻扎的营地离家不远，我准备多住几天，好好孝敬你老和我的……后娘。"

说到后娘，金墨轩啪的一声把白铜水烟壶搁到八仙桌上，气不打一处来。

自从田银杏被丁振龙抢走，金五爷也只有和"麻子脸"过下去了。起初，老头儿天天不理她，岳世贤就劝他："俗话说，红颜多薄命，福在丑人边；俗话还说，丑媳妇是家中的宝贝，俏媳妇是惹事的祸根。女人再丑也是女人，何况人家云英未嫁，及笄年华，齿若瓠犀。"

还别说，待了一段时间之后，金五爷发现，这女人聪慧、精明，若论过日子，真得说是白布挑不出黑线，是把好手。

自从结婚后，两人没同过房。这天晚上，关了灯，躺在炕上，听着女人的呼吸声，金五爷突然来了精神头，他摸着黑爬到"麻子脸"被窝里。

今夜，他要享用自家地里长的玉米棒子，毕竟，这玉米棒子还是刚长成，一啃一包嫩浆。

"老爷，老爷，你……"从来没近过男人身体的女人战栗起来。

金五爷一把攥住了女人的乳房，粗鲁地摸了起来："熟了，熟了，可以吃了!"便一头拱在女人怀中，将乳头含进了嘴里，然后，又将舌头挺进女人的嘴里。

金五爷手忙脚乱地扒掉了女人的内衣，爬上女人身子，可越着急，越不能行事。女人先是埋怨："你，你还是不是个男人?"然后，自知失口，又温柔体贴地说："老爷，老爷，别着急，慢慢来……"

后来，金五爷家里的小日子过得挺滋润，但他又为什么气不打一处来呢?

"雨堂啊，你说到后娘，我是一肚子的邪火没处撒，也不敢撒，心里憋屈大了。"然后，金五爷、金雨亭便你一言我一语，把新娘子遭人掉包，鬼子弄条人鞭羞辱金家的事，说了一遍。

金雨堂忽地站起身："天底下竟然有这等可恶的事?"

"雨堂，现在日本人在咱黄河口横行霸道，咱惹不起，可我咽不下气的，是不光日本人羞辱咱，连那鬼子翻译魏思绪也给我来个偷梁换柱，以假乱真，连那兔崽子丁振龙，也用刀抵着你爹脖子，硬硬把新娘子抢走！他们是欺负咱家没人了啊!"

金雨堂脸色越来越难看。

金雨亭愤愤地添油加醋道："哥，你也知道，在咱当地，有'大爷、二叔、庄户孙'的说法，本来咱爹是'大爷'，可现在，都快成'庄户孙'了。唉，也怨我不争气，咱现在是净受人家欺负啊!"

金雨堂把端着的茶碗往桌上一蹾："不好好整治一下那魏思绪，不抓住那丁振龙，我金雨堂誓不为人!"

金五爷急忙阻拦："千万不能莽撞行事，魏思绪有鬼子做靠山，丁振龙虽是土匪，但功夫奇好，据说能飞檐走壁，刀枪不入，必须谨慎行事。"直到现在，金五爷还不知道丁振龙已成了一名八路军武工队员。

金雨堂根本没把他们放到眼里，觉得不值一提："在我的防地，儿子我从来都是当老大，没干过老二。一个汉奸，一个毛贼，灭了他们，就像是砍倒两棵高粱棵子，没什么了不起!"

白铜水烟壶里冒出缕缕青烟，金五爷松了口气，看着身为团长的儿子，频频点头，极为欣慰。

魏家大院的管家刘三急匆匆跑到陈家庄据点，告诉魏思绪，说咱家的麦地昨天晚上不知让谁家给大片大片地毁了。魏思绪不敢怠慢，带上几个伪军，骑上马向被毁的麦地赶去。

出汀河往东南方向，直到一条位于汀河、陈家庄交界处的小河，有数百亩地是魏思绪家的。而过了小河，则是金墨轩家的地，也有数百亩。秋分前后，雨水合适，再加上长工们精耕细作，魏思绪家的麦苗长得绿油油的，旺得喜人。

此刻，魏思绪站在被毁的麦地前，心里在默默流泪。这是祖上留下来，让他加倍呵护的，如今却被糟蹋得不成样子了。他看到，本来长势喜人的麦苗，从一出汀河，到铁门关方向，到毕家嘴方向，到陈家庄方向，各被毁掉了大约三丈宽，两三里长的一大片，这明年，得少收多少麦子？

这时，走来两挂马车，马脖子上的铜铃铛叮叮当当地响着，车上拉着铁锤、木桩，后边跟着一队国民党保安队官兵。他们来到麦地，扛起铁锤、木桩，走进田里，开始在被毁的麦苗处砸木桩。

魏思绪正愁找不到破坏者，这下，他疯了似的抓住一个像是官儿的国军，掏出枪，大声质问："你们是哪家的队伍，凭什么把我家的地糟蹋成这个样子？"

这官儿也不是吃素的，他一把推开魏思绪，也掏出手枪："你他娘的是干什么的，竟敢妨碍军务？军事行动，没有讨价还价的余地，谁敢反对，就地正法！"双方人员都举起了枪。

魏思绪另一只手一拍胸脯："老子是干啥的，你看不出来？"

官儿上上下下看了魏思绪几眼："哟嗬，咱是大水冲了龙王庙，一家人不认一家人了！你是哪家的兄弟？报个万儿吧！"

魏思绪说："咱们是一家人，我是……"

官儿制止："呸！谁和你他娘的是一家人？我们是保安团，时不时打打鬼子的队伍，你他娘的是嘛玩意儿，是跟着鬼子吃屎的。"

正在两人争吵之际，早有人快马加鞭去找金雨堂了。很快，金雨堂骑着高头大马，带着一队官兵气势汹汹来到麦地。这金雨堂肥头大耳，肩宽背厚，穿一身呢制服装，脚蹬皮鞋，腰间皮带上插着一支小巧玲珑的手枪，后边的官兵全副武装。

金雨堂跳下马，在卫兵的护卫下，向魏思绪走来。看到双方都举着枪，他大喝一声："你们都干什么？"

魏思绪脸拉得长长的："干什么？我还想问你呢！"双方把枪放了下来。

金雨堂不屑理睬魏思绪，冷冷地问："魏大翻译官，还认识我吗？"

魏思绪也是嘿嘿冷笑："原来是金团长，哼，就是扒了你的皮，我也能认出你的骨头来。不在外地设防，跑我们黄河口来干啥？"

"没到府上禀告，失敬，失敬。不过，现在告诉你也不晚，本团长已换防到此地，从今以后，这片地面就是我金雨堂的防区，也请你抓紧密报鬼子。"

“你的防区在哪里我不管，我只是要问你，我的麦苗毁成这个样，这缺德事是谁干的?”

金雨堂洋洋得意：“实不相瞒，这事是本团长派人做的。我准备响应共产党八路军的号召，在这里挖抗日沟，为清河区抗日做贡献。怎么，你反对吗？我知道，你虽然是鬼子翻译，但也只是混口饭吃，并不是铁杆汉奸。但如果你反对挖这片麦苗，那就是铁杆汉奸了。”

魏思绪驳斥：“别抗日来抗日去的，糊弄三岁小孩呢？难道抗日就得毁我家的地?”

“魏思绪，这我得好好给你讲讲了。据我了解，共产党八路军学习冀中抗日根据地开展地道战的经验，结合清河区的地形特点，发出了‘改造地形、挖抗日沟’的号召。这抗日沟有三种：一是在村庄周围挖的三四米宽、两米深的沟，叫护庄沟；二是在村、乡、区、县间挖的沟，叫抗日交通沟；三是在你们据点周围挖的沟，叫抗日封锁沟。”

“金雨堂，别给我弄这个，人家共产党的活，关你国民党屁事啊?”

金雨堂并不生气：“共产党的事和我没关系，甚至，我和他们还是对头，但看到你家的地，我就觉得应该帮帮共产党了，因为人家打鬼子嘛。他们三种抗日沟，第一种护庄沟我不帮，第三种抗日封锁沟我也不好帮，我只能帮帮第二种，抗日交通沟。”

“那你也不能挖我家麦苗啊!”

“魏思绪，我真不想挖你家麦苗，可巧了，在咱们周边，本团长掌握的情报是，共产党已决定从八里庄向北到汀河挖一条抗日沟，向西北到虎滩挖一条抗日沟，而从汀河到其他方向，没有安排。所以，为了抗日，我决定，从汀河修三条到铁门关、毕家嘴、陈家庄的抗日沟，每条用地三丈。不幸的是，这三条抗日沟都从你家的地里经过，你说，我有什么办法?”

“你这是打着抗日旗号，公报私仇，故意和我作对。金雨堂，你这样做并不光彩!”

金雨堂用手指着魏思绪：“故意也好，不故意也好，光彩也罢，不光彩也罢，麦苗是一定要铲掉的，就如同你故意把我的小后娘掉了包一样，都是事在人为。你还有什么话说?”

魏思绪恍然大悟：“我明白了，原来你们家还记得这点破事啊！当年我们死了两个人，我还没和你们算账呢?”

金雨堂狡猾地说：“过去的事，不说也罢了，咱说说眼前的，要不这样，把你家那上千亩地丈量丈量，卖给我家，一百块大洋怎么样？二百块？五百块?

如果卖给我家，那就从我家地里挖抗日沟，你看行吗?”

突然，魏思绪掏出枪，对准金雨堂，怒声喝道：“金雨堂，你抢劫啊，别把人当三孙子看待。亏你想得出来，我家祖祖辈辈省吃俭用，挣下的这千数亩地，也支着你的眼皮了?”双方的官兵都举起了枪。

“我活了半辈子，还从未在别人面前低过头服过软！放下枪，不然，老子的官兵会扒了你的皮，喝了你的血!”金雨堂喊道。

趁魏思绪不注意，保安团连长余三卯把枪对准了魏思绪：“快把枪放下！不然我打死你!”

恰在这时，正欲外出赶集的丁迎霜路过此地，看到对峙的是金家与魏家人，想起两家结仇与侄子丁振龙有一定关系，他觉得冤家宜解不宜结，急忙走上前，大声劝阻道：“都把枪放下！中国人不打中国人，何况你们都是老乡，有本事，都学学八路军，对鬼子使去!”

魏思绪斜看丁迎霜一眼，吼道：“黑老鸹飞到猪腚上，都他娘的一个色，你也别充好人!”然后，他不怀好意地对金雨堂说：“金团长，你和我在这里掐架实不应该，其实，你不知道，咱两家都是受害者，真正的敌人，叫丁振龙，这个人，就是丁振龙的叔……”

过了寒露是霜降，北风呼呼地从屋顶刮过，黄河口的冬天快要来了。

一盏洋油灯在低矮的土屋里闪闪烁烁，椅子上的丁迎霜眉头紧皱，从腰上抽出一根烟袋，装上烟，大口大口地吸起来。丁振虎坐在地下，正在搓草绳，十八九岁的孩子，手已糙得像个锉子。炕头，爱唠叨的丁周氏正在纳鞋底，边纳鞋底还边絮叨丁振虎。

“你说你这孩子，都快二十了，脚还这么匪，你看看，一双鞋才个数月，前头就开了蛤蟆口子，你就不知道爱惜着点儿吗?”

丁振虎没在意娘的话，站起来，掀开锅盖，从锅里舀了碗高粱面粥，站在那里，呼噜呼噜山响地喝了起来。丁周氏又唠叨：“长着挺大个个子，咋站没站相，坐没坐相，吃没吃相，你可啥时候和你振龙哥一样，早日长大啊?”

说起丁振龙，丁迎霜叹了口气。自打去年冬天，振龙抢了魏家、金家的新媳妇离开家，就没回来过，村里人谁也没见过他，可快一年了，村里村外因他惹的乱子却不少。丁迎霜叹了口气，道：“振龙这孩子，动不动就和人抡皮锤，还净惹那惹不起的小鬼子，也着实不让人省心啊!”

“振龙，孩子啊，你在哪里?”丁周氏停下手中的活计，呆呆地自言自语。

丁迎霜在沉思。像是下了很大决心，他用手摁灭烟袋锅里的烟灰，说：“振虎娘啊，咱哥嫂都不在了，留下了振龙，虽说他是侄子，可咱一直把他当亲儿待。这掐指一算，他出去都快一年了，光听说在梁家屋子当土匪，到底咋样，连个准信儿都没有。我在这里寻思，霜降一过，天就该下雪了，趁下雪之前，我得去看看他，最好把他带回来。”

一年来，丁振虎对爹给日本人干维持会会长这件事意见颇大，认为这是家丑，在村人面前抬不起头来，所以爷俩平时不怎么说话。一听说爹要去匪窝，便没好气地说：“你俩人倒好，一个汉奸，一个土匪，真是咱丁家的荣耀啊。算了，还是我去吧，别你一出去，叫八路军给抓了去。”

丁迎霜懒得和儿子解释，沉思了一会儿，说：“谁是汉奸？别胡说八道。还是我去吧，到那土匪窝子，是上刀山下火海的事儿。你去，万一有个三长两短，咱家不就塌天了？”

“要不然咱一块去，这兵荒马乱的，你孤单单一个人，那哪行啊？我不放心。”丁振虎说。

“没事，我丁迎霜虽没经过枪林弹雨，但走过的桥却比你走过的路都多。再说，梁家屋子那匪首梁老七和你大爷是朋友，我还和他喝过酒呢，也算是朋友。朋友见朋友，他还能对我咋着？”

丁迎霜转身对振虎娘说：“干脆趁天气好，我就紧敲梆子紧念佛，明天就去。你这会儿别做鞋了，先蒸三天的饼子，我路上带着吃。”

丁迎霜翻箱倒柜，找出了两把匕首，他准备一把绑在腿上，一把放在袋子里。丁周氏蒸好饼子，又从箱子里取出一床新被褥，一身新棉袄、棉裤，还有一双棉鞋、一小袋花生，对老头子说：“这一道上多踅摸踅摸，千千万万小心。这些东西，给振龙带上。”

第二天天刚蒙蒙亮，丁迎霜背起一个大包袱就上了路。他只听人说过梁家屋子的大体方位，是在北洼，离老黄河口不远，可具体在哪里却不知道。他想，等到那附近，再慢慢问吧。

过了萧神庙，又走了大约半个时辰，丁迎霜开始进入苇深草密的荒洼。初冬的荒洼，一阵阵西北风从苇丛中卷来，天气有些寒冷。路上行人稀少，走上大老远才能碰上一个。

“救命啊！”正当丁迎霜在一个羊肠小道的三岔路口不知所措时，从自己来的方向忽然传出一声急促的呼喊声。听到喊声，丁迎霜下意识地摸了一把背着的包袱，他想，那里有匕首。

空旷无人的小路上，多出了五个人影，其中四个男人，一个年轻闺女。

四个男人不是别人，正是钱豁嘴和他的土匪。原来的梁家屋子现改作北洼屋子，钱豁嘴也就成了北洼屋子大当家的。

这个年轻闺女是谁？她叫月月，罗家镇人，十八岁，长相俊秀，眉目清爽，早就被钱豁嘴看上了。这次，钱豁嘴是带着几个喽啰，专程赴罗家，把女孩子抢来做压寨夫人的。

几个人来到丁迎霜跟前，钱豁嘴突然掏出枪，黑洞洞的枪口指着他：“干啥的？”

丁迎霜被吓了一跳，忙说：“看朋友的。”

“看朋友，新鲜。这荒洼里哪有朋友？”

“我的朋友在梁家屋子。”丁迎霜笑眯眯地回答。

梁家屋子？几个人马上警觉起来。钱豁嘴依然举着枪，围着丁迎霜转圈：“梁家屋子谁是你的朋友？”

丁迎霜实话实说：“梁老七大当家的。”几个人看看丁迎霜，又互相看看，哈哈大笑起来。

钱豁嘴用枪筒敲敲丁迎霜的胸口：“老子今天高兴，不难为你。包袱里盛的啥？留下！知趣呢，你就赶紧往回返，不知趣呢，跟俺们走，不过，到时你的命能不能保住，可就难说了。”

在这大荒洼里，听到这闺女喊救命，看到他们要抢自己的包袱，丁迎霜明白了，这伙人一定是无恶不作、强抢民女的土匪。既然这个闺女喊救命，那我就得设法救她，绝不能让这么好的闺女落到土匪手里。想到这里，他灵机一动，假装仔细看这年轻姑娘，然后偷偷给姑娘使了个眼色，大声说：“哟，这不是表侄女吗？咋在这里碰上了？你们这些人是干啥的，有没有王法，咋能随便抢我表侄女？”

这月月也是个聪明闺女，她突然哭诉起来：“表叔啊，我是月月，刚才就认出你来了，可不敢和你说话，怕牵连你啊！俺爹娘在罗家天天念叨你和表婶子。这些人是梁家屋子的土匪，他们要抢我去当压寨夫人，表叔，快救我啊！呜呜……”

梁家屋子的土匪？“各位好汉，那就弄错了，我是你们大当家的朋友，是丁振龙的叔，快放了我侄女吧。”

钱豁嘴十分震惊：“你还是丁振龙的叔？”待得到准确回答后，钱豁嘴大喊：“兄弟们，这就叫天堂有路他不走，地狱无门偏进来！把他捆了！哈哈哈哈……”几个土匪一拥而上，转眼间把丁迎霜捆了个结结实实。

丁迎霜以为进土匪窝都得这样，也就没有反抗。只是那月月一个劲儿地挣扎，哭骂：“放了我！放了我表叔！你们这些坏蛋！”土匪们任她哭骂，一行人很快来到如今的北洼屋子，两人被带到过去的聚义堂，现在的聚义厅。

钱豁嘴坐在了聚义厅的主位，两边都是持枪的土匪。丁迎霜、月月依然被五花大绑着。

丁迎霜要求给两人松绑，钱豁嘴一挥手，几个土匪给他们松了绑。

钱豁嘴来到月月跟前，越看越喜欢，他要去摸月月的脸，月月直往丁迎霜身后躲，钱豁嘴不生气，喊道："来人，把夫人带到我房间，晚上我再洞房花烛，好好享受一番美人儿。"

丁迎霜急忙拦阻："慢着，人家闺女不愿意，你不能强迫人家。"

"在北洼屋子，我就是天王老子，强迫不强迫，那就是我说了算了。哈哈哈哈……"钱豁嘴张狂地大笑。

丁迎霜明白了事情的难度，本来就不是什么好人，你想让他遵守王法，那怎么可能呢？眼下只有想想别的办法，或者慢慢拖。想到这里，丁迎霜说道："婚姻大事得父母之命、媒妁之言，谁敢违背这个千年古训？就是想娶她，也得过庚帖，定金、彩礼、嫁妆一应齐备，择吉日良辰……"

钱豁嘴翻翻他的豁嘴，拦住丁迎霜的话头："你傻啊，我是他娘的土匪，我是他娘的强盗，还管你这一套？别说这个，过段时间，我就要拉着我的人马投靠陈家庄山田太君了，到那时，陈家庄、汀河、罗家所有的大闺女，都是我的，我随便玩儿。"

丁迎霜吓了一跳，这狗日的，想投靠日本人？既然这样，我和他套套近乎，兴许有转机："这位英雄，你贵姓？"

一个土匪过来踢了丁迎霜一脚："你他娘的，连俺们大当家的都不认识，这是俺大当家的，钱豁……钱大当家的。"

丁迎霜拱手，从贴身的兜里取出一张纸片："久仰！久仰！钱大英雄，不瞒你说，我叫丁迎霜，是汀河西村的维持会会长，山田太君跟前的大红人，陈家庄附近的维持会会长他信不过，有事都是我来做。这是我的会长证明。"说着，将会长证明递给钱豁嘴。

钱豁嘴接过来，装模作样地看了会儿，指着一个小匪："我他娘的不认字，来，你看看，真的假的？"土匪翻过来覆过去地看，然后，点点头，说是真的。

丁迎霜趁热打铁："钱大当家的，我红口白牙的，还能跟你说瞎话不成？另外，我听你说有意投靠皇军？现在正好有个机会，前几天，警备队队长张宫豹被歹人所害，还是俺们村出的壮工，给张队长下的葬。"

"什么？张宫豹死了？"钱豁嘴惊讶。

"死了。不过，你想想，他死得正好啊，现在正缺警备队队长……"丁迎霜诱惑钱豁嘴。

“看座！上茶！准备酒菜！我要和丁会长喝个一醉方休。”钱豁嘴大为兴奋。

土匪搬来椅子，丁迎霜、月月坐了下来。钱豁嘴拿过一杆烟袋，亲自为丁迎霜点上，讨好地说：“丁会长，陈家庄据点我也没熟人，这警备队队长的事儿，你得在太君跟前多多美言……”

“那是一定，那是一定！不过，我表侄女能不能先回去，你再托人去说媒，有了这父母之命，媒妁之言……”

“好，我就信丁会长一回，过段时间我托人去说媒，再过庚帖，下彩礼，你把你表侄女带回去，给我好好养着。”

丁迎霜心里一直惦记着梁老七和丁振龙，他趁机问钱豁嘴：“我现在还糊涂着，你是大当家的，那梁大当家的呢？”

钱豁嘴一拍椅子：“那梁老七和太君对着干，皇军已把他大卸八块，早他娘的见阎王去了！”

丁迎霜脸色突变：“那，我那侄子呢？”

“丁振龙？那天皇军来这里杀了梁老七和二十多个他的人，但丁振龙正好外出。不过，据说丁振龙也没逃过皇军的手掌心。”

“啊！”丁迎霜大惊失色，手中的烟袋杆摔在了地上……

冬日的黄河入海口，没有一丁点儿绿色可见，远远望去只有枯黄的蒿草、萧瑟的芦苇。西北风像刀子一样刮着地上人的脸，也似乎刮着懒洋洋挂在天上的太阳的脸。

武工队会议室里，魏思颖、姜文山和三个中队的指导员、队长在召开党员会议。自然，丁振龙不属于与会人员。

魏思颖主持会议。在研究了相关党务工作之后，魏思颖说：“同志们，民国30年（1941年）12月7日，日本侵略者袭击了美国太平洋舰队基地珍珠港，太平洋战争爆发。为把中国变成进行太平洋战争的后方基地，日本人一方面集中日伪军，反复残酷扫荡共产党领导的各抗日根据地，包括我们垦区抗日根据地；另一方面，加紧了在敌占区的殖民统治和经济掠夺，据点、炮楼星罗棋布，仅利津一县，就有十余个鬼子据点。那么，在敌强我弱的情况下，我们武工队只能采取化整为零的形式，到敌人腹部去做宣传，去打穿插。具体情况，请姜大队长谈谈。”

姜文山站起来，将一套茶盘端到会议桌前，他先从茶盘中拿起茶壶，放在桌子上：“这个茶壶的位置，是我们目前所处的位置八大组。”然后，又分别拿起三个茶碗，“这里是陈家庄，这里是盐窝，这里是利津。现在是滴水成冰的冬天，小鬼子、汉奸大多数时间龟缩在据点里，不敢出来。那么，我们就要主动出击，做好宣传和对敌工作。”

刘亮是个急性子，他问：“怎么个主动出击法？”

姜文山说：“经初步研究，拟做出如下部署：一队，刘亮！”

“到！”刘亮从椅子上站了起来。

“尽快赶赴这个茶碗位置，也就是盐窝。据称，大后天是陈家庄警备队副队长王六斤母亲的生日，他要回家为老母祝寿，力争策反他。”“是！”

“二队，侯春生！”

“到！”侯春生站了起来。

“你们队，利用当前的农闲时节，深入陈家庄、汀河敌占区，做好宣传工作，对敌伪，要做到攻心为上，对群众，要鼓舞抗日信心，形式可以多种多样，开会、谈心、喊话、写标语、发传单等等，只要是能够利用的手段，全都用上。”“是！”

“三队，于砚甫！”

“到！”于砚甫懒洋洋地站了起来。

“鉴于你们队都是新人，决定安排一项相对简单的任务。目前，军区战地医院药品频频告急，派几个人，到这儿，也就是利津县城，购买药品。”

“这个……”见姜文山用严厉的目光盯着他，于砚甫无奈地回答道：“是！”

姜文山讲完，魏思颖问道：“大家讨论一下，这样安排行不行，还有什么意见？”

于砚甫问：“大队长，有经费吗？”

姜文山抬手向他虚按了一下：“我说的是购买药品，你看有没有经费？”大家笑了，然后，你一言我一语，做了一些交流和补充。

魏思颖看看大家不再说话，便说：“今天的党员会议开得很好，大家回去以后，再把自己的工作任务进行分解，认真研究，力争做到万无一失。因为，在敌占区，日伪军兵力雄厚，器械精良，并且实施‘以华制华’政策，有一套严密的基层组织机构，像维持会、连坐法、保甲制等。我们武工队在这种环境下坚持斗争，可想而知，工作是异常困难的，这就要求同志们必须做到一步一个脚印，丝毫不能含糊。”

姜文山说：“总之，日本人让咱垦区变了颜色，那好，我们八路军武工队，就要像一把把尖刀，到敌人心脏里去搅他个乌七八糟。”

魏思颖对于砚甫说：“于指导员，丁振龙同志不是党员，不能参加这个会，请你回去后，把工作任务向他讲明……”

就在这时，房门砰的一声被推开了，丁振龙气呼呼地站在了门口。

看到丁振龙闯入会议室，姜文山百思不解，他问道：“丁振龙，怎么回事，是不是走错房间了？”于砚甫显得有些不高兴。

丁振龙愤怒地嚷道：“姜大队长，我没走错房间。我来是想问问，国民党把人分成三六九等，难道共产党也把人分为三六九等？你们政委、大队长、指导员、中队长在这里开会，为啥藏着掖着，独独不让我这个中队长来开会？难道我不是八路军？难道我还是土匪？你们这也太欺负人了！”

说完，摔门而去。

魏思颖急忙推开门：“丁振龙，你给我回来！”丁振龙不听招呼，依然大步疾走。魏思颖再次大喊：“丁振龙，听到没有？”

丁振龙不情愿地返身扭过头，向会议室走来，碰到离会的其他人，他眼睛斜视，不理人。

魏思颖见丁振龙走进了会议室，倒了一杯水，递给他：“你给我坐下！”

丁振龙坐了下来，脸色仍然很难看。

魏思颖笑着对丁振龙说：“你个丁振龙啊，除了发飙，还能干点啥？为什么不让你参会？因为今天开的是党员会议，只有共产党员才能参加。”

丁振龙一双眼睛瞪得像公牛眼一样，连珠炮似的说：“开啥玩笑，共产党是穷人党吧？共产党是为穷人说话的吧？我是穷人吧？我是八路军武工队中队长吧？那我肯定就是共产党了。”

魏思颖笑出了一口白玉般的牙齿，说：“什么是共产党，什么是八路军，印象当中，我和刘亮在梁家屋子给你和银杏儿讲过，两者不是一回事，即便当了八路军武工队中队长，也还不是党员。”

“这是谁出的主意，这么不近人情？”

“这不是不近人情问题，加入党组织是有程序的，个人要向党组织提出入党申请，党组织会对申请人进行培养和考察，然后，再决定是否同意申请人入党，明白了吗？”

丁振龙似乎明白了魏思颖的话，嘿嘿傻笑起来：“这么说，我又犯浑了？”

缓了一下，魏思颖说：“新鲜，你还知道自己犯浑呢？振龙，杀鬼子，除汉奸，你是一把好手，但你没学文化，再加上后来在江湖上跑，在匪窝里混，身上匪气不少。但咱共产党人，在毛主席、朱总司令的领导下，肩负着于外敌入侵之际拯救中国、于水深火热之中解救人民的历史重任。所以，共产党的队伍，就像眼睛一样，一粒沙子也掺不得，希望你尽快从一个草莽英雄，转变成为一

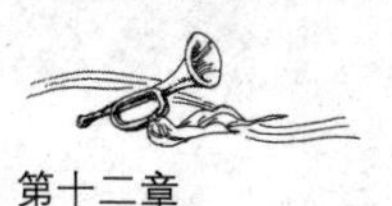



个真正的革命者。另外，以后我也要注意，能让你列席的会议，尽量请你列席，好吗?”

丁振龙傻傻地看着魏思颖，反倒有些不自在了。

魏思颖站起来，伸出手，然后紧紧握住丁振龙的手：“丁振龙同志，希望你尽快向党组织正式提出申请，欢迎你早日成为一名光荣的中国共产党党员。”

丁振龙点点头，说：“魏政委，你放心，我会早日成为党的人的。”

这时，魏思颖看到丁振龙手背的一块皮肤渗出了血，忙问：“这手怎么破了?”

丁振龙不以为然地说：“没事，学骑摩托车时不小心摔了一跤。”不久前，武工队缴获了鬼子一辆三轮摩托车，大家觉得新鲜，都纷纷学骑，丁振龙更是学得劲头十足……

# 第十三章

冬日的阳光暖洋洋的，让人感到亲切。不过，这样的阳光在黄河口不多见，朔风飞舞，雪花飘飘，才更像黄河口的冬天。

明天就要去军区战地医院学战地救护了，吃了午饭，银杏儿约丁振龙到野外散步。暖暖的太阳照耀着银杏儿，她感到很舒适，脸上挂着阳光般的笑容。

武工队营房位于八大组的外围，不远处，有一个很大的水湾，水湾一侧长着成片的芦苇，一株株芦苇犹如一个个整装待发的将士，在微风中屹然挺立。

两人走在早已冻结了的冰面上，一会儿说说笑笑，满脑子都是对新生活的满足，一会儿又沉默不语，满心里都是那暂时分别的惆怅。

丁振龙和银杏儿走在一起整整一年了，两颗心已经碰撞了很久。一年前，东躲西藏的亡命天涯让他们相识，一年中，又是惊心动魄的匪巢生活让他们相知、相爱。三百六十五天里，两人经历了一个自相识，到相知，再到相爱的过程。在梁家屋子土匪们的眼里，他们是天生的一对，而在战友们的眼里，他们是地造的一双。

不过，在战友中，有一个人不这么认为，这个人就是于砚甫。

银杏儿像变戏法一样，手里变出了几块糖，她剥开一块，放进丁振龙嘴里，又剥了一块，犒劳自己，剩下的，放进了丁振龙的衣兜里。

“振龙哥，甜不甜?”银杏儿侧着头，目光也是甜甜的。

丁振龙憨憨地点点头：“甜，真甜。哪儿来的?”

“魏政委给我的。魏政委真好，她把我介绍到军区医院战地救护训练班，学习战地救护，我就是不知道自己能不能学好。”

“银杏儿，你那么聪明伶俐，一定行!”

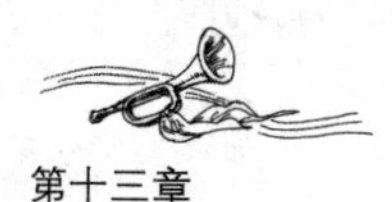



"是啊，只要我认准的事情，就一定认真去做，八匹马也拉不转头。你放心吧，我不会给自己丢脸，也不会给魏政委丢脸，嗯，更不会给你丢脸。"

"给我丢脸？"丁振龙疑惑。

银杏儿脸一红："振龙哥，咱俩比赛滑冰吧？""怎么滑？""用双脚滑呗。"

冰面晶莹、开阔。两人并排站好，银杏儿喊道："侧转身，一二三，助跑……"两人侧身，助跑，双脚一前一后滑了出去，然后，再助跑，再往前滑……

这种最简单的滑冰方式，张扬着一对青年男女的心心相印、情投意合。

"哎哟——"银杏儿突然大喊一声，人像喝醉了酒，在冰面上摇晃起来。说时迟，那时快，丁振龙似一只下山猛虎，向银杏儿滑了过去。

在银杏儿即将摔倒的刹那，丁振龙稳稳地把她抱在了怀中。

受到惊吓的银杏儿也紧紧抱着她的振龙哥，待在冰面上平稳下来，两条胳膊缠在一起，两颗心跳在一起，两人的唇也吻在了一起。

抱着幸福之中的银杏儿，看着那一张流淌着青春之韵的脸，丁振龙发誓，一定会好好努力，让银杏儿成为天下最幸福的女人！而银杏儿呢，当自己与振龙哥的舌头温柔地交织在一起，她觉得自己的心就要跳出来了，她确信，自己是这个世界上最幸福的女人。

两人拥抱了一会儿，银杏儿推开丁振龙："我问你，去年冬天，在梁家屋子的火炕上，你抱了我，摸了我，为啥没要我？是嫌弃我和魏汉奸拜过堂，嫌弃我被金地主亲过嘴，还是嫌弃我长了一双大脚？"

丁振龙赶忙说："不，银杏儿，我喜欢你还来不及呢。正因为我喜欢你，所以才担心要是哪天自己的脑袋搬了家，不坑了你吗？不过，现在我不怕了。"

银杏儿含情脉脉地看着丁振龙："振龙哥，明天我要去军区医院了，魏政委、于指导员要亲自送我去。到了那里，这半年咱见面的机会就少了，你会想我吗？"

丁振龙拉着银杏儿的手："银杏儿，我会想你，想得恐怕连觉都睡不着！那你想我吗？"

银杏儿没有回答丁振龙的问话，却从棉袄里掏出两块手绢，她将其中一块递给丁振龙："振龙哥，这块手绢给你，你要好好保存，这是俺对你的一片心。"

丁振龙接过有一股淡淡香味的手绢，他展开，银杏儿也展开，只见两块手绢上各绣着一只彩色鸳鸯和一朵粉红莲花。

猛然，丁振龙又紧紧抱住了银杏儿："银杏儿，好妹妹，明年，我一定娶你！"

"哥，我等你！"立时，银杏儿被一种突然袭来的无力感吞噬了。眼泪像小溪一样，蜿蜒在脸上，小溪流到唇边，她轻抿一下，嘴里，是咸的，心里，却是甜的。

远处，魏思颖出现在丁振龙和银杏儿的视线中，两人急忙分开，把手绢装起来，向岸边走去。银杏儿边走边挥手呼唤：“魏政委！魏政委！”

魏思颖也看到了丁振龙和银杏儿，她停下脚步，折身向两人走来。

三人在岸边相会，魏思颖摆出政委的架势，假装不高兴地问两人：“大中午不休息，你们两人在这冰上干什么坏事呢？”

丁振龙像个大炮仗，是个点火就着的主，一句话不对付，他就有可能爆炸：“你这人咋这么不讲理，这是我妹妹，你又不是不知道，我和妹妹能干什么坏事？”

魏思颖笑了，但依然强硬：“丁振龙，那你给我解释解释，她是你什么妹妹，一个爹娘的妹妹吗？”

“这……”丁振龙挠起了头皮。

“哼，你看你这火爆脾气。”银杏儿轻嗔丁振龙，然后，挽住魏思颖的胳膊，“魏政委，我们在看这满地满眼的苇子呢。”

中午的阳光洒在魏思颖修长、高挑的身上，显得那么圣洁与宁静。此刻，魏思颖没有说话，只是深情地盯着这片铺天盖地的芦苇。

过了一会儿，魏思颖对丁振龙说：“振龙啊，就凭这火爆脾气，凭这要强劲儿，你就得好好向芦苇学学。”

魏思颖走近芦苇，丁振龙两人也跟了过来。她用手轻轻抚着一棵芦苇，说：“你们看，这一根芦苇，轻轻一折，是很容易断的，所以芦苇从来不会独自生长，而是一群群、一片片地簇拥在一起，这叫团结力量大。”

丁振龙一言不发，默默地听着。

“蓝天之下，芦苇最是寻常植物，在地上，在水中，到处都能看到它们的身影，自生自长，默默无闻。我们知道，风中竹，宁折不弯，山中玉，宁碎不全，但咱这一株株的芦苇，不也同样如那风中竹，宁折不弯吗？”

丁振龙问：“魏政委，我整天和这些苇子打交道，咋没觉得有这么多说道呢？我只知道在咱黄河口，人们不把芦苇叫‘芦苇’，而是叫‘苇子’，芦苇是你们有学问人的说法，‘苇子’才是老百姓的叫法。”

魏思颖笑笑：“你知道的这不也不少吗？其实，在咱黄河口芦苇身上，显示着一种独有的血性。这血性，表现为一种坚强不屈，表现为一种百折不挠，它们不向电闪雷鸣低头，不向腥风血雨缴械，却像极了咱黄河口人坚韧顽强的性情，也像极了咱清河区八路军视死如归的群体性格。在咱清河区八路军里，上至许世友、景晓村、杨国夫、李人凤等党政军领导，下至我们部队中的每一个普通战士，还有那些像马耀南、鹿省三、韩明柱等革命烈士，都如同这芦苇，他们面对鬼子、汉奸的枪弹，毫不畏惧，绝不屈服，那种宁死不屈的献身精神，不就是一种撼天动地的高贵品格吗？”

银杏儿说：“魏政委，你说得真好。”

“这么说，今天中午我和银杏儿来看苇子，算是来对了？以后俺俩还得经常看看苇子呢。”丁振龙得便宜卖乖似的说。

魏思颖用手一点丁振龙：“少给我要贫嘴。银杏儿明天去军区战地医院，你舍得？”

丁振龙说：“舍得，八路军是块砖，哪里需要哪里搬。魏政委，我已经和银杏儿打赌了，俺俩比赛，看今后谁为抗日做出的贡献大。要不然，就请你给我们俩作个证？”

“还为抗日做贡献呢，你少给领导添乱，我就烧高香了。”银杏儿揶揄道。

“那行，我愿意给你们两个作证。不过，明年，我还想为你们作一次证。”

丁振龙糊涂，问：“还做什么证？”

“证婚人啊。”魏思颖哈哈大笑。银杏儿的脸腾的一下红了，那年轻的腮上，好似扑了粉一样。

突然，空中响起隆隆的马达声。丁振龙大呼一声：“飞机——”拉着魏思颖和银杏儿就钻入苇丛。

飞机由远及近，隆隆声越来越大，机身上的膏药旗都看得清清楚楚了。银杏儿第一次见飞机，感觉很新鲜。魏思颖说：“这是日本人的侦察机，它飞得挺快。”

银杏儿问：“上面有枪吗？”

魏思颖解释说：“侦察机上面不带武器。自今年下半年起，日伪推行‘治安强化’运动，小清河南的广饶、寿光、益都等根据地已被严重分割。看来，日本人对八大组也是虎视眈眈啊。”

“奶奶的，太嚣张了，早晚我得给他干下几架来。”丁振龙恨恨地说。

姜文山给三队安排了一项相对简单的任务——买药。谁知道，这买药却成了一项几乎不可能完成的任务，甚至，差点惹出大乱子。

经过商量，三中队准备派出两组人员分头出去买药，丁振龙、李有年、孙猴子三人一组，去利津买药，于砚甫、赵联生和另一个队员去陈家庄买药。两组做了相应准备，分头出发了。

太阳一竿子高的时候，丁振龙扮作乡下药店的少东家，李有年、孙猴子扮作伙计，没怎么费劲就混进了利津县城。

丁振龙端着少爷架子走进一家名为“惠康”的药店，然后装模作样地仔细看了起来，李有年提着一个皮箱跟在后边。孙猴子站在药店不远处，负责在外接应。

柜台里，掌柜模样的一个老年人走过来，问：“两位先生，是买药吗！”

丁振龙回答：“不错，我在乡下有一间药铺，想进点药。不过，我看你这里没几样药啊？”

“你是开药店的还不明白吗？鬼子不让卖啊。拿药方来吧，我看看有哪几样？”

“俺们有现钱，还要啥熊药方？”李有年拍拍皮箱。

老人为难地说：“不是我们不想挣钱，现在日本人有规定，在县城以及乡镇任一药店买药，都必须持有日本医院大夫开的药方才行，否则谁也不能卖。如果没有药方，则必须打电话请示日本宪兵队。”

“有这么麻烦？”丁振龙问。

“可不咋的，要不然，你们干脆去仁和堂大药房吧，他们那里有日本人入股，药全。”

三人失望地退出药店，漫无目的在人来人往的街道上走着。突然，远处驶来一辆插着膏药旗的三轮摩托车，横冲直撞过来，一个捏糖人儿的，一个拉洋片的，被撞得人仰车翻。

这辆摩托车刚离开，一会儿工夫，又一辆日本人的摩托车驶过。这应该是鬼子的巡逻车。如果有一辆车，有一身鬼子的服装，买药还需药方吗？还需要钱吗？丁振龙在盘算。

三人在县城大街上寻摸起来，但一个上午，见到不少摩托车，却没有合适的下手机会。中午随便找了一个小饭馆对付了几口饭，便又走上了街头。

转悠了大约一袋烟工夫，猛然，三人看到，在一条胡同的远端，有一辆停着的摩托车。三人一激灵，转身向胡同走去。待走到跟前，只见一个脸黑如锅底的鬼子军曹正和一个伪军坐在车里，在瑟瑟寒风中抽烟过瘾。

三人仿佛路人一样一声不吭地往前走，待来到车跟前，丁振龙、李有年猛扑上去，分别紧紧掐住鬼子、汉奸的脖子，两个倒霉鬼没明白怎么回事，就扑棱几下蹬腿没气了。

此处不是换衣服的地方，正在丁振龙想法子之际，孙猴子急切地说：“这里我知道，往前直走，不远处有一个苇湾。”

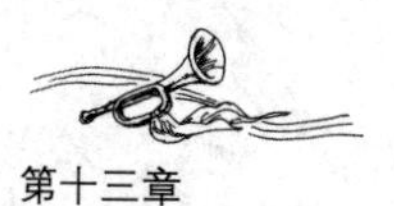



丁振龙摘下鬼子帽子，扣在自己头上，和李有年挤上摩托车。之前军训时学过的驾驶技术派上了用场，丁振龙发动起摩托，一手抱着鬼子，就要开车。

“还有我呢?”孙猴子喊道。

“等一会儿我回来!”丁振龙大声喊道，摩托便噗噗冒着黑烟向远处的苇湾蹿去，他脑后屁帘儿样的东西在风中呱嗒呱嗒地响着。

一辆摩托车突突着在仁和堂大药房门口停了下来。丁振龙、李有年扮作的鬼子、伪军从车上跳下来，大摇大摆地走进了药房。

柜台里，一个中年掌柜正在对称量中草药的伙计指指点点，看到丁振龙和李有年进来，急忙走过来，点头哈腰地说：“太君、长官光临小店，有失远迎，失礼，失礼了！请问有何贵干?”

李有年歪戴着伪军帽，鼻梁上架着一副墨镜，斜挎着盒子炮，让人一看就不是什么善人：“兄弟和太君是为皇军办差的，买药。”

中年掌柜上下打量两人：“恕我眼拙，长官您和这位太君看着面生，新来的?”

李有年阴沉着脸，把早已拟好的药单子递过去：“少废话，我和太君是盐窝据点的，怎么，不能到县城买药？皇军急需这些药品，不能误事，麻利点儿!”

中年掌柜一副犹豫不决的样子，吞吞吐吐地说：“长官，您知道的，皇军有令，不见药方不卖药。”

“八嘎！你的，良民的不是!”说完，丁振龙探出身子，伸手给了柜台对面的中年掌柜一巴掌，打得他两眼直冒金花。

李有年把皮箱放到柜台上，打开，只见里面有不少哗啦作响的银元和花花绿绿的日本军票，然后，掏出枪：“快点，耽误了皇军用药，看不砸了你的店，削了你的脑袋。”

“长官，您息怒，小人也是奉命行事，那我就破回例，让伙计们抓紧备药，对不住啊。”

一会儿的工夫，药品准备齐全，李有年接过来，拉开皮箱，准备付钱，突然，又把皮箱拉死了：“掌柜的，这些钱是我个人的，你派个人，跟着我们的车，去县城皇军军营取钱。”

“这……”中年掌柜显得很为难，他开始怀疑这两个人的身份：“长官，你先把钱付给我，回头你再去领钱。”

“你他娘的找死啊，敢和太君叫板?”那个年代，地痞、无赖、恶棍最吃香，这掌柜假装服软，“我该死，我该死，这就吩咐下人跟长官去取钱。”

中年掌柜走到柜台另一侧，和一个伙计不知说了些什么，这个伙计便向后门急匆匆走去。

丁振龙、李有年顿时警觉起来。

中年掌柜慢悠悠地走过来，脸笑成了一朵花："太君、长官，请稍候，伙计马上就来。要不，进来喝杯水?"

"八嘎，良心大大地坏了!"说着，丁振龙快步向外走去，李有年见状，提起皮箱和药品，对掌柜的说："跟上一个人拿钱去!"

"等等，你们不能走!"中年掌柜试图拦阻，见拦不住两人，便急忙拉过一个伙计，"你，跟上，取钱去!"

丁振龙发动起车，看了一眼不远处的孙猴子，使一个眼色。李有年坐在丁振龙后面，让伙计坐进车斗里，摩托车嗡的一声，向远处驶去。

丁振龙的摩托车刚开走，三辆插着膏药旗的三轮摩托车飞也似的驶来。刚才一个伙计向鬼子宪兵队打了电话，说有八路嫌疑的人在买药。

孙猴子见几个鬼子、汉奸闯进药房，估计他们是为买药一事而来的，为了给两人提供充足的脱身时间，他急忙匪里匪气地闯入了药房。

一进药房，只见掌柜的在和鬼子、汉奸解释什么，他大声喊道："掌柜的，俺买药。"见掌柜的没动静，他大声咋呼起来。

中年掌柜见有一外人在药房，不便于汇报情况，便急急走到贼眉鼠眼的孙猴子跟前："快说，买啥药?"

"我娘让我买二两白茅根。"作为中药材的白茅根，其实就是晒干了的多年生草本植物白茅的根茎。白茅在利津当地，叫茅草或茅子，很多人家是拿它当柴草烧的。

掌柜三下五除二给称了二两白茅根，秤还给得高高的，他是想赶紧把这人打发走。孙猴子磨磨叽叽打开包好的白茅根，假装仔细一看，便大声嚷了起来："你这个骗子，怎么卖假药啊?"

掌柜的阴阴地说："你有毛病啊，谁卖假药了!"

"还没卖假药?俺来买药，你看看你给了些啥?这不就是茅根吗?俺家的院子里堆着一大堆呢。"

掌柜的指着墙上的"货真价实，童叟无欺"条幅，说道："看到了吧，我这墙上挂着呢，'货真价实，童叟无欺'，从来不卖假药。"

孙猴子傻乎乎地说："我说你是个卖假药的骗子吧，你明明知道我不认字，咋还让我看字?"

掌柜的哭笑不得："谁他娘的知道你不认字?茅根就是白茅根，不要就赶紧滚蛋。"

孙猴子显得比他还生气："我是来花钱买药的，你凭啥让我滚蛋？白茅根是人喝的中药，茅根是家里烧的柴火，你就是卖的假药。"

这一通搅和，不耽误事儿吗？一个鬼子掏出了枪，两个汉奸也实在看不下去了，一个抓头发，一个拽胳膊，把孙猴子给轰了出去。

正在这时，先前上了丁振龙摩托车的伙计连滚带爬地跑进药房："掌柜的，不得了了，刚到路上拐了个弯，那两人就把我扔下来了。"

一个军装是警备队队长的人急忙问："他们向哪个城门方向走了？""南门，应该是南门！"

丁振龙开着摩托车本来是向南门驶去的，走了一段距离，他猛地来了个一百八十度转弯，又向北门驶去。他想，凭着这辆摩托车，凭着这鬼子、汉奸的制服，大大方方开出城门应该是没有问题的，却不想，当车行到北门时，四个伪军中的两个堵在了大门中央。

"这位太君和长官出城干什么？"一个伪军高声问道。

李有年回答："兄弟们，我们是盐窝据点的，这位是小野太君。有时间到盐窝做客，我好好犒劳犒劳几位兄弟。"丁振龙就要开路。

"不行，太君有令，不管是何人，出城要出示通行证，没证就得搜身！"伪军站在摩托车前，态度虽谦恭，但却不容置辩。

摩托车上的"太君"大为生气："八嘎！死啦死啦的！"

"你们有几个脑袋，胆敢阻挡皇军执行军务！"李有年猛地掏出手枪。

伪军依然不敢放行："对不住啊太君，对不住啊长官！俺们也是奉命行事，城门楼子上有皇军监视着俺们呢，要不，你们回去办个证？"

突然，远处风驰电掣般开来三辆摩托车，车上的人们狂喊："抓住他们，别叫他们跑了！"

丁振龙一惊，知道自己暴露了，还没等伪军反应过来，他一加油门，两个伪军就被撞向车的两侧。枪声在身后噼里啪啦响了起来，子弹嗖嗖地从身边飞过。

李有年一手拿一支枪，向身后的摩托射击，一辆摩托车的驾驶员被击中，摩托猛地一下向路边的一棵大树撞去。

丁振龙也想在这么刺激的场合中玩一下，他从腿上取下手枪，挥手就是两枪，其中一枪命中了油箱，轰的一声巨响，火光泛起，摩托车爆炸，车上的人被炸得四分五裂。

枪声四起，火光飞溅。

摩托车飞跑过王家庄，后面已没有了追兵。此时太阳已经落山，鬼子、汉奸不敢再往前追，他们怕中了八路的埋伏。但丁振龙两人也不敢再往前开，他们知道，很快，各个能通行摩托车的路口就要被封锁，何况，前面就是盐窝，那里有鬼子据点。

丁振龙拐向一条小路，见实在无法开动了，便将摩托车推到了一片苇丛里，藏了起来。他想，等过了这一阵儿，再设法把摩托车开回去。

坐在苇丛中休息了一会儿，两人提上装钱的皮箱，提上“买”来的药品，向茫茫黑夜走去……

“我们都是神枪手，每一颗子弹消灭一个敌人……”军区战地医院的一块空地上，一场联欢会正在进行。四个伤员，或头缠纱布，或绷带吊臂，或手拄拐杖，在演唱《游击队之歌》。他们身上虽然有伤，歌却唱得激情洋溢。

魏思颖和武工队三位指导员坐在人群中，在医院几位领导的陪同下，有滋有味地给这粗喉大嗓打节拍。

春节就要到了，军地之间、部队之间互相慰问。这不，魏思颖带领武工队的三个指导员来到了军区战地医院，慰问医护工作者和伤病员。抗战期间，部队为了鼓舞士气，经常开联欢会，官兵也喜欢参加，一些抗战歌曲，也就是当年的流行歌曲，几乎人人会唱。

穿着白大褂的田银杏兴高采烈地进入联欢会场。她知道，魏政委来了。

银杏儿挤到了魏思颖身后，拍拍她的肩膀，轻轻喊一声“魏政委”。魏思颖回头，笑一笑。坐在前面的于砚甫也看到银杏儿来了，伸出手，和她握了握，笑着说了几句什么。

一个大秧歌扭完，现场响起了掌声。主持联欢会的副院长范保良站了起来，对大家说道：“武工队的魏政委带领同志们来到我们医院，给大家带来了物质和精神上的鼓励。下面有请魏政委来一个，大家说，好不好？”

“好！”场下响起一阵叫好声。

魏思颖站起来，大大方方地说：“刚才跳秧歌的几个女兵，跳得好，人长得也好。毛主席说：‘世界上的任何事情，要是没有女子参加，就做不成气。我们打日本，没有女子参加，就打不成；生产运动，没有女子参加，也不行。’我们既是女兵，更是女人，是女性，八路军离不开女性，特别是咱们医院。下面我邀请几个医院的女兵，一块唱个《新的女性》好不好？谁会，请上来。”

魏思颖不但人长得好，纯净，干练，而且，说话的声音也特别好听，像一串风铃，叮叮当当地摇。

银杏儿还有另外四个女兵举起了手。魏思颖示意大家上来。几个女兵围着

魏思颖，唱了起来：

新的女性是生产的女性大众，
新的女性是社会的劳工，
新的女性是建设新社会的前锋，
新的女性要和男子们一同……

于砚甫目不转睛地盯着唱歌的银杏儿。于砚甫出身于一个大地主家庭，由于看不惯生性暴虐、心狠手辣的父亲的一些做法，毅然与家庭决裂参加了八路军，走上了抗日之路。可自幼娇生惯养的他，几曾受过八路军吃不好、穿不好这样的罪，再加上自己早已到了娶妻年龄，却总也找不到一个合适人选，这两年，于砚甫的生命进入了一个消沉期，觉得自己心里很苦。

不过，自从在梁家屋子见到了银杏儿，他就喜欢上了这个漂亮女孩子。只是可惜，这么好的一个女孩怎么是土匪？当时，他就竭力要求带走田银杏，但一直未能如愿。

田银杏当了武工队的女兵后，于砚甫的生命中闪起了一束亮光。也许是对华美天地的景仰，也许是对清澈苍穹的敬畏，他第一次把一个女人放置在了自己的生命高地。

于砚甫多么希望，银杏儿那颗年轻的心脏，能与自己的心脏用同一个频率跳动。是自己，而不是丁振龙。

前几天到陈家庄买药，丁振龙带的小组机智完成任务，而他带的小组却未能完成任务。这次队里组织到医院慰问，于砚甫便竭力建议由政委带指导员参加，他的目的就是不让丁振龙来。

正在胡思乱想之际，联欢会主持人、医院副院长范保良高声说道：“下面请武工队于砚甫指导员为大家表演一个节目，大家欢迎了！”

于砚甫被几个女兵糊里糊涂拉到了场子里。相貌英俊的于砚甫定了定神，抱拳示意：“我想为大家唱一首歌，不过，别光自己唱，能不能来个搭档？”他在人群中寻找，待看到银杏儿便喊道：“田银杏，愣着干吗？上来，咱俩为大家合作一首《二月里来》。”

大家起哄：“田银杏，上场！田银杏，上场！”

银杏儿本不想与于砚甫合作，她压根儿就不喜欢于砚甫，整天头发梳得齐整，胡子刮得铮亮，不像个男人似的。但他是自己的顶头上司，大伙热情又这么高，不唱显然不合适，她便站起来，走到于砚甫身边，两人对唱了起来：

（男）二月里来呀好春光，
家家户户种田忙。
（女）指望着今年的收成好，
多捐些五谷充军粮。
（男）二月里来呀好春光，
家家户户种田忙。
（女）种瓜的得瓜，种豆的得豆，
谁种下仇恨他自己遭殃。
……

离开军区战地医院的第二天，魏思颖带领三个指导员和田银杏，策马来到了国民党保安团团长金雨堂位于黄河北岸的营地。上级指示，要以抗日大局为重，继续做好统一战线工作，力争互不侵犯，互相帮助，共同抗日。

1939年起，山东各抗日战略区相继成立了“国民党抗敌同志协会”，简称“抗协”。清河区也于1940年成立了“清河区国民党抗敌同志协会”，目的是团结国民党中的进步力量，争取中间力量，孤立打击国民党反动派、顽固派。作为维护当地治安的地方武装，金雨堂部被上峰要求既不要主动招惹八路，也不要主动进攻鬼子，注意保存实力，避敌锋芒，至于八路军愿意捅日本人的马蜂窝，那让他们去捅好了。

依金雨堂的性格，要是自己说了算，早出去招惹点事干了。可军人以服从命令为天职，他也没什么办法。这当兵不打仗，见了敌人穿兔鞋，真憋屈啊。当几天前共产党八路军派人与他取得联系，想和他谈谈合作事宜时，金雨堂爽快地同意了八路军的要求。

行前，于砚甫提出了不同意见：“那金雨堂能是什么好人？胖得如同肥猪一样，连放屁都油脂麻花的，还是别见的好。”魏思颖说这是上级指示，必须执行，于砚甫也就没再说什么，只不过，他提议，是不是请田银杏一块儿陪同，因为魏政委作为女同志，一个人到国民党防区会有不便之处。魏思颖觉得有道理，便同意了这一提议。

魏思颖一行先是在金雨堂的导引下，参观了保安团的军事训练，临近中午，国共双方十余人来到宴会厅。

“魏政委请！”

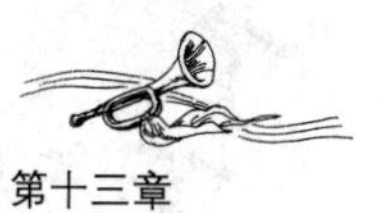



“金团长请!”

魏思颖临危不惧，处之泰然地走进宴会厅，在主宾位坐了下来。金雨堂看到，眼前的武工队女政委身穿得体的八路军军装，一言一笑，赏心悦目，举手投足，英气逼人。

宾主落座，互相介绍。待一个主菜上桌，金雨堂端起酒杯：“久闻魏政委大名，今日得以一见，更觉年轻有为，意气风发，实乃女中翘楚，荣幸，荣幸。大家端起酒杯，为我们的巾帼英雄干一杯。”

魏思颖轻抿一口酒，答道：“金团长客气。我知道，金团长近些年为国共合作做了一些有益的工作，此次专程拜访，是想来进一步共商抗日大计的。我提议，大家共同举杯，为国共两党两军的团结抗日，再干一杯!”

然后，魏思颖介绍了国内外抗战形势和时局，其间重点介绍了国共合作及共产党的主张。接着她说：“现在大敌当前，国土沦丧，中华民族处在最危险的时候。太平天国干王洪仁玕在《资政新篇》中说：‘倘中邦人不自爱惜，自暴自弃，则鹬蚌相持，转为渔人之利，那时始悟兄弟不和外人欺，国人不和外邦欺，悔之晚矣。’国共两党，热爱和平的中国人，武力相见，是中华民族之大不幸。这次我们是受清河区抗协的委托，来与贵部商谈国共合作……”

金雨堂抢过话头，不友好地说道：“等等，你们共产党八路军口口声声国共合作，一致对外，可为什么还攻打国军？几个月前的义和庄战斗，你们枪毙、打伤、俘虏了国军一千多人，赶跑了鲁北行署主任何思源及其所属部队，这又作何解释?”

魏思颖目光炯炯：“金团长，这个很好解释。我党的政策是团结国民党中的进步力量，争取中间力量，孤立打击反动派和顽固派。今年‘皖南事变’发生之后，你们的省政府主席沈鸿烈公开打出‘防共、限共、反共、剿共’的旗号，叫嚣说‘宁亡于日，不亡于共’。鲁北保安司令刘景良调集七千余人，进犯我清河区的广饶、博兴、蒲台等县。对于国民党顽固派掀起的反共摩擦，我党和抗日军民采取‘人不犯我，我不犯人；人若犯我，我必犯人’的方针及有理、有利、有节的策略原则，对反动派、顽固派进行坚决打击，使他们的丑恶嘴脸得以暴露，你说，何错之有?”

金雨堂说：“有我们政府军队在，用得着你们添乱？金某记得当年国民政府的部队建制，八路军只是一个下辖三师六旅才几万人的部队，去年你们百团大战之后，怎么一不留神，竟由几万人变成了四十万之众？是谁给了你们这样扩充部队的权力？蒋委员长难道不害怕你们做大?”

像是看透了金雨堂的心思，魏思颖笑笑，说：“你的这个观点并不新鲜，国民党中早就有人指责共产党抢地盘，拉队伍。金团长，你应该知道，从抗战第二年开始，国民党就说要跟共产党联合作战，我们等着、盼着，却只见摩擦，不见联合，由此，日本人长驱直入，几乎占领了整个中国。而你不知道的是，中国民众抗战的热情有多高，他们多么希望能够参军、上前线、打鬼子啊。”

魏思颖指指坐在宴会桌侧面的田银杏：“不说别人，就说这位姑娘和她的一个哥哥，深受日本人、汉奸、大地主的烧杀劫掠，他们迫切希望加入八路军，走上抗日之路。金团长，我还把话放在这里，如果国民党反动派继续一意孤行，假抗日，真反共，恐怕以后的八路军就不是几十万，而是几百万、几千万了。作为朋友我提醒你一句，共产党光明磊落，未来中国坐天下的，不是国民党，而是共产党。”

金团长仔细看了一眼田银杏，尴尬地笑笑，无奈地说：“金某身为军人，食君之禄，忠君之事，当为党国效忠，马革裹尸，在所不惜。是不是抗日，就不是我说了算的了。”

魏思颖据理力争：“金团长，你们蒋委员长在庐山讲过：‘如果战端一开，就是地无分南北，年无分老幼，无论何人，皆有守土抗战之责任，皆应抱定牺牲一切之决心。’可老先生是这样做的吗？他只不过说了几句强硬的话，做了几篇表面文章。张学良倒是抗战意志坚定，但他虽鞭之长，不及马腹。我知道，金团长作为咱黄河口人，有少帅之风，所以，我们希望贵军放弃前嫌，真诚合作，而不是总想着借日军之手消灭八路军！如果有合作的可能，至少在合作期间，这样的事情不能发生。”

“虽然国共两党之间信仰不同，但都是中国人。既然贵党抱有诚意，那不妨说说，怎么个合作法？”金雨堂问。

魏思颖干练地说：“第一，拥护抗日民族统一战线，抗日高于一切，一切行动服从抗日；第二，双方以现驻地为各自防地，互不侵犯，互相帮助，共同抗日；第三，同意共产党在垦区实行减租减息，同意共产党对垦区的土地整理办法。”

金雨堂沉思：“对贵党的主张，金某表示充分理解，这个，还需我们双方继续磋商。”

魏思颖微微一笑，对金雨堂说：“金团长深明大义，我本人表示钦佩。来，大家端起酒，为我们良好的合作前景干一杯。”

酒杯中却没有酒。于砚甫说道：“银杏儿，给大家倒酒！”

银杏儿站起来，亭亭玉立，大大方方，拿起酒壶为大家斟酒。

金雨堂眼睛跟着这个漂亮的年轻八路走，赞道：“呵呵，贵军美女如云啊，

像魏政委，像这位小女八路。请问，这位姑娘叫什么名字？”

于砚甫抢着回答道：“金团长，她叫田银杏，你看，人长得漂亮吧？”

金雨堂内心一震，但他急忙掩饰住：“是吗？田银杏，请问，你家是哪里？”

还未等银杏儿回答这个问题，于砚甫又说：“她家是铁门关。”

金雨堂脸色大变，霍地站起来，一拍桌子，大声对在座的连长余三卯喊道：“余三卯，给我把这个田银杏抓起来。”

魏思颖、于砚甫惊呆在宴会桌旁……

# 第十四章

胆大心细、勇敢沉着一般是形容男人，可这样的词放在魏思颖身上也十分贴切，她是一个心思细密、处事周全的人。来国民党保安团防区之前，魏思颖权衡利弊，做了各种可能出现的异常情况分析。但百密难免一疏。本来，今天的国共双方宴会交流十分顺利，却没想到在田银杏身上节外生枝，突生变故。

宴会桌上的双方人员自动分列两边，掏出了枪。但因情况不明，双方只是僵持着，没人敢贸然开枪。魏思颖、于砚甫等人将银杏儿包围了起来。

余三卯大喝一声："来人！把这个女人绑了。"十几个荷枪实弹的士兵冲进宴会厅，杀气十足。

箭在弦上，一触即发，气氛异常紧张。

魏思颖眼睛冷冷地看着金雨堂："金团长，你不够朋友！话说得好好的，怎么突然就翻脸了？"

金雨堂眼神凶神恶煞，对魏思颖说："你才不够朋友呢！带这个女人来我防区什么意思？恶心我金某，羞辱我金家？好了，关于合作的公事就谈到这儿，如愿续谈，以后再说，不过，这个田银杏，曾经是我爹的新嫁娘，结婚当晚，逃婚去当了土匪，把我爹孤零零地扔在了新房里。啊对了，她还和一个叫丁振龙的乡村穷鬼，杀死我家两个家丁，逃之夭夭，是可忍，孰不可忍！这件事是我家的私事，今天，你们谁也不许阻拦。"

此刻的魏思颖暗暗叫苦，怎么千思万想，还是出了这么大岔子？关于银杏儿被金墨轩和自己哥一同抢亲之事，她听丁振龙对自己说起过，金雨堂是金墨轩的儿子自己也知道，可怎么就没想到这一层？教训惨痛啊！

十几支黑洞洞的枪口对着魏思颖几人，大有子弹纷飞之势。魏思颖知道，

这里是保安团的核心地带，如果硬碰硬，无异于飞蛾扑火，几个人一个也活不出去。只能智取。

那如何智取呢？这时，魏思颖想起，当天是自己的哥哥娶到了银杏儿，金墨轩娶的新娘却是自己姨家的麻子脸表姐。如果能设法把表姐找来，那问题不就迎刃而解了吗？魏思颖近两年虽然没回家，但家中的信息，她却了如指掌。

突然，银杏儿从魏思颖和于砚甫身后冲了出来，她怒视金雨堂，大声说："金团长，我是那个曾经被你们家抢过亲的田银杏，我也佩服你的一片孝心。但是，你想过没有，你爹六十多岁的人，却仗势欺人，强抢民女，祸害乡里。再说，当天我被调了包，压根儿就没被娶到你家。有本事，你找调包的鬼子翻译魏思绪算账去，和我一个年轻姑娘较什么劲？"

"你，这个时候还敢和我叫板？"金雨堂气急败坏。

银杏儿突见变故，倒是镇定自若，她用目光逼住金雨堂："不管抓我也好，绑我也罢，你说了，这是家事，但不管怎样，不能影响国共双方的合作大局。"

"放心，我满足你的要求。不过，你想和我家作对，绝没有好下场！"金雨堂恶狠狠地说。

"魏政委，对不起，我跟他们走。"银杏儿转身对魏思颖说。然后，她对房间里所有举枪的人说道："你们都把枪放下，要绑，那就来吧。"

"银杏儿，别任性，听我安排。"魏思颖厉声说。

"金团长，我看这件事这么处理，你可以找两个女军人把八路军战士田银杏带走，但不许绑，同时，我们必须有人一刻也不离开她，以免发生不必要的状况。然后，我们再探讨解决问题的办法。你看，可以吗？"

银杏儿被两个女军人带走，一队指导员跟着一块离去。宴会不欢而散。

在去保安团会议室的路上，魏思颖轻语安排于砚甫立刻策马赴陈家庄，去请金墨轩夫妇，并特意叮嘱，一定要把他的年轻老婆带来。

一个时辰过去了，会议室里，魏思颖和二队指导员与金雨堂等人的谈判依然毫无进展。

魏思颖问："金团长，据田银杏刚才讲，你父亲当天娶的新娘不是她，而是另一个女人，这个是否属实？"

金雨堂道："是这么个情况，可我们是受害者，本来娶的是田银杏，却让那汉奸魏思绪给以假乱真了。"

"那既然这样，田银杏就是魏思绪娶的新娘，而不是你父亲娶的新娘。这阴差阳错的罪魁祸首是魏思绪，你有本事，找魏思绪去，和一个年轻姑娘计较，显得你堂堂团长很不光明磊落。"

“少给我来这一套，我听了拉拉蛄叫还不种庄稼了？谁跟我作对，我就和谁对着干，包括八路军。”

“金团长，我可提醒你，号称保安团，其实到底有多少人，你自己最清楚，怎么，你要和整个清河军区作对？”

突然，会议室的门被猛地推开了，金雨堂的爹金墨轩、年龄比金雨堂还小的麻子脸后娘挺着大肚子闯了进来，后面跟着于砚甫和金家管家宋茂田。众人惊愕地望向门口。

金墨轩进门就喊：“田银杏那个小贱人在哪里？”

魏思颖看着“麻子脸”，“麻子脸”看着魏思颖，几乎同时喊道：“表姐!”“表妹!”两人拥抱在一起。

“表妹，这几年你去了哪里，怎么也不回家?”“麻子脸”问。

魏思颖说：“表姐，我想你啊。”然后，她看着金墨轩，说：“你好，请问是金老爷吧?”

双方做了自我介绍，魏思颖转过身，对金雨堂说：“金团长，真巧，在这里我见到自己表姐了，这位是我表姐!”金雨堂愣在了那里。

行前，于砚甫已把情况向金墨轩夫妇做了介绍。年轻的“麻子脸”生就一副刀子嘴，得理不饶人，在路上已经臭骂了一通金墨轩。此刻，她摆出长辈的架势对金雨堂说道：“金雨堂，我是你们老金家吹吹打打、八抬大轿娶来的媳妇，我现在肚子里怀着你们金家的骨肉。在你们家，我尽到了一个做媳妇的本分，是想和你爹相敬如宾，白头到老的。可如今，你们爷俩合起伙来欺负我，你们金家准备把我往哪里放？我的命咋这么苦哇……”

“麻子脸”轻轻拍着肚子，号啕大哭起来：“金墨轩，你个杀千刀的，金雨堂，你个不孝子啊……我不活了……”

金墨轩十分尴尬，金雨堂也不知说什么好了。

魏思颖走上去：“表姐，别哭了，快起来，别伤着身子。”金墨轩也不耐烦地劝她起来。

魏思颖见时机成熟，便对金墨轩说：“金老爷，我表姐是你八抬大轿娶来的媳妇吗?”金墨轩说是。

“既然我表姐是你八抬大轿娶来的媳妇，那田银杏难道也是?”魏思颖步步紧逼。

“不是!”金墨轩低下头，实话实说。

魏思颖转身向金雨堂：“金团长，既然金老爷说田银杏不是你们家八抬大轿娶来的媳妇，那现在怎么办?”

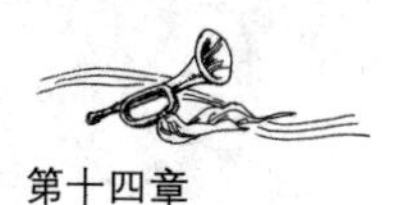


金雨堂彻底败下阵来，他挥挥手：“放人！放人……”

魏思颖一行骑在马上，正要前行，田银杏跳下马，来到金墨轩、金雨堂等人跟前，鞠一个躬，说道：“金老爷、金夫人，你们多保重！金团长，我以一个八路军女战士的名义请求您，不要因为我们之间的恩恩怨怨，而影响国共合作大局!”

“这……”金雨堂张口结舌。

金墨轩看看魏思颖和银杏儿，显出满脸的无奈、失望和不服气。

田银杏一跃上马。魏思颖等人挥手告别，一行人纵马远去……

农历四月二十八，是个大日子，相传这一天，是药王扁鹊的生日。这扁鹊，曾遇异人授秘方奇术，故精通医道，医术神奇，因其可用肉眼视人五脏六腑，医术精湛，药到病除，遂被人们封为“药王”。

这一天，是集祀神、娱乐、商贸于一体的盐窝药王庙会。

此时，已近夏至，天气炎热，麦子即将上场。

太阳爬到一竿子高的时候，一身庄稼汉打扮的丁振龙、李有年、赵联生和孙猴子化装成卖糖葫芦、兔子肉、糖块的小贩，分头出现在庙会上。昨天晚上，他们已趁着夜色，张贴了上百张控诉日寇暴行、动员群众抗日、揭露汉奸罪行、介绍减租减息等内容的宣传品，这次参加庙会，他们准备进一步了解敌伪活动情况，为策反与锄奸工作做些准备。

利津人素有赶会的传统，每年农历四月二十八、六月初一，县城和修有寺庙的集镇都会举行香火大会，最为知名的如县城城隍庙会、盐窝药王庙会。虽然天下不靖，兵荒马乱，今年的盐窝药王庙会依然如期开张。庙会一般连续五天，洋布绸缎、锨耙盆罐、各种药材、当地土产应有尽有，卖大力丸、雪花膏、老鼠药、仁丹以及卖水煎包、丸子、羊汤、馍馍的小吃饭摊，更是鳞次栉比。

丁振龙扛着糖葫芦杠子走在街上，东看看，西瞧瞧。摊主们的吆喝声、敲锅打盆的嘈杂声、讨价还价的争执声，此起彼伏。一个淌着鼻涕的小男孩光顾看糖葫芦，不小心摔倒哇哇大哭起来，孩子娘扶起孩子，摸头又摸地地说：“扑拉扑拉毛，吓不着，吓着人家，吓不着自家……”小男孩指着糖葫芦哭着说“我要吃”，孩子娘说咱没钱，拉起孩子就要走，丁振龙看不过眼，取下两根，递给孩子，女人千恩万谢，领孩子走了。

药王庙，祭案上红烛高烧，瓜果供品一应俱全。

香烟缭绕中，药王庙里恍恍然弥漫起一股神神秘秘。

“祭药王爷——”住持身穿青色道衣，头戴黄色道冠，脚蹬皂色云靴，立在一侧，扯开嗓子朗声喊道。

镇上三个士绅名流跪在祭案前，庄重地拈香，传箸，酹酒，然后向药王爷行三跪九叩大礼。四村八庄的乡民，携儿带女，也早已跪倒一片。

“诵祭文——”住持环视乌压压跪倒的善男信女，朗声而诵：

千古神医何处寻，
渤海古郡卢邑人。
高慈含灵奇方术，
大爱恻隐菩萨心。
架上丹丸能济世，
壶中日月可回春。
保佑世间人莫病，
何愁九州药生尘。
……

祭歌通过住持苍凉的声音在药王庙上空回荡，善男信女们齐齐叩首，或念念有词，或默默祈祷，他们在祈求药王爷速速降恩，保佑家里老老少少平安康健。

药王庙不远处就是戏台，此刻，正在唱吕剧《王定宝借当》。其他散布的戏场，还有京剧、大鼓等。丁振龙看到一处戏场人比较多，便扛着糖葫芦杠子走了过去。这里正在唱利津调。利津调是当地的调子。这种调子，和济南调略有不同：利津调只限于说情，济南调则说情叙事皆可；利津调起句之后是虚腔，济南调起句之后是过板；利津调每段之后都带数板，济南调却没有。台上的女演员正在唱《尼姑下山》：

一更鼓儿深，哎哟！
一更鼓儿深，
阖庙的师兄弟俱是女钗裙，
小奴家得了病谁人又把奴来问？
（白）思想起，真可恼，
人人都说出家好，
自从那年入了庙，
仿佛吃了无心草。

奴的病，谁知晓？
早知这样受苦情，
咳！出家不跟挨门讨。

二更鼓儿咚，哟哎！
二更鼓儿咚，
恼恨爹娘做事太不公，
绝不该将小奴一心就往庙里送。
（白）思想起，真可叹，
一伙秃头实难看，
穿大领，披偏衫。
昨日瞧见个裙钗女，
梳油头，搽粉面，
头戴花，手拿扇，
扭扭捏捏真好看。
奴家跟她一样人，
咳！就是缺少个男儿汉。
……

“好！好！好！”突然，不远处一片叫好之声传来。丁振龙纳闷，抬脚过去，只见六十多岁的盲艺人尚五正在说书。丁振龙想，尚五的书得听听，前两年到盐窝、陈家庄赶集，听过几回，每次都是连饭都顾不得吃。

这尚五，利津当地人，自幼聪颖，记性过人。少年时在本村私塾求学数年，读过《诗经》《易经》，特别喜读古典文学作品。因家境贫寒，十四岁辍学，后从师习说评书，始在利津各个集市从艺，继赴惠民、滨县、沾化、无棣等县演说评书，口齿清楚，嗓音圆正，讲古论今，夹评夹议，尤以针砭顽敌污吏著称，堪称入木三分，在鲁北各地颇有名气。五十多岁时患上眼疾，致双目失明。

“啪！”尚五一拍醒木：“只见林场里，那壮士大喝一声：‘黑心的倭寇！拿——命——来！’壮士力猛手快，就听噗的一声，一根檩条穿透了鬼子的胸膛，一腔子污血全喷了出来，小鬼子猫叫春似的用鸟语喊道：‘我不想死……’啊？那胸膛都插成肉筒子了，不想死能行？死去吧！”

“好！”众人纷纷喊好。

这说的杀鬼子壮士不会是我吧？丁振龙想。

尚五继续说道："其他鬼子不干哪，他们甩开腮帮子，掂起大槽牙，龇着牙咧着嘴，端着枪就往前冲，边冲还边开枪，可壮士枪弹不入。待鬼子一阵乱枪之后，壮士手一指，一根檩条飞起开了一个鬼子瓢，手再一指，一根檩条又飞起穿了一个汉奸胸。这么着，壮士是胖老王耍秫秸，轻而易举就把十来个鬼子和汉奸砸死在了檩条下。哎呀呀，那场面，真乃尸横遍地，血流成河啊。"

"好！好！好！"又是一片叫好声。

"话说那吴三桂，因一己之私而背弃民族大义。这一天，吴三桂在得知爱妾陈圆圆被抢走的消息之后，突然返回山海关，向投降李自成的明将唐通袭来。只见吴三桂圆睁环眼，怒发冲冠，高声喝喊：'拿命来！'说罢，一抖宝枪，拉开了阵势……"

嗯？丁振龙愣了，在场听书的人们也全都愣了，不是正说壮士杀鬼子杀汉奸吗，怎么突然冒出个吴三桂来？丁振龙一扭头，恍然大悟，原来场子里来了三个身着黑绸子便衣，歪戴礼帽，腰别王八壳子枪的伪军。他再定睛一看，啊，其中一个是钱豁嘴。

这狗日的，到了最后，还是给鬼子舔腚去了。可这说书的瞎子是怎么知道的？

三个伪军毫不客气地走到台上，其中一个大声嚷道："停停停……先别说了！尚五，这位是陈家庄据点的钱队长。钱队长这次专程来，是请你去陈家庄，给太君和各位长官说书的。"

尚五似乎用天眼盯着钱豁嘴，说："我尚五一介草民，别的不会，也就讲个《说岳》《杨家将》《包公案》啥的，乡亲们愿意听，我就说。可去鬼子据点，我高攀不上，不去！"

钱豁嘴对一个伪军说："李队副，我怀疑这瞎子以说书为名，给共产党八路军做探子！"

"抬爱了，我一个说书的瞎子能给共产党八路军做探子，你信吗？民族危亡，尚五虽尽不上微薄之力，但也绝不像某些败类，丢民族气节，让后人唾骂！"

"啪！啪！"钱豁嘴给了尚五老人两个耳光："气节？中国成百上千万军队，都挡不住皇军，你他娘的气节顶个屁用。"

李有年、赵联生和孙猴子靠过来，嘴里骂着钱豁嘴。丁振龙悄悄说："注意隐蔽，别叫这狗日的发现咱。这次，先给他记上一笔。"

尚五嘴角流出了血，但他闭着一双空明的眼睛，了无惧色："哈哈哈哈……我老汉没有了眼睛，就仗着这张嘴巴给乡亲们逗个乐子，可今天，你竟然打我

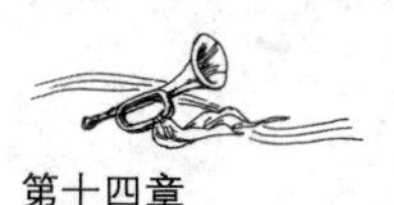



的嘴巴。倭寇入侵，罪不容诛，民族败类，更是死有余辜。罢罢罢，我和你这败类拼了!”说完，一头向钱豁嘴撞去，钱豁嘴一闪身，没有撞上，两个年轻人赶忙把老人搀住了。

“流氓!”“汉奸!”“二鬼子!”现场群情激愤，钱豁嘴等三人见势不妙，骂了几声，灰溜溜地跑了。

“银杏儿，你护理的武工队一队刘亮队长好几天了，吵闹着要出院，不肯上药水，范保良副院长让你去劝劝他。”早晨，小护士何英喊田银杏。

“好，我给这个伤员包扎完就过去。”银杏儿正在给一个小腿受伤的伤员清洗伤口，伤员疼得直咬牙，她柔声问：“很疼吗？坚持点，一会儿就好。”然后，慢慢用纱布小心地包扎。

军区战地医院是去年秋天刚刚搬到这个草深林密的小村子的。虽隐蔽性好，但住房条件极差。当地群众住的多是秫秸、茅草、泥巴垛成的简陋房屋，医院的治疗室也仅是几间半地上、半地下的地屋子。病房分散安排在百姓家中，器械、药品及医护人员更是十分缺乏。

银杏儿在医院战地救护训练班学习三个月之后，因聪明伶俐，护理技术学得快，再加上医院人手少，她已经可以直接参与护理工作了。

“我要出院，再住，骨头都发霉了。”见银杏儿进入房间，刘亮大声嚷嚷。

“刘队长，出院也得等伤好了啊。”银杏儿劝道。

“你看，我的身体都好了。”刘亮伸伸腿。

银杏儿轻轻一摸刘亮的伤腿，他哎哟一声，显然还疼：“好了？这叫好了吗?”

刘亮有些着急：“把我关在这里，太给你们和老乡添麻烦了，干脆让我出去打鬼子吧。”

“外面有的是鬼子等你打，但前提是必须养好伤，只有养好了伤，才能打更多的鬼子！来，上药!”银杏儿端着手术盘准备给刘亮上药。

这时，何英跑了进来：“银杏儿，跟我走，又来了十几个伤员，需要做手术。”给刘亮上完药，银杏儿跟着何英跑回医院。治疗室外的空地上，横七竖八躺着十来个伤员。他们中，两三个人一动不动，更多的人则因疼痛而呻吟不止。

范保良和另两位军医正在分别为伤员做简单手术，银杏儿忙前忙后，敷药、包扎……

天气炎热，银杏儿的白大褂上满是湿透的汗渍和从伤员身上沾染的血迹。她来回奔波着，每护理一个伤员，她都笑着拍拍他的肩膀，说一声保重。

银杏儿走到一个趴在床上的伤员跟前，咦，怎么穿着伪军服装？她再仔细看，里面竟然有两个穿伪军服装的伤员。她问旁边的一个伤员：“同志，这是怎么回事?”

“啊，他们两个是被我们俘虏的伪军。”

“这种帮日本人的坏蛋，咱凭什么管他?”

范保良走过来，说：“我们八路军优待俘虏，不像鬼子、汉奸那么残忍。”银杏儿似乎还是不明白，自言自语地说：“对这样的坏蛋，就不该优待。”

这个伪军却死死看了几眼漂亮的银杏儿，淫邪地说：“小姐，我的屁股被子弹穿透了，你快脱下我的裤子，给我治疗。”

银杏儿气不打一处来，但鉴于护士职责，她帮他解开腰带，一支手枪掉在了床上。她将他的裤子退到大腿根，却发现只是子弹蹭破了一层皮。

银杏儿问：“伤在哪里?”这个伪军猛然抓住银杏儿的手，去摸他的屁股：“这不在这里吗?”

银杏儿心头腾地蹿起一股怒火，她猛地挣脱开手，抓起他的手枪，哗啦啦推弹上膛，顶着他的太阳穴就要开枪，只见这伪军吓得面如土色，惊恐万状。

范保良急忙劝阻：“银杏儿，算了，别和他一般见识。来，你过来给我帮忙。”他正在为一个年轻战士做缝合手术，由于没有麻药，小战士疼得乱喊乱动，脸都变了形。

平静下来的银杏儿看到眼前的小战士满脸稚气，便说道：“小同志，你要喊就喊，想哭就哭，可别乱动!”

手术很快做完了，小战士安静下来，他看着银杏儿，对她说：“护士姐姐，我想喝水。”银杏儿端来一碗水，小战士却无法起身，她便坐在床沿上，用勺子为他喂水。在喝着银杏儿一勺勺送到嘴边的水时，小战士眼睛里流出了泪水。

银杏儿知道他的伤口很疼，柔和地对小战士说：“伤口很疼是吗？男子汉顶天立地，这点伤不算什么。”

小战士嘴唇直哆嗦：“不，你让我想起我姐姐了。”

银杏儿笑笑：“是吗?”

“我姐姐和你一样，也很漂亮，但她……却让日本鬼子给……杀了。”小战士呜呜哭了起来。

银杏儿的泪水，也止不住地流了下来。

何英走到范保良跟前：“范院长，消炎药、止疼药马上就没有了，你看怎么办?”

银杏儿轻轻拍拍小战士的手，擦一把眼泪，对范保良说：“院长，我去买

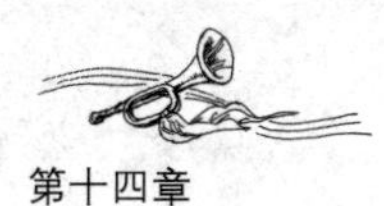



药吧。”

范保良十分为难：“现在日本人控制得很严，即便买了药，你也带不出来。”银杏儿眼巴巴地望着范保良：“你看，这么多伤员，没药怎么行，你就让我去试试吧。”

第二天正巧是陈家庄大集，银杏儿和一高一矮两个护士化装成农村大嫂，各提一个样式一样的篮子，篮子里有一层麸子，麸子上面是鸡蛋。她们随着赶集的乡亲一同进城，过路卡时，几个伪军对她们进行了简单的盘查，就放行了，倒也没遇到什么麻烦。

银杏儿心里微微担心，她的腿上还绑着一把小手枪呢。

三人在集上先把鸡蛋卖掉，又买了几样青菜，放在篮子里，然后，用早已准备好的钱和卖鸡蛋的钱分别到各个药店去买药。好在，由于她们买的量不大，再加上镇上的药店控制不算很严，所以，几个人把陈家庄的几家药店买了个遍。

收获着实不小。三个人把买来的药品集中到银杏儿的篮子里。银杏儿的篮子底层是药，中间是麸子，上面是一把韭菜、一把小白菜，另两人的篮子只是麸子和韭菜、白菜。

银杏儿三人来到出镇的路卡，两个背着长枪的伪军看到有三个农村女人走过来，习惯性地拦住：“篮子里装的啥？检查！”

两个护士在前，其中一个说：“长官，没别的，上午俺来卖鸡蛋，里面是麸子和青菜，用不着检查。”

“少废话，拿过来，检查！”伪军夺过两个护士的篮子，翻腾了个遍，确实，里面只有麸子和青菜。他们把篮子还给女人，对银杏儿摆手。

“哎哟，我肚子咋突然疼起来了！”银杏儿捂着肚子在地上转起了圈，高个护士赶紧跑过去：“吃坏肚子了吧？谁叫你馋嘴。”她假装看银杏儿，两个伪军也围了过来。

“哎哟，我的肚子咋也疼了！”矮个护士也突然在后面嚎叫起来，两个伪军赶忙回头。

趁伪军回头的节骨眼儿，银杏儿两人快速交换了篮子。高个护士提着银杏儿的篮子跑过去：“我说咱上午买的包子变味了吧，你们还不信，活该。”

两个女人坐在地上哎哟哎哟了一阵，慢慢地不叫唤了。一个伪军走到银杏儿跟前：“怎么样，不疼了吧？检查！”

“哎哟，俺肚子都疼成这样了，你这大哥也不心疼心疼俺？给你，查吧。”银杏儿把高个护士的篮子递给伪军，刚才，趁人不注意，她在里面放了两盒香烟。

篮子显然没有问题，伪军却发现里面有两盒烟:“这烟是给哪个野男人抽的?”

“你看你这大哥，咋这么说话？这是给俺孩子他爹买的。嗯，这么着，两位大哥要是愿意要，俺就送给大哥了。可是有一条，以后俺再来赶集，你们可不能再这么查来查去折腾俺了，行吗?”

两个伪军心里乐滋滋的，一人手里拿着盒烟，连声说：“好说，好说，常来赶集，你们走吧!”

三人挎起篮子，迈步往前走，银杏儿回过头来，喊道：“大哥，以后找时间到俺村里玩去啊……”

丁振龙在盐窝药王庙会上，发现了钱豁嘴。当天下午，他们四人便来到陈家庄，经过多方打听了解到，钱豁嘴带着十几个土匪，竟然真的认贼作父，死心塌地投靠了日本人。而且，他现在接了张宫豹的班，成了警备队队长。

而让丁振龙惊讶的是，据人们说，叔丁迎霜现在干上了汀河西村的鬼子维持会会长。

叔是村里的保长，这丁振龙是知道的，但怎么如今当了日本人的维持会会长？这不是和钱豁嘴一样，成了汉奸了吗？我丁家男人个个都响当当，硬邦邦，哪辈子出过没骨气的人？难道他竟然忘了我爹、我娘是咋死的了？

凭自己对叔的了解，凭叔的为人处事，他觉得这是不可能的，但人们说得有鼻子有眼，就不由得不让人心里犯嘀咕了。干脆，我回趟汀河，一是看看叔是咋回事，二是让家里人见见银杏儿。

利用休息时间，丁振龙甩开双腿，向银杏儿医院所在的村子赶去。经过村外岗哨的盘查，他向村中走去。刚进村，就听到前方有一个姑娘伴着胡琴在唱：

高粱叶子青又青，
九月十八来了日本兵。
先占火药库，
后占北大营，
杀人放火真是凶。
中国军队好几十万，
恭恭敬敬让出了沈阳城!
……

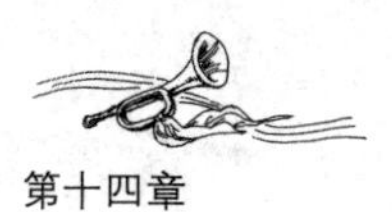



忽然，传来一阵女子的剧烈咳嗽声。丁振龙想，咋了，这闺女病了？转过一个弯，只见前面一个空场院里，围着一群人。

“啪！啪！啪……”“爹，我是你闺女啊！别打了！”人群里面，一声声皮鞭的抽打声，伴着一个姑娘的哀求声，直往丁振龙耳朵里灌。啊，解放区，大白天，怎么能用鞭子随便打人？这群人也是，怎么就没个人管管呢？

“住手！”丁振龙大声怒喝，然后，像一头猛虎，扒拉着人群，从外面冲到了空场子里。

地上，跪着一个穿着破衣烂衫的姑娘，正哆嗦成一团。一个同样穿得破破烂烂的老头，举着鞭子，狠心地抽向姑娘。

“不许打人！”丁振龙气得脸色铁青，两只眼睛瞪得像要裂开似的，直盯着老头儿，然后，抓住老头儿的胳膊，一把就把鞭子夺了过来：“对自己的闺女，你怎么能下这种毒手？”

围观人群中有人喊：“你是谁啊，捣啥乱啊？”

被打的姑娘站起来，攥住他的胳膊说：“振龙哥，我是银杏儿！”

丁振龙这才仔细一看，不是银杏儿是谁？“啊！银杏儿，这是咋回事？”丁振龙云里雾里，百思不得其解。

银杏儿咯咯大笑：“振龙哥，你被骗了，我们是在演戏。来，我给你介绍一下，这位是我们医院的范保良副院长，这位是武工队的丁振龙队长。”

“打人老头儿”伸出手：“哦，你就是赫赫有名的武工队队长丁振龙啊！我们正在演街头剧《放下你的鞭子》，你看，一场好好的戏让你给搅和了。”

丁振龙这才觉得自己这事办得太冒失了，他嘿嘿一乐：“对不起，我以为是真打人呢，要不，你们接着演？”

范保良问围观的人群：“乡亲们，咱还演不演？”“演！演！”人们还没看够。演出继续。

演出结束后，医院的十几名军医、护士都换上白大褂，为乡亲们查体、治病，为孩子种牛痘。军区战地医院经常在解放区走村串乡，先演街头剧，然后再为乡亲们看病，深受欢迎。

利用中午休息的一段时间，丁振龙和银杏儿走到村外。路这边，是一片柳树，知了在树上唱歌；路那边，是一片池塘，青蛙在水岸边吟咏。

“振龙哥，你听，那知了、青蛙叫得真好听。”银杏儿轻轻揽住了丁振龙的胳膊。

丁振龙看看银杏儿，笑笑，说：“银杏儿，别这样。”

“为什么呢？”

“让村里人看见影响不好。”

“我偏不!”嘴上虽这么说，手却离开了丁振龙。

丁振龙站住，问：“银杏儿，你知道我这次来是为了啥吗?”

银杏儿脱口而说：“那还用问，想我了呗!”

“想你，这是一。这二嘛，银杏儿，丑媳妇终究是要见公婆的，我想和你商量商量，等你这边学习完，咱请两天假，我带你回汀河。虽说我爹娘都不在了，可咱也得让叔和婶子见见你。然后，去铁门关，我再去见见未来的丈母娘，好吗?”

“真的? 太好了!”银杏儿一蹦三尺高……

最近一段时间，武工队大动作不多，丁振龙的手有些痒痒了。这不，他向姜文山和魏思颖提出，能不能去把陈家庄据点的鬼子军火库劫了? 在姜文山房间里，丁振龙提出这一建议，把姜文山和魏思颖吓了一跳。

丁振龙的理由是：这一，他和李有年在陈家庄据点里干过民夫，熟悉里面情况，知道军火库的位置和炮楼的情况；这二，麦收过后，鬼子、汉奸大队人马肯定要外出抢粮，据点必然空虚。因此，趁其兵力吃紧之际，来个出其不意，“领取”些军火用用。

姜文山说：“那敢情好，如果真做到了，不但灭了日本人的威风，而且咱武工队也会鸟枪换炮。不过，丁振龙，你这不是拍了一下脑袋想出来的吧?”

丁振龙一本正经说：“姜大队长，我可是认真琢磨过了，只要你和魏政委批准，我就派人到据点门口盯着，只要山田一郎的抢粮队伍一出去，那边，咱的人就跟上；这边呢，就算是咱的家了，什么手枪啊，步枪啊，子弹啊，愿拿啥拿啥，愿拿多少拿多少，弄不好，我还能给两位领导弄儿挺机枪、几门小钢炮呢。”

“鬼子据点戒备森严，我想问你，你怎么进去?”姜文山问。

丁振龙说：“姜队长不愧是大队长，问到点子上了。其实，这是最难办的，硬爬高墙显然不行，可他们的吊桥天天吊着，炮楼上又架着机关枪……”

“是啊，军火库在据点里面，要是进不去，那不白搭?”魏思颖也在为难。

“我在想，现在各个据点的鬼子、汉奸都在抢粮，我准备劫一两辆鬼子运粮车；然后假扮鬼子、汉奸蒙混进去，这计划绝对可行。”

姜文山在思考。魏思颖说：“你得考虑好，不能出什么差错。”

“魏政委，你放心，我肯定考虑好。直到现在，和鬼子打交道，我丁振龙还没失过手呢。”

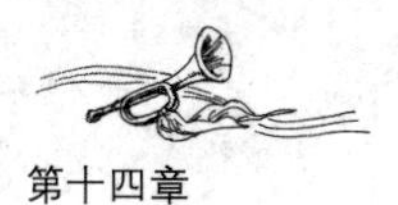



姜文山沉思良久，对丁振龙说："我和魏政委再研究研究，如果可行，我再把侯春生的二队一并交你指挥……"

吊桥高高吊起，陈家庄据点里寂静无声，仿佛空无一人。两辆挂着膏药旗的日本军车从远处向大门口开了过来。

军车在门前停下，这时，封锁沟对面，走出两个鬼子、两个伪军。一个伪军喊道："干什么的？"

军车上，跳下一个伪军，只听他回道："我是县警备队的刘队副，山田太君借用了我们的车，是来给你们送粮食的。"

"有证件没有？"

刘队副拿出自己的证件，在空中晃了几晃。对方拿起一根挂着小篮子的长竹竿，伸过来，说："看不清楚，放篮子里。"刘队副把证件放到篮子里，对方收回，仔仔细细看了看："好，这就给你们放吊桥。"

军车开过了吊桥，进入了据点。车停下，跳下了三个"鬼子"、两个"汉奸"，不用说，这是丁振龙的武工队假扮的。他们从昨天下午开始在鬼子运粮车必经之路的苇丛中潜伏，等到天刚发亮，终于等来了两辆鬼子运粮车。他们设好路障，等到鬼子伪军下车清路障时，枪声一起响起，三下五除二，就结果了除一个伪军之外的所有鬼子和汉奸，然后，只在四周留一圈麻袋，武工队的人跳进了车里。司机，换成了孙猴子和另一位武工队员。

原来，这是两辆利津据点抢粮的军车。

见有人从车上跳下，值岗的鬼子有所警觉，他们用日语和"皇军"对话，丁振龙笑一笑，掏出了烟。趁对方愣神之际，四个人分别扑到值岗的鬼子身上，先用大手捂住嘴巴，再用另一只手猛地掐住脖子，用力一扭，再扭，再扭，直到对方都一动不动了，才算罢手。

丁振龙对这个炮楼是熟悉的，他命令两个队员前去剪电话线，然后，独自一人，悄悄从楼梯爬到二楼鬼子机枪处，猛地推开房门，一个鬼子机枪手想回头看个究竟，丁振龙一甩飞刀，他便趴在了机枪上。

丁振龙一脚踹开了死鬼子，一手提机枪，一手端手枪，往楼下慢慢退去。

丁振龙部署，侯春生带五六人埋伏在炮楼出口，专门对付楼里的鬼子，李有年带五六人去据点东北角，设防住在那里的伪军，岗哨换成武工队的人，其他人，坐军车向军火库开去。

军火库近在眼前，路两边，各竖立着一块木牌子，其中一块，上面用汉字写着：军事重地，严禁靠近。这些字，丁振龙认得，看来，这几个月的文化没白学。另一块，却写着一大堆曲里拐弯、奇形怪状的字符，他不认识。

军火库门口，两个鬼子背着“三八大盖”站立着。看到两辆军车开过来，他们不知道这车是干什么的，正想上前盘问，只见两道寒光一闪，“啊——”人就已经摔倒在了地上。丁振龙打算，能不用枪就不用枪，最好是神不知鬼不觉地带上些枪支弹药出去。

突然，从仓库里冲出四个鬼子，显然，他们听到了刚才两个鬼子摔倒在地上的声音。猛然看到外面有十几个人，有穿皇军服装的，有穿国军服装的，也有穿百姓服装的，再看到两个自己人躺在地上，他们知道，来了劫军火库的人。

“卧倒!”丁振龙一声大喊，却已来不及，鬼子开了枪，两个武工队员倒了下去。他猛地拔出枪，手指扣下扳机，同时，其他队员也开了枪，三个鬼子摔倒在门口，另一鬼子见势不妙，退回到了仓库里。

武工队队员们侧身仓库门口两侧，丁振龙大喊：“小鬼子，赶紧给你爷爷我蹦出来，别当缩头王八!”

里面的鬼子被激怒了，大声咆哮道：“巴嘎！支那臭猪!”一串机枪子弹向大门口扫了过来。

就在这时，炮楼以及东北角伪军营房都传来了激烈的枪声，显然，侯春生、李有年他们和敌人交上了火。丁振龙知道，对方的人不会太多，另外，侯春生、李有年等人藏在暗处，阻止或消灭他们问题不大。问题是，这个藏在仓库内弹药箱后面的鬼子必须设法解决。

丁振龙带两人绕到仓库后面，看到一人多高的墙上有一个窗户，窗户还开着，他大喜过望：“快，蹲下!”丁振龙命令一个队员在地上蹲下，他踩着他的肩膀站了起来。

顺着窗户看过去，小鬼子的一串子弹正毫无目的地从军火库中飞出去，丁振龙迅速出枪、瞄准、击发，鲜血从鬼子背部汩汩流淌出来。

十几个武工队员冲进了军火库，出现在他们眼前的，有成箱的手枪、步枪、子弹、手榴弹、掷弹筒，还有四挺歪把子，更让丁振龙惊奇的是，仓库中竟然有两门钢炮和数箱炮弹。

丁振龙命令：“快，装车，装满一辆，另一辆坐人!”十几个人你搬我扛，或三两人同时搬抬，很快就塞满了一辆车。两个被击中的战友也被抬上汽车。

“撤!”眼看鬼子的枪支弹药已被“领取”得差不多了，丁振龙满意地看了看，大声向队员们命令道。堵截营房的李有年等人也跑了过来。丁振龙知道，这里不是久留之地，万一山田带人回来或有其他鬼子正巧赶来，后果将不堪设想。

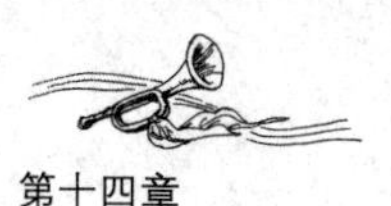



军车来到大门口，侯春生等人早已持枪等候，丁振龙大声喊道：“上车，快上车!”众人飞身上了军车。不知是炮楼里的留守鬼子都被消灭了，还是什么原因，车出据点竟然没有遇到抵抗。

侯春生在车上扯着嗓子大声问：“丁队长，收获咋样？”

“够你用一年的!”

“前面不会有堵截咱的车吧？”

“放心，电话线早就给他剪断了，等鬼子发现，咱都到家喽。哈哈哈哈……”丁振龙爽朗地大笑起来。

两辆挂着日本膏药旗的军车穿过吊桥，穿过村外的路卡，然后，卷起一股黄尘，风驰电掣般向远处奔去……

# 第十五章

一轮玉盘般丰满的圆月高高挂在天上，夜空如洗，繁星点点。

丁振龙立了一大功，武工队全体人员大会上，姜文山和魏思颖给予了充分的赞扬，并书面请示上级为丁振龙请功。这时，银杏儿结束了军区战地医院战地救护训练班的学习，返回了武工队。丁振龙便趁热打铁，向两位领导提出了和银杏儿请假回家的要求。姜文山和魏思颖早就知道两人的关系，并且认为两人是天生的一对，很是支持他们。

两位领导爽快地批准了他们的请假要求，但时间只有三天，三天之内必须赶回。这次劫鬼子军火库，竟然淘来了两把勃朗宁手枪。对此，大队做了决定，一支，由姜文山使用，另一支，魏思颖郑重地奖励给了丁振龙。

姜文山目光炯炯："丁振龙同志，在对敌斗争中，武器是八路军战士的生命，你要像爱护自己的眼睛一样爱护这把手枪！"

"是！请首长放心！"丁振龙笔直地敬了个军礼，郑重地回答道。

领导准了三天假，丁振龙和银杏儿决定晚上走，晚上回。这样比较安全，且能在家多待段时间。赶着最后一班渡船，丁振龙和银杏儿渡过了黄河。

丁振龙和银杏儿身穿便衣，一人背着大布口袋，一人提着蓝花包袱，边悄悄说话边慢慢向前走着。回家的念想冲击着这对八路军战士，激荡着这对相亲相爱的年轻人。

隐隐约约，汀河已在不远处。银杏儿抬头，看到月上中天，时间应是子时了，她对丁振龙说："振龙哥，你一年半没回来，今天回到家都下半夜了，不把叔和婶子吓着？"

丁振龙看一眼银杏儿，再看路西边是一片芦苇，说："要不然，咱到苇子地

里歇歇，等天亮再回家?”银杏儿点点头，两人扭身向苇丛中走去。

走到苇丛深处，丁振龙和银杏儿放下口袋和包袱，一块踩踏芦苇，踩出了一小片开阔地带。丁振龙把上衣脱下，铺在苇草上，说：“银杏儿，你坐。”银杏儿在衣服上坐下，说一声哥你也坐，丁振龙靠着银杏儿坐了下来。

黑黝黝的苇丛里，没有鸟叫，也没有虫鸣，天地间只有他们两个人。银杏儿仰望着夏夜的星空，突然轻轻笑了起来。丁振龙问：“笑啥?”

银杏儿抱住了丁振龙的胳膊，忘情地看着他的脸幽幽地说：“哥，你知道我想起什么来了吗？我想起一年半前的那个冬天，我穿着大红喜装，和一个根本不认识的你一起逃命。那时，我是第一次和一个素不相识的男人待在黑夜的荒坡里，你说，我咋不怕你呢?”

丁振龙心里突然充满了感动，却不知怎么回答才好，他轻轻把银杏儿搂在怀里：“那说明咱俩是天生的一对呀，说不定，咱上辈子就是两口子呢。”

银杏儿笑了，俏皮地说：“啊，原来是这样。怪不得天底下那么多男人，我就单挑了你这棵葱呢。”然后，银杏儿贴近丁振龙的耳朵，说：“哥，你是天底下最好最好的男人，一个值得我想一生，宠一世，亲一辈子的男人……”

银杏儿一双水汪汪的眼睛痴迷地望着丁振龙，一串串幸福的泪珠滚滚而下。丁振龙捧起她俊俏的瓜子脸，凝视着梨花带雨的盈盈美眸，抚摸着诱人的光滑下巴，凝视，再凝视，像凝视一块晶莹的翠玉，抚摸，再抚摸，像抚摸一个美丽的梦幻。

突然，丁振龙浑身的血液沸腾，心突突地狂跳不止，潜藏二十多年的情欲骤然迸发。他粗暴地箍住了那个柔软而滚热的身子，疯狂地吻着她的头发、脸庞。

而丁振龙野蛮狂暴的动作，弄得银杏儿一阵眩晕，一阵战栗。她如同小兽一样，用她的牙齿咬他的舌，咬他的唇，咬他的脸，咬他的耳，好像在激情地呼唤：来吧，你还等什么?

丁振龙躯体内那种难以克制的欲望再也无法按捺，他疯狂地为她、为自己宽衣解带。

月光下，银杏儿的身子就像一尊巧夺天工的艺术品，完完整整地展现在丁振龙眼前。丁振龙却实在顾不得欣赏这洁白无瑕的女儿身，像一头野兽，猛地将银杏儿压在身下。

犹如干柴遭遇烈火，旱地迎来甘霖，他们在衣服、苇草上扭作一团。翻滚了半天，随着一声“天哪……”的轻轻喊叫，两个人的身体终于联结成一体。

梁家屋子未能做成的事，今天如愿以偿。

殷红的女儿血，点点滴滴，洒在了绿色的芦苇之上……

激情过后，两人穿好衣服，又紧紧相拥在了一起。突然，银杏儿在振龙怀中轻轻啜泣起来。丁振龙用手背轻轻为银杏儿擦去眼泪，忐忑道：“银杏儿，你，你后悔了?”银杏儿止住哭泣，扬起她那梨花带雨的美眸，轻轻说道：“不，我只是觉得，自己的身子该是成亲后才给你的，就像送生日礼物，提前给了你，可到你生日时，我却拿不出礼物了。”

丁振龙心头一热，紧紧地抱住了银杏儿：“好妹妹，谢谢你，今生今世我都不离开你。”

几只多情的萤火虫闪闪烁烁，像夏夜里一只又一只亮亮的小眼睛，悠悠然窥探着迷人月色中这至纯至洁的人间秘密。

可是人间，都是天遂人愿吗？都是如愿以偿吗？几声鸡鸣从村中传来，天，就要亮了……

路上行人稀少，整个村子显得冷冷清清。推开虚掩着的草门，丁振龙和银杏儿紧挨着，走进了叔丁迎霜家院子里。秫秸围墙西边，是自己家，丁振龙抬头看了一眼，屋的外墙已经脱落了不少墙皮，屋顶长着许多草，院子里更是荒草萋萋。

婶子正在院子的一个简易灶台边生火做饭，可能是柴草潮湿的缘故，烟囱、灶膛都在往外冒烟，呛得婶子蹲在地上，眯缝着眼，一个劲儿地咳嗽，鼻子一把泪一把的。

一双男人的大脚站在灶台边，婶子好像感觉到了什么，她侧过身，抬起头。

“婶子，我是振龙，我回来了!”婶子好像挨了一闷棍，猛然坐在了地上：“你……振龙？你不是死了吗?”

丁振龙也愣住了，他笑笑：“婶子，谁说我死了？这大白天的，我这不是有胳膊有腿站在您老人家跟前吗?”

婶子突然手足无措，愣了一会儿，她也顾不得招呼振龙进屋，也没注意侄子后面还跟着个俊闺女，扯开嗓子，大声喊道：“他爹，振龙……咱振龙活着回来了……活着回来了!”边喊边踮着个小脚往屋里跑。

丁迎霜从屋里走出来，差点和振虎娘撞在一起。

丁振龙和叔的两双大手紧紧地攥在了一起。丁迎霜又喜又悲，边用手摸着振龙的脸，边喃喃地说：“是我的振龙，是我的孩子。”爷俩的眼睛都湿润了。婶子更是抹起了眼泪。

丁振龙歉疚地说：“叔，这一年多让你和婶子担惊受怕了。”

丁迎霜叹了口气，说道：“唉，现在兵荒马乱的，只要人活着就好。过两天，拾掇拾掇你家这屋，从今以后，就在家里待着，别去当那个土匪了。”突然，他看到了银杏儿，“振龙，这闺女是谁啊？”

丁振龙牵过银杏儿的手：“叔、婶子，这是你们的侄媳妇。”

银杏儿大大方方地对叔和婶子说：“叔、婶子，侄媳妇给两位老人问好！”

“好好好，都好！”丁迎霜和老伴儿回应道。婶子走过来，牵过银杏儿的手，看着银杏儿漂亮的脸蛋，脸上笑开了花：“哎呀，俺振龙这不快赶上那县长了，给婶子带回这么个俊媳妇啊！”

大家都笑了。丁振龙想，这婶子，知道个县长，还用在这儿了。银杏儿也羞涩地笑了。

丁振虎挑水回来，见院子里多了一男一女，他撂下水挑子，再仔细看，啊，是振龙哥。他猛地跑过去，一把搂住丁振龙，转起了圈：“振龙哥，真的是你啊！我说嘛，振龙哥是金刚命，福星高照，哪能说死就死呢？”他看了一眼银杏儿，再仔细看，“你不是魏家那个小媳妇吗？”

振虎娘训斥振虎：“啥大媳妇小媳妇的，这是你嫂子，快叫嫂子！”

“嫂子？”丁振虎愣了。丁迎霜此时也看出这里面有问题。是啊，前年冬里魏思绪娶的小妾是让振龙劫走的，转过年来他还杀了鬼子、伪军六个人，惹恼了鬼子，为此，村里的罗大爷和马大爷还被鬼子活活杀死。难道这闺女就是那个小妾？振龙这么回来鬼子能善罢甘休？

想到这里，丁迎霜赶紧招呼大家：“快，到屋里，有啥话屋里头说。”丁振虎疑惑着。

进得屋里，大家都不说话，原本亲人相见的祥和气氛顿时变得凝重起来。见场面有些沉闷，丁振龙对银杏儿说：“银杏儿，你给叔、婶子和振虎兄弟带的礼物呢？”

“在这儿呢！”银杏儿解开蓝花包袱，拿起两套皮袄皮裤，递给婶子，“婶子，这是给两位老人的，一人一身皮袄皮裤，是我和振龙的一点心意。”然后，又拿起一双军靴给振虎，“振虎兄弟，这双军靴送给你。”振虎接过，翻过来覆过去地看，喜欢得不得了。

婶子说：“这俩孩子，咱过的都是宁省囤尖不省囤底的庄户日子，这得花多少钱啊？”

丁迎霜没表示什么，只对老伴儿说：“振虎娘啊，你抓紧做饭，俩孩子也饿了，等吃了饭，咱再好好念叨念叨。”

早饭很快吃完。振龙带着侄媳妇来了，婶子便格外上心，摊了一碟子咸食（面加鸡蛋，以面为主），拌了黄瓜，烙的包皮子饼（外皮麦子面里层高粱面）。庄稼人，日子过得苦，一年下来，好的时候，窝头饼子，咸菜虾酱，青黄不接的时候，连个野菜都见不到。这顿早晨饭，可是用心了。

丁迎霜坐在椅子上，慢慢点上一袋烟，吧嗒吧嗒吸起来。吸了一会儿，丁迎霜说话了："振龙啊，你离开家都一年半多了。年前，听说你当了土匪，我到梁家屋子找过你，可听那姓钱的说你被日本人给杀了，我是既不相信又心疼得不得了。这回好了，我和你婶子就放心了，要不然，咋对得起哥和嫂子啊。"

丁振龙说："叔，让你和婶子为我操心了。"

"操心倒不要紧。叔知道，你在外头肯定吃了不少苦，受了不少罪。唉，这鬼子坐天下，能活个命，就不孬了。有几件事咱一块说道说道，再考虑下一步的打算。第一件，这闺女是金家、魏家娶过的媳妇吗?"

银杏儿低着头，不说话。丁振龙说："叔、婶子，不错，她叫田银杏，是金家、魏家娶过的媳妇。但她既没和金家拜堂，又没和魏家上炕，她还是个好闺女。"

丁迎霜问："好。那去年过了年后，有两个鬼子、四个汉奸在据点里被杀，鬼子说是你干的，是你干的吗?"

"叔，是我干的。"丁振龙毫不隐瞒。

"好，有种，是丁家的子孙。"丁迎霜往桌子上一放烟袋锅，又不无伤感地说："可你知道不知道，鬼子抓不到你，来到咱村，让人抵命。最后，你罗爷爷和马爷爷主动站出来，被鬼子活活杀死了。丁振龙啊，两个老人可是为你死的啊。"

丁振龙像挨了一颗炸弹轰炸，陡然惊呆在那里。他使劲揪着自己的头发，痛苦得直摇头："啊，罗爷爷，为我死了？马爷爷，为我死了？"

"别揪头发了。回头，把给你婶子带来的那一套皮袄皮裤带上，去看看你罗奶奶。马爷爷家没啥人了，你去马爷爷、罗爷爷坟上上个坟，给两个老人赔个礼道个歉，求得两个老人的宽饶。"

丁振龙的眼泪已流了一脸，他轻轻地啜泣："罗爷爷啊，马爷爷啊，我不是个东西……"

丁迎霜一拍桌子，生气地说："丁振龙，你还知道你不是个东西啊？我看你有头无脑，做事莽撞，不计后果，连头猪都不如。你抢了人家的媳妇，怎么收场，想了吗？你杀了鬼子，那日本人还能饶了你？你可好，就这么大摇大摆地带着人家的媳妇回家来了，要是让小鬼子知道了，要是让魏思绪知道了，要是

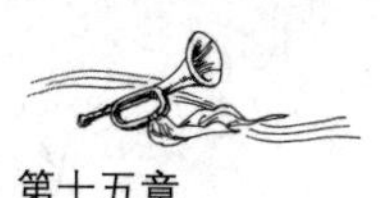



让金墨轩的儿子国民党保安团团长金雨堂知道了，我看你有几个脑袋？”

听到这里，丁振龙突然想起叔做日本维持会会长的事，他正好想问问，便说：“叔，你刚才说的这些事儿，我都能解决，你不用担心。我倒是听说你当了日本人的维持会会长，这可是真的？”

“这话你是听谁说的？不错，我现在是干了这个差事。”丁迎霜说。

听到这话从叔的嘴里亲口说出来，丁振龙气得脸色铁青：“叔啊，你脸皮可够厚的。维持会会长是啥？是汉奸，是帮凶，是和日本人穿一条裤子欺负中国老百姓的罪人。如果你不是我叔，我现在就一枪崩了你。”

银杏儿怒喝：“丁振龙，干什么？有你这么对长辈说话的吗？”

“丁振龙，我说你莽撞、毛躁，还真不是冤枉你。不假，我是日本人的维持会会长，但这是我自愿的吗？不是，是日本人逼着，更是乡亲们让我干的。同样是维持会会长，同样是给鬼子办差，会长和会长不一样，我可是个白皮红心，身在曹营心在汉的维持会会长。我是不知道哪里有八路军，要是我知道了，我就专门帮着八路军干事，和鬼子对着干。”

丁振龙不相信似的，问：“真的？”

丁迎霜挺直腰杆：“不是真的还是假的？我是丁家的男人，和你爹一样，是堂堂正正、顶天立地的汉子！至少，我比你这个土匪强！”

丁振龙急忙翻腾布袋，掏出两顶八路军军帽，自己戴一顶，给银杏儿戴一顶。然后，两人一块向叔、婶敬了一个标准军礼：“叔、婶子、振虎，你们看，俺俩是土匪还是八路军？”

丁迎霜三人都站了起来，惊得眼睛瞪得老大。丁迎霜喜出望外：“振龙，你，你们现在是八路军？”

丁振龙自豪地说：“叔、婶子，我现在是八路军武工队第三中队队长，她，田银杏，是八路军武工队医疗队员。”

这丁迎霜做梦也没想到，当过土匪的侄子竟然参加了八路军，并且还是武工队队长。他心里想，这还差不多，这才是丁家的种。

接下来一家人的话语就没有刚才的火药味了。丁振龙把离家这一年多，先是魏家、金家抢亲，再到被迫暂留匪窝，再到加入八路军武工队的过程给叔婶原原本本说了一遍。其间，更是重点讲了他冒死据点夺枪、林场砸杀鬼子、刀刺汉奸张宫豹、奇袭鬼子军火库等几件事，惊得丁迎霜目瞪口呆。

“振龙啊，这些事都是你干的？传说中飞檐走壁、刀枪不入、三头六臂，还有神仙本事的人是你？”丁迎霜问侄子。

丁振龙和银杏儿都笑了。丁振龙说："叔，这些事都是我干的，但我没有三头六臂，也没有神仙本事，有的，只是对鬼子，还有那些铁杆汉奸的恨。慢慢来吧，我早晚把他们一个个全宰了。"

丁振虎好奇地问："你是八路军，咋不穿八路衣服？那多威风啊。振龙哥，你也带我去参加八路，行吗？"

"振虎，咱这块埝儿现在还是敌占区，穿八路衣服不安全。至于你想当八路军，还得看叔和婶子的意思。"

振虎娘一口回绝："不行，当兵可不是个好差事，又是刀又是枪的，要是有个三长两短，我和你爹可咋活？"

丁迎霜制止老伴儿，问振龙："我也分不清这共产党、八路军、武工队是一码事儿啊，还是三码事儿，你两个能不能给我讲讲？"

丁振龙和银杏儿便凭着自己对共产党、八路军、武工队的理解，给叔简要地讲解了一番。然后，丁振龙说："我现在是八路军军人，也是武工队队员，但却不是共产党员，不过，我已写了入党申请书，争取早日成为党的人。"

丁振虎咋呼："不对呀，你又没上过学，咋写申请书？"

"振虎啊，八路军里，不但搞军训，而且还学文化，以后啊，你哥我就是既能武又能文的张翼德了。"丁振龙说。

丁振虎问："张翼德是谁？"

"张翼德都不知道啊？你咋听的书？张翼德是身长八尺，豹头环眼，说起话来像雨天炸雷，走起道来如狂奔儿马（公马），大战虎牢关，喝断当阳桥的猛张飞。"丁振龙站起来，端着架势，在兄弟面前卖弄着。一家人笑得前仰后合。

接下来，丁迎霜把往鬼子酒里撒尿、面里掺土，十个壮汉尿喷鬼子脚等事情给振龙两人说了。振龙对叔佩服不已，说叔不愧为皮白心红的维持会会长。

虽是兵荒马乱的年月，可平日里，丁迎霜家总是乡民们聊天拉呱的场所，冬天屋里，夏天院里，五冬六夏都间断不了。一是人们在这里能了解些家长里短，村务田事，二是以此来打发那寒苦难挨的时光。

宋长水和几个乡民是常客，一来就坐在了院子的树下。丁迎霜见了，让振虎把人们叫到屋里。人们进得屋里，看到丁振龙正站在屋子中间，迎接各位乡亲，惊得舌头都收不回去了。

"振龙，你还活着？"宋长水惊呼道。

"宋爷爷，我一直活得好好的啊。不过，我是咱乡亲们的罪人啊。"丁振龙深深地给大家鞠了一个躬。

宋长水一摆手："孩子啊，这话咋说的。我早就讲过，你和你爹丁迎风一样，骨头敲一敲当当响，不是罪人，而是英雄，是咱汀河西村宁为玉碎、不为瓦全的铁汉子，不愧是你爹的好后人，有种！"

这时，丁迎霜在梁家屋子解救过的俊闺女月月走了进来。丁迎霜忽悠钱豁嘴放了月月，月月一家怕土匪再来抢媳妇，便决定举家外迁，可到处人生地不熟，月月父母便带着月月和弟弟来到汀河西村，找到丁迎霜，央求汀河西村人收留他们。丁迎霜见一家人可怜，便和村里几个有主见的人商量一下，决定留下他们。本打算让他们在丁振龙家住下，却想到鬼子、汉奸经常来自己家，月月住在隔壁容易叫钱豁嘴发现，遂在村里另找了一处背街的旧房子，一家人算是有了一个家。

这月月不仅人长得好，而且聪明乖巧，是个知恩图报的闺女。来到汀河后，她把丁迎霜两口子看得比爹娘都亲，没事就来叔婶家，帮着婶子忙里忙外。丁周氏很快喜欢上了这个闺女，一直把她当自己的闺女看，要不是丁振虎早已定亲，她真想让这月月当自己家的媳妇。

月月看到屋里有这么多人，羞涩地一笑，对丁周氏说："婶子，我来借簸箕用用。"然后，看了丁振龙一眼，说："这是振龙哥吧？叔和婶子经常念叨你，这回，回来就好了。"

丁迎霜对振龙和银杏儿说："这是月月，比你们小，叫妹妹吧。"又对月月说："这是你振龙哥和将来的嫂子。"

三人互相打招呼，然后，月月拿过簸箕，回家了。

丁振龙拿出自己带来的香烟，招待大家。当听说振龙现在是八路军武工队的队长，当听到当年魏思绪要娶的小妾成了振龙的未婚媳妇，并且也是八路军战士时，大家都说振龙这步棋走得对，也是结了一段好姻缘。不过，宋长水叮嘱大伙，出去不要乱说，别让鬼子知道了。说了一会儿话，人们纷纷散去。

这个期间，婶子一直亲热地攥着银杏儿的手，娘俩坐在炕上说话，手都没有松开过。

丁迎霜从桌上拿起烟荷包，拔下裤腰上别着的烟袋锅，挖满一锅烟，摁实，含到嘴里，拿起洋火就要点。丁振龙看到了，赶忙拿起香烟，递给叔一根："叔，你尝尝这洋烟，比旱烟好吃（抽）。"

丁迎霜将自己的烟袋锅放在桌上，接过香烟，说："这洋烟很贵吧？""不算贵，主要是尝个新鲜。"丁振龙说。

"好，那我就沾侄子的光，尝个新鲜。"说完，就要自己点烟。银杏儿眼疾手快，拿起洋火，为叔把烟点上了。

丁迎霜深深吸了一口烟，说："这烟没旱烟有劲，可是比旱烟香，嗯，不孬。"然后，他看一眼银杏儿，问："闺女，我知道你家是铁门关，你爹的大名是……"

银杏儿回答："叔，我爹叫田青邦。"

"啥?"好像受了莫大的刺激，坐在椅子上的丁迎霜猛地站了起来，脸色变得异常难看。婶子也猛地松开了银杏儿的手。

惊讶了一会儿，丁迎霜问："那你娘姓毕?"

"是啊，我娘叫毕蕙兰。叔，你认识他们吗?"银杏儿看到叔脸上表情的前后变化，迷惑不解。

"啊，是这样。那你家几个孩子？有哥或者是姐姐吗?"丁迎霜眼睛直视着银杏儿。

"娘只生了我一个孩子，爹就在战场上战死了。"银杏儿回答。

"你多大?"

"我今年二十一了。"

丁迎霜在心中盘算一番，然后斩钉截铁地说："不，如果你爹娘确实只有一个孩子，那你就不是二十一岁，而是……二十三岁。"

"不，叔，我确实是二十一岁，可二十一岁和二十三岁又有什么关系?"

丁迎霜不再看银杏儿，他一声长叹："唉，你们的爹娘，还有你们，这是造的哪门子孽啊?"

此话一出，丁振龙和田银杏呆若木鸡，他们直视着叔的眼睛，想一探究竟，他怎么突然冒出这么句话来。

"不是冤家不聚头啊。"丁迎霜极度痛苦，不忍心看两个孩子："孩子们，别怨叔和婶子狠心，也不是叔要棒打鸳鸯，你们实在是不能做夫妻啊!"

丁振龙和银杏儿震惊了："为什么?"

丁迎霜老泪纵横，将头深深俯在腿上，艰难地说："为什么？因为你们是一个爹的亲姐弟，她是你亲姐姐啊。"

对丁振龙和银杏儿来说，丁迎霜的这句话无异于晴天霹雳，两人顿时手脚冰凉，脑海里一片空白。丁振龙怔怔地呆了半天才回过神来："叔哇，你可不能因为她以前是魏思绪娶的小妾，就骗我们。"

银杏儿早已泪流满面。

"孩子们，叔咋会骗你们呢?"然后，丁迎霜说出了一段埋藏在丁家人心中的伤心往事：当年，汀河庄的丁迎风和铁门关村的田青邦姥娘家都在盐窝镇，两家是邻居。他们逢年过节经常去，时间长了，便都喜欢上了邻家闺女、长相俊秀的毕蕙兰，但毕蕙兰喜欢丁迎风。很快，毕蕙兰嫁到了丁家，田青邦一气之下，当了国军，因作战勇敢很快当了连长。田青邦是一个寸利必得、睚眦必报之人，何况那是自己喜欢的女人。大半年后，田青邦纠集十来个官兵来到汀河，将刀架在了毕蕙兰脖子上，让毕蕙兰在死和跟他走之间选择一样，最终，毕蕙兰选择了活。血气方刚的丁迎风哪干，顺手抄起一杆锄头和十来个官兵打在一起，谁料寡不敌众，丁迎风被暴打一顿后昏了过去，丁迎风的父亲被当场气死。毕蕙兰不顾死活不知的男人、公公，不顾丁家人的苦苦哀求，跟着田青邦远走他乡。

如果毕蕙兰只生过一个孩子，那这个孩子不是别人，正是眼前这个银杏儿。不过，当年毕蕙兰怀有三个月身孕之事，粗粗拉拉的大男人丁迎风并不知道，知道这事的，只有振虎娘。

丁振龙，则是丁迎风再娶之后生的孩子。

两个年轻人惊呆了，这怎么可能呢?丁振龙歇斯底里："怎么会是这样啊!"然后，他站起来："叔，婶子，你们肯定弄错了，你说我爹的孩子二十三岁，可银杏儿才二十一岁，不是一个人，再说银杏儿是个好闺女啊!"

"振龙，好闺女错不了，可她再好，你也不能娶亲姐姐啊!"丁迎霜老泪纵横。

丁振龙执拗："我不管，我只知道我爹的孩子二十三岁，这个二十一岁的田银杏我是娶定了!"

丁迎霜一拍桌子，咆哮起来："丁振龙，你个混账！有娶自己亲姐姐的吗?你爹差点让那个贼汉子打死，差点让那个贱女人气死，你爷爷干脆就死在那对狗男女手里。咱家和他们有不共戴天之仇，是丁家的子孙，就拿起你的枪，去铁门关，先把那个姓毕的贱女人杀了!"

天早已暗了下来，黑黢黢的屋子里，两个年轻人绝望地呆立着……

一盏油灯忽明忽暗地燃着，灯影摇曳，青虚虚、绿莹莹。下半夜了，一家子人都没有一个睡觉的，如同一尊尊雕塑，呆呆地不动。丁振龙神情茫然地瘫坐在椅子上，目光呆滞地望着屋外越下越大的雨，脑子一片空白。

炕梢上，银杏儿垂头无语。恍惚中，她的思绪穿过几乎流干的泪云逆流而上，一对浑身是血的鸳鸯狰狞地在眼前飞来飞去。她飞起来，想去抓住它们，为它们擦血，为它们疗伤，可当她正要捧住这对血鸳鸯的时候，却突然，一支飞刀飞来，将两只血鸳鸯刺穿，她随着鸳鸯轰然落地，便什么也看不到了。

从天上的幸福，到地面的绝望，这长长的路程，只用了一个晚上。

天亮了，窗外的暴风雨却依旧在肆虐着人间的悲苦心境。

银杏儿从炕上下来，无声地收拾着自己的蓝花包袱，她把振龙的，把给叔家的都拿出来，只把自己的东西留在包袱里，系好，挎在胳膊上，然后，站起来，哽咽着说："叔、婶子，我想了一个晚上，都没想清楚我到底是谁家的孩子，我是谁。上辈人的恩恩怨怨太复杂了，我们晚辈人实在承担不起来。不过，咱们家的人都是好人……不管我和振龙是不是亲姐弟，我都忘不了他……我这就走，回铁门关，去问问我娘，我到底是二十三岁的银杏儿，还是二十一岁的银杏儿……如果我娘说，我二十三岁了，那我就认了，说明我和振龙没有夫妻缘分；如果我娘说，我二十一岁，并且，上面还有一个哥哥或者姐姐，只不过这个哥哥或者姐姐，死了还是送人我不知道罢了，那我和振龙就不是姐弟，我就还来找他……我离不开他啊……"

银杏儿的一番话让丁迎霜两口子禁不住热泪盈眶。

"银杏儿……"丁振龙欲言又止。

银杏儿看了一眼叔婶，看了一眼振龙，大声喊道："振龙，我这辈子忘不了你……"然后，毅然冲入暴风雨中。

"银杏儿，不行，雨太大了！"丁振龙喊叫着，要往外冲，却被丁迎霜和丁振虎死死地拽住了。"你们的心咋比石头还硬啊……"丁振龙像一只受伤的野狼，嚎叫着。

银杏儿跌跌撞撞，浑身泥水地推开只有两间小矮土屋的家的门。她差一点认不出自己的家了，屋里黑漆漆一片，一股臭味扑鼻而来，墙上挂满了蜘蛛网，外面大雨，屋里小雨。

"你是谁啊？"炕头上，一个有气无力的声音传来。银杏儿仔细一看，那不是娘吗？

"娘，是我！"终于又看到了这世上独一无二的亲人，银杏儿鼻子一酸，早已哽咽不止。

银杏儿娘手忙脚乱地摸索着要下炕："杏儿？我不是在做梦吧？"

"娘，你不是在做梦，我真的是银杏儿。"银杏儿快跑一步，抓住了像棵弱柳似的娘的胳膊。

娘俩紧紧相拥。娘号啕大哭起来："我的杏儿，你可回来了……"

娘不再哭了，左手攥着半块糠菜饼子，右手颤抖着："杏儿，快，让娘摸摸，变样了吗?"

银杏儿骇然地问："娘，你的眼……"

"年前瞎了!"娘的话犹如一支尖尖的毒针，直刺入银杏儿的神经、骨髓，她抱着不到五十岁却骨瘦如柴的娘再一次放声大哭："我的娘啊……"娘俩抱在一起，哭作一团。

# 第十六章

银杏儿娘是个苦命的女人。

在铁门关，田二爷虽不是什么大地主，自己家却有五十多亩良田，小日子过得挺滋润。几年前，田家儿子田青邦去姥娘家玩，认识了梳着一条长辫子、十里八村出了名的俊闺女毕蕙兰，他立时被毕家闺女的美貌迷住了，发誓非她不娶。姥娘家的人听说后，说不行啊，这闺女刚订了婚，男的就死了，她命硬，克夫，是扫帚星，谁娶她谁倒霉。可田青邦不管那一套，依然非她不娶。但后来，毕蕙兰却嫁给了汀河的丁迎风。田青邦不甘心，先当兵，再当官，后到汀河，抢走了已怀身孕的毕蕙兰。

而毕蕙兰已怀有身孕，丁迎风却不知道。

跟着部队换防，田青邦把毕蕙兰也带到了江苏的苏州府附近。几个月后，毕蕙兰生下了一个女儿，她为她取名叫金杏儿。金杏儿从小就漂亮、可爱，毕蕙兰喜欢得不得了。可田青邦不喜欢这个孩子，甚至，看到这个孩子，他就咬牙切齿。因为，这孩子不是他的，而是丁迎风的。

转年夏天到了，老家汀河，兼做茉莉花茶生意的大地主魏高禄来到苏州，拜访了当时的营长田青邦。这魏高禄，就是魏思绪的爹。吃饭时，田青邦说，因战争残酷，这里有个军官想把自己几个月的小女儿送人，不知老家有没有要的。魏高禄大喜过望，自己只有一个儿子，正想要个女孩儿。

毕蕙兰坚决不干，却让田青邦暴打一顿，小金杏儿就这样被魏高禄硬硬地抱走了。田青邦不但除掉了仇人的孩子，自己还赚了一笔可观的钱财，心里偷乐了许久。毕蕙兰念念不忘自己的金杏儿，等转过年来，再生了一个女孩儿后，她给她取名银杏儿。

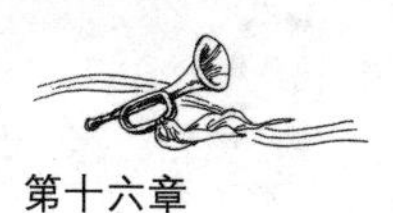



田青邦不同意自己的孩子用银杏儿这个名，却不料枪子儿不长眼，在一次战斗中不幸中弹身亡。毕蕙兰埋葬了自己的丈夫，从南方回到了田青邦的老家铁门关。这回，命硬克夫、扫帚星的帽子算是真的摘不掉了。

有了这个名声，毕蕙兰很难再嫁，条件太差的，她又看不上，就这样，一对寡母孤女靠给人种点地，缝缝补补相依为命。公公、婆婆不但生活上不接济她们，而且不是打就是骂，骂她是扫帚星、丧门星，骂她克自己的丈夫不算，恐怕还得克全村人呢。

十几年坎坷多难的生活，却挡不住银杏儿渐渐出落成一个十里八乡有名的美人。本来，农村人看女人不怎么看身段，他们主要是看脸蛋儿，可青涩的银杏儿，不光脸蛋儿好，而且身段同样好。金家、魏家见田二爷老两口把这娘俩当作丧门星，也就毫不顾忌，你抢我夺开银杏儿了。其实，看中银杏儿的小伙子，在当地可是排着好长的队呢。

银杏儿跟着丁振龙跑了之后，前一年，金家、魏家抢走了自己家的彩礼，还时不时地来闹事要人。银杏儿奶奶更是指桑骂槐，不仅骂银杏儿，而且骂银杏儿娘，说是啥大人啥孩子，娘是个祸害，闺女也好不到哪里去。

一年多来，公公、婆婆骂街，金家、魏家要人，关键是自己唯一的亲人，一个二十来岁的大闺女，生逢乱世，不知是死是活，一点音信也得不到。这些，让这个可怜无助的女人终日唉声叹气，以泪洗面。久而久之，怎能不哭瞎双眼呢？

银杏儿和娘抱头痛哭了一会儿，问娘还没吃早饭吧，娘说还没呢，这不有半块糠菜饼子嘛。

银杏儿站起来，看看家里的冷锅冷灶，这哪像个过日子的样子。她来到盛粮食的囤前，见囤里只有一两斤玉米面，她得给娘做点热汤热饭。外面的柴草早已让大雨淋透，好在屋里还有一些没用完的柴草。她生起火，很快做了两碗疙瘩汤。

离别之后的话有千言，有万语，总也说不够。多亏了疙瘩汤，使两人都有了些力气。银杏儿便把一年多来自己的情况向娘说了一遍。当娘听说银杏儿当了八路军，脸上猛然有了血色，她紧紧抓住闺女的手：“银杏儿啊，你快回去，叫你们八路来，好好整治一下你那糟心烂肠的爷爷、奶奶，好好整治一下欺男霸女的金家、魏家，要不，娘非死在他们手里不可。”

银杏儿紧紧攥了下娘的手，算是对娘的回答。

娘脸上，早已没有了泪水，如果有那么一两滴，也已经冰冷、凝固。她撩起衣襟，擦了把瞎眼，说：“杏儿啊，你是娘的心头肉，娘的命啊！要不是娘放心不下你，早就上吊死了。”

银杏儿坐在炕上，看着干瘦干瘦的娘，心痛不已，我这苦命的娘啊……

等娘说完，银杏儿攥着娘的手，说起了她和汀河的丁振龙从初识，到相知，到相爱的历程，也把丁家人坚决反对这段姻缘的事情说了一遍。

娘问：“他家为啥反对？”

“因为，丁振龙他爹叫丁迎风。”

“什么？丁迎风？”银杏儿娘尖声大呼，像被蝎子蜇了一下，浑身打了一个冷战。然后，她又呜呜哭了起来，边哭边说：“造孽啊！造孽啊！”

“我上边是不是还有一个二十三岁的哥哥或姐姐？如果是，那我就不是他一个爹的姐姐。娘，你得实话告诉我，因为这关系到我一辈子的幸福。”银杏儿眼巴巴地看着娘。

银杏儿娘如雷轰顶。这老天爷咋和我这苦命人一样不开眼呢？千错万错，千怨万怨，都怨我贪生怕死、鬼迷心窍，上了田青邦这号人的当，丁家不可能饶了我，我也不可能再去汀河丢人现眼，更不允许自己的闺女嫁给丁迎风的儿子。杏儿啊，你就死了这条心吧，她想。

“娘，你说话啊！”银杏儿催促。

银杏儿娘深叹一口气：“唉，杏儿啊，娘对不起你，这都是娘造的孽啊……你是丁迎风的闺女，你今年是二十三岁……”

一个晴天霹雳，猛地击倒了身心交瘁的银杏儿，她头一歪，晕倒在炕上……

人就活一个心境，这话，对谁来说都适用。

伤心欲绝的银杏儿决定明天一早就回部队。她一刻也等不了了，恨不得马上要见到魏政委。打从记事起，打从自己懂得什么是年龄起，她就一年一年地走过来，到今年正好是二十一岁。可明明是二十一岁，怎么他们突然都说自己二十三了呢？难道娘也糊涂了？

银杏儿知道，魏政委是二十三岁。二十三岁的魏政委却比自己懂得太多太多的道理，过去，每当自己有伤心事、烦心事，只要给魏政委一说，她都像一个大姐姐，一条一件地给自己说清楚、讲明白。

魏政委，我田银杏这回遇到了天大的烦心事，简直活不了了。你二十三岁的大姐姐能够给我二十一岁的小妹妹说清楚、讲明白这“二十三岁”和“二十一岁”是咋回事吗？你能把丁振龙这个“弟弟”再给我变成“哥哥”吗？

银杏儿来到七十多岁的邻居刘爷爷、刘奶奶家。这些年，村里许多人把银

杏儿娘看作扫帚星，另眼相待，而没有子嗣的刘爷爷、刘奶奶却把这对孤苦伶仃的母女当作自己的亲人。两家互相来往，互相帮衬，银杏儿从小跟着刘爷爷、刘奶奶长大。银杏儿娘眼瞎了之后，吃饭、穿衣都成了问题，这些，多亏了两位老人。

银杏儿进到刘爷爷、刘奶奶家，先是给两位老人磕了个头，然后把自己这几年的情况简单对两位老人说了一遍。她把自己带来的不多的钱分成两份，一份给了娘，一份给了刘爷爷、刘奶奶，还求老人多多费心。刘爷爷好心，把家里的小半口袋高粱面让银杏儿背回了家。

第二天一早，银杏儿给娘蒸了一锅窝头，把家中收拾了一遍，然后，怀着不舍，怀着歉疚，怀着希望，告别苦命的娘，踏上了回程的路。

白花花的太阳挂在头顶，热气蒸腾。由于刚下了场大雨，土路泥泞不堪，有些地方甚至都是水，需要蹚过去。银杏儿心事重重，她怎么也不明白，来时兴高采烈两个人，回时却是孤苦伶仃人一个。两人好不容易一心一意走到了今天，却不知是家里人欺骗他们，还是老天爷戏弄他们，到头来，得到的竟是这样一个结果。

银杏儿疲惫地走着。路边草丛里，一个脸黑黑的女孩子边放羊还边挖野菜。

银杏儿慢慢停下脚步，站在那里，看着那女孩。这不是几年前的自己吗？放羊、挖菜、喂猪，再放羊、再挖菜、再喂猪。

看着看着，银杏儿仿佛做了一场大梦般猛然醒悟过来：田银杏，你现在不是普通老百姓，不是普通农村女孩子，而是一个八路军战士，遇到事，怎么除了哭就是愁呢？魏政委曾说过，面对战争，一些勇敢的姑娘冲破世俗偏见，和男人们一样，走上对敌前线，宣传抗日，发动群众，救护伤员，经受着炮火与硝烟的考验，她们不是不知道前面等着的，可能是牺牲，但她们不怕。是啊，人家别的女人连死都不怕，我八路军田银杏，有啥理由哭哭啼啼呢？再说，如果和振龙做不成夫妻，做姐弟不也挺好？毕竟，不管怎么说，我和他都是亲人。

银杏儿慢慢想通了。想通了，心就不再堵，心一不堵，她就觉得有些饿了。银杏儿抬头，见土路一侧苇丛外有棵柳树，她走过去，拔了些野草铺在地上，背对苇丛坐了下来。

解开随身携带的蓝花包袱，她拿出一个窝头啃了起来。刚啃了一半，猛听得苇丛里有几个人刷拉刷拉走路的声音，她以为是附近的村民，便继续坐着啃她的窝头。

“哟西，花姑娘！”当银杏儿听到这句话，猛地站起来，三个鬼子、一个汉奸已经把她包围起来。

银杏儿惊出一身冷汗，浑身的汗毛都竖了起来，她顾不得看清几个人的模样，抱起包袱就要向公路上跑。三个鬼子举着长枪，叫嚣着、狂笑着：“花姑娘，漂亮漂亮的！哪里跑?”一个鬼子把枪扔给另一个鬼子：“我的，先来！”便奸笑着向银杏儿扑去。

“不要，那是我的小妾！”一个声音尖利地叫了起来。

银杏儿边跑边回头，她猛然惊住了，那喊话人是鬼子翻译魏思绪。

一个鬼子紧跑几步，抓住了银杏儿。魏思绪快速跑上前，挡在鬼子和银杏儿之间，用日语说：“太君，这是我的小妾，终于找到她了，我要把她带回家。”

怕也没用，银杏儿反而镇定了下来，她悄悄从包袱里取出丁振龙给他的那柄飞刀，攥在手里。

“八嘎！”兽性大发的鬼子根本不听这一套，“漂亮花姑娘，我的！”猛地推开魏思绪，向银杏儿扑去。鬼子使出了吃奶的劲，想一下就把银杏儿扑到。银杏儿攥住飞刀，向快速压向自己的鬼子刺去，只听噗的一声，血水四溅，竟然喷了银杏儿一身。鬼子轰地倒了下去。

两个鬼子见自己的同伙被杀，岂肯罢休，他们端着刺刀就向银杏儿扎去。突然，“砰！砰！”不知从哪里传来两声枪响，两个鬼子惨叫一声，脑袋开了花，摔在地上抽搐了几下就魂归西方。

“银杏儿！”苇丛里，丁振龙端着手枪走了出来。

“振龙！”银杏儿万万没想到，在这千钧一发之际，振龙赶了过来。她百感交集。

原来，丁振龙不放心银杏儿，今天早上，他以赶回部队为由，离开了汀河，来到铁门关银杏儿家。当看到双目失明的银杏儿娘，他心里十分难受，但却无能为力，只把自己身上仅有的一点钱留了下来。他说自己是银杏儿部队上的人，银杏儿娘便告诉他，银杏儿回部队了。他便一路追赶，正好碰到鬼子准备施暴。

趁丁振龙看银杏儿有没有受伤之际，魏思绪掏出了枪。此时，他也认出了丁振龙。“哈哈哈哈……真是冤家路窄，丁振龙、田银杏，今天你们两个还准备往哪里跑?”

“魏思绪，你是不是脑袋发烧啊，还装模作样举着把枪?咱俩比起来，给东洋鬼子做翻译，你是这个，我是这个。”丁振龙毫不示弱，他右手举着枪，左手先竖大拇指，再竖小拇指，然后，又说：“可是，要论枪法，咱俩正好掉了个个儿。不信，咱俩比试比试！”

“比试？怎么比试?”魏思绪问。

“很简单，先比和狗语一样听不懂的日本话，你叫两声，算你赢，第一局，你胜。第二局，比打脑袋，你打我一枪，我再打你一枪。谁躲得开，谁赢，谁躲不开，死去。怎么样？我让你先来。”

魏思绪哪敢这样比，他在动脑筋，想尽量拖延时间，寄希望于皇军能听到枪声赶过来，那就有希望抓住这对小贱人。

突然，几匹战马嘶叫着从南边赶了过来。来人是国民党保安团团长金雨堂和他的四个警卫，因为此地已被他列为自己的防区。

待来到跟前，看到两个人用枪互相指着对方，一个卫兵喝问：“你们是什么人？为什么开枪？又为什么枪指对方？”

金雨堂骑在马上，他认出了魏思绪，认出了田银杏，但不认识举枪的年轻人。当看到地上还躺着三个鬼子时，他吓了一跳。

魏思绪也认出了金雨堂，他大声对金雨堂说：“金团长，你来得正好，我对面这小子就是咱们共同的敌人丁振龙！”

银杏儿见来人是金雨堂，想搬出八路军武工队吓唬吓唬他们，便说道：“金团长，别来无恙！我代八路军武工队魏政委向你问好。”

金雨堂一愣，哈哈大笑起来：“哈哈哈哈……今天是个什么日子，是个群英聚会的日子吗？于公，现在是国、共、日三方代表均在；于私，围绕着一个田银杏，金、魏、丁三家也都来了。这就叫不是冤家不聚头，冤家聚头把血流。把枪举起来！”金雨堂命令道，几个卫兵骑在马上，居高临下地举起了枪。

此时，三拨人七把枪同时互相对着，情势危急，间不容发，不论谁先开枪，后果都不堪设想。

银杏儿不知从哪里来的勇气，大步迈向众人中间，说：“俗话说：解铃还需系铃人。你们之间的恩恩怨怨，都是因我而起，而我，不值得你们这样动刀动枪。过去，我是一个普通的农村女孩，可现在，我已是一名八路军战士。记得我们魏政委对金团长说过：现在大敌当前，国土沦丧，中华民族依然处在最危险的时候。国共两党，热爱和平的中国人，武力相见，是中华民族之大不幸。说得多好！冤冤相报何时了？面对无恶不作的日本鬼子，我们老乡之间这点恩怨算得了什么？有什么说不开解不了的？如果你们之间就是不肯原谅，今天我死在这里，你们能原谅吗？”

丁振龙迈前一步：“银杏儿……”

银杏儿摆一摆手，拿出那柄飞刀，放在自己的脖子处：“如果你们能够互相原谅，然后共同为赶走日本鬼子尽一份力，那我宁愿死在这里……”

突然，一个卫兵报告，远处一队日本兵向这边走来。金雨堂一看地上的三个鬼子，说：“银杏儿小姐说得有一定道理，冤冤相报何时了？我们之间的恩怨暂且不论。日本人要过来了，你们把这三个鬼子拖到苇丛里去，暂且避一下。我们撤……”几个人策马而去。

丁振龙、银杏儿和魏思绪一人抓住一个鬼子的两只脚，向苇丛拖去。待进入苇丛，丁振龙对魏思绪说：“魏翻译，在鬼子面前，咱是中国人，咱是老乡，你不会出卖我们吧？出卖我们，你绝不会有好下场。”

“丁八路，至少这次不会，你们走吧。”魏思绪看了眼田银杏，自己先向苇丛深处走去。

丁振龙和银杏儿对视，咸涩的潮水充溢了两人的眼睛。丁振龙问：“银杏儿，问你娘了吗，你到底是姐姐还是妹妹？”

银杏儿泪水滂沱：“振龙，不管到底是什么关系，咱俩都是亲人！”丁振龙迈上两步，两个人又紧紧相拥在一起。

鬼子的脚步声越来越近，丁振龙说：“是姐姐还是妹妹，找魏政委想办法给咱理清楚去。快，鬼子来了，咱们撤！”两个人一前一后，消失在茫茫苇丛中……

军火库被劫，留守在家的十几个人员除两个皇军、三个警备队员受伤，一个毫发未损之外，其他人都在冲突中战死。这件事让山田一郎在上司面前备受压力。

外出抢粮回来的当天，看到据点内的惨状，山田一郎暴跳如雷：“我的，要杀人！要报复！我要把劫持者全部消灭！”

山田一郎和松井把几个人召集起来，他们要查清军火库被劫是何人所为。上次林场十余个皇军和警备队员被杀，他们就未能查出肇事者是谁，只好报告上级是八路军干的，算是交了差。

“军火库大白天几乎被人洗劫一空，你们，通通的饭桶！到底是什么人干的？”山田一郎气急败坏。

一个受伤的鬼子用日语说：“少尉，此处虽有国民党金雨堂部，但他似乎不打皇军，如果和上次林场事件联系起来一并考虑，我认为这件事是八路军武工队干的。”

“对对对，我看到了，是八路军武工队干的。”那个毫发未损的警备队员立功心切，大声喊道。这家伙，是钱豁嘴带来的土匪。

“你的，看到什么了？”“我看到，那个丁振龙提着机枪下了炮楼。这丁振龙，俺们都在梁家屋子待过。”

山田一郎眼睛凶凶的，问：“你的，看到丁振龙，提着机枪下炮楼？”“是

是，我看到了。”

“那你为什么不报告？为什么不开枪？”“太君，那小子闭着眼睛都百发百中，我哪敢啊！”

“那你去哪里了？”“我趴在床底下，保存咱的实力啊，太君。”

山田一郎恶狠狠甩了他两个大耳光，然后，一脚把他踹倒在地，歇斯底里地喊道：“八嘎，明明早就发现了丁振龙，却仍然让他洗劫军火库，你的，罪不可赦！来人，拉出去毙了。”

现场的钱豁嘴大张着嘴，难道，真要把他毙了？

“太君，你不能杀我啊，是我告诉你这事儿是丁振龙干的，我有功啊！钱队长，救我啊！”汉奸跪倒在地，一个劲儿地磕头求救。

钱豁嘴哀求山田一郎：“太君，看在他是我的旧部的份上，饶他一命吧！”

山田一郎挥手抽了钱豁嘴一个耳光：“八嘎，你带兵无方，再敢求情，你的，一起死啦死啦的！”

钱豁嘴吓得退后几步，再也不敢说什么了。山田一郎怒吼：“拉出去，就地枪决！”早已吓得尿了裤子的汉奸被两个日本兵拖了出去。

山田一郎气得咬牙切齿，他要对八路军武工队实施严厉的报复，他要消灭丁振龙。但这些都得暂时放一放，因为他还有更为棘手的问题，那就是上级给的征粮任务没有完成。

而在汀河西村，丁迎霜早就判断鬼子会来抢粮。还没麦收，他就接受往年藏粮的无序状态，召集各家各户开会，确定了砌假墙、造假炕、挖地窖等多种藏粮方式。

但鬼子也不傻。往年，他们挨家挨户仔细搜查，搜到粮食，会一粒不剩地抢走，为这事，年年本村和附近村庄都有村民被鬼子用刺刀捅死或开枪打死的状况出现。丁迎霜和乡亲们商定，今年，干脆变换策略，如果鬼子真来，那就不等他上门抢粮，咱先主动排队交粮。

果然，山田一郎带着鬼子、伪军抢粮来了。这次，他接受教训，没有再开汽车。一队鬼子、汉奸来到了丁迎霜家门口，魏思绪走到院子里，大声喊道：“丁会长，出来迎接山田太君！”

丁迎霜听到喊声，从屋里跑了出来，来到山田一郎跟前，假装糊里糊涂的样子，问：“太君，有啥事？”

山田一郎命令道：“丁会长，你的，带皇军去各家征粮！”

丁迎霜心里一紧：娘的，俺们村还是逃不脱这事儿。不过，他假装积极的样子，点头哈腰地说：“好说，好说，一会儿我去敲钟，乡亲们会排着队来主动献粮。”

山田一郎半信半疑：“主动献粮，你说的是真的?”

“真的，我哪敢骗太君。不过……”

“不过什么?”

丁迎霜指指魏思绪：“太君，俺村里的粮食都给魏思绪等大地主家交过租粮，各家各户已剩得不多。但乡亲们没忘了皇军，他们除留下给孩子擀几顿面条喝的麦子之外，剩下的，都献给皇军。”

魏思绪气得直咬牙，你愿献你献，提我家干什么。丁迎霜看着他，却直想笑。

山田一郎大喜过望。百姓向皇军主动献粮，闻所未闻，恐怕整个大日本皇军在中国土地上也没遇到过。这个壮举，现在即将发生在我的治下。也巧，这次出来抢粮跟来了一个挎着照相机的鬼子记者，山田一郎便吩咐这记者一定要多拍几张照片。他拍拍丁迎霜的肩膀：“丁会长，你的，模范会长，百姓，模范百姓!”

“当——当——当……”丁迎霜带鬼子来到村中场院，他敲响了槐树上挂着的那口大铁钟。他边敲边喊：“乡亲们，给皇军献粮了……”

丁振虎见鬼子到场院去了，推开家门，向村外快速走去。

人们三三两两背着口袋，端着簸箕，来到了场院，很快排起了一溜长队。不过，三斤五斤，十斤八斤，人们带的粮食不多。鬼子持枪站在外围，王六斤等几个伪军咋咋呼呼，让人们排好队。

见人们已经排了好长的队伍，山田一郎向魏思绪一挥手，魏思绪喊道：“献粮开始!”

人们便将身上或背或提的麦子交给伪军，伪军将麦子装入一个个麻袋。待装了几麻袋，鬼子记者开始照相，他举着相机，只听噗的一声响，一股烟就冒了出来。

献粮的人们这下可乱套了，人们四散逃命，“打炮了，快跑啊!”但外围都是鬼子，人们跑不出去，上百人在场院里便东躲西藏起来。

山田一郎没料到会出现这种状况，他大喊：“别跑，这是照相!”魏思绪等人也喊：“乡亲们，不要害怕，这是照相!”

黄河口乡民闭塞，不知道外面的世界。一听说是照相，人们躲得更厉害了。其实，这村的人虽没照过相，也没见过照相机，但他们听人讲过，说这照相会摄去人的魂魄，是邪术，那烟一冒，人的魂儿就跟着烟跑了。

山田一郎见说服不了人们，就拉过魏思绪、王六斤：“我们三人照一张，让

大家看看。”山田一郎和魏思绪站好，王六斤不愿过去，他也怕自己的魂被照走了，山田一郎一瞪眼，吓得他只好乖乖走过去。记者把照相机对准三人，又是噗的一声响，又是冒出一股烟。

人们见山田一郎照了相，在鬼子、汉奸的呵斥下，便又战战兢兢地排好队，开始献粮。

汀河西村每家每户交的麦子虽然不多，但气氛好，热情高，山田一郎很是满意。我治下的中国百姓主动向皇军献粮，这报纸一登，我不就出名了？要是升个一官半职，就不用再和丁振龙那些八路军武工队打交道了。想到这里，他乐了起来。下午，鬼子又到东村抢了不少粮食，还打伤了几个人。几家大地主，包括魏思绪家，也被迫交了不少的麦子。

鬼子抢完粮食，又征集村里的车辆帮他们运粮。傍黑天的时候，运粮车在前，鬼子汉奸断后，浩浩荡荡向陈家庄据点走去。

鬼子在汀河期间，丁振虎来到八路军武工队驻地，找到了振龙哥。丁振龙又把情况向姜文山、魏思颖作了汇报。两位领导决定，立刻组织人到路上截鬼子去。

丁振龙和刘亮带着两个中队几十口子人，早早埋伏在鬼子返回陈家庄必经之路的一侧苇丛中。他们让过运粮车，丁振龙一声令下：“同志们，打!”手枪、步枪、手榴弹，便一股脑地向鬼子、汉奸打去，眨眼工夫，十几个鬼子、汉奸被撂倒在路上。

突如其来的枪声，使山田一郎惊恐万状，他知道中了八路军的埋伏，但不知道苇丛中到底有多少八路，他一面命令反击，一面命令向另一侧苇丛撤退。慌忙隐蔽好的鬼子、汉奸趴在苇丛中，向对面苇丛胡乱放枪。

见路那面喊声震天，子弹依然不停飞来，山田一郎不敢恋战，命令剩余的鬼子、汉奸，悄悄从苇丛中南撤，灰溜溜地向据点方向狼狈而逃。

帮着鬼子运粮的汀河百姓见状，二话没说，调转车头，又把麦子运了回来……

一弯明月像只小雏鸭，一会儿羞涩地藏进浮云，一会儿又慢慢地蹦跳出来。白茫茫的天河割裂开无边的夏日夜空，更把牛郎织女两颗星星隔得好远、好远。

魏思颖和田银杏坐在营房外路边的一棵槐树下，望着远处的夜色，她们在享受着战火纷飞年代里片刻的宁静。枝叶轻曳，蛙鸣虫吟，周边还不时传来几声不知是什么鸟的啼叫。

从家里返回武工队后，丁振龙和银杏儿情绪低沉。几次，他们想找魏思颖，可政委一直忙碌着。其实，魏思颖早已看出两个人的反常，一对恋人兴高采烈地回家，回来却形同路人，个个魂不守舍。不管怎么说，这里大有问题。她便一直想找个机会，与两人谈谈。

一对小战士在路上兴奋地走过，其中一个边走边向树上做出瞄准的姿势，看来，他非常喜欢自己的枪。此时，银杏儿的脑袋也开了小差，丁振龙手把手教她学打枪的场景，在她脑海中清晰起来。

那是在梁家屋子，院子里，银杏儿在哀求丁振龙："振龙哥，你教我打枪吧。"

丁振龙看了一眼银杏儿："鹰飞高空鸡守笼，天生骡子上不了阵，你一个闺女家的，凑啥热闹?"

"你不是带我出来打鬼子吗？打鬼子，不会使枪哪能行?"

"公鸡打鸣，母鸡下蛋，打鬼子是男人的事!"

倔强的银杏儿急了："你这思想，我得叫八路军的女队长好好批你一顿！男人能干的事，女人一样能干。"

拗不过银杏儿，丁振龙从腰上取下自己的"王八盒子"，退出子弹，对银杏儿说："我现在只有这把'王八盒子'，就学它吧。这种枪性能不怎么样，却是日本人使用最普遍的一种枪。你看啊，这是准星，这是缺口，那是瞄射物，射击时，要做到准星、缺口、瞄射物三点一线。"

丁振龙做了个示范动作，然后把枪给了银杏儿。银杏儿瞄准、扣扳机，动作有板有眼。其实银杏儿以前在家时跟村里人学过打猎，瞄准也是三点一线，不过以前用的是打猎毛枪而已。

"银杏儿，想什么呢，魂不守舍的?"魏政委的问话打断了银杏儿的思绪。

魏思颖一句话，勾起了银杏儿满肚子的伤心事，她抬头望着被浮云遮去了大半的弯月，眼泪扑簌簌地流了下来："魏政委，这几天憋死我了，你快给我想想办法吧。"

银杏儿把见到丁振龙叔婶和自己母亲的经过讲了一遍，然后说："就因为丁振龙爹怀了孕的前老婆，也就是我娘被我爹抢走，丁家就说我是他们家的孩子，我和丁振龙是亲姐弟。可他那个姐姐算起来今年应该二十三岁，而我明明是二十一岁，怎么就成了二十三的姐姐了呢?"

魏思颖拍了银杏儿的手一下："这还不简单，问问你娘不就都清楚了?"

"头疼就头疼在这里。我把情况给娘说了，她只是哭，只是造孽啊、造孽啊地絮叨，然后，明明白白地跟我说，我是丁迎风的闺女，我今年是二十三岁。难道娘也糊涂了?"银杏儿哽咽着，抱起魏思颖的胳膊，"魏政委，你说，这都

是怎么回事?”

猛然，魏思颖愣了，眼睛茫然无助地盯着前方，银杏儿的话让她震惊不已。

魏思颖是汀河东村大地主魏高禄的女儿。魏高禄夫妇对小名叫金杏儿的魏思颖一直视若掌上明珠，百般疼爱。他们重视文化，早早地送一双儿女魏思绪、魏思颖上学，及至后来，魏思绪到了日本留学，魏思颖去了济南上学。

魏思颖这个看似文弱的女孩子，在时代的滚滚洪流之中，不甘心被驯服，成了一个封建家庭的叛逆者。

魏思颖二十岁那年，父母相继因病去世。

而让魏思颖震惊的是，这件事情怎么隐隐约约和自己的身世有千丝万缕的联系呢？比如，父母虽然没说，但听邻居讲，自己是抱养的。再比如，她小名叫银杏儿，自己小名叫金杏儿。又比如，她说丁振龙的姐姐二十三岁，而自己恰恰是二十三岁。还有，自己和银杏儿长得很像，脸型、皮肤、个头……

难道，这都是巧合?

“命，这都是我的命啊。”银杏儿哽咽着说。

魏思颖拿出一块手绢递给银杏儿，说：“那不是你一个人的命，在倭寇强权的铁蹄下，国不像国，家不像家，人人有本难念的经，包括我。银杏儿，我知道你心里很苦，既然有疑问，那就设法解开这个疑问。如果真相大白了，是姐弟，那就做个好姐姐；如果不是姐弟，那就谈婚论嫁。总之要正确面对，哭哭啼啼不是办法。”

银杏儿听了魏政委的话，觉得很有道理，她抹了一把泪，说：“魏政委，我真佩服你，年龄比我大不了多少，可说得真好！我要是有你这样一个姐姐该多好!”

黑暗中，魏思颖不露声色，但她的脸却痉挛着，心中波涛汹涌。她抱紧银杏儿，说：“银杏儿，我也希望有你这样一个妹妹啊!”

# 第十七章

丁振龙、银杏儿是不是姐弟一事亟须弄清。因为一段时间以来，这件事纠结在丁振龙和田银杏脑子里，甚至纠结在魏思颖脑子里，工作、训练、学习过程中，三人都有些心不在焉。魏思颖觉得，不能再拖了，经请示姜文山大队长，她带着丁振龙、银杏儿和赵联生，身穿便衣，假扮两对夫妻，给银杏儿娘带上一些粮食和生活用品，向铁门关村走去。

四人疾步走进村内，却见路一侧突兀地趴着类似庙宇脊顶样的残存建筑，魏思颖好奇，问银杏儿："那是什么?"

"魏政委，那就是历史上著名的铁门关。"对于铁门关，魏思颖、丁振龙从小都知道，但赵联生家离此地较远，不甚了解，便问："这铁门关很有名吗?"

银杏说道："铁门关到现在已经八百多年了，据说啊，那时候，不光每天有中国船只来到这里，就连英国、德国，还有小日本呀，朝鲜呀许多国家的船来这里做贸易。"

银杏这里说的铁门关，始建于金初，明清时最为鼎盛，是唯一建在原大清河上的海关、盐关、税关，被称作"北海之枢纽，东省之咽喉"。当年铁门关有三庙一戏楼，即龙王庙、财神庙、关帝庙和戏楼。自清咸丰五年黄河夺大清河入海，至光绪三十年，铁门关前后八次遭黄河水淹，地上建筑物逐渐淤没。

赵联生感到惊奇，"哇，这铁门关好厉害啊。"

银杏儿摇头："不过，到如今，那三庙一戏楼就剩这露在地面上的龙王庙屋顶和戏楼楼顶了。唉，实在是可惜!"

看着这露在地面上的斗拱飞檐、青砖黄瓦等遗迹残存，恍惚中，魏思颖感到了世事变迁的无奈。八九十年前，这里一定是繁华和热闹的，如果站在大街

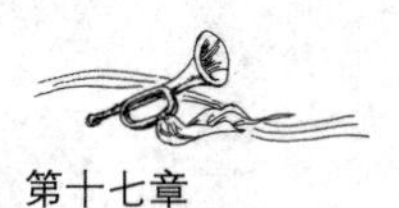



上，你一定会看到官家兵卒耀武扬威，富商巨贾招摇过市，酒店商铺人声鼎沸，但如今，却是风光不再。

四人正待离开铁门关遗存，去往银杏儿家，却发现不远处有人在哭泣。

魏思颖走过去，看到正在痛哭的是一个中年女人和两个十几岁的女孩子。魏思颖蹲在女人跟前，问："大嫂，这是咋了？有啥需要我们帮帮你的吗？"

女人睁开哭得红肿的眼睛，看了一眼魏思颖，摇了摇头，依然哭诉道："俺娘仨没有活路了……穷人咋这么苦哇……谁也帮不了俺啊……"

魏思颖慢慢安慰道："大嫂，我们几个就是专门帮穷人的，你有啥为难事，说说，看看我们能不能帮你？"

女人见魏思颖利利落落，不像个普通农家闺女，便擦了把眼泪，说道："大妹妹，俺是邻村的，几年前，孩子爹得了一场大病，没办法，就向这个村的田二爷借了高利贷，为孩子爹治病，谁知病没治好，高利贷却一年一年还不上了。前几天，田二爷带着两个人到俺家里去催债，看到了俺这对才十三岁的双胞胎闺女枣花、桃花，他说了句穷人窝里生凤凰，便逼我把俩闺女中的一个抵债，给他做小，说两个都去也行，他再倒贴一百斤高粱。你想，十三岁的孩子咋给七十岁的人做小啊，我这不是把闺女们往火坑里推吗？"

十三岁的枣花、桃花又哭了起来。

魏思颖仔细看了看叫枣花、桃花的小女孩，确实长得有模有样。丁振龙三人听了，义愤填膺，要魏思颖给这可怜的母女主持公道。尤其是银杏儿，听后想起了自己在金家、魏家的遭遇，便更加痛恨这些地主老财。虽然，这个田二爷是她的爷爷。

魏思颖没说话，她在思考帮她们的办法……

锣鼓喧天，唢呐齐鸣，两个男人抬着一块扎了红绸布的匾额来到了田二爷家门口，停了下来。乡下人好热闹，听不得锣鼓唢呐，很快，田二爷家门口乌压压聚集了很多村民。

有人到田家报信，说外面有献金匾的，田二爷、田二奶奶不知何人献匾，献什么匾。但不管怎么说，应该是喜事，两人穿戴一新，迎了出去。

见田二爷恭恭敬敬地站在匾前，魏思颖一摆手，锣鼓唢呐停止。魏思颖高声说道："铁门关村田老先生功在桑梓，泽被后世，利津各界乡民特向田老先生敬献金匾。"

在鼓乐伴奏声中，魏思颖一把拉下了蒙在匾额上的红绸布，匾额上，"德隆望尊"四个大字金光闪闪。

有认识字的人大喊："好字，字写得好！"

也有人喊道："这黑了心的田二爷连自己的儿媳妇、孙女都不管不顾，更别说对别人了，他哪能享用'德隆望尊'四个大字啊？"

田二爷装没听见，诚惶诚恐地拱手道："哎呀，田某不才，敢劳诸位盛情如此……"

魏思颖既对田二爷，又对围观的人们说："我是一个外乡人，但久闻田老先生美名，虽之前对儿媳孙女做得过分了些，对街坊四邻也受多施少，但田老先生骨子里德仁广被，节操凛凛，世所罕见，想必日后定会树德务滋，仁同一视，广结良缘，乐善好施。你说对不对，田老先生？"

守着这么多乡邻，田二爷十分尴尬。哪里来的臭女人，这不是把我架起来，在火上烤吗？但表面上，他却无法认孬："那是，那是，作为乡亲，泽被乡里，佑护百姓，是我田某人的责任。"说着，就要去接匾。

丁振龙一闪身，人群中的母女仨扑通一声跪在了匾前，边磕头边哭诉："田大老爷，您大人大量，别叫俺十三岁的闺女给您做小了……"

田二爷急忙收回接匾的手："你是什么人，敢到这里胡闹，谁让你闺女做小了，简直不可理喻！"

田二奶奶一听七十多岁的人要收小，扑通一下坐在地上，拍着大腿撒起泼来："你这老不死的，七老八十了还要收小，天打雷劈啊……"

赵联生对老太婆说："别在这里丢人现眼了，田老爷不是这种人！"

田二爷大声说："对，我田某不是这种人，这女人和闺女我不认识。"

丁振龙接过话茬："田老爷，那就是没有做小这件事了？我怎么还听说她家欠你高利贷？"

田老爷气得直哆嗦，他终于明白了，这几个外乡人明着是给他献匾，暗里却是给他设了个陷阱。他对这几个外乡人充满了愤恨，但现在已是骑虎难下："我再说一遍，我不认识这个女人，她既不欠我的高利贷，我也没让她闺女做小。"

"乡亲们，大家都听到了，也看到了，田老爷确实是好人，场面人。"魏思颖大声对人们说，然后，又对田老爷说："田老爷，这个女人看来是穷疯了，来讹你的，你不是乐善好施吗，干脆给她点钱，打发走，省得在脚底下让你烦心。"

田老爷那个恨啊，他给老太婆挥挥手，田二奶奶很不情愿地从兜里拿出几张钱票："要饭就要饭吧，还弄这些花花样。快走，以后别来烦我！"

女人和孩子根本没想到事情会出现这样的变化。女人接过钱，和孩子一起使劲磕头："谢谢好心人，谢谢田老爷，谢谢田奶奶……"

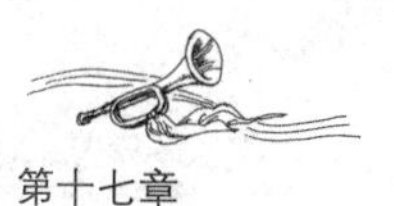



魏思颖对女人说："田老爷不认识你们，如果再找你们麻烦，放心，定会有人找他麻烦的。你们走吧！"其实，这话是对田二爷说的。女人和孩子千恩万谢，然后抹着眼泪走了。

这时，银杏儿走到了田二爷、田二奶奶跟前："爷爷，奶奶，我是银杏儿！"

田二爷、田二奶奶十分惊讶："银杏儿，你还活着？"

魏思颖严肃地对两人道："田银杏和她娘是你们的孙女和儿媳妇，可有人说，一二十年来，在你们眼里她们连猪狗都不如，现在银杏儿娘双目失明，你们不管不顾，还整天指桑骂槐，惹一个瞎女人生气，对此，我是绝对不信。德高望重的田老爷、田奶奶怎么可能办这样的缺德事呢？以后，田老爷、田奶奶肯定管自己儿媳妇，田老爷，您说是不是？"

"那是，那是！"田老爷表面应承，心里却恨得咬牙切齿。人群中发出了一片叫好声。

魏思颖和丁振龙接过金匾，递给了田老爷。田老爷抱着金匾，嘴里嘟囔着："挂匾不挂匾，旌表不旌表，都一样的……"脸上，却尴尬着，愤恨着。

魏思颖一行来到银杏儿家。银杏儿娘正倚着门框，百无聊赖地聆听着外面的锣鼓、唢呐声。听到有不少的脚步声，她问道："是谁来了呀？"

银杏儿走上前去，攥住娘的手："娘，我是银杏儿，还有我们魏政委，几个战友来看你了。"丁振龙、赵联生把背的粮食、生活用品放在地上。

"唉，我一个瞎老婆子有啥看头儿，快快，屋里坐。"银杏儿娘说着，眼泪扑簌簌滚了下来。

魏思颖赶上一步，紧紧攥住了银杏儿娘的手。这段时间，魏思颖总是做梦，梦中，她找到亲娘了，而梦中的亲娘，就是银杏儿的娘。可现在，她看到的银杏儿娘，双目失明，瘦骨嶙峋，白发如霜，与自己梦中的亲娘大相径庭。她摩挲着银杏儿娘骨瘦如柴的手，鼻子一酸，嗓子哽住了："大婶，你受苦了。"

魏思颖和银杏儿扶着银杏儿娘在炕上坐下。丁振龙、赵联生顾不得休息，拿起铁锨、笤帚，里里外外地忙碌起来。

魏思颖询问了银杏儿娘的一些生活情况，又把刚才整治田二爷的事情说了一遍，银杏儿娘发出了久违的笑声，她说这老两口心地不大好，该整整他们。

银杏儿娘紧紧攥住魏思颖的手，久久不忍撒手："长官，你贵姓啊？"魏思颖说："咱部队上不兴叫长官，大婶，你叫我闺女就行，我姓魏。""姓魏……"银杏儿娘若有所思。

只是坐了十几分钟，魏思颖和银杏儿娘之间就有了一种信赖、亲近之感，她仿佛和她认识了很久似的。

魏思颖顿时伤心起来，但她不能让银杏儿和丁振龙看出什么，她问：“大婶，我问你件事，在银杏儿之前，你是不是还有一个二十三岁的闺女?”

银杏儿娘身子一震，本已停止流泪的眼里又刷地流下泪水来，她慢慢地说：“闺女，你咋也问这个？不，我这辈子只生过一个孩子，那就是银杏儿，今年她二十三岁了。”

魏思颖、丁振龙、银杏儿都呆若木鸡，他们互相直勾勾地看着，满目忧伤，满眼绝望。银杏儿哭着跑出了屋子……

“放开我，你们这些混蛋!”突然，屋外传来银杏儿的怒喝声。魏思颖、丁振龙急忙掏枪，将银杏儿娘搀到墙后。赵联生往外冲，被丁振龙揪了回来。

“哈哈哈哈……田银杏，这回你往哪里跑？屋里还有八路军武工队吗？如果有，赶快缴枪投降，否则你们一个也别想活着出来。”一个男人的声音传来。

魏思颖觉着这声音好熟悉，这是谁呢?

丁振龙潜到窗边，从缝隙中看到外面有十来个伪军，为首的是鬼子翻译魏思绪。原来，在魏思颖整治田二爷的时候，村里大地主郭佐伦见田银杏回来了，便让他的儿子密报魏思绪。这不，魏思绪带着警备队副队长王六斤和十来个自己的心腹杀了过来。

丁振龙回头对魏思颖说：“魏政委，外面喊话的是你哥，魏思绪。”

魏思颖骂了一句：“这个不争气的汉奸！正好，我想会会他。”魏思颖走到窗前，大声喊道：“哥，是我！我是你妹妹!”

魏思绪突然听到这个熟悉却好几年未听过的声音，感到十分震惊。他躲在窗外，向窗里问道：“你是我妹妹魏思颖?”

“是，我是魏思颖!”

魏思绪听出来了，屋里的人，是自己的妹妹。

丁振龙、赵联生端着枪，魏思颖跟在后面走了出来。她毫无惧色，站定，叫了声哥。魏思绪看到丁振龙在场，吓了一跳。

“妹妹，真的是你啊!”魏思绪惊喜地喊道，说着，就要过来拥抱魏思颖，魏思颖躲开了。

魏思颖已两年多未回家了。魏思绪刚刚从日本留学回来时，兄妹俩谈到日本人侵略中国，魏思颖义愤填膺，魏思绪却不以为然，谁也说服不了谁。道不同不相为谋，两人分道扬镳。本来，当年的魏思绪是想去省城谋个差事，谁料，父母相继因病去世，家里有上千亩地，不可能无人管理，正巧，日本人到利津四处找翻译，他便被招了去，最后，分到了陈家庄据点。自从父母去世，魏思

颖再也没回这个家。

银杏儿娘突然趔趔趄趄地从屋里出来，哭着喊道："魏思绪，你个杀千刀的，快把俺闺女放了！"魏思颖扶着银杏儿娘："大婶，你别着急，他们不敢对银杏儿怎么样的。"赵联生搀过来银杏儿娘。

魏思颖义正词严地说道："魏思绪，请你放了田银杏，然后，让你的人放下枪。"

"妹妹，放下枪好说，大家都把枪放下！"魏思绪命令道。丁振龙、赵联生也把枪放了下来，但手却依然紧紧攥着枪。

魏思绪继续说道："但是，这个田银杏不能放。她是我敲锣打鼓娶到家的小妾。你也知道，你嫂子不能生育，咱魏家得传宗接代啊。如果没有这个丁振龙捣乱，现在孩子都会走路了。所以，我现在是既恨这个田银杏，更恨这个丁振龙。"

"魏思绪，传宗接代必须建立在两相情愿的基础之上，不能硬抢、硬夺。田银杏是八路军武工队队员，她根本不可能嫁给你，从此，你死了这条心吧。"魏思颖毫不客气。

"这……"

丁振龙举起枪："魏思绪，上次咱们两个要比试枪法，你打我脑袋一枪，我再打你脑袋一枪，看谁能够躲得开。怎么，咱现在比一个？我让你先来！"

魏思绪支支吾吾，他根本不敢和丁振龙比试。

丁振龙厉声呵斥："不敢比，那就把田银杏放了。"

"王队长，你看……"魏思绪问王六斤，没等王六斤回答，他命令道："放了田银杏！"

魏思颖对王六斤说："你是警备队副队长王六斤吧？"

王六斤点点头："八路长官，我是王六斤。"

魏思颖看了一眼魏思绪、王六斤，又环视了一圈伪军，说道："魏翻译官、王队长，各位乡亲，我知道，除去魏翻译官之外，你们过去都是头顶高粱花子的庄稼汉，现在给鬼子做事，主要还是为了混口饭吃。共产党的政策是，凡是死心塌地为日本人卖命，与人民为敌的汉奸卖国贼，八路军绝不轻饶；凡是迷途知返，缴械投降，或是暗地里帮助八路军，帮助老百姓的人，八路军是会给一条生路的。各位乡亲，我这些是掏心窝子的话，希望大伙多想想，走抗日之路。"

王六斤却说："抗日抗日，好说不好做，日本人可不那么好对付。"

丁振龙往前迈一步，说："你是猪脑子啊，尚五的书词儿里咋说来着，啊，叫识时务者为俊杰，我告诉你，小鬼子是秋后的蚂蚱蹦跶不了几天了，到时候狗杂种们死的死，跑的跑，你往哪里跑？你家老老少少往哪里跑？还是想想咋给自己留条后路吧！”

王六斤等人低下了头。

魏思绪看着妹妹，脸上一片愧疚之色。

在黄河口，春夏秋冬四个季节里，唯有秋天是说来就来的。

大半年来，八路军武工队在陈家庄周边地区活动频繁，林场鬼子被杀，据点军火被劫，铲除铁杆汉奸，挖抗日沟，建情报站，散发宣传品，对敌活动有声有色，争取民心取得成效。山田一郎在上司面前面子丢尽，他对八路军武工队恨得咬牙切齿，一心想报复，一心要反扑。

山田一郎经过与他的智囊团队研究，决定趁老百姓对八路军武工队并不了解之际，成立一支假的武工队。这支假武工队要达到以下几个目的：一是败坏真武工队声誉，二是了解哪些人和八路有联系，三是引出真武工队，并设法歼灭之。

假武工队以钱豁嘴的土匪班底为主，共二十来人。其中，有一个女的，那就是花石榴。

这里怎么又突然冒出花石榴来了？

钱豁嘴在梁家屋子期间，就垂涎花石榴的美貌，但那是大当家的压寨夫人，他有贼心而没贼胆。抓了个月月，却被丁迎霜忽悠走。待后来再去罗家镇找月月，月月一家却不知搬到何方。钱豁嘴对丁迎霜怀恨在心，及至当了警备队队长，恰巧有次丁迎霜来到陈家庄，他便气势汹汹地跟他要“表侄女”。丁迎霜据理力争，说他们家搬家我有什么办法，你跟我要不着人。钱豁嘴想想也是，讹了丁迎霜一顿酒菜，此事便不了了之了。其实，这月月一家现在就住汀河西村，只是外人不了解这家人而已。

这时候，钱豁嘴便又想起了花石榴。通过多方打听，终于找到了已生过孩子的花石榴。他逼着花石榴跟他走，要不，就要花石榴和孩子的命。花石榴无奈，将孩子交给叔婶抚养，随钱豁嘴来到陈家庄，简单摆了几桌酒席，算是结了婚。

鬼子成立假武工队，让花石榴扮魏思颖，她不干，说我又不是你们警备队的人，被山田一郎扇了两个耳光。花石榴应承了下来，但心里对鬼子的恨更加深了一层。因为，她的丈夫梁老七就是被山田一郎杀的。

假武工队经过简单的培训，上岗了。他们以败坏真武工队名誉为主，什么

“抓汉奸”、“做宣传”、大鱼大肉，甚至强暴漂亮闺女，都是这支“武工队”的“工作”范畴。

这天，假武工队穿着八路军军装向汀河走来。花石榴则回去了。

钱豁嘴要找丁迎霜，但他第一次来汀河，不知道丁迎霜家在哪里。恰巧，丁振虎正路过，好奇地在看他们。丁振虎是在看，里面有没有振龙哥。

钱豁嘴走到丁振虎跟前，问：“小同志，麻烦问你一下，丁迎霜家怎么走？”因丁迎霜认识钱豁嘴，再说丁振龙又是他侄子，再扮丁振龙那支武工队就不好使了，钱豁嘴灵机一动，准备以自己已带队加入八路为由，来迷惑一下当地百姓。

“你们是八路军吧？找丁迎霜有啥事？”丁振虎惊奇地问。

钱豁嘴拍拍丁振虎的肩膀：“小同志，你很有眼力，我们是八路军武工队，找丁迎霜是让他协助我们做抗日的事。”别说，钱豁嘴假惺惺的和蔼劲儿，还真有点八路军的样子，能唬唬老百姓。

丁振虎带假武工队来到家。进到院子，他大声喊道：“爹，八路军武工队的同志来找你。”

丁迎霜急忙迎出门，太阳正烈，他手搭凉棚仔细看，却发现这伙人虽穿着八路军军装，但带头的却是钱豁嘴：“你，钱队长？这是咋回事？”

钱豁嘴端起架子，说：“丁迎霜，我首先告诉你，我已带队参加了八路军武工队，现在虽然仍是钱队长，但已是武工队的钱队长，而不是警备队的钱队长。我知道，你是皇军，啊不不，是日本人的维持会会长，过去帮日本人干了不少坏事，但我们的政策是既往不咎。只要你抗日，我们就饶你一命。走，把你们村的人集中起来，我要给他们训训话。”

二十来个穿八路军服装的人站在面前，把个丁迎霜搞糊涂了。他看一眼神气的钱豁嘴，眼皮便耷拉了下来。八路军能要这个死心塌地给鬼子卖命的汉奸？要是那样，这八路军也太不开眼了吧？丁迎霜半信半疑。

大槐树下，人们被集中在场院里。这些“八路军”有的歪戴帽，有的敞着怀，端着支枪，将百姓们围在中间，这做派，和过去的鬼子、汉奸没多大区别。

钱豁嘴趾高气扬，叉着腰站在土台子上，仰着脖子，扯着喉咙嚎起来：“老乡们，乡亲们，我们是八路军武工队。你们知道八路军武工队是干啥的？我告诉你们，是打皇军……呸，呸，是打鬼子的。有人说了，那鬼子又是钢枪，又是铁炮，谁能打得了？我还告诉你们，这打鬼子就像拾粪，跑得久了，转得远了，总能拾一泡。”

丁迎霜冷笑了一声。人们也哄的一声笑了。

见人们笑了，钱豁嘴得意起来："我这次带队来，是受我们八路军长官的命令，一是来你们村抓汉奸，二是了解有没有和八路，不，和我们有联系的人。你们村有没有汉奸？有没有和我们八路军有联系的人？如果有，站出来。"

人们冷冷地看着他表演。

丁迎霜开始怀疑这"武工队"的真假。除丁振龙、田银杏外，这里的人们没有见过真正的武工队，但却听说过武工队，据说那是些纪律严明，和百姓亲如一家的人，可听着这"武工队队长"讲话，再看看这帮人的德行，人们越看越觉着假。

丁迎霜躲在人后面，悄悄对宋长水说："长水叔，这个钱豁嘴过去是土匪，之前是陈家庄警备队队长，现在成了武工队队长，你觉得可能吗？"

宋长水说："哼，我早看出来了，他是假武工队，抓汉奸是虚，抓和八路有联系的人是实，咱可不能上他的当。"

见人们没有动静，钱豁嘴火了："娘了个胸毛的，不说是吧？你们别给我装糊涂。丁迎霜，在那里瞎嘀咕啥？你给我出来。"

丁迎霜从人群中走了出来。钱豁嘴歪斜着身子从土台子上走下来，一下就攥住了丁迎霜的脖领子："丁迎霜，好好的百姓不做，为啥当汉奸维持会会长？为啥帮助皇军干坏事？"

丁迎霜差点没笑出来，然后说："武工队钱队长，我得给你纠正一下，不是帮助'皇军'干坏事，而是帮助'鬼子'干坏事。"

"啊，对对，你为啥帮助鬼子干坏事？"

丁迎霜推开钱豁嘴的手："黑老鸹落到猪腚上，咱俩谁也别说谁黑，你过去不也是给鬼子干事吗？过去的就过去了，今后，谁的话我也不听，专听钱队长的，你让我干啥我就干啥。"

"这么说，以后八路让你干啥你就干啥了？"

"你不会听话啊，我不说了吗，我专听你钱队长的。"

"嗯，这还差不多。以后，你要为我们八路军多干事。"钱豁嘴一副满意的样子，点着头盯着丁迎霜，然后抬头看看太阳，说："快晌午了，我们八路军武工队也要填肚子啊，这样，你抓紧弄肉、弄酒，然后再找几个女人陪酒，我们弟兄们在你这里好好乐呵乐呵！"

丁迎霜的脸啪嗒一下拉了下来，他脸色铁青："要说喝酒，我们村砸锅卖铁也管，要找女人陪酒，你们就滚出汀河。我就没听说有你们这样不要脸的八路军武工队。"

钱豁嘴一看丁迎霜真生气了，忙说："消消气，消消气。我们八路军武工队不管走到哪里，都是好酒好菜，女人陪着。好了，在汀河西村，光喝酒，不要女人。"

丁迎霜早就看出了这是一支假武工队，他见钱豁嘴要酒，便心生一计。

晌午到了。二十来个假武工队队员被分别安排在了六个农户家，村里的年轻小伙轮番劝酒，竟然把这伙人全部灌倒了。见时机成熟，在丁迎霜、宋长水的组织下，两个年轻人负责一个家伙，将这帮醉汉全部结结实实地捆了起来。

场院里，人们拳打脚踢，这伙人被打得哭爹喊娘，酒也早醒了。

钱豁嘴趴在地上，不住声地求饶："别打了，饶命啊！"丁振虎拿着根细棍子，另一个小伙子拿着根柽柳，使劲往钱豁嘴屁股上抽，边抽还边喊："再让你当八路！再让你当八路！"

"爷爷啊，别打了，我不是八路，我是警备队的！"钱豁嘴被打得实在受不了了。

"还给人家警备队抹黑，我再让你给警备队抹黑！再让你给警备队抹黑！"棍子、柽柳雨点般打了下去。现场一片鬼哭狼嚎。

远处的丁迎霜看打得差不多了，对几个年长者说："我领赏去。"

丁迎霜带几个年轻人把这些家伙送到了山田一郎跟前："太君，我立大功了，这钱豁嘴带人投降了八路，他在我们村里鼓动人们打鬼子，啊不，打太君，把我气坏了。你看，我把他们全抓来了。"

山田一郎看到穿着八路军服装，却鼻青脸肿的钱豁嘴等人，大吃一惊，但他又不好说破，怕传出去让人笑话。他走到钱豁嘴跟前，啪地给了他一记耳光："八嘎，你的，投降八路，死啦死啦的。"

钱豁嘴大惊："没有啊，太君，我是按你的指示办的。"

山田一郎鼻子都气歪了，又是一记耳光："你的，还敢栽赃，我能叫你参加八路？拉出去，给我打！"钱豁嘴等人被拉了出去，一会儿，传来了钱豁嘴撕心裂肺的喊叫声。

山田一郎是哑巴吃黄连，有苦无法说，他尴尬地拍着丁迎霜的肩膀："你的，称职的会长，功劳大大的，以后，继续抓八路……"

假武工队走了一村又一村，直到在汀河挨了打，才灰溜溜地解散了。但一时之间，武工队杀人放火、抢东西、玩女人的说法却在各村流传。人们谈武工队色变。

这个情况引起了姜文山、魏思颖的高度重视。如果任由假武工队在各村造成的恶果流传，真正的武工队未来将很难开展工作。转眼就要到秋收季节，经研究，决定武工队三个中队分赴各地，在帮助群众秋收的同时，开展宣传工作。

此时，由于军区战地医院缺乏管理干部和医护人员，于砚甫、田银杏被上级机关调到了军区战地医院，于砚甫任分管后勤工作的副院长，银杏儿为护理队副队长。

经过丁振龙前期秘密考察，魏思颖决定第三中队前往汀河西村。皮白心红的维持会会长丁迎霜和宋长水等几家，欢迎八路军武工队的到来。

黄河入海口的居民大多由不同时期的外来移民融合而成，尤以明朝初年山西洪洞大槐树移民居多。当年，外地的一些贫苦百姓、灶户盐民，纷纷到这里垦荒、混穷。刚来之时，家家户户都挖地屋子和地窖。地屋子是用来住人的，一般在地面挖大半人深的坑，砍来树木搭在顶上，铺上草，然后用黄泥涂实；地窖则用来储存地瓜、白菜、萝卜等过冬食品。后来，随着生活条件的好转，才正式盖起了土屋。

也就是说，这个地方的人有挖地屋子和地窖的传统，虽然如今不住地屋子了，但地窖却是家家户户必有的。

这两年农闲时节，丁迎霜鼓励大家挖地窖，因为现在鬼子、汉奸横行，地窖既能藏粮、存菜，又可以藏人。如今，每个家庭既有公开地窖，也有秘密地窖。许多家的秘密地窖互相贯通，这为武工队来这个村开展工作提供了良好的基础条件。

夜深人静的一个晚上，丁振龙带着魏思颖和第三中队的十余人来到了丁迎霜家。丁迎霜、宋长水等几家的男人早已在此等候。丁振龙给大家做了介绍，乡亲们便又是水又是鸡蛋地招待客人。

丁迎霜走到魏思颖跟前，说："魏政委，我虽然是这个村的维持会会长，但……"

魏思颖握着丁迎霜的手："丁大叔，看你说哪里去了，我们做过广泛了解，我也听振龙说起过好多次，你、宋大叔，还有各位乡亲，自发地与鬼子斗，与汉奸斗。你们酒里撒尿、面里掺土、尿喷鬼子脚、痛打假武工队的故事，在咱清河区根据地流传很广，连杨国夫司令员、景晓村政委、李人凤主任也知道，都赞不绝口呢。"

"是吗？"丁迎霜、宋长水和几个男人有的搓手，有的摸头发，嘿嘿乐着，显得有些不好意思。

当晚，武工队员都下了秘密地窖，他们分在了五家，除魏思颖、丁振龙、李有年在丁迎霜家之外，其他每家两人。方便之处在于，地窖都是通着的。

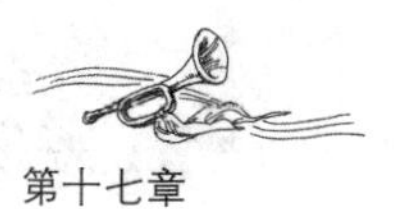



魏思颖知道，乡亲们家里也没多少粮食，一下子来了这么多人，粮食缺乏一定是个大问题，她决定回家弄些粮食。

第二天天刚黑下来，在丁振龙的陪同下，魏思颖回到了魏家大院。

管家刘三急急火火地推开正房的门，喊道："夫人，夫人，大喜事啊，咱家小姐回来了！"

魏思颖二人进入房间，看到魏思绪夫人正坐在椅子上抽烟，她喊道："嫂子，我是金杏儿，我回来了！"

魏思绪夫人坐在椅子上纹丝未动，斜瞅了魏思颖一眼，说："哟，你还知道这是你的家，你还知道我是你嫂子？这可有三年了吧，真难得啊你。"

魏思颖笑笑："嫂子，这魏家大院永远是我的家，你永远是我的嫂子。"

管家刘三看夫人有些不高兴，便劝说道："夫人，小姐好不容易回趟家，你们好好说说知心话，别着急上火的。快，小姐请坐，兄弟，你也坐。"

魏思绪夫人说："不是我不好好说话，魏家把你养大，供你上学，本指望学完回来，给你找个好夫婿，在家一起帮着你哥把持好这一大摊子家业。可你倒好，翅膀硬了，不回来了，还当了什么共产党八路军。我可听说这共产党八路军是专门和咱这样的家庭对着干的，这不是好心当了驴肝肺，养来养去养出个白眼狼吗？"

魏思颖不生气，说道："嫂子，从家庭来讲，你教训得对。爹娘哥嫂供我上学，是让我识文断字、知书达理的。如今，爹娘不在了，我没有了孝敬爹娘的机会，但老嫂比母，我忘不了哥和嫂子对我的恩情。可正因为我上了学，读了书，才懂得了这个世道里还有更多的人需要帮衬，需要救助。"

"帮衬，救助，那么多穷鬼咋帮，咋救？"到这个时候，魏夫人才注意到丁振龙，"你不是那个和我们家老爷对着干，抢走田银杏的土匪吗？"

丁振龙盯着魏夫人："夫人，你这话不对，我和魏思绪无怨无仇，我是和日本人对着干，但他给日本人当汉奸，我就没办法了。"

"金杏儿，你是八路军，他是土匪，你们怎么搅在一起了？"魏夫人疑惑不解。

"现在丁振龙同志早已不是土匪，而是八路军武工队队员。不过，对于我们的身份，你要保密，不可对外人说。嫂子，我现在身不由己，今天还是不能在家住。这次来，是向嫂子求援的，我们需要一千斤麦子。"

"怪不得回来了呢，原来是要麦子来了。我和你说，你要是从今以后不参加那啥八路九路，回家安安稳稳过日子，要多少我给多少；你要不听我的话，还和你哥对着干，哪怕麦子生了虫，长了醭，喂了猪，我也一粒不给你。"魏思绪夫人恨恨地说。

“嫂子，你不给我有你的道理。”魏思颖依旧笑吟吟的，但话锋一转，“不过，你要知道，我哥是给日本人做事，也就是人们常说的汉奸，共产党、八路军、老百姓最痛恨这种人。对于这种帮东洋鬼子的人，八路军建立了‘红黑簿’，凡做了好事的，八路军给他画红圈，凡做了坏事的，八路军给他画黑叉，不管好事还是坏事，做得多，红圈黑叉就画得多。如果给这一千斤麦子，八路军就给我哥画两个红圈；如果不给，就画两个黑叉。等到黑叉达到一定数量之后，你和我哥就不会有好日子过，甚至，我哥的脑袋都成了问题。希望你规劝我哥要身在曹营心在汉，少做坏事，多做好事。”

魏思绪夫人吓坏了，没有了刚才的嚣张劲：“这……”

“嫂子，对不起，你是通情达理的人，希望你多做些对抗日有益的事。一会儿，会有人来取麦子。”魏思颖两眼闪着泪光，动情地说。然后，她走到嫂子跟前，拉起嫂子，两个人紧紧地抱在一起……

魏思颖从魏家弄来了两千斤麦子，丁迎霜、宋长水等人惊讶不已，心想这女政委真有本事。

武工队到汀河之后，队员们通过各种形式向群众宣传共产党的政策、八路军的主张，群众觉悟逐渐提高，他们都愿意成为八路军的堡垒户，更多的人希望汀河西村能够成为堡垒村。在武工队的秘密组织下，建立了革命的“两面政权”，成立了护村队。护村队由三十多人组成，每十人一班，一天三班轮换，既护村，也护粮。

之后的几天里，武工队队员帮助村民掰玉米、收高粱、割黄豆。对于高秆作物，如玉米、高粱，魏思颖等人建议，只收果实，把秸杆留在地里，这样既解决了秋收问题，又便于疏散隐蔽军民，让日伪军有所顾忌，不敢轻举妄动。

武工队除建议乡亲们将粮食藏在假墙、假炕、地窖中外，还将粮食藏在庄稼地、柽柳林里，先是在这些地方挖好土坑，坑下垫上豆叶，周边用豆叶贴成一层墙，粮食放好后，用豆叶盖严，再埋上半米多深的土。埋粮食的地方，或种小麦，或栽高粱棵，或栽柽柳棵；没埋粮食的地方，却翻开新土，撒上粮粒，造成藏粮假象。

丁迎霜觉得这是些好办法，便让各家都这么做。

突然出现在村里的武工队队员，引起了村里人的好奇，有人就问这些人是谁，几家便回答这是来帮助收秋的亲戚。谁家忙不过来，他们就前去帮忙，乡亲们感激不尽。

秋收季节，正是鬼子扫荡抢粮的时候，八路军大部队加大对日伪军的打击力度，使大部分日伪军龟缩在据点里不敢出来。

# 第十八章

天际呈现出一天中最后的美丽，绛紫色的晚霞透过拥拥挤挤的芦苇，照在宁静的水湾上。水湾四周都是芦苇，芦苇把水湾围成了一个天然大浴盆。

本来，秋日应该是凉爽的，可这段时间有些反常，天气好像骑上奔马，一路反向着从秋天跑回了夏天。这个秋日，更是闷热无比，树梢纹丝不动，蚊虫嗡嗡直叫。

银杏儿、何英和另两个护士参加了一天的手术护理，衣服上，有血水也有泪水，身子上，汗水更像一条条小虫子，在四处乱爬、乱窜。四个姑娘相约，到离营地比较远的那处人迹罕至的水湾洗澡去。

三个年轻护士见四周无人，把自己脱得赤条条的，跳进了水里。她们喊着、笑着，催促银杏儿快点下水。

银杏儿道："你们三个胆子够大的，不怕让人看到？"

"看到正好，谁看到我就把自己送给谁。"三人嘻嘻哈哈地扑腾着水，大笑不止。银杏儿也不管那么多了，快速脱掉衣服，下到水里。

暮色淡入夜色，一轮丰满皎洁的圆月又悬挂在了天上。

一阵清凉的风吹来，让女兵们的心情惬意无比，她们尽情地欢笑、嬉闹，调皮地打着水仗。

银杏儿不由得深深陶醉了，她陶醉于这宁静微醺的夜色，陶醉于这清莹秀澈的湾水，陶醉于这同甘共苦的战友情，一切的纷扰，一切的烦恼，都已被抛到九霄云外。

此刻，让银杏儿和三个姑娘万万想不到的是，苇丛边，有一双贪婪的眼睛，正盯着她们，盯着银杏儿。

医院副院长于砚甫吃了晚饭爱出去散步，他穿过医院前的公路，顺着一条小路向前方慢慢走去。田野里，这边是刚刚收割完的大豆，那边是还未收割的高粱。秋天的颜色，有绿色，有红色，也有黄色；秋天的气息，则散发出成熟的香甜，那味道，沁人心脾，比春天还容易让人释放激情和冲动。

今天，于砚甫走得远了些，前方已没有了庄稼地，而是一片芦苇。他准备返回，刚转过身，忽听到一片响亮的击水声和女人的嬉闹声。猛然，他站住了，有女人洗澡？走，还是……

于砚甫从来没见过女人洗澡，从来没见过女人身子，他再也拔不动腿，回头看看四周无人，便钻入了苇丛。

拨开碍眼的芦苇，借着皎洁的月色，于砚甫向水湾看去。水湾里，四个女人正在嬉笑着打水仗。姑娘们的黑发披在雪白的肩上，活脱脱就是一枝枝含苞待放的玫瑰花。于砚甫的心突突地狂跳不止。

这四个女人是谁呢？我认识吗？

“田银杏，继续打啊！”“打就打！”又是一片水花四溅，又是一阵银铃般的笑闹声。

田银杏？他再仔细看，仔细听，于砚甫知道了，是自己医院护理队副队长田银杏和另三个护理员。早在梁家屋子，于砚甫就喜欢上了银杏儿，他觉得她太漂亮了。前段时间，从汀河回来之后的银杏儿情绪低落，于砚甫看在眼里，急在心上，他询问情况，银杏儿便诉说了自己的烦恼。于砚甫表面劝慰，内心却高兴得不得了，如果真是这样，那自己的机会不就来了？

如同其他三个女人不存在似的，于砚甫贪婪而又毫无忌惮地盯着水中的银杏儿，目不斜视，他这是第一次能够全身心地注视银杏儿。虽然离得远一些，但这个银杏儿却是光着身子的。

“咱们上去吧？”洗的时间不短了，银杏儿提议上岸。

水中的银杏儿无论如何也没有察觉到有人在偷看她们，她自己开始慢慢向岸上走来。

随着水越来越浅，银杏儿的身子一览无余地暴露在了于砚甫的眼中：脸庞秀丽，五官端庄，象牙般白嫩的肌肤在月光下泛着青春的光泽，如同洁白无瑕的美玉，大白馍馍似的乳房高高耸立，随着身体的前行上下跳动，还有，那平坦的腹部，那令人心醉的三角地带……

面对月光下这尊美丽的裸体，苇丛中的于砚甫瞠目结舌，他如同被雷击中，直愣愣地站在苇丛中瑟瑟发抖。

“啊——”突然，刚走到岸上的银杏儿发出一声撕心裂肺般的尖叫，然后，

面无人色，掉头就往回跑，却重重地摔倒在水中。

而此时的于砚甫终于清醒过来，他拔腿就逃。

三个姑娘被银杏儿的惊叫吓住了，她们大喊："怎么了？银杏儿，怎么了？"边喊边往这边游过来。

时间忽然间凝固了一般，银杏儿被眼前的情形惊呆了，苇丛中，有一个人，一个男人，并且这个男人她认识。

"银杏儿，怎么回事？"银杏儿哭了，但她不敢说实话，"我，我看到了一条蛇。"

三个姑娘如释重负，其中一个说："嗨，我还以为怎么了呢，一条蛇有那么吓人吗？"

惊魂未定的于砚甫回到医院，手哆嗦着将房门打开，回手带上门，一屁股坐在床上，给了自己两个耳光。我于砚甫麻烦大了，如果田银杏将这件事上告医院领导，会不会开除我？会不会枪毙我？我怎么那么浑呢，要是在田银杏上岸之前离开，不就没事了吗？

于砚甫觉得完了，明天，自己不得成了案板上的肉，让人想怎么剁就怎么剁？想到这里，他不寒而栗。

可转念一想，他又觉得自己有屈，喜欢一个人，有什么错？只要她不告，事情就好办。要不，现在去给她赔礼道歉？唉，她房间里还有别人，晚上显然不行，那也只好等明天了。

借助月光，银杏儿踉踉跄跄地往宿舍走去。一路走来，一路流泪，银杏儿伤心、愤怒，她觉得八路军当中怎么会有于砚甫这种不要脸的人，她恨恨地说："不要脸的蛇，气死我了！"

回到宿舍，躺在床上，银杏儿心里像堵了烂棉絮似的，又闷又胀，她感到屈辱，眼泪哗哗地流，也不擦，任它漫流。

魏政委、丁振龙，你们在哪里？我受人欺负了。恍惚中，银杏儿觉得自己陷入了一个巨大的泥潭，她越陷越深，不能自拔。

同舍战友何英不解："银杏儿，不就是一条蛇吗，至于怕成这样？"

这个夜晚，对银杏儿来说，注定是一个难眠之夜。

上午的太阳高悬在晴空的帷幕上，几丝如棉絮般白净的云朵点缀其上。丁振龙、李有年戴着苇笠，穿着农人的衣服，一人背着一个布袋，在陈家庄至县城的公路上走着。他们今天的任务之一，不是秋收，而是寻找从县城到陈家庄的邮车。

远远地，一辆马车从县城方向驶来。丁振龙拉一拉李有年的衣角，便迎着车来的方向走了过去。待与马车交汇之际，两人往路中间一站，“吁——”赶车人一把勒住了缰绳。

丁振龙掏出枪，指着两个人说：“兄弟，别害怕，跟我们到僻静处。”

“你们干啥？我们这是送信的车。”车上的另一人喊道。

丁振龙用枪一指两人，说：“我们找的就是送信车，跟着我们。”人在前，车在后，到了一片苇子地后面，车停了下来。

丁振龙对两位押送信件的人员说：“别害怕，我们只是在信上盖个章，希望你们帮个忙，为抗日做份贡献。”他从一个布袋里拿出两枚长方形木制图章和印泥，再取出一个小本子，用一枚图章蘸一下印泥，按在本子上，只见“军民合作，驱逐日寇”八个字显示了出来。“这个，要印在普通老百姓家的信上。”他再用另一枚图章蘸一下印泥，按在本子上，只见又显示出“弃暗投明，不算旧账”八个字。“这个，要印在汉奸、伪军、维持会会长家的信上。明白了没有？”

押送人员明白了，其中一个问：“你们是八路？”丁振龙和李有年笑了笑，没有明确回答，只是说：“以后，可能少不了麻烦你们。”

两位押送信件的人想说什么，又不敢说，看着丁振龙、李有年在信件上都盖了章。

送走邮车，丁振龙、李有年将枪支藏在了苇丛中，他们今天还有一个任务，那就是要前去感谢一下陈家庄的风水先生岳世贤。为什么要感谢岳世贤呢？原来，山田一郎比较信奉风水，他接受麦季屡遭八路军武工队袭扰之训，准备请岳世贤给算算吉凶。这件事，魏思绪在朱冬来开的“再来一碗”茶社里，告诉了来陈家庄的魏思颖和丁振龙。当晚，魏思颖和丁振龙找到朱冬来，朱冬来把他们带到了岳世贤家。魏思颖表明身份，希望岳世贤多为抗战出力。岳世贤本来就痛恨鬼子，便爽快地答应了下来。

山田一郎把岳世贤请到据点里，岳世贤又是测字，又是卜卦，又是相面，折腾了一番，最后得出结论，山田一郎“时犯岁君，正交恶限，诸事不宜，三思后行”。而什么时候“宜”，另算。山田一郎深信不疑，直到如今，日伪军还龟缩在据点里，没有外出抢粮。

丁振龙、李有年进入“再来一碗”茶社，见茶社内无人，便在一张桌子前坐了下来。

“伙计，来两碗茶！”丁振龙对正在擦桌子的小伙计说。

小伙计认识两人，笑了笑，喊道：“好咪，两碗茶！”然后，向里屋走去。

朱冬来用托盘端着两碗茶从里屋走了出来，他将茶递给丁振龙和李有年，

用蒲扇轻轻扇着客人。小伙计站到了门口，警惕地观望着来来往往的人们。

半年前，武工队在陈家庄建立了一个地下交通站，负责传递情报信件，保护同志，以及接送过往人员。这个交通站的负责人是朱冬来。

丁振龙边喝茶，边低声说："冬来啊，过几天，魏政委会带领大家到各村各庄，动员那些地主捐粮、献款，这几天你要注意了解鬼子和地主们的动向。另外，一会儿，再带我们去岳世贤老先生家里一趟。"

七十多岁的岳世贤正坐在屋里的一把太师椅上闭目养神，朱冬来在门外轻唤一声："岳老先生！"岳世贤慢慢睁开眼，见邻居朱冬来领着两个男人进来了。

"岳老先生，丁振龙再次造访，添乱来了。"没多少学问的丁振龙也文雅起来。

岳世贤眯缝起眼，仔细看来人："哎哟，是丁英雄啊，丁英雄再次光临寒舍，失敬失敬。"

"岳老先生，这次我是代表我们姜队长、魏政委表示感谢来了，陈家庄的鬼子到现在还没有外出抢粮，老先生立大功了。"

"鄙人不才，当拼尽全力庇佑百姓，完成贵军重托。"

"下一步山田一郎肯定还会外出抢粮，如果再找你，我们希望知道哪天'宜'，到时候麻烦告诉冬来兄弟，我们争取再打他一家伙。"

"鄙人力争效劳！这位是何人？"岳世贤指指李有年。

朱冬来说话了："岳老先生，他叫李有年。还记得上次你给鬼子看风水，将他们的营房建在了东北的鬼门上吗？当时，冬来、有年我们三个都在里面干活呢。直到现在我还记得你根据步虚禅师预言诗编的夯号。"

一听这个，几个人来了精神，岳世贤领号，丁振龙三人附和，大伙轻声地喊了起来：

（领）东山又有呀么——（合）火光照啊——
（领）傻瓜鬼子呀么——（合）真好笑——
（领）老少那个爷们——（合）加把力啊——
（领）鬼子末日呀么——（合）来到了……

"哈哈哈哈……"几个人又笑得前仰后合起来。

丁迎霜家的烟囱冒着烟，魏思颖站在门口喊道："大婶，在屋里吗？"振虎娘急忙走到屋门口，一看是魏思颖，忙说："是闺女呀，来得正好，你看，俺老姊妹俩正在杀鬼子呢。"

“你们在杀鬼子？在家里怎么杀鬼子啊？”魏思颖愣住了，她看到振虎娘正和一个大婶在忙活着。

只见大婶用针使劲扎一个用布做的小鬼子，边扎边喊：“扎死你，扎死你！”振虎娘则用面捏了好多小日本兵，正放在开水锅里煮，边煮也边喊：“煮死你，煮死你！”

魏思颖看着两个女人的认真劲，着实感动。虽然这些做法是迷信，是诅咒，被扎的人其实毫发无损，但也说明百姓对鬼子是恨之入骨的，这就是做好群众工作的前提和基础。

魏思颖问：“两位大婶，这个管用吗？”

振虎娘恨恨地说：“咋不管用？俺这些办法灵着呢，你就等着小鬼子倒霉吧。”

魏思颖解释说：“大婶，扎布鬼子、煮面鬼子确实能解恨，但这样做，既扎不死他们，也煮不死他们。只有共产党、八路军和咱老百姓联合起来，跟日本人真刀真枪地干才行。”

大婶边听魏思颖说话边仔细看她，待魏思颖说完，她说：“闺女，我看你长得像一个人。”

魏思颖一愣，问：“大婶，你看我长得像谁？”

大婶对振虎娘说：“他婶子，你看这八路军闺女眉眼长得像不像迎风兄弟的头一个老婆？”

振虎娘惊奇地看着魏思颖……

最近几天，魏思颖、丁振龙分别带人深入到各个村子，本着“合理负担”原则，动员地主、富豪捐粮，献款，为抗日出力。

明天是陈家庄金墨轩的生日，魏思颖带着丁振龙化装成商人模样，来到金家巍峨的大门楼子前，他们要为金五爷拜寿。管家宋茂田恭敬地请两人稍等，他要通报一声。

“老爷，八路军武工队的魏政委、丁队长前来拜访，正在门口等候。”

正在扒拉算盘的金五爷连头都没抬：“就说我身体欠佳，不见！”金五爷想起在儿子金雨堂驻地受过魏思颖的奚落，想起丁振龙的所作所为，气就不打一处来。

宋茂田从院里走出来，表情十分尴尬：“两位长官，实在不好意思，我家老爷身体欠安，谢绝来访，还望海涵。”

魏思颖思考一番，然后从随身携带的包中拿出纸笔，说：“我们是提前来为

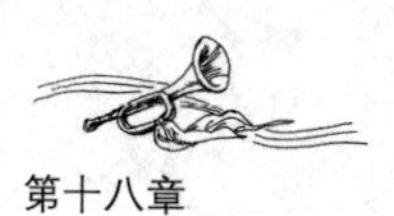



金老爷祝寿的。我写几句话，请金老爷看看。”说完，贴着墙壁，写了起来。

金墨轩从宋茂田手中接过纸条，念了起来：“松竹梅花三益友，鹤发童姿期颐寿……”

“这是她刚才写的？”待听到宋茂田的肯定回答后，他接着念了起来，“延誉同德抗战心，年高德勋吉庆酒……‘松鹤延年’‘三益友’‘抗战心’‘吉庆酒’……”金五爷佩服而又无奈地摇摇头，让宋茂田请客人进来。

魏思颖进得客厅，说：“思颖对金老先生仰慕已久，上次行色匆匆，未能详谈，这次登门拜访，实在有些冒昧。一来嘛，明天是您六十六岁寿辰，我们提前来拜寿；二来嘛，是看看我的表姐。”丁振龙奉上礼品，宋茂田接过。

金五爷看了看二人，道：“魏长官太客气了，金某愧不敢当！不过，陈家庄是日军的重要据点，你们这么大摇大摆地来，不怕叫日本人和警备队碰到？你们这两颗脑袋可不便宜，每个值一千块现大洋呢！看座。”

魏思颖两人坐下，丁振龙眼神咄咄逼人：“金老爷，在陈家庄不安全，可进了这金家大院就安全了，你说是吗？你不会准备要这两千块大洋吧？”

“哪里，谁有本事拿两位长官的人头？放心，至少在我金家大院，两位是安全的。”金五爷很有自知之明。

这时，金雨亭进入屋内，他猛一看到魏思颖和丁振龙，立时惊得呆住了：“思颖？你，你回来了？”说完，脸上飞起一块红晕。

“雨亭，你好，别来无恙？”魏思颖站起来说道，表情同样显得有些不自然。

金墨轩的眼睛何其毒也，他看出这两人有事，难道……怪不得，这小子二十三四岁了，就是不找女人。给他说了十几个，要死要活不同意，说他已经有人了。是她吗？如果是她，这个女人是八路军的政委，现在看得起看不起自己儿子不好说，关键是八路军是和自己这样的家庭对着干的，这女人脑子里全是洋墨水，又是共产党共产共妻那一套，他们两人能走到一起？我看不会。如果走不到一起，那还不如赶紧让这小子断了这个念头，在乡下找一个家境相配的女子，早日成婚，自己早日抱孙子。再说，他们来的目的真的是给我祝寿，真的是来看什么表姐？恐怕不尽然吧。

想到这里，金五爷对魏思颖说：“魏长官，心意，我领了，贺礼，不便收。金某乡野村夫一个，不值得魏长官、丁长官这样倚重。不知今天大驾光临到底有何贵干？”

魏思颖喝了口茶水，说：“既然金五爷如此爽快，那我有话就说了。这次来，真心实意来祝寿，来看表姐。同时呢，如今，八路军将士在前方浴血奋战，那么咱们后方呢，本着‘合理负担’的原则，有人出人、有钱出钱、有粮出粮。

当前，主要是粮食……”

金墨轩摆摆手：“别说了，你表姐带着孩子回了娘家，至于捐粮，别人捐不捐我不管，但我金某人得好好考虑考虑。鬼子抢粮，国军征粮，八路捐粮，你们还让不让我们过日子了？”

丁振龙忽地掏出了手枪，指着金五爷：“姓金的，我说你是个汉奸，有人还不相信，现在露出真面目了吧？你要不捐，我要了你的老命。”

金墨轩气得直哆嗦：“你，你是什么八路，我看你就是土匪！”

魏思颖啪的一拍桌子：“丁振龙，放下你的枪！有你这样对待士绅贤达的吗？”

金墨轩说：“魏长官，你看，这不是土匪做派是什么？过去，他强抢人妻，现在，他持枪威吓。就凭这个，我一粒也不捐，不但我不捐，我觉得别人也不该捐。”

魏思颖十分生气：“丁振龙，你这是什么行为？说轻了，你这是对金五爷的极大不尊重，说重了，你这是破坏抗日民族统一战线。现在，我宣布，免去你武工队中队长职务，降为普通战士，认真反思。”

不仅丁振龙，就连金墨轩、金雨亭也顿觉突然，他们的脸上都充满了惊讶的神色。

金墨轩依然愤愤不平：“哼，对这号人，就得好好捋捋他的毛。”

金雨亭赶紧打圆场：“嗨，不就是需要我们捐献粮食吗？好说，我们捐。”

魏思颖对金墨轩说：“对不起，回去之后，我们一定按纪律行事。不过，在咱们陈家庄，金五爷德高望重，金少爷年富力强，希望金五爷以抗日大局为重，组织咱们陈家庄的士绅贤达，积极行动起来，为抗日捐献军粮。”

金雨亭看着魏思颖，说道：“好说，有钱出钱，有粮出粮，身为华夏子孙，理当尽绵薄之力！”

金五爷恶狠狠地剜了金雨亭一眼。

金墨轩生日一过，陈家庄十几家地主、富商被秘密请到了金家，共同商讨为八路军捐粮的事。如果光看那丁振龙，这金墨轩根本不会组织这次活动，但他又不愿得罪魏思颖。他想，活动，我组织，话，我说到，但如果大家都不愿捐，那就不是我金某人的责任了。

金墨轩先是假惺惺地讲了一通抗日大局、支持抗战的话，接下来，除个别人诉苦之外，大家都表态同意金五爷的观点，说要支持抗日，支持八路军。

见大家热情高涨，金五爷的脸反而拉了下来：“八路军和在座的大部分人无怨无仇，可八路军的人和我有怨有仇，这次捐粮，你们愿捐多少捐多少，我不

反对，但我一粒不捐。”

在座的人一片愕然。然后，个个喜笑颜开，只要金五爷带头抗捐，他们就啥也不怕。

魏思颖带领武工队回到了八大组，之后，丁振龙就被关了禁闭。

这天，趁到区里办事的机会，田银杏来到武工队营地。她要见魏政委，她要见丁振龙，至于被于砚甫看了身子的屈辱是不是告诉魏政委，她没有想好。

魏政委不在，丁振龙也不在，李有年、孙猴子等人热情地招待银杏儿。银杏儿问丁振龙干什么去了，大家立时三缄其口。最后，架不住银杏儿苦苦追问，李有年才说了实话。

“魏政委干什么去了？”银杏儿为丁振龙着急起来。

“魏政委到区里开会了，不过姜大队长在家。”李有年对银杏儿说。

银杏儿来到姜文山办公室门口，先喊“报告”，坐在办公桌前的姜文山抬头看来人是银杏儿，站起来，热情地将银杏儿迎进屋里，朗声说道：“这是什么风把我们的护理队队长刮来了？”

“姜大队长，我来看看你。”

“是吗？能被美女惦记着，这可是我没想到的啊。”姜大队长调侃道。

银杏儿微微一笑，说：“姜大队长，我是来专程看各位领导和战友的，怎么听说丁振龙又蹲了禁闭？”

姜文山笑道：“露馅了吧？我说嘛，大美女怎么会专程来看我呢？你是来看你的弟弟丁振龙的吧？”然后，把丁振龙擅自持枪恫吓金墨轩，致使金墨轩拒不配合八路军征粮，被撤职、被关禁闭一事给银杏儿说了，然后，从抗日民族统一战线的角度，从团结一切可以团结的力量共同抗日的角度，和银杏儿做了一番交流。

“你们医院的于砚甫副院长还好吧？”姜文山意味深长地问道。

“于院长还好。”

“我听说他对你比较关心，也喜欢你，你们两个……”

“姜大队长，对不起，我能去看看丁振龙吗？”银杏儿没有正面回答姜文山的提问。

姜文山见此刻银杏儿不愿谈这个话题，觉得她是因丁振龙被关了禁闭心里不好受，也就不再说什么了。前几天，于砚甫找到姜文山和魏思颖，说自己非常喜欢田银杏，既然她和丁振龙是姐弟关系，希望请两位老领导给牵牵线，做个媒。对此，魏思颖很是纠结，一是田银杏和丁振龙是不是姐弟关系并没有定论，二是不论家庭、个性，还是抗战激情，于砚甫和田银杏都迥然不同。姜文山却爽快地答应了下来。

“振龙!”推开禁闭室的门，银杏儿喊了一声。自从家里的老人都说自己是丁振龙的姐姐，银杏儿虽半信半疑，但她却下意识地改了口，不再喊“振龙哥”，而是以“振龙”代替。

丁振龙正垂着头，坐在一张桌子前，费力地写着什么。

“银杏儿!”丁振龙惊喜地站了起来。对于称呼问题，丁振龙却依然故我，没喊过“银杏儿姐”。在他心里，从来就没承认两人是姐弟关系。

丁振龙让银杏儿在床上坐下，给她倒了碗水，放在跟前的一个小凳子上。

银杏儿看到又蹲了禁闭的丁振龙，她想哭，泪水在眼中打转，但却硬硬地将泪水压了回去。

“银杏儿，我……”丁振龙想解释点什么。

“情况我已经了解了，不知道这几天你反思得怎么样?”

丁振龙说：“全国人民都在抗日，可金墨轩这个老棺材瓤子却不像个男人，推三阻四就是不愿帮八路军筹粮，我一看他这样的地主、富豪就来气，这不，脑子一时发热，就拔出了枪。”

“亏你还是个武工队队长，三大纪律八项注意，一切行动听指挥、说话和气、不打人骂人啥的，都忘了?”

“我现在已经不是武工队队长了。”

银杏儿劝慰道：“没事，只要你能真正认识并改正自己的错误，魏政委、姜大队长一定会重新考虑这个问题的。”

“现在想想，确实错了，自己太莽撞。我还是好好反思，等出去了再戴罪立功吧。”

银杏儿看丁振龙这次既没和上次一样暴跳如雷，还能够认识到自己的错误，觉得他比过去成熟了，便说：“说得好。魏政委到区里开会了，我没见到她，不过，见到了姜大队长。姜大队长说，团结一切可以团结的力量，是毛主席讲的。毛主席要求全国军事总动员，全国人民总动员，不分党派，不分阶级，结成广泛的抗日民族统一战线，一致对外，其中，也包括金墨轩这样的土豪劣绅。”

“这不，在写检查哩!”丁振龙指指桌子上的纸。

银杏儿笑笑：“这就对了嘛。姜大队长还说，你在大是大非上没有问题，就是有些匪气，只要你改掉这些小毛病，就是一个非常好的八路军战士。我知道，你会改好的。另外，告诉你个好消息，我也写了入党申请书，已经交了上去。”

“是吗?太好了。”丁振龙笑了。

突然，银杏儿神色黯然，大滴大滴的泪珠流了下来。眼前，振龙的脸好像在慢慢变形，慢慢破碎。

丁振龙看出了异样，刚才还好好的，怎么突然伤心起来？忙问："银杏儿，你怎么了？"

能够说什么呢？想起有情人不能终成眷属，想起自己在水边的遭遇，银杏儿的心里像打翻了五味瓶，万般滋味一齐涌上心头。但她极力克制自己，不让负面情绪传导给丁振龙："没什么，我看到你蹲了禁闭，又看到你认识了错误，心里既伤心又高兴。你好好反思吧，我回去了。你不要担心我，我会照顾好自己的。"说完，深深地看了丁振龙一眼，向门外走去。

在陈家庄，金雨亭挨家挨户做工作，商讨为八路军捐粮一事。

金雨亭说："共产党八路军脑袋拴在裤腰带上打鬼子，咱们不能看热闹、晒太阳，得帮帮他们。再说，帮他们，也就是帮咱们自己，谁愿意整天在日本人的打打杀杀中过日子？"十几个地主、富商承认金雨亭说得有道理，终于答应为八路军捐粮。

而做这一切，金雨亭却仅仅是为了讨好魏思颖。

魏思颖带领武工队第二、第三中队来到汀河西村，负责护卫捐粮、运粮。此时，丁振龙已经解除禁闭，但未官复原职，依然是一个普通战士。

夜色苍茫，天和地被泛着重重潮气的浓雾笼罩着。路上，一辆辆马车、驴车从不同的方位向这个堡垒村摸来。来到路口，一个个年轻后生跟上运粮车，向村西赶去。

捐粮地点选在了一片苇丛里，苇丛中间，已割出大片开阔地带。这边，魏思颖带战士和村民收粮、称粮，并在"红黑簿"上画红圈，红圈的多少与捐献粮食的多少相关，金雨亭在魏思颖跟前忙来忙去；那边，侯春生、丁迎霜组织乡亲们负责将粮食装到早已征集来的马车上；丁振龙带人负责警戒。

这是一场和日本鬼子争夺粮食、争夺时间的战斗。

斗转星移，月亮开始坠落，称粮、装车进展顺利。这批粮食是秘密运往新成立的沾阳棣工委的，事关重大，不能有误。

突然，正在执勤的丁振龙看到，有两个黑影从苇丛里闪了出来，他们的手总放在腰上。丁振龙感到，这两人有问题，他让紧跟着自己的赵联生注意其中一个黑影，自己则悄悄跟上了另一个黑影。

只见这个黑影鬼鬼祟祟地东张西望一番，然后朝着装好粮食的车辆走了过去。黑影似乎在数已经装好粮食的车的数量，丁振龙没有打草惊蛇，仍是跟着他。黑影又来到称粮的地方，混在送粮的人群中。

黑影假装送粮人，扛了一包粮食，走到过秤处。他放下粮食，正向每个人的脸上看的时候，丁振龙走过来，厉声问道："你是什么人?"

"我，我是给你们送粮的。"这人有些惊慌。

"送粮的？送粮的为什么鬼头鬼脑地数运粮车?"丁振龙边问边猛地跃上一步，从这人的腰里拔出了一支手枪。

此人情急之中突然将身边的金雨亭抱住，然后快速从腰的另一侧掏出一支枪，用枪抵在金雨亭头上，说："放我走，要不然我毙了他。"

见此情景，送粮、收粮的百姓大惊，不禁恐惧地后退几步。丁振龙看到，此时魏思颖悄悄向苇丛走去。

丁振龙考虑必须首先保证金雨亭的安全，他说："你别激动，千万别激动啊！我们放你走，但你得把他放开。"

"放开？我才不上你的当呢，等我安全了，我自会放了他。"这人拖着金雨亭，往苇丛退去。

"兄弟，你是哪一部分的?"

"你管我哪一部分的。"

丁振龙举着枪，不断和他对话。远处，夜色中的苇丛里，魏思颖慢慢向对方可能到达的地点移动，并悄悄蹲了下来。

就在这人抱着金雨亭退进苇丛的刹那，魏思颖猛地站起来，朝着这人的头果断扣动了扳机，只听砰的一声，这人惨叫一声，摔倒在苇丛边。

金雨亭早已吓得瘫坐在地上。

丁振龙从此人兜里翻出了一张陈家庄警备队的证件，待回头找另一个黑影时，赵联生急急跑来。丁振龙质问赵联生，赵联生说天太黑，不小心让他给跑了。丁振龙痛骂赵联生，说如果运粮车出了问题决饶不了他。

正当丁振龙大发雷霆之时，丁振虎等几个护村队队员押着一个人走了过来，说这人身上有枪，一定是鬼子的探子。丁振龙问赵联生，这个人是不是刚才的黑影，赵联生看了看，说天黑没瞧太清楚，应该是这个人。

鉴于形势严峻，虽然还有少部分粮食没有装车，魏思颖决定，抓紧按原计划将粮食运走。正是夜半子时，侯春生、丁振龙带队押送，车辆向着西边的沾阳棣方向奔去。魏思颖则连夜赶回武工队驻地。

运粮车在高粱、苇子、柽柳包围的土路上疾驶，车上覆盖着厚厚的豆秸，看上去只是运送豆秸的车队。

车队夜行昼伏，天亮之前，必须藏好。

前面出现了一个岔路口，丁振龙怀疑原定路线有可能已经泄露，便与侯春生商量，改变计划，走另一条土路。侯春生不同意，说这条路线是领导经过深思熟虑的，应该最安全，再说，如果调整路线，沾阳棣工委的同志就接不上运粮队了。

站在身边的赵联生说："丁振龙同志，你已被撤职，而侯队长是咱们这支运粮队的最高领导，咱们都得听他的。"

丁振龙没有理会赵联生。一路走来，他的神经绷得很紧，虽然现在无法确定此次运粮计划是否泄密，但绝不可掉以轻心："侯队长，保证粮食顺利运到是咱们的最终目的，今天发现了鬼子的探子，我们就必须改变行程，以防万一。"

侯春生毫不示弱："不行，我是这次运粮的总指挥，领导决策不可擅自改变，否则，我就要犯错误了。"

"侯队长，是你犯不犯错误重要，还是这批粮食的安全重要？口口声声领导决策，我看你是典型的教条主义！"

其实，侯春生心里也没底，却又不愿承担责任。于是，他说："如果因擅自改变路线而出了问题，你负得了这个责任吗？"

"我负！"丁振龙斩钉截铁地说。被撤职的丁振龙作为一名普通战士，按说只要服从侯春生的命令，出了天大的问题和他没有一点关系，但警惕心、责任心使他豪气顿生。只要能够保护好这批粮食安全，他对自己的前途、自己的生死都无所顾忌。

侯春生同意了丁振龙改变线路的安排，很快，运粮车又上路了。

沾化境内的鬼子、汉奸经过了两夜一天的漫长等待，也没等到八路军的运粮车。原来，鬼子早已接到利津方面鬼子的电话通知，他们在运粮车必经之路上设下了埋伏。

让鬼子没有料到的是，丁振龙改变了运粮线路，结果避开了鬼子的埋伏，让鬼子一粒粮食也没有等到。而始自利津的粮食，安全地运抵了目的地。

十几车粮食石沉大海，山田一郎气急败坏，他迁怒于送情报的探子，骂他谎报军情。正当山田一郎大发雷霆之际，汀河西村维持会会长丁迎霜来了。

丁迎霜一进门，就苦着脸汇报道："太君，大事不好了，前天，八路军突然来到俺村，抢了村里的粮食，连同在其他村抢的粮食，一块装了十几辆大车，趁着黑夜不知将粮食运到哪里去了。"

山田一郎十分生气："八嘎，你的，怎么不早来报告？"

"我报不了啊，太君，八路军把我和村里的一些人绑了起来。这不，刚放了我，我就跑来了。"

“他们人呢?”

“跑了，不知去哪里了。”丁迎霜毕恭毕敬。

山田一郎无可奈何，拍拍丁迎霜的肩膀：“你的，模范会长的干活，以后有情况，及时汇报。”

次日，山田一郎又请来了岳世贤，让他算算，哪天外出抢粮为“宜”?岳世贤卜卦一番，说自后天开始的三个白天“宜”。

到了“后天”，鬼子、汉奸几十号人出动了。由于附近村庄百姓早就坚壁清野，任凭鬼子东搜西寻，仍然收获不大。岳世贤把鬼子外出抢粮“宜”的时间告诉了邻居朱冬来。朱冬来又很快将情报送给了魏思颖。

鬼子、汉奸每到一村，他们就把百姓集合起来。山田一郎和鬼子气势汹汹地站在一旁，钱豁嘴讲话：“你们要知道，太君有一种‘透地镜’，只要拿着‘透地镜’往地上那么一照，哪里埋着粮食就都看得清清楚楚了。你们要尽快说出哪里藏有粮食，把粮食献给皇军，不然，等到让‘透地镜’照出来，你们全村老老少少一个也活不成。”

有的人胆小，把自己家藏粮食的地方说了出来。加上鬼子手持几尺长的钢锥，戳戳点点，四处搜索，三天后，还是被他们抢走了不少粮食。

等到鬼子抢粮的第三天，姜文山、魏思颖、刘亮带着武工队队员，埋伏在鬼子抢粮的必经之地，打了鬼子个措手不及。

山田一郎万万没想到，这三天之“宜”，怎么又成了诸事不宜?

# 第十九章

夜幕显得有些狰狞。战地医院所在村子里，人们熙来攘往，军队在转移，百姓在转移。出现了什么情况？

1943 年 1 月初，日伪军纠集济南、张店、潍县、惠民等地一万两千兵力，配以汽车二百余辆，在四架飞机的掩护下，对清河区抗日根据地进行大扫荡，妄图一举摧毁清河区党、政、军领导机关，消灭清河区主力部队。敌机在空中盘旋、投弹、扫射。抗日根据地处在一片腥风血雨之中。

战地医院及其所在村子也未能幸免于难。

银杏儿还在地窖里紧张地给一个重伤员换药，于砚甫从远处跑了过来，他蹲在地上，向地窖中的银杏儿喊道："田银杏，快上来，敌人马上就要进村了。"

听到上面喊话的是于副院长，银杏儿淡淡地回了声："知道了。"

"光知道不行，你必须和医院大部分医护人员、轻伤员一起转移，这是院领导集体做出的决定。"

这时，银杏儿已换好药，她从地窖中爬上来，一只手提着手枪，一只手拿着一个听诊器，腰里，别着四颗手榴弹。"都撤了，这个重伤的战士怎么办？如果没人管，他必死无疑。"

"你抓紧撤，是死是活，那就看他的造化了。"

"不，这样不行。我不走！我得留下来照顾他！"说完，银杏儿搬动成捆的玉米秸掩护地窖。

村头突然响起了激烈的枪声。于砚甫声音尖利："快！敌人已经包围了村子，再不撤就来不及了！"

银杏儿和于砚甫一起将玉米秸摞好，便向一个草垛跑去，边跑边说："于院长，你快和大伙一块转移吧，我藏在这个草垛里，等敌人走了，我再来护理这个伤员。”

“不行，鬼子实行的是烧光、杀光、抢光的‘三光’政策，不光这个草垛不行，村子里其他地方也不行，还是赶紧撤!”

枪声越来越近，越来越急，鬼子叽里咕噜的问话声，哈依哈依的答话声，已听得真切。

于砚甫真急眼了，他一把抓住银杏儿：“跟我走!”

银杏儿使劲挣脱开：“我不能离开这个战士。”

于砚甫直跺脚，声音低沉：“你再不走就会死的。”

“就是死了，我也要保护好这个八路军战士。”银杏儿的倔劲儿上来了，她斩钉截铁地说。于砚甫见无法说服田银杏，自己一扭头，跑开了。

银杏儿藏进了早已扒好洞的草垛里。

十几个日伪军冲了过来，他们东搜西找，绝不放过一处可疑地面，绝不放过一个隆起的草堆。两个鬼子开始用刺刀挑银杏儿刚刚摞好的玉米秸。

草垛中的银杏儿害怕了起来，再这么挑下去，地窖就暴露无遗了。蓦然，一种责任感涌上心头，她心跳加快，热血升腾。

银杏儿从腰间拔出一颗手榴弹，从草垛中冲了出来。

“轰——”田银杏故意暴露自己，拉响了手榴弹，向日伪军扔去，然后，回头就跑。

十几个敌人一起向她追来。

夜幕中，田银杏仗着熟悉地形，猫着腰，在草垛和杂草中疾跑。后边的日伪军边跑、边喊、边开枪。此时，她反而不害怕了，心里只有一个念头，只要把敌人引开，保护了八路军伤员，哪怕自己牺牲了，也是值得的。

子弹嗖嗖地在银杏儿的头上、耳边飞过。突然，在她的侧前方，一个人在向她身后的日伪军开枪，几乎是一枪一声惨叫。这是谁呢？她向这个人跑去。

“银杏儿，快，往前跑!”这是一个男人，他在喊她。银杏儿跑到这人跟前，看了一眼：“振龙，怎么是你?”

“先别问，快跑!”丁振龙喊道。银杏儿依然猫着腰跑着，却不小心被什么东西绊了一脚，摔倒了。她爬起来，继续跑，丁振龙边开枪，边在她后面跟跑。

突然，银杏儿停下来，返身往回跑。丁振龙大惊失色，因为后面还有四五个日伪军边开枪边追来。他二话没说，掏出另一支枪，双枪向后面的敌人猛烈射击起来。

银杏儿好像捡起了什么东西，又跑了回来。丁振龙气急败坏地大骂：“田银

杏，你个混蛋，怎么回事?”然后，不等银杏儿回答，牵起她的手，快速跑进了一片树林。

两人钻入树林，待听不到敌人追赶的脚步声了，停了下来，大口喘着粗气。丁振龙质问：“田银杏，你不要命了？怎么没让鬼子打死你?”

银杏儿一举手中的听诊器，说：“我的听诊器掉了，看，捡回来了。”

丁振龙一听，火了：“啊，我在鬼子的子弹阵中冒死救你，你却为了一个听诊器！早知道你是为了这么个破玩意儿，我何苦连命都不要?”

银杏儿看着丁振龙：“振龙，对不起，听诊器就是我的命，病号需要它，伤员需要它，就是丢了命，我也不能丢听诊器。”

丁振龙听了银杏儿的话，有些感动，但嘴上却说：“你，真是气死我了。”

“还没告诉我你怎么来了?”

“是范保良副院长给魏政委打电话，要求派几个武工队队员来护送伤员。我们中队的人护送医护人员和伤员离开时，于砚甫说你没走，我便找你来了。”

“原来是这样。”银杏儿终于明白这枪林弹雨中的相逢是怎么回事了。

丁振龙说：“这里不能久留，咱们赶紧顺抗日沟，离开根据地。”

银杏儿愣了一下：“不行，我不能走，村里还有一个重伤员，他需要我。”

“那好，我陪你一起守护这个伤员。走，先到树林深处躲一躲，待白天鬼子、汉奸离开后，咱们再去找这个战士。”丁振龙一拉银杏儿的衣袖，两人消失在了茫茫黑夜之中。

几天里，日伪军在“分进合击”“铁壁合围”“突然袭击”的基础上，进行“拉网合围”，对根据地连续进行了合围。先是纠集七千兵力，分六路以直径二十五公里向清河军区主力部队驻地北隋、牛庄、大宋、小宋一带扑来，军区部队利用抗日沟突出重围，转移敌后，使敌扑空。接着，敌人又组织四千多兵力，奔袭清河军区驻地机关所在地八大组，军民以茫茫荆棘与纵横交错的抗日沟为掩护，神出鬼没与敌周旋，同样挫败了敌人的阴谋。

驻扎在黄河北岸的国民党保安团坐山观虎斗，却不曾想，日伪军合围八路军不成，在保安团没有防备的情况下，突然对其进行合击。

国民党保安团仓促应战，最终被击溃，团长金雨堂阵亡。

消息传到陈家庄，金墨轩金五爷一口鲜血狂喷而出，昏死过去……

在武工队的协助下，军区战地医院经受住了日伪军扫荡的考验，医护人员、轻重伤员无一伤亡。

范保良副院长已升任院长。这天，他将田银杏叫到了办公室。

去年秋天水湾看过银杏儿身子的第二天，于砚甫在没人的时候，向银杏儿赔礼道歉。他痛骂自己不是人，希望银杏儿能够原谅自己。银杏儿无奈，对于砚甫的忏悔未置可否。

自此，于砚甫下定决心一定要娶到银杏儿。他知道，这种状况下自己很难说服银杏儿，便相继找了姜文山、魏思颖和范保良，希望从领导的角度、组织的角度为他做这个媒。

“报告!”“进来!”范保良将银杏儿让进办公室，给她倒一杯水，两人坐下。

范保良说：“田银杏同志，在这次反扫荡战斗中，你为了保护伤员，把自己的生死置之度外，表现得很英勇，院里决定为你请功。”

银杏儿站起来，说：“范院长，作为一名八路军医护人员，这都是应该做的。”

“但是一个女同志，能做到这一点，是很难能可贵的。请坐吧。”范保良摆摆手，然后问：“银杏儿同志，你今年多大了?”

“报告院长，我今年二十二。”

范保良问：“那我问你，你对咱们医院的于砚甫副院长怎么看?”

“于副院长有知识，脑子活……”

“那我再问你，你愿不愿意和于砚甫同志建立一个革命家庭?”

仿佛被人劈头打了一闷棍，银杏儿差点将手中的水碗掉在地上，她结结巴巴地说：“这……我……不……不愿意。”

范保良预料到田银杏可能会说出这种话，他把脸一拉，说：“如果我说这是组织的决定，你会执行吗?”银杏儿脑袋还在轰鸣着，她没有回答。

见田银杏不说话，范保良接着说：“作为一个封建家庭的叛逆者，于砚甫同志虽然出身于大地主家庭，但他毫不留恋荣华富贵，甘愿做一个无产者。对于这样一个同志，我们都要关心、爱护。关于你和于砚甫同志建立革命家庭这一组织决定，你要慎重考虑。”

“组织决定？组织怎么什么都管啊?”银杏儿不解。

范保良语重心长地说：“银杏儿同志，我知道，你可能还在想着丁振龙，但是，既然你们已经是姐弟关系，那就不要再抱任何幻想了。现在是战争时期，我们的干部缺乏建立家庭的基本条件，因此，干部婚姻问题很多时候不再属于个人私事，而是被纳入了革命事业的轨道。再说了，于砚甫同志年龄不小了，作为一个干部，他非常喜欢你，并且主动向组织提出了这个请求。”

银杏儿的心里像是有一根绳子，狠狠地拧绞着五脏六腑，令她痛彻心扉。

“我们八路军战士也是人，也是有血有肉有情的人。还是那句话，既然跟丁

振龙没有任何希望了，那为什么不能考虑于砚甫同志?”

银杏儿不知自己是怎么走出院长办公室的，她踉踉跄跄地走到一棵杨树旁，瘫坐在地下。她的泪流在脸上，血却淌在心里。春天的风吹乱了头发，她也不知道去拢一下……

于砚甫和田银杏的喜事说办就办。部队里，难得有这种婚礼场面，虽然程序不会复杂，但热闹一下还是需要的。战士们把医院简陋的院子和于砚甫的房间打扫得干干净净，又在几处贴上了大大的红“囍”字。范保良、姜文山，医护人员和伤员们个个乐滋滋，喜洋洋。

房间里，于砚甫穿着崭新的八路军军装走来走去，他的心里，像有一股子开了锅的春潮，一拱一拱地往外喷发。他始终忘不了那个黄昏，忘不了那天使般的美丽胴体。在几个男性医务人员的陪伴下，他迫不及待地要走出房间，走向婚礼现场。

与心花怒放的于砚甫不同，银杏儿面无表情，心如止水，没有一点新婚的喜悦。银杏儿房间里，何英和几个护士给她简单化妆。小护士们知道她的心思，都不敢多说什么。

银杏儿不愿意嫁给于砚甫。按说，既然振龙是自己的弟弟，两人不能成婚，那么，一个出身农村的八路军女战士，嫁给当干部的于砚甫有什么不好?可银杏儿就是一千个不愿意一万个不情愿，一是，她的心里还放不下丁振龙，而更为重要的，则是她看不惯于砚甫的做派——目中无人，自高自大，讲吃重喝，贪图享受，瞧不起农村战士，却整天色迷迷地泼泡女人堆儿。

糟心的是，于砚甫却偏偏相中了自己。

银杏儿将攥着的一块手绢展开，上面绣着一只彩色鸳鸯和一朵粉红色莲花。魏思颖走过来，她知道这块手绢意味着什么，她还知道，另外一块在谁手里。

范保良院长说了，这是组织决定。魏思颖毫无办法。

魏思颖什么也没说，她与银杏儿紧紧抱在一起，两张毫无生机的脸上，泪水像不断头的雨帘一样，倾泻而下。

结婚典礼在院子里进行。于砚甫和田银杏胸前各戴着一朵大红花，四周围了许多人。银杏儿频频往人群中看，娘，来不了，可振龙怎么也不来?

范保良院长是婚礼的主持人，他走上前来，让两个新人并排站好，然后，朗声说道：“抗战前线成佳偶，革命伴侣结良缘。各位领导、各位同志，今天，我们欢聚一堂，为战地医院副院长于砚甫同志和护理队副队长田银杏同志举行结婚典礼……”

“等等!”

突然，传来一个男人如雷般的喊声，银杏儿定睛一看，来人是振龙。人群里响起一片惊呼声、私语声。

现场的气氛顿时紧张起来，魏思颖、姜文山、范保良怕这个愣头青干出点什么愣头事。

眼睛红红的丁振龙似乎没有看到参加婚礼的人们，他径直往前走，人们给他让出一条道。他疾步走到银杏儿跟前，定定地看着她：“银杏儿!”

于砚甫担心丁振龙来抢银杏儿，便走过来，挡在丁振龙和银杏儿中间，大声说：“你干什么？我和田银杏结婚可是组织决定的。”

丁振龙一把拨拉开于砚甫：“闪开，我不找你!”

看到丁振龙来到了婚礼现场，银杏儿心如刀割，她既觉得有愧于振龙，又怕振龙在这个场合闹事，心想，既然事情已经不可挽回，那就让振龙死心吧。她含泪对振龙说：“好兄弟，谢谢你来参加姐姐的婚礼。这个婚是我自愿结的，你退后，让范院长接着主持婚礼。”

丁振龙一把抓住银杏儿的手，脸部抽搐着：“银杏儿……”

于砚甫忽然抓住丁振龙的肩膀：“不许碰田银杏，她是我老婆!”

丁振龙连看都不看于砚甫，用力一推，于砚甫差点摔倒在地上：“滚开，没你的事!”

姜文山实在看不下去了，他以为丁振龙是来捣乱的，大喊一声：“来人，把这个丁振龙拖出去!”几个武工队队员围上来，紧紧地抓住了他。

丁振龙一甩肩膀，将抓他的几个人甩开，面对姜文山，面对大伙，歇斯底里地说：“怎么，我来参加姐姐的婚礼不行吗？我来送送姐姐不行吗？我和姐姐说几句话不行吗？”说着，眼泪哗哗地流满了脸颊。

魏思颖见此，对几个武工队队员说：“你们几个退到后面来。”

丁振龙攥着银杏儿的手，眼泪汪汪地说：“银杏儿，不，姐姐，从今以后，你就是我的姐姐，我就是你的弟弟了，如果以后谁敢欺负你，你就告诉兄弟，我会为你出头的。我……祝你过上好日子。”

“好弟弟……”银杏儿难过得说不出话来了。她将手中一直攥着的那块绣着彩色鸳鸯和粉红莲花的手绢递给丁振龙：“振龙，不哭了，这块手绢给你，擦擦眼泪，然后把它放好，姐姐希望你尽快找到一位好姑娘。来，笑着参加姐姐的婚礼，好吗？”

魏思颖眼里含着泪，许多人眼里也含着泪，她走上前去，轻轻拉着丁振龙

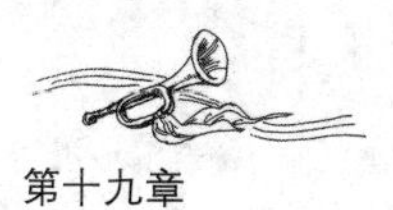



退到了人群中。现场响起了一片掌声。

有惊无险。人们担心的大闹婚礼事件没有发生。范保良又乐呵呵地走上前来，大声喊道：“婚礼继续进行……”

初春的黄河口，依然笼罩着浓浓的寒意。还没等苇缨翻飞了一天的苇丛消停下来，夕阳晃荡几下，扑通一声掉进西边的天际，冬日的黄昏便悄然着陆了。

突然，一片芦苇丛里人影一晃，四个男人走了出来。这几人不是别人，正是丁振龙、李有年、赵联生和孙猴子。

日本侵略者的年初扫荡基本以失败告终。但陈家庄日本指挥官山田一郎和副指挥官松井带领日伪军在一些村庄杀人放火，无恶不作。他们在一个村庄的小河边，将未及躲避的人们集中起来，拖出七个成年男人用刺刀刺死，然后，将人头劈成两半。无辜中国人的鲜血，染红了小河冰面。

惨无人道的日本鬼子，罪恶深重的山田一郎，又在其罪恶簿上记下了一笔。

自从银杏儿结婚后，丁振龙觉得自己成了一截被蛀空的木头，心里空荡荡的，伤心、难过。只有让他上前线，去敌占区，才能填补这颗隐痛的心。

姜文山、魏思颖上午得到情报，说山田一郎晚上要在汇英楼摆宴席为夫人祝寿。经过研究，两人决定派丁振龙带人前去消灭这个杀人恶魔。

丁振龙四人装作路人，从汇英楼前经过，见饭馆门口有鬼子站岗，他知道，情报无误。几个人商量，决定分别在汇英楼两侧隐蔽静等，待鬼子酒过三巡后再付诸行动。

丁振龙、孙猴子进了汇英楼隔壁的一个小楼，突然，扑鼻的粉香飘来，一个穿红着绿的女人热情地招呼道：“哟，两位爷来了？快，快楼上请。”

丁振龙、孙猴子误入了妓院春香院。这春香院是一座木质结构为主体的二层小楼，招呼他们的中年女人是这里的老鸨子马大翠。只见她满脸堆笑，卖弄风情地迈着碎步走了过来：“两位爷，真好雅兴！找姑娘玩玩？”

丁振龙暗暗叫苦，怎么进了这种鬼地方。他急忙说：“不，我们走错地方了。”

孙猴子的眼睛却亮了起来，当土匪时，他是这里的常客：“好不容易来了，咱就在这里待一会儿吧。”

未等丁振龙回答，六七个浓妆艳抹的窑姐拥上前来，浪声浪语，满目含情，分别架着两人，向楼上走去。稀里糊涂的，丁振龙被推入一个房间。

这种地方丁振龙却是第一次来。屋外寒气袭人，屋内却生着土炉。女人刚进屋子，就脱掉了红袄，里面是纱绸短褂，裸露着嫩藕似的胳膊，一对乳房故意一抖一抖地跳着，直让丁振龙的眼睛往一边躲闪。

女人攥住丁振龙的胳膊，嘤嘤细语道："大哥，你可来了，都想死我了！"

丁振龙愣住了，问："我来过你们这里吗？"

女人在丁振龙的胸脯上轻轻打了一拳："瞧您说的，大哥来过没来过我哪知道，不过，男欢女爱，我可是早就盼着大哥来了。"说着，女人面赛桃花，眼含秋水，一对酥胸向丁振龙靠去。

恍惚间，眼前的女人幻化成了银杏儿。血气方刚的丁振龙猛然想起了那个夜晚，想起了那片苇丛，想起了苇丛中圣洁的银杏儿。他只觉得耳红心跳，浑身发胀。

可如今，那至情至性的银杏儿在哪里？

"大哥，咱们脱衣裳吧？"女人一句话，把个丁振龙问醒了：混账，自己干啥来了？恢复理智的丁振龙看了一眼窗户，对女人说道："你先出去给我倒碗水，我渴。"

女人在丁振龙脸上轻轻捏了一把，狐媚地笑了笑，穿上红袄，款款向屋外走去。丁振龙见女人出去了，不敢怠慢，快速推开窗子，从二楼向外跳去。

而隔壁房间的孙猴子却没能抵御住香风玉乳的诱惑，他如同一头发了疯的狮子，向顾盼生姿的女人扑去。

丁振龙从春香院跳楼后找到李有年、赵联生，三人从一扇后窗进入了汇英楼二楼。过去，丁振龙来过这饭馆，知道最大、最好的一个雅间在二楼，祝寿宴也必然在那一间里。

今天的饭馆已被鬼子包场。李有年、赵联生藏入一个房间，丁振龙贴着墙壁，向那间飘来日本歌曲的雅间摸去。

丁振龙侧身来到雅间门口，透过那个年代并不多见的玻璃门，他看到，屋内红烛高照，五六个鬼子高唱着日本歌曲，一个穿着和服的女人，看来是山田一郎夫人，正迈着张不开腿的小碎步，随着歌曲的节拍翩翩起舞。

听着这鬼哭狼嚎般的歌声，丁振龙气不打一处来。他站到门前，飞起一脚，将门踹开，举着两支枪大喊一声："都不许动！"

屋内的日伪军都吓傻了，木呆呆的。愣了一会儿，一个鬼子大喊一声："你的，什么的干活？"

丁振龙如天神一般威风凛凛地站在门口，大声回道："我是你们祖宗爷爷，八路军武工队丁振龙!”

屋内的鬼子浑身一颤，发出一阵阵惊呼声：“丁振龙，丁振龙的干活……”正跳得尽兴的山田一郎夫人一听到“丁振龙”三个字，竟吓得瘫坐在地上。

丁振龙快速环视在座的人，见只有松井和几个穿着军装的日本人，却没有山田一郎，中国人中，钱豁嘴和另一个伪军在场。正在他疑惑山田一郎怎么不在场时，钱豁嘴噘着一张豁嘴说话了：“我当是谁呢？原来是振龙兄弟啊！快，进来喝两盅。”边说，边给松井使眼色。

松井脸色蜡黄，额头上早冒出了密密麻麻的冷汗，他的手想往腰间摸，丁振龙用枪指点松井，恶狠狠地警告道：“松井，不许动。”然后，他问道：“钱豁嘴，我问你，山田一郎干什么去了？”

“振龙兄弟，有话好说，犯不着动手。山田太君今天下午临时接到命令，去县城了。”

心里，钱豁嘴在埋怨，楼下的人是干什么吃的，怎么让这么个大活人上来了？也没听到枪声啊！不过，丁振龙既然上来了，屋里这些人，包括自己都不会有什么好下场，求情无用，必须想办法制服他。

钱豁嘴不但鲁莽，坏心眼儿也不少，他直往丁振龙身后看，并用手指指点点。丁振龙误以为后面有日伪军的人，微微侧目，钱豁嘴快跑两步，飞起一脚，向丁振龙踹来。几个鬼子也站起来，拿枪的拿枪，取刀的取刀，现场乱了起来。

丁振龙怒从心中起，他一回身，举枪就向钱豁嘴射去，边射边喊：“再让你当狗汉奸!”钱豁嘴的肩膀、胳膊立时鲜血涌出，随即，他倒了下去。

眼见两个鬼子手忙脚乱地去拿枪，丁振龙大吼一声：“小鬼子，回你们老家去吧。”砰砰……他的动作快如闪电，两声枪响，鬼子倒在了地上。

松井见自己人倒了下去，他红了眼，大喊道：“八嘎!”举着指挥刀向丁振龙劈来。丁振龙大骂：“松井小鬼子，这里是中国，滚回你小日本去。”说着，向他开了一枪。只听当啷一声，子弹正巧打在指挥刀上，刀从中间断成了两截。松井大吃一惊，看一眼半截军刀，依然不管不顾地冲了过来。说时迟，那时快，丁振龙对准松井的胸口，连开两抢，松井的胸口迸发出两团血水，身子晃了几晃，扑通一声倒了下去。

听到枪声，楼下负责警戒的日伪军向楼上冲来，李有年、赵联生堵在楼梯口，向下开枪，一个个日伪军从楼梯上滚落下去。

此地不可久留。丁振龙手中的枪对准喝得晕晕乎乎的其他几个鬼子脑袋连开几枪，鬼子脑浆四溅。

丁振龙全然不理楼梯口的枪声，不管早已吓瘫了的山田一郎夫人听得懂听不懂中国话，狞笑着说："算山田老鬼子运气好，今天暂且饶过他。告诉他，中国人不是好欺负的。"说完，踢了女人一脚，再看一眼屋中人全没了动静，才转过身，拉着李有年、赵联生，跃身从窗口跳了下去。

丁振龙三人的脚刚一落地，就听"抓刺客"的喊声向这边传来。丁振龙就势一滚，躺在地上，子弹向黑影子扫射过去。

子弹呼啸飞来，只听赵联生"哎哟"一声，便重重地摔倒在地上，然后，破口骂了一句："小日本，我操你祖宗！"

"联生！"丁振龙大喊一声，趁李有年向追兵射击的工夫，扑到赵联生身边，只见他腹部鲜血直冒，一根红红的肠子已钻了出来。"联生，怎么了？"

赵联生痛苦地挣扎着："振龙，我不行了，你们快跑……"

"别胡说，我丁振龙怎么能扔下你不管？快，到我背上来。"

"不行，那样不但救不了我，你也活不成。武工队不能没有你，快走！"

丁振龙不依，要拉起赵联生。赵联生见丁振龙不肯放弃自己，便偷偷地把手中的枪调整了一下方向，有气无力地说道："黄泉路上，都是早晚的事，刚才杀了好几个鬼子，我也够本了。记住，每年这个时候，给我上炷香。"他突然扣动扳机，向自己的下巴打去，立时，子弹穿透了头颅。泪眼模糊的丁振龙想要制止，却来不及了。

"联生，我的好兄弟啊……"丁振龙悲痛欲绝。

鬼子、汉奸的脚步越来越近，而两人枪中的子弹已所剩无几。丁振龙无奈，扔出手中的一颗手雷，一拉李有年的胳膊，两人迅疾消失在暗夜之中。

黑夜中的日伪军不敢紧追，丁振龙和李有年趁着夜色，安全撤离到早已约好集合的苇丛里。在苇丛中不知等了多长时间，只听得刷啦啦撩拨苇子的声音，两人掏出枪，顺势趴在苇丛中。一会儿工夫，一个黑影走了过来，丁振龙仔细看，来人是孙猴子。

丁振龙和李有年站起来，孙猴子也发现了他们。他走上前来："丁……队长，我……我回来了。"

看着气喘吁吁的孙猴子，丁振龙气不打一处来："孙猴子，你干什么去了？"

"我……我……"孙猴子结结巴巴。

"说！"丁振龙命令道。

"我……被……一个小娘们给缠住了。咱们去杀山田一郎吧？"

丁振龙猛地给了孙猴子一个耳光，气恼地说："你个混账干的好事！战斗早

结束了。你，不去消灭鬼子、汉奸，却钻进女人被窝里，狗日的，回去老子再找你算账。咱们走!”

孙猴子有些战战兢兢，他低声问李有年：“赵联生呢?”

李有年没给好气：“死了。”孙猴子一下子瘫坐在地上。

初春的夜，裹挟着几分袭人的寒意。丁振龙拽起孙猴子，三个人踉踉跄跄地向夜色中走去……

# 第二十章

阴凄的冷风轻拂着春天的黄河口，浓重的寒气鬼魂一般悬浮在空中，轻松地穿透了士兵们身上的蓝灰布棉军衣。部队驻地外一片萧瑟树林中，孙猴子头发蓬乱，目光呆滞，被五花大绑在一棵树上。

丁振龙冷冷地看着孙猴子，他气恼，他伤心，他惋惜："猴子啊猴子，我们一直都是好兄弟、好战友，可你知道吗？咱武工队很少失手，这次，却死了一个赵联生，咱武工队军令如山，这次，你却掉到了女人脚盆里。你咋不想想，你是干啥去了？联生兄弟需要一个伴，你去陪他吧。"

孙猴子眼巴巴地看着丁振龙："振龙兄弟，我不祈求饶我一命，可今天别杀我，你就让我到陈家庄，去为联生兄弟报仇，然后和鬼子同归于尽。"

丁振龙紧闭双眼，他的心里在流血。

负责行刑的李有年走过来："丁队长，看在猴子是你旧部的情面上，就饶他一命吧。"突然，刷的一下，十几个队员都齐整整地跪下了："队长，就饶孙猴子一命吧。"

丁振龙心如刀割，他何尝不想饶恕孙猴子。但一个武工队员，在其他同志冒死与鬼子血战的时候，竟然整个晚上都沉浸于温柔乡中，如果今天饶了他，那明天这支队伍还怎么展示血性？

"谁也别废话！都站起来！"丁振龙对众人吼道。然后，他拍了拍孙猴子的肩膀："猴子兄弟，你擅离职守，当了逃兵，使我们遭受重大损失，罪不可赦。共产党八路军一向纪律严明，为了早日赶走日本鬼子，为了死去的联生同志，我只能借你的人头一用了。"

丁振龙猛然别过头去，大声吼道："执行！"

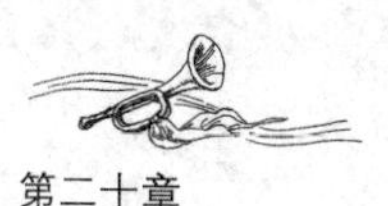



孙猴子惨然一笑："振龙兄弟，我做了错事，犯了军纪，死而无怨。兄弟们，你们千万别学俺的样，只是，方便的时候，去看一看我那七十多岁的老母，我孙猴子先谢了。"

李有年举起了枪。

孙猴子哽着声音请求丁振龙："振龙队长，我自己犯的错自己了断，别脏了兄弟们的手。把绳子给我解开吧。"

丁振龙挥了挥手，有人上前解绳子，孙猴子从李有年手中接过手枪。

孙猴子猛然跪下，举枪朝向自己的太阳穴哀号道："娘啊，儿不能再看您一眼了！兄弟们，帮我多杀几个鬼子，二十年以后，咱们再见！"说完，就要扣动扳机，丁振龙急忙喊："等等……"

山田一郎从县城回到了陈家庄，才惊悉自己夫人的寿宴被八路军武工队搞了偷袭。办公室里，站着几个鬼子，站着他的夫人，还站着打着绷带吊着胳膊的钱豁嘴，以及魏思绪。

钱豁嘴昨天晚上不是被丁振龙打死了吗？这汉奸没死，虽然中了两枪，却不是要害部位，只是被打中了肩膀、胳膊，是厕所里的茅缸——装死（屎）。

山田一郎暴跳如雷："你们，通通的饭桶、废料！"他在办公室里转圈圈，由于腿天生就短，腰上的指挥刀便不停地磕碰脚后跟。

愤怒的山田一郎此刻又一次感受到了悲凉。日军大本营认为，1943年是决定日军胜败的关键一年。年初通过的战争计划规定，巩固亚洲大陆，加强太平洋防御，并作好对苏开战的准备。不过，二月，苏联军队在斯大林格勒战役中全歼了德军三十万人。随即，美英联军先后攻占了太平洋战略要地爪达耳卡纳尔、阿图和基斯卡诸岛，日军全线崩溃。在中国，八路军、新四军也开始对日军占领区进行反攻，仅仅数月时间，就攻占了上万个村庄和近千个城镇。

这天是陈家庄大集。集市上，摊贩的叫卖声，车夫的吆喝声，不绝于耳。

简单化过装的丁振龙、李有年、孙猴子三人混杂在人群中，走在街上。前面，围了一群人，两人走上前去，在人头攒动的人群里踮着脚尖往前面瞧，只见说书艺人尚五站在一个简易戏台上，正准备说书。

尚五一把折扇，一块醒木，形容憔悴，青色长衫补丁摞补丁但却干干净净。只见他一拍醒木，开口说道："刀枪闪烁迷天日，戈戟纷纭傲雪霜。狼烟火炮轰天响，利矢强弓风雨狂。上次说到，岳家军大战番兵番将，直杀得：兵逢兵死，将遇将伤，天昏地暗，地裂烟飞，滔滔流血沟渠满，迭迭尸骸积路旁。"

丁振龙双拳紧握，牙关紧咬，心里直喊好。

"话说岳飞岳元帅大胜金兀术，便在金牛岭下扎住营盘，犒赏兵将，这边，写本进朝报捷，那边，催征粮草，收拾衣甲，准备发兵扫北，收复旧山河……”

丁振龙听得兴起，但他有事在身，便拉了拉李有年、孙猴子的衣角：“咱们走。”李有年跟上丁振龙，向赶集的人群中走去。原来，鬼子将赵联生的头颅割下，挂在了集市上。他们这次来，就是要把头颅取下来，让这位战士早日入土为安。

三人拐过一条街巷，眼前的惨状让他们目不忍睹——

只见一棵大槐树上，赵联生发黑发臭的人头用铁丝吊着，在树上摇来晃去。地下，一摊发黑的血迹早已干涸，斑斑驳驳。两个鬼子站在树下，虎视眈眈地看着过往的人们。

这是中国的土地，这是八路军战士的头颅。

丁振龙的牙齿猛地咬紧了，脸庞刚毅如铁。兄弟，你走好，我丁振龙一定会替你报仇的！

夜雾弥漫，远处，梆子声悠然传来，接着，是一声声苍凉的声音：“天干物燥，小心火烛——平安无事啰——”

三人悄悄来到大槐树周边，见站岗的鬼子早已撤离，丁振龙、李有年继续隐身，孙猴子猫腰来到大槐树下，噌噌噌几下，就爬到了槐树上。他从腰里取出一把钳子，抱住赵联生的头颅，剪断铁丝，如壁虎一样灵巧地滑到了树下。

突然，一束手电筒的光亮扫了过来，孙猴子一惊，本能地躲到了树后。

“八嘎，什么的干活？”微弱的光线里，丁振龙看到，鬼子的五六个夜间巡逻队员如一群僵尸般游移过来。

抱着赵联生的头颅，孙猴子快步跑到黑暗中的丁振龙、李有年处，将赵联生的头颅递给丁振龙：“你们带联生的头快走！”丁振龙低声喊道：“我们一起走！”孙猴子道：“振龙队长，我不走了。”他掏出手枪，疾步迎向鬼子，然后大声喊道：“狗日子的小日本，我是你们爷爷孙猴子，去死吧！”说着，子弹就射了出去。夜幕里，传来鬼子一声声惨叫。

很快，鬼子的子弹也射向孙猴子，他晃了几晃，倒了下去。丁振龙痛心，低声喊了一句：“猴子！”便将赵联生的头颅递给李有年，急切地说：“你先撤，我掩护。”李有年迟疑：“你……我……”

丁振龙命令道：“什么你我，快撤，一定要保护好联生的头。”“好，你要小心！”李有年消失在夜幕中。

丁振龙藏在墙角，见两个鬼子冲了过来，他一把夺过冲在前面的鬼子的“三八大盖”，挥起枪托，将鬼子狠狠地砸倒在地。另一个鬼子见状，端着刺刀向丁振龙刺来，丁振龙灵巧地躲过对方的刺刀，大吼一声“杀！”猛地刺向鬼子，对方倒了下去。刚才被砸倒的鬼子猛地抱住丁振龙的左脚，想把他摔倒，丁振龙甩开右脚，向鬼子的面门狠狠地踢去，鬼子惨叫一声，松开手。说时迟，那时快，丁振龙一翻手腕，刺刀已扎进鬼子的胸膛。

突然，肩膀一阵冰凉，丁振龙一回头，见一个鬼子将刺刀扎进了自己的肩膀。他怒火中烧："你个混蛋小日本，敢捅老子！"鬼子以为这一刀就结果了眼前的八路，却没想到，对方不但没有摔倒，反而转手一个漂亮的劈刺动作，鬼子的头颅成了两半。

远处传来鬼子摩托车的马达声，丁振龙知道，据点的鬼子听到枪声，一定会来增援。他不敢怠慢，转身要走，肩部一阵钻心的疼痛却让他差点摔倒。他蹲下身子，抓起地下的土敷在刀口，然后，使劲拽住自己的衣服，试图止住往外流的血。

起风了，槐树的叶子发出沙沙的响声。为了吸引鬼子向这个方向来，他掏出枪，冲天开了几枪，然后，借着暗夜，顺着小巷子向远处跑去。

"咚咚咚……"一阵急促的敲门声将似睡非睡的朱冬来吵得坐了起来。一个时辰前，镇子里传来噼噼啪啪的枪声，他就担起心来，是八路军杀鬼子，还是鬼子杀中国人？他百思不解。

听到敲门声，朱冬来急忙穿上衣服，走到大门口，问道："谁呀？"

"冬来兄弟，我是丁振龙，快开门！"一听是丁振龙的声音，朱冬来急忙敞开门，外面的丁振龙便扑通一声摔倒在院子里。

朱冬来赶紧闩好门，扶起丁振龙，将他搀到自己和续娶的老婆、一岁的孩子住的西屋里，在椅子上坐下。这时，住在东屋的老娘和汀河西村的表妹月月走进屋里，朱冬来给娘介绍："娘，这是八路军武工队的丁振龙队长，今天晚上打鬼子受伤了。"说完，拿起点着的罩子灯，向院外走去。

月月问道："你是振龙哥？"月月只见过丁振龙一面，听说这是丁振龙，她很是心疼。

丁振龙有气无力地说："我是丁振龙，你是月月？你怎么到这里来了？"

月月拉过冬来娘，说："这是我姑。"

冬来娘看着丁振龙受伤的后背，说："孩子，你受苦了。那些杀千刀的鬼子真不是东西。"冬来的爹、兄弟、媳妇都死在鬼子手里，冬来娘和鬼子有不共戴天之仇。

朱冬来轻轻敞开门，看看四周无人，在灯光照耀下，他仔仔细细地查看院外的路面，没有发现血迹。然后，他退回院子，再一次闩好门，却发现在丁振龙摔倒的地方有一些血迹，他急忙拿过扫帚，把小小的院子扫一遍，将血迹盖住了。

朱冬来处理完院子里的血迹，回到屋里，看地上和椅子上也有斑斑点点的血，他让媳妇和月月表妹清理，然后，对娘说："鬼子很可能会挨家挨户地搜查，得赶快将振龙兄弟藏起来。"

冬来娘问："你想把他藏到哪里？"

"就藏在我屋的炕洞里吧。"

"不，还是藏在我那屋里保险，鬼子不来最好，就是来了，他们能拿我一个装病的老婆子有啥办法？"

"也好，娘，那可让你担惊受怕了。"朱冬来是个孝顺的儿子，生怕老娘受了惊吓。

冬来娘对丁振龙说："大侄子，你就受点委屈，上俺的炕洞里躲躲。"

丁振龙此时后悔来朱家了，他说："大娘、冬来，我不该到家里来，这万一要是拖累了你们，可如何是好？"

冬来娘一拉丁振龙的胳膊："孩子，你还客气个啥，俺家让鬼子杀了三口了，这些畜生要是再来动刀动枪，我老婆子豁上这条老命，也得用刀砍死他们几个。"

丁振龙随着老人和冬来来到东屋，冬来掀开褥子，露出了炕席，掀起炕席，又是麦秸，麦秸下面，则是一块黏贴着木板的特制土坯。朱冬来掀起土坯，说："振龙兄弟，快进去，我家的炕洞处理过，里面空间大，虽然黑，却安全，哪怕外头翻了天，你也别管。"

丁振龙千恩万谢，忍着剧痛钻进了炕洞，冬来媳妇端来几个窝头和一个咸菜疙瘩，一并递给了丁振龙。

朱冬来将炕洞盖好，仔细查看、擦洗了残存的血迹，然后，将一把铁镐放在了屋门口，他是想万一鬼子发现了丁振龙，便和他们拼个鱼死网破。冬来媳妇和月月用灶台里的灰涂抹了一遍脸，然后，一家人啥事没发生似的，穿着衣裳躺了下去。

刚躺下也就一个时辰，门外传来了爆豆一样的砸门声："开门，快开门！再不开，就要砸了……"

冬来媳妇吓得浑身发抖："他爹，这可咋好呀？"朱冬来坐起来，对媳妇说："是福不是祸，是祸躲不过。别害怕。"然后，又来到娘的窗前，轻轻说："娘、月月，赶紧把衣裳穿好，鬼子要来了，别害怕。"

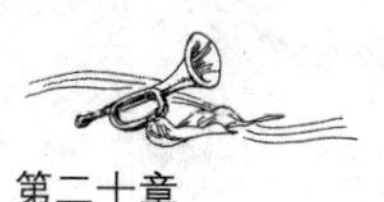



“谁啊?”朱冬来瓮声瓮气地问了一句。

“废什么话你，开门!”门外传来不耐烦的喊声。

“来了，来了……”朱冬来踢踢踏踏地来到门边，哐啷拉开门闩，门便开了。魏思绪带着三个鬼子闯了进来。

朱冬来认识魏思绪，他显得有些睡眼惺忪，觉没睡够似的，问道：“魏翻译、太君，这是干啥？俺一家可是良民呢。”三个鬼子却二话不说，冲进东屋、西屋，去搜查八路。

魏思绪拿着一个手电筒，在院子里东照西照，突然，一片血迹呈现在他的眼前，看鬼子在屋里搜查，他急忙站在血迹上，眼睛直视着朱冬来。

当朱冬来发现魏思绪看到血迹时，他的脑袋嗡的一下，心想，完了，这下全完了，自己咋这么粗心，没有扫干净呢？这时，鬼子也发现了冬来娘、月月和抱着孩子的冬来媳妇。一岁的孩子被吓醒了，哇哇大哭。

趁着夜色，魏思绪将血迹轻轻用脚蹭掉了。

三个鬼子拿着手电筒，在屋里搜了个遍，没有发现异常，便将三个女人赶到院外。一个鬼子指着月月和冬来媳妇大声喊道：“花姑娘！花姑娘!”另一个鬼子上前去摸月月的脸。

月月不知道从哪里来的胆量，在鬼子的刺刀下一点都不害怕，她挥手将鬼子的手拨开。鬼子哪干，“八嘎!”边骂边喊哩咯嚓地拉枪栓，然后，将长枪对准了月月。

朱冬来看情况危急，慢慢向铁镐处移动。

这时，魏思绪走过来，将鬼子的刺刀拨开，怒气冲冲地对三个鬼子呜哩哇啦地用日语说了一通，鬼子乖乖地放下枪，开始向门外走。魏思绪悄悄捏了一把朱冬来的手，说：“我们是来搜查八路军武工队丁振龙的，我对太君讲，你们一家是良民，不会藏丁振龙，你们家的女人太丑，况且军情紧急。如果发现丁振龙，要立刻报告。听明白没有?”

朱冬来也捏了一把魏思绪的手，感激地说：“魏翻译，你是好人哪！我听明白了。”

李有年顺利带回了赵联生的头颅，丁振龙却没有了下落。正当姜文山、魏思颖着急，准备派人外出寻找的时候，朱冬来赶来了，他说丁振龙现在就藏在他家，请首长放心。

姜文山建议尽快将丁振龙接回，但朱冬来说，现在鬼子三步一岗，五步一哨，查得很严，还不如让丁队长在他家养伤更为隐蔽。姜文山、魏思颖商量，觉得朱冬来说得有道理，便让丁振龙暂时在朱家养伤，只不过，决定与军区战地医院联系，派田银杏前去陈家庄，为丁振龙疗伤。

朱冬来、银杏儿两人一前一后来到进镇的路卡。朱冬来是本镇人，他肩搭个布袋很方便就进了镇子。银杏儿则没那么容易。

银杏儿扮作卖鸡蛋和鸡的村妇，左胳膊挎个篮子，上层放着鸡蛋，下面是药品和手术器材，右手则提着两只公鸡。

岗哨上的鬼子、伪军要盘查，银杏儿故意不小心，鸡掉在了地下。那两只公鸡虽然被绑着双腿，却依然扑扑棱棱到处乱蹦，鬼子汉奸顾不得盘查，嘻嘻哈哈地抓起了鸡。

很快，两只肥鸡被抓住了，鬼子不忍撒手。一个伪军对银杏儿说："这鸡是野鸡，谁抓住算谁的，你走吧!"

银杏儿假装不干："不行啊，长官，卖了还得给俺孩子他爹看病呢!"说着，就去抢鸡。

"八嘎!"一个鬼子用刺刀对准了银杏儿。伪军赶紧打圆场："小娘子，你怎么这么不知趣，要鸡就别要命，要命就别要鸡，还不快走。"

银杏儿眼泪汪汪的："不行啊，那鸡俺养了一年多呀。"然后，在别人劝说下，边哭边絮叨，假装无奈地向镇里走去。

朱冬来在前，银杏儿跟着他进得朱家院子，回手，朱冬来将大门闩上。

正在忙着做饭的冬来娘见来了个不认识的闺女，忙放下抱着的柴火，热情地笑脸相迎："闺女，来了。"

"大娘好！给您添麻烦了。"银杏儿向冬来娘问好。冬来娘说："看闺女你说的，都是一家人，啥麻烦不麻烦的。"

朱冬来低声给娘介绍："娘，她叫银杏儿，是咱队伍上的人，来给振龙治伤的。"

冬来娘直愣愣地看着银杏儿，低声问："咱八路军里，还有女兵?"银杏儿放下手中的篮子，对大娘点头笑了。

"哎呀！看这闺女，长得真俊。"冬来娘转向屋里叫道："月月，搬两个杌子出来，让你银杏儿姐姐坐下歇歇。"

月月一手拿着一个杌子走出屋来，两人一见，不由得都愣住了："你是汀河的月月妹妹?""你是银杏儿嫂子?"

月月一句话，把个笑脸盈盈的银杏儿说得寒下脸来。尴尬了片刻，银杏儿恢复常态，对月月说："月月，我是你银杏儿姐姐。"

银杏儿坐下，看着整洁的小院子，对大娘说："大娘，你家收拾得挺利索。"

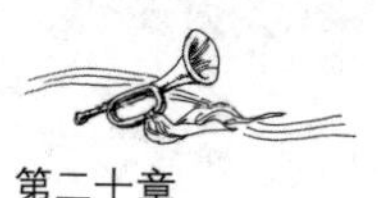


冬来娘说道："这都是月月忙里忙外拾掇的，你这个妹妹呀，不光手巧，还灵透。这几天，都是月月给振龙做饭，振龙说了，月月妹妹做的饭特别好吃。"

"姑……"月月有些不好意思起来。

银杏儿早已迫不及待地想见到振龙了，但冬来娘的热情劲使她不便开口。趁月月羞涩的工夫，她对大娘和朱冬来低声说："咱等一会儿再说话，先让我看看振龙。"

冬来娘和月月警惕地听着外面的动静，朱冬来带银杏儿进了东屋。

两人一进入房间，便看到满身、满脸都是黑灰的丁振龙木雕泥塑般地站在屋里，向银杏儿傻呵呵地笑呢。原来，丁振龙在炕洞里早已听到银杏儿来了，他急不可待地推开留着一条缝隙的土坯，爬出了炕洞。

银杏儿看到如黑李逵般的振龙，心疼得不行。她急忙走到振龙跟前，抓住他的两条胳膊，心痛地说道："振龙，你受苦了。"

丁振龙调皮地向银杏儿打了个敬礼："不，姐姐，我干得不漂亮，虽然完成了任务，虽然杀了鬼子，却没有保护好自己，让首长，让同志们，让你为我担心了，我要做检讨，呵呵。"

"耍贫嘴，跟姐姐说实话，现在还疼不疼?"

丁振龙一本正经地说："你说一点不疼也不对，疼还是有一点的。不过，大娘、大哥、嫂子，还有咱月月妹妹，都把我照顾得很好，又是鸡，又是鱼，我都快吃成猪八戒了。"几个人都笑了。

"月月，把鸡蛋拾出来，然后，把篮子拿到屋里。"银杏儿向院子里的月月喊道。一会儿工夫，月月将篮子中的药品、器械拿了进来，手里，还攥着一个布鬼子。

月月看着黑乎乎的丁振龙，咬着嘴唇，心疼得直想哭。

"来，让我看看伤口。"丁振龙脱掉上衣，银杏儿却呆住了，怎么回事？只见伤口处缠着绷带，一股药味弥漫开来，虽然包扎得不规范，虽然绷带上凝着血迹，但一看就是上过药的。

银杏儿问朱冬来："冬来，这是谁给振龙包扎的?"

"嗨，这是我笨手笨脚弄的。"

"哪来的药和绷带?"

"这是我家东临，有名的风水先生岳世贤给的。"

"岳老先生？那他知道这是给谁用的吗？安全吗?"

"放心，岳老先生是痛恨鬼子、支持八路军的。那天晚上，我敲开老先生的门，问有没有治疗创伤的药，他问这么晚了，你要这种药干啥，说鬼子可是刚到我家来搜查了。我说你就别问了。老先生再不问啥，把他家的红药水、止血药、药棉和绷带通通给了我。我临走，他还说，有啥需要帮忙的，尽管说。”

银杏儿深受感动：“看来，这岳世贤是个有骨气的中国老人。”

丁振龙接过话茬：“银杏儿，不，姐姐，你不知道，岳世贤老先生给咱们八路军做了不少工作，是个有正义感的人。”一旁的月月听着丁振龙一会儿“银杏儿”，一会儿“姐姐”，百思不解。

银杏儿揭开绷带，对振龙的伤口进行了仔细检查，发现既没发炎，也没化脓，情况比想象当中要好许多倍。她十分欣慰。然后，拿过自己带来的药品，重新清理创口，熟练地消毒、上药，边忙活边轻声问：“疼吗？”

丁振龙摇摇头：“不疼。”但他咬牙忍痛的声音却清晰可闻。

月月在一旁心疼地说：“振龙哥，你坚持着点，一会儿就好了。让我来给你报仇。”说完，她拿起一根针，一下，再一下，恶狠狠地向布鬼子扎去。

换好了药，月月出了屋，丁振龙和银杏儿坐下来，说了会儿话。丁振龙问银杏儿于砚甫对她好不好，银杏儿皱皱眉头，只说都好，然后就沉默起来。其实，结婚后，于砚甫经常无缘无故地发酒疯，打人、骂人，银杏儿过得并不如意。

下午，朱冬来到镇外捉来十来斤鱼，冬来娘做了一大锅鱼汤。丁振龙第一次没有在炕洞吃饭，一家人在桌上、在炕上，美美地吃了一顿饭。银杏儿和月月两个人轮番给丁振龙碗里放鱼，弄得振龙很不好意思。

月牙儿悄悄爬上了树梢，夜空如洗。朱家院子柳树下，银杏儿和月月睡不着，两人依偎着，说着知心话。因了汀河，因了丁振龙的关系，一天下来，两个过去并不熟悉的年轻人成了好姐妹。

银杏儿看着月月，仿佛看到了几年前的自己，她眼望着明亮的月牙儿，说：“月月，人家都说女人是月亮，我看不假，你就是从天上掉下来的月亮，真好看。”

“不，我叫月月，却比不上月亮。银杏儿姐，你倒是像那又美丽又明净的月亮呢。”月月笑着说。

“你这妮子，倒会说话。”一阵夜风吹来，银杏儿将月月搂得更紧了。

“银杏儿姐，有个事儿到现在我也不明白，上次你去汀河，叔和婶子都说你是振龙嫂子，可白天，我跟你叫了一声嫂子，你好像不高兴了。”

“月月，我没有不高兴，只是，只是我没那个命……”银杏儿就把她与丁振龙的关系讲了一遍，并说自己已经和别人结婚了，如今，她是振龙的姐姐。

“怎么会是这样？银杏儿姐，你和振龙哥都是好人，真是可惜了。”月月终于明白了。

银杏儿再一次看着长相俊秀，充满朝气的月月，问：“月月，你找婆家了吗？”

月月的脸立刻热了起来：“说什么呢，我还小呢。”

“月月，你不小了，我倒觉得你对振龙一片情义，怎么样，我给你做个媒，你嫁给他算了。”银杏儿笑道。

一对萤火虫飞来，两盏小灯下，月月一张俏脸腾地红了……

银杏儿和于砚甫结婚后一直未能回家看看娘，这不，两人请了几天假，第一次回到了铁门关。

自从魏思颖整治了“德隆望尊”的银杏儿爷爷，田二爷、田二奶奶在村里收敛了许多，特别是对银杏儿娘另眼相瞧，还专门雇了一个老妈子伺候她的起居。银杏儿娘的生活正常起来。

银杏儿和于砚甫进到家门，双双给娘磕了个头，女婿一声“娘”，让这个一直浸泡在苦水里的女人眼角上的皱纹舒展开来，干枯的双眼泪水盈盈。

然后，两人去拜见了爷爷、奶奶。银杏儿带新女婿回到铁门关的消息在左邻右舍中传了开来。

下午，银杏儿坐在炕上，与娘互诉别离的伤感、回家的喜悦。于砚甫洗了个苹果，递给丈母娘，银杏儿娘乐呵呵地接过，咬了一口，直说真甜。

正在说话之际，村里大地主郭佐伦带着管家走进屋来：“砚甫贤侄，真的是你呀？”

于砚甫定睛一看，站起来：“郭大爷，还没顾得上到府上拜访呢。”

“你如花妹妹说看到你了，我还不信。走，跟我回家，陪大爷去喝几盅。”这郭佐伦二话不说，拉起于砚甫就要走。

银杏儿急忙下炕，她曾听于砚甫说过，于家和铁门关的郭家是世交，两家一直走得频繁。本打算安顿下来两人前往郭家，却没想到这郭佐伦竟然亲自来请于砚甫了。

银杏儿对郭佐伦说：“郭大爷，砚甫多次说到过您，还问起过如花姐姐。今天别去了，我做饭，就在这里吃吧。”

郭佐伦看一眼银杏儿，说：“我们郭、于两家是世交，砚甫贤侄难得来一次铁门关，还是去我那边吧。银杏儿，你就不要去了，在家，好好陪陪你娘。”

在管家的导引下，于砚甫跟随郭佐伦来到郭府。一进院子，只见郭家独生闺女郭如花手里抚弄着块花手绢，笑吟吟地候着。看到于砚甫来到自己跟前，郭如花粉脸一红：“砚甫哥，你来了？”

酒宴上，于砚甫和郭家儿子分列左右，陪伴着郭佐伦。郭佐伦端起酒盅，对于砚甫说：“砚甫贤侄，大爷我敬你一盅。”

于砚甫急忙摆手：“郭大爷，使不得，使不得，这可折杀愚侄了。”

郭佐伦笑道：“贤侄，你是八路军首长，老朽能敬你一盅薄酒，荣幸之至。”

“那就恭敬不如从命了。”于砚甫说完，端起酒盅，一饮而尽。

这时，管家端上一盘肉片，放在桌上。郭佐伦借故离开。郭家儿子用筷子夹了几片肉，对于砚甫说：“砚甫老弟，尝尝这道菜，你可是难得吃到哟。”

于砚甫夹起一片肉，仔细观瞧，只见肉片晶莹红亮，圆形，中间自然成孔。他将肉片放入嘴里，细细咀嚼，顿感香味浓郁，醇而不腻，淡而不俗：“这是什么肉?”

郭家儿子诡异地瞧着于砚甫：“你于家大公子品尝过天下各种美味，难道真的不知此为何物?”于砚甫摇头。

“此菜叫五香金钱肉，砚甫老弟可能没吃过，但我敢肯定，你见过它的原料，那就是，驴鞭。老弟，吃什么补什么呀，哈哈哈哈……”郭家儿子大笑不止，然后说：“你看，这肉片晶莹透亮，中间有一圆眼，形似金钱，故得其名。金钱肉选用优质驴鞭，配以人参、枸杞子、大枣、肉蔻、砂仁、丁香等名贵药材，精心烹制而成。它强筋，壮骨，具补肾壮阳之功，是肴中难得之佳品。据说，盛唐的太上皇专吃驴鞭。来，待要好，大敬小，老哥敬小弟一盅。”

郭家老少轮番劝酒，到了后来，郭如花也上了酒席，和自已的砚甫哥你一盅我一盅地喝了十几盅。

待晚间银杏儿来到郭府，于砚甫早已酩酊大醉，竟躺在郭家平时用来待客的一张床上，呼呼打着呼噜。郭府下人正在打扫地下的污物，屋内酒气熏天。银杏儿想把于砚甫搀回家，于砚甫骂骂咧咧，不愿起身，郭家儿子见状，说今晚就在这里睡吧，明天我把砚甫送回去。银杏儿无奈，道声谢，回家了。

远处，几声鸡叫唤起了郭府雄鸡的共鸣。月光从窗外射到床上，射到于砚甫的脸上，他醒了过来。

于砚甫眯缝着眼，看到黑暗中，床沿上坐着个女人，他脑袋昏昏沉沉，以为是银杏儿：“银杏儿，你怎么不睡觉?”

女人为于砚甫掖了掖被子，猛然攥住他露在被子外面的手：“砚甫哥，我是如花。”

于砚甫立时惊得坐了起来：“如花？我这是在哪里?”

“昨天晚上你喝多了，这是在我家。”月光下，郭如花羞涩地一笑。

于砚甫从郭如花手中抽出自己的手：“这大黑夜的，你怎么坐在我的床上，

不怕让人看到?”

作为于、郭两个世家的一对小儿女，这于砚甫与郭如花两人同岁，可谓青梅竹马，两小无猜。小的时候他经常跟着父亲来郭家，大人、孩子都喜欢他。八岁那年，郭佐伦老婆说要收他为干儿子，由于喜欢小如花，他便说自己不当干儿子，要当就当小女婿，不谙世事的郭如花也在一旁喊道，我要给他做媳妇，惹得大人们都哈哈大笑。

长大后，与家庭决裂、走上抗日之路的于砚甫音信杳无。半年前，人如其名的郭如花嫁给了他人，可谁成想，结婚半月的新郎官暴病而亡，乐极生悲的郭如花一天也无法在婆家待下去，收拾自己的细软回到了娘家。

如今，又见到自己青梅竹马的砚甫哥，悲喜交集的郭如花心里像长了茅草似的，乱极了。一个晚上，翻来覆去睡不着，她一则悲，刚刚尝到了婚姻甜头的女人很快便成了小寡妇；她又一则喜，因为终于又见到了自己喜欢的砚甫哥。难道，是上天垂怜，把砚甫哥又送给了自己?

趁家人都已睡熟，郭如花悄悄来到于砚甫窗前，她想看看床上的他，却啥也看不到。她来到门口，轻轻一推，房门竟然开了……

已是初夏，郭如花穿着淡绿色的轻罗衫，粉香扑鼻，含泪的凤眼挡不住柔媚。

郭如花没有回答于砚甫的问话，只是幽怨地问：“砚甫哥，这些年你去哪里了，你怎么扔下我不管了?”说完，又抓起于砚甫的手，并将他的手放在了自己的酥胸上。

万籁寂静。黑夜中的于砚甫被郭如花的大胆举动震惊了，酒早已醒了个八九不离十，体内，却像地底下的熔岩热浆一样，一股股地急于喷发出来，曾经有的那点防御，一丝一丝褪去。

于砚甫猛地把女人拽到床上，噙住她的两片嘴唇。于砚甫一双手急不可待地去解她的衣扣，郭如花罗衫一滑，身体猛然战栗起来。

于砚甫亢奋地喘着粗气，猛地压在郭如花身上。“来吧，砚甫哥!”郭如花忍不住叫唤起来。两个人融为了一体。

“砚甫哥，咱俩重新开始，重新开始，重新……开始……好吗……”郭如花像一个即将被淹死的人在泥沼中上气不接下气地呼喊着什么。

两人直弄得大汗淋漓，浑身酸软，才善罢甘休。窗外，刮起了一阵风，却让精疲力竭的于砚甫胆战心惊起来。

# 第二十一章

本来，庄稼人娶媳妇一般是在冬天农闲时节，可鬼子来了，谁家的闺女留在家里，这做爹娘的都牵肠挂肚，千不放心，万不放心。这不，丁振虎年前与陈家庄的一个闺女订了婚，刚过了谷雨，女方家里就托人来到汀河，和丁迎霜商量能不能麦收一过，就为儿女操办喜事，丁迎霜满口应承了下来。

还有一件事让丁迎霜操心，那就是振龙的婚事。那天挑明振龙与银杏儿的关系时，丁迎霜看着两人那茫然的几乎没有生机的眼神，心如刀绞。一段时间里，他的脸有如黄河口的青花瓷碗，因碰撞到孩子们意想不到的现实，而慢慢破碎。但这又有什么办法呢？怪只怪人世间的道路太窄，怪只怪两个人有缘无分。

振龙年龄不小了，村里比他小的后生们只要是能娶上媳妇的，都结了婚，有的孩子已好几岁。男大当婚，女大当嫁，哥嫂不在了，我是叔，我不替孩子张罗谁替孩子张罗？丁迎霜想。

前段时间振龙回家时，丁迎霜问过他，外面部队里有合适的对象不？丁振龙总是说，部队里一根一根的光棍儿满眼都是，女兵却少，他还用了个词儿，叫狼多肉少，哪轮得上咱？然后说，自己还小，等打跑了日本鬼子再成家也不晚。

丁迎霜不以为然，说你不为自己考虑也要为丁家考虑。他问振龙，叔要是帮你找一个，你愿意吗？丁振龙笑笑，说那就听叔的吧。

其实，叔和婶早已看中了一个闺女，那就是家从外地搬来汀河的月月。虽说月月为了防备鬼子、汉奸的骚扰，很少抛头露面，但心灵手巧、长相俊秀的她却让附近许多小伙子得了相思病。丁迎霜两口子觉得，月月通情达理，精明

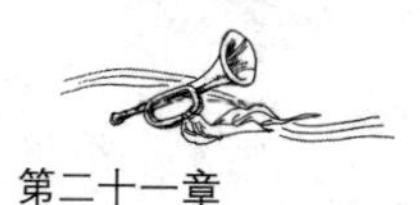



能干，将来是把过日子的好手，要是能嫁给振龙，那可真是天造地设的一双。也巧，一个多月前，月月爹娘差人来到丁迎霜家，说他家月月让爹娘头疼得不行。提亲说媒的不少，而且都是些家境殷实之户，其中，包括银杏儿的叔叔，铁门关田二爷的小儿子。可月月一个也看不上，她看上的，是丁振龙。

对方之言正遂丁迎霜之意。可振龙是个啥态度？

丁迎霜通过内部人员引荐，来到八路军武工队驻地，找到了刚刚伤愈归队的丁振龙。当丁振龙听说叔的来意后，便说："叔，前段时间汇英楼杀鬼子、夜取八路军头颅是我带人干的，谁知不小心被鬼子在肩上捅了一刀……"

"啊，你受伤了？"丁迎霜满面惊色。

"叔，没事儿，你看这不都好了。"丁振龙撩起上衣让叔看，然后说："不过，我养伤的乡亲正好是月月姑家。那十几天里，都是月月为我做饭、换药，我看，月月是个好闺女。只要人家愿意，我没啥意见。叔，让你费心了。"

丁振龙无奈，既然娶不到银杏儿，那就娶月月吧。

丁迎霜没想到振龙回答得这么痛快，高兴地说："这是什么话？我是你叔，我不张罗谁张罗？这么着，振虎丈人家想麦收之后举行婚礼，你和月月的婚事干脆和振虎一天办了，你看行吗？"这时节，鬼子断不了到各村骚扰，有闺女的人家都想尽快把闺女嫁出去。

"虽说男大当婚，女大当嫁，可我们武工队里，许多'男大'都还没'当婚'，甚至魏政委这个'女大'也没有'当嫁'，我急着结婚恐怕不妥。"丁振龙为难地说。

"这有什么不妥的，我看，有合适的人当结婚就结婚。"突然，一个好听的女声传来，丁迎霜抬头，看到魏思颖政委走进屋里。

魏思颖仔细看坐在椅子上的人，见是过去给了武工队许多帮助的老房东，便快走几步，紧紧攥住丁迎霜的手："丁大叔，原来是你啊，你好吗？大婶好吗？乡亲们好吗？"

丁迎霜也站起来，紧紧攥住魏思颖的手："好，都好。魏政委啊，只是这鬼子一次一次扫荡，乡亲们受苦了。过几天，鬼子恐怕又要到处抢粮，咱八路军，咱武工队得好好揍他们几顿啊。"

"大叔，八路军对反扫荡、对打击鬼子抢粮都有周密安排，他们的行动很难得逞，这一点，请乡亲们放心。"魏思颖对丁迎霜说，然后拍着丁振龙的肩膀，"振龙，我向你道喜，只要定了日子，我会和姜大队长商量，尽量放你的假，绝不给你拖后腿。"

今天，是振龙、振虎娶亲的日子。正是兵荒马乱的光景，怕鬼子说不定啥时来抢粮，丁家没有张灯结彩，没有鼓乐喧天，只是整理了新房，在院子里贴上了红“囍”字。

天蒙蒙亮了，振虎迎亲的轿子刚刚走出村子，家里来了位不速之客，他找到穿戴一新，正准备前去迎亲的丁振龙。

院子一角，来人对丁振龙说：“我是田银杏的叔叔，我知道你喜欢我们家银杏儿，大人们都说你和银杏儿是亲姐弟俩，这个事儿弄错了。其实，银杏儿是我哥田青邦的闺女，我嫂子肚子里确实带走了你爹的一个孩子，但她不叫银杏儿，而叫金杏儿，只不过，那金杏儿早就送了人……”

丁振龙如雷轰顶，整个人傻在了那里。呆愣了片刻，他猛然攥住男人的胳膊：“你说的是真的吗？你有什么证据证明你不是在骗我？”

“我虽然没有证据，但这些都是我爹我娘亲口告诉我的，要不，你可以再去问我嫂子。”来人边挣扎边说。

“不，我和银杏儿是一个爹的姐弟俩，不但我叔婶说过，就连你嫂子也对我亲口说过。”

“你叔婶说这话，是因为他们并不了解实情，而我嫂子说这话，则是因为她无脸和丁家再攀亲家，她不想让银杏儿和丁家有什么瓜葛。因为，她有愧于你们家。”

银杏儿的音容笑貌立时涌满了丁振龙的脑际，他的脸有一些轻微抖动：“那你为什么要在迎亲之前才告诉我这些？”

“我是昨天晚上才听说你和月月要结婚的。”来人显得很痛苦，大声说道：“你知道吗？我喜欢月月，我要娶月月……”

喊声引来了一些参加婚礼和看热闹的人，身着便衣的魏思颖和银杏儿也站在了其中。丁迎霜走过来，叱责道：“你是谁？来我们家捣什么乱？”

“丁大叔，我是田青邦的弟弟，银杏儿不是你们家的孩子，有个金杏儿才是。”

魏思颖的心像被针扎一样，陡然一震。

不远处，宋长水喊道：“振龙，咱们该迎亲去了。”

此刻，丁振龙的脑子里仿若有一团乱麻，难以理顺。想起银杏儿，他心如刀绞，两个人生死与共，情投意合，却不能成为夫妻，而今只能娶月月。想起月月，他又满腹愧疚，这个聪明乖巧的女孩对自己一往情深，今天要娶她了，自己却满脑子都是银杏儿。宋大叔喊我了，我还去迎娶月月吗？我不！绝不！

“不，我不娶月月了。既然银杏儿不是我姐姐，我得娶银杏儿，我要娶银杏儿！”丁振龙歇斯底里。

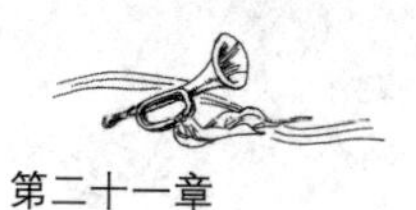



丁迎霜呆住了，怒喝道：“丁振龙，你个糊涂虫，银杏儿早已嫁给别人了。”

“银杏儿嫁给别人我也等她。”丁振龙犟得似乎十头牛也拉不回来。

人群中，银杏儿泪流满面。银杏儿旁边，魏思颖的心也在战栗着。

猛地，丁振龙看到了人群中的银杏儿，他急切地走过去，想和银杏儿说句什么，嘴张了几下，却什么也没有说出。

“月月妹妹，对不住了！”丁振龙朝着月月家的方向，大声呼喊，然后，一扭身，向村外跑去……

丁振龙没有迎娶月月，一个人，怀着满腔的愧疚与疑虑，回到了部队。

虽然1943年春季扫荡没有成功，但鬼子不甘心，他们又向根据地展开了夏季扫荡。夏至后的一天，陈家庄据点鬼子、伪军上百人外出扫荡，陈家庄地下情报站站长朱冬来得到了鬼子翻译魏思绪的情报。姜文山、魏思颖闻讯后，埋伏在日伪军经过的路上截击敌人。

两军激战半日，日伪军扔下十几具尸体，狼狈逃窜。

战斗中，二队队长侯春生受伤，另外，还有四个战士受伤。丁振龙和队员们砍下树木，做了五副简易担架，抬着五个伤员向军区战地医院奔去。

已是黄昏时分。抬着担架的丁振龙等人快步走进医院，看到医院院长范保良后面跟着银杏儿和护士何英，正急匆匆地向简易手术室走去，他大声喊道：“范院长，等等，来伤员了！”

“振龙！”“银杏儿！”汀河回来后两人第一次见面，不免有一些愕然。

范保良看到丁振龙等人抬着几个伤员，忙停下脚步，走到伤员跟前，简单看了下情况，对何英说：“我马上要做另一台手术，你抓紧找于砚甫副院长，让他安排病床，安排别的军医、护士。”说完，一个人向手术室走去。

伤员们张着干裂的嘴唇，除了一个鲜血淋漓昏迷着的伤员，另外四个看着银杏儿，咬着牙，抵御着疼痛的侵袭。

这些伤员银杏儿都认识，她先后走到几个醒着的伤员跟前，安慰了几句。然后，看了看侯春生手臂上的血，俯身问道：“侯队长，你也受伤了？”

“一点皮外伤，没大碍，我说不来，振龙不干。”说完，侯春生嘴却咧了一下。

“那不行，如果不及早包扎，后果很难预料，万一感染就麻烦了。”银杏儿说。

这时，何英跑过来，喘着粗气喊道：“田队长，找不到于副院长。”

银杏儿皱一下眉头，对丁振龙说：“振龙，来，你们跟上我，先让伤员到病房住下，我再去联系做手术的军医。”

军医、护士们忙碌了一个下午，为伤员做了包扎和手术。银杏儿疲惫地走出手术室，来到院外，阳光下，她的白大褂上星星点点的血迹格外显眼。丁振龙看见她，忙走过去，问道：“几个伤员身体没问题吧？”

银杏儿摘下口罩，透出一口气，说道：“都还好，手术顺利，就连那个昏迷不醒的伤员也醒了过来。”

丁振龙爱怜地问：“累吗？”

银杏儿说：“和在战场上出生入死的这些战士相比，我这点累算什么？”突然，银杏儿有一些反胃，她跑到一棵柳树下，伏下身子，哇啦哇啦地吐了个痛快，吐得上气不接下气。

丁振龙十分着急：“你怎么了，是不是吃坏肚子了？”

银杏儿皱着眉头，站起来，用手擦擦嘴，没有回答丁振龙。我，是不是怀孕了？银杏儿没有初为人母的喜悦之感，充溢在心头的，是忧虑，是无奈，更是后悔。

丁振龙还是不放心：“没事吧？要不找大夫看看？”

“我没事，吐完就好了。”

丁振龙心疼地看着脸色焦黄的银杏儿，咬着嘴唇，似乎有许多话要说：“你太累了，要注意休息。银杏儿，还……还记得在汀河，你叔叔说你不是我姐姐的事情吗？”

银杏儿低下头，痛楚地说：“振龙，不管我是不是你的姐姐，我们……都已经不可能了。”

月夜下的一片芦苇丛里，于砚甫双手缠绕着含情脉脉的郭如花脖子，坐在芦草上，在说着什么。自从两人在铁门关睡到一张床上，小寡妇郭如花又激起了被压抑了许久的欲望，燃起了对于砚甫的热情。她知道寂寞守寡的路很长很长，她受不了那个苦，不愿做一个从一而终的女人。

郭如花信神，她认为砚甫哥是神灵重新赐予她的，她发誓，再也不能丢了砚甫哥。

虽然，郭如花知道，自己早几年从没看上眼的田银杏成了砚甫哥的媳妇，但如今，她依然相信，只有她，才是和砚甫哥门当户对的、天造地设的。砚甫哥是我的，我一定要把他夺到手。

猛然，于砚甫在郭如花眼睛、嘴唇上亲了几口，一只手捏着女人高耸的乳房，一只手往下移去。郭如花挣扎了几下，说：“先别和色狼一样，我问你，你和田银杏离婚的事儿谈得怎么样了？”

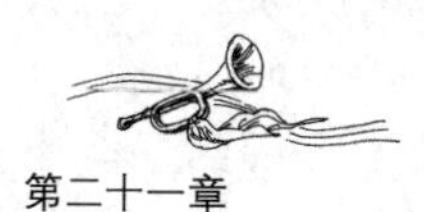



“我还没说，不过我在犯愁，咋和她说啊？我和银杏儿离婚没有任何理由。”于砚甫为难地说。

“怎么没有理由？咱两个青梅竹马，你喜欢我，我和你才是最合适的。田银杏，哼，她早已是汉奸魏思绪的老婆，哪有资格和你结婚。”郭如花愤愤地说。

“如花，她毕竟是一个八路军战士，没有正当理由，共产党是不许离婚的。”

“那你就别当那个共产党、八路军。风里来雨里去，吃不上喝不上，还要死要活的，有啥稀罕的，还不如回家当你的少爷，咱俩一块过滋润日子。”

于砚甫低头沉思，然后，似乎下了很大决心，对女人说道：“不行，我不能回家，也不能和你结婚。如花，咱两个这样玩玩，不挺好的吗？”

听到这一番话，郭如花恼羞成怒，她猛地站起来，踢了于砚甫一脚，骂道：“你个忘恩负义的东西，和姑奶奶上床，只是想玩玩啊？没那么便宜。”

“如花，我离不开你，更离不开银杏儿……”其实，有一句话，于砚甫没能说出口，自己本就出身于地主家庭，如果再抛弃一个八路军女兵，同地主的女儿结婚，那自己一生的政治前途就全完了。

郭如花打断于砚甫的话，铁青着脸说：“我看你是不可救药了，真不和我结婚？”

“真结不了婚。”于砚甫直摇头。

“我的天哪……”郭如花夸张地号啕大哭起来。

突然，一阵哗啦哗啦碰撞苇丛的声音响起，于砚甫眼前，山田一郎带领一群鬼子、汉奸包围了上来，黑洞洞的枪口齐齐地指向于砚甫，于砚甫也快速掏出了枪。

于砚甫看到，山田一郎身后，紧跟着翻译魏思绪、郭如花的父亲郭佐伦和她的哥哥。

钱豁嘴举着王八盒子，喝道：“于队长，老朋友，咱们又见面了。你已被包围了，皇军有令，放下武器，保证你的生命安全，如果投降皇军，给你官做，给你钞票，给你女人……”

外面的夜色还黑黢黢的，静悄悄的陈家庄却突然传来一阵狂急的狗叫声。熟睡中的朱冬来被惊醒，但他没在意，晚上经常会传来这种狗叫声，看来，今晚鬼子又有行动。

正想再迷糊一会儿，一阵杂乱的脚步声越来越近。朱冬来刚起身穿好衣服，外边就传来了大力的砸门声。

“开门！开门！快开门……”声音凶神恶煞。

朱冬来慌忙对媳妇说："你快抱孩子藏到炕洞里去，外边不管出啥事，你们也别出声。"然后，敞开房门，快步跑到娘住的东屋窗外，小声说："娘，快，藏到炕洞里去。"

哗啦一声，大门被砸开了，二十多个日伪军端着刺刀逼向朱冬来。

"朱冬来，抓活的！其他人，死啦死啦的。"山田一郎咆哮着。

朱冬来铁塔似的在院里一站，朗声问道："你们凭什么抓我？"

这时，于砚甫从日伪军后面走了出来，他盯着朱冬来，冷笑道："凭什么？还要我再告诉你吗？"于砚甫被捕后，经受不住敌人的拷打和利诱，叛变投敌。

朱冬来终于明白了，他破口大骂："于砚甫，你个败类，竟然给鬼子当走狗，共产党八路军绝不会饶了你。"

于砚甫脸色焦黄，说道："朱冬来，我没办法。我劝你也放聪明点，把你知道的都说出来，太君不会亏待你的。"

"呸！你个软骨头，你看错了人，我是黄河口堂堂正正的汉子，宁死也不会当汉奸！"朱冬来向于砚甫啐了一口唾沫。

十几个鬼子将朱冬来团团围住，然后一拥而上，将他抓获。

朱冬来媳妇抱着孩子刚掀开炕洞，就被鬼子发现，拖下了炕。鬼子看西屋有个炕洞，遂到东屋搜查，冬来娘也被鬼子从炕洞里拽了出来。

"花姑娘，花姑娘！"看到年轻的冬来媳妇，几个鬼子兵狂呼乱叫，然后，蜂拥而上，凶狠地朝冬来媳妇扑去。一岁多的孩子吓得哇哇大哭。

燥热的夜里，孩子的哭声惊天动地。一个鬼子不耐烦了，扔掉手中的枪，扑上去，夺过孩子，狠劲地摔向地面。

孩子的哭声戛然而止。

"我的孩子……小日本，我操你奶奶……"朱冬来狂嚎一声，猛地挣脱开两个抓他的鬼子，抄起地上的步枪，向摔死他孩子的鬼子刺去，只听噗的一声，鬼子鲜血四溅。也就在这时，山田一郎的枪声响了，朱冬来摔倒在血泊之中。

"冬来，我的儿子啊……"冬来娘扑倒在儿子身上，嘶喊着，嚎哭着，猛地，她颤颤巍巍地爬起身，向山田一郎撞去："我跟你们拼了！"一个鬼子狠狠地在冬来娘背上捅了一刀，老人攥着穿胸而过的刺刀，口中喷出几口鲜血，摇晃几下，一头栽在地上。

"你们这帮杂种，天打雷轰啊……"冬来媳妇惨叫一声，昏死过去。

"哈哈哈哈……"鬼子一片狂笑："谁的，先上？""我的，先上！"十几个鬼子兵向披头散发昏死过去的冬来媳妇扑去。眨眼工夫，她的衣裳被撕成了碎片……

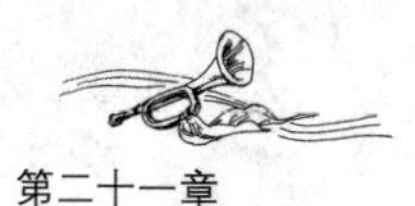



武工队会议室，姜文山正在主持召开会议，具体研究反“扫荡”的计划和部署。

“今年的山东，正是日伪军‘蚕食’和八路军反‘蚕食’斗争异常尖锐的一年。从全省来看，日本人‘蚕食’的重点，是清河区和鲁南区。种种迹象表明，日伪军还会集中重兵对我清河根据地进行大规模‘扫荡’。对此，清河区党政军领导要求各界紧急动员起来，做好反‘扫荡’工作的计划和部署，实行空室清野，发动群众积极参战、支前，同时，加强情报工作……”

突然，哨兵冲进屋内，一个敬礼，急火火地报告：“报告首长，汀河西村丁迎霜村长有紧急情况汇报。”

魏思颖站起来：“快，请丁迎霜同志!”

丁迎霜一个箭步闯了进来：“姜队长，魏政委，出大事了，于砚甫……叛变了。”

“什么?”姜文山、魏思颖脑中顿如滚过一道惊雷。他们深知，问题的极度严重性。

丁振龙倒抽一口凉气，参会人员也都大为震惊。

丁迎霜依然上气不接下气：“这个情报……是鬼子翻译魏思绪派人，冒着危险……通知我的。鬼子……现在恐怕已开始抓我和我家里的人了。”

魏思颖着急地问：“那家里人转移了吗?”

“都转移了。”

姜文山紧紧握住丁迎霜的手，说道：“丁迎霜同志，这个情报太重要了，你和魏思绪都立了大功，我代表军区全体官兵，向你们表示感谢。”然后，对文书说道：“电话，接杨国夫司令员。”

听到命令，文书疾步走到电话机旁，用手摇动起来，随后，将电话递给姜文山：“通了。”

姜文山接过电话，心情沉重地报告道：“报告司令员，军区医院副院长于砚甫已失踪两天，据我们内线刚刚送来的情报，他已叛变投敌。”

“啊?”电话那头传来杨国夫司令员震惊的声音。

“司令员，于砚甫已将他所知道的情况向陈家庄据点鬼子指挥官山田一郎做了供述，你看，怎么办?”

“情报准确吗?”

“准确。”

电话处于无声状态，杨国夫司令员在思考，片刻之后，传来声音：“目前，我们面临的情况十分危险，但当务之急，是做好党政军机关、医院、教养院、兵工厂的转移，做好迎敌、歼敌准备；接下来，要查清于砚甫叛变革命的情况，向全区宣布于逆的罪行，开除党籍，撤销职务，通缉捉拿；同时，教育每个党员、干部、战士和全区人民，加强团结，不为叛徒的欺骗宣传所离间，坚定抗战必胜信心。”

“好!”

“各方面转移和主力部队的迎敌工作我来部署，你们武工队负责军区医院的转移和保卫工作，要在敌人来犯的路上设伏，待进入伏击圈，再来他个痛打落水狗。”

“是，保证完成任务。”姜文山立正答道。

姜文山放下电话，对大家说：“同志们，司令员要求我们做好转移和保卫军区医院的工作，一会儿，我们来研究一下对策。”然后，他面向刘亮，“刘队长，你和李有年抓紧骑马前去军区，进一步向军区领导汇报，该转移的一定立即组织转移，越快越好!”

丁振龙咬牙切齿，气得五脏六腑都要烧出火来，恨恨地说：“我非杀了于砚甫这个狗日的不可。”

魏思颖看了丁振龙一眼：“现在不是你杀他的时候，你抓紧骑马去军区医院，通知范院长组织医护人员和伤员转移，同时，做好银杏儿的安慰工作，这个节骨眼儿上，银杏儿千万不能出事。”

“是！一定完成任务!”丁振龙快速向门外走去。

枪杀了朱冬来一家，山田一郎带领日伪军回到据点，他们准备吃过早饭，前去捉拿丁迎霜。他的如意算盘是，趁丁迎霜不明情况，将其活捉，然后，组织力量，夜间突袭八路军驻地。

抓一个手无寸铁的维持会会长，山田一郎觉得没必要大动干戈，所以，他没有亲自参加，而是派新任副队长小野带队，日伪军一行二十多人驾驶一辆军车，杀向了汀河……

日伪军直接扑向丁迎霜家，但丁家是大锁头把门，人早已不知去向。鬼子挨家挨户砸门，汀河西村来不及逃走的乡亲们，又一次被赶到了大槐树下的场院里。

小野走来走去，腰间指挥刀碰擦着马裤，目光凶狠地扫视着每一个人。一只大狼狗伸着长舌头，冲着人们狂吠。人群四周，是端枪的日伪军，枪头刺刀寒光闪闪，令人不寒而栗。

小野站在土台子上，呜里哇啦用日语说了一通。宋长水夹在人群中间，怒视着小野，满脸的硬气。

魏思绪抹一把额头上的汗珠，走上土台子，对人们说："乡亲们，我说中国话，这些鬼子听不懂。丁迎霜被人举报，说他表面上为鬼子办事，暗地里却通共产党八路军，现在鬼子要抓他，谁知道他在哪里？"

众百姓看魏思绪这次的表情与口气，和过去大为不同，甚为疑惑。有血气方刚的年轻人喊道："咱是中国人，为啥让日本鬼子欺负？老少爷们们、中国的官兵兄弟们，咱们一百多号人，光踩也把这十来个鬼子踩死。"

现场一片骚动。鬼子虽听不懂人们说啥，但看到这群人的表情不对，便如临大敌，稀里哗啦拉起了枪栓。小野气得嗷嗷乱叫，大狼狗也向人们狂叫着。

魏思绪吓得脸都黄了，赶紧制止道："老少爷们们，千万不能莽撞，鬼子不是人，杀人不眨眼，咱的肉身子顶不过他们的钢枪，可不能无谓送死。"

这时，狼狗的叫声将一个妇女怀中的孩子吓哭了，一个鬼子有些不耐烦，一把从妇女怀中夺过孩子，举在空中，欲往地下摔。

"还我孩子……"妇女像一头母狮子，嚎哭着，不要命地上前去抢鬼子手中的孩子。小野一挥手，几个鬼子将妇女围了起来。

"我知道丁迎霜干什么去了。"小野和鬼子们一愣，只见宋长水老人从人群中走了出来。魏思绪为小野做了翻译。

小野笑眯眯地走到宋长水跟前，用日语问道："你的，知道丁迎霜干什么去了？"魏思绪继续翻译。

"我知道，你们先把孩子还给她。"小野一挥手，鬼子将孩子还给了还在哭着的妇女。妇女疾步退回人群之中。

"你的，告诉我丁迎霜和他家里人去了哪里？"小野说。

宋长水假装谦恭，对小野说："太君，你也知道，我们汀河西村是模范村，丁迎霜还有乡亲们从来和皇军一条心，有人说他暗地里通八路，那是乱嚼舌头，你们可不能相信啊。"

"八嘎！我就想问你，丁迎霜在哪里？"小野对宋长水的回答并不满意。

宋长水并不害怕，这些年，他和鬼子时常打交道，对鬼子的作为甚是了解："前几天，他带着家里人走亲戚去了。"

"他的亲戚在哪里？"

"丁迎霜的亲戚在垦利，他去垦利了。"八大组一带原有"垦区"和"利津洼”两个名称，并而称之为“垦利”，1943 年 4 月，垦利县抗日民主政府成立，隶属于清河区行政公署，从此，垦利建县。

“啪!”小野恼羞成怒，给了宋长水一记耳光：“八嘎！你的，欺骗皇军！他去八大组投奔八路了吧?”

六十多岁的宋长水被打火了，他一梗脖子：“是，丁迎霜是投奔八路了，你别跟我们百姓要人，有本事，你去跟八路要人吧……”

话音刚落，一个鬼子在宋长水的大腿上捅了一刀，鲜血瞬间流了出来。

宋长水捂住大腿上的刀口破口大骂：“婊子养的小鬼子，我操你祖宗十八代……”他坚持站住，知道今天自已恐怕逃不过这一劫：“我要告诉你们这些强盗、畜生，丁迎霜是好人，丁迎风是好人，丁振龙是好人，他们都是响当当的中国人，我老汉也不含糊，也要做个响当当的中国人……”

只听噗的一声，坚硬的刺刀捅进了宋长水的肚子里，鲜血顿时从老人的嘴里、肚子里喷涌出来。

宋长水没有立刻倒下，而是捂着肚子，留恋地看了一圈乡亲们，慢慢倒了下去。

此时，丁迎霜已来到人群中，看到宋长水身处险境，他正想走出，却已经晚了。

宋家子女号啕大哭：“爹……我的亲爹啊……”他们要前去救爹，却被人们死死拉住。上百名愤怒的村民怒视着鬼子，有的人大骂不止：“小日本，狗日的……”“强盗，畜生……”

鬼子端着枪将人们围了起来，小野一脸凶光地举起了指挥刀：“这些人的，通通杀掉!”

魏思绪着急地走上前，和小野说着什么，小野根本不听，将魏思绪推了出去，不容分说，他手中的指挥刀就要往下砍。

眼看一场大血案就要发生。

“住手!”突然，人群中爆发出一声大喊，丁迎霜站了出来：“你们不是抓我丁迎霜吗？来吧，我在这里。”

端着枪支的鬼子将丁迎霜包围了起来，一排黑洞洞的枪口对准了他。丁迎霜正色道：“小野，不关乡亲们的事，放了大伙，我跟你们走。”

穷凶极恶的鬼子绑了丁迎霜，押上汽车。临行，将丁迎霜和隔壁丁振龙家泼上汽油，一个火把扔到屋内，霎时间，油借风势，风助火势，熊熊大火烧红了半边天。

看着两栋噼啪燃烧的房子，丁迎霜痛心疾首，高声怒骂："王八犊子小日本，你们简直不是人养的……"

原来，将于砚甫叛变的情报及时报告给武工队，并引起军区最高首长的高度重视之后，丁迎霜如释重负，他知道，鬼子肯定会去抓他，怕乡亲们吃亏，趁武工队领导开会之际，他不辞而别。

悄悄回到汀河，丁迎霜恰巧看到宋长水老人被杀。

没有别的选择，丁迎霜站了出来。如果不站出来，接下来，汀河西村将瞬间成为尸山血河。

开完会的姜文山、魏思颖见丁迎霜不见了，马上判断他回了汀河，而对丁迎霜来说，此刻的汀河极度危险。于是，两人决定派丁振龙带人前去寻找并营救。

到达汀河的丁振龙要求武工队队员藏身村外的苇丛，然后，和部分队员悄悄潜入村里。他很快发现日伪军就在场院，汽车停在路上，但却没有发现叔丁迎霜。

场院里都是手无寸铁的村民，如果在场院动手，必然伤及无辜百姓。留一人扮作村民混迹在人群之中，随时观察鬼子的动静，然后，丁振龙带人退回村外，将随身携带的地雷埋在了鬼子返程的必经路上。

很快，扮作村民的武工队队员跑了回来，上气不接下气地向丁振龙报告："丁村长已被捕，鬼子的汽车很快就要开来。"

马达轰鸣。"汽车开过来了！"不知谁喊了一句。苇丛一侧，丁振龙命令："注意保护自己人，做好战斗准备。"几个队员左手拉着地雷线，右手端着手枪，其他队员猫腰端枪，做好了战斗准备。

汽车驶出村子，摇摇晃晃地向这边开来。三十米、二十米、十米、五米，"拉线！"丁振龙命令，只听轰一声巨大声响，地雷在鬼子汽车前轮处爆炸，汽车轮胎像个破碎的圆球，飞上了天。

汽车猛然震颤了几下，来了个狗啃屎，趴窝不动了。由于惯性作用，车厢里几个鬼子飞了出去。一个鬼子正好被炸起又落下的轮胎砸中头部，白色的脑浆砰然四溅。

坐在汽车驾驶室里的小野受了伤，但仍然在车里大喊："顶住……"话音未落，两颗子弹钻进了他的身体和眉心。

枪声、鞭炮声大作，喊声、枪栓声震天。

一阵虚张声势的声音过后，丁振龙在苇丛中高声喊道："你们的指挥官死了，你们也被包围了，放了丁迎霜，我军就饶过你们……”

魏思绪听出喊话的人是丁振龙，他遂用日语和汉语分别复述了一遍，几个鬼子你看看我，我看看你，他们知道，对方在暗处，己方在车上，完全暴露在八路军的射程之内，真硬拼，恐怕一个也活不成。

一个年长的鬼子用日语对魏思绪说：“放人!”

魏思绪如释重负，大喊一声：“放人!”几个伪军三下五除二将丁迎霜身上的绳子解开。丁迎霜跳下车，向八路军所在的苇丛跑去……

# 第二十二章

黄河南岸的柽柳林里，夜露寂静无声地降落在柽柳嫩枝顶部的圆锥形小花上，降落在隐蔽着的武工队队员身上。

姜文山、魏思颖接到情报，晚上，山田一郎要带队偷袭武工队驻地和军区战地医院。为了防范和给来敌以迎头痛击，两人决定，由魏思颖、刘亮带队，一队赴军区战地医院协助医护人员和伤病员转移，由姜文山、丁振龙、侯春生带队，二队、三队在黄河南岸设伏，阻击日伪军，同时，将情报上报军区。

露水打湿了军衣，一起风，空气顿时变得冷了许多。战士们小心隐蔽，黑洞洞的枪口探出荆林，瞄向渡口方向。

时间一分一秒地过去了，启明星在天边闪烁，东方泛起了鱼肚白。趴在姜文山跟前的丁振龙有些着急："怎么回事？姜队长，我们埋伏了一夜，怎么一点儿动静也没有？该不会情报有问题吧？"

"别急，再耐心等会儿。"姜文山拿起望远镜，向远处看去。突然，他一拍丁振龙的肩膀："准备战斗，鬼子来了。"

三十多双锐利的眼睛立时瞪了起来。

一会儿工夫，肉眼都能看到了，前面不远的路上，日伪军扛着膏药旗，走了过来。伪军在前，步伐凌乱，鬼鬼祟祟地往四周窥探着，日军却步伐整齐，目不斜视。

姜文山冷眼凝视着日伪军，目测约有二三十人，敌人怎么才来这么点人？待日伪军进入射程，他一直憋在嗓子眼的喊声终于一瞬间爆发出来："给我打！"

顿时，枪声大作，喊声震天，前面几个伪军应声倒下，后面的日伪军急忙闪进苇丛，接着，敌人的枪声也猛烈地响了起来。但是，日伪军的子弹并没有向武工队飞来，而是朝天打去。

“二队在路左，三队在路右，跟我来！冲啊！”姜文山命令道。

日伪军似乎形成了默契，他们边四散逃命，边向空中开枪，除个别被打死之外，一会儿的工夫，便一个个消失在苍茫的柽柳林中。

武工队队员们聚在一起，一个个兴奋异常。李有年大笑道：“哈哈哈哈……鬼子也就这点本事。”

面对战士们的兴奋，姜文山眉头紧锁。丁振龙走过来，诧异地对姜文山说：“姜队长，奇怪呀，鬼子怎么光朝天放枪，并且放了几枪就都四散逃命了呢？”

侯春生乐呵呵地说：“鬼子打不过咱们呗。”

姜文山凝神看着众人：“不对，这些人应该是先头部队，鬼子的大队人马要么还未到，要么已经在咱们身后了。”

丁振龙担心地说：“咱们不会被鬼子包了饺子吧？”

话音刚落，突然，不远处传来一个土喇叭的声音：“姜文山、丁振龙，我是于砚甫，你们被山田太君包围了，停止毫无意义的对抗，皇军有令，放下武器，缴枪不杀！”

喊声刚过，四面八方枪声喊杀声四起，互相呼应，不用说，武工队已经陷入了日伪军的重重包围之中。

丁振龙的肺简直要气炸了，于砚甫这个叛徒，竟然背信弃义，甘愿为日本人当狗腿子。想着，他大声喊道：“于砚甫，堂堂七尺男儿，上跪天，下跪地，中间跪父母，你怎么能像一条狗一样，随便在日本人面前摇尾巴？”

对方传来幸灾乐祸的话语：“你是丁振龙吧？你喜欢的女人自己守不住，人家甘愿钻进我怀里，没办法啊兄弟，谁让你没本事呢。不过，今天你要是投靠了皇军，漂亮女人任你选。怎么样，投降吧！”

于砚甫的混账话刺痛了丁振龙，他猛地一挺身子，要往外冲，被姜文山一把抓住了：“丁振龙，不得莽撞！”

“大家都隐蔽好！”姜文山命令。此时，姜文山在快速思索，敌人兵力众多，如果硬拼，寡不敌众，只能突围。从刚才枪声的情况分析，北边、东边的日伪军似乎少一些，但北边是黄河，只能向东突围。

“姜队长，怎么办？”侯春生低声问道。

丁振龙一扬手中的手枪：“妈了个巴子的，还能怎么办？拼了！”

姜文山在荆林的掩护下，侧起身子，对战士们说：“同志们，我们上了鬼子和于砚甫的当，被包围了。敌人众多，不能硬拼，只有突围，等突出去，再设法打击敌人。至于于砚甫，我们早晚会结果了他。一会儿，大家跟着我向东突。突围过程中，首先要保护好有生力量，但如果真到了和鬼子血拼的地步，大家要记住，我们是黄河口汉子，我们是中国人，宁肯被敌人的子弹击中脑袋，宁肯被敌人的刺刀刺穿胸膛，也不放过这些畜生！好，站起来，跟我冲!”

武工队队员们站起来，姜文山、丁振龙、侯春生在前，在苇丛、柽柳的掩护下，向东边冲去。但很快，与对面的日伪军交上了火。“打，狠狠地打!”姜文山怒吼。手枪、步枪、机关枪、手榴弹，队员们不时探出身子，枪弹像长了眼睛，飞向了鬼子。

很快，东侧日伪军被撕开了一个缺口，武工队队员们突围着。却不想，日伪军又很快从左右后三个方向如潮水般涌来，武工队队员一个又一个倒在血泊中，而日伪军越聚越多。

武工队队员们笼罩在日伪军的枪炮之下。

李有年端着轻机枪，向后面的敌人扫射，突然，数颗子弹几乎同时击中了他，他摇晃了几下，站在他跟前的丁振龙大吼一声：“有年!”却无奈地看着他倒了下去。丁振龙拾起机枪，大骂一声，疯狂扫射起来，子弹如雨，对面的鬼子纷纷倒在荆林里。

经过一番激战，绝大多数战士的枪中已没有了子弹。姜文山与丁振龙对视了一眼，他们明白，最后的时刻到了。姜文山大吼一声：“全体上刺刀，和小日本拼了!”

姜文山、丁振龙、侯春生将身上背的大刀抽了出来，剩下不多的战士们也上好刺刀，吼声中，丁振龙第一个跳出柽柳棵，其他十几人也跟着跃出。

一个又一个鬼子端着刺刀，嗷嗷怪叫着冲了过来。晨凉如水，血流似河。姜文山、丁振龙、侯春生挥舞大刀，战士们刺刀寒光闪闪，与日本人展开了一场惨烈的肉搏战。

姜文山的大刀带着呼呼的风声，上下翻飞，接连砍倒了五六个日伪军。一个鬼子见他青筋暴跳，双眼血红，心里先就怯了几分，等他惊慌失措要刺时，只听噗的一声响，大刀已经砍在了他的脖子上，姜文山用力一抹，一股鲜血随之喷射出来，日本人的头颅也便滚在了柽柳棵下。

还没等姜文山回手砍向下一个鬼子，身后，一把尖利的刺刀却刺中了他，他猛然回头，大骂一声：“我操你祖宗，敢捅你爷爷?”狠命一刀，劈向这个鬼子，随即，鲜血从后背喷射出来。他晃了几晃，艰难地说了一句“同志们……”便轰然倒了下去。

“姜队长……”“姜队长……”看到姜文山倒了下去，丁振龙、侯春生等人哀声痛号。

仇恨和愤怒化成了巨大的力量，侯春生和武工队队员们像一股决堤的洪水，冲向敌人，一时之间，怒吼声、惨叫声响成一片。

丁振龙更是杀红了眼。

忽然，丁振龙身前身后冒出了十几个鬼子。他毫无惧色，猛地从地面跃起，举刀就劈，将一个鬼子的头和身子劈成两半，鲜血溅满了他的全身。然后，如同砍瓜切菜一样，刀落处，钢刀、刺刀刀光闪耀，头颅、胳膊血肉飞溅。

鬼子头颅遍地，胳膊遍地，尸体遍地。

好硬的功夫，好快的钢刀。

仅剩的两个鬼子大惊失色，扭头就跑。丁振龙哪容两人逃去，他紧追不舍，随同两个鬼子跑出荆林，跑进苇丛，跑到了黄河岸边。

丁振龙步步紧逼，吓傻了的两个年轻鬼子步步后退，两人从岸边被逼到了黄河水中。

极度疲劳的丁振龙毫不示弱，在水中，他一刀砍向一个鬼子，鬼子的胳膊立时被劈了下来，另一个鬼子眼疾手快，猛然在丁振龙的左臂捅了一刀，丁振龙“哎哟”一声，回手将刀砍向这个鬼子，却将他的步枪砍成了两截，自己的大刀也被震落水中。

岸边，上百个日伪军举枪瞄准了丁振龙。山田一郎站在鬼子中间，狞笑着。

“丁振龙，还不认输?”于砚甫叫嚣着。

手中没有了枪的两个鬼子见状，在水中连滚带爬地要向岸边奔，却让丁振龙一手拽一个，被抓了回来。

丁振龙看了一眼岸上的山田一郎和于砚甫，他知道，自己已无子弹、无砍刀，今天无论如何都不可能回到岸上，他大喊一声：“于砚甫，你不得好死!”然后，忍着剧痛，紧抱两个鬼子，一个鱼跃，猛地扑进了秋日那滚滚东流的黄河水之中。

瞬间，一个浪头打来，三个人无影无踪。

“哒哒哒……”岸上的日伪军举枪就射，枪声与轰鸣的黄河水声成为礼送英雄的交响曲。

就在这时，远处，嘹亮的冲锋号声响起，八路军大部队潮水般向这边涌来……

银杏儿怀孕了，可这个孩子的父亲却背叛了共产党、八路军。

在魏思颖、刘亮带领的武工队一队队员帮助下，军区战地医院医护和伤病人员有惊无险地安全转移。银杏儿怀着愤懑的心情，郁郁寡欢地跟着撤了出去。

黄河岸边，八路军大部队对前来偷袭我根据地的利津、陈家庄日伪军进行了痛击，日伪军损失惨重。

可令人痛心的是，于砚甫的叛变使得黄河口军民遭受了重大损失，姜文山大队长率领的八路军武工队两个中队，除二队队长侯春生和另外十几个武工队队员外，包括大队长姜文山、队员李有年在内的数十位官兵壮烈牺牲，丁振龙下落不明。敌占区十几位村长、自卫队长惨遭刀劈、枪杀。一时之间，整个陈家庄周边掀起了漫天的腥风血雨。

这些沾满鲜血的账目，理应算在这个孩子的父亲，叛徒于砚甫身上。

一段时间以来，银杏儿觉得自己就和那刚刚蜕变的蝉一样，身体只剩下一个空壳，她痛不欲生，哭得很伤心，似乎失去了活下去的勇气。往事像长久不曾洗涤的旧衣服，虽然脏旧却清晰地存放在她的脑海中。但是，银杏儿知道，自己不能死，日本鬼子还没有被赶走，孤苦伶仃的亲娘需要人照顾，还有，振龙是死是活下落不明。但肚子里的这个孽种却是万万不可留下来。

银杏儿站在一个树荫掩映的高岗上，高岗下面，她早已铺好了麦秸。

于砚甫出事之后，尽管银杏儿每天早晨都用一条长长的布条狠劲勒日益隆起的肚子，但里面的小生命却一日日在生长。她不想让外人知道自己怀孕了，只想神不知鬼不觉地把于家这个孽种做掉。银杏儿想了好几种办法，最终准备跳崖，她指望经过一番剧烈的运动使自己小产。

孩子，对不起了！

银杏儿两眼一闭，只听扑通一声闷响，她摔在了早已铺好的麦秸上，肚子被蹾了一下，却没有感觉到一种撕心裂肺的疼痛。她倔强地站起来，又爬向高岗……不知在第几次跳下高岗的时候，精疲力竭的她两眼一黑，昏了过去……

当银杏儿醒来时，却见自己躺在医院转移后一间简易茅草屋的草铺上，身上盖着被子。

魏思颖将一碗冒着热气的红糖水递给银杏儿，命令道："来，趁热把糖水喝了。"银杏儿身子一扭："我不喝。"

"是我喂你还是自己喝？"魏思颖在草铺上坐下，问银杏儿。银杏儿看着为了工作、为了她操碎了心，脸颊消瘦的魏政委，无奈地接过水碗，喝了一口。

魏思颖劝道："这是红糖水，多喝点儿，补一补。"银杏儿见状，仰起脖，咕嘟咕嘟把一碗糖水都喝光了。魏思颖接过空碗，放在一边。

糖水是甜的，可在银杏儿口中，却是苦的。想起于砚甫叛变给抗日军民造成的重大损失，想起姜文山、李有年等死去的战友，想起下落不明的振龙，银杏儿悲从中来，她猛地将被子一拉，盖住自己的脸，呜呜地痛哭起来。

待银杏儿哭了一会儿，魏思颖轻轻拉开银杏儿脸上的被子，用手绢轻拭她的泪水："银杏儿，好妹妹，不哭了，这件事既然摊在了身上，就得正确面对，不能任性。"银杏儿看着她，未置可否。

魏思颖又气又怜地对银杏儿说："你痛恨于砚甫不假，可怎么能采取跳崖的方式？万一有个三长两短怎么办？"

"我已经管不了那么多了，只要能将这个孩子打下来，怎么都行。好姐姐，帮帮我，帮我打掉肚子里的这个孽种。"

"银杏儿，你作践自己，想堕掉腹中的胎儿，可你不想想，孩子是无辜的。"

银杏儿肚子里的胎儿动了一下，这一动，让她的鼻子有些发酸："无辜？是啊，孩子是无辜的，不管是男孩女孩，毕竟是我身上的肉，可你想想，我能给那个可恶的叛徒生这个孩子吗？去年和那个混蛋结婚我就错了一步，现在，我还能再继续错下去吗？反正，这个孩子现在还没成人形。"

对此，未婚的魏思颖也没有更好的话可讲，她说："银杏儿，这个，你自己拿主意，但不管怎么做，都不能蛮干，不能作践自己。你知道吗，前几天，军区政治部发出了《关于讨伐于逆砚甫的指示》，要求各级党委、支部立即传达学习讨论，开展反于斗争，并在干部党员中开展反对个人英雄主义，反对宗派主义的斗争。同时，军区战时行政委员会发出布告，在全区张贴，揭露于砚甫的罪行，要求全区党政军民与其划清界限，坚持斗争，直至反于斗争取得最后胜利。"

银杏儿咬着牙道："于砚甫祸害了八路军，祸害了我，我早晚会亲手杀了这个叛徒。"

魏思颖为银杏儿掖了掖被角，说："我们早晚会和这个叛徒算总账的。"

银杏儿猛地攥住魏思颖的胳膊："魏政委，据说打扫战场时，活着和牺牲的官兵中都没有振龙，你说，振龙会去了哪里？他……不会……也跟着鬼子……"

魏思颖急忙捂住银杏儿的嘴："说什么呢？银杏儿，你是一朝被蛇咬十年怕井绳。振龙和于砚甫不一样，他们不是一个阶级的人，振龙有深仇大恨，革命意志坚强，和日本人势不两立，所以，你的想法是多余的。放心，就凭振龙出众的功夫，日本人奈何不了他，他肯定是撤离了，很快就会回来的。"

银杏儿若有所思。

魏思颖突然想起了另一件事，她问银杏儿："银杏儿，有件事我一直放在心里，没有问你，在振龙和月月的婚礼前，你的叔叔跑到汀河，说你不是丁家的孩子，有个金杏儿才是，你还记得吗？"银杏儿点点头。

“可我的小名就叫金杏儿。”魏思颖嘴唇直哆嗦。

银杏儿像被针刺了一下，陡然一震：“什么？你叫金杏儿？”她猛地攥住魏思颖的胳膊，“金杏儿，银杏儿，这么说，你是我姐姐了？”魏思颖不置可否。

银杏儿十分激动：“听我娘讲，我过去确实有个叫金杏儿的姐姐，可惜让爹送了人，难道真的是你？”

魏思颖急切地问：“你那个姐姐送给了谁？在哪里送的？快告诉我。”

银杏儿说：“送给了谁我不知道。不过，我娘讲，这个姐姐送人时，应该是在南方的苏州。”

“苏州？我怎么能去苏州呢？那，那个金杏儿不是我。”魏思颖摇头……

尽管一番跳崖折腾，银杏儿受了不少罪，但那胎儿却有着顽强的生命力，并没有被打下来。倔强的银杏儿一不做二不休，从医院里拿来奎宁丸，和着水，将大量奎宁灌进了嘴里。

晚上，银杏儿腹痛如绞，在草铺上打起了滚……

“没有吃，没有穿，自有那敌人送上前，没有枪，没有炮，敌人给我们造。我们生长在这里，每一寸土地都是我们自己的，无论谁要强占去，我们就和他拼到底……”

一支头上戴着青苇伪装帽的队伍，在黄河北岸行走着，队伍中，有人轻轻地唱着歌。仔细看，丁迎霜、丁振虎和月月竟然在队列之中。

原来，被日本人追剿的丁迎霜在外地安顿好家人后，在武工队的鼎力支持下，和儿子丁振虎一起，组建了一支农民抗日游击队。这支游击队主要在黄河以北活动，丁迎霜任队长，目前有三十余人。

手里拿着一束野花，月月一边欣赏，一边轻盈地走着。趁不注意，丁振虎从她身后一把将花夺了过来，月月一惊：“把花给我！”丁振虎岂能随便给她，边向河水方向跑边喊：“来呀，追上我就给你！”月月毫不示弱，快步向丁振虎追去，很快就追上了他。

月月掐着丁振虎的脖子，笑着喊道：“给不给我？”

丁振虎告饶：“嫂子，饶了我吧，给给给！”月月夺过花束，继续向河的方向跑，却猛地停住了脚步。原来，她看到，远处河岸上躺着三个人，大半个身子还漫在河水之中。这时，丁振虎也看到了水中之人。

黄河水滚滚东流，泛起一簇簇银白色的浪花。

丁迎霜在远处呵斥道：“丁振虎，月月，回来，还有没有点游击队员的组织纪律性？”

月月和丁振虎气喘吁吁地跑回来，月月指着河面说：“报告丁队长，那边有三个死人。”

丁迎霜带着七八个人走了过去，搭眼一看，有两个早已死去的鬼子，另一人，却是一个八路军战士。

丁迎霜、月月走近八路军战士，突然间，他们的脑袋轰然一声，人就像钉在了地上。丁迎霜、月月惊奇地发现，这个人不是别人，是他的侄子，她的夫婿——丁振龙。

衣衫褴褛的丁振龙躺在河滩上，左臂还有血水渗出。月月急切地大喊一声“振龙哥”，便跪在了他的身旁。自从丁振龙逃婚，月月再也没有见过他，谁知，这第一次相见，却不知人是死还是活……

草屋里，月月侧坐在地铺上，心疼地盯着振龙哥看。两天了，丁振龙静静地躺在芦苇深处这间茅草屋里，一直昏迷。刚来时，他的脸是那样没有血色。月月每天外出打猎，打来野兔、野鹤，熬成汤，固执地为振龙哥喂一点。这两天，他的脸色已不再那样苍白。月月俯下身，轻轻吻了一下振龙哥的额头。

突然，月月发现，振龙哥的眼皮微微动了一下，她又惊又喜：“振龙哥，振龙哥……”

终于，丁振龙的眼睛慢慢睁开了。刚醒来的那一刻，他以为自己是在梦里，很快，他就想起了与日伪军肉搏的那一幕。朦胧中，他看到一个人，一个女人，正关切地俯在他身旁。

这个人是月月。

“振龙哥，你醒了？可把我吓死了。”月月两行晶莹的泪水流了下来。

“月月，我这是在哪里？”丁振龙想用左臂撑起自己，刚一用力，臂膀却一阵剧痛，脸上的肌肉立刻痉挛起来。

“振龙哥，你这是在我们抗日游击队的临时营地里。”月月笑靥如花，把“抗日”两字说得格外有力度。

“月月，你也参加游击队了？”丁振龙问道。

“是啊，我这不在跟你学，跟银杏儿姐学，打鬼子保家卫国吗？”月月深情地凝视着振龙哥。在她看来，他的眼睛，他的表情，永远那么坚毅、果敢。

“好，月月，你做得好！”丁振龙肯定了月月，月月心里如同吃了一颗糖豆，甜甜的。

“振龙哥，你饿了吧？”月月关切地问。未等丁振龙回答，她扭身走出草屋，一会儿的工夫，端来了两个碗，手中还拿着两个白面馍馍和筷子、白瓷汤勺。“来，这是我给你熬好的姜汤，先喝几口再吃饭。”月月命令道。丁振龙要起身，月月制止道："别动，我来喂你。"

丁振龙很听话，没有动，月月端着姜汤，用汤勺一口一口喂他。阳光从窗口的缝隙中射进来，直直地照在月月的脸上，她的头部有一轮金黄色的光晕。丁振龙的眼睛湿润了。月月，好姑娘，不是振龙哥不愿娶你，实在是我和银杏儿有一个生死约定，我的心属于银杏儿。振龙哥对不起你。

"我还是自己来吃饭吧。"喝了几口姜汤，丁振龙坐了起来。他接过月月递过来的鸡汤和白面馍馍，大口吃了起来。丁振龙已经好几天未吃东西了，对他来讲，此时的任何食物都是山珍海味。

月月一个劲儿地劝说振龙哥慢点吃，然后，静静地看着丁振龙。阳光下，她的脸上，漾着明媚的幸福之光。

丁振龙吃完饭，要外出走走，月月娇痴地说："别动，陪我说说话。"然后，爱怜地攥起了他的手。丁振龙没想到月月会有这样一种亲昵动作，他急忙挣脱自己的手："月月，别这样。"

"振龙哥，我是你媳妇啊。"月月眼里又盈起了泪水。

外面一阵急促的脚步声传来，丁迎霜、丁振虎等人闯进了草屋。丁迎霜见振龙醒了，兴奋不已，扑上去抱住他便喊："振龙啊，你终于醒了，月月白天黑夜地陪着你，坚信你死不了，还真让月月看准了。真是死里逃生啊，太好了。"

"叔，我得赶紧回部队。"

"振龙，不着急，你先说说，这到底是怎么回事，你怎么和两个鬼子在一起?"丁振龙把情况简要说了一遍，神情悲伤。

"可惜姜大队长了，多好的一个人啊。"丁迎霜眼帘低垂。丁振虎愤愤地说："那于砚甫别叫我抓住，要是叫我抓住了，非扒了他的皮不可。"

月月表情复杂地看了一眼丁振龙，问道："那，银杏儿姐怎么样了?"

"银杏儿……她不好。"丁振龙撑着身体，要站起来，"叔，不行，我得走，要不队伍上找不到我，首长和战士们会急坏的。"

"振龙，先在这里调理几天身子，养养伤，然后再回去。我现在就派人找部队，去告知你的情况。"丁迎霜拍了拍丁振龙的身子说道。然后，回头道："丁振虎!"

丁振虎立正："到!"

丁迎霜命令道："派你即刻前去八大组……"

油灯闪闪烁烁，映照着振龙和月月的脸。草屋外，寒风微微轻吹，芦苇沙沙作响，那声音，在月月听来，是风与苇的私语，轻盈而又好听。

月月一直在寻找，寻找她的夫婿丁振龙。

那天，银杏儿叔叔说了振龙和银杏儿不是亲姐弟俩的一番话，使得丁振龙逃婚远去，而这，很快传到了月月耳朵里。女人既然穿上了新嫁衣，便哪肯男人逃婚？何况，这个男人是她喜欢的振龙哥。月月哭着喊着，不顾一切地向丁家跑，她要把丁振龙找回来："振龙哥，你咋这么狠心呢？快回来吧……"

油灯噼啪响了一声，坐在草铺上的丁振龙歉疚地看了一眼月月，说道："月月，时候不早了，你回去歇着吧。"

月月欲言又止，不动窝。她低着头，轻声说："振龙哥，你的伤已好得差不多了，要不，今天晚上我搬过来住？"

丁振龙吓了一跳，赶忙说："别，别，月月，我对不住了……"

"新嫁衣我都穿了，村里人都知道我嫁给你了，难道你一句对不住，就啥也不算数了吗？"月月委屈地问道。

"月月，你是个好姑娘，我现在是脑袋拴在裤腰带上，有今天没明天的，可不能耽误了你。"

月月和丁振龙一样，性子也倔："我不，既然已经穿了新嫁衣，我就是你媳妇了，生是你的人，死是你的鬼。我知道，你心里有银杏儿姐，只要你愿意，就是给你做小也行。"

丁振龙叹一口气："月月，你这是何苦呢？"

见丁振龙口气软了下来，月月羞涩地一笑，说道："振龙哥，你走了后，我就搬进了咱们的新房。我在咱新房的窗棂上，贴上了窗花，东面那扇窗上，贴的是一对鸳鸯和两个大胖娃娃，西面那扇窗上，贴的是我自己剪的《男十忙》和《女十忙》。我想，你虽然现在在部队里，等将来赶走了鬼子，你回到家，咱俩一个忙外，一个忙里。庄户人家，不图别的，就是贪图手里有活，贪图风调雨顺的好年景。"

月月说的《男十忙》《女十忙》原是年画，心灵手巧的女人也把这种年画剪成窗花。《男十忙》表现了我国北方农村紧张热烈的劳动场面，包括耕地、播种、锄草、浇水、施肥、赶车、收割、打夯、脱坯、盖房等；《女十忙》则生动形象地描绘了北方妇女种棉花、摘棉花、轧棉花、弹棉花、纺纱、合线、织布、上浆、纳鞋底、裁衣服等十个和纺纱织布有关的活动。这种突破时空限制的构图方式，充分反映了北方百姓对美好生活的渴望。

月月真是个心灵手巧的姑娘，那么复杂的内容，剪到一张纸上，要剪好可不容易，丁振龙想。

丁振龙对月月说："月月，你是个清清白白的姑娘，不像我，我已经和……

你犯不上为了我……”

月月不认识似的看着丁振龙，不知道他说了些啥。月月倔强地说：“振龙哥，你说啥我也不听，我只知道你是我男人，我只知道我男人是个当兵的。”

“月月，你要喜欢当兵的，我来给你介绍一个，我们部队里好小伙子有的是。你，还是做我的妹妹吧，我一辈子都认你这个妹妹的。”

突然，月月把脸紧紧地伏在了丁振龙的腿上：“不，我的话你怎么不明白呢？我已经是你的人了，你可以永远不见我，但你一辈子都是我的男人。振龙哥，要不，你带我走吧！”月月趴在丁振龙的腿上，呜呜地哭了起来。

这下，把丁振龙这个汉子难住了。他轻轻将月月扶起，不由自主用手将她的头发理顺，望着满眼泪水的漂亮脸蛋，心痛不已。多好的一个姑娘啊，我要是真有月月这么个媳妇，该有多好。可此时，他却又想起了银杏儿，想起了苇丛里那个令他刻骨铭心、终生难忘的夜晚……

丁振龙疲软地呆坐在草铺上。

草屋外，几声咳嗽，然后，传来问话声：“振龙，睡了吗？”叔丁迎霜来了。

“叔，没有呢，我和月月在说话，你进来吧。”丁振龙回话道。月月赶紧擦了几把眼泪，跟着丁振龙站了起来。

丁迎霜推开草门，走进屋里，看到月月在，说了声：“月月在啊！”月月点点头，回身倒了一碗热水递给叔，然后，有些委屈地看了一眼丁振龙，说：“叔，你和振龙哥说话，我先回去了。”

暗暗的灯影里，丁迎霜依然能够看清月月哭过的脸，他叹了一口气，说：“孩子，你早回去歇着吧。”月月推开草门，走出屋去。

丁迎霜示意振龙坐下，他看了一眼侄子，说道：“振龙啊，月月这闺女心里苦哇。”

丁振龙低下头，轻声说：“叔，我知道自己对不住月月，可我心里只有银杏儿。”

“你怎么还糊涂啊，银杏儿早已嫁人了。”

“可是，叔，咱部队已判决他们两人离婚了，银杏儿现在是一个独身的人。”

“即便这样，你就能娶她吗？她可是一个结过婚的人。月月则是个黄花闺女，和你多般配啊。”

“我现在压根儿就没那些想法。”

“胡扯！除非你不是个男人！”

“正因为我是个男人，才必须干男人该干的事儿，我不能糟蹋了人家闺女。”

丁迎霜突然变脸，怒道：“糟蹋？你学问不大，词儿倒用得不孬。那天你跑了后，月月不听她爹娘劝，搬到了你们的新房里，从那个时候你没回来过，可人家月月依然满心满意地做丁家的媳妇，对我和你婶子，孝敬得像对自己的亲爹娘，对振虎两口子，尽到了一个嫂子的本分。她多次外出找你，哪怕只是见你一面，能听你一句知心知肺的话也好。可你，却这样对人家，你让月月咋想？让村里老少爷们们咋想？让我这张老脸往哪里搁？”

丁迎霜喝口水，依然不依不饶：“我在咱武工队的帮助下，拉起了游击队，这你是知道的。本来游击队不让月月参加，但她哪里肯听，坚持要加入，她说打鬼子人人有责，不光男人，也包括女人。其实，月月心里有个小九九，她觉得，你逃婚，是嫌弃她没参加抗日，和你不般配。这么着，她便下决心，自己也要当兵，也要打鬼子，也要成为一个像她银杏儿姐那样的军人。说白了吧，月月是个敢爱敢恨的姑娘，她上前线，打鬼子，主要就是为了找你。”

丁振龙无地自容，他说道：“叔，我知道，月月真是个好闺女，我丁振龙能够娶到月月，是八辈子烧高香才能烧来的。可银杏儿叔叔说了，我和银杏儿不是亲姐弟……”

“就算你和银杏儿不是亲姐弟，就算银杏儿已经离婚了，可她是你爹前妻生的孩子，这个不会错吧？”

人性？伦理？爱情？亲情？

丁振龙无言以对……

# 第二十三章

为了进一步了解于砚甫叛变以及鬼子新一轮大扫荡的情况，魏思颖扮作农妇，带通讯员小刘来到了陈家庄，来到了表姐夫金墨轩家。管家宋茂田带魏思颖两人进了金家客厅，金五爷热情相迎。

自从听到大儿子金雨堂在日本人围剿中阵亡的消息那一刻起，金墨轩往日的神采、霸气消失得无影无踪，容颜也衰老了许多。白发人送黑发人，这是为人父母最大的痛苦。那段时间，金墨轩沉浸在丧子的巨大悲痛之中，整天精神恍惚，滴水不进。老人的心碎了，他的眼里已经没有了泪水。

魏思颖、通讯员小刘和金五爷寒暄，刚刚在客厅坐下，表姐抱着一岁半的小儿子宝儿从里屋走了出来："表妹！"

"表姐！"魏思颖站起来，急忙走到表姐跟前，"快，让我抱抱小外甥。"

"宝儿，来，让姨抱抱你。"说着，把孩子递给了魏思颖。

白净净、胖嘟嘟的宝儿不哭不闹，魏思颖脸上笑开了花，边抱边逗，"宝儿，你好！真乖，真可爱！"说着，在虎头虎脑的宝儿脸上轻轻吻了一下。

这时，金雨亭走进客厅，看到魏思颖在场，他一愣："思颖，你来了？最近好吗？"魏思颖向金雨亭回好。

表姐接过孩子，对魏思颖说："表妹，啥时候你也让我抱抱你家的小外甥？"

魏思颖脸腾地红了，笑着对表姐说："行，表姐等着吧。"

金雨亭表情复杂地看着魏思颖，眼里，似乎有某种渴望。

金五爷向老婆摆摆手，女人抱着孩子向里屋走去。待魏思颖坐下，金五爷示意金雨亭关好门窗，说："魏政委是女中豪杰，金某佩服，陈家庄百姓也佩服，但不要忘了，日本人更是想早日抓到你，这次来陈家庄，虽浑身是胆，但却无异于深入虎穴，危险重重啊。”

“谢谢金老爷的关照。”魏思颖说。

金五爷微微一笑，说道：“不过，请放心，我会竭力帮助你和八路军的。过去，我金某敷衍过日本人，也帮助过日本人，但当看到鬼子在我们清河区犯下的种种暴行，特别是我那做保安团团长的儿子死在鬼子手中时，老夫终于明白，要想不当亡国奴，过太平日子，就得和小鬼子对着干。哼，小日本，我金家和你们势不两立。”

看着义愤填膺的金五爷，魏思颖说：“对，您说得好。天下兴亡，匹夫有责。咱中华民族自有史以来，不肯做亡国奴的先人有千千万万，每一个中国人只有团结起来，才能够把万恶的东洋鬼子赶出中国去。”

金雨亭攥紧拳头，对魏思颖说：“思颖，从今以后，我父亲，还有我金雨亭，都会私下给八路军干事的。咱黄河口人，绝不做孬种。”

魏思颖深受感动，频频说这就好，这就好。坐在一旁的小刘也喜不自禁。

金五爷噗一声点着他的白铜水烟壶，咕噜咕噜吸了几口，问道：“魏政委，你这次来，有何贵干，看我们爷俩能做点什么？”

经过这一番对话，魏思颖放下心来。其实，据她了解，虽然金墨轩既出租土地，又放高利贷，还雇有长工，是减租减息的“双减”对象，但他却不似铁门关大地主郭佐伦那样心狠手辣；虽然金墨轩可以随便出入鬼子据点，时常为鬼子办事，但那却是被逼无奈。总的来说，金墨轩本质不错，尤其是他的儿子金玉堂被鬼子所杀，更坚定了他与鬼子决裂的意志。他，是一个可以信赖之人。

魏思颖说道：“金老爷、雨亭，不瞒两位，我们这次来，有两项任务：一是原来的交通站负责人朱冬来被杀，需要新建一个交通站，先来初步了解一下情况；二是我想见见我哥魏思绪，不知有没有办法找到他？”

“就这两件？”金五爷问。“对！”魏思颖答。

“如果贵军信得过老朽和犬子，第一件事我看这样办，干脆将交通站放在我家的金客来饭馆，雨亭是饭馆老板，这个事就由他负责，先慢慢运转起来，然后再走向正轨，不知意下如何？”金五爷说。

金雨亭急忙表态：“我看这样行。”

“那敢情好。”魏思颖非常高兴，“这事我个人觉得可行，不过还得待回去后，和班子成员研究一下。那找我哥……”

金五爷说：“找你哥好办，我的管家宋茂田可以随便出入鬼子据点，这人是我家的老人儿，比较可靠，请魏翻译的事就由他去办。”说完，让金雨亭喊来宋茂田，把事情简单做了吩咐，宋茂田便走了。

一会儿的工夫，魏思绪来到金家。一进门，还未坐下，他就咋咋呼呼地埋怨起了魏思颖："你还要不要命，这个时候，你怎么敢来陈家庄？鬼子和于砚甫正设法抓你呢。"

魏思颖示意哥哥坐下，一指通讯员说道："没事，我这不有保镖吗？再说，我的枪也不吃素，我会做好防范的。"

魏思绪接过金雨亭端过来的一杯茶水，说："我是担心你，你可千万要小心。"

金五爷起身，对魏思颖说："魏政委，你们兄妹谈，我到里屋歇息一会儿。"说完，示意金雨亭一起进入里屋。

客厅里只剩下魏思绪、魏思颖兄妹俩。魏思颖说："哥，于砚甫叛变的情报你报告得非常及时，军区杨国夫司令员让我向你表示感谢。"

"这都是应该做的，我也需要赎罪。不过，我未能保护好朱冬来和那些死去的村干部……"魏思绪歉疚不已。

魏思颖急忙制止道："哥，这不能怪你，要怪，也只能怪于砚甫那个叛徒。山田一郎等鬼子很狡诈，你周旋于他们内部，必须处处小心。鬼子最近有什么动向？"

"今年将是黄河口一带中日两国战争最残酷的一年，这一年的春季、夏季，日本人叫嚣要'彻底摧毁共产党老巢，把共军赶进大海'，对你们根据地进行了两次万人以上的大扫荡，小型扫荡也不少，但收效甚微。目前，日本驻华北派遣军总司令冈村宁次正在亲自策划，准备由第十二军团长喜多和旅团长丘山督阵、指挥，一场更大规模的扫荡恐怕不可避免，你们要做好防范。"然后，魏思绪又谈了一些他了解的日军其他军事动向。

魏思颖若有所思："那，再请你谈谈最近于砚甫的情况，看看该如何除掉这个叛徒。"

魏思绪说："日本人为了保护于砚甫，已将他送往县城。鬼子准备让他干利津县保安团副团长，你们必须小心。另外，鬼子偷袭清河根据地遭遇伏击、丁迎霜一家逃离，使得日本人认为有人泄露了机密，山田一郎在怀疑相关人员，其中也包括我。"

"啊，山田一郎在怀疑你？"魏思颖十分担心。

来陈家庄的目的基本达到，魏思颖和通讯员小刘要返回部队。两人先是到了一个药铺，随便拿了几服治疗感冒发烧的中药，然后向镇外走去。

来到路口岗哨，照例需要接受伪军哨兵的盘查。"干什么的？"一个伪军瞪着铃铛一样大的眼，咋呼道。

通讯员小刘提着中药，搀着显得病怏怏的魏思颖，说："老总，军爷，俺是来看病的。"

"她是谁?"伪军指着魏思颖问。

小刘晃晃手中的中药，回答道："这是俺媳妇，刚给她看完病，这不，拿的药。"

伪军看看小刘，再看看魏思颖，问："这药包里没有啥违禁品吧?"

正在这时，从镇外开过来几辆挂着膏药旗的摩托车，车上坐着鬼子和伪军，其中，警备队队长钱豁嘴坐在第一辆车上。突然，坐在前面的钱豁嘴看到被盘查的女人面熟，他心头猛地一震，随即大喊："停车!"司机猛然刹车，差点让后面的摩托追了尾，其他车将魏思颖两人围了起来。

魏思颖认出了钱豁嘴，她给小刘使一个眼色，对盘查的伪军说："里面是中药，要不，你打开看看?"

钱豁嘴举着枪，转到魏思颖跟前，仔细辨瞧。这个村妇好像在哪里见过，怎么这么面熟?突然，他想起来了，这个女人像曾经去过梁家屋子的八路军武工队汪队长。

哈哈，要真的是她，那就该着发财，这回，我可抓到大鱼了。钱豁嘴激动得额头上青筋暴跳，得意洋洋地说："呵呵，是你?你还认识我吗?"

"不认识。"魏思颖摇摇头。

"不认识?那我提醒你一下，梁老七、花石榴你可知道?"

"我一个农村妇女，你说的这些啥粮啥花的我都不知道。"

钱豁嘴豁嘴一咧，手枪一挥："那好，把这两个人带走，一会儿你就啥都知道了，带走!"

小刘挺身而出："我们犯哪条了?凭什么带我们走?"

魏思颖看敌人众多，知道此刻被十几个有所戒备的日伪军包围，如果硬拼，显然是送死，只能伺机而动，绝不可莽撞，便对小刘说："当家的，咱跟他们走。"魏思颖便被按进了一辆三轮摩托车的挎斗，小刘也不服气地被摁在了车后座上。

摩托车发动起来，走了几步，驾驶摩托的鬼子回头看后面的几辆车是否已跟上，就在他刚刚转回头之际，小刘快速从腿上抽出绑着的一把尖刀，猛地刺入鬼子的肋部，一使劲，把鬼子掀下摩托，纵身一跃，自己坐在了驾驶座上。

摩托车上突然发生的一幕把钱豁嘴等日伪军看得惊呆了，待反应过来，小刘猛加油门，摩托已转向了镇外。

"抓住他们，那个女的是共匪当官的!"钱豁嘴声嘶力竭地喊道。

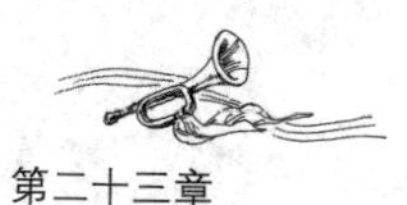



摩托车向镇外驶去，魏思颖掏出腿上的手枪，向后面紧追的摩托车司机射去。驾驶第一辆摩托车的鬼子脑袋开了花，连人带车，翻倒在了路上。后面的车不管不顾，绕过翻倒的车，继续穷追不舍。

子弹不时擦着魏思颖和小刘的头皮飞过，魏思颖毫不畏惧，仍然不断向后面开着枪，又一辆摩托翻倒在路边。

突然，魏思颖感到车体猛地一震，摩托车便失去了控制。小刘不幸被敌人击中了。

“小刘!”魏思颖大喊一声。摩托车向路边的芦苇丛冲去，一片片绿色的芦苇顷刻间被压倒。摩托车的轰鸣声和芦苇断裂的咔嚓声令人心悸。

摩托车侧翻，猛然的冲力使得魏思颖昏了过去……

山田一郎办公室，数名日军、魏思绪、钱豁嘴都在现场。“钱队长，那个女共党招了吗?”山田一郎问钱豁嘴。

“这个女人嘴硬得很，皮鞭、大棒、老虎凳、电棍子、竹签，都用过了，几次昏死过去，可他娘的就是不招。哪像人家于砚甫，还没真的动刑呢，就招了。”钱豁嘴猛摇头，那豁嘴上下翻飞着。

魏思绪表面平静，内心却是既懊悔，又痛心，更恼恨，他懊悔自己没设法将妹妹护送出去，痛心妹妹遭了大罪，恼恨残暴的钱豁嘴和东洋鬼子。

能有什么好办法解救妹妹呢?

那天，魏思绪借机来到牢房，王六斤把门。魏思颖一见哥哥来了，她大惊，对魏思绪说不要主动接近我，更不要明着帮我，因为山田一郎现在就对你有所怀疑，如果你帮我，那咱俩谁也好不了，你保护好自己，就是对抗日事业的最大贡献。魏思绪痛心，说你这样太受罪了。魏思颖说受罪也没办法，必须忍着，只是要魏思绪有机会设法将她目前的处境转达给八路军武工队。魏思绪记下，他在找机会。

“钱队长，你的，干得很好。不过，这个女共党和于砚甫不是一类人。走，我去会会她。”

山田一郎后面跟着七八个人，来到刑讯室。“开门!”钱豁嘴对着两个站岗的伪军喊道，伪军乖乖地打开了牢门。

暗暗的刑讯室里，散发着一股呛人的湿臭气，血肉模糊的魏思颖被绑在一根柱子上，四周，是老虎凳、电棍、皮鞭、火盆、烙铁等刑具。

山田一郎在一张桌子前坐下，恶狠狠地直视着魏思颖，魏思颖看了他一眼，把脸扭到了一边去。

“魏思颖!”刚刚坐下的山田一郎突然大喊一声，低着头的魏思颖心头一震，却不动声色。

“说吧，你是不是叫魏思颖?”山田一郎喝问。

魏思颖抬起头，说道：“我不知你说的是谁。”

“听着，魏思颖小姐！据我掌握的情报，你叫魏思颖，是八路军武工队的政委，曾经化名汪队长，去过梁家屋子，和匪首梁老七有过交往。”

魏思颖镇定自若：“我不知道你说了些啥，我只是一个村妇，是来陈家庄看病的，快放了我。”

见这个女人嘴太硬，山田一郎使出了一个恶招。他命人把魏思颖带到了一处狗舍，里面有三条军犬，正张着大口，狂吠不止。魏思颖心一紧，难道这恶鬼子要让这军犬撕咬自己?

让魏思颖没想到的是，鬼子竟然从牢房中抓出一个中年汉子，不顾男人的大呼小叫，将他扔进了狗舍。随即，那几条恶狗疯了般冲向这个男人。男人嚎叫着，惶恐地在狗舍中躲避，却怎么也无法躲开三条狗的围攻。男人一次次爬起，恶狗又一次次将他扑倒。

看到自己的同胞受难，魏思颖的心在滴血。

“放了他，我说!”魏思颖大吼一声。

一个鬼子一声口令，军犬们停止了恶行。“带回去!”山田一郎命令道。

钱豁嘴等人把魏思颖在柱子上捆好，山田一郎问道：“说，你是不是魏思颖?”

“是，我是魏思颖，是八路军武工队政委。我知道很多事情，但我不是于砚甫，你用不着再枉费心机了，要杀要剐，随你便!”

山田一郎气得鼻子都歪了，一拍桌子：“给我灌辣椒水!”

魏思绪攥紧了拳头，魏思颖直视他，似乎在告诉他，不可莽撞，不可轻举妄动。

一个鬼子将一把装满了辣椒水的茶壶壶嘴伸向魏思颖，魏思颖挣扎，却敌不过几双按着她头的男人的手。

壶嘴伸进了魏思颖的喉咙中，鲜红的辣椒水灌入她的嘴里，然后，又从她的嘴里、鼻子里直往外冒，灌着灌着，魏思颖昏了过去。

天幕上的星星长着一双冷冷的眼睛，一刻不停地俯瞰着陈家庄边上的鬼子据点和炮楼，那眼睛亮亮的，似乎能穿透时空，将这里正在和曾经发生过的罪恶，一一参透。

几天来，魏思颖置生死于度外，任凭鬼子怎么严刑拷打，她什么也不说。

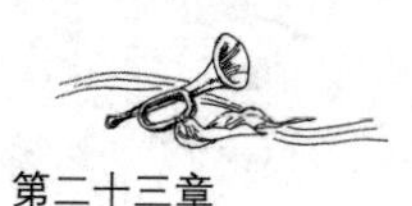



这天晚上，执勤的伪军打开牢门，一手端着碗白菜汤，一手拿着两个窝头走进了牢房。

“魏思颖，起来，吃饭了。”伪军说。

伤痕累累的魏思颖躺在地上，眯着眼。除昨天魏思绪偷偷让人给她送来了一些饭，鬼子已经几天没让她吃饭了。看到来了饭，她慢慢坐起来。饥肠辘辘的她端起碗，拿起窝头，慢慢吃了起来。咦，今天的白菜汤里怎么有肉？魏思颖看到，碗里有几块猪心肝类的东西。

待魏思颖将要吃完，钱豁嘴和两个鬼子走了进来，看到她碗里的菜已吃得差不多了，便狂笑起来。魏思颖感到有诈，把碗一扔，停止了吃饭。

钱豁嘴止住了狂笑，奸诈地问：“好吃吗？还想吃吗？”

“你们在饭菜里放了什么？”魏思颖质问。

“魏思颖，你放心，饭菜里没有毒，只不过，山田太君仁慈，刚刚杀了几个人，就把他们的心、肝挖下来，放到了你的菜里，给你增加点营养。你刚才吃的，是人心、人肝。哈哈哈哈……”

魏思颖马上恶心不止，哇一声，将刚才吃的东西全部吐了出去。呕吐了一会儿，她大骂鬼子汉奸都是些丧尽天良的东西，然后，闭上眼，仍不能消除心里的厌恶。

山田一郎一计不成，又生一计，他把如今在利津任伪保安团副团长的于砚甫喊了回来，想让他劝劝魏思颖。于砚甫不愿见魏思颖，但山田一郎不干，于砚甫只好硬着头皮与魏思颖相见。

伪军哨兵打开牢门，于砚甫、钱豁嘴等人进得牢房。正在草铺上假寐的魏思颖听见开牢门的声音，没有睁眼，她知道，又是敌人要审讯了。真是的，什么都问不出来，还问的什么劲？

“魏政委，实在对不起，我来晚了。”叛变后，第一次见自己过去的老领导，却是在这样一种场合，于砚甫心里直打鼓。与生性暴虐、心狠手辣的钱豁嘴不同，于砚甫谨小慎微，贪生怕死，着实是一个软骨头。

魏思颖一下子就听出了于砚甫的声音，她的心如同被针扎了一下，猛地睁开眼睛，厉声斥责道：“于砚甫，你这个叛徒，还有脸面来见我？你滚出去！”

于砚甫有些尴尬，说：“魏政委，别把话说得这么难听，毕竟，我们曾经是同志嘛。”

魏思颖哼道：“哼，谁是你的同志？我和叛徒成不了同志！”

于砚甫环视四周，见牢房阴冷潮湿，便大声呵斥钱豁嘴：“钱豁嘴，怎么能让魏政委住这样的地方呢？抓紧，给魏政委换地方，换上好的房间。”钱豁嘴诺诺答应。然后他接着问："魏政委，我想先问你一句，银杏儿她还好吗？"

魏思颖看了他一眼："你觉得田银杏能好吗？你个自私自利的东西，为了自己，害了八路军官兵，害了抗日群众，害了银杏儿，害了你们的孩子……"

"我……我的孩子……"于砚甫似乎在自责，但只是一瞬间的工夫，他又摆出了一副流氓相，"姓魏的，别给我耍横，这里不是八大组，不是八路军驻地，你这么英雄，怎么走进了日本人的牢房？"

"走进了日本人的牢房我无所畏惧，大不了死在这里，但绝不像你，居然是一个软骨头，出卖同志，投敌求荣。"

于砚甫心中有气，但脸上没有表现出来，他说："识时务者为俊杰。以魏政委之才学，之相貌，处此乱世，如有机缘，不难一展才华，飞黄腾达。在日本人面前，此刻做任何挣扎都是徒劳的，如若坚持，恐怕脑袋不保。要知道，留得青山在，不怕没柴烧……"

说完，于砚甫走到魏思颖跟前，突然摸了一下她的脸，色迷迷地说："看看，这脸蛋多漂亮，细皮嫩肉的，啥时候能让我尝尝你这个大姑娘？"

"呸！"魏思颖一口唾沫猛然吐到了于砚甫脸上。

"你，你，你……"于砚甫气急败坏。突然，他转怒为笑，说道："思颖，我真的心疼你，一个二十多岁的姑娘，整天和一些男爷们混在一起，枪林弹雨，难道你想一辈子过这种生活？像你这么漂亮的女人，连男欢女爱都没享受过，这一生岂不可惜了？既然我和田银杏不可能再走到一起，不如你跟了我，咱们离开利津，到济南或者张店日本人指挥部去一展你我的才华……"

"放屁！你是什么东西？叛变革命的人，做日本狗的人，从来都没什么好下场。"魏思颖气得骂起了粗话。

这时，门外响起了咔咔的皮靴声，山田一郎带人走进了牢房。于砚甫赶紧笑脸相迎。山田一郎问："你们，谈得怎么样？"

于砚甫答："正在谈，正在谈，不过，这个共党分子是又臭又硬，不听话的。"

山田一郎想尽办法，想降服魏思颖，但面对外表柔弱内心坚强的魏思颖，最终却是无计可施。突然，他脸色大变，从身上拔出一支枪，对于砚甫说："你的，杀了他！"

淫心不死的于砚甫看了一眼魏思颖，结结巴巴地对山田一郎说："太、太君，这个女人暂时杀不得！"

啪的一声，山田一郎打了于砚甫一个耳光："如若不杀，你的，死啦死啦的。"

于砚甫像一条狗，看一眼无动于衷的魏思颖，再看一眼脸色铁青的山田一

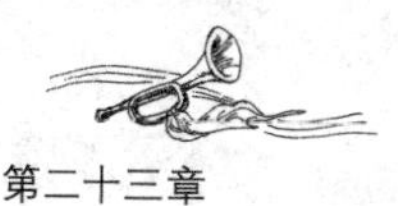


郎，接过手枪："思颖，要是今天你死在我手里，千万可别怪我，要怪就怪你自己吧。怎么样？现在后悔还来得及！"

魏思颖毫无惧色，面对山田一郎和于砚甫说道："你，还有你，都是些没人性的东西，我魏思颖都死了好几回了，还怕再死一回？要杀要剐，随你们便！"说完，闭上眼睛，不再说话。

于砚甫举起了枪，他一回头，突然看到了山田一郎身后的魏思绪，忙放下枪，说道："太君，我想起来了，这个魏思颖是魏翻译的妹妹。"

山田一郎脸色骤然大变，手指魏思绪厉声问道："这个女人，是你的妹妹？你的，良心大大的坏了。"

对此变故，魏思绪心里早有防备，特别在于砚甫投降日本人之后。他不慌不忙地对山田一郎说："山田太君，这魏思颖是我的妹妹，但不是我亲妹妹，是我父母抱养的，她参加了八路军之后，我和她早已断绝了关系。太君想想，这几天对她使用各种刑罚，我管她了吗？"

山田一郎想了想，确实，几天来打得魏思颖皮开肉绽，也没见魏思绪阻止。不过，之前有情报泄露，自己就曾怀疑过魏思绪。山田一郎半信半疑地对魏思绪说："你的，要对皇军一心一意，如果三心二意，我杀你全家。"然后，对于砚甫说："暂时先留下这个女人。"

这天，趁山田一郎、钱豁嘴带大队人马外出抢粮之际，钱豁嘴老婆花石榴头上围着花围巾，坐着一辆搭着棚子的马车来到了据点门前。

封锁沟对面岗哨里走出两个伪军，一个伪军大声喊道："干什么的？"

花石榴跳下车，向对面喊道："小李子啊，我是你嫂子，来给你钱队长换换被褥。"钱豁嘴抢了花石榴后，家安在了镇上，但平时钱豁嘴住在据点里，他知道，八路军总是找机会要他的命，所以什么时候回家不一定。他经常是半夜三更才回家，和老婆温存一番，再回据点。

这小李子认识花石榴："是嫂子啊，好，我给你放吊桥。"吊桥放了下来，赶车人——伤愈归队、化装成老头的丁振龙将车赶进了据点。

两人先是来到钱豁嘴宿舍，将新旧被褥调换，然后，赶车来到了牢房。今天是王六斤和另一个年轻伪军值岗，看到钱队长的老婆来看要犯魏思颖，这年轻伪军眼睛一瞪："钱夫人，对不起，山田太君有令，没有他的允许，任何人不能与这个女共党接触。"然后，他一指丁振龙，"这个人是谁？不会是八路吧？"

王六斤眉头紧锁，对伪军说："这魏思颖是钱夫人表妹，就让她说几句话，抓紧走，好吧？"

"不行！谁也不能和这个女共党接触。"伪军毫不通融。

丁振龙见说不通，时间长了又担心误事，便绕到年轻伪军身后，掏出枪在他后脑勺上狠命砸了一枪托，这家伙咕咚一下就往地下摔，丁振龙赶紧扶住他。王六斤打开牢门，丁振龙将伪军拖进了牢房。

牢里的魏思颖早已看清了来人是谁，她急忙由躺而坐，惊喜道："振龙！花石榴！"

丁振龙放下伪军，走到魏思颖跟前，弯下腰，对魏思颖说道："魏政委，你受苦了。"花石榴攥住魏思颖的手，说："大妹妹，快起来，我们救你来了。"

"怎么出据点？这样做，你们太危险了。"魏思颖担心王六斤和花石榴的安全。

丁振龙将营救方案简单说了一遍。几天前，魏思绪派王六斤与新的交通站负责人金雨亭取得联系，通知了武工队，几方协商，由金雨亭备车，丁振龙做赶车人，花石榴前去看望，趁日伪军大队人马外出之际，把魏思颖救出来。这辆马车做了改装，车下，早已安制了一个能盛人的布口袋。

王六斤本是穷苦百姓，因生活无着便当了伪军，他虽给日本人扛活，但却良心未泯。那年，他的老母过生日，八路军来家祝寿并晓以利害，策反他，后来，老母病重，是八路军派出医护人员为她治好了病。自此，王六斤偷偷为八路军做起了事。

而当丁振龙找到花石榴，将营救魏思颖的方案一说，花石榴更没有犹豫。她痛恨日本人杀了梁老七，感激魏思颖救了梁家屋子几十口子人，如今，虽然和钱豁嘴是夫妻，但她是被逼无奈。

魏思颖断然拒绝："不行，这样做王大哥、花石榴太危险，日本人知道了非得要了他们的命不可。"

花石榴说："大妹妹，放心，那个当兵的死了，王兄弟不是外人，日本人不会知道的。"

"那我们走了王兄弟怎么办？"魏思颖问。

突然，王六斤从腰中抽出一把匕首，在自己的肩膀处捅了一刀，魏思颖大惊，急忙拦阻，却没能拦住，血从伤口处流了出来，洒在了牢房的地面上。王六斤忙说："快，把我捆起来。"丁振龙找来绳子，将王六斤结结实实捆了起来，伤口处也捆扎了一下。

丁振龙、花石榴催促，别无更好的办法，魏思颖难过地说："六斤兄弟，保重，咱们后会有期。"趁人不注意，魏思颖快速钻入了车下布袋里，待花石榴上车坐好，"驾！"丁振龙鞭子一甩，踢踢踏踏的马蹄声响了起来……

立冬刚过，芦苇开始黄了枯了干了，树林里落了厚厚的一层叶子。

利津县日军作战室。正墙一幅巨型作战地图，地图上，一道道红线和密密麻麻的圆点紧密地交织围拢在清河根据地一线，几条粗壮的箭头像几只凶狠的拳头砸向八大组一带。

日军丘山旅团长用指示杆指点着地图，威严地说："过去，我们是以公路、封锁沟为锁链，以据点为锁头，将整个清河区网格化，逐步吞灭蚕食，力争困死锁死根据地内的八路军，并且，今年以来开展了几次大规模的扫荡，但现在看，效果并不突出。为了彻底消灭清河区共产党、八路军，解除八路军对我们占领的胶济路和沿线城镇的威胁，鼓舞整个支那战争、太平洋战争帝国军人的士气，我军决定，对清河区进行一次毁灭性的大规模军事行动。"

丘山旅团长环视一下在座的军官，继续说道："本次军事行动为今年以来最大规模的一次。行动由大日本帝国驻华北派遣军总司令冈村宁次将军亲自策划，由第十二军团长喜多诚一将军坐镇张店督战，本旅团长坐镇利津城任前线总指挥，将要调动十九个联队，包括五、六、七三个混成旅团及三十二师团一部，十二军团直属队一部，加空军一个中队，汽车千余辆，骑兵千余骑，飞机、坦克、军舰、汽艇若干；治安军二十一、二十二、二十四、二十七四个团；省警备队一部，武定道、青州道警备队各一部，总计二万六千余人。这次行动，只许成功，不许失败，一定要荡平共产党的老巢，把共军淹死在大海里。"

作战室内，听着丘山旅团长的战况分析和行动说明，日军指挥官们都面色凝重。

突然，丘山面向远端的山田一郎道："山田中尉，你知罪吗？"

"哈依！"山田一郎立正，汗刷地流了下来。

丘山旅团长怒声咒骂道："笨蛋！好不容易抓住了共产党要犯魏思颖，竟然在据点里让她逃脱，你的，严重失职。"

"哈依！"山田一郎大气不敢出，只是被动地应答。

"这不但是你的耻辱，也是大日本帝国驻华北派遣军的耻辱。如果事情都像你办的这样，那怎么才能做到只许成功不许失败呢？"

"哈依！"山田一郎脸都绿了。

"但念你历来对天皇忠心耿耿，这次饶恕你，但你要在此次行动中戴罪立功。"

山田一郎紧张地擦了擦额头上的汗珠，头低垂着。他是个不走运的日本军人，自从来到中国后，他的两个同窗在师部、在野战部队，都取得了较大成绩，而他，屈就在陈家庄这个据点做指挥官，却被八路军武工队整得灰头土脸。一次又一次失利，使他心灰意冷。但他又不甘心，总希望能有机会打一个漂亮仗，杀杀八路的威风，更显示一下自己的才华。

“报告旅团长，支那人，包括黄河口的支那人，对我们充满仇恨。这仇恨，来自日清海战（甲午海战）到现在四十多年的战争，这仇恨，早已渗透到每个支那人的骨髓里。所以，通过这次军事行动，不论军人，还是百姓，我们要把他们斩尽杀绝。”山田一郎报告。

丘山点头：“说得好。帝国皇军是代表天皇来帮助支那的，大日本帝国就是要在支那乃至整个东亚，建立一种新秩序，而这样的新秩序可以帮助支那人摆脱俄国人、英国人的殖民影响，可这些愚昧而落后的人，为什么不愿接受我们大日本皇军的帮助？既然不能使其就范，那就要武力消灭之。这次行动，军部十分关注。目前，太平洋战场形势对我很不利，大和民族的命运到了决定性关头，军部急需一场胜利，以鼓舞陆海军和全体国民的士气。”

驻利津指挥官挺直脊背，保证道：“请将军放心。这一次，我们不但要踏平清河区，而且还要一网打尽，彻底剿灭清河区八路军。”

“大日本帝国的勇士们，军人以服从命令为天职，我们为天皇陛下而圣战，就要做到攻必克，战必胜，武以立身，杀身成仁！”说完，丘山向日军指挥官们深鞠一躬，然后命令道：“为大日本帝国建功立业的时候到了，现在我命令……”

日本侵略军亡我之心不死，清河区史上被称为“二十一天大扫荡”的军事行动即将展开。

对敌人这次针对根据地的最大规模扫荡，清河军区早有通报，根据地军民已做好准备，投入到了反扫荡的斗争中。

由于姜文山同志壮烈牺牲，武工队损失惨重，军区对武工队进行了人员充实，并调整、补充了干部，如今，魏思颖任大队长，侯春生任副政委。

上次魏思颖成功得救，王六斤、花石榴却被山田一郎杀死。原来，那个被丁振龙击倒的伪军虽然当时昏了过去，但救援过程中他醒了过来，当时不敢动弹，却将王六斤、花石榴的一举一动看了个清清楚楚。事后，他密报了山田一郎，鬼子立时逮捕了王六斤和花石榴。面对指控，两人什么也不说，暴怒的山田一郎挥起军刀，将两人砍死。两个普通的黄河口民众，为抗击日本鬼子，也流尽了最后一滴鲜血。

而金雨亭没有被鬼子发现。

# 第二十四章

初冬的这个夜晚，本应是静寂的，但日本人却让它喧嚣起来。

1943年11月中旬的一个拂晓前，日伪军骑兵、步兵两万余人，浩浩荡荡攻入清河区，扑向北隋、牛庄一带。日军以军舰两艘、汽艇十二艘封锁了渤海沿岸，十几架敌机在空中盘旋，狂轰滥炸。

清河军区杨国夫司令员率领主力部队，瞅准日伪军包围圈的薄弱环节，巧妙地跳了出去。

田银杏所在的军区医院跟随设在八大组的各后方机关，由武工队和军区教导营掩护，向东北荆林深处疏散隐蔽。

为了保存自己，打击敌人，在敌人兵力、装备占绝对优势的情况下，抗日军民避其锋芒，迅速转移。

根据工作需要，丁振龙参加了主力部队，被任命为营长。在反击敌人大扫荡之前，军区接收了一批新党员。

在军区一间礼堂里，十几名劳动人民的优秀儿女即将参加入党宣誓，其中，包括丁振龙。本来，田银杏也应该这一批入党，但受于砚甫事件的影响，她需要继续接受党的考察。

作为丁振龙的入党介绍人，魏思颖、侯春生也来了。

礼堂正中，悬挂着一面党旗，旗面上，锤子和镰刀金光闪闪。

人们一脸神圣地望着党旗。丁振龙站在党旗下，想到自己这个普通的农村孩子，曾经误入匪窝，现在终于能够投身到党的怀抱了，他顿感血液升腾，心中充满了无限的喜悦。此刻，他也想起了银杏儿，心里默念："银杏儿，加油！"

主持人宣布："向党旗宣誓。"十几个人都举起了拳头："我志愿加入中国共产党，坚决执行党的纪律，不怕困难，不怕牺牲，为共产主义事业奋斗到底。”

领誓人念一句，宣誓人跟着念一句，场面肃穆而庄严。当领誓人念到“宣誓人”时，十几名宣誓人分别报出了自己的名字：“丁振龙!”“周大川!”“王壮!”……

一个个普通的名字，永远与“共产党员”四个字凝结在一起。

宣誓完毕，丁振龙走到魏思颖、侯春生跟前，庄严地向两位入党介绍人敬了个军礼。魏思颖、侯春生和丁振龙紧紧握手，表示祝贺。魏思颖说：“丁振龙同志，祝贺你，你以后就是组织的人了。”

日伪军大扫荡势必离不开八大组，军区司令员杨国夫等首长认真分析了敌情，决定留新党员丁振龙所在营及其他部队进行阻击。丁振龙奉命带领部队在八大组外围昼夜大摆地雷阵，在敌人可能经过的路上大量埋设地雷。

丁振龙正在用树枝草叶伪装已埋好的地雷，一连长常洪信跑了过来：“报告营长，我们连的地雷已埋设并伪装好了，还有什么任务?”

丁振龙看了一眼满头大汗的一连长，说：“常连长，同志们辛苦了，对面那条小道还没有埋雷，你马上带人前去，绝不能给敌人留下可乘之机。”

“是!”常连长快步离去。

“振龙哥!”一个女声传来，丁振龙急忙抬头看，月月跑了过来。“月月！你怎么来了?”

“我们是抗日游击队啊!”月月自豪地说。

“胡闹！这时候你们添什么乱啊?”丁振龙发火道。

“谁胡闹了？我们还有许多事要做呢，埋地雷、抬担架、打鬼子……看，我们丁队长过来了。”月月手往前指，丁振龙看到，叔丁迎霜快步走了过来。

“叔来了，群众都撤离了，你们怎么还不撤离?”丁振龙焦急地问道。

“振龙啊，我们游击队还有许多任务要完成。刚才在对面公路上埋地雷，听常连长说你在这里。放心，我们不会影响你们主力部队行动的。”

“轰！轰！轰……”第二天，日军骑兵首先来到了八大组，立即陷入了抗日军民设置的地雷阵。刹那间，地雷开花，日军骑兵人仰马翻，一具具尸体、一匹匹战马，不断血肉模糊地飞起。一条被炸飞的马腿从高空落下，正好砸在一个未被炸到的鬼子头上，坚硬的马掌把他的脑袋砸开了一个大洞，鲜血顿时喷涌而出。

远处，隐藏在草丛中的八路军战士、游击队员都兴奋不已：“好，炸得好！炸得好！鬼子吃西瓜了!”

膏药旗在凛冽的寒风中发出怪啸声，第二天，日伪军分多路浩浩荡荡向八

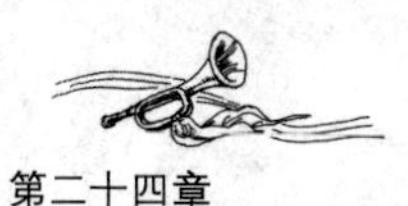



大组开了过来。飞机在空中轰鸣，掩护大部队。

鬼子接受骑兵的教训，前边派穿着厚厚防爆服的工兵手持探雷器，三人一组，一旦发现可疑之处，就画一个圆圈，然后从腰上取下一面小旗子轻轻插在地上，发现地雷之后，工兵趴在地上，轻轻扒土，然后，把地雷挖出来，扔掉。

“奶奶的！鬼子又挖出了一颗地雷……”看到自己亲手埋的地雷被鬼子挖了出来，常连长十分心疼。

丁振龙和教导员任洪武、几位连长趴在苇丛中，密切注视着敌人的动静。一颗颗地雷被挖出，官兵们很心焦。丁振龙让教导员和几个连长往他身旁靠一靠，说道：“鬼子工兵的效率虽不高，但排雷的技术不错，如果任凭他们行事，则既不能消灭敌人的有生力量，又让敌人很快攻入八大组。而我们大部队又不能暴露，一旦暴露，就会遭到鬼子炮火的猛烈攻击。我看这样，组织少量枪法好的战士，也就是我们的神枪手，在雷区前面进行阻击，做到神不知，鬼不觉，一举干死这些排雷的工兵。教导员，你来指挥战斗，我带人上去。”

丁振龙选择了十几名神枪手，两三人一组，悄悄向公路靠近。他们埋伏在距路边三十多米的地方，十几支冰冷的枪口对准了扫雷的工兵。

眼见鬼子工兵进入了射程，丁振龙低喝一声：“点射！”

听到命令，战士们立刻根据分工向鬼子实施点射，瞬间，中弹工兵身上冒出的鲜血将路面染红，未中弹的工兵条件反射般趴在了地上。“哒哒哒……”这时，坦克上的机枪向这边扫射过来，机枪声震耳欲聋。

丁振龙怒火填膺，猛然间，借着芦苇的掩护，他如同饿虎扑羊一般跃起，向敌人的坦克扑去。待来到坦克跟前，他跳出芦苇荡，一个箭步，飞身腾空，人就落在了坦克上面。探出头的一个鬼子急忙盖坦克进出舱的圆铁门，丁振龙狠命一脚，那铁门就塌落了进去。说时迟那时快，丁振龙从腰上取下一颗手雷，拉开弦，猛地扔进舱内。然后，跳下坦克，钻入苇丛之中。

事情发生在眨眼之间，待丁振龙跑出十几米，只听轰的一声闷响，手雷在坦克舱内爆炸，一股浓烟遽然喷出。

地雷阵加狙击手的完美组合，大大延缓了日伪军进攻的步伐。但这却并没有打消鬼子歼灭八路军的狂妄野心，他们从附近村里抓了不少百姓，要以中国人的血肉之躯来打开一条前进的道路。

日伪军攻入了八大组。但机关、百姓都已撤离，敌人扑了空。

丁振龙带领战士们同鬼子周旋了一天，汗水早已将棉衣湿透，他们转移到黄河南边的一个小村里，村子的百姓早已转移。此时，战士们一天未吃东西了，饿得前胸贴后背，疲劳与饥饿，像乌云一样，笼罩在每个人身上。

丁振龙命令，部队原地休息，以班为单位做饭。

饭后，夜幕下，丁振龙召集连排长开会，部署下一步行动：“我们打击敌人并牵制了敌人的扫荡步伐，天亮以后，敌人必然会以梳篦方式一村村、一地地清剿。军区首长命令我们，必须在天亮前越过黄河，跳出敌人的清剿区。”

二连连长周大川问：“刚刚和鬼子战斗了一天，大伙儿都很疲惫，有战士建议能不能在这个村里休息一晚？”

教导员任洪武说：“同志们，战斗了一天，大家肯定疲惫，但日本鬼子恰恰希望八路军能够在清剿区宿营，并且，利津方面的鬼子已经来到附近，所以，我们必须克服困难，战胜疲惫，待越过黄河，才能歇口气。”

丁振龙说：“大家记住，根据军区命令，我们的主要任务是保存实力，不到万不得已不暴露自己，当然，如果形势有利于我们时，也要主动打击敌人，消灭敌人有生力量。”

队伍集合，悄悄出发，很快来到黄河岸边。

初冬的黄河，河水已结了拇指厚的冰，但撑不住人，好在，此时的黄河已是故道，河水早已夺淮入海，除去夏秋季节河水猛涨之外，冬春季节水流纤细，水面只有十几米宽，半人深。

常连长带领几个战士找来木头，将冰面砸开。一营的官兵脱掉裤子，向河对岸走去，一片片被砸碎的冰块在战士们身上划出一道道伤痕，大家全然不顾。待爬上河岸，战士们冻得嘴唇发紫，瑟瑟发抖。

战士们知道，此刻，他们已顺利脱离了日伪军的清剿区。

但丁振龙不知道，叔丁迎霜带领的游击队转移了没有，叔、振虎还有月月他们脱险了没有。

其实，丁迎霜已经牺牲了。

原来，正在埋雷的游击队被山田一郎率领的三四百个日伪军发现，丁迎霜断后掩护游击队员撤退，不幸被鬼子抓获。

山田一郎狰狞地狂笑：“哈哈哈哈……丁迎霜，老朋友，咱们又见面了。”

丁迎霜知道，这次一定逃不过山田一郎的魔爪，便说道：“山田一郎，啥也别说了，要杀要剐，给你爷爷个痛快，要皱一下眉头，都不算好汉！”

看着昂首而立的丁迎霜，山田一郎感慨不已，占领一个国家的土地容易，可要想征服一个民族，那就太难了。此时不是杀丁迎霜的时候，他需要让丁迎霜带路：“丁迎霜，你曾经是我最器重的维持会会长，我的知道，这里很多地雷都是你们游击队埋设的，咱们谈个条件，如果你的带皇军到达八大组，我的，

不会杀你，而且，既往不咎，饶恕你过去的一切罪过。”

丁迎霜眼睛突然放光：“山田太君，你说的是真的?”

“本指挥官是讲信用的。”山田一郎面色平和下来。

丁迎霜如遇大赦似的，神情放松下来，他说：“山田太君，过去我是受于砚甫、钱豁嘴等歹人所害，其实我大大的忠于太君。如果你真的能饶恕我，还如果……”

“还如果什么?”山田一郎贴近丁迎霜。

“还如果你让我干警备队副队长……”丁迎霜也靠近山田一郎。

“哈哈哈哈……你想干警备队？你想干警备队副队长？好，我现在就任命你为陈家庄警备队副队长。”山田一郎露出一丝阴冷的笑。

“好，山田太君，我现在就是陈家庄警备队副队长了，那请你带各位太君和兄弟们跟我走，咱们杀向八大组!”

丁迎霜或走大路，或走小路，一行人浩浩荡荡向八大组冲去，果然再也没有遇到一颗地雷。山田一郎得意洋洋，边走边嚷：“丁队长，你的大大的好!”

前方就是八大组，看到路边有一块开阔地带，在前面行走的丁迎霜停下脚，返回，对走在部队中间的山田一郎说：“山田太君，马上就要进八大组了，为了安全起见，我建议大部队先到这块空地待命，我带部分兵士到村里打探一番。”

山田一郎有些疑惑地眯缝着眼，说：“我看可以，不过，你的前面带路，进入开阔地带。”显然，山田一郎不放心，他怕中了丁迎霜的圈套。

丁迎霜表情没有露出任何迟滞，说道：“好，请各位太君和兄弟跟我走。”说完，他大步向这块开阔地带的中间位置走去，日伪军紧跟在他后面，也走了过去。

丁迎霜招呼更多的日伪军过来，打了一天仗的军人精疲力竭，或站、或坐。“山田太君，请过来坐。”丁迎霜笑着招呼山田一郎。正在山田小鬼子慢慢腾腾向这边移动时，突然，“轰！轰！轰……”“轰！轰！轰……”这片空地响起了一连串的爆炸声，游击队早已埋好的延迟爆炸的地雷阵发挥了威力。

丁迎霜，这个黄河口顶天立地的汉子，也随着地雷的爆炸，和几十个日伪军同归于尽。

战争，这就是战争。

生与死，诠释着战争的残酷和无情。

萧瑟芦苇中，丁振虎、月月等游击队员齐整整地在丁迎霜的简易坟前跪了下来……顾不得为亲人痛哭、悲伤，他们又向黄河方向撤去……

军区领导机关及主要部队乘夜间跳出了日伪军的合围圈，使敌人妄图消灭我指挥机关及主力部队的计划失败。同时，丁振龙带领战士们越过黄河，跟随主力部队，转移到了滨海荒原草洼和柽柳林中。这里是黄河口百里荒原，荒原由黄河泥沙常年淤积而成，植物茂密，河汊纵横，人一钻进去如大海捞针一样难以寻找，几里之外有大队人马都难以被发现。

白天，部队隐藏在一望无际的莽莽荒原中，晚上，进入附近的一个村子。一连十几天，日伪军都没有发现这里竟然藏着八路军的指挥机关。过去的几次大扫荡，敌人只到过八大组以北荒原边沿上，却从来没有深入到荒原腹地。

这天晚上，村子里突然响起了疯狂的狗吠声，睡梦中的丁振龙一个激灵，一骨碌爬起来，急忙穿上衣服，向军区司令员杨国夫所在房间跑去，这时，其他指挥官也陆续跑了过来。

“司令员，有情况!”

正在丁振龙向杨司令员汇报的工夫，侦察员闯了进来：“报告首长，村南面发现敌人。”接下来，其他三个方向的侦察员陆续报告发现了敌人。村庄被日伪军包围了。

处境十分险恶，一场大战在所难免。

杨国夫司令员有一个特点，遇事沉着，机智果断。他与在场的指挥员紧急研究对策，说道：“敌人将这个村子包围，必定是有备而来，既然如此，为了减少不必要的损失，赢得主动，需要一个小分队从某个方向佯装突围，然后，大部队、地方人员和伤病员再从其他方向转移。”

丁振龙一听，说道：“司令员，把这个任务交给我们营吧。”

杨国夫看了丁振龙一眼，又与其他几位首长交换了下眼神，对丁振龙说道：“好，这个任务就交给你们。振龙同志，任务艰巨，要做到胆大心细，切忌鲁莽，尽量减少损失。”

“是，宁愿牺牲，也要保证完成任务!”丁振龙向前跨一步。

站在旁边的景晓村政委对丁振龙说：“不要说牺牲这种话，我希望大家都能活着来见我和司令员。不过，振龙同志，这么多首长、干部战士、地方人员和群众能不能安全跳出日伪军的包围圈，就要看你们的了。”杨国夫、景晓村、李人凤等首长与丁振龙紧紧握手。

杨国夫对其他首长说：“大家按原定方案抓紧行动，好在，村外就是高粱地、芦苇丛，只要冲进去，再加上振龙同志给我们赢得时间，突围就没问题了。大家还有没有其他意见?”

杨国夫司令员环视左右，待景晓村、李人凤等几位首长对突围方向、突围

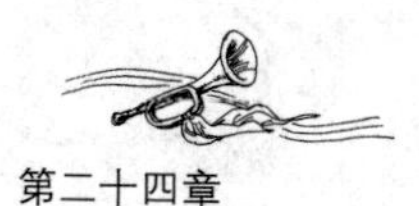



顺序等事项做了简要补充后，他命令道："突围开始!"

十分钟之后，丁振龙、常连长带领一连官兵利用土壕、庄稼地作为掩护，向村西头佯攻，与日伪军直接交上了火，同时，战士们杀啊冲啊狂喊不断。其他几个方向的日伪军听到响成一片的枪声与喊声，以为八路主力部队要向西突围，急忙前来增援。顿时，村西枪声一片，喊声震天。

八路军的几挺机关枪派上了用场，日伪军死伤严重，几名八路军战士也壮烈牺牲。

村西战斗打起来后，在其他部队的掩护下，军区首长、地方人员和伤病员悄悄地向东转移。待日伪军发觉向西突围的部队只是以假乱真，虚张声势，并不是真正突围时，才知上了八路的当，急忙将兵力往其他方向调遣，但为时已晚，八路军大部队早已进入草洼苇荡，再追击，却已不知去向。

敌人恼羞成怒，发誓要把村内的这支部队消灭干净。但由于不熟悉地形，不擅长近战、夜战，再加上摸不清村内八路到底有多少兵力，遂停止攻击，在村外燃起篝火进行休整，企图天亮后再发起攻击。

八路军战士们却没闲着，趁敌人休整之际，丁振龙组织大家埋地雷，设陷阱，筑工事，准备弹药，他们要和日伪军决一死战。

太阳待出未出之际，鬼子的一发发炮弹发出撕裂空气的怪啸声，在村中轰然爆炸。一通炮声过后，两架日军飞机亮着如同鲜血一样的红膏药旗呼啸而来，将一颗颗炸弹扔在了村子里。

一阵炮火连着飞机轰炸之后，敌人向村中发起了进攻。八路军战士们架好机枪，按兵不动。好在，大部队撤离时，留下了充足的枪支弹药，足够与鬼子周旋一两天。

日伪军分几路，从不同方向向村子扑来。待敌人进入射程之内，丁振龙一声令下，隐藏在房屋之内的战士把仇恨的子弹射向敌人，村庄四周房屋、围墙之后的机枪也几乎同时响了起来。

又一架日军飞机飞来，扔下一颗颗炸弹，丁振龙晃一晃身子，抖掉溅在身上、头上的碎坷垃和尘土。

炸弹炸得土石迸溅，身边的一个战士被炸弹炸中，丁振龙叹了口气，伸手轻轻合上战士微张的双眼，趴在他机枪的位置，向敌人猛烈扫射起来。

丁振龙是有名的神枪手，此时有了发挥的机会。过去用手枪，他眼到手到，抬枪就有，弹弹中的，如今，机枪便更不在话下，一个个鬼子成了他的枪下之鬼。

被鲜血浸染的日伪军的尸体一片片倒下，敌人在早有准备的八路军战士密集子弹的压制下仓惶退了回去。

敌人发起了一波又一波攻势，由于八路军身在暗处，攻势被逐一化解。久攻不下，下午，日军指挥官恼羞成怒，前边派坦克开路，后边是日伪军跟进，想一口把中国军队吃掉。丁振龙命令：“敢死队，跟我上，打掉日本人的坦克。”

丁振龙带战士们跳出围墙，有的抱起炸药包，有的抱起集束手榴弹，顺着路边的壕沟，慢慢向日军坦克靠拢。后面的日伪军发现了壕沟中的中国军人，疯狂地向这边扫射，几个战士中弹倒下，丁振龙和另两个战士按照分工分别跃出壕沟，猛跑几步，追上坦克，一个飞身，跳到了坦克上。

耳边响起了子弹声，丁振龙一个倒身，双脚勾住炮筒，躲过了子弹。坦克里的鬼子以为丁振龙被打死或摔死，掀起进出口盖子想看个究竟，他猛地跃起，将几束手榴弹塞进了盖门，然后飞身跳入壕沟，只听轰的一声，坦克趴着不动了。

日伪军继续向村内进攻。这时，晚上埋设的地雷派上了用场，轰隆声不断，日伪军被炸得人仰马翻，坦克也失去了威力。

夕阳如血，远远看去，落日就像悬浮在苇梢上的一盏红灯笼。余晖笼罩下的小村庄，苍凉而又悲壮。

经过近一天的激烈战斗，小村庄基本被日伪军占领，丁振龙和剩余不多的战士们被压缩在村子一处地主家的院落里。好在，此时，夜幕已经降临，攻打了一天的敌人停止了攻击。日军指挥官想，好吧，明天白天再收拾你们，谅你们也插翅难飞。

部队在村内与日伪军战斗了一天，只剩下十几人。趁敌人夜晚休整之际，丁振龙命令，分头寻找被打死的日军，将血迹较少的衣服扒下，备用。

原来，丁振龙决定冒充日本兵混出去。冒充日本兵？糊弄个伪军还可以，万一遇到真正的日本兵怎么办？

当年，上级要求每个八路军都要会五十几句日语，但大多数土八路学不会，可丁振龙是武工队出身，队里专门请“在华日本人反战同盟清河支部”的日本人教过日语，这次，将要派上用场。

怕晚上在村内宿营遭到八路的袭击，日伪军退进了芦苇、高粱地内。丁振龙派几个战士悄悄进入苇丛、高粱地，听听哪里说中国话的人多，这里，将是突围的地点。临行前，丁振龙叮嘱：“不管遇上伪军还是鬼子，大家都要沉着、冷静，不许说话，不许动枪。伪军没事，万一被鬼子看穿，掏枪再打，大不了咱一个换一个。记住，一切都要听我的指挥。”

战斗了一天的伪军在压倒的苇丛中横七竖八地酣睡，十几个日本人列队从苇丛中走了过来。负责警戒的两个伪军看到，这队皇军都扛着上了刺刀的步枪，一个队长模样的人走在前排，操着日本话轻轻喊着“一二一，一二一，一二一！”这个队长模样的人是丁振龙，十几个日本人是八路军战士假扮的。

待“日军”走近，警戒伪军举着枪喝问：“什么人?”

丁振龙疾走两步，“啪啪!”甩手给了伪军两巴掌，然后，用日本话怒骂两个伪军：“八嘎，皇军正在换防。”巴掌声、骂声惊醒了睡梦中的伪军，他们急忙站起来，不知发生了什么事情。

一个伪军头目走过来，想辨认一下这队日本人，跟在丁振龙后面的二连连长周大川穿着汉奸样衣服，好像翻译官，怒骂道：“看什么看？瞎眼了，没看到皇军换防吗?”

迷迷糊糊的伪军头目赶忙叭地来了个立正，点头哈腰道：“太君，您请!”“皇军”队伍消失在茫茫苇丛中。

次日天一放亮，鬼子又是对着小村庄一阵炮轰，然后，向村子发起了攻势，这次，却没有遇到任何还击。日伪军东寻西觅，几乎挖地三尺，也没有发现一个活人。难道，刚才的轰炸，把他们全炸死了?

突然，枪声大作，子弹带着尖厉的哨声呼啸着向村中的敌人飞来，立时，日伪军阵脚大乱，赶紧躲藏，却丢下死尸一片。

原来，丁振龙等人带领大部队反包围了日伪军……

初冬的黄河口，一阵阵西北风从远处刮来，漫卷着辽阔的荒原，枯叶、碎草四处飞舞。天气渐渐寒冷起来。莽莽荒原，漫漫海滩，水深草密，一望无边。清河抗日根据地内，日伪军如同无头苍蝇，在芦苇荡、柽柳林中乱碰乱撞，漫无目标，越来越糊涂。

接下来的几天，在杨国夫司令员的指挥下，八路军部队隐蔽在滨海地区的芦苇或柽柳林中，利用熟悉地形的优势，采取“地雷战”“麻雀战”“车轮战”“围困战”等形式，填死水井，搬走厨具，闹得日伪军昼夜不得安宁，吃不上饭，喝不上水，打无目标，行无道路，受困在海滩上。

很快，战士、群众中流传起了一首打油诗：

坚壁清野饿死鬼，
填井染水渴死狼。
袭扰战法疲日寇，

麻雀战术弱胜强。

日伪军彻底剿灭八路军的图谋，成了笑谈。

在滨海一处草屋子里，这天，杨国夫司令员在临时指挥所组织军事首长开会，他看一眼坐在地面草捆子上的首长们，说道："同志们，目前的形势越来越明朗。过去三次扫荡敌人动用的兵力都在万人以上，本次兵力更多，海陆空相配合，这在我们清河区是空前的，但是，他们妄想把清河区军民一网打尽，把抗日根据地彻底摧毁的图谋，已不可能。不过，这次日寇用'打活靶''挤豆浆''拖死狗''红烧人肉'，以及刀砍、割鼻、挖眼、活剥皮等灭绝人性的手段残酷屠杀我军民，手段极其残忍。"

景晓村政委解释说："所谓的'打活靶'，就是以活人为靶子，锻炼敌射手的射击能力；'挤豆浆'就是先刀刺人腹，再踏上脚，致使血水四溅；'拖死狗'就是把人栓在马尾巴上，拖着狂奔；'红烧人肉'就是把上百人关在一个密闭的地方，将人烤死、灼死。看看，这帮没有人性的东西多么丧心病狂，穷凶极恶。"

屋外，又响起了日本飞机的轰鸣声，不过，这次敌机没有往下扔炸弹，而是在四处抛洒花花绿绿的传单。一个战士捡起几张，急忙送给警卫员，警卫员进了草屋子，递给了杨国夫司令员。杨国夫展开其中一张，读道：

敬告清河军区官兵：大日本帝国驻华北派遣军经过十几天的合力围剿，已将清河军区主力部队之大部歼灭，目前正全力围剿残余兵力。中国古语云，识时务者为俊杰，希望官兵们能认清当前之世界大势以及我大日本皇军之神威，勿再做无益之抗争，以完成日中提携，东亚共荣之大业。皇军对于举白旗投降者，无论官兵，一律予以宽恕。凡活捉杨国夫、景晓村二匪首者，赏银十万两，献首级者，赏银五万两。事不宜迟，尽速行动。

大日本皇军第十二军军团长喜多诚一

读罢，杨国夫哈哈大笑，把传单递给景晓村："你看看，喜多诚一挺能吹牛，不过，不孬，咱俩还值几个钱儿。"景晓村接过，连看都未看，直接揉成一团，扔在地上，打趣道："以后你司令员缺钱了，找我，我给你换钱去。"大家哄堂而笑。

这时，警卫员端来一盆煮地瓜，说道："各位首长，早过了吃饭的点，先吃点煮地瓜吧。"

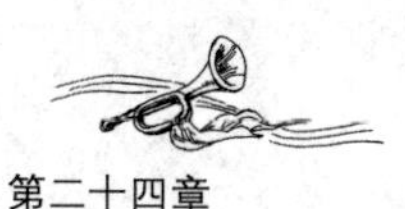


司令员一看，笑道："肚子还真有点叫唤了，来，各位，咱们边吃边开。"

大家一人拿起一块地瓜，吃了起来。杨国夫接着说："刚才说到，敌人穷凶极恶，但是，其麻烦也不少。这次大扫荡，敌人把主要兵力都拉了过来，但由于黄河口地域辽阔，敌人便显得兵力不足，再加上敌人不熟悉地形，草深苇密，这样，我军就有隙可寻了。要知道，敌人的大扫荡也就是一锤子买卖，在时间上它拖不起。我们要利用敌之弱点，采取正确的战术，既遏制扫荡，又打击敌人。"

杨国夫吃完地瓜，因陋就简，从附近地上拿起一根小木棍，在地面上戳戳点点起来："我们的大部队不能总是隐藏在这大草滩里，我建议，继续运用'翻边战术'，即'敌打进我这里来，我打到敌那里去'，这边，留两个营负责牵制日伪军，其余部队，迅速跳出敌人的包围圈，插入利津、蒲台、沾化、广饶、博兴、高苑等敌占区打击敌人，牵制敌人对根据地的'扫荡'，迫使鬼子撤兵。"

李人凤副司令员皱皱眉头，说道："不过，目前敌人屯重兵于我们周边，大部队想迅速跳出敌人包围圈，绝非易事，这个，恐怕要周密研究。"

景晓村政委点点头，对大家说："好，国夫司令员的'翻边战术'我完全赞同，至于如何跳出敌人包围圈，我们再行研究。但主力部队一定要走出去，并且，走出去之后，有必要分散化、地方化，和武工队一起，帮助地方游击队、人民群众，避实就虚，攻其不备，速打速决，不与敌人过度纠缠。在这方面，魏思颖同志已做得很好，她目前正率领武工队的同志，在敌占区打据点，摸岗楼，充分利用敌人内部矛盾，采取军事攻势与政治攻势相结合的方式，把战斗推进到敌人的心脏。"

杨国夫司令员对大家说："别看魏思颖是一个女同志，可有勇有谋。我看这样，人凤副司令员带领两个营在这滨海地区负责牵制鬼子，我和晓村政委在敌人包围薄弱的环节，神不知鬼不觉地突出去，率大部队转移到外线，去到敌占区打击敌人。"

丁振龙带着自己的部队留了下来。他把全营战士化整为零，在日伪军驻扎的营地附近袭扰。晚上，上半夜，"爆破组"在一个村子的村头、村内埋上了大量地雷，然后，回到苇丛中休息了。

下半夜，"袭扰组"出场，他们打枪，放鞭炮，扔手榴弹，高声喊话，直到天亮，闹得敌人一晚上都休息不好。

太阳刚升起来，"牵牛组"上阵了，他们枪声喊声铺天盖地，给敌人造成八路军发动进攻的假象。

鬼子、伪军被折腾得一夜未眠，听到枪声、呐喊声，以为八路军主力部队

攻了过来，立即全员出动。日伪军在村外没有发现八路军的行踪，便向村内寻找，立时，陷入了八路军的地雷阵，晚上埋好的地雷大显神威。

看不到八路军在哪里，日伪军扔下几十具尸体准备撤退，村北边，却又突然响起了八路军的枪声。

日伪军向村北苇丛追去。苇丛里，丁振龙指挥战士们分散行动，他们弹无虚发，而敌人却看不到八路军的踪影。这个时候，“迷藏战”又派上了用场。

正在日伪军晕头转向之际，敌人的后方，丁振虎带领的游击队出现了。丁振虎、月月等人举枪就射，苇丛外边的鬼子、伪军一个个倒下，待日伪军调转枪口向他们射击之时，游击队也钻入了苇丛。

# 第二十五章

荒原颤抖，野火熊熊，空气里弥漫着浓烈的硝烟味儿。低空飞行的三架飞机在空中盘旋，螺旋桨翻卷着芦苇。日本人无法与隐藏的八路军战士正面交锋，便调整方案，出动数架飞机，对八路军可能隐身的苇丛、草滩狂轰滥炸。

“大家注意隐蔽，不要暴露在鬼子的枪口之下。”丁振龙大声招呼战士们。

荒原草滩里，八路军没有大炮，所以，敌人根本没把中国军队放在眼里。敌机有恃无恐地进行低空轰炸、扫射，整个渤海海滨仿佛成了它们军事演习的大舞台。

一阵从飞机上扫射下来的机枪弹雨，倾泻在仰躺着、双手紧紧端着轻机枪的丁振龙身边，泥土溅在身上，他连眼睛也没眨一下。丁振龙根本没把盘旋扫射的敌机放在心上，他正琢磨着怎么把它们整下来！

正在此时，低空飞行的飞机驾驶员探出身子，正在寻找目标，说时迟那时快，丁振龙快速移动枪身，随着手指扣动，一颗颗子弹向飞机驾驶员飞去。其他数挺机枪也对着空中的这架日军飞机扫射起来。

一颗子弹正好打在日军飞行员的头部，他头一歪，身子软了下去，飞机机枪手见状，急忙去拉操纵杆，却为时已晚。飞机失去控制，挟着巨大的呼啸声向地面坠落，惊天动地的爆炸声过后，一片巨大的火光腾起，苇丛熊熊燃烧起来。

“打中啦!”简直是一个奇迹，战士们一片欢呼。其余几架飞机急忙拉起，再也不敢低飞了。

摔落在大草洼里飞机的爆炸声，激起了日本人的残暴，一阵剧烈的炮火又打了过来。一枚炮弹在不远处的常洪信连长身边爆炸，常连长一条腿被炸飞，他昏了过去。许多战士也被击中，浑身是血。

丁振龙飞也似的跑到常连长身边："常连长！常连长！"

在丁振龙的呼喊下，常连长慢慢苏醒过来，巨大的疼痛使这个壮汉子浑身战栗，豆大的汗珠从额头上滚落。丁振龙看了一眼左腿已血肉模糊的常连长，他急促地说："常连长，你别着急，我马上派人找药去。"

脸上已毫无血色的常连长嘴唇咧了咧，硬硬地挤出一丝笑容："我知道自己不行了，我有点不甘心，没能把鬼子撵出中国去。丁营长，麻烦你帮我……打完仗去看看我爹娘，就说他们的儿子没有给常家丢脸，再就是……给我一枪，我……实在受不了了……"鲜血从他的嘴中流出，人，早已成了血人。

正当丁振龙着急万分的时候，丁振虎、月月和游击队员们冒着敌人的炮火，扛着担架跑了过来。"振虎，你们这是……"丁振龙疑惑。"哥，我们来抬伤员。"丁振虎神情伤悲。

"可你们把伤员抬走，有人来救治吗?"

"哥，你不知道，军区医院派来了医疗小分队，就在不远处。银杏儿姐也来了。"丁振虎欲言又止。

丁振龙喜出望外，急促地说："哎呀，太好了！快，先把常连长抬上，他的伤很厉害，赶快救治，越快越好……"丁振龙帮着振虎、月月轻轻抬起已经昏迷的常连长，放在了担架上。丁振虎想和哥说说爹已死去的事，丁振龙大发雷霆："你还磨蹭什么！不知道救人要紧吗?"无奈，振虎、月月抬起担架就跑。

一人多深的芦苇丛中，振虎、月月抬着常连长，振虎用头撞开遮天蔽日的芦苇，大汗淋漓地往前奔跑，月月咬着牙，跟在振虎后面。待来到苇丛中一小片开阔地带——临时救护所，月月大喊："银杏儿姐，快救救这位常连长。"

银杏儿和医护人员忙碌着，大量伤员被送到这临时战地救护所。

振虎、月月把担架往地上一放，轻轻搬下常连长，将他放在地上铺的干草中。振虎说一声："银杏儿姐，我们还得再去救人。"便和月月折返了回去。

浑身都是鲜血的常连长本来已经昏迷，一路的颠簸使得他醒了过来，他张着干裂的嘴唇，虚弱地喊道："水，我要喝水。"

听到常连长要喝水，银杏儿跑了过来，先从旁边端起半碗水，用汤勺喂了他几口。然后，用剪刀剪开他被炸掉的腿上的裤子，血肉模糊中，当看到皮肉里露着白生生的骨头，银杏儿一阵心悸，一阵心酸，她开始用镊子夹起纱布，蘸了盐水，准备为他清洗伤口。盐水纱布甫一接触到断肢伤口，常连长身子一挺，便又昏迷了过去。

没有麻醉药品，银杏儿只能这样做。她忍着泪，仔细地为常连长清创，

止血。

夜幕降临，日军折腾了一天，进攻暂停了。月光下，丁振龙来到了临时救护所。

硝烟慢慢散去，夜风渐起。医护人员们忙着换衣服，洗手。刚刚为最后一名伤员包扎完，银杏儿也将满是血污的外套脱下，洗手。劳累了一天，也没有吃饭、喝水、休息，汗水浸透了棉衣，经冷风一吹，更是又冷又饿。

银杏儿无意中回头，隐隐约约，好像振龙向这边走了过来。突然间，她的头嗡嗡作响，眼前直冒金星，顿觉天旋地转，眼看着就要栽向地面。

“银杏儿，你怎么了？”丁振龙疾跑两步，慌忙扶住她。银杏儿一阵眩晕，便无力地倒在振龙的怀中。

银杏儿昏了过去。一会儿的工夫，她似醒非醒，仍然处在幻觉里。朦胧中，她看到春天的荒原里，自己骑在一匹马上，正在追逐前面同样骑在马上的振龙。振龙手持一支竹笛，在马背上吹着。晴空万里，绿草茵茵，鸟语花香，笛声悠扬。突然，自己骑的马长了一对翅膀，飞上了天空，振龙、绿草、笛声都已不知去向，自己却被带入滚滚乌云之中。正当她恐惧、惊悸之时，无边的黑暗中，响起一个炸雷，她被击中、爆裂，然后，飞快地向茫茫大海坠落。她声嘶力竭地呼喊，却无济于事，只听砰的一声，重重地摔落在海面上，然后，沉入了黑暗的海底……

“银杏儿，你醒醒！”“银杏儿，你可别吓我啊！”丁振龙焦急地呼唤。

“我……我这是在哪里？”银杏儿悠悠醒来，发出了微弱的声音。

丁振龙扶银杏儿在草堆上坐下，说：“别害怕，有我呢。”

“振龙，我可见到你了，你还好吧？”自从于砚甫叛变，银杏儿没有见过丁振龙。此刻，看着因炮火熏烤而满脸黑黑的振龙，她悲喜交集。

银杏儿有满腹心酸要向振龙倾诉：叔叔说咱俩不是亲姐弟俩、于砚甫叛变了革命、我未能入党、和于砚甫的孽子已经小产……

这时，丁振虎和月月跑了过来。见到丁振龙，振虎哇的一声哭了出来：“振龙哥，我爹，他，他牺牲了！”

“啊！”晴天霹雳，丁振龙觉得天旋地转起来……

太阳高悬，月月和年轻游击队员吴刚匆匆走在一条荒洼小路上。他们刚刚把一封信从丁振龙所在营地送往另一个留守营部。

由于敌人的大扫荡已属强弩之末，军区命令，两个留守营留一个营继续避实就虚，牵制日伪军，另一个营甩开敌人，返回根据地。丁振龙决定自己营留下来，让兄弟营先撤回。

月月和吴刚正走着，突然，传来了狼嚎般的声音："花姑娘，花姑娘的有!"眼前出现了惊人的一幕，柽柳林里钻出了七八个穿着黄皮、挺着刺刀的鬼子。月月打了个冷战，浑身的汗毛都竖了起来，四周的景物仿佛被定格了一般。

月月反应过来，大喊一声："快跑!"两人返身就往回跑。吴刚边跑边从腰间拔出一颗手榴弹，拧开盖，使劲扔了出去。只听轰的一声，手榴弹落在了追赶的鬼子堆里，几个鬼子摔倒在地上。

荆林中，月月和吴刚边开枪边向前跑，试图甩掉鬼子，后面的鬼子却紧追不舍，子弹一颗颗飞过。突然，吴刚身子一晃，身后鲜血喷涌，瞬间就倒了下去。月月猛地止住脚步："吴刚!"吴刚使出最后气力："月月，我不行了，你快跑!"说完，头歪向了一边。

月月心如刀割，但此时不是悲伤的时候，她拔腿就跑。

"花姑娘，抓活的!"后边传来鬼子的喊声。果真，后面只有追赶的脚步声，却没有了枪声。月月不管这一套，她从腰上抽出一颗手榴弹，拉弦后扔了出去，轰隆声之后，追赶的脚步更少了。

不知跑出多远，月月出门时带的一把手枪已打没了子弹，插在身上的几颗手榴弹也都"喂"了鬼子。跑着跑着，月月的面前出现了一个水湾，一个结了银白色厚冰的水湾。

四个端着刺刀的鬼子向月月逼近，将她包围了起来。他们淫笑着，狂喊着："支那美女，大大的好!""花姑娘的，不要害怕，皇军大大的喜欢!"

月月再也无法跑了，她站在那里，湾边的芦苇、柽柳一丛丛，一棵棵。手里一点自卫的东西也没有，哪怕有把砍刀也行啊。

月月异常绝望，她知道鬼子要干什么。此刻，她豁出去了，不就是个死吗?只是，她不愿死在鬼子手里，更不愿让鬼子糟蹋了。

"我的，先上!"一个鬼子喊道，其他鬼子退到了柽柳之后。

这个鬼子色心太重，他把手中的枪往地下一扔，三下五除二就脱掉上衣，露出了毛茸茸的瘦胸。正待他低头脱裤子之时，猛然间，月月抄起他扔在地下的枪，一个刺杀动作，只听一声惨叫，刺刀已穿透了小鬼子的黑胸。

月月浑身打着哆嗦，正想逃跑，却被另三个听到惨叫声如野兽般猛扑过来的鬼子摁倒在地。一个大块头鬼子找来一条绳子，将她的双手反绑起来。

面对咬牙切齿的中国姑娘，剩下的三个鬼子发出了阵阵狂笑。大块头鬼子庞大的身躯笨拙地拨拉开另外两名鬼子："你们的，等等!"他抓住月月的大襟棉袄一用力，几个布扣子便被拉断，然后，三下五除二，扯掉了她的裤子。他

呼吸紧促，使劲吞了口唾液，扑倒在女人身上。月月尖叫着："你们这些畜生！我要杀了你们！"

鬼子哪管这些，依然野蛮地压在女人身上，一番纠缠，月月嚎叫一声，昏了过去。

不知过了多长时间，月月在鬼子剧烈的运动中醒了过来，鬼子正用他那臭烘烘的嘴亲吻自己。月月瞅准时机，猛地含住鬼子的下嘴唇，使劲一用力，嘎吱一声，鬼子的下嘴唇被咬了下来。

鬼子暴怒，爬起来，抄起枪，要杀这个中国女人。另两个鬼子不干了："她的，不能杀！"三人撕扯在一起。撕扯了一会儿，满嘴鲜血的鬼子瘫坐在地上。

八路军营地，丁振龙正焦躁不安。月月和游击队员吴刚外出送信是他派出去的。太阳已斜向西天，按说，他们早该回来了。一种不祥之感涌上丁振龙心头。

丁振龙拿起两把手枪、一柄尖刀，向屋外冲去。

"哈哈，该我了！"这边，鬼子用日语嘟囔着，边脱衣服边走向月月。月月假装不再反抗，眯缝着眼，待鬼子叉开双腿要趴下之际，月月瞅准机会，猛然抬起脚狠狠地踹向了鬼子的下体，鬼子一阵钻心剧痛，当即哇哇大叫着在地上转起了圈，然后，痛苦地瘫倒在地。

第三个鬼子急需发泄兽欲，他接受前面几人的教训，小心翼翼地压在了竭力反抗的中国姑娘身上。

"天杀的日本鬼子，不得好死的东洋人！振龙哥，你在哪里啊？"月月在痛哭，在大骂。一个年轻姑娘，哪能挣脱这些禽兽们的魔爪，她的心在滴血。

荒无人烟的柽柳林里，正在寻找月月和游击队员吴刚的丁振龙猛然听到远处有哭骂声，他快速跑来，眼前的景象让他惊呆了：一个鬼子正压在下身一丝不挂的月月身上，发泄着兽欲，另外两个鬼子痛苦地坐在地上。

立时，丁振龙气血上逆，嗡的一下，脑血管就要爆裂。他掏出两支手枪，一手一支，把千般仇恨，万般怜惜全部凝聚在扣着扳机的手指上，只见他猛然一扣，两个坐着的鬼子顿时脑门鲜血喷出，倒了下去。

猛然到来的枪声让还在月月身上发泄的鬼子大吃一惊，当看到两个同伙脑袋喷出鲜血，他惊恐万状地从月月身上滚下，那罪恶之物也突然软了下来。

丁振龙眼睛里流露出骇人的目光，他要杀了这个畜生，但转念一想，就这样给他一粒子弹太便宜他了。他用一只手枪指着作恶的鬼子，一只手为月月松绑。

丁振龙用绳子将浑身颤抖的鬼子绑在了一棵树上，然后，抱起月月："月

月，是我不好，不该让你去送信。”月月闭着眼，脸扭曲得变了形，任凭丁振龙和她说话，她却不回话，不哭诉，也不再看他一眼。

“月月，你说话啊!”丁振龙泪水横流。看到振龙哥的那一瞬间，月月没有如释重负的感觉。振龙哥，我是你媳妇，可我……我再也无脸见你了，我再也活不下去了。月月心中的屈辱像气球一样膨胀开来。

丁振龙放下月月，他站起身，向绑在树上的鬼子走过去。鬼子哇哇乱叫，试图挣开绳子，但却徒劳无功。

仿若一个冷酷的杀手，丁振龙从身上掏出了尖刀，他先将刀含在嘴里，把绳子紧了一遍，然后，转到鬼子面前，放下刀，对鬼子拳打脚踢起来，边打边破口大骂：“我操你祖宗！畜生，杂种！不在你们的狗窝里趴着，到中国杀人放火，作践我们的姐妹，我叫你不得好死!”鬼子被打得哇哇乱叫，惊恐万状。

打够了，骂够了，丁振龙从地上捡起尖刀，喊一声：“月月，把眼睛闭上!”然后，对着鬼子的下体刺去。鬼子嚎叫一声，浑身战栗起来。月月的遭遇让丁振龙极度仇恨，锋利的尖刀在他手中一转，再转，又转，然后，使劲一用力，鬼子的命根子和两个卵蛋鲜血淋漓地落在地面上。鬼子昏死过去。

丁振龙厌恶地看着面目狰狞的鬼子，他一不做二不休，掏出手枪，向这个鬼子的胸口、下体射去。身材短小的鬼子被打成了马蜂窝。

自从穿上新嫁衣那天，月月就一直在找自己的振龙哥，终于找到了，有可能过上幸福生活了，可罪恶的东洋鬼子却让她的身子再也洗不干净了，让她的心碎了，梦破了。就在丁振龙劁了鬼子的一瞬，绝望的月月站起来，踉踉跄跄猛跑几步，跳入了早已被炸弹炸开的一个冰洞里，走向了恒久的清洗。

“月月!”震惊的丁振龙大喊一声，也跟着跳下冰洞。他焦急地在冰下乱摸，摸到了几条小鱼，却总也摸不到月月。终于，当冰下的丁振龙快要支撑不住时，他摸到了月月。

丁振龙将月月举上冰面，然后，自己爬上来，把她的肚子压到自己弓起的腿上，再然后，嘴对嘴为她做人工呼吸……

月月走了。她躺在地面上，冰面的微光反射着她俊美的脸，眉毛哀怨着日本畜生给她留下的奇耻大辱，脸上却留着为她的振龙哥准备的永恒清秀。

丁振龙走到草丛里，拔下一棵小草，做成一个草戒指，轻轻戴在了月月左手的无名指上，然后，对着月月，对着荒原，对着带走月月生命的冰湾哀号：“月月，我的好媳妇啊……”这哀号冲破哀怨的冬风，向寂寥的旷野传去……

由于八路军主力部队形成了内、外两条线作战的态势，内线作战部队在海边荒洼机动隐蔽打击敌人，外线作战部队插入敌占区打击敌人，因此，日伪军在茫茫渤海滩上如陷罗网，前方挨打，后方告急，渴无水、饥无食，打无目标、行无道路，最后不得不草草收兵，无果而终。第十二军军团长喜多诚一没法向冈村宁次交差，遂气急败坏地枪毙了两个大佐，以此出气。

而我清河区军民内外结合，风餐露宿，克服了重重困难，终于渡过了艰苦的二十天反扫荡。不过，这次反扫荡，清河区军民也遭受了重大打击，损失惨重。

为啥损失惨重？除了日本驻华北派遣军高层重视、军力强大、器械精良外，叛徒于砚甫提供的情报也帮了日本人的忙。为了避免再次遭受重大损失，军区首长决定，以魏思颖任队长的武工队为主，丁振龙所在营协助，尽快除掉死心塌地为日本人卖命的于砚甫，铲除这个叛徒，做到坚决打击投降主义、卖国主义，坚决铲除汉奸，毫不姑息。

为此，魏思颖、丁振龙双方召开了联席会。魏思颖首先传达了军区首长指示精神，然后说："锄奸是武工队的一项重要工作。但是，我们并不是滥杀，真正要杀的主要包括三种人，一是我们内部的投降变节分子，这是要坚决追杀的，如于砚甫之流；二是那些死心塌地为鬼子做事，引起极大民愤的汉奸，如钱豁嘴等人；三是鬼子直接豢养的武装特务，这些人一般很难争取。这次，我们必须剿杀于砚甫，以绝后患。"

侯春生分析道："于砚甫知道自己随时有危险，现在很少公开露面。我们必须利用日伪军内线，掌握好他的行踪，进而杀之。"

丁振龙接过活茬，说："我建议，这次，不但要争取杀掉于砚甫，而且还要争取一并锄掉钱豁嘴。据报告，日伪军大扫荡期间，这个铁杆汉奸在附近各个村杀人放火，强抢粮食，强奸民女。特别是听说游击队员月月家在汀河，便来到汀河西村，名为搜捕八路，实为抢粮食，找月月，最后把汀河西村祸害得不轻。"

魏思颖点点头："好，我同意丁振龙同志的意见，对于砚甫、钱豁嘴二人，既可以刺杀，也可以活捉，最终达到斩杀汉奸，震慑敌人，鼓舞群众的目的。据内线情报，陈家庄据点鬼子明天晚上要在金雨亭的金客来饭馆搞一个所谓的祝捷酒会，届时于砚甫、钱豁嘴都参加，这是个机会。"

"不过，为了保护金五爷和金雨亭，我们不能在饭馆下手，只能在街上寻找锄奸机会。"丁振龙补充道。

夜幕降临，金客来饭馆被鬼子包了场，饭馆外围，日伪军岗哨林立。

"利津县保安团于砚甫副团长，到——"

“陈家庄警备队钱豁嘴队长，到——”

饭馆门口，一个伙计拖着长音，高声喊道。

于砚甫、钱豁嘴一左一右，早于鬼子来到饭馆，金墨轩手持紫檀文明棍，在儿子——金客来饭馆老板金雨亭的轻搀下，迎到门口。金墨轩笑容可掬，连连拱手道：“于团长、钱队长大驾光临，有失远迎，多有怠慢，失礼，失礼!”

于砚甫回礼道：“金老先生客气了!”钱豁嘴一挥手：“啥远迎不远迎的，我钱豁嘴不在乎这些虚头八脑的东西。”

在伙计的导引下，几人走向二楼，在步入宴会间时，另一个伙计从一个房间走出，看到于砚甫、钱豁嘴，伙计问好，然后对金墨轩说：“老爷，画已挂好，您看看妥当不妥当?”

金墨轩点点头，恭敬地对于砚甫、钱豁嘴说：“两位长官，今天有雅士送我四幅画，能否给指点一二?”

于砚甫自小对书画有一定研究，忙说：“指点谈不上，欣赏欣赏倒是可以。”说着，迈步进入房间，钱豁嘴也跟着进来了。

墙上挂着四幅国画，墨迹还未干透，似乎是新画的。于砚甫缓步走到第一幅画前，慢慢欣赏起来：“‘霍去病西征图’，嗯，笔力旷达、遒劲，气势雄浑，好画。”他看到，画上落款作者为“世贤”，便问：“金老先生，这世贤是谁?”

金墨轩跟在于砚甫身边，说道：“这世贤啊，是前清秀才、民间奇人、本镇名流岳世贤。岳老先生既长于风水，又画得一手好画，于团长如果喜欢，找个时间我带你登门去求几幅。”

“那敢情好，谢谢了。”接着，于砚甫又兴致勃勃地欣赏起来：“‘杨延昭抗辽图’，嗯，不错，不错!这第三幅是‘文天祥反元图’，好功夫!”走到第四幅画跟前：“‘吴三桂降清图……’”突然，于砚甫的脸变了颜色。

钱豁嘴本是个大老粗，但此刻也假装斯文，跟在于砚甫身后。当听到于砚甫说吴三桂降清图，又看到于砚甫的脸色起了变化时，便嚷嚷道：“我虽然没文化，但也看出你这几幅画有问题，因为我常听说书人尚五的评书，对历史上的名将还是知道一些的，这霍去病、杨延昭、文天祥都是响当当的好汉、忠臣，可这画里怎么混进了个吴三桂?他可是个叛徒、小人啊!”

金墨轩假装糊涂：“是吗?老朽倒是未注意这点。”

于砚甫脸色变得铁青，怒喝道：“钱豁嘴，你他娘信口雌黄什么?”然后，阴沉着脸对金墨轩说：“姓金的，你弄些什么西征、抗辽、反元的画放在这里，不怕叫日本人看到说你有反心?”

金墨轩往地下一杵文明棍，朗声说道：“这我倒不怕，太君们都知道我是忠心耿耿的，不怕，不怕。”

钱豁嘴接过话茬，打着哈哈说：“是啊，咱们三人都他娘不是什么好东西，是狗汉奸，是坏了良心的败类。”

于砚甫嘴唇哆嗦，脸憋得通红：“姓金的，姓钱的，你们今天是不是合起伙来成心羞辱我？”正待发作，外面一声大喊：“山田一郎太君，到——”三人便没了声息。

月上枝头，日本人的祝捷酒会顺利结束。

离开金客来饭馆，山田一郎、于砚甫等人在手持长枪的日伪军的团团簇拥下，上了停在路边的军车。汽车发动起来，一加油门，疾驶而去。剩下的日伪军，慢慢向据点步行。

街上行人不多，但见有鬼子经过，遂靠近路边让路。暗影中，魏思颖、丁振龙和几个武工队队员乔装百姓，暗暗寻找下手机会，却只见军车远去，方知山田一郎、于砚甫已离开。

就这样放跑了叛徒于砚甫？丁振龙只觉得惋惜，却见步行过来的日伪军后面，钱豁嘴摇摇晃晃，站立不稳，显然是喝了不少。这小子见路边有男人，便过去踢一脚，见有女人，便在脸上或胸上摸一把。狗日的，喝了马尿也这么猖狂。也好，杀不了于砚甫，结果了这个铁杆汉奸也不错。

钱豁嘴和两个背着长枪的伪军渐渐落在了后面，他走到低着头的丁振龙身边，踢了丁振龙一脚：“晚上不回家，在……在这里干啥？想他娘找死啊？”然后，又走到魏思颖身边，想摸她的脸。

突然，丁振龙一个箭步扑到钱豁嘴跟前：“钱豁嘴，哪里走？”边喝问边伸出手，一个“黑虎掏心”向钱豁嘴扑来。突遭变故的钱豁嘴虽然喝了不少酒，但他毕竟练过，一个侧身，翻倒在地，接着，来个“鹞子翻身”又站了起来，伸手去摸腰中的枪。丁振龙哪给他摸枪的时间，猛然使出“连环腿”，没用几脚，钱豁嘴就被撂倒在地下，丁振龙踏上一只脚，猛然弯腰伸出手，他已把钱豁嘴腰里的驳壳枪稳稳地攥在了手里。两个伪军想开枪射击，被另外两个武工队队员用尖刀刺死。

“起来!”魏思颖怒喝道。丁振龙一拽钱豁嘴的脖领子，像提小鸡一样把他拽了起来。

此时，看到两个兄弟被杀，钱豁嘴早吓得醒了酒，待他仔细看清眼前的两人，更是魂飞魄散：“啊，丁振龙？魏思颖？”

“钱队长，是我们，想不到吧？哼!”魏思颖冷笑道。

“你……你……你们想干什么?”钱豁嘴吓得结巴起来。

丁振龙道:“我们不想干什么,只是想跟你借一件礼物。”

钱豁嘴释然,眼睛却骨碌碌转着,点头哈腰道:“礼物?好说好说,什么礼物都行,只要我有,并且,礼物拿走后,我还负责把你们送出陈家庄。”

“哼……”丁振龙冷笑一声,“那好吧,把你的头作为礼物送给我们!”

钱豁嘴顿时魂飞魄散,扑通一声跪倒在地,恐惧地哀求道:“丁爷爷,我有罪,我愿意重新做人,饶我一命吧……”他抬一下头,又快速爬到魏思颖脚下,哀求道:“魏队长啊魏队长,饶命啊饶命,我老婆花石榴为救你死在了鬼子的军刀下,您不看僧面看佛面,饶了我这条狗命吧。”

“哼,花石榴根本不是你老婆,而是你抢来的民妇。我感谢花石榴,但绝不能再让你出去祸害中国人。落草为寇本不应该,更不应该的是,你替日本人卖命当狗,来欺压中国人,不觉得连你家祖宗在祖坟里都不得安生吗?你作恶多端,罪大恶极,死有余辜!”说完,魏思颖不再看那张令人作呕的脸。

附近围了十几个群众,人们纷纷喊道:“狗改不了吃屎!”“杀了他!杀了他!”

怕在敌占区夜长梦多,丁振龙从身上掏出两张布告,取出其中一张,朗声读道:

布　告

利津县陈家庄警备队队长钱豁嘴死心塌地为日本人做走狗,残酷镇压中国军民,是名副其实的铁杆汉奸。钱豁嘴作恶多端,罪大恶极,民愤极大,现予以处决,立即执行。

清河军区司令部

丁振龙读布告期间,钱豁嘴瘫软在地,脸色灰白,浑身筛糠般颤抖着,待丁振龙读完,钱豁嘴猛然起身,拔腿就跑。

“下三滥,软骨头!”丁振龙厌恶地一挥手,一声沉闷的枪响,钱豁嘴后背喷出一股鲜血,摔倒在黑夜中的地面上。

围观的群众连声叫好:“好!好!”“太便宜他了,应该千刀万剐才对。”然后,人们快速散去。

丁振龙将布告交给一个武工队队员,武工队队员从身上掏出糨糊,涂在背面,将布告贴在了街边的一堵墙上。“咱们走!”魏思颖一声令下,几个人消失在夜幕之中……

# 第二十六章

积雪还未融化，新的春天又来临了。春风带着青草尖儿、野菜芽儿、潮湿土的醉人气息，笼罩在黄河口的上空。

时光进入 1944 年，世界反法西斯战争取得重大进展，苏、英、美等盟国军队节节胜利，法西斯意大利宣布投降，德意日联盟瓦解，中国敌后抗日战场摆脱了严重困难局面，进入恢复和发展阶段。

为了适应抗日斗争的新形势，刚过新年，经中共中央北方局批准，山东分局决定清河区党委与冀鲁边区党委合并为渤海区党委，景晓村任书记；山东分局、山东军区决定清河军区与冀鲁边军区合并为渤海军区，杨国夫任司令员，景晓村任政委。

陈家庄据点指挥官山田一郎却不识春滋味。日本在侵华战场上已深陷泥沼，此时的国内外形势，向着对抗日有利的方向迅速发展，渤海区日伪军更是处境险恶，顾此失彼，穷于应付。

山田一郎对民间风水、法术极为推崇，他命魏思绪前去恭请岳世贤，想听听这位民间奇人对整个战局的看法，以梳理心中茅塞，化解胸中郁结。

魏思绪千求万请，岳世贤终于来到鬼子据点，山田一郎显示出了难得的热情，亲自到房间门口迎接美髯飘飘的岳世贤。进得屋内，山田一郎让岳世贤坐在日式地铺上，岳世贤毫不客气，大大咧咧地盘腿坐了下来。山田一郎也来到对面，坐了下来。

魏思绪沏了三杯茶，将两杯分别放到两人面前的矮桌上，将另一杯放到侧面的桌旁，自己也坐了下来。

山田一郎捋一捋仁丹胡，微笑着直视岳世贤，然后说："岳老先生，请先品茶。李时珍《本草纲目》中曰：‘饮之宜热，冷则聚痰。’这茶是上好的西湖龙井，素有‘色绿、香郁、味醇、形美’之誉，是杭州百姓献给皇军的茗茶，可是专等老先生来品一品呢。”

岳世贤连看都不看茶杯一眼，哼道：“这茶是你们侵略者从中国土地上掠夺来的，上面沾着中国人被欺被杀的鲜血，我不喝。老朽一介村夫，只喝茉莉花茶，魏翻译如果有，且肯赏赐，就给泡一杯来。这个，端走!”

“呃?”山田一郎很是惊讶，但又不便发作，忙伸手示意魏思绪：“换茶!换茶!”

待新茶换上，山田一郎缓缓说道：“本人知道岳老先生是前清秀才，民间高人，所以一直钦佩不已。今天将您请来，是随便聊聊，知无不言，言而无罪。我们都是读书人，读书人的问题，不要用战争方式，而是用读书人的方式来解决。”

“好啊，有什么问题尽管问，老夫定会做到知无不言，言无不尽，我佩服山田先生读书人的问题用读书人方式解决的肚量。”岳世贤说道。

山田一郎饮了一口茶，挺胸，傲气地说：“好，痛快。我知道你是当地有名的风水先生，今天，咱们少谈政治，多从风水的角度，来谈谈对世界大势以及支那战局的看法。如今，支那百姓只见刀兵，却不知天道，也就是说，大日本帝国用‘大东亚共荣’来解救支那，是替天行道。作为世界军事超级大国，你们的近邻，大日本帝国不承担起拯救支那的重任，还有谁能来承担呢?指望逆天而行的共产党匪军……”

“住口，不许你满嘴喷粪!”岳世贤猛地一拍桌子，喝道。老先生这次进据点，已做好了死的准备。

魏思绪脸上的大汗珠子都下来了，他脸色煞白，为岳世贤担惊受怕。他急忙劝道：“岳老先生……”

山田一郎脸色平静，压一压手，示意魏思绪不要说话。他又说道：“据我所知，风水家之龙脉，是随山川行走的气脉。你们支那古代风水术首推‘地理五诀’，就是龙、穴、砂、水、向。相应的活动是‘觅龙、察砂、观水、点穴、立向’。如今，大日本帝国占领了中国、朝鲜乃至东南亚，并且，我们已在中国的东北、华北、华东、华中、华南等龙脉凸显之处，以及在朝鲜皇宫大殿、汉城北岳山、平壤大城山等上风上水的地方，秘密打入了聚集‘大日本最勇敢武士灵魂’的钢桩，钉死、切断你们的龙脉，让你们永世不得翻身。”

“切断我们的龙脉?那你们是痴心妄想。我告诉你，全世界的龙脉都发源于中国的昆仑，体现在‘一脉三龙’上。这‘一脉’是指昆仑山，是我国的山脉

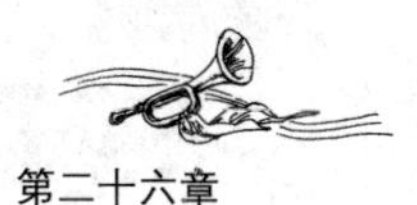



之祖，我国所有山脉的龙脉之发源地。这‘三龙’，包括北龙山脉、中龙山脉和南龙山脉。其中，北龙山脉在黄河和鸭绿江中间，由昆仑山脉向北走，过新疆、青海，到东北，鸭绿江下海，在海里抬头，止于朝鲜；中龙山脉在黄河和长江之间，从昆仑山主山中脉开始，到青海高原、甘肃、陕西下来，至河南、山东入海，在海里抬头，止于日本；南龙山脉在长江和东海之间，从昆仑山出来，进西藏，到云贵，经过湖南、江西，一路到福建下海，止于台湾。你觉得，你们区区几根钢桩，就能钉死、切断泱泱大中华的龙脉？太不自量力了吧？蚍蜉撼大树，可笑不自量啊！哈哈哈哈……”岳世贤哈哈大笑，他要在气势上、道理上都压倒对方。

“能不能钉死、切断你们的龙脉，不是你我说了算的。不过，我们天皇胸有成竹，我们遵循的是天道。”山田一郎把他家的天皇、虚渺的天道都搬了出来。

“你们的天皇侵略中国，不是遵循什么天道，而是逆天而行。况且，你们日本的龙脉在海中，是我们中龙山脉的延续，中国人要截断你们的龙脉，不必去日本，在我们本土就可以轻而易举地做到。”

山田一郎脸色微微变化，问：“你觉得应该怎么截？”

岳世贤挺直身子，说道：“那是中国人自己的事情，与你倭寇有何相干？此乃天机，不可泄露。”

山田一郎不服气道：“不说无妨。我们大日本本土是一颗熠熠生辉的龙珠，而你们支那，是一条睡龙，不等你们醒过来，我们已经让它变成了死龙。”

岳世贤摆摆手：“错，错，错！我明白地告诉你，你们日本不是什么龙珠，在上古时代，不过是只小虫而已，这点，从你们的版图上已看得清清楚楚。你放心，若干年之后，中国这条巨龙早晚会醒来，到那时，什么龙珠，什么小虫，都逃不脱被我巨龙吞入口中的宿命。到那时，巍巍大中华一定会成为世界第一强国，昂首屹立于东方之巅……”

山田一郎额头上开始冒汗珠，他无论如何也不会想到，一个中国老者，竟然有如此渊博的知识和不怕死的勇气，他对这个老人愈加钦佩了。他示意岳世贤喝茶，然后问道：“我想请你谈谈对整个支那战局的看法，我们帝国军人何时取得支那战争的彻底胜利？”

岳世贤没有喝茶，他往地上吐了口唾沫，说道：“我想纠正你一个词，我们国家叫中华、中国，世界上绝大多数国家都这样称呼，只有个别邪恶小国才称我们为‘支那’。哼，蚂蚁大的国家蔑称有着五千年文明历史的泱泱大国，实乃小人行径。你问我对中国战局的看法，我觉得还是不说为好，至于你们何时取得中国战争的彻底胜利，这一点，就更不用我说了，因为我们的古人先贤早有预测……”

山田一郎急闻其详，却见岳世贤不再往下说，他着急地问：“你们的古人先贤是怎么预测的?”

“想听？好，那我就说说。”岳世贤微微一笑，从怀里掏出一本发黄、翻得卷了角的线装薄纸册，在桌上摊开来，“古往今来，凡智慧民族无不注重预测，关注未来，其中以中华民族和犹太民族为甚，成就也最大。一千三百多年前，也就是唐贞观年间，司天监李淳风和隐士袁天罡共同撰写了这部《推背图》。《推背图》预言了从唐朝起至今，以至未来，中国历朝历代发生的大事，被誉为东方千古预言奇书。全书共六十幅图像，以六十甲子和卦象分别命名，每幅图像之下均有谶语，并附有‘颂曰’诗四句。”

岳世贤掀到第三十九象，念道：

“谶曰

鸟无足　山有月

旭初升　人都哭

颂曰

十二月中气不和

南山有雀北山罗

一朝听得金鸡叫

大海沉沉日已过

这是什么意思呢?‘鸟无足，山有月’是个岛字，岛国扰乱中原；‘旭初升，人都哭’，意指你们日本帝国崛起，太阳旗所到之处，人人都在哭泣。‘十二月中气不和’，一年十二个月没有一天是好日子，‘十二月中’指六月，你们日本侵华打响第一枪，也就是卢沟桥事变，在阴历六月；‘南山有雀北山罗’，‘雀’，精卫鸟也，指汪精卫，‘罗’，爱新觉罗，南面有日本扶植的汪精卫政权，北面有日本扶植的伪满州国政权；‘一朝听得金鸡叫，大海沉沉日已过’，一旦到了鸡年，你们的太阳旗就要落下，日本军国主义者就要宣布投降！山田先生，鸡年是中国农历的哪一年，你知道吗?”

对中国文化素有研究的山田一郎扳起手指头：“子鼠、丑牛、寅虎、卯兔、辰龙、巳蛇、午马、未羊、申猴、酉鸡……是1945年?”

岳世贤一拍桌子，鄙视却伸出大拇指说：“对，山田太君大大的聪明。鸡年是民国三十四年（1945年），也就是明年，你们就要日沉大海、战败投降了，你说，日本还能不能取得中国战争的彻底胜利？我看，日本鬼子气数已尽，别看

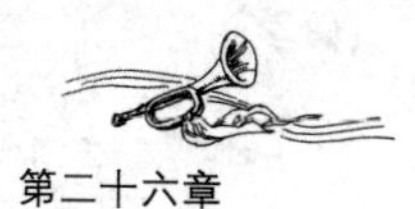



现在你们暴戾凶残，无恶不作，我们中国人再战一年，你们日本人必死无葬身之地，包括……你。山田先生，我忠告你，今年，要好自为之。”

“八嘎!”山田一郎拿起茶杯，砸向岳世贤。岳世贤一闪身，茶杯在地上摔得粉碎。

魏思绪急忙站起来，跑到岳世贤跟前，怒道：“你是不是活得不耐烦了?”说完，去收拾茶杯碎片。

山田一郎扔完茶杯，痛苦地低下他自以为高贵的头颅，不知在想些什么。过了一会儿，他抬起头，此时，脸色像冰凉的岩石，硬邦邦的，目露凶光。

山田一郎看一眼岳世贤，伸出鹰爪一样干瘦的手，示意他继续说：“还有什么要说的，一并说出来。”

“没有了。”岳世贤说。

“怎么，不敢说了?”山田一郎把双手支撑在低矮的桌面上，恶狠狠地问。

岳世贤淡淡说道：“不是不敢，是不屑。”

“嗯？为什么这么说?”

“山田先生，你口口声声说自己是读书人，可在这黄河口，你杀了多少人，你的手上沾满了多少无辜的中国人的鲜血，有多少骨肉生离死别，有多少冤魂四处飘零？你，还有其他东洋人，有什么脸面说来中国是建大东亚共荣的，是让中国人过好日子的，是世代友好和睦相处的……”岳世贤越说越气，手哆嗦着，一个劲儿地咳嗽起来。

极度气愤的山田一郎缓过了劲，他内心痛苦，虽然他认为这中国老头儿是在胡说八道，可实际上，目前的中国战事，帝国已病入膏肓，如此境地，这场战争还有什么好打的？但，自己只是一个低级军官，除了听从上峰的指示，别无他途。想到这里，他说：“岳老先生，我说过，今天咱们是知无不言，言而无罪。不过，你要知道，日本是你们的近邦，是上帝选择了我们来保佑中国人的，你们要与日本亲善，要感恩。只要中国人不与我们为敌，我们在中国，一定会隐恶扬善，以德化人……”

岳世贤忙制止道：“打住！梁任公《少年中国说》有云：‘呜呼！我中国其果老大矣乎？立乎今日以指畴昔：唐虞三代，若何之郅治；秦皇汉武，若何之雄杰；汉唐来之文学，若何之隆盛；康乾间之武功，若何之烜赫。’在中国人面前，你们小小日本人没有资格谈善恶，论德化。想我泱泱中华，自古以来何曾如你们以强凌弱，何曾如你们暴虐欺人？我们，才是以礼义立邦，以德化服人。不管你们说得有多好听，今日之日本朝野上下，视我中华为囊中之物，视我汉人为任人宰割之犬羊，已成疯癫之态。不过，萤火之光岂能与皓月争辉!”

山田一郎猛地站了起来，从腰中取下自己的勃朗宁手枪："萤火之光岂能与皓月争辉？好，说得好，我今天就要和你争一争，看看到底是你的嘴巴硬，还是我的子弹硬。"

岳世贤哈哈大笑，站起来说道："山田一郎，今天我到你这里来，就没打算活着回去。你的狐狸尾巴终于露出来了吧？还隐恶扬善，还以德化人，三分人样没学好，七分兽性却是根深蒂固。不知古今，不明事理，不谙德化，不讲道义，你还算个人吗？你以为，仅仅用钢枪，用刺刀，就能征服一个民族吗？"

"八嘎！"气急败坏的山田一郎恼怒地将枪指向了岳世贤，岳世贤捋捋美髯，站在房间内岿然不动，缓缓吟出两句诗："雪满山城鸦去尽，独留老鹤守寒梅……"

面色惨白的魏思绪来到山田一郎跟前，颤抖着手劝说道："山田太君，你说过，今天的谈话是知无不言，言而无罪，用读书人的方式来解决问题。"

"大日本帝国军人对一介乡村草民讲什么信用？"说完这句话，山田一郎把枪放了下来，对岳世贤说："不过，我佩服你学识渊博，忠肝义胆，你……走吧。"

听罢此话，岳世贤没说一句感谢的话，昂首向门外走去。

恼羞成怒的山田一郎此时又恢复了自己狰狞的面目，他举起枪，瞄准那个步履坚定的中国老者，射出了他罪恶的子弹。"我呸！"岳世贤后背鲜血猛地喷出，老人一个趔趄，扑倒在了地上……

叛徒于砚甫的疑心很大，警惕性更高，但他的性命却依然毁在了警惕性上。

原来，今天是铁门关村大地主郭佐伦的七十大寿。金墨轩在儿子金雨亭的陪同下，来到铁门关，参加中午郭佐伦的祝寿宴。宴会前，金墨轩在内宅瞧见了已与郭佐伦女儿、小寡妇郭如花结婚的于砚甫。他热情相邀，希望于砚甫到金家吃顿晚饭，住一晚上，次日再回县城。

于砚甫知道自己是个什么样的人，知道八路军武工队不会饶过他。这次来铁门关，除低调行事，进出乘坐军车外，还带了四个保安团成员时刻不离左右。金墨轩提出到他家吃顿饭，于砚甫本想拒绝，岳父郭佐伦却劝道，要想在县里站稳脚跟并取得成就，一定要和各大乡绅、富豪搞好关系，不然寸步难行，再说金老先生和我是莫逆之交，对皇军忠心耿耿，不会有差池。

于砚甫犹犹豫豫地答应了下来。

金客来饭馆是陈家庄最好的饭馆。根据于砚甫的要求，出于安全需要，这顿饭没有安排在金家饭馆，而是放在了内宅。四个伪保安团成员却被安排在了金客来饭馆。

桌上，只有于砚甫夫妻、金墨轩夫妻和金雨亭。本来，在黄河口地区，女人是上不得桌的，可为了对于砚甫夫妻表示敬意，金墨轩说家宴嘛，就得有个家宴的样子。两个女人也高高兴兴地坐了下来。

金墨轩礼貌周全，毕恭毕敬，他把自己家珍藏了多年的茅台酒拿了出来，菜肴更是丰盛、精美。在于砚甫看来，主人是把自己当贵客来招待的，于是，他觉得很是受用，渐渐地，放松了警惕。

酒过三巡，菜过五味，三个男人都已带了几分醉意。金墨轩又端起酒盅，说道："砚甫贤侄，陈家庄地处偏远，招待你这样的贵客，实在是寒酸至极，来，老朽再敬你一杯！"

于砚甫连连摆手："金老先生，你这就客气了，不过，将来我飞黄腾达之后，再来好好感谢一番。"说完，和金墨轩一起把酒喝了个底朝天。

"那敢情好，不过，我忠告贤侄几句，你在共产党那里身居要职，虽然经不住日本人的严刑拷打，骨头软一些，但投降了日本人，在县城不也呼风唤雨吗？现在有人骂你，共产党还要杀你，别管那一套，大不了，将来去日本，就是当条狗，也比在中国强啊。"金墨轩假装醉酒，讥讽、辱骂道。

于砚甫脸上青一阵红一阵白一阵的，恨不能立时找个地缝钻进去。羞臊之际，心中咒骂，这个老不死的，是喝多了还是存心骂我？

突然，门外传来咔咔的皮靴声，接着，一个声音从门外传来："今天贵客来临，怎么搞得这么不大气啊？"

话音刚落，魏思绪带着两个鬼子走进了房间。几个人赶忙站起来，让座。为首的日本军官一拍指挥刀，粗声粗气地说："于……砚甫，你的，朋友的不是！"这个日本军官是丁振龙，为了迷惑于砚甫，他在化装上可没少费劲。

已喝得一步三摇的于砚甫搭眼看了下两个日本人，他从来没见过这两个太君，但由于有翻译魏思绪跟着，便没有怀疑什么，他支支吾吾道："太君、魏翻译，这个……这个……"

魏思绪猛地拉下脸来："什么这个那个，于团长，你胆子够大的，来到陈家庄，竟然不向山田太君汇报，不去陪山田太君喝几杯，你让太君怎么看？山田太君说了，既然你不主动汇报，那他只好准备几样酒菜，派我们来请了。"

"嗯……魏翻译，我是到铁门关参加寿宴，然后顺便到金府来叨扰的，由于没有公务，所以就没有报告山田太君。明天，于某明天一定去……"于砚甫虽然喝了不少酒，但口齿、思路还是清晰的。

魏思绪不再看于砚甫，训斥金墨轩道："金老爷，于大团长这么重要的贵客来到陈家庄，你怎么也不汇报？于团长不明白，难道你也不懂事？"

“岂敢岂敢，今天于团长来得太晚，本来说好是明天去拜访太君的。既然太君准备了酒菜，那就现在过去。你说呢，于团长？”金墨轩忙作解释，然后问于砚甫。

“对对，现在就过去，可不能让山田太君失望。”于砚甫接过话茬，然后对金墨轩说：“金老爷，看看，我在太君眼里的地位如何？金雨亭，去把我的司机找来。”

“不用，山田太君已专门派出了军车，就在门口。”魏思绪急忙说，然后毕恭毕敬地示意郭如花和金墨轩，“请于夫人和金五爷一并前往！不过，车里已坐不下，抱歉了，金五爷自己备轿前往吧。”

郭如花异常高兴，嚷道：“山田太君也请我？太好了，我去给太君助助兴。”金五爷也高兴地说：“好，我自己坐轿子去。”

丁振龙鄙夷地看一眼这个女人，感激地与金墨轩、金雨亭对视一下，然后，装腔作势地喊道：“走，开路开路的！”

两个“鬼子”一左一右将于砚甫围在后排中间，郭如花坐在副驾驶座，魏思绪亲自开车。车发动起来，只听呜一声，金家大院便被甩在了后面。

于砚甫正想着见了山田一郎太君应付几杯，然后，赶紧回金家大院，他要和郭如花在金家高档雅致的客房里好好颠鸾倒凤一番。他看着坐在前面的郭如花，越想心里越恣儿，遂摇晃着脑袋，哼起了黄色小调：“一更里来屋子冒寒气，小二姐钻进了我的被窝里……”

汽车在一处亮着微暗灯光的民宅停了下来。这里原来是钱豁嘴和花石榴的家，两人死了之后，就再没有人居住过。

丁振龙跳下车，喊道：“于团长，你的，下车。”晕晕乎乎的于砚甫跳下车，却猛然发现这里不是据点，而是一处民宅，他大吃一惊，忙问：“怎么到这里来了？”

魏思绪停下车，走过来，解释说：“山田太君就在屋里，请进吧！”于砚甫半信半疑，不肯迈步，趁他犹豫之际，丁振龙猛然掀开他的衣襟，将手枪牢牢地攥在了手里，然后，顺势一推：“你给我进去吧！”于砚甫踉踉跄跄地蹿进了屋内，摔倒在地。另一个“鬼子”也把郭如花推进了屋里。

于砚甫想爬起来，被丁振龙踹了一脚。他仰起头，眼睛紧盯丁振龙，越看越觉得这个日本军官面熟，突然，他像挨了一榔头，脸色陡变，嚎叫道：“你，你是丁振龙？”

“哈哈哈哈……看来我这化装技术还是不过关啊。不错，我就是八路军营长丁振龙。我这里还有两个朋友，介绍你认识一下。”丁振龙说完，双手拍两下，

魏思颖、银杏儿从里间屋里走了出来。银杏儿多次向魏思颖请战，她要亲手杀了于砚甫这个叛徒，以解心头之恨。这次行动，魏思颖与银杏儿一起来到了陈家庄。

俗话说，仇人相见，分外眼红。突然，银杏儿猛地扑过来，在于砚甫身上发疯似的狂踢起来，边踢边骂："你这个叛徒！你这个败类！你这个小人……"银杏儿怒火中烧，恨不得马上掐死这个败类。郭如花看不下去了，扑上去要和银杏儿打架，魏思颖走过去，在她身上踹了一脚："都是你折腾的好事!"郭如花扑通一声也摔倒在地。

看到魏思颖、银杏儿的一刹那，于砚甫面如死灰，脸色顿时一片惨白。他知道，今天难逃此劫，心中，一种绝望的感觉悠然升腾。猛然，他跪在地下，磕头如捣蒜，整个人说话都变了音："魏政委、丁队长，饶命啊……我背叛革命也是没有办法啊，啊啊啊……"

于砚甫一副呼天抢地的样子，丁振龙在狗叛徒屁股上狠狠地踢了一脚，怒骂道："共产党八路军许多官兵被抓、被俘，怎么就你背叛革命了呢?"

于砚甫的眼睛滴溜溜乱转，他扑到银杏儿脚下，抱住银杏儿的脚，哀求道："银杏儿啊，我不是人，猪狗不如，我们毕竟夫妻一场，你快劝劝魏政委和丁队长，放我一条生路吧……"

"妄想！就算魏政委和振龙有意饶过你，我田银杏今天也要血刃你这个叛徒，为姜大队长和黄河口死去的军民报仇。"猛然，银杏儿掏出枪，黑洞洞的枪口指着于砚甫。

绝望的于砚甫一抬头，看到了魏思绪，他叫嚣道："魏思绪，你真的背叛了皇军？好啊，我要向山田太君控告你!"

"于砚甫，你觉得今天魏大队长、丁营长还会给你机会吗？哈哈哈哈……"说完，魏思绪扬长而去。于砚甫不争气的裆下尿水撒了一地。

叛徒于砚甫不再磕头，他把脸伏在地上，浑身颤抖不已："魏……政委，丁……队长，你们准备怎样处分我?"

魏思颖鄙夷地盯着正在筛糠的于砚甫，说："你认为叛变了革命，只是受个处分吗?"丁振龙咬牙切齿道："善有善报，恶有恶报，不是不报，时辰未到。像你这种变节投降分子，必须坚决予以追杀。"

于砚甫听说要对他坚决予以追杀，知道大势已去，便猛地伸手去取腿上绑着的手枪，银杏儿见状，集所有仇恨于手指，猛然扣动了扳机。恰在这时，郭如花扑过来想去制止于砚甫掏枪，子弹便从这个女人的背上穿了过去。

"田银杏，你……"看到死去的郭如花，于砚甫一张恐怖的脸立时变得蜡黄，他继续手忙脚乱地去取枪，银杏儿哪给他这样的机会，她大喝一声："于砚甫，你的末日到了!"再一次扣动扳机，只见叛徒于砚甫眉心炸开，鲜血喷出，犹如一朵硕大的红红罂粟花……

丁振龙细细地查看一番，确信于砚甫、郭如花已死，便在他身上踢了一脚，然后，从身上掏出一张清河军区司令部判处于砚甫死刑的布告，扔在了他的身上。

几个人走出房间，上车，日式军车随即消失在夜幕之中……

于砚甫夫妇和他的手下在陈家庄被杀，山田一郎大为恼火，他通过明察暗访，查清了是金墨轩从铁门关请来了于砚甫等人，遂逮捕了金墨轩和金雨亭。

金墨轩一副无辜的样子，说我请来的于团长不假，喝了酒也不假，但酒场结束后他们在客房已休息，不知什么原因被八路军发现，最后于团长夫妇被拉出去枪杀，他的手下在我的客房被杀，到底怎么回事，我是一概不知。看来，这于团长早就被八路军盯上了，我的客房里死了人，我都不知道找谁喊冤去。哼，土八路，要是叫我碰上，我非千刀万剐了你们不可。

山田一郎一直认为八路军和金墨轩这样的大地主不是一股道上跑的人，再说，也没有在他们父子身上发现什么破绽，遂释放了他们。他发狠，一定要设法杀杀八路军的威风。他才不相信岳世贤那些胡言乱语呢，如果算得准，那岳世贤怎么没算到我要杀他呢？

听说金墨轩和金雨亭被鬼子逮捕，遂又释放，魏思颖带通讯员赴利津执行任务返回的路上，又一次来到金家大院，了解情况并向金家父子道一番感谢之后，金墨轩回到卧室休息。房间内，只剩下了她和金雨亭。

魏家与金家是当地有名的望族，两家来往密切，魏思颖与金雨亭小时候就认识。后来，在县城读书时，金家买了辆汽车，便经常一起接送两个上学的孩子。自那时起，少年金雨亭就暗暗喜欢上了少女魏思颖。魏思颖去济南上学的前一天下午，金雨亭找到魏思颖，说我喜欢你，我等你之类，对男女情事毫无概念的魏思颖未置可否，两人就此叙别。谁知，魏思颖没上心的事情，金雨亭却念念不忘，痴心不改，那俊秀女子的身影清晰可辨，始终盘旋在他的心底。如今，金雨亭都二十六七岁了，却一直在等魏思颖。

正在金雨亭依然沉浸在回忆之中时，魏思颖说话了："雨亭，谢谢你，上次捐粮，这次铲除叛徒，还有前段时间营救我，你都出谋划策，跑前跑后，甚至冒着生命危险，真是难为你了。"

"思颖，这都是我应该做的，一是因为我是一个有良知的中国人，二是因为

……你是到目前为止，唯一珍藏在我心中的女人。”金雨亭鼓起勇气说道。

“别这么说。对不起，我已经有心上人了。他叫高畅，是我在济南乡村师范读书时的同学，现在在延安。”魏思颖赶紧制止，眼里，泪光盈盈。

“思颖，那我就真诚地祝福你了。一年前刚见到你时，我确实有旧梦重圆的想法，但经过这段时间对你的了解，我知道你是一个干大事的人，八路军需要你，杀鬼子需要你，不像我，在家当一个小地主，做一个小老板，所以对你，我不该有非分之想。好在，如今，家里老人和我都已看好一个女孩子，准备最近就订婚。思颖，我结婚时请你来喝喜酒，你可要赏光啊。”

魏思颖高兴地说：“那可太好了，到时我一定来参加你的婚礼。雨亭，再一次感谢你对我的理解，感谢你作为中国人的良知，更感谢你对八路军的支持。”

送走魏思颖，金雨亭伤心欲绝，他把家中的一坛酒搬出来，一碗一碗地喝，边喝边哭。金家管家宋茂田和自卫队队长姚来福频频劝说，金雨亭连理都不理。

宋茂田来到客厅，见老爷摇头不止，便轻轻说道：“老爷，您去劝劝吧，再这样喝，他会喝死的。”

金五爷长叹一口气：“唉，让他喝吧，不喝死一回，他是忘不了魏思颖的。”

这天深夜，山田一郎得到张家洼伪维持会会长的准确情报，一支疲惫的八路军部队刚刚来到该村，准备在此休整。山田一郎问有多少人，伪维持会会长汇报说有八九十人。听完汉奸的汇报，山田一郎大喜过望，以手抚额：“天不亡我，我立身扬名的机会到了！”

原来，这支部队是丁振龙所属营，他们受渤海军区指派，刚刚赴无棣县作战归来。只是，进入张家洼村的是其中一个连，由丁振龙带队，另外两个连在教导员任洪武指挥下，驻扎在村外的苇丛中，并没有被可恶的伪维持会会长发现。

错误的情报给日暮途穷的日伪军掘开了阴森森的墓穴。

山田一郎孤注一掷，铤而走险，除留守魏思绪等部分人员外，关闭据点大门，带上一百多名日伪军，趁着夜色，向张家洼村扑去。他亲自上阵督战，发誓一定要毕其功于一役，把八路军这支小股部队拿下来。

鬼子有备而来。在伪维持会会长的引领下，包围了八路军休息的两个农家院落。

见包围完毕，戴着白手套的山田一郎猛地抽出指挥刀，举起来，大力一挥：“枪榴弹！给我打！狠狠地打！”

# 第二十七章

黎明时分，榴弹隆隆的爆炸声惊醒了分散在屋内、草堆中休息的八路军战士们，惊醒了还在梦乡中的村民们。

丁振龙猛地在草堆里坐起来，大声喊道："同志们，有情况。"话音未落，一枚枪榴弹在院中爆炸。他甩甩身上的土，急忙跑到土墙边，借着一棵大树的遮挡，向外望去，只见日伪军以扇形态势包围了院落。咦，狗日的鬼子怎么知道我们来到了这里？此刻顾不得多想，他喊道："既然小鬼子找上门来了，岂有不招呼之理？抄家伙，给我打！"

随着丁振龙一声令下，八路军各种枪械一起向日伪军开了火。接着，隔壁院落里也响起了密集的枪声。

靠着墙体的遮挡，双方对射，此刻，枪声密集，大地在颤抖。一些战士顾不得躲避子弹，不时从墙后探出身子，用机枪、步枪、手榴弹阻杀敌人。

丁振龙趁探出身子的刹那，看到日军两个枪榴弹射手根本不靠什么掩体，就趾高气昂将榴弹一发发打过来，他气不打一处来："小鬼子，我让你看看到底是你的榴弹厉害还是我的子弹厉害。"说完，举起一支"三八大盖"，瞄准，射击，第一个枪榴弹射手便应声倒地，他拉一下枪栓，再瞄准，再射击，第二个枪榴弹射手也仰身翻倒。

丁振龙杀得性起，眼看他身边的一名机枪手被鬼子的子弹击中，他大吼一声，自己抱住机枪，咬牙切齿地向日伪军射出仇恨的子弹。

"啊？我没子弹了！""丁营长，我也没子弹了！"时间仅仅过去了十几分钟，丁振龙就不断听到战士们传来的声音。他有些着急，担心如果真没有了子弹，那只能和敌人拼刺刀了，可弹药充足的鬼子会给我们拼刺刀的机会吗？好几个

战士牺牲了，丁振龙异常伤心，但他知道，这就是战争。这教导员任洪武是怎么回事？怎么还不来增援？

听着对方枪声越来越稀，这边，山田一郎判断，要么八路军伤亡严重，要么就是没子弹了，他咧起大嘴哈哈大笑：“哈哈哈哈……给我继续打，八路军的，一锅端的干活。”

紧急关头，突然，日伪军身后响起了密集的枪声，丁振龙眼前一亮，大喊道：“同志们，教导员的增援部队上来了，咱们给他来个前后夹击，一个不剩地将敌人歼灭。”

山田一郎显然没有料到在这样一个小小村落里，八路军会有增援部队。正在攻打村内八路的日伪军，更想不到会腹背受敌，混乱中，日伪军一个个被子弹击中，扑倒在血泊之中。

惊恐与沮丧全部挂在山田一郎的脸上。他的白色手套早已不知去向，依然不服气地高举指挥刀，指指村里，再指指村外，歇斯底里地大喊：“这边，那边，给我狠狠地打！”

一串串子弹如闹蝗灾的蝗虫一样飞来，山田一郎的喊声被淹没在刺耳的枪声与喊杀声之中。

血肉横飞，惨叫迭起，一条条死亡通道向残暴的日伪军敞开了大门。村内，村外，到处都是尸体。嚣张凶残的山田一郎眼见大势已去，扔下众多尸体，边打边撤，在少数日伪军的护卫下，钻进庄稼地，乘隙夺路而出，仓皇逃去。

胜负在一瞬之间颠倒。

战斗结束。丁振龙命令道：“继续搜索残敌，打扫战场。”官兵们以班为单位，进行地毯式搜索，消灭残余日伪军，收缴枪支弹药。一个战士发现了一支大正十一式轻机枪，高兴地大喊道：“我有歪把子了！我有歪把子了！”

阳光下，村内村外的路上，尸首遍地，安寂无声。

路过休整的丁振龙部歪打正着，前后夹击，将来犯之敌大部消灭，并打死了伪维持会会长。当然，我军伤亡也达十几人，损失同样惨重。

由于陈家庄据点鬼子几乎被一网打尽，为了减轻分散性的消耗，避免被八路军各个击破，夏初，陈家庄据点被迫撤走。

在利津县，在渤海区，战事对日本人极为不利。这片土地上，侵略者已到了战败的边缘。

田银杏和同事何英兴奋地向宿舍走来。刚刚，她们和另外几名男同事在军区医院会议室，参加了庄严肃穆的入党宣誓仪式。一对好姐妹、好战友，一起在镰刀锤头下，举起了自己的右拳。

于砚甫叛变后，银杏儿久久地陷落在迷蒙的雾海里，若隐，若现，她不知道自己能不能走出这让人憋得喘不过气来的瘴雾……如今，阳光四射，迷雾驱散，银杏儿又看到了前行的航标灯。

在这幸福的时刻，银杏儿也想起了苦命的娘。

娘啊，我终于和振龙一样，成为党的人了。当我小的时候咱们娘俩被狠心的爷爷奶奶呼来喝去时，你想得到吗？当我成人后被魏家、金家抢来夺去时，你想得到吗？你还想不到的是，你的女婿，那个败类于砚甫竟然叛变了革命，我差点活不下去了。好在，是我，是你的女儿，亲手杀死了这个畜生，我终于没有因是叛徒的老婆而被自己热爱的党所抛弃，我终于为因他而死去的官兵、群众报了仇，我有了一种畅快淋漓的复仇感，我骄傲，我自豪。

“银杏儿姐，祝贺你，再见。”何英向银杏儿祝贺，然后，向自己宿舍的另一个方向走去。

“何英，也祝贺你。你怎么不回宿舍？”银杏儿不解。原来，银杏儿婚前与何英住在一个房间，婚后自然就搬走了，上个月，她亲手杀掉于砚甫后，便申请重回集体宿舍。也巧，与何英同宿舍的一个女兵刚刚结婚，何英便要求银杏儿继续回来和她一起住，这不，两人又成了舍友。

“我和你住一起有些烦了，找别人睡去，你自己住段时间吧。”何英做了个鬼脸儿，向远处走去。这鬼精灵，又中了哪门子邪？

银杏儿疑疑惑惑来到自己的宿舍，掏出钥匙准备开门，却发现房门没上锁，她心一沉，正纳闷怎么回事时，房门自动开了。

“热烈欢迎新党员田银杏驾到！”一个男声。

“热烈祝贺新党员田银杏同志！”一个女声。

银杏儿抬头，蓦然看见门两侧列队站着几个人，有魏思颖、范保良、丁振龙、侯春生等人。银杏儿惊喜地喊道：“魏大队长、范院长，振龙……”人们向银杏儿笑着，范保良说：“银杏儿，你再往屋里看，谁来了？”

“银杏儿，是银杏儿吗？”屋内，传来一声呼唤。听到喊声，银杏儿身体猛然一颤，这不是娘的声音吗？再仔细看，可不是娘咋的，她正坐在床上，向自己笑呢。惊喜的笑容绽放在银杏儿的脸上：“娘，你咋来了？”

娘抚摸着银杏儿的脸说：“是你们范院长让我来的。我说不来，怕来了给咱部队上添麻烦，可派去的同志不愿意，说范院长讲了，一定要把我接来，要不然，就别回去了，没办法，就来了。”在场的人们都哈哈笑了起来。

原来，天气开始暖和起来，战事也相对平静，范保良院长便和魏思颖、丁

振龙商量，将银杏儿娘——刚刚五十岁出头的毕蕙兰接到部队，一是让新党员与娘见见面，二是给她看看眼。魏思颖、丁振龙都觉得这个主意好。

几天来，银杏儿工作之余，一刻也不离开娘。自从被魏家、金家抢婚到现在，已经四年了，银杏儿和娘在一起的时间加起来不到半个月，孤苦伶仃的娘几乎一个人苦熬岁月。娘啊，女儿有愧于您老人家。

几天来，医院领导、医护人员甚至伤病员，都来看望，大家带来吃的，送来用的，特别是那些小护士们，为大娘梳头、洗脸、剪指甲，说个不停，笑个不停。毕蕙兰感到，从来没有这么多的人关心过自己，大半辈子的开心加在一起，也没有这几天多。

这天上午，魏思颖回了趟汀河，因为多年不孕的嫂子经过多方医治，终于给她生了个小侄子。天降石麟，啼试英声，陈家庄据点撤离后已跟着山田一郎调往利津的魏思绪和夫人激动万分。魏家大院一片欢腾。魏思颖为魏家终于有后而志喜之外，仍然忘不了趁哥嫂高兴之际了解自己的身世。哥告诉她，她是谁家的孩子不清楚，但爹娘在世时，说过她是爹从苏州抱来的，并且来时小袄里有一块玉佛。

“苏州?”如同被刺了一针，魏思颖呆立不动了。银杏儿曾告诉过自己，据她娘讲，她过去有个叫金杏儿的姐姐，让爹送了人，这个姐姐被送去了南方的苏州。

魏思颖顿时不能自持，眼泪滚滚而下。我来自苏州？我叫金杏儿？那银杏儿娘不就是我的娘吗？娘啊，我的亲娘，孩子终于找到您了。见妹妹突然流泪，魏思绪问她为什么突然哭了，魏思颖泪眼盈盈地说：“哥，我找到我的亲娘了。”

魏思颖在汀河再也待不下去了，哥把那块用精致小红盒盛着的玉佛找出来，给了她。晚上，她又来到军区医院，来到娘的身边。

敲门，推门，魏思颖看到，银杏儿正和娘坐在床上，娘俩在说着话。“魏大队长，你来了!”银杏儿急忙下床，迎接魏思颖。

魏思颖笑笑，点点头，眼睛却向坐在床上的毕蕙兰看去。灯影下，她面容清瘦，表情和善，苍白的头发梳理得板板正正，举止从容娴静，虽然眼睛半闭着，但脸型、眉眼间，自己与她那么相像。是，错不了，这就是自己的亲娘。

感情的波涛，立时像秋日汹涌的黄河，一阵比一阵强劲地冲击着河岸。但在事情没有说清之前，魏思颖不便将感情过于外露。银杏儿将魏思颖向娘做了介绍，魏思颖走过去，紧紧攥住她的手：“这几天您过得还好吧?”魏思颖关切地询问。毕蕙兰眯缝着眼，抚摸着魏思颖的手，说道：“闺女，你这么大的首长，一趟趟地来看我，让我这心里咋过得去啊?”

魏思颖不好意思地笑笑，说："这都是我应该做的。"毕蕙兰接着说："闺女啊，听银杏儿说，是你教她做人的道理，是你带她走上了革命的路。一个天天在家放羊、喂猪的农村闺女，如今，当了八路，还入了党，有了这么大的出息，这都多亏了你和同志们啊。"说完，抬起手，不断擦拭她那少有眼泪的眼睛。

随便聊了一会儿，魏思颖给银杏儿递个眼色，她决定进入正题，将金杏儿、银杏儿的来龙去脉弄个清楚。

银杏儿端过一杯水，放在娘的手里，她喝了一口。魏思颖柔声说道："银杏儿当八路，银杏儿入党，现在还是医院护理队的队长，这首先是她自己干得好。当然，这里边我也出了一份力，都是好姐妹嘛。您希望银杏儿有我这样一个姐姐吗?"

"银杏儿，姐姐……银杏儿，姐姐……"银杏儿娘的手战栗了一下，眼角溢出了泪水。

魏思颖见火候已到，遂说："不瞒您说，我小名叫金杏儿，今年二十五岁，是养父——汀河的魏高禄从苏州把我抱来的，当时，我才几个月大……"

立时，毕蕙兰浑身哆嗦起来，魏思颖的话让她陷入了极度的震惊中："你，你，叫金杏儿，二十五岁，从苏州抱来? 俺的娘啊，我确实还有个闺女叫金杏儿，今年是二十五岁，在苏州让她那个狠心的爹送给了一家姓魏的……"说着，她颤抖着手在床上摸索起来。

银杏儿问："娘，你是不是找包袱?"娘说是，银杏儿将娘的包袱拿过来，毕蕙兰颤抖着手解开包袱，从里面拿出一个和魏思颖玉佛盒一样的小红盒，说："当时，家里有一对玉佛和玉观音，我的金杏儿被送人时，那个玉佛放在了孩子的小袄里……"

灯影下，魏思颖同样颤抖着手在自己随身携带的包里取出那个玉佛："您摸摸，是不是这个?"银杏儿娘接过来，摸盒，然后，熟练地打开小红盒，拿起了玉佛。

"天哪，我的金杏儿……"随着毕蕙兰一声嘶喊，魏思颖，不，金杏儿和银杏儿不顾一切地扑进娘的怀里，三人放声痛哭起来。

娘紧紧抱着两个女儿，身体止不住地抽动："金杏儿，我可怜的金杏儿啊! 苍天有眼，又让我们苦命的母女见面了!"

魏思颖再也抑制不住自己的感情，一任泪水肆意奔流，她终于找到自己的亲娘了，终于能够在娘的怀抱里尽情哭诉二十几年来的牵牵挂挂，享受母亲温暖的爱抚。

巨大的悲喜过后，娘问魏思颖："金杏儿，孩子，你恨娘吗?"

魏思颖咬着嘴唇，用手绢为娘擦去满脸的泪水：“娘，女儿怎么能恨您呢？当时您也是没有办法。现在好了，一切都过去了，金杏儿、银杏儿姐妹俩一定会让您、让咱黄河口所有受苦受难的母亲过上好日子的。”

离散了二十五年的女儿终于回到自己的身边，曾经的悲伤、忧愁、苦难今日一扫而光。毕蕙兰紧闭眼睛，长舒一口气，待再睁开眼睛时，她的眼前突然出现了一丝光亮，继而，面前的两个女儿越来越清晰：“孩子们，娘看见你们了……”

魏思颖找到了生身母亲，而她双目失明的母亲因天降喜讯而重见光明，医院领导和医护人员听说后，纷纷过来贺喜。范保良夫妇带来一条羊皮裤，要送给毕蕙兰，为否极泰来的母女三人祝贺，并夸赞毕蕙兰生了两个好闺女，说以后少不了跟着享福。

丁振龙得到消息，也来了。银杏儿忙前忙后，做了几个菜。几人围坐在桌前，个个喜气洋洋。

待酒盅中的酒倒满，毕蕙兰端起酒，环视一遍三个孩子：“孩子们，把酒端起来。我想了二十五年，盼了二十五年，今天，终于能和自己的闺女喝个团圆酒了。金杏儿是我亲生的，你爹是丁迎风，银杏儿也是我亲生的，你爹是田青邦，振龙虽不是我的孩子，但你爹是丁迎风，所以说，你们都是我最亲近的孩子，都是些苦命的孩子。我看着你们三个，愧疚、高兴，可以说是酸甜苦辣咸，样样滋味都有。今天这第一杯酒，咱不喝，就敬给丁迎风、田青邦、振龙娘，和那些古往今来咱这黄河口的先人们吧！”

几个人神情怆然，把酒洒在了地上。

银杏儿给大家倒满酒，毕蕙兰端起酒，说：“这第二杯，我喝个自责酒，我与丁迎风结婚后，被那军棍田青邦抢走，并被带到了丁迎风找不到的外地。其实，当时我是可以一死了之的，但我却没有……我辜负了丁家，我对不起丁家……唉……”说完，一仰脖，把酒喝了下去。

魏思颖试图去夺娘手中的酒杯，但没能来得及，她说：“娘，别这样，这不怨你。”振龙、银杏儿低着头，不知道说些什么好。

大家互相招呼着，吃点菜后，毕蕙兰又端起酒，笑着说：“来，这第三杯酒，大家一块喝了。母女相逢，今天，要喝个团圆酒。为了咱们苦尽甘来，为了你们以后都有个好的生活。”几个人都喝干了手中的酒。

魏思颖见娘今天特别高兴，三个兄弟姐妹终于获知真相，心里自是感慨万千，她也端起酒，说道：“有一首古诗这样说：‘久别重逢非少年，执杯相劝莫相拦。额头已把光阴记，万语千言不忍谈。’这首诗形容的是久别重逢，世事变迁，是万语千言，欲言又止。母亲赋予我们生命，母爱是伟大的。借今天这杯薄酒，咱们兄弟姐妹三人一起，共同敬娘一杯酒，祝娘健康长寿，岁岁平安。”

毕蕙兰激动得手有些哆嗦，她端起酒：“孩子们，娘有了你们，过去的七苦八难都不算啥了。不过，这酒娘可不能再喝了，都随便吧。”

三个孩子却端着酒，恭恭敬敬地敬上，一饮而尽。

大家边吃菜，边说话，场面温馨，其乐融融。

丁振龙站起来，端起酒，说：“娘，咱利津兴晚辈为长辈端酒，我给您端个酒，祝您福如东海，寿比南山。”毕蕙兰接过酒，象征性地喝了口。

魏思颖说：“娘，不知您知道不知道，在这个世界上，振龙就喜欢一个人，那就是银杏儿，而银杏儿心里也只有一个人，那就是振龙，我这个同父异母的亲弟弟。振龙，银杏儿，我这个说法你俩同意不同意？”

丁振龙不好意思地点点头，银杏儿的脸红了。

毕蕙兰低着头，似在回忆，似在自责。魏思颖接着说：“前年，他们两人去汀河，叔叔丁迎霜把银杏儿当作了我，因我是丁迎风的闺女，所以坚决不同意振龙和银杏儿的婚事。其实，他们是不了解真实情况，弄错了。他们弄错了，情有可原，可您知道真实情况，为什么也硬把银杏儿说成是我呢？一对好端端的夫妻就这样被拆散了。娘，你们长辈的恩恩怨怨不是我们做晚辈的能够理解的，孩子们也不是给娘出难题，我们主要是想了解真实情况。娘，还能给振龙和银杏儿一次机会吗？”

魏思颖看到，娘紧闭双眼，嘴唇直哆嗦。她担心这些话冒犯了娘，谁知，娘平静了一会儿，却说道：“孩子们，这天底下的事儿咋和戏词儿里唱得一样巧呢？你们问，我为啥硬把银杏儿说成是金杏儿？你们也不想想，我先是丁家的媳妇，后被军棍田青邦抢走，我今生今世都对不起丁家，丁家也不会饶恕我，我还有啥脸面再和他们家结亲？老辈恩恩怨怨已是没办法的事了，我还能让银杏儿再去蹚这浑水？所以，我就硬把银杏儿说成了金杏儿。”

银杏儿低泣。

毕蕙兰接着说：“后来，我越想越觉得自己错了，便想差田家的管家去往汀河说个清楚。可管家把我这个想法告诉了你们的爷爷奶奶。你们奶奶就过来骂我，说你老的祸害丁家，咋着，你还让小的再去祸害人家啊。见公公婆婆反对，一个瞎子，还能指望啥哩？这事儿就拖了下来。银杏儿、振龙，娘对不起你们啊。”

说完，毕蕙兰哭了起来。魏思颖掏出手绢为娘擦泪。

银杏儿却破涕为笑，她端起酒盅：“我没有了自己的婚姻，没有了自己的孩

子，可我有了金杏儿这个亲姐姐。我和振龙结不了亲，可咱们能认亲，从此，我也有了振龙这个亲弟弟。这是多么好的大喜事啊，来，咱们喝杯祝贺酒。”

银杏儿手一哆嗦，酒盅摔在了地上，大家愣住了。

猛然，丁振龙站了起来：“不，别听银杏儿的，她说的不是心里话。金杏儿姐刚才说了，在这个世界上，我就喜欢一个人，那就是银杏儿。娘，你把银杏儿给我吧，我要既和她认亲，更和她结亲，等过段时间，我要娶银杏儿。”

银杏儿哇的一声，哭着跑出屋去……

这个年初，侵华日军为了援救其入侵东南亚的孤军，抽调兵力开始向国民党战场的平汉、粤汉和湘桂铁路沿线的豫、湘、桂等省发起战略性进攻，企图打通从中国通往东南亚的交通线。这样，日军陆续从华北、华中、华南抽调参战的兵力五十多万人，华北敌后战场日军兵力逐步减少。留在山东的日军，为抗战以来日军在山东兵力最少的时期。

针对日军收缩兵力、重点守备的特点，山东军区大部采取了主动的攻势。渤海区主力部队以及地方武装开始对辖区鬼子据点进行围攻。丁振龙所在营在渤海区境内与鬼子展开了搏杀，银杏儿也带领医护小分队走上了前线。

为了遏止渤海区主力部队对日伪军的围攻，日军派第五十九师的一部来到渤海区，试图消灭参与围攻的八路军部队。

经过十余天的战斗，八路军毙伤日伪军数百人，不过，我八路军部队亦有伤亡。银杏儿带领的医护小分队发挥了重要作用，游击队从前线将伤员抬到临时救护所，医护人员清创、敷药、包扎，轻伤员由游击队送往附近百姓家养伤，重伤员由部队的战士送往后方医院。每天，银杏儿都是一身汗，一身血。

紧张地忙碌了一天、浑身是血的银杏儿走向离苇丛中临时救护所不远的一个池塘，她要把满身的血、满身的汗、满身的疲惫洗掉。银杏儿觉得，此刻，八路军战士休息了，与八路军激战了一天的日本军人也撤离了。

池塘三面被半人深的芦苇包围，只有一面是各种杂草。银杏儿脱下自己血迹斑斑的衣裤，只穿着一身内衣，在池塘边轻轻洗起了衣服。

远远地，丁振龙看着疲惫的银杏儿走向池塘，他心疼地看着自己的妹妹，自己的女人。他知道，战争，离不开女人，战争，让女人更加坚韧。

五月的夜晚，本是清爽宜人的，可这个夜晚，不知是什么原因，燥热得不行。银杏儿将洗完的衣服放在水边一簇草丛中，然后，慢慢地走入水里。头发已五六天没顾得上洗了，利用这个机会，她要洗洗头发。

明月高悬。丁振龙来到池塘边。

突然，池塘芦苇一侧，传来了整齐的咔咔皮靴声，丁振龙暗呼一声“不好!”这声音，他太熟悉不过了，是鬼子的巡逻队。

银杏儿还在哗哗地洗头，丁振龙轻轻地蹚入池塘。鬼子的脚步声越来越近，银杏儿也发现了鬼子。千钧一发之际，丁振龙轻呼一声：“银杏儿，藏好!”便猛地抱住银杏儿的头，两人一起潜入水中……

鬼子的脚步声就在头顶上，两个人紧张得气都不敢出一口。

轻轻浮出水面，巡逻的鬼子正向远处走去。憋了许久的银杏儿冒出水面，长舒一口气，一个坚毅的面孔映入眼帘。她恍若梦中：“振龙哥，是你?”待得到丁振龙的肯定，银杏儿悲喜交集地伏在了他的怀里。

丁振龙见鬼子确实走远了，圆月下，他扳过银杏儿肩膀，在看他的妹妹。蓦然，他的眼睛一亮：银杏儿面庞白皙，五官俊秀，罩了水的浅色内衣紧裹着修长的身躯，湿漉漉的秀发披在肩上，更加衬托出了她的纯洁、美好。

此时的银杏儿，如出水芙蓉。

猛地，丁振龙抱住了银杏儿，他一边踩着池水向池中苇丛走，一边抱着银杏儿轻轻抚摸……突然之间，他轻吼一声：“银杏儿，你是我的好女人啊……”

“不，振龙哥，我已经配不上你了。”银杏儿在挣脱。

“不，银杏儿，今生今世我只有你这一个女人，我要娶你……”丁振龙含住了银杏儿的嘴唇。

银杏儿热泪长流，从此，至情至性的振龙哥又回来了。她喃喃自语：“振龙哥……振龙哥……”

天地间，只有一对从生死边缘逃过一劫的青年男女。丁振龙再也控制不住，他三下两下，就把银杏儿、把自己扒了个精光。夏夜里，圆月下，借着水的润滑，两个乱箭穿心过的有情人又一次融为了一体。

银杏儿纤细的手指甲，深深地抠进了丁振龙坚实的背部……

魏思颖接到通知，前往军区参加作战会议。她跃上一匹战马，向军区飞奔而去。

军区会议室外的林荫下，军区司令员杨国夫和一个首长模样的人边走边谈：“等一会儿会议的内容主要就这些，丁政委，你看，还有什么需要补充和指示?”

“杨司令员，我和高畅同志是来学习的，学习咱们渤海区保卫根据地，坚持平原作战的好经验，好做法，补充、指示谈不上。”首长模样的人说道。

这人是谁?这人不是别人，正是五年前在黄河口与鬼子和鬼子弹药船“同归于尽”的丁迎风，魏思颖、丁振龙的亲爹。

丁迎风不是死了吗？其实，他并没有死。当时，两艘大船迎头相撞，冲出驾驶室的丁迎风被两船撞击形成的冲力呼啸着推入滚滚黄河之中。旋即，他被撞昏，随着激流向下游翻腾而去。

天无绝人之路，丁迎风被几个正赴延安的八路军官兵救起，参加了八路军。几年来，因作战骁勇，足智多谋，很快得到提拔，现在是八路军的一个政委。这次，是受中共中央北方局派遣，来渤海区指导、学习、调研抗战对敌工作的。

杨国夫问道："丁政委，听说你就是咱渤海区人？"

丁迎风回答："是啊，我家是利津县汀河村，几年来我在外地打鬼子，家里是音信皆无啊。"

"那，家里还有什么人吗？"杨国夫问。

丁迎风脸色茫然："我老婆早被鬼子烧死了，有个儿子叫丁振龙，还有个双胞胎兄弟，长得和我一模一样，他叫丁迎霜。"

杨国夫猛地停下脚步，紧紧攥着丁迎风的手，惊喜地说："是吗？他们的情况我可是了解的，现在振龙是咱们部队的营长，丁迎霜同志是游击队队长，可惜……他只身一人将近百日伪军引入地雷阵，牺牲了。"说完，脸色暗淡下来。

"迎霜，我的好兄弟啊！"丁迎风嘴唇直哆嗦。

军区会议室。一幅作战地图挂在墙上，数十位军官依序坐在长条会议桌两侧。

魏思颖刚刚坐下，杨国夫司令员就站立起来，开始讲话："同志们，会议召开之前，我先来介绍一下，受中共中央北方局派遣，丁迎风、高畅两位同志来我区指导、调研抗战对敌工作，这位是丁迎风政委，这位是高畅副团长。让我们以热烈的掌声，对他们表示欢迎！"

丁迎风、高畅站立，向大家示意。

魏思颖呆住了，一双眼总也看不够。两个亲人都来到了自己身边，难道是在做梦？怎么会这么巧？

丁迎风，那不是我的父亲吗，他，他还活着？魏思颖再仔细看，是，错不了，看他和叔丁迎霜长得多像，几乎就是一个人。

高畅，那不是我的爱人吗？这小子，来到渤海区，怎么不先和我打个招呼？

会场下，魏思颖如梦如幻。杨国夫司令员却已开始分析形势，部署任务："同志们，今年以来，我山东军区八路军各部对日战斗捷报频传，1 月，滨海军区部队发起对临沂、莒县、赣榆地区敌伪据点的进攻，攻克敌据点多处；3 月，鲁中军区部队在滨海军区部队一部的配合下，向伪军吴化文部发起进攻，战至 4 月 20 日，歼、俘吴部七千余人；5 月，鲁南军区部队向驻费县以南崮口地区的伪军荣子恒部发起进攻，战至4日，全歼其第二师。我军区部队同样如此，我们乘日军调整防务、收缩兵力之际，向敌发起了春季攻势作战，具体战况鼓舞人心，在这里不再细数。”

杨国夫端起茶杯，喝了一口水：“经研究，为进一步打击敌伪，我军区将在地方武装及广大人民群众的支援下，发起一场新的攻势。攻势分两个阶段进行作战。第一阶段作战，充分利用敌人内部矛盾，采取军事攻势与政治攻势相结合的方式，争取驻在益都、寿光边区一带的一支伪军，所谓的‘和平建国军第八团’，伪王道部反正。目前来看，这项工作已基本成功，这将成为迄今为止山东战区抗战以来，伪军反正规模最大的一次。第二阶段作战，收复利津城。盘踞在利津的伪华北绥靖军第八集团军第二十七团，是日军在北平通州精心培训、装备簇新的伪军主力部队，素有‘中国皇军’之称。另外，城内还驻有保安团、伪县公署宪兵队、伪警察局、新民会以及乌七八糟的杂牌军，总兵力两千有余。县城墙高沟深，御防坚固。不久前，日军驻张店的旅团长坂田、伪绥靖军第八集团军参谋长于靖波，曾先后亲临视察，赞赏利津城为要防的模范。利津之敌更是自恃武器精良，防守森严，吹嘘利津城固若金汤，万无一失。但随着抗日形势急剧发展，敌伪军心涣散，士气低落。渤海军区主力虽从人员数量到装备配置都处于劣势，但地方武装和民兵的配合及广大群众的支援，革命战士英勇顽强的牺牲精神，都成为我们攻克利津的坚实基础。下面请景晓村政委讲几句话。”

景晓村站起来，说道：“同志们，今年将是我渤海军区发展壮大的一年，也是我渤海军区走向胜利的一年。一方面，要遵照毛主席‘在战略上藐视敌人，在战术上重视敌人’的教导，认真研究作战计划。另一方面，我们要想消灭敌人，收复利津，为整个抗日大局做出应有贡献，就必须用枪声发言，用胜仗说话。就是说，攻克利津这一仗，必须打得漂亮，打得干脆，打出八面威风!”

景晓村就作战原则、计划谈了自己的看法。待他讲完，杨国夫站起来，向大家说：“下面，请丁迎风、高畅同志做指示。迎风同志，你先来?”

丁迎风站立起来，感情充沛地说：“同志们，受中央北方局派遣，我和高畅同志来咱们渤海区做短期的学习、调研。渤海区、利津县是我的老家，回到老家，我非常激动，看到老家的战友们取得的成就，我也非常高兴。不久前，中央北方局发出了《关于一九四四年的工作方针》，要求华北全党全军在思想上、政治上、组织上更加巩固，保证在党中央毛主席的领导下，更好地团结群众进行斗争。今天的会议，符合这一精神。刚才听了国夫司令员、晓村政委关于渤海区夏季攻势的部署，我觉得很好，值得我们学习。这里，我做点补充，如果

我们渤海区主力部队直取利津城，外围据点的敌人必定会赶来增援，这将会影响咱们集中全力打攻坚，甚至会陷入腹背受敌的被动境地。因此，我建议首先分兵摧毁各外围据点，孤立城中之敌。城中之敌倘若出援，正好引狼出洞，削弱其有生力量，减少攻城的困难。然后，集中全力一举攻克利津。同时，要注意监视、牵制外围诸县敌人，以防其前来增援……”

以前参加各种会议，魏思颖倾听、记录格外认真，今天，却……

原谅她吧……

# 第二十八章

作战会议结束，杨国夫陪同丁迎风、高畅向驻地走去。魏思颖早已在林荫道上等候。待三人说说笑笑走过来，魏思颖迎在前面，给三位首长敬了一个标准的军礼。

“思颖?”高畅激动地喊道。魏思颖的脸微微泛起了红晕，更显得如一朵含苞待放的玫瑰。她娇嗔地说：“回来也不给我汇报，看回头我怎么收拾你!”

高畅憨憨地笑笑：“嘿嘿，我不是想给你个惊喜吗?”

听了这话，杨国夫、丁迎风有些丈二和尚摸不着头脑。高畅走到魏思颖跟前，轻轻挽住了她的胳膊，汇报说：“报告司令员、政委，思颖是我的未婚妻。”说着，轻轻拥抱了一下魏思颖，一脸的幸福。

突然，魏思颖单独给丁迎风敬了一个军礼，嘴角微微颤抖地说：“爹，我是您的女儿。”

一个不认识的女军人守着杨国夫司令员喊自己为爹，说是自己的女儿，丁迎风立时懵在了那里。自己何曾有过女儿？他急忙辩解：“小同志，你是不是认错人了？我从来没有过女儿啊。”

杨国夫也哈哈大笑，笑完，说：“魏思颖啊，想爹、找爹，可以，但不是你这个想法、找法啊。”说完，将魏思颖向丁迎风做了介绍。

“哎呀呀!”魏思颖见人家不认可，十分着急，便把毕蕙兰如何怀孕，如何被田青邦抢走，自己出生、被人抱养，又如何找到自己亲娘的过程简要做了汇报。

这回，却真的轮到丁迎风震惊了。他无论如何也没想到，在这个世界上，自己还有一个女儿，如今，这个女儿就活生生地站在他的眼前，更令他高兴的

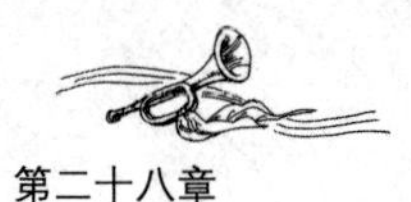



是，自己的这个女儿已经是一个共产党员、八路军军官。

“我的孩子！”“爹！”感情的闸门突然打开，父女之情如洪水般奔涌而出。丁迎风与魏思颖热泪长流，紧紧地拥抱在一起。

流吧，猝然到来的幸福泪水；流吧，历经人世沧桑之后的心酸泪水。

丁振龙从前线回来，听说爹并没有死，现在是八路军的政委，他高兴地大喊，大笑，如同一个孩子。

军区招待所，魏思颖陪着丁迎风，眼巴巴地望着大门口。一辆军车从远处开过来了，还未等车停稳，迫不及待的丁振龙就从车上跳了下来，向丁迎风跑去：“爹！”生离死别的爷俩紧紧抱在了一起。爷俩松开身子，抓住胳膊互相望着对方。丁迎风心疼地看着儿子，说：“孩子，你受苦了！”丁振龙呵呵一笑：“爹，家里人都以为你不在人世了。不过，几年没见，你还是那么年轻。”猛地，丁振龙将爹抱起来，转着圈，忘情地喊道：“嗷，我又有爹了！我又有爹了！”

魏思颖和银杏儿不停地抹眼泪。

见银杏儿站在跟前，丁振龙放开爹，嘿嘿笑着说道：“爹，我给您介绍一下，这是银杏儿，军区医院护理队队长，让她给您做儿媳妇，您不会有意见吧？”

丁迎风仔细看着银杏儿，说道：“你就是银杏儿？我听杨司令员和思颖多次说起过你，嗯，好姑娘。给我做儿媳妇，只要儿子同意，我没意见，哈哈哈哈……”

忐忑不安的银杏儿听了这话，脸上微微一红：“爹，银杏儿给您问好。”丁迎风爽朗地说道：“好好好，大家都好！”

魏思颖突然觉得还少一个人，她仔细一看，娘毕蕙兰在车上还没有下来。她急忙走到车前，打开车门：“娘，您下车吧！”

丁振龙轻扶毕蕙兰下车，她踏上地面，抬起头，曾经的一对夫妻，后来的一对冤家便四目相视了。丁迎风惊讶、伤感，毕蕙兰尴尬、自责，都一览无遗地展现在他们脸上。经过二十多年岁月的揉搓，他们都早已不是年轻时的“迎风”“蕙兰”，岁月峥嵘，恩恩怨怨，情何以堪，人何以堪！

“蕙兰！别来无恙？”丁迎风大脑一片空白，久久地凝视过后，他问道。“迎风！我，我对不起你……”浑浊滚烫的泪水，肆意地在毕蕙兰并不年轻的脸上滚落。丁迎风快步迎过去，毕蕙兰走过来，两人的手便紧紧地攥在了一起。

雨后的五月阳光热烈而又温情，柔柔地洒在黄河口这处常见的平房之上。一阵清风过后，霎时，平房周遭便充盈起一抹光晕，呼啦啦向外展开，随着雨气的弥漫，这光晕，也便幻化成了一种好闻的金色。

在魏思颖的张罗下，一对曾经的夫妻，两个破碎的家庭，三个有血缘关系却曾经互不相知的兄弟姐妹聚在了一起。

招待所食堂师傅送来了酒菜，待丁迎风、毕蕙兰和三个孩子坐好，魏思颖站了起来，对大家说："都说人生无常，世事难料，人的一生总是充满意外，我觉得很有道理。最近一段时间，我们家可说是喜事不断，惊喜不断。对于爹来说，回到了家乡，见到了亲人；娘呢，找到了失散多年的孩子，多年的眼疾一朝复明；振龙和银杏儿，以为不在人世的爹活得好好的，两个人又再续前缘；我更是做梦也没有想到，先是找到了娘，后又找到了爹。今天的大团圆，可喜可贺，可喜可贺啊!"

大家你看看我，我看看你，情不自禁地鼓起掌来。

魏思颖看一眼振龙和银杏儿，说道："振龙和银杏儿，一个是我同父异母的弟弟，一个是我同母异父的妹妹，他们战乱中相识，磨难中相知，艰辛中相爱，虽然他们的爱情阴差阳错走了一小段弯路，但却难以分隔开这对相亲相爱的人。昨天，我征求了爹和娘的意见，征得两位老人同意，今天，咱们是团圆酒、结亲酒一起喝，好不好?"喜气洋洋的丁迎风、毕蕙兰又一次鼓起了掌。

丁振龙直挠头，银杏儿也感到很突然。不过，两人都是惊喜异常。

"姐姐，你也不提前跟我们说一声，好让我俩准备准备，起码有个心理准备啊。"丁振龙笑着责怪道。

"哼，傻小子，回头你就知道念我的好了。你们两个到底同意还是不同意今天喝结亲酒？给个痛快话。"魏思颖催促。

"我同意!"丁振龙举手。

"我也同意!"银杏儿低声说。

"好!"魏思颖从自己的包里取出一张红"囍"字，贴在了墙上，搬过两把椅子并排放好，让丁迎风和毕蕙兰坐了过去，说："现在是战争年代，一切从简，但基本的仪式咱还是要的，我就临时客串一把司仪。来，你们两个站好，咱们开始。"

"一拜天地……"两个新人向红"囍"字方向拜去。

"二拜亲人……"两个新人向丁迎风和毕蕙兰拜去。

"夫妻对拜……"两个新人互相对拜。

"好，接下来，咱先喝团圆酒，喝结亲酒，喝完酒，再入洞房。"魏思颖喊道。

突然，门外响起了一片欢呼声，侯春生、高畅和一些男女战士涌进屋来。"祝贺祝贺!""道喜道喜!""给糖给糖!"人们喧闹着。魏思颖从包里取出糖块、

香烟，向人们递去。门外，响起了喜庆的鞭炮声……

几天后的一个上午，丁迎风、魏思颖、已婚的丁振龙和银杏儿回到了汀河。此时，游击队员们也暂时回到了家里，丁振虎和娘、媳妇在乡亲们的帮衬下，把被鬼子烧过的家重新拾掇得焕然一新。

丁迎风一进入村口，就被村里人认了出来，一些老人问："你是人是鬼啊？"丁迎风哈哈大笑，简单说了自己的情况，老街坊们你一言我一语，唏嘘不已。

魏思颖先行一步来到了婶子家，一进门，她就被院子里的婶子和丁振虎认了出来。婶子问："你不是咱武工队的魏首长吗？"丁振虎走过来，说："魏大队长，您来了。"

看到婶子、振虎，魏思颖想起已经牺牲了的叔丁迎霜，她喉头有些哽咽，但想到爹回来了，又为丁家高兴。她说："婶子，一位八路军的政委要来看望你。"

"八路军政委？嗨，我这大老婆子了，有啥看头？"婶子说。

魏思颖说："婶子，来的这个八路军政委不是别人，是咱村人，他还是我爹。"魏思颖泪在眼眶中打转。婶子疑惑："啊！你爹怎么是这个村的人呢？"

突然，丁迎风、丁振龙、银杏儿和几个卫兵在一些乡亲的簇拥下，走进了院子。振虎娘、振虎惊得目瞪口呆。振虎娘不敢相信自己的眼睛，她不停地揉搓眼睛，想看得更加清楚。这是谁啊？迎风大哥？不对，他死了已经多少年了，他再也不可能回到这个家了。迎霜？更不是。

丁迎风疾步走上前去，给振虎娘鞠了一躬："弟妹，你在家受苦了，我是迎风。"

"迎风？是人间的迎风还是地狱里的迎风？"

"我当然是人间的迎风啊！"

振虎娘这才醒过神来，她惊喜道："大哥，真的是你啊？你还活着？老天爷啊，你可开了眼了。"然后，她眼圈红了："大哥啊，你兄弟，迎霜他，他牺牲了……"说完这话，要强的她又抬起头："嗨，打鬼子哪能不死人啊。快，大哥，咱屋里说话……"

村路上，一个小伙子一遍遍大声呼喊："丁迎风叔回来了！丁迎风叔回来了……"激动的喊声，回响在汀河西村上空。

利津城位于黄河下游，有东西南北四大城门，南北西三面城墙，城墙高达两丈，上宽丈余，由一色的大火砖砌成，护城河又深又陡，城东紧临黄河大坝，由于无法挖掘护城河，东城门前布满了一道道厚厚的铁丝网。这个县城，因交通地位重要，成为日军在黄河下游、渤海一带最大的战略据点、经济中心和情报基地。

按照渤海军区战前会议的要求，收复利津之前，需先行解决周边鬼子据点。八月的一个夜晚，八路军主力部队及地方武装按照既定方案，兵分几路，在夜幕掩护下，神不知鬼不觉地将县城外围据点分割包围。日军指挥官和伪团长初闻个别据点告急，认为是小股游击队袭扰，不以为然。但待各据点“十万火急”的来电接二连三报来时，日伪方觉事态严重，仓惶向各据点增援，却又接连遭到埋伏在苇丛里的八路军伏兵袭击。几天工夫，利津外围据点相继被攻下，利津城里的日伪军成了瓮中之鳖。

夜幕降临，收复利津县城的总攻就要打响了。

丁振龙所在营担任主攻，主攻突破点选在了城东门，城门上的探照灯晃过来又晃过去。灯光过后，几个人影闪在了离城门最近的一处民房后。他们是二连连长周大川和他带领的两个战士。

周大川低声说道：“两个探照灯扫一遍间隔时间是二十秒，我们必须在这二十秒中跑到城墙边，那里是盲区。”

“一、二、三……”三个人开始计数。

待探照灯划过，三人猫着腰，抱着炸药包向城墙方向快速跑去。

门楼上有伪军发觉城下有动静，大声喊道：“下面有八路!”城外据点一一被八路军攻下，城内日伪军便成了惊弓之鸟，一有风吹草动，就认为是八路来了。

“哒哒哒……”“哒哒哒……”城门楼上喷出两道火舌，向门前开阔地带漫无目标地交叉喷射出来，子弹从战士们身旁飞过。敌人暗藏的火力点暴露在战士们眼前，而射击的敌兵却暂时看不到他们。

在敌兵视力不佳的状态下，三人把身子紧紧贴着城墙，快速向城门方向移动。在即将冲进门洞的瞬间，三人被敌军流动哨发现，城门楼上顿时子弹纷飞，两个战士中弹倒下。

埋伏在黄河大坝旁的丁振龙和其他官兵发现这一情况，一面命令我方轻重火力一起向敌军猛烈射击，一面再派战士向城门突进。

新上来的战士与周大川会合，周大川低声对大家说：“你们先不要动，一会儿我的手榴弹一响，你们再以最快的速度冲向门洞……”两人说声好，便做好了往前冲的准备。

周大川两只手各握着一颗手榴弹，他咬开引信，猛地扔了过去，只听轰轰几声，手榴弹爆炸。一个战士快速冲进门洞，在大门下放好一个炸药包，他再仔细检查一遍，确信这些炸药足以炸开这扇大门，然后，拉导火索，迅速回撤。

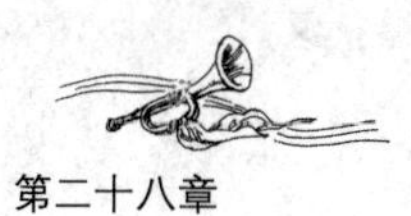



当他刚刚隐蔽好，只听轰的一声巨响，火光飞舞着划破了黑黢黢的夜空，城门向四处飞散而去。

“机枪掩护!”丁振龙命令。四挺机枪哒哒哒哒咆哮着，打在门楼上，打在城墙上，将敌军的火力压得时断时续。

在丁振龙的带领下，战士们勇猛地向城门冲去。但刚冲进城门洞，又马上退了回来。原来，炸开了第一道门，却还有第二道门，此时，敌人的火力又嚣张起来，周大川和几个战士不幸中弹倒下。

见一个战士抱着炸药包，丁振龙猛地夺过，自己压低身子，向第二道门冲去。枪声大作，子弹在他跑过的地方喷溅着火星，形成一条往前延伸的追击线。他只有一个信念，快跑，快跑，决不能倒下，我要把这腋下的炸药包变为令城门灰飞烟灭的利器。

“轰!”泥土崩起，烟雾弥漫。立时，第二道城门真的灰飞烟灭了。

三颗绿色信号弹依次划破浓雾紧锁的黑夜，腾空而起，收复利津县城的总攻正式打响。

东城门的守敌方寸大乱，向鬼子据点、伪团部退去。丁振龙振臂一呼，按照原定方案，向城内、南门、北门冲去。沿途，不断有日伪军凭借街头路口的道道工事，负隅顽抗。子弹尖叫着，在炎热的夜里呼啸、乱窜。

八路军和日伪军在大街上展开了巷战。激烈的枪声如同爆豆一样，席卷整个县城。

大部队走到哪里，军区医院的临时救护所就要跟到哪里。救护所走到哪里，丁振虎带领的游击队也走到了哪里。

考虑收复利津可能会有较大伤亡，攻城指挥部在派出较多救护人员外，决定由魏思颖带领部分武工队队员负责对临时救护所的安全保卫工作。

救护所设在城东一个隐蔽的四合院里。游击队员们冒着炮火，一趟趟将伤员送来。银杏儿和医护人员们紧张地忙碌着，一个又一个伤员经过简单的伤口处理，又被游击队员和群众抬走，向已被八路军接管的医院送去。

“砰！砰！砰……”枪声突兀地响起，随后，一粒粒子弹从空中飞来。原来，四合院隔壁一栋三层楼上，突然冒出了三个鬼子和两个伪军，他们看到四合院里集聚了不少八路军伤员，遂趴在走廊上向院子射击起来。

正在大门口部署警戒工作的魏思颖第一时间发现了楼上的日伪军，她大喊一声：“注意隐蔽，保护伤员!”遂带领武工队队员隐蔽在草垛、车辆、树木之后，向敌人射击起来。

银杏儿急忙将正在包扎的二连连长周大川推到一棵大树下，从周大川身上拔下手枪，藏在树后，向楼上的敌军扣动了扳机。

“给我狠狠地打!”魏思颖气坏了，两眼瞪得老大，边指挥，边扣动扳机，只听一个日本兵啊地惨叫一声，便没有了声息。

“射击！花姑娘!”藏身走廊后的楼上鬼子叫嚣着，瞬间，密集的子弹如同飞舞的黄蜂一般射向魏思颖。

魏思颖与敌军对射，当她举枪准备再次向鬼子射击时，突然发现枪里已没了子弹。她从身上取下手榴弹，拉弦，探出身子，用力扔出，轰的一声，几个敌军从三楼走廊栽向了地面。

却不幸，在她探出身子扔出手榴弹的同时，日伪军突如其来的粒粒子弹将她击中。

鲜血飞溅。

魏思颖坚持着，不想让自己倒下，但却总也控制不住自己。她疲乏极了，浑身瘫软无力，觉得自己正朝一个黑洞坠落。难道我要死了吗？可我不想死，我也不能死，我有一颗爱这天与地的心，我有风雨同舟的战友，我有相亲相爱的亲人，爹、娘、弟弟、妹妹、未婚的爱人……她的眼睛朦胧起来，嘴唇翕动几下，慢慢倒了下去……

灯光下，魏思颖身上数个弹洞的鲜血闪闪烁烁，像夜色里盛开着的一朵朵红荷。

天将破晓的时候，整个县城基本被八路军攻下，唯一没有攻克的，是西门和鬼子据点，日伪军凭借坚固的工事进行垂死挣扎。

八路军形成对敌包围态势，战斗了一个晚上，战士们又累又饿。丁振龙决定，就地休整，战士们拿出随身携带的高粱饼子、咸菜，吃了起来。吃完，有的战士枕枪而卧，呼噜声随风而去。

日伪军不甘心失败，一个白天，多次企图突围，多次进攻，都被我八路军击退。街头，巷尾，敌我厮杀在一起。街道上，尸横遍地，污血四溢……

一道闪电，似乎把天空划开一道口子，铜钱大的雨点子便噼里啪啦砸了下来。

夜幕再一次降临。八路军把两挺重机枪分别架在高处，与据点炮楼上的敌军展开了激烈的对射。在炮火的掩护下，攻城各部队派出爆破队员，一连在围墙上炸开了几个豁口，爆破员们从炸开的缺口冲进去，在炮楼下安放了炸药包。“轰!”“轰!”“轰!”炮楼被炸开了若干个大窟窿，不少日伪军被炸死。

据点内，数百名伪军见八路军以排山倒海之势压了过来，知道大势已去，纷纷失去了抵抗信心，举手投降。

利津日军指挥官手举望远镜，看到四面八方都是中国军人愤怒的面孔和喷火的枪口，越发胆战心惊，遂带着几个鬼子爬上房顶，企图搭梯翻墙逃跑，被早在这里设下埋伏的八路军战士，砍瓜切菜般刺死。一串子弹飞来，击中未及逃走的山田一郎和另一个鬼子，山田一郎晃了几晃，摔倒在地，另一个鬼子压在了他的身上。

正举枪搜寻残敌的丁振龙和几个战士走过来，突然，“啊——”一声尖利的嚎叫过后，尸体下压着的一个日本军官猛然站起，举起手中长长的军刀狂喊着：“丁振龙，我要杀了你！”丁振龙仔细一瞧，这人不是别人，正是山田一郎。

看到输得几乎一无所有的山田一郎，丁振龙举着手枪，朗声说道：“山田一郎，你也有今天？我要正告你，对你这个无耻的侵略者来说，从踏上中国土地的第一天起，就注定了你走的是一条不归路。”

“八嘎，我是大日本帝国的军人，我们是正义的。”山田一郎挺直胸膛，梗着脖子，显出一副壮烈的样子。只是撑了一小会儿，他的脑袋便开始耷拉下来，自言自语道：“难道，那岳世贤真的有那么神？说我活不过今年，说皇军明年战败。”

山田一郎再一次抬头，猛然看到自己的翻译官魏思绪和丁振龙双双站在了面前，他大吃一惊。

丁振龙讥讽地说：“山田一郎，岳老先生是中国百姓的一员，代表了中国民间的智慧。不是他神，而是正义神，是中国人神。‘得道者多助，失道者寡助’是中国的一句名言，一个民族用刺刀征服不了另一个民族，到人家的国家犯下滔天罪行的人，更是一个字，死！”

“你，你……”山田一郎手指着丁振龙和魏思绪问。

“我和魏思绪先生都是中国人，现在我可以告诉你的是，你的翻译官先生给共产党、八路军提供了许多情报。”丁振龙直视着山田一郎。

山田一郎气急败坏：“魏思绪，你竟敢欺骗我，良民的不是。”

魏思绪第一次在鬼子面前站得笔直：“山田，你这话说得太没学问了，我不可能是日本人的良民，但我是中国人的良民。”

“你们……中国人……太可怕了。”山田一郎浑身颤抖，猛然，他举起军刀，慢慢往丁振龙、魏思绪的方向迈步。

“丁振龙，你给我惹了四年的麻烦，魏思绪，你欺骗了我，我恨不得把你们碎尸万段。就算今天我死在这里，也是用鲜血向天皇告白我的忠诚。不过，我死之前，你们先受死吧！”说完，山田一郎猛然用军刀向两人劈去。

丁振龙、魏思绪两人并肩站着，每人手中一把手枪，黑洞洞的枪口直指山田一郎。当山田一郎就要将刀劈下之时，“啪！啪！”两人的扳机同时扣动了，山田一郎身子晃了几晃，手中的刀自然滑落，那罪恶的身体轰然倒地。

雨过天晴，太阳出来了。利津城被八路军攻克，至此，利津成为山东境内第一个全境解放的县。利津的解放，比中华人民共和国建国整整提前了五年零两个月，这是后话。

城门里，彩旗飘扬，锣鼓喧天，利津各界民众涌出家门，自发站在路两边，夹道欢送为收复利津立下战功的八路军。沿途民众将布鞋、烙饼、鸡蛋、苹果往战士们手里塞，场面热烈，群情激昂。

城门外，八路军战士手持长枪，纵队排列，整装待发。杨国夫司令员、丁迎风政委等首长站在队列一侧。

高畅、魏思绪在前，丁振龙、银杏儿在后，抬着魏思颖的简易棺木，其他战士抬着十几个死去的战友，默然肃立。

路两边，芦苇浩浩，漫无边际。彤红的太阳，努力从云层里挤出来，要为八路军官兵和牺牲了的英雄送行。

突然，路一侧一群年轻汉子齐整整向前迈出一步，第一排中间有个年轻人双手托着一把军刀，高声对杨国夫说：“杨司令员，我叫李子岳，这把军刀是甲午名将邓世昌赠给我爷爷的。当年我爷爷曾是邓大人船上的一名炮手，因作战骁勇，邓大人赠予此刀。爷爷虽已过世，但他痛恨倭寇，希望国泰民安。受父亲委托，我将这把刀赠予司令员，希望邓大人的这把刀能再为剿灭东洋鬼子建功出力。”

丁迎风说道：“可这是你爷爷留下来的，是你家的传家宝。”

“将这把刀献给八路军，九泉之下，我爷爷也是高兴的。”李子岳说完，又指指站立整齐的这群年轻人：“不过，我有一个要求，希望首长们能让我们参加八路军。”

杨国夫接过刀，仔细观察刀身，只见刀柄处，有八个小字：“戮力同心，驱除倭寇。”他抬起头，对李子岳和在场的群众高声说道：“好，这把刀我收下，我也同意你们加入八路军队伍。外族入侵，生灵涂炭，驱除倭寇，匹夫有责。我代表渤海军区全体指战员，向李子岳的爷爷、父亲和李子岳本人，并向今天所有在场的父老乡亲致以崇高的敬礼。”说完，庄严地向现场群众敬了个军礼。

中央北方局特派员丁迎风政委神情严肃，高声说道：“同志们，父老乡亲们，我们黄河口，物产丰饶，人杰地灵，这块风水宝地养育了可歌、可泣、可

敬的人民。可自从日本人来到这块土地上，我们便处在了生离死别、水深火热的悲惨境地。好在，因为有了共产党毛主席的领导，有了英勇的八路军战士和不屈的人民群众，在与敌伪作战中，我们取得了一个又一个胜利。利津城的解放，就是其中的胜利之一。这场胜利，绝不仅仅是八路军的胜利，它应该是人民的胜利，民族的胜利！虽然，为了利津的解放，我们有许多同志付出了鲜血，甚至献出了宝贵的生命，其中，包括我的女儿。他们，如同天下许许多多地方都生长着的苍苇一样，是平凡的，是普通的，没有想过成为志士，没有想过要当英雄，但当他们倒在黄河口这片热土上的时候，却诠释了一个崇高的命题——用血性的生命挺起民族的脊梁。”

杨国夫司令员高声喊道：“全体持枪，为解放利津而牺牲了的战友鸣枪送行——”

伤心欲绝的高畅轻轻呼唤：“思颖，一路走好！”丁振龙满脸悲戚：“姐姐，来生再见！”银杏儿、魏思绪更是泪流满面。

全体八路军战士扣动了扳机，排山倒海般的枪声带着惋惜，溢着悲情，直冲云霄……

道路两侧的芦苇荡，如同红旗摇曳，在书写着战友的哀伤；城东东流的黄河水，似在引吭悲歌，在呼唤着英烈的忠魂！

战斗需要，杨国夫、丁迎风带领大部队离去。

阳光先是隐藏在云团里，偶尔，从云团缝隙中露出脸，于是，一抹阳光便照在了魏思颖的棺木上，那么纯净，那么柔和。战士们抬起棺木，向墓地走去。

人们眼前，模糊起一片夏日的悲伤。

远处，几个淌着鼻涕的小男孩和穿得破破烂烂的小女孩站在路一侧的苇丛边上，看着这支队伍。蓦然，孩子们的童音传了过来：

> 鸟无足，山有月，
> 旭初升，人都哭。
> 十二月中气不和，
> 南山有雀北山罗。
> 一朝听得金鸡叫，
> 大海沉沉日已过……

魏思绪听了，颤抖着嘴角说：“‘十二月中气不和，南山有雀北山罗。一朝听得金鸡叫，大海沉沉日已过……’妹妹，这是咱老祖宗讲的，明年就是鸡年，日本鬼子要投降了……”

芦浪翻卷，遮天蔽地。丁振龙一路走来，一路诉说：“姐姐，如同咱爹说的，天下之大，到处都生长着芦苇，它们渺小、脆弱，我们每一个平凡的人，不也如同那些芦苇一样，渺小、脆弱吗？但面对外族侵略，咱黄河口人就像天下所有默默无闻的苇样的人，都高大、坚强起来。如果说荷的品格在于不染淤泥，梅的品格在于傲雪斗霜，蒲的品格在于妩媚婀娜，那么，苇的品格，就在于它的百折不挠，宁折不弯，宁死不屈……姐姐，我说的话，你听到了吗？”

寥廓高远的天空下，是劫后余生的县城，劫后余生的县城外，是苍苍茫茫的芦苇。

那日的黄河口，芦苇格外苍茫。

便在这苍茫芦苇包围的土路上，一群鸽子飞来，在人群的上空盘旋，盘旋，然后，向远处飞去。

蓦然，后面有战士喊道：“你们看，彩虹，彩虹！”人们抬头，丁振龙、银杏儿、高畅、魏思绪都抬起了头。

远处，一道彩虹升腾在雨后清新的天际。

这条彩虹架在浩浩苇丛和利津县城之间，弓形顶下，是那一只只展翅飞翔的鸽子。那鸽子移动着，顷刻之间与七彩飞虹交相叠加，霎时，鸽身上也似乎放射出了五彩斑斓的光芒……

# 后　记

2012年初夏一个周末的晚上，在键盘上敲完三部长篇小说中的最后一个字、最后一个标点，不忍释手，依然流连忘返，既舍不得离开那一段又一段传奇故事，同时对黄河三角洲那片热土更有了一份难以释怀的情缘。

如今，洋洋洒洒120万字的三部《黄河三角洲系列长篇小说》即将付梓。此时此刻，我们如释重负，欣喜、不安、感慨、感激良多。

辽阔的入海口海风吹动，远处，一条黄蓝分明的凸起带宛若弓起脊背的蛟龙，在河与海的交汇中跳跃、喧嚣、升腾……恣意奔放、一泻千里的黄河裹挟着黄土高原的雄浑，在渤海湾边缔造出了多彩的利津、多姿的东营，乃至整个多情的黄河三角洲。

我们来自利津，来自黄河三角洲。

那是我们的家乡。

虽然离开家乡在济南生活了二十多年，但在外面待久了，那种天然的利津情节、黄河三角洲情节从未淡化，甚至越发浓烈，总有一种为家乡奉献些什么的热望，便想用我们并不纯熟的文学之笔，去实现那个早就在胸中蠢蠢欲动的文学之梦。

《明初大移民》、《天下苍苇》、《长河未央》是在完成工作、学习之余，利用周末、假日、夜晚写就的。身为业余作者，实属不易。从确立主题、资料准备、情节构思，到正式写作，几乎是一年一部，个中辛苦自不必说，因为长篇小说的酝酿、撰写是一个十分艰苦的过程，但写作中的快乐、幸福，也是旁观者所无法感知的。

正所谓苦中有乐。

能力有限，但我们有感情；水平有限，但我们有热诚。我们把感情、热诚融入手下的键盘，执拗、固执地书写利津，书写铁门关，书写黄河三角洲，乃至书写整个山东。无疑，三部小说不是那种单一人物的故事，而是一个朝代、一段战火、一个家庭的往事，是对古代、现代、当代黄河三角洲以及山东历史文化的宏大叙事。

我们是把小说当作国运、家运、人生命运来写的。

2009 年、2011 年，国务院分别批复“黄河三角洲高效生态经济区”和“山东半岛蓝色经济区”规划。一个省有两大国家战略本已少见，而两大国家战略在黄河三角洲重叠耦合则是历史的垂青。历史久远、人杰地灵的黄河三角洲，太需要向世人展示了。

在三部小说的创作过程中，中共中央候补委员、山东省委常委、宣传部部长孙守刚，山东省委省直机关工委书记卢得志，山东省教育厅巡视员陈光华，山东影视传媒集团总经理晋亮，东营市副市长王吉能，山东省作家协会副主席、《山东文学》主编李掖平，山东省摄影家协会主席侯贺良，山东影视制作有限公司副总经理李九红，齐鲁师范学院副院长刘德增，山东外事翻译职业学院院长孙承武，东营市委宣传部，利津县委、县人民政府，县委宣传部等领导、专家给予了关怀与指导，在此，我们真诚地对守刚部长、各位领导及专家表示衷心感谢。

苇涛在耳泼妙墨，柳月照人著宏文。与黄河三角洲那部沸腾的历史、那片可爱的土地、那些质朴的亲人相比，我们不是慧业才人，我们没有鸿笔丽藻，然而，那悠悠岁月，那浩浩热土，那绵绵真情，是我们取之不尽、用之不竭的创作“富矿”。

“文章合为时而著，歌诗合为事而作”，这句话出自白居易的《与元九书》。“为时而著”，意味着必须倾听时代足音，呼吸时代空气，把握时代脉搏，与时代同行。而小人物撰写大时代、大历史、大命运，永远充满挑战。

不过，我们将继续耕耘，为黄河三角洲，为山东而歌、而呼，笔下，将会流淌出越来越多更新、更美的文字……

陈光军　陈芮伊

2013 年 6 月 19 日于济南